BASTEI
LÜBBE

Von Barbara Goldstein sind bei Bastei Lübbe Taschenbücher lieferbar:

15281 Der Maler der Liebe
15467 Die Kardinälin
15609 Der Herrscher des Himmels
15794 Die Evangelistin

Über die Autorin:

Barbara Goldstein, geboren 1966, arbeitete nach dem Abitur zunächst in der Verwaltung von deutschen und japanischen Banken und nahm dann ein Studium der Philosophie und Sozialen Verhaltenswissenschaften auf. Sie war Managerin in der Personalabteilung einer Bank und verfasste zwei Sachbücher, bevor sie sich als Autorin historischer Romane selbstständig machte. Wenn sie nicht auf Reisen für ihre Bücher recherchiert, lebt und arbeitet sie in der Nähe von München. Weitere Informationen über die Autorin finden Sie unter www.barbara-goldstein.de.

Barbara Goldstein

Der vergessene Papst

Historischer Roman

BASTEI LÜBBE

BASTEI LÜBBE TASCHENBUCH
Band 15 948

1. Auflage: Januar 2009
2. Auflage: März 2009

Bastei Lübbe Taschenbücher in der Verlagsgruppe Lübbe

Originalausgabe

Titelillustration: akg-images/Erich Lessing
Umschlaggestaltung: Nadine Littig
Satz: hanseatenSatz-bremen, Bremen
Gesetzt aus der Adobe Garamond
Druck und Verarbeitung: Norhaven A/S
Printed in Denmark
ISBN 978-3-404-15948-2

Ein Verzeichnis der handelnden Personen
findet sich am Ende des Buches.

Umfangreiches Bonusmaterial
mit Bibliografie und Fotogalerie unter
www.barbara-goldstein.de.

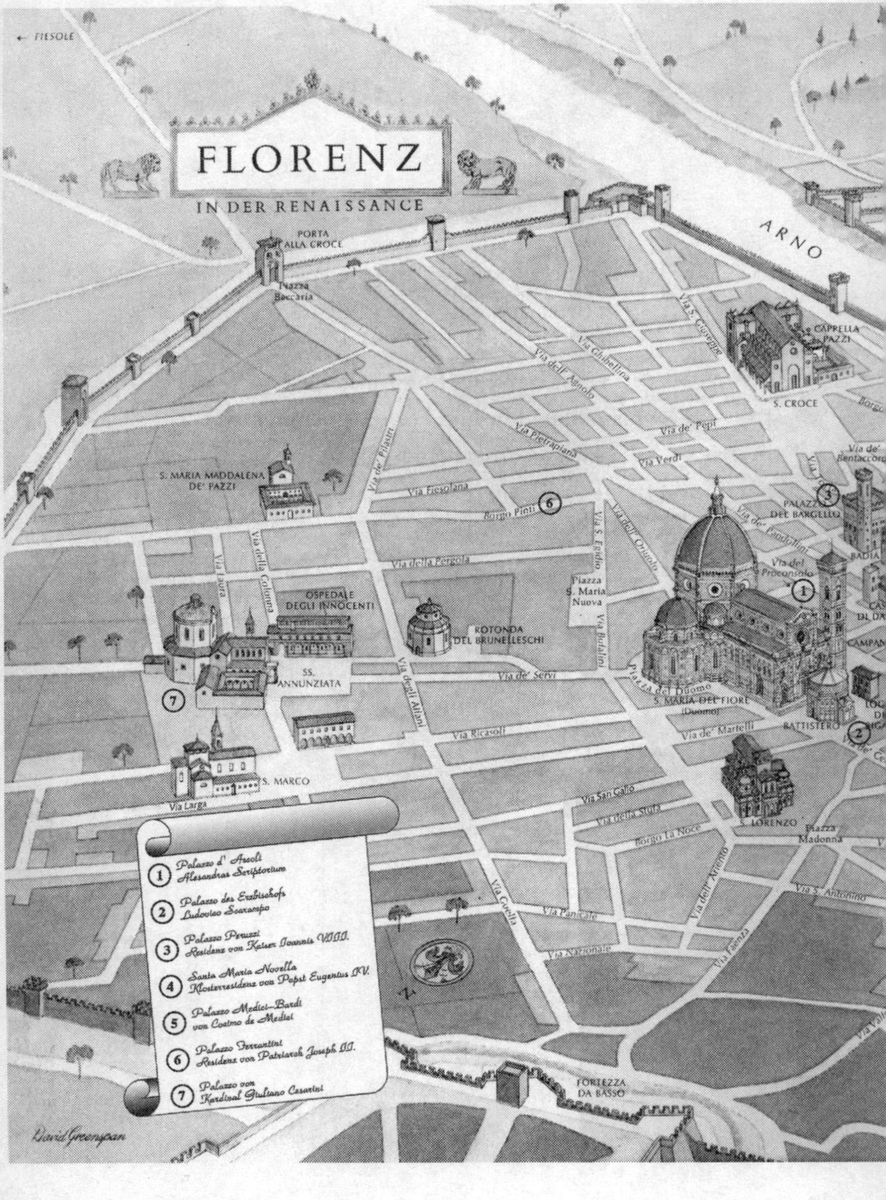
FLORENZ
IN DER RENAISSANCE
← FIESOLE
ARNO
PORTA ALLA CROCE
Piazza Beccaria
Via S. Giuseppe
Via Ghibellina
Via dell' Agnolo
CAPPELLA PAZZI
S. CROCE
Via de' Pepi
Via Pietrapiana
Via Verdi
S. MARIA MADDALENA DE' PAZZI
Via de' Pilastri
Via Fiesolana
Borgo Pinti
6
PALAZZO DEL BARGELLO
3
Via de' Bentaccordi
Via del Proconsolo
BADIA
Via dell' Oriuolo
Via S. Egidio
Via della Pergola
Via Laura
Via della Colonna
OSPEDALE DEGLI INNOCENTI
ROTONDA DEL BRUNELLESCHI
Piazza S. Maria Nuova
Via Bufalini
1
SS. ANNUNZIATA
7
Via de' Servi
Via degli Alfani
Piazza del Duomo
S. MARIA DEL FIORE (Duomo)
BATTISTERO
2
Via de' Martelli
Via Ricasoli
S. MARCO
Via Larga
Via San Gallo
Via della Stufa
Borgo la Noce
S. LORENZO
Piazza Madonna
Via dell' Ariento
Via S. Antonino
Via Guelfa
Via Panicale
Via Nazionale
Via Faenza
FORTEZZA DA BASSO
David Greenspan
1 Palazzo d' Ascoli Alexandras Scriptorium
2 Palazzo des Erzbischofs Ludovico Scarampo
3 Palazzo Peruzzi Residenz von Kaiser Ioannis VIII.
4 Santa Maria Novella Klosterresidenz von Papst Eugenius IV.
5 Palazzo Medici–Bardi von Cosimo de Medici
6 Palazzo Ferrantini Residenz von Patriarch Joseph II.
7 Palazzo von Kardinal Giuliano Cesarini

S. MINIATO AL MONTE
PORTA S. NICCOLO
Via dell' Erta Canina
Via di Belvedere
FORTEZZA DI BELVEDERE
Via di S. Leonardo
Via di S. Niccolò
Lungarno Serristori
PONTE ALLE GRAZIE
Lungarno Torrigiani
Via de' Bardi
Costa a S. Giorgio
5
GIARDINO DI BOBOLI
Palazzo della Signoria
Via de' Saponai
Piazza della Signoria
LOGGIA DEI LANZI
S. FELICITA
PALAZZO PITTI
PONTE VECCHIO
Via Por S. Maria
PALAZZO DAVANZATI
Calimala
LOGGIA DI MERCATO NUOVO
Via de' Guicciardini
S. IACOPO OLTRARNO
PALAZZO SPINI
Via Maggio
Via Pellicceria
Via Porta Rossa
Via delle Terme
PONTE S. TRINITA
S. SPIRITO
S. TRINITA
Lungarno Guicciardini
Lungarno Corsini
Via de' Vecchietti
Via de' Pescioni
PALAZZO STROZZI
Via de' Tornabuoni
PALAZZO RUCELLAI
Via de' Serragli
Via delle Belle Donne
Piazza Goldoni
Via del Moro
Via de' Fossi
PONTE ALLA CARRAIA
S. MARIA DEL CARMINE
S. MARIA NOVELLA
4
Via de' Panzani
Via del Porcellana
Borgo S. Frediano
Via della Scala
Via Palazzuolo
OGNISSANTI
Borgo Ognissanti
Via Montebello
Via degli Orti Oricellari
PORTA S. FREDIANO

Alessandra

Kapitel 1

Tayeb griff nach seinem Schwert, blieb plötzlich stehen und lauschte mit geneigtem Kopf. Trotz des kobaltblauen Schleiers, den er über Mund und Nase gezogen hatte, spürte ich seine Anspannung.

Ein Krieger, bereit zu töten.

Ich hielt den Atem an und horchte.

Nicht weit von uns entfernt rauschten die Wellen an den Strand von Al-Iskanderiya. Die trockenen Grasbüschel auf den Dünen raschelten im Nachtwind. Das Boot, in dem wir von der Stadt hierhergerudert waren, hatten wir nur drei, vier Schritte auf das flache Meeresufer gezogen, um im Falle eines Angriffs schnell entkommen zu können.

Stille.

Was hatte Tayeb gehört?

Mein Herz raste. Meine Hand verkrampfte sich um den Griff des Dolches, den ich unter dem arabischen Gewand trug. Trotz der kühlen Brise rann mir der Schweiß über das Gesicht.

»Werden wir verfolgt?«

Mit einer Geste gebot Tayeb mir zu schweigen und starrte weiter in die Finsternis. Seine Augen funkelten im Licht der Sterne.

Zugegeben, ich war jedes Mal aufgeregt, wenn ich mich auf Schatzsuche begab. Wenn ich mich durch den Staub einer Klosterbibliothek wühlte, um verlorene Schätze zu entdecken. Doch in dieser Nacht suchte ich nicht nach verschollenen antiken Handschriften, sondern nach dem größten Schatz der Menschheit, der seit Jahrhunderten verloren war: der berühmten Bibliothek von Alexandria.

Tayeb schob sein Schwert zurück und zog den Schleier der Tuareg bis unter das Kinn. »Ich wollte dich nicht erschrecken, Alessandra!«, flüsterte er. »Aber ich dachte, ich hätte etwas gehört.«

Ich legte ihm die Hand auf den Arm. »Lass uns weitergehen, Tayeb. Wir haben nur wenig Zeit.«

»Bism' Allah!« Tayeb berührte die silberne Amulettkapsel mit den Koranversen an seinem Turban. Dann stapfte er durch den tiefen Sand am Strand entlang.

Bevor ich mich umwandte, um ihm durch das Ruinenfeld zu folgen, warf ich einen Blick zurück.

Es war schon spät, doch Al-Iskanderiya war noch hell erleuchtet. Die Staubwolke, die der Wind aus der nahen Wüste heranwehte, legte sich wie ein geheimnisvoller Schleier aus purpurnem Licht über die Stadt. Für die Muslime war dies eine Winternacht des Jahres 842. Die orthodoxen Christen begingen an diesem 24. Dezember 1438 die Geburt des Erlösers. Während der abendlichen Weihnachtsmesse waren Tayeb und ich durch die Gassen des Souks zum Hafen geeilt. Doch war es uns wirklich gelungen, unserem Verfolger zu entkommen?

Ich sah zum Hafenkai hinüber. Wie viele antike Gebäude war der Pharos nur noch eine Ruine. Vor über hundert Jahren war er nach einem Erdbeben eingestürzt. Und dort drüben hatte die von König Ptolemaios gegründete Bibliotheca Alexandrina gestanden. Die bedeutendste Akademie der Welt, in deren lichtdurchfluteten Lesesälen und schattigen Wandelgängen die berühmtesten Wissenschaftler geforscht und gelehrt hatten.

Ptolemaios, der Alexander dem Großen bis nach Indien folgte und sich nach dessen Tod zum Pharao von Ägypten machte, hatte einen Brief an die Herrscher des Erdkreises gerichtet, damit sie ihm alle Bücher der Welt für seine Bibliothek schickten. Ptolemaios hegte einen Traum, nicht weniger großartig als der seines die Welt erobernden Freundes: das gesamte Wissen von Himmel und Erde vereint an einem Ort. Jede Schriftrolle, die an Bord eines fremden Schiffes nach Alexandria kam, wurde kopiert – nur die Abschriften wurden den Besitzern zurückgegeben. Bald umfasste die Bibliothek Tausende, Zehntausende, Hunderttausende von Papyrusrollen.

Ein Rätsel hielt mich seit Jahren in Atem: Wohin war der kostbarste Schatz der Menschheit, die sechshunderttausend Bücher umfassende Bibliotheca Alexandrina, verschwunden?

»… und auch Plutarch …« Ich hatte das Werk des griechischen Historikers aus dem Bücherregal gezogen und aufgeschlagen vor Cosimo auf den Tisch gelegt. »… auch er berichtet, dass die Bibliothek 48 vor Christus zerstört worden sei, als Caesar während des Bürgerkrieges zwischen Kleopatra und ihrem Bruder die Schiffe im Hafen von Alexandria in Brand steckte.«

Cosimo, der mich stirnrunzelnd beobachtet hatte, nickte ernst. »Ich weiß, was Plutarch geschrie…«

»Doch weder Caesar noch Cicero oder Philon von Alexandria erwähnen die angebliche Vernichtung der größten Bibliothek der Welt.«

Mit verschränkten Armen hatte Cosimo sich auf seinem Stuhl zurückgelehnt. Ahnte er, worauf dieser Disput in seinem Studierzimmer hinauslief?

Wie oft hatten wir solche Gespräche geführt, bevor ich nach Venedig abreiste, um in den Dachkammern des Dogenpalastes eine andere verschollene Bibliothek zu suchen, oder nach Montecassino oder Rom! Doch diesmal hatten meine Argumente den bitteren Beigeschmack einer Rechtfertigung meiner vermutlich monatelangen Abwesenheit aus Florenz. Ich konnte nicht bleiben! Ich *durfte* es nicht!

»Ich halte die Geschichte vom Brand der Bibliothek für eine infame politische Intrige«, hatte Cosimo erwidert.

Wie mein Vater Luca d'Ascoli, der ›Fürst der Buchhändler‹, wollte

Cosimo de' Medici Florenz zur geistigen Erbin von Alexandria als bedeutendster Stadt der Gelehrsamkeit machen. Luca handelte mit Büchern, die wir in Klöstern und Bibliotheken entdeckt und kopiert hatten und deren Abschriften er an Gelehrte in aller Welt verkaufte. Cosimo sammelte mit aller Leidenschaft Bücher und gab jedes Jahr ein Vermögen aus, um neue Manuskripte zu erhalten.

»Senecas Behauptung, durch den Brand wären vierzigtausend Schriftrollen vernichtet worden, bezieht sich nicht auf die königliche Bibliothek. Und die von den Kirchenvätern überlieferte Zerstörung im Jahr 391 durch fanatische Christen war nicht vollständig gewesen. Ein muslimischer Historiker berichtet, die arabischen Eroberer hätten im Jahr 640 die Bücher verbrannt, weil der Kalif befohlen hatte, alle Werke zu vernichten, die dem Koran widersprachen. Doch ich bezweifle, dass *alle* Bücher zerstört wurden.«

»Du glaubst also, dass ein Teil der Werke der Bibliothek von Alexandria noch existiert?«

»Wenn nicht die Originale, dann Abschriften. Wenn nicht in griechischer Sprache, dann als arabische Übersetzung.«

Und ich ahnte, wo sich die Bücher befanden.

Vor drei Jahren hatte mein Vater versucht, diesen geheimnisumwitterten Ort im Herzen der Wüste zu erreichen, und war gescheitert. Tayeb, der muslimische Gelehrte aus Agadez, hatte ihm das Leben gerettet und ihn zurück nach Florenz begleitet. Seit Lucas Rückkehr lebte er in unserem Haus an der Piazza del Duomo.

Eines Tages würde ich diese gefährliche Reise wagen, um die verlorenen Schätze zu suchen. Aber auch eine lange Reise bis ans Ende der Welt beginnt mit einem ersten Schritt. In Alexandria. In den Ruinen des antiken jüdischen Viertels, des Zentrums der rabbinischen Gelehrsamkeit.

»Du bist also entschlossen, nach Ägypten zu reisen?«, hatte Cosimo leise gefragt.

Ich hatte genickt.

»Wann?«

»Morgen früh«, hatte ich gestanden. »Ich werde Florenz im Morgengrauen verlassen und von Pisa nach Alexandria segeln.«

Er war enttäuscht gewesen, das hatte ich ihm angesehen.

»Carissima, ich hatte gehofft, wir würden an Weihnachten gemeinsam nach Ferrara reiten. Nur du und ich – dein Vater weigert sich ja, während des Konzils Ferrara zu besuchen. Du könntest in der Bibliothek der Universität ein wenig Staub aufwirbeln, während ich mit dem Papst und dem Kaiser über die Verlegung des Konzils nach Florenz verhan…«

»Nein, Cosimo.« Ich hatte mit meinen Gefühlen gerungen, mit Scham und Schuld und tiefer Traurigkeit. »Es ist besser, wenn wir uns einige Wochen lang nicht sehen. Ich muss in Ruhe nachdenken.«

»Weiß Luca, wo du letzte Nacht warst?«

Ich hatte den Kopf geschüttelt. »Nein, Cosimo. Aber du kennst den Inquisitor. Ich kann seine Fragen nicht beantworten. Und ich will sein entsetztes Gesicht nicht sehen, wenn er die Wahrheit erfährt. Ich will mich nicht vor Luca rechtfertigen, und ich will auch nicht, dass du es tust. Deshalb werde ich morgen früh abreisen.«

Mit Tränen in den Augen hatte ich »Leb wohl!« geflüstert. Dann war ich aus seinem Arbeitszimmer geflohen.

Ich folgte Tayeb in Richtung des Maryut-Sees, der zwischen den Dünen im Sternenlicht schimmerte.

Wie unscheinbar, wie bedeutungslos Al-Iskanderiya im Vergleich zum alten Alexandria war! Die von den Arabern errichteten Stadtmauern schützten nicht einmal die Hälfte der antiken Metropolis. Weite Ruinenfelder umgaben die Stadt. Was war von der Weltstadt des Altertums geblieben? Einstürzende Ruinen. Ein Raub der Wellen und des Windes.

Die aus dem Sand ragenden Säulen und Mauern erinnerten mich ein wenig an das Forum Romanum. Und doch, so dachte ich, als ich eine Düne hinunterglitt, war dieses Ruinenfeld anders als das Forum: Die umgefallenen Säulen und zerbrochenen Gewölbebögen lagen alle in einer Richtung. Sie waren nach Süden gekippt, als hätte eine gewaltige Flutwelle vom Meer sie erfasst und mit sich gerissen.

Stolpernd kämpfte ich mich den weggleitenden Abhang einer Sanddüne hinauf, die sich im Windschatten einer Ruine gebildet hatte. Das Gebäude, das bis zum Dach im Sand vergraben lag, schien sehr groß zu sein.

Eine Synagoge?

Tayeb erwartete mich an dem Mauerspalt, den wir gestern entdeckt hatten. Die Tasche mit dem Seil und den Kerzen lag neben ihm im Sand. Werkzeug wie Schaufeln und Brecheisen hatten wir nicht mitgeschleppt.

Das Deckengewölbe war vermutlich während eines Erdbebens gerissen: Einige Quadersteine waren herabgestürzt.

»Ich gehe zuerst!«

»Das dachte ich mir«, meinte Tayeb trocken. Er verknotete das Seil um meine Taille und spähte hinunter in die Tiefe. »Dort unten gibt es Skorpione.«

»Ich weiß.«

»Ich weiß, dass du's weißt. Pass auf, wo du hintrittst.«

Er schlang das Seil um seine Schultern, um mich durch den Gewölberiss hinabzulassen.

Rückwärts kriechend tastete ich mit den Füßen nach einem festen Halt. Kühler Sand rieselte in meine Sandalen. Der Wüstenwind hatte Flugsand in den Mauerriss geweht. Im Inneren des Gebäudes hatte sich ein Abhang gebildet, auf dem ich nun in einer Lawine aus Staub hinabrutschte. Dann hatte ich den Boden erreicht und löste das Seil, das Tayeb hochzog.

Es war heiß und stickig. Und finster wie in Dantes Inferno. Ich schlug Feuer und entzündete eine Kerze.

Der Boden war ellenhoch mit Sand bedeckt. Wenige Schritte entfernt ragte ein Haufen geborstenen Holzes aus dem Sand – ein Lesepult oder eine Kanzel?

Die Ruine war so groß wie eine Kirche. Zwei Reihen schlanker Säulen trennten die Seitenschiffe ab und trugen eine Galerie, die zum Teil eingestürzt war. Das Gebäude war …

Mit der Kerze in der Hand stolperte ich an der zerstörten Kanzel vorbei zum Ende der Halle.

… war eine Synagoge!

Ich stapfte weiter.

Dort in der Wandnische hatte der Tora-Schrein gestanden. Er war vermutlich durch das Erdbeben zerstört worden, das die Synagoge so stark beschädigte, dass sie aufgegeben wurde.

Mein Blick fiel auf etwas Weißes zu meinen Füßen.

Eine Muschel!

Ich wusste, wie sie in die Synagoge gekommen war …

Der orthodoxe Patriarch hatte mich am vorigen Freitag empfangen. Philotheos wollte die Tochter des berühmten Fra Luca d'Ascoli kennenlernen, des ›Richters Gottes‹, der während des Konzils in Konstanz drei Päpste abgesetzt und die Kirche geeint hatte. Ich hatte Seiner Seligkeit von meiner Suche nach der Bibliotheca Alexandrina erzählt und ihn gebeten, mir Zutritt zu seiner Bibliothek zu gewähren, wo ich lateinische und griechische Geschichtswerke studieren wollte – wie das von Ammianus Marcellinus, dem bedeutendsten spätantiken Historiker. Sehr eindringlich hatte er die Katastrophe beschrieben, die Alexandria im Juli 365 vernichtet hatte:

Vor Sonnenaufgang hatten Blitze den Himmel erleuchtet, und ein furchtbares Erdbeben hatte die Stadt erschüttert. Hunderte Gebäude waren eingestürzt, und auch der Königspalast und die Bibliothek waren beschädigt worden. Das Meer hatte sich bis zum Horizont zurückgezogen und den Meeresboden freigelegt, so weit das Auge reichte. Hilflos zappelten die Fische im feuchten Schlamm. Im Hafen von

Alexandria lagen die Schiffe auf dem Trockenen. Die Menschen, entsetzt und verängstigt über das starke Erdbeben und das unerklärliche Zurückweichen des Meeres, standen am ehemaligen Strand und starrten wie gebannt zum fernen Horizont. Eine Welle raste auf die Stadt zu. Je näher sie kam, desto gewaltiger wurde sie. Schiffe wurden mitgerissen und zerbrachen in der hochspritzenden Gischt. Mit furchtbarer Wucht ergoss sich die Flutwelle in die Stadt und riss alles mit, was das Erdbeben zuvor zerstört hatte. Boote wurden zwei Meilen weit in die Wüste getragen. Der Palast der Ptolemäer versank im Hafenbecken. Fünfzigtausend Menschen ertranken in den wirbelnden Fluten.

Ich bückte mich und hob die Muschel auf.

Das Erdbeben und die nachfolgende Flutkatastrophe hatten diese Synagoge so stark beschädigt, dass sie seither verlassen war. Würden wir in der Genisa, der Schriftenkammer, überhaupt noch etwas finden, das die Fluten nicht vernichtet hatten? Nur wenn die Papyrusrollen und Pergamentcodices, wie in der Antike üblich, in Tonkrügen versiegelt waren.

Ich kehrte zum Durchschlupf im Gewölbe zurück und bohrte meine Kerze in den Sand. »Tayeb!«

Ein Schatten hob sich dunkel und bedrohlich gegen den Sternenhimmel ab.

Als er nicht sofort antwortete, wurde ich unruhig: Waren wir doch verfolgt worden? Wer war der junge Mann, der uns seit unserer überstürzten Abreise aus Florenz auf den Fersen war? Wer hatte ihn geschickt?

Meine Hand zuckte zum Dolch. »Tayeb?«

»Wen erwartest du heute Nacht sonst noch?«, fragte er, während er sich zu mir herunterließ. Dann stand er neben mir und klopfte sich den Staub aus den Falten seines Gewandes.

»Wir müssen die Genisa suchen. Handschriften, die den Gottesnamen enthalten, werden nicht weggeworfen, sondern in einer Schriftenkammer begraben. Vielleicht finden wir dort Papyri aus der Bibliotheca Alexandrina.«

Mit den Kerzen schritten wir an der Synagogenwand entlang bis zum zerborstenen Tora-Schrein. Doch außer dem verschlossenen Eingangsportal und einer eingestürzten Steintreppe, die einst zur Galerie hinaufgeführt hatte, konnten wir nichts entdecken.

»Da ist eine Tür!« Tayeb wies auf den Haufen aus Flugsand, über den wir in die Synagoge hinabgestiegen waren.

Durch den tiefen Sand stapfte ich auf die andere Seite des Gebetssaals. Tayeb hatte Recht: Der Flugsand hatte eine Tür verschüttet. Nur der obere Teil war noch sichtbar.

Rätselhafte Dokumente in vergessenen Dachkammern und zugemauerten Kellergewölben, verschlossene Türen in Klosterbibliotheken, geheimnisvolle Schatztruhen, deren Schlüssel verloren waren, verborgene Gänge und Treppen im Vatikan – alles Verbotene zog mich magisch an! Je mehr Staub und Spinnweben ich beiseitefegen musste, um ein Mysterium zu erforschen oder um eine spektakuläre Entdeckung zu machen, desto größer der Nervenkitzel. Und der Spaß!

Ich bohrte meine Kerze in den Dünenhang und schaufelte den Sand mit beiden Händen von der Tür weg. Sobald ich ein paar Handvoll zur Seite geschoben hatte, rutschte neuer Sand nach. »So geht es nicht!«

»Ein Brett könnte den Sand seitlich der Tür aufhalten.« Tayeb erklomm die unter seinen Sandalen weggleitende Düne und stellte sich mit weit ausgebreiteten Armen neben die Tür. »So, siehst du? Wenn das Brett in diesem Winkel befestigt wird, fließt der Sand in diese Richtung.« Er wies zum gegenüberliegenden Seitenschiff. »Wir könnten einen der Torflügel aus den Angeln heben, zur Düne schleppen und im rechten Winkel neben der Tür verkeilen, sodass der Sand uns beim Freilegen der Tür nicht behindert.«

»So machen wir's.«

Es gab nur ein Problem: Das Tor war vermutlich seit elf Jahrhunderten verschlossen – von außen! Und das Gebetshaus lag bis zum Deckengewölbe im Flugsand begraben.

Ich ging zum Portal, um es zu untersuchen. Die eisernen Scharniere waren morsch und rostig, die Holzbohlen vermodert und an einigen Stellen abgesplittert. Ich zerrieb einen Holzsplitter zwischen meinen Fingern und schnupperte daran. Er roch verrottet.

Ich zog meinen Dolch und bohrte ihn ins Holz. »Wenn wir die Scharniere freilegen, können wir die Nägel herausziehen. Sobald sie die Tür nicht mehr halten, wird sie uns durch den Druck des Sandes dahinter entgegenfallen.«

Die Frage, was angesichts der Verwüstung in der Synagoge mit den Handschriften in der Genisa geschehen war, schluckte Tayeb mit einem frechen Grinsen herunter. Offenbar glaubte er nicht ernsthaft daran, dass wir auch nur einen Fetzen Papyrus finden würden. Dennoch wollte auch er jetzt nicht aufgeben.

Und ich? Ich litt unter einem akuten Anfall des Schatzsucherfiebers. Die Symptome: Herzklopfen, Rastlosigkeit, Entschlossenheit, mich von nichts und niemandem aufhalten zu lassen, und eine fast ekstatische Euphorie.

Ein unheilbares Leiden!, wie Cosimo bemerkt hatte.

Tayeb lehnte sich gegen das Portal, während ich die letzte Befestigung löste und das Scharnier, das die Tür gehalten hatte, zur Synagogenwand zurückschob. Es quietschte wie die beiden anderen. Das Salz des Meeres hatte das Eisen rosten lassen. Und wieder fragte ich mich, in welchem Zustand die Papyri waren – falls wir welche fanden. Würde die jahrhundertealte Tinte überhaupt noch lesbar sein? Oder erinnerten die modrigen Papyrusfasern nur noch an eine Handvoll Seetang, der mit dem letzten Sturm an den Strand gespült worden war?

Unter dem Druck des Sandes neigte sich der Torflügel. Tayeb

stemmte beide Beine in den tiefen Sand, doch seine Ledersandalen begannen wegzugleiten. Er ächzte vor Anstrengung. Mit aller Kraft drückte ich gegen das Portal. Tayeb drehte sich um und lehnte sich mit ausgestreckten Armen dagegen.

»Jetzt!«

Wir sprangen zur Seite und ließen gleichzeitig los. Das Portal krachte in den Sand und wirbelte ihn hoch. Mit einem letzten Aufflackern erloschen die Kerzen. Es wurde finster.

Hustend zog ich meinen Schleier vor Mund und Nase, um mich vor dem aufgewirbelten Staub zu schützen. Neben mir hörte ich Tayeb keuchen.

Und da war noch ein Geräusch.

Ein leises Rauschen.

Ich hielt den Atem an: Skorpione?

Irgendetwas huschte über meine Sandalen. Panisch sprang ich einen Schritt zurück. Mit dem Saum meines Gewandes riss ich die Kerzen um. Heißes Wachs spritzte über meine Füße und verursachte brennende Schmerzen.

Oder waren es Skorpionstiche?

Mit zitternden Fingern tastete ich nach meinem Feuerzeug und schlug einen Funken. Dann entzündete ich das erste Licht und sah mich um.

Eine Sandlawine floss durch das geöffnete Portal in den Gebetssaal. Sie verursachte das leise Rauschen, das mich in Panik versetzt hatte. Erleichtert atmete ich auf – bis ich eine Sandviper in der Finsternis verschwinden sah.

»Wir müssen den Torflügel aus dem Sand ziehen, bevor er völlig verschüttet ist«, drängte Tayeb und wies auf den immer noch nachrutschenden Sand. »Pack mit an! Wir schleppen ihn zur Düne.«

Stolpernd zogen wir das schwere Portal um den Haufen aus Flugsand herum und wuchteten es mit letzter Kraft hinauf zur verschütteten Tür.

Nachdem wir das Tor aufgerichtet hatten, sanken wir erschöpft in den Sand. Tayeb reichte mir den Schlauch mit Wasser. Durstig trank ich. Ich betrachtete die Tür. Und wenn die Genisa eingestürzt war? Dann wären auch die Tonkrüge mit den Papyri zerstört.

»Na komm!« Tayeb half mir auf.

Er lehnte sich gegen den aufgerichteten Torflügel, der im nachrutschenden Sand immer wieder wegzugleiten drohte.

Nach wenigen Minuten hatte ich fast die Hälfte der Tür freigelegt. Ich versuchte sie mit der Schulter aufzuschieben, doch sie ließ sich nicht öffnen.

»Vielleicht ist sie verriegelt«, vermutete Tayeb. »Oder die Kammer dahinter ist eingestürzt, und Sand und Steine blockieren die Tür. Oder …«

»Vielleicht lehnt sich der Erzengel Djibril mit ausgebreiteten Flügeln gegen die Tür, um zu verhindern, dass wir die verschollene Bundeslade finden«, stieß ich hervor.

Die Vorstellung, dass der Erzengel Gabriel sich mit aller Kraft gegen die Tür stemmte, erheiterte Tayeb. Lachend lehnte er sich gegen den schwankenden Torflügel, der ihm beinahe entglitten und in den Sand gekracht wäre.

Ich ließ mich auf die Düne zurücksinken, hob beide Beine und trat mit aller Kraft zu.

Mit einem Knirschen ruckte die Tür eine Handbreit.

Ich richtete mich auf.

Die Tür war offen, wenn auch nur einen Spaltbreit!

Dann sah ich es: Der lockere Flugsand rieselte durch den Spalt und drohte die Tür erneut von der anderen Seite zu blockieren. Mit Gewalt trat ich gegen das Holz.

Die Tür öffnete sich ein wenig mehr.

Und noch mehr Sand rieselte in den Raum dahinter.

Wieder stieß ich zu. Und noch einmal. Bis der Spalt breit genug war, damit Tayeb und ich hindurchschlüpfen konnten.

Dann zwängten wir uns durch die schmale Türöffnung in den dahinter liegenden Gang. Das Ende des Korridors war in sich zusammengefallen. Sand und Quadersteine bedeckten den Boden.

Doch dann entdeckte ich die Tür in der linken Seitenwand. Sie hing schief in den Angeln. Mit einem kräftigen Stoß schob ich sie auf und leuchtete in die Finsternis. Stufen, die nach unten führten. Noch mehr Sand und Steine, die ein Wasserbecken füllten. Eine Wand war eingebrochen.

»Das war das Ritualbad«, murmelte ich enttäuscht.

Hatte die Genisa am Ende dieses eingestürzten Ganges gelegen? Mit beiden Händen wischte ich mir den Schweiß und den Staub aus dem Gesicht. »Morgen werden wir uns erneut auf die Suche machen. So schnell gebe ich nicht …«

»Komm und sieh dir das an!«

Ich kehrte in den Gang zurück. Tayeb lehnte an der gegenüberliegenden Wand, die …

Überrascht blinzelte ich im flackernden Kerzenschein und sah genauer hin.

… die ein Loch hatte!

»Ich bin gestolpert und mit der Schulter gegen diese Lehmziegelwand gestoßen. Dabei haben sich diese Steine verschoben und sind in den Raum dahinter gefallen, siehst du? Die Ziegel sind nur locker aufeinander geschichtet, um einen Durchgang zu verbergen.«

»Der Eingang zur Genisa!«

Vorsichtig entfernten wir einen Stein nach dem anderen.

Welchen Zweck hatte die Mauer aus Lehmziegeln? Hatte jemand nach dem Erdbeben und der Flut vom Juli 365 den Durchgang verschlossen, damit die verborgene Kammer nicht entdeckt wurde? Mit klopfendem Herzen kniete ich mich vor das Loch in der Wand, schob den Arm mit der Kerze bis zur Schulter hindurch und spähte in den Raum dahinter. Das Licht der Kerze blendete mich. Aber dort, an der gegenüberliegenden Wand, waren das nicht …

»Tonkrüge zur Aufbewahrung antiker Schriften!«, rief ich. »Die Genisa ist noch unberührt!«

Mühsam rang ich meine Ungeduld nieder, zog den Schleier vom Gesicht und schnupperte. Hoffentlich hatte sich kein Schimmel auf dem Papyrus gebildet!

Tayeb und ich brachen die Lehmziegel aus der Wand und warfen sie in den Gang. Dann krochen wir nacheinander in die Kammer.

Muscheln ragten aus dem Sand. Die Flutwelle war bis in die Genisa geströmt. Fußspuren führten von der Tür zu den Tonkrügen an der gegenüberliegenden Wand. Wie alt mochten die Sandalenabdrücke sein?

Ich blinzelte empor zur gewölbten Decke, deren Gewicht auf den Quadersteinen der eingestürzten Wand gegenüber dem Eingang ruhte. Unter dem Druck des Flugsandes waren einige der Gewölbesteine gerissen. Sie drohten herabzustürzen und das gesamte Gewölbe mit sich zu reißen. Wir durften nicht länger als nötig in der Genisa bleiben!

Die Steinquader der geborstenen Wand hatten mehrere Tonkrüge zertrümmert, deren Scherben auf dem Boden verteilt lagen. Zahlreiche Rinnsale aus feinem Sand hatten sich in die Kammer ergossen. Und dazwischen, im Staub verborgen …

»Papyrus!«, flüsterte Tayeb.

Ich kniete mich vor die zwei Ellen hohen Tonkrüge.

Tayeb entzündete mehrere Kerzen und hockte sich neben mich. »Die Gefäße ähneln der Amphore, die uns der jüdische Antiquitätenhändler im Souk angeboten hat. Du weißt schon: der Tonkrug, der angeblich aus der antiken Stadt Oxyrhynchos stammte.«

Ich zog einen der Tonkrüge zu mir heran. »Dieses Gefäß ist noch versiegelt!« Mit meinem Dolch hebelte ich den mit Wachs verschlossenen Deckel auf. Dann drehte ich die Amphore um und ließ den Inhalt in meinen Schoß gleiten. Ein in Leder gebundener und verschnürter Codex! Noch unversehrt! Außerdem rieselten die Reste eines Papyrus aus dem Tonkrug.

Ganz behutsam schlug ich das Buch auf, um die ersten Zeilen zu lesen. Der Text war in griechischer Schrift auf das Pergament gepinselt worden. Tayeb hob seine Kerze, damit ich lesen konnte.

»Anfang des Evangeliums von Jesus Christus, des Sohnes Gottes.« Mein Blick flog über die nächsten Zeilen. »Das ist das griechische Markus-Evangelium.«

»Ein christliches Evangelium in einer jüdischen Synagoge?«

»Markus predigte in den Synagogen von Alexandria«, murmelte ich und starrte gedankenverloren auf den Pergamentcodex in meinen Händen, auf die Papyrusfasern aus dem Krug und auf die mit Lehmziegeln verschlossene Tür der Genisa. »Der Codex stammt nicht aus dem ersten Jahrhundert, sondern ist später, im dritten oder vierten Jahrhundert, abgeschrieben worden.«

Die Papyrusrollen, die oft etliche Ellen lang waren, waren am Ende des ersten Jahrhunderts durch die handlicheren Codices ersetzt worden. Die von den Christen verwendete Bibel bestand aus vielen Schriftrollen und war sehr umständlich zu benutzen. Ein Codex war praktischer zu lesen, problemloser zu transportieren und während einer Christenverfolgung leichter zu verstecken. Dieser Pergamentcodex war vermutlich im vierten Jahrhundert verfasst worden. Und er steckte in einem Tongefäß, das Reste einer viel älteren Papyrusrolle enthielt.

Erneut irrte mein Blick zu den Lehmziegeln am Eingang der Kammer. Warum versteckte ein Christ ein von der Kirche anerkanntes Evangelium in der Genisa einer verlassenen Synagoge? Wieso versiegelte er die Kammer mit Lehmziegeln? Warum musste alles so schnell gehen, dass nicht genug Zeit blieb, eine Mauer aus Steinquadern zu errichten, die das Versteck schützte?

Die Tonkrüge mussten noch etwas anderes enthalten! Werke, die die Kirchenväter nach der Festlegung des Bibelkanons als häretisch verdammten. Das Evangelium des Basilides, der geschrieben hatte, dass Jesus nicht am Kreuz gestorben war? Das Thomas-Evangelium?

Das Judas-Evangelium? Alle diese häretischen Texte waren im Lauf der Jahrhunderte verschollen.

»Alessandra?«

Und wenn sie nun in dieser Genisa versteckt worden waren, um sie vor der Vernichtung zu bewahren? Sollten die Schriften später, wenn die Gefahr der Verfolgung vorüber war, an einen anderen Ort gebracht werden?

»Alessandra! War da nicht ein Geräusch?« Tayeb wandte sich zum Eingang der Kammer um.

»Ich habe nichts gehört.«

»Du würdest im Augenblick nicht einmal mitbekommen, wenn die Synagoge hinter dir einstürzt«, frotzelte er und sprang auf, um mit seiner Kerze in den Gang zu leuchten. »Nichts zu sehen.« Er hockte sich wieder neben mich. »Vielleicht war's eine Sandviper.«

Besorgt sah ich mich nach Schlangen und Skorpionen um. Dann blickte ich zu den gerissenen Gewölbesteinen empor: Wir sollten uns nicht allzu lang in der Kammer aufhalten und unser Leben riskieren.

»Der Codex stammt also aus dem vierten Jahrhundert?«

»Genau. Im ersten und zweiten Jahrhundert sind sehr viele Evangelien entstanden. Der Kirchenvater Irenaios, der um das Jahr 180 Bischof von Lyon war, war verbittert, weil viele Häretiker Bücher verfassten, die nicht mit dem wahren Glauben übereinstimmten. Im zweiten Jahrhundert lasen die christlichen Gemeinden unterschiedliche Evangelien. Das Johannes-Evangelium wurde nicht in allen Gemeinden als wahr anerkannt, und in Ägypten war das Thomas-Evangelium sehr beliebt.

Irenaios von Lyon hatte eine großartige Vision: Er wollte eine Kirche erschaffen, die nur einen Glauben hatte. Entschlossen ging er ans Werk: Er versuchte die Häresien in seinem monumentalen Buch zu widerlegen. Er rief die Gläubigen zur Vernichtung der ketzerischen Schriften auf und erklärte von den vielen Evangelien nur vier für wahr, weil sie angeblich von den Aposteln Matthäus, Markus, Lukas und Johannes verfasst worden seien.«

»Sieh mal einer an. Dann war es also der Bischof von Lyon und nicht ein römischer Papst oder ein byzantinischer Kaiser, der für alle Zeit festlegte, woran ein Christ glauben muss und woran nicht. Und was die unveränderliche und ewige Wahrheit ist.«

»Du hast es erfasst. Aber was mich wirklich wütend macht, ist die Tatsache, dass Irenaios die Gläubigen ermahnte, den Priestern zu gehorchen, da sie angeblich Nachfolger der Apostel sind und die Wahrheit kennen. Mit anderen Worten: unfehlbar sind!«

»Luca war auch …«

»Mein Vater hat sich das Denken niemals verbieten lassen – nicht als Inquisitor, nicht als Stellvertreter des Papstes in Rom! Nein, Tayeb, es waren die Priester, die immer Recht haben wollen, weil ihnen Gehorsam geschuldet wird, die mich, ein dreijähriges Kind, in den Kerker der Inquisition gesperrt haben.«

Schmerzhafte Erinnerungen überfielen mich.

Düsterer Fackelschein … Bewaffnete, die mich in eine finstere Zelle schleppten und brutal auf den Boden stießen … Dominikaner in schwarzweißen Habites, die mir wehgetan hatten … Die verzweifelten Schreie meiner Mutter unter der Folter … Das angsterfüllte Gesicht meines Vaters, des Inquisitors von Rom, der über uns richten sollte.

Ich fuhr mir über das Gesicht und erzählte weiter: »Athanasios, der Patriarch von Alexandria, war ein glühender Bewunderer von Irenaios. Zum Osterfest 367 belehrte er die Gläubigen über die Texte, die er als von Gott inspiriert ansah: die Evangelien und Briefe des Neuen Testaments, wie es noch heute existiert. Alle anderen Schriften, die die Menschen angeblich in die Irre führten, weil sie dem Glaubensbekenntnis widersprachen, sollten vernichtet werden. Auf dem Konzil von Nikaia im Jahr 325 war Jesus durch Abstimmung der Bischöfe – mit zwei Gegenstimmen! – und per Dekret des Kaisers Konstantin zum Gott erhoben worden. Unzählige Bücher müssen damals in Ägypten verbrannt worden sein: gnostische Evangelien und vielleicht auch Papyrusrollen aus der Bibliotheca Alexandrina.«

Tayeb deutete auf die versiegelten Amphoren. »Du glaubst, dass nicht alle Gläubigen dem Befehl zur Bücherverbrennung gehorchten.«

»Genau. Irgendjemand brachte diese Tonkrüge in die leer geräumte Genisa der verlassenen Synagoge, um sie hier zu verstecken. Niemand würde die ketzerischen Schriften hier suchen – es war ja lebensgefährlich.«

»Das ist es immer noch«, erinnerte mich Tayeb ernst.

»Das stimmt«, gab ich zu, meinte jedoch nicht die Gefahr des Einsturzes der Genisa. »Die Kirche verbrennt noch immer Schriften, die der offiziellen Lehre widersprechen. Dabei geht es nicht um den wahren Glauben. Es geht, um mit Irenaios' Worten zu sprechen, um den Gehorsam der Gläubigen. Um es mit meinen Worten zu sagen: Es geht um Macht, die mit Gewalt gerechtfertigt wird.«

Mein Blick blieb an einem Papyrusfetzen hängen, der aus einem der zerstörten Tonkrüge ragte. Ein Stein aus der geborstenen Wand der Genisa hatte das Gefäß zerbrochen und den Papyrus zerfetzt. Ein paar Schnipsel lagen zwischen den Scherben, der Rest ruhte vermutlich unter dem Quader.

Ich hob ein Fragment auf.

Die Seitenränder waren ausgefranst. Ein tiefer Riss teilte es in zwei Teile, die nur noch von einzelnen Papyrusfasern zusammengehalten wurden. Das Material war sehr brüchig. Im Schein der Kerzen versuchte ich, die verblasste Schrift zu entziffern. Es war ein griechischer Text.

Das kann nicht sein!, dachte ich, als ich die ersten Worte las.

Beinahe hätte ich das Fragment fallen gelassen.

Jesus sprach: Werdet Vorübergehende

»Dieser Spruch findet sich nicht in den Evangelien!« Meine Stimme bebte vor Aufregung.

Vorsichtig wendete ich den Papyrusschnipsel, um die Rückseite zu betrachten. Auch sie war beschrieben:

»›Jesus sprach: Kein Prophet ist …‹ – dann folgt ein unleserliches Wort – ›… in seinem Dorf. Kein Arzt heilt …‹ – wieder ein paar verblasste Buchstaben.« Ich holte tief Luft und las erneut: »›Jesus sprach: Kein Prophet ist angenommen in seinem Dorf. Kein Arzt heilt die ihn kennen.‹«

Stürmisch umarmte ich Tayeb und warf ihn dabei fast um. »Weißt du, was das bedeutet?«

»Keine Ahnung«, gestand er verwundert.

Ich wies auf die Tonscherben und Papyrusfetzen vor uns im Sand. »Wir haben ein neues Evangelium gefunden!«

»Das freut mich!«, hörte ich eine Stimme mit römischem Akzent hinter mir.

Erschrocken ließ ich Tayeb los.

Im Eingang der Genisa stand der junge Mann mit den dunklen Augen, der uns seit unserer Abreise aus Florenz verfolgt hatte. Er war groß und schlank – ein durchtrainierter Kämpfer. Das Schwert, das er in der Hand hielt, funkelte im Licht der Kerzen.

»Und ich würde mich noch mehr freuen«, fügte er mit ausgestreckter Hand hinzu, »wenn Ihr es mir nun übergeben würdet.«

Niketas

Kapitel 2

»Sophia – Weisheit!«, rief der Diakon, als er das Evangelium über seinen Kopf hob, um es den Gläubigen zu zeigen. »Steht aufrecht!«

Ich erhob mich von meinem Sessel neben dem Patriarchen und half ihm auf.

»Evcharistó!«, flüsterte er, als er meine Hand ergriff und mit beiden Händen drückte. »Ich danke Euch, Niketas!«

Der Kaiser erhob sich von seinem Purpurthron.

Während der Chor die Hymne sang, legte der Diakon das Evangelium zurück auf den Altar. Als ich die goldbestickten Gewänder raffte und die Stufen zum Hochaltar emporstieg, um die Weihnachtsmesse zu zelebrieren, empfand ich nichts als stille Traurigkeit.

Nachdem der Diakon den Altar, den Patriarchen und mich beräuchert hatte, verkündete ich den Gläubigen das, was sie für das Wort Gottes hielten. Während ich die Weihnachtsgeschichte aus dem Evangelium nach Lukas sang, ließ ich meinen Blick über die Hunderte orthodoxen Gläubigen schweifen, die in die Kirche San Francesco von Ferrara geströmt waren, um die Geburt ihres Erlösers zu feiern.

Mit geschlossenen Augen, als wäre er eingenickt, war der Patriarch auf seinem Sessel zusammengesunken. Joseph war alt und gebrechlich. Sein durch mönchische Enthaltsamkeit geformtes Gesicht hinter dem langen weißen Bart war bleich, und die schlichte schwarze Soutane und seine Haube mit dem schwarzen Schleier unterstrichen seine Totenblässe noch. Nur seine funkelnden blauen Augen verrieten, dass noch feurige Glut unter der Asche brannte – Temperament,

Leidenschaft und ein eiserner Wille, sich Papst Eugenius nicht kampflos zu unterwerfen.

»Und der Engel sprach zu den Hirten: Fürchtet euch nicht! Denn siehe, ich verkündige euch eine große Freude. Denn euch ist heute ein Retter geboren, er ist Christus, der Kyrios.«

Der Patriarch hatte die Augen geöffnet und beobachtete, wie ich nun feierlich von Jesus Christus als dem Erlöser sang. Er sah mir in die Augen, bis tief hinein in meine Seele, doch ich hielt seinem Blick stand, während ich weiter aus dem Gedächtnis zitierte: »Verherrlicht ist Gott in der Höhe, und auf Erden ist Frieden …«

Als ich an diesem Nachmittag vor dem Altar der Kirche des Konvents liegend betete, hatte der Patriarch mich herausgerissen aus der Stille. Vor zehn Tagen hatte ich mich in das Dominikanerkloster von Ferrara zurückgezogen, um mich zu besinnen. Und um den furchtbaren Gewissenskonflikt zu lösen, der mir den Verstand zerfetzte.

Der Patriarch war zu mir ins Kloster gekommen, um mich zu bitten, an seiner Stelle den Gottesdienst in San Francesco zu halten. Er sei zu gebrechlich, um die Anstrengungen der sechsstündigen Messe zu ertragen.

Die Sorge hatte in seinen Augen geschimmert, als er mich mit gefalteten Händen von meinem Schreibtisch aus beobachtete, wie ich mich auf das Bett meiner Zelle sinken ließ und mir mit beiden Händen über das Gesicht fuhr.

Wie konnte er mich derart bedrängen! Er wusste doch, dass ich mit Gott um eine Entscheidung rang!

»Ihr werdet mich würdig vertreten, mein Sohn.«

Als ich nicht antwortete, hatte er milde gelächelt:

»Vielleicht werdet Ihr bald Patriarch sein, Niketas.«

»Es gibt würdigere Priester als mich, die anstelle Eurer Allheiligkeit die Weihnachtsmesse zelebrieren können!«, missachtete ich seinen Herzenswunsch, den ich ihm nicht erfüllen konnte – nicht gegen mein Gewissen. »Die Metropoliten von Ephesos und Nikaia sind die ranghöchsten …«

»Wenn der Erzbischof von Ephesos die Messe hält, ist das ein Affront gegen den Papst!«, mahnte er. »Niketas, Ihr wisst, wie sich Markos Eugenikos vor kurzem gegen den Primat des Papstes ausgesprochen hat … und wie der Papst während der letzten Konzilssitzung Blitz und Donner gegen unseren Freund Markos schleuderte. Ihr wart es doch, der durch eine beherzte Rede die erhitzten Gemüter auf griechischer wie auf lateinischer Seite besänftigte und so mutig verhinderte, dass zornige Bannflüche hin- und herflogen.

Sogar der Papst hat Euch aufmerksam zugehört, ohne Euch ins Wort zu fallen. Er schätzt Euch als einen Mann, der Verantwortung übernehmen kann und will, als einen besonnenen, aber nicht minder resoluten Hirten, der eine Herde aufgescheuchter Erzbischöfe, Metropoliten und Kardinäle beruhigen und ermahnen kann. Nein, Niketas, Seine Majestät der Kaiser wünscht, dass *Ihr* den Gottesdienst zelebriert.«

»Ich hatte den Basileus gebeten, mich bis Anfang Januar ins Kloster zurückziehen zu dürfen, um meinen Seelenfrieden wiederzufinden. Diesen Wunsch hat er mir gewährt!«

Patriarch Joseph, der Sohn des bulgarischen Zaren und einer byzantinischen Prinzessin, hatte das mönchische Leben geliebt. Der ehemalige Metropolit von Ephesos, seit nunmehr dreiundzwanzig Jahren Patriarch von Konstantinopolis, hatte sich als junger Mann in das Kloster auf dem Berg Athos zurückgezogen. Joseph, der mich seit meinem achten Lebensjahr kannte, konnte sehr gut nachempfinden, wonach ich mich sehnte.

»Und ich will auch, dass Ihr die Messe haltet!«, hatte er besänftigend auf mich eingeredet. »Niketas, habt Erbarmen mit einem alten, kranken Mann, und tut mir den Gefallen. Und vor allem: Tut ihn Euch selbst. Nein, bitte lasst mich ausreden, mein Sohn! Ich kenne Eure Zweifel – wie oft haben wir darüber gesprochen!

Besinnt Euch darauf, was Ihr seid, Niketas: ein Mensch, der irren kann. Aber vor allem seid Ihr ein geweihter Priester! Gott wird Euch an der Hand nehmen und Euch den rechten Weg zeigen. Haltet fest am Glauben! Neben Markos Eugenikos und Basilios Bessarion seid Ihr der brillanteste Kirchengelehrte von Byzanz. Ich kann Euch nichts lehren, was Ihr nicht selbst viel besser wisst. Als Euer Patriarch kann ich Euch nur ein liebevoller Vater sein, der Euch von ganzem Herzen rät: Achtet nicht auf die gotteslästerlichen Einflüsterungen Eures Freundes, Rabbi Natanael.« Er hatte schwermütig geseufzt. »Einen Juden zu Eurem Sekretär und Vertrauten zu machen! Wie konntet Ihr das tun!«

»Natanael ist wie ein Bruder für mich.«

»Niketas, ich flehe Euch an: Besinnt Euch!«

»Das habe ich getan, Allheiligkeit«, hatte ich gestanden. »Ich bin ein verirrtes Schaf, das die Herde weit hinter sich gelassen und sich allein durch das Dornengestrüpp gekämpft hat.«

»Kennt Ihr das Gleichnis vom verlorenen Schaf, Niketas? ›Wenn ein Hirte hundert Schafe hat und eins davon sich verirrt, lässt er nicht die neunundneunzig im Pferch und geht das irrende suchen? Und wenn er es findet, freut er sich nicht mehr über dieses eine als über die neunundneunzig, die sich nicht verirrt haben?‹« Er hatte meine Hand ergriffen. »Lasst mich Euer Hirte sein, Niketas. Lasst mich Euch zur Herde zurückbringen.«

»Das verirrte Schaf hängt schwer verletzt im Dornengestrüpp fest. Je länger es um seine Freiheit ringt, desto tiefer bohren sich die spitzen Dornen in sein Fleisch.«

»Ich werde es befreien und seine Wunden liebevoll versorgen. Ich werde seinen Schmerz lindern und mich um dieses leidende Schaf kümmern, bis es wieder aus eigener Kraft auf der Weide herumspringen kann – so wie früher.«

Sollte ich es ihm sagen? Nach Liebe sehnte ich mich, nach Herzenswärme und Geborgenheit, nicht nach Mitleid oder nach Vergebung meiner geistigen Verirrung.

Doch dann hatte ich mich ihm schweren Herzens anvertraut: »Vielleicht stirbt das Schaf, während Ihr noch versucht, es aus den Dornen zu befreien.«

»O mein Gott!« Meine Hand hatte er nicht losgelassen. »So schlimm ist es?«

»Rabbi Natanael ist nicht nur mein Freund, sondern auch mein Arzt. Ich vertraue seiner Diagnose.«

»Ihr seid noch so jung, Niketas: erst fünfunddreißig. Was könntet Ihr noch alles erreichen! Sollte die Kirchenunion während dieses Konzils zustande kommen, könntet Ihr eines Tages sogar Papst werden, der erste griechische Papst seit Jahrhunderten. Dann könntet Ihr diese Niederlage von Ferrara, die Unterwerfung der orthodoxen Kirche und den demütigenden Kniefall des byzantinischen Kaisers vor dem römischen Papst, in einen triumphalen Sieg verwandeln! Niketas, mein lieber Junge! Von ganzem Herzen werde ich Gott anflehen, Euch noch nicht zu sich zu rufen!«

»Eure Gebete um mein Seelenheil werde ich benötigen, Allheiligkeit. Denn heute Morgen habe ich mich entschieden …«

Die dichten Weihrauchschwaden verursachten mir einen leichten Schwindel. Schwer lastete die mit Edelsteinen geschmückte Krone auf meinem Kopf, das steife Brokatgewand behinderte mich. Ich war erschöpft und sehnte mich nach der Ruhe meiner Klosterzelle.

Besorgt beobachtete mich der Kaiser, als ich nun, nachdem mir der Diakon das gewichtige Evangeliar abgenommen hatte, mit meiner Auslegung der Heiligen Schrift begann.

Obwohl ihm die eisige Winterkälte in Ferrara Schmerzen bereitete, hielt sich der Basileus sehr aufrecht auf dem Thron. Die Gicht plagte ihn derart, dass er kaum laufen konnte und in die Kirche getragen werden musste. Er trug die perlenbestickte und golddurchwirkte Purpurrobe, die ebenso steif und schwer war wie mein Ornat, die kaiserlichen Purpurstiefel und eine goldene Krone mit langen Schnüren von

Perlen, Rubinen und Saphiren, die bis auf seine Schultern herabfielen.

Neben ihm saß sein Bruder Demetrios. Auch er ließ mich nicht aus den Augen – allerdings weniger aus brüderlicher Besorgnis, als vielmehr in der Hoffnung, ein erneuter Ohnmachtsanfall könnte mich in aller Öffentlichkeit stürzen lassen. Hatte Demetrios dem Diakon befohlen, derart viel Weihrauch zu verbrennen?

Der hoch gewachsene Mann neben ihm war mir nicht vorgestellt worden. Er hatte auf dem Sessel Platz genommen, der dem Protokoll nach Niccolò d'Este, dem Herrscher von Ferrara, zustand – doch der Marchese hatte es vorgezogen, an der lateinischen Weihnachtsmesse des Papstes in der Kathedrale teilzunehmen. Er trug eine lange, scharlachrote Robe aus Florentiner Tuch und eine Haube in derselben Farbe. Ein Siegelring war das einzige Abzeichen seiner Macht. Wer war er?

Nachdem ich meine Predigt beendet hatte, begann die Feier der Eucharistie. Der Chor intonierte den Hymnus der Cherubim, während der Diakon den Altar, die Weihnachtsikone, die Priester und mich beweihräucherte. Anschließend trugen der Diakon und ich den Teller mit dem Brot und den Kelch mit dem Wein zum Altar.

Nach dem Glaubensbekenntnis hob ich die Decke, mit der Teller und Kelch zugedeckt waren, und bewegte sie feierlich über den Gaben. Diese Handlung symbolisiert das Wehen des Heiligen Geistes. Gewiss würde Kardinal Cesarini, der offenbar auf Wunsch Seiner Heiligkeit an der Messe teilnahm, sofort nach dem Ende des Gottesdienstes zu Papst Eugenius eilen, um ihm zu berichten, dass ich dem orthodoxen Ritus gemäß das Filioque weggelassen hatte. Das Filioque war einer der Streitpunkte des Konzils – die Frage, ob der Heilige Geist vom Vater *und vom Sohn* ausging, was die lateinische Kirche behauptete, die griechische jedoch leugnete.

»Lasst uns Dank sagen dem Herrn!« Ich sprach die Einsetzungsworte des Abendmahls und hob den Teller mit dem gesäuerten Brot:

»Nehmt und esst! Dies ist mein Leib, der für euch gebrochen wird zur Vergebung der Sünden.« Dann nahm ich den Kelch. »Trinkt alle daraus! Das ist mein Blut des neuen Bundes, das für euch und viele vergossen wird zur Vergebung der Sünden.«

Ich betete die Anrufung des Heiligen Geistes, wie ich es schon tausend Mal getan hatte, und vollzog die Wandlung von Brot und Wein in Leib und Blut von Jesus Christus. Aber es fiel mir unendlich schwer. Ich konnte nicht mehr an den Sinn der Eucharistie glauben. Ich bezweifelte die Göttlichkeit Jesu Christi. Ich glaubte nicht mehr, dass ich in apostolischer Nachfolge sein Stellvertreter auf Erden war.

Nach dem Vaterunser nahm ich das Brot und aß es, dann führte ich den Kelch zu den Lippen und trank vom Wein.

Nicht nur mein Gewissen quälte mich. Mir war schwindelig vom Weihrauchduft, und ich hatte starke Kopfschmerzen.

Dann geschah es.

Plötzlich war alles wieder so bestürzend klar, die Farben leuchteten so intensiv, und das Gold schimmerte so hell! Funken aus Licht tanzten vor meinen Augen und behinderten meine Sicht. Der Schmerz in meinem Kopf wich einer fast orgastischen Ekstase. Und da war wieder dieses himmlische Gefühl vollkommener Stille und seelischer Ruhe. Ein Empfinden von Freude und Glück, ja von göttlichem Segen. Ich fühlte mich so feinsinnig, so inspiriert und so lebendig!

Dann verwehten diese wundervollen, sinnlichen Gefühle, und zurück blieb wieder nur der Schmerz und die Traurigkeit. Und das Leiden an der Ohnmacht des langsamen Sterbens.

Ich zitterte am ganzen Körper und hatte Mühe, mich auf den Beinen zu halten. Mit beiden Händen musste ich mich am Altar festhalten. Um ein Haar hätte ich mit den Ärmeln meines Ornats den Kelch mit dem Wein zu Boden gerissen.

Ein bestürztes Raunen wehte durch die Kirche.

Einer der Priester stützte mich unauffällig.

»Es geht schon!«, dankte ich ihm und wies den Diakon an, das Brot in den Wein zu versenken.

»Glut des Glaubens, Fülle des Heiligen Geistes. Amen!«, rief der Diakon, während er das heiße Wasser in den Kelch goss. Und dann: »Nähert Euch in Gottesfurcht, Glauben und Liebe!« Anschließend folgte er mir mit dem Kelch und dem Silberlöffel, als ich die Altarstufen zum Thron hinabstieg, um dem Kaiser die Kommunion zu erteilen. Zwei Priester wichen nicht von meiner Seite.

Der Basileus erhob sich und erwartete mich mit über der Brust gekreuzten Händen und demütig gesenktem Haupt. Während Ioannis das in Wein getauchte Brot nahm, das ich ihm auf dem Silberlöffel darbot, hielt der Diakon ein weißes Seidentuch unter sein Kinn. Dann tupfte er damit die Lippen ab und bot ihm den Teller mit dem Antidoron dar, dem nicht konsekrierten Brot.

Der Basileus küsste andächtig den Kelch und nahm ein Stück des Brotes. Bevor er sich auf seinen Thron sinken ließ, umarmte er mich und küsste mich auf beide Wangen. »Komm nach der Messe zu mir. Wir müssen reden.«

Ich nickte stumm, warf dem Mann im scharlachfarbenen Gewand einen Blick zu und wollte mich dem Patriarchen zuwenden, als der Basileus mich am Arm festhielt.

»Du bist blass, Niketas. Ein neuer Anfall?«, sorgte er sich. »Mein Gott, ich fürchtete schon, du würdest am Altar zusammenbrechen. Soll ich Basilios Bessarion bitten, die Eucharistiefeier fortzusetzen?«

»Nein«, winkte ich ab. »Es wird schon gehen.«

Ich trat zum Patriarchen, um Seiner Allheiligkeit den Silberlöffel mit dem in Wein gelösten Brot darzubieten. Anschließend schritt ich die Reihen der Metropoliten, Erzbischöfe, Bischöfe, Äbte und Priester entlang, die im Gefolge des Kaisers und des Patriarchen nach Ferrara gekommen waren, um mit dem Papst über die Kirchenunion zu verhandeln. Nach dem Dankgebet und dem Segen kehrte ich zur Anbetung des Kreuzes an den Altar zurück.

Demetrios trat heran, um sich vor der Ikone des thronenden Pantokrators dreifach zu bekreuzigen, das Kreuz zu küssen und kniend meinen Segen zu empfangen. Dem jüngeren Bruder des Basileus folgte Kardinal Cesarini.

Vor anderthalb Jahren hatte er den Vorsitz des von Papst Eugenius als häretisch verdammten Konzils von Basel niedergelegt. Anschließend war er nach Florenz zurückgekehrt, um sich mit dem Papst auszusöhnen – wahrlich keine leichte Entscheidung für den Kardinal, denn unter seiner Federführung hatte sich das Konzil von Basel angemaßt, über dem Pontifex zu stehen. Nach der Beendigung des römischen Schismas vor zweiundzwanzig Jahren in Konstanz drohten nun die Basler Konziliaristen, die römische Kirche erneut auseinanderzureißen.

Giuliano Cesarini war ein heißblütiger Redner, mit dem ich mir während der Konzilssitzungen so manches Wortgefecht geliefert hatte, das jedoch niemals, wie bei anderen Kardinälen der florentinischen Kurie, zur Schlammschlacht entartete. Ein beherzter Mann, der für seinen Glauben stritt. Ein wahrhaftiger Mann, der Fehler wie seinen jahrelangen Vorsitz in Basel eingestehen und sich dafür beim Papst entschuldigen konnte. Ich schätzte ihn als großen Gelehrten und mochte ihn als Mensch.

Andächtig kniete der Kardinal in seiner purpurfarbenen Soutane nieder, berührte das Kreuz mit den Lippen und erhob sich. »Gewährt Ihr mir den Friedenskuss, Euer Seligkeit?«

Ich nickte. »Gewiss, Euer Eminenz!«

Er küsste mich auf beide Wangen. »Buon Natale!«

»Frohe Weihnachten!«

»Ich war überrascht, als Seine Heiligkeit mich wissen ließ, dass Ihr die orthodoxe Messe haltet«, gestand er. »Wolltet Ihr nicht bis Epiphanias in Klausur gehen?«

»Der Patriarch fühlte sich nicht wohl und bat mich, ihn zu vertreten. Morgen kehre ich ins Kloster zurück.«

»Wie schön für Euch – und wie bedauerlich für mich.« Er lächelte charmant. »Papst Eugenius bat mich, den römischen Primat mit Euch zu diskutieren. Er hätte gern gewusst, ob Ihr den Vorschlägen, die er dem Konzil in der nächsten Sitzung unterbreiten will, zustimmen würdet. Er will Eure Meinung hören, als orthodoxer Theologe und als einer der einflussreichsten Würdenträger der griechischen Kirche.«

Ich hob die Augenbrauen. »Warum fragt Seine Heiligkeit mich dann nicht selbst nach meiner Haltung zur römischen Vorherrschaft?«

»Nach der letzten Sitzung … nun ja, wie soll ich es sagen?«, wand er sich. »Nach Eurer leidenschaftlichen Rede ist er … ist er … Ach, was soll's! Ich sag's Euch, wie es ist: Er achtet Euch sehr. Und er schätzt Eure Ansichten und die Art und Weise, wie Ihr sie im Konzil vertretet. Aber nach Eurer Rede während der letzten Sitzung ist er verunsichert, wie Ihr reagieren würdet, wenn er Euch zum Abendessen unter vier Augen einlädt.«

»Bitte richtet Seiner Heiligkeit aus: Ich werde kommen. Unter einer Bedingung. Wenn ich ihm in einem vertraulichen Gespräch meine Meinung darlege, tue ich das nicht offiziell als Delegierter der orthodoxen Kirche, als Vertreter des Patriarchen oder als Berater des Kaisers. Über meine persönlichen Ansichten kann er jedoch bei einem Becher Wein ganz nach Belieben mit mir diskutieren.«

Kardinal Cesarini nickte zufrieden. »Das ist eine akzeptable Bedingung.«

»Wie schön! Dann freue ich mich auf seine Einladung nach Epiphanias.«

Ich bot ihm das Antidoron an, die nicht konsekrierten Reste des Abendmahlsbrotes, die auch von nichtorthodoxen Gläubigen empfangen werden durften. Doch er lehnte dankend ab und verabschiedete sich mit einem liebenswürdigen »Buona notte!«.

Den Mann im scharlachroten Gewand, der während der Messe neben dem Basileus gesessen hatte, quälten keine solchen Bedenken. Er nahm das Brot, das ich ihm reichte. »Möge das Schisma, das die griechische und die lateinische Kirche trennt, nach vier Jahrhunderten endlich beendet werden.« Als ich ihn verwirrt ansah, lächelte er. »Es tut mir leid, dass Seine Majestät der Kaiser noch keine Gelegenheit hatte, mich Eurer Seligkeit vorzustellen. Ich bin Cosimo de' Medici.«

Kein selbstbewusstes ›Ich bin der Bankier des Papstes‹, kein stolzes ›Ich bin der Bannerträger von Florenz und regiere die mächtigste Republik Italiens‹. Nur ein schlichtes ›Ich bin Cosimo de' Medici‹.

Er mochte um die fünfzig sein. Ein aufrechter Mann mit zurückhaltenden Gesten und einem festen Händedruck. Sein Gesicht hätte fast asketisch gewirkt, wären da nicht die feinen Lachfältchen in den Augenwinkeln gewesen. Vom ersten Augenblick an war er mir sehr sympathisch.

»Ich freue mich, Euch kennenzulernen, Exzellenz.«

»Die Freude ist ganz auf meiner Seite!«, versicherte er mir. »Der Basileus hat mich gebeten, mich an Euch als Vertreter Seiner Allheiligkeit des Patriarchen zu wenden. Seine Majestät der Kaiser deutete an, dass Ihr Euch während der Feiertage in Klausur in einem Dominikanerkloster befindet. Würdet Ihr mir in den nächsten Tagen eine Audienz gewähren?«

»Sehr gern!« Ich bemühte mich, mir meine Enttäuschung nicht anmerken zu lassen: Meine Rückkehr in den Konvent würde ich um einen Tag verschieben müssen. »Die vorweihnachtliche Fastenzeit ist beendet. Ich wäre glücklich, Euch morgen Abend zum Essen in meinem Haus begrüßen zu dürfen, Exzellenz – ich meine: falls Ihr keiner Einladung an den Tisch des Kaisers folgt. Der Metropolit von Nikaia, mit dem ich den Palazzo teile, wird vermutlich mit uns speisen.«

»Ich danke Euch für die Einladung, Euer Seligkeit, die ich mit dem größten Vergnügen annehme!« Dann beugte er das Knie, küsste meine Hand und erhob sich wieder. Mit einer eleganten Verbeugung trat er zurück.

Wieso hatte ihn der Basileus an mich verwiesen? Er wusste doch, dass ich in Klausur gegangen war, um in Ruhe nachzudenken. Warum wollte er nach der Messe mit mir reden? Hatte der Patriarch ihn vor dem Gottesdienst wissen lassen, wie ich mich entschieden hatte?

Während die Gläubigen die Kirche verließen, folgte ich dem Diakon zur Sakristei, um den priesterlichen Ornat abzulegen.

Als ich die Kammer betrat, lehnte Natanael mit verschränkten Armen an einer der Truhen.

Mein Bruder trug einen langen schwarzen Gelehrtentalar, auf dem der in Italien vorgeschriebene gelbe Judenkreis aufgestickt war. Ich hatte versucht, beim Bischof von Ferrara eine Ausnahmegenehmigung zu erwirken, um Natanael diese Demütigung zu ersparen, aber der hatte mich kalt lächelnd auf die Beschlüsse des Laterankonzils von 1215 verwiesen, das die Juden zum von Gott verworfenen Volk erklärte. Seine Selbstgerechtigkeit und sein Hochmut hatten mich erzürnt. Natanael war tief verletzt, doch er hatte mich davon abgehalten, den Papst um einen Dispens zu bitten.

Schweigend beobachtete er, wie ich die schwere Krone vom Kopf hob und sie dem Diakon reichte. Dann fuhr ich mir mit beiden Händen durch das schulterlange schwarze Haar und schloss für einen Moment die Augen.

»Wie geht es dir?«, fragte er schließlich. Seit meinem Rückzug ins Kloster nach der letzten Konzilssitzung hatten wir uns nicht gesehen.

Mit einem Wink entließ ich den Diakon. »Ich werde den Ornat selbst ablegen. Kali nichta – gute Nacht!«

Er kniete nieder und küsste meine Hand. Bevor er die Sakristei verließ, warf er einen finsteren Blick auf den jüdischen Rabbi. In all den Wochen seit dem tragischen Tod meines Sekretärs Athenagoras hatte er sich nicht damit abfinden können, dass Natanael nun dessen Platz in meinem Gefolge einnahm. Leise schloss er die Tür hinter sich und ließ uns allein.

»Es geht mir gut«, murmelte ich und nahm die Kette mit dem Panagia-Medaillon ab. »Die zehn Tage im Kloster waren sehr erholsam.«

»Du bist so blass, Niketas. Und so schmal wie ein Asket«, sorgte sich Natanael. »Haben die Dominikaner dir nichts zu essen gegeben?«

»Ich habe das vorweihnachtliche Fasten gehalten«, erinnerte ich meinen Freund, der auch mein Arzt war.

»In deinem Zustand!«, ermahnte er mich ernst. »Niketas, du solltest alles vermeiden, was dich schwächt.«

»Die Ruhe im Kloster hat mir gutgetan, Natanael. Ich hatte keinen neuen Anfall.« Ich zog das Omophorion von der Schulter und betrachtete es. Das mit Kreuzen bestickte Brokatband war das Abzeichen meines Ranges. Würde ich es je wieder anlegen?

»Ich war heute Nachmittag im Konvent, um dir mitzuteilen, dass Cosimo de' Medici nach Ferrara gekommen ist«, begann Natanael. »Doch der Prior hat mich freundlich, aber bestimmt abgewiesen: Du hättest ausdrücklich befohlen, niemanden zu dir zu lassen. Selbst einen Boten des Basileus habe er eine halbe Stunde zuvor wegschicken müssen.«

»Ich wollte nicht gestört werden. Das war doch gerade der Sinn meines Aufenthaltes im Dominikanerkloster.«

»Und wie konnte der Patriarch dich dann bewegen, die Messe zu halten?«

»Er kam zu mir in die Klosterzelle, um mit mir zu reden.«

Mein Bruder beobachtete mich, wie ich gedankenverloren das bestickte Brokatband anstarrte. Er spürte meine Traurigkeit und schwieg eine Weile. Schließlich fragte er: »Du hast eine Entscheidung getroffen, nicht wahr?«

Ich küsste das Omophorion und legte es sorgsam gefaltet auf die Truhe. Nie wieder würde ich es tragen.

Natanael umarmte mich. »Es tut mir leid«, flüsterte er. »Es tut mir so unendlich leid, Niketas. Das war doch niemals meine Absicht!«

»Das weiß ich.«

»Ich fühle mich schuldig«, murmelte er an meiner Schulter. »Ich habe dein vollkommenes Leben zerstört. Du warst so glücklich als Mönch, als Priester, als Me…«

»Natanael!«, unterbrach ich ihn sanft. »Gib nicht dir die Schuld! Es ist meine Entscheidung!«

Er nickte stumm.

»Vergib mir, Natanael. Ich weiß, wie enttäuscht du bist. Aber ich kann nicht gegen mein Gewissen handeln.«

»Ist schon gut«, beteuerte er. »Hast du es dem Patriarchen gesagt?«

»Ja, er weiß es.«

»Was hat er geantwortet?«

Ich atmete tief durch. »Wir kennen uns schon so viele Jahre. Er hat mich zum Priester geweiht. Er bedauerte meinen Entschluss. Aber ich habe ihm gesagt, dass ich nicht nur meinen Gelübden gehorchen muss, sondern vor allem meinem Gewissen.«

»Ich bezweifle, dass der Kaiser das genauso sieht!«

Basilios hatte die Sakristei betreten und schloss nun leise die Tür hinter sich. Seit unserem Noviziat im Basilianerkloster war ich eng mit Basilios Bessarion befreundet. Er war sechsunddreißig, ein Jahr älter als Natanael und ich. Der Metropolit von Nikaia trug die schwarze Soutane und die Schleierhaube, auf seiner Brust funkelten das Kreuz und das Panagia-Medaillon.

»Selten habe ich eine so würdige Messe erlebt wie diese«, bekannte er, während er mich umarmte. »Du warst so inspiriert, Niketas! Wie leidenschaftlich du gepredigt hast. Alle hast du in deinen Bann gezogen. Deine Predigt war eine Glanzleistung – denn ich bezweifle, dass selbst ein brillanter Theologe wie Markos von Ephesos bemerkt hat, dass du nicht von der Geburt des Messias als Erlöser der Welt gesprochen hast, nicht vom Gott in Menschengestalt …«

»In der Krippe von Bethlehem lag kein Gott, sondern ein Menschenkind.«

Basilios schluckte. »Ich hatte so gehofft, du würdest im Kloster zur Besinnung kommen«, gestand er unglücklich. »Ich habe gebetet, Gott möge dir den Weg weisen.«

»Das hat Er getan. Ich werde meine Titel ablegen und von meinen Ämtern zurücktreten …«

»Niketas, bitte tu das nicht!«

»… und ich würde mich freuen, wenn du meine Entscheidung akzeptieren würdest, ohne sie infrage zu stellen. Als mein Beichtvater weißt du, dass ich sie mir nicht leicht gemacht habe.«

Basilios wandte sich verzweifelt ab und warf Natanael einen Hilfe suchenden Blick zu.

»Mein Gewissen gebietet mir, so zu entscheiden, denn ich glaube nicht, dass Jesus Christus zur Vergebung meiner Sünden den Sühneopfertod am Kreuz starb. Er war nicht der Sohn Gottes oder der von den Wolken des Himmels herabsteigende Engel aus der Vision des Propheten Daniel. Er war ein Gottessohn, wie du und ich und Natanael im jüdischen Sinn Gottessöhne sind: zutiefst gläubige Menschen. Nein, Basilios, lass mich bitte sagen, was ich zu sagen habe!«, bat ich meinen Freund, bevor er mir seine Argumente zur Gottessohnschaft Jesu Christi entgegenschleudern konnte. »Ich bin von ganzem Herzen Priester und mit ganzer Seele ein Diener Gottes. Aber ich kann die Eucharistie nicht mehr feiern.

Ich kann nicht mehr glauben, dass sich Brot und Wein in Leib und Blut des Christus verwandeln. Die Eucharistie kann ich nicht anders feiern denn als Gedächtnismahl für Rabbi Jeschua, den ich sehr schätze, ja sogar verehre, den ich jedoch wie Natanael nicht als Gott anbeten kann. Weil er ein Mensch war wie du und ich und Natanael: sterblich, schwach und fehlbar! Ein Umherirrender, der das Königreich Gottes herbeisehnte, das wir jedoch nur in uns selbst erschaffen können.«

Wie sehr Basilios unter meinen Zweifeln litt! Obwohl er nach dem letzten schweren Anfall, meiner verzweifelten Beichte und meinem

Rückzug in die besinnliche Stille des Dominikanerklosters mit meiner Abdankung rechnen musste, hatte er die Hoffnung nie aufgegeben und für mein Seelenheil gebetet. Auch Natanael blinzelte und wischte sich eine Träne aus dem Augenwinkel.

»Es ist ein schmerzhaftes Gefühl, wenn dein Glaube zerbricht«, bekannte ich. »Die Scherben zerreißen dir Herz und Seele. Du bist verzweifelt. Du stürzt, und niemand kann dich auffangen, nicht einmal deine besten Freunde, die sich doch nach Kräften bemühen. Du tastest dich durch die Finsternis, die dich plötzlich umgibt, suchst nach einem Halt, nach einem Rest von Glauben, an dem du dich wieder aufrichten kannst – als Priester und als Mensch. Aber es gibt keinen. Die Heilsgewissheit, die Erlösung durch Jesus Christus, der zur Vergebung deiner Unvollkommenheit am Kreuz starb, ist dir fortgerissen. Du bist ohnmächtig. Du zweifelst … und du verzweifelst. Und du bist ganz allein.«

Ich holte tief Luft, um die Traurigkeit niederzuringen.

»Das war die furchtbarste Erkenntnis der letzten zehn Tage: Am Ende werde ich allein sterben.« Ich zwang mich zu einem Lächeln. »Basilios, du hast mich immer als einen Menschen bezeichnet, der sich der Welt entzieht, damit sie ihn nicht beherrscht. Du hattest Recht: Ich konnte die Einsamkeit und die Stille immer ertragen, habe sie sogar genossen, weil ich mich in der Meditation auf mich selbst besinnen konnte.

Und nun, da ich über meinen Tod nachgedacht habe, ist alles anders. Ohne die Geborgenheit und die Liebe unserer innigen Freundschaft kann ich nicht leben. Ich brauche euch beide, meinen Bruder Natanael und meinen Freund Basilios, damit ich bis zu meinem letzten Atemzug glücklich sein kann. Bitte verlasst mich nicht!« Ich holte tief Luft. »Und bitte akzeptiert meine Entscheidung. Unter diesen Umständen kann ich mein Amt nicht mehr ausüben. Ich weiß nicht einmal, ob ich noch Priester sein kann, ob ich überhaupt noch ein Teil der orthodoxen Kirche bin …«

»Um Gottes willen!«, stöhnte Natanael. Er gab sich die Schuld: Unsere Dispute hatten mich zu dieser Entscheidung getrieben.

»... denn falls ich nicht mehr zur Kirche gehöre, dann ist mir als Mönch die Rückkehr in mein Kloster verwehrt. Dann habe ich alles verloren: den Glauben, die Geborgenheit und die Hoffnung auf inneren Frieden.«

Basilios legte mir tröstend die Hand auf die Schulter. »Du arme, gepeinigte Seele! Wie gern würde ich deine Qualen lindern, Niketas! Aber nach all unseren endlosen Gesprächen, nach all deinen verzweifelten Beichten weiß ich nicht mehr weiter. Wie soll ich dir deine Zweifel nehmen? Ich kann dich nicht belehren: Dein Verstand, dein unstillbarer Wissensdurst, dein ständiges Zweifeln, deine Toleranz gegenüber dem jüdischen Glauben und deine ... bitte verzeih, wenn ich das so sage! ... deine jüdische Kindheit im Hause von Natanaels Vater haben dich in diese furchtbare Glaubenskrise gestürzt!

Orthodoxe Theologie, jüdischer Glaube, platonische Philosophie, gnostische Mystik – nichts ist dir fremd. Jedes Buch dieser Welt hast du gelesen. Aber genau da liegt dein Problem begraben: unter einem Berg von Büchern. Du *weißt* zu viel, um noch *glauben* zu können. Doch bedenke: Das Wissen ist der Feind des Glaubens. Und die Gelehrsamkeit ist das Fundament des Zweifels.« Er seufzte. »Und so wird der brillanteste Gelehrte von Byzanz zum größten Häretiker.«

»Verdamme mich nicht!«, beschwor ich ihn. »Seit dem letzten Ohnmachtsanfall sind die Streitfragen des Konzils für mich kein theologischer Disput mehr, keine Frage meines Gewissens, ob ich einen derartigen Verrat am orthodoxen Glauben verantworten kann – sie sind für mich existenziell geworden. Ich weiß nicht, ob ich noch Antworten auf diese Fragen finden kann, bevor Gott mich zu sich ruft. Steh mir bei, Basilios! Wenn nicht als Priester, so doch als mein bester Freund. Ich könnte es nicht ertragen, wenn du mich verlässt.«

»Ich werde dich nicht verlassen«, versprach er mir. »Ich werde dir helfen, so gut ich kann. Und ich werde für dein Seelenheil beten, an das du nicht mehr glauben kannst.«

»Würdest du mir beim Ablegen des priesterlichen Ornats helfen?«

Er nickte stumm und nahm mir das Epigonation ab, das ›geistliche Schwert‹, ein mit der Ikone des Apostels Paulus besticktes steifes Tuch, das zu meiner Amtstracht gehörte. Nun half er mir aus dem goldverzierten Brokatmantel mit den weiten Ärmeln. Der Basileus hatte ihn mir anlässlich meiner Inthronisation umgelegt. Schließlich zog Basilios mir das Sticharion über den Kopf, das Untergewand orthodoxer Priester mit den aufgenähten Purpurstreifen, die die Wunden des Christus während der Passion symbolisieren sollten.

Nachdem er mir in den schlichten schwarzen Basilianerhabit geholfen hatte, fühlte ich mich erleichtert, ja befreit – als legte ich mit den steifen Brokatgewändern auch eine schwere Last ab: die Stellvertretung Jesu Christi.

»Wir reden morgen«, verabschiedete ich mich von meinem Bruder. »Der Kaiser erwartet mich – ich will ihm meine Entscheidung mitteilen.«

Natanael wirkte besorgt. »Niketas, glaubst du, der Basileus wird deine Abdankung widerspruchslos hinnehmen?«

☙ Alessandra ❧

Kapitel 3

»Gebt mir das Evangelium!«, wiederholte der Römer am Eingang der Genisa.

Ein Scherge der Inquisition?, dachte ich entsetzt. Sein römischer Akzent hat ihn verraten! Die Dominikaner werden mich erneut in den Kerker von Santa Maria sopra Minerva schleppen, und dann kann auch Luca mich nicht mehr retten …

Tayeb, der die panische Angst in meinen Augen gesehen hatte, griff zum Schwert.

Der Römer gab einen Befehl auf Griechisch. Zwei Bewaffnete mit Fackeln in der Hand krochen in die Kammer, ein weiterer wartete im Gang. Der Römer wies mit seinem Schwert auf mich. »Das ist die Ketzerin Alessandra d'Ascoli, von der ich Seiner Seligkeit, dem Patriarchen, erzählt habe! Nehmt sie und den Ungläubigen fest!« Dann wandte er sich zu mir um. »Legt das Evangelium mit beiden Händen auf den Boden! Langsam, ganz langsam!«

Ich bückte mich, um das Papyrusfragment in den Sand vor den Tonkrügen zu legen.

»Einen Schritt zurück!«

Während mir der Römer den Dolch abnahm, blickte ich zu Tayeb hinüber. Zwei Bewaffnete bedrohten ihn mit ihren Klingen.

Er ist kein Dominikaner!, schoss es mir durch den Kopf. Die Predigermönche sind nicht bewaffnet. Sie haben stärkere Waffen als Schwerter: Terror, Exkommunikation und Folter. Aber dann fiel mir ein, dass mein Vater, als er noch den Dominikanerhabit getragen hatte, immer einen Dolch bei sich hatte. Luca hatte mächtige Feinde.

Aber dann dachte ich: Der Römer ist kein Priester der Inquisition. Das Papyrusfragment hat er sich nicht einmal angesehen, um zu beurteilen, ob es häretisch ist oder nicht. Er wollte mich gewiss nicht Patriarch Philotheos ausliefern. Der Römer war ein Assassino, der mich beseitigen sollte. Und welcher Ort war besser geeignet als eine vergessene Synagoge in der Wüste?

Tayeb und ich hatten keine Chance zu fliehen. Die Öffnung in der Lehmziegelmauer und die halb verschüttete Tür zum Gebetssaal waren viel zu eng, um hindurchzuhuschen und zu entkommen. Und dann mussten wir uns noch die steile Düne aus Flugsand hinaufkämpfen, um uns am Seil hochzuziehen. Nein, eine Flucht aus der Genisa war unmöglich.

»Wir werden mit Euch gehen. Dieses Missverständnis wird sich bestimmt rasch aufklären. Erst vor wenigen Tagen hat mich Patriarch Philotheos empfangen. Seine Seligkeit kennt mich. Gewiss wird er …«

»Schweigt!«

Mit seiner Klinge wies der Römer auf die Öffnung der Genisa. »Wenn ich bitten darf, Alessandra d'Ascoli!«, befahl er barsch. »Oder soll ich Euch Alessandra Colonna nennen?« Sein Tonfall war höhnisch, verächtlich und hasserfüllt.

Daher weht der Wind?, dachte ich bestürzt. Aus Rom!

Großer Gott, wer war der Mann?

»Ganz wie es Euch beliebt, Signore!«, erwiderte ich. »Ich habe den Namen meiner Mutter nicht abgelegt, als ich den meines Vaters annahm.«

Mein Cousin, Kardinal Prospero Colonna, hatte meine Entscheidung vor acht Jahren mit einem ungläubigen Kopfschütteln hingenommen. Sein Onkel, der verstorbene Papst Martin, ein Cousin meiner Mutter, hätte wohl weniger zurückhaltend reagiert als Prospero und mich stolz und eigensinnig genannt – wie eine Colonna …

Ich wartete die Antwort des Römers nicht ab, raffte mein Gewand und kroch aus der Kammer in den Gang.

Der dritte Bewaffnete half mir auf, packte mich am Arm und schob mich vor sich her. Im lockeren Sand ausrutschend, zwängte ich mich durch die aufgebrochene Tür und kletterte über die Düne aus Flugsand. Dann stand ich im Gebetssaal. Während ich auf den Bewaffneten mit der Fackel wartete, irrte mein Blick durch die Synagoge. Ich musste fliehen! Der Römer würde mich nicht lebendig in den Kerker des Patriarchen schleppen. Ich sollte ermordet werden!

Nur wenige Schritte entfernt lag das Seil, an dem Tayeb und ich in die Synagoge hinabgestiegen waren. Sollte ich es wagen?

Unauffällig wich ich einen Schritt zurück, während der Gefolgsmann des Patriarchen mit der Fackel auf die anderen wartete. Ich starrte hinauf zum Riss im Deckengewölbe. Nein, es war unmöglich! Die Flucht war ausgeschlossen. Sie hätten mich eingeholt, bevor ich …

Mein Blick fiel auf das Portal der Synagoge. Als der Torflügel dem Druck des Sandes nicht mehr standhielt, hatte sich ein Teil der Düne, die es verschüttet hatte, in die Synagoge ergossen. Ich traute meinen Augen nicht: Ich konnte den Sternenhimmel sehen.

Ein Fluchtweg?

Der Römer schob sich durch die schmale Türöffnung.

Ich wich einen weiteren Schritt zurück in Richtung des Portals. Als er sich umdrehte, um Tayeb zu erwarten, wirbelte ich herum und stürmte zum Tor.

»Haltet sie!«, brüllte der Römer. »Sie darf nicht entkommen!«

Ich stolperte über den Saum meines Gewandes, schlug der Länge nach hin und stöhnte vor Schmerz. Etwas Hartes bohrte sich in meinen rechten Arm.

Einer der Stifte, mit denen die Scharniere befestigt gewesen waren! Meine Faust schloss sich um den rostigen Nagel. Dann sprang ich auf und hastete durch das offene Tor die Düne hinauf.

»Lauf, Alessandra!«, rief Tayeb. »Warte nicht auf mich!«

Erneut stürzte ich in den Sand, der unter mir wegglitt.

Der Römer war dicht hinter mir. Während ich noch versuchte, wieder auf die Beine zu kommen, warf er sich auf mich. Sein Gewicht drückte mich zu Boden. Mein Strampeln war sinnlos. Mit der rechten Hand hielt ich den Nagel umklammert. Mit der linken gelang es mir im letzten Augenblick, den Schleier vor Mund und Nase zu ziehen, bevor mein Gesicht mit brutaler Gewalt in den Sand gepresst wurde, um mich zu ersticken.

Der Stoff verhinderte, dass der feine Staub in Mund und Nase eindrang. Keuchend rang ich nach Atem, versuchte den Kopf zur Seite zu drehen, um nach Luft zu schnappen. Erneut wurde meine Stirn in den Staub gepresst.

Ich ergriff eine Handvoll Sand und warf ihn über meine Schulter. Fluchend ließ der Römer von mir ab und richtete sich auf meinen Beinen auf, um sich die Augen zu reiben.

Mit aller Kraft rammte ich ihm den langen Nagel in die Seite. Er stöhnte und ließ mich los. Strampelnd wand ich mich unter ihm hervor. Dann trat ich ihm mit derselben Gewalt ins Gesicht, mit der ich eine Stunde zuvor die Tür zur Genisa aufgebrochen hatte. Er schrie und kippte hintenüber. Blut strömte über sein Gesicht – seine Nase war gebrochen.

Stolpernd kämpfte ich mich die Düne hinauf und floh nach Osten – in die Wüste am Meer. Dort konnte ich mich verstecken und …

Ein Feuerschein – hinter mir!

Ich warf einen Blick über die Schulter. Der Römer folgte mir mit einer Fackel in der Hand.

»Du Satansbrut entkommst mir nicht!«, keuchte er.

Der Assassino war kräftiger als ich, doch er war verletzt, und seine Nase war gebrochen. Das Schwert und die Fackel behinderten ihn beim Laufen. Mit jedem Schritt blieb er weiter hinter mir zurück. Schließlich erkannte er, dass ich schneller war als er. Und dass ich ihm entkommen konnte, solange mir der Feuerschein zeigte, wo er war, sodass ich ihn auf Abstand halten konnte. Er warf die Fackel fort und löschte sie mit Sand.

Es wurde finster. Kein Schimmer am östlichen Horizont verriet, wann es Tag werden würde. Nur der Sternenhimmel erleuchtete den Sand und das Meer.

Er wollte, dass ich stehen blieb, um zu sehen, ob er mir noch folgte. Dass ich mich in Sicherheit wähnte und unvorsichtig wurde. Dass ich mutig zur Synagoge zurückkehrte, um meinem Freund zu helfen und das neu entdeckte Evangelium aus der Genisa zu retten. Und ihm dabei in die Arme lief.

Vermutlich hatte er sich hinter einer Düne verborgen, um mir eine Falle zu stellen. Für wie töricht und unerfahren hielt er mich? Vor fünf Jahren hatte ich die Straßenkämpfe während der Albizzi-Verschwörung gegen die Medici erlebt. Die Nachricht von Cosimos Verhaftung durch Rinaldo degli Albizzi hatte sich wie ein Lauffeuer in Florenz verbreitet. Cosimos Söhne und viele seiner Freunde waren überstürzt nach Venedig geflohen. Mein Vater, ein enger Freund von Cosimo, der in jenen furchtbaren Tagen als Gefangener auf das Todesurteil wartete, wurde festgenommen, weil er nicht ohne mich geflohen war.

Lautlos huschte ich einige Schritte nach Süden, in Richtung des Maryut-Sees. Dann blieb ich stehen, raffte das Gewand um mich, unterdrückte meinen keuchenden Atem und horchte.

Alles war ruhig.

Still verharrte ich und wartete ab.

Das Blitzen einer Klinge – fünfzig Schritte entfernt!

Hatte er mich gesehen? Hatte mich mein dunkles Gewand im hellen Sand verraten? Hastig riss ich mir den Schleier vom Gesicht und zog Gewand und Hose aus. Nackt huschte ich weiter nach Osten, in der einen Hand meine Kleidung, in der anderen meine Waffe.

Plötzlich glitt ich im Sand aus, stolperte und stürzte. Ein stechender Schmerz durchzuckte meinen rechten Fuß. Ich konnte nicht mehr weiter!

Mein Blick fiel auf eine Vertiefung zwischen zwei Felsen, gerade breit genug, um hineinzuschlüpfen und mich dort zu verstecken.

Rasch breitete ich mein Gewand über die Felsen und befestigte es mit mehreren schweren Steinen. Mit beiden Händen schaufelte ich Sand auf den dunklen Stoff, bis er sich in der nächtlichen Finsternis kaum noch von einem der Flugsandhaufen unterschied, und kroch geschwind in mein Versteck. Gerade noch rechtzeitig!

Wenige Schritte entfernt vernahm ich ein Knirschen.

Nur nicht das Tuch über mir berühren! Wenn sich die dünne Sandschicht verschob und das dunkle Gewand sichtbar wurde, saß ich in der Falle!

Trotz des Rauschens der Wogen am nahen Strand und des auffrischenden Windes, der durch die trockenen Grasbüschel auf den Dünen strich, hörte ich seine Schritte und seinen keuchenden Atem. Er war jetzt ganz nah!

Ein metallisches Geräusch! Er zog sein Schwert. Hatte er mich entdeckt? Ich hielt die Luft an und presste mein Gesicht in den kühlen Sand.

Erschrocken zuckte ich zusammen, als ich eine Bewegung an meiner Hüfte spürte. Panik stieg in mir auf. Hatte ich mein Gewand nicht gut genug befestigt? Rann der Sand, der es bedeckte, durch eine Falte zu mir herunter?

Der Römer trat einen Schritt näher. Durch einen schmalen Spalt zwischen Stoff und Sand sah ich seine Stiefel.

Der Sand rieselte nun stärker, aber … Was war das? Ich keuchte vor Schreck. Irgendetwas lief über meinen Schenkel – und es war ganz sicher kein Sand!

Mein Herz raste.

Ich schüttelte mein Bein, ohne das Tuch zu berühren, das sich durch das Gewicht des Sandes immer mehr zu senken begann. Es blieb stehen. Ich bewegte mich erneut, versuchte es abzuschütteln – vergeblich! Es änderte die Richtung und wanderte nun an meinem Oberschenkel hinauf, verharrte einen Moment auf meinem Gesäß und marschierte dann unaufhaltsam weiter meinen Rücken hinauf.

Ich hielt die Luft an.

Ein Skorpion!

Er musste sich in einer Felsnische verborgen haben, als ich mir mein Versteck grub. Und nun war er mit mir unter dem Tuch. Wenn ich mich bewegte, würde der Skorpion zustechen. Und wenn ich aufsprang, um dem giftigen Stachel zu entkommen, würde der Römer mich töten.

Zitternd vor Angst lag ich still, beobachtete durch den Spalt den Assassino, der mit dem Schwert zwischen den Dünen umherirrte und mich suchte, und achtete auf den Skorpion, der mit aufgerichtetem Stachel meinen Rücken hinauf bis zur linken Schulter krabbelte. Dort hielt er inne.

Ich vergrub mein Gesicht im Sand, um nicht vor Angst zu schreien. Meine Hand umklammerte den Nagel.

Der Skorpion setzte sich erneut in Bewegung. Von der linken Schulter wanderte er zu meinem Hals und verharrte an meinem langen dunklen Haar, das über Nacken und Schultern in den Sand floss. Dann spürte ich ihn an meinem Hinterkopf.

Ganz vorsichtig, um ihn nicht zu erschrecken, drehte ich mein Gesicht noch weiter in den Sand, damit er mir nicht über Mund und Nase lief, falls ihm der Weg durch die langen, wirren Haare zu mühsam war. Ich atmete durch den Mund, um keinen Staub einzuatmen, der mich zum Niesen reizen würde.

Der Skorpion änderte die Richtung. Über meine Stirn machte er sich an den Abstieg zum Boden. Dann musste er direkt vor mir sein, doch in der Dunkelheit unter dem mit Sand bedeckten Tuch konnte ich ihn nicht erkennen. Nicht bewegen! Wenn er sich bedroht fühlte, würde er zustechen – mitten in mein Gesicht.

Schließlich hörte ich das leise Rascheln, als der Skorpion sich auf den Spalt zwischen Tuch und Sand zubewegte. Dann war alles ruhig. Er war weg!

Unaufhaltsam senkte sich das Gewand auf meine Schultern. Es war eine Frage der Zeit, bis der Sand links und rechts zur Seite rutschte und der dunkle Stoff sichtbar würde.

Ein Knirschen! Hinter mir – keine drei Schritte entfernt!

Hatte der Assassino mich gefunden?

Meine Faust umklammerte den Nagel. Ich spannte meine Schultern an. Dann stemmte ich mich mit aller Kraft hoch und riss beim Aufspringen das mit Sand bedeckte Tuch mit. Mit der linken Hand zog ich mir den Stoff vom Gesicht, während ich die rechte mit meiner Waffe zum Todesstoß erhob.

Erschrocken wirbelte der Assassino herum und riss sein Schwert hoch.

Der Schmerz durchzuckte meinen verletzten Fuß. Ich stolperte – zum Glück! Denn die Klinge des Schwertes verfehlte mich um Haaresbreite. Ich spürte den Lufthauch der niedersausenden Waffe auf meinem schweißnassen Gesicht, als ich mit erhobener Faust vorwärtsschnellte und den Mann umwarf. Gemeinsam fielen wir in den Sand und rangen keuchend miteinander.

Mit der Linken hatte er meine Hand mit dem Nagel ergriffen und versuchte die Spitze von seiner Kehle wegzuschieben, während er nach dem Griff des Schwertes tastete – er hatte es bei seinem Sturz verloren. Mit dem Fuß stieß ich es zur Seite, sodass er es nicht erreichen konnte. Dann lehnte ich mich mit aller Kraft gegen seinen Arm, der den rostigen Nagel von seiner Halsschlagader wegdrückte.

Er war ein trainierter Kämpfer und trotz seiner Wunden viel stärker als ich!

Auf ihm liegend, stützte ich mich mit dem linken Arm ab und ließ mein rechtes Bein zwischen seine Schenkel gleiten. Es gelang ihm, meine Hand mit der Waffe zur Seite zu stoßen. Er verzog die Lippen zu einem triumphierenden Grinsen. In diesem Augenblick zog ich mein Knie an und stieß es mit aller Kraft in seinen Unterleib. Er brüllte vor Schmerz und ließ meine Hand los.

Mit aller Kraft rammte ich ihm den langen Nagel in die Brust. Die

Spitze prallte an einer Rippe ab, doch ich warf mich mit meinem ganzen Gewicht dagegen. Blut tränkte seine Robe. Mit beiden Fäusten schlug der Assassino auf mich ein. Durch die heftigen Bewegungen rutschte der Nagel von der Rippe ab und drang bis zum Nagelkopf in seine Brust.

Ein Röcheln, ein letztes Zucken – dann war er tot.

Keuchend brach ich neben der Leiche zusammen. Ich dachte an Tayeb. Was war geschehen, nachdem ich aus der Synagoge geflohen war? Lebte er noch? Ich musste ihn suchen!

Schwankend erhob ich mich, kleidete mich an, nahm meinen Dolch wieder an mich und gürtete mich mit dem Schwert des Römers.

Wer war er? Wer hatte ihn geschickt, um mich zu töten?

Ich durchsuchte seine Kleidung und fand in der inneren Brusttasche seiner Jacke ein gefaltetes Pergament. Es war getränkt von seinem Blut.

Mit spitzen Fingern entfaltete ich es, konnte im Licht der Sterne jedoch nur erkennen, dass es ein Brief war, dessen untere Hälfte nass vom Blut des Assassinos war. Ich streute Sand über das Pergament, damit es trocknete und die Tinte sich nicht noch mehr auflöste. Vielleicht verriet dieser Brief, wer er gewesen war. Oder wer den Mord an mir befohlen hatte.

Nachdem ich den Assassino im Sand verscharrt hatte, machte ich mich auf den Weg zurück zur Synagoge.

Der Ruf des Muezzins wehte zu mir herüber. Ich blickte zum Himmel empor, der mittlerweile in einem tiefen Blau erstrahlte. Bald würde es hell werden. Hinter einer Düne versteckt, beobachtete ich die Synagoge. Kein Feuerschein fiel durch das offene Portal. Alles war still. Wenn dort unten jemand auf mich wartete, dann lauerte er im Dunkeln.

In der einen Hand den Dolch, in der anderen das Schwert des Römers, huschte ich hinüber zum Portal der Ruine. Ich glitt die Düne hinab, durchquerte das Tor und sprang zur Seite, mit dem Rücken zur Wand. Dort verharrte ich, bis sich meine Augen an die Finsternis gewöhnt hatten.

Schritt für Schritt tastete ich mich durch den Gebetssaal, vorbei an der Flugsanddüne zur aufgebrochenen Tür.

War noch jemand in der Genisa?

Es gab nur eine Möglichkeit, das herauszufinden. Ich steckte den Dolch ein und bückte mich, um eine Handvoll Sand …

Im düsteren Licht der Kerzen sah ich sie.

Ein Schatten im Sand.

Die Sandviper! Keine zwei Schritte von mir entfernt!

Ich ließ den Sand zurück auf den Boden rinnen. Dann packte ich den Schwertgriff mit beiden Händen und richtete mich langsam auf, ohne die Viper aus den Augen zu lassen.

Sie glitt näher heran.

Ich schob den linken Fuß vor, bis ich einen sicheren Stand hatte, hob das Schwert über den Kopf und ließ die schwere Klinge niedersausen. Ein dumpfer Schlag. Sand spritzte hoch.

Die Schlange war tot.

Keuchend lehnte ich mich gegen die Wand neben der Tür zur Genisa und hob erneut die Waffe.

War das Geräusch bis in die Kammer gedrungen?

Ich wartete einige rasende Herzschläge lang, doch nichts geschah. Vorsichtig spähte ich in den Gang. Er war leer. Kerzenschein fiel durch das Loch in der Lehmziegelmauer. Das Licht flackerte wie von einem Luftzug bewegt. Aber kein Schatten regte sich.

Ich atmete tief durch und schob das Schwert leise zurück in die Scheide. Durch die Tür schlüpfte ich in den eingestürzten Korridor. Zwei, drei, vier hastige Schritte, und ich stand neben der Lehmziegelmauer.

Meine Hand umklammerte den Dolch, als ich mich vorbeugte und durch den Durchlass schaute.

Auf den ersten Blick wirkte die Genisa verlassen …

… was jedoch nicht bedeutete, dass mich niemand mit erhobener Klinge direkt neben dem Eingang erwartete, wenn ich in gebückter Haltung durch die Öffnung kroch.

Ich nahm all meinen Mut zusammen und sprang. Mein Arm streifte die Lehmziegel, als ich durch den Durchlass hechtete, mit beiden Händen den Sturz auffing und mich über die Schultern abrollte. Sofort sprang ich auf – den Dolch in der Hand.

Die Genisa war leer.

Erschöpft ließ ich mich inmitten der Papyrusfetzen und Tonscherben auf den Boden sinken, zog den Brief aus meinem Gewand und entfaltete ihn. Das getrocknete Blut hatte ihn verklebt, und ich fürchtete um seine Lesbarkeit. Ich hielt ihn ins Licht der Kerzen.

Zwei Drittel der Seite waren getränkt vom Blut des Römers. Die Tinte hatte sich aufgelöst. Die Schrift war unleserlich geworden. Das obere Drittel des Briefes war in einer schwungvollen Handschrift in Lateinisch aufs Pergament geworfen worden. Die wenigen Zeilen, die ich entziffern konnte, ermächtigten den Inhaber dieses Schreibens zu … ja, wozu? Im Namen Jesu Christi sei ihm jede Unterstützung zu gewähren.

Auch bei einem Mord?, dachte ich verbittert.

Ein paar Zeilen weiter schwamm mein Name in einem Meer von Blut: Alessandra d'Ascoli. Der Rest des Briefes war nicht mehr zu enträtseln. In der letzten Zeile konnte ich ein verblasstes Wort identifizieren: ›Patri…‹

Fassungslos starrte ich auf den Brief in meinen Händen.

Wer hatte den Befehl gegeben, mich zu töten?

Ein Geräusch – hinter mir!

Ich ließ den Brief fallen, sprang auf und huschte zur Wand neben dem Eingang.

Leise Schritte im Sand. Sie kamen näher.

Ich hielt die Luft an.

Jemand kniete vor dem Mauerloch und spähte in die Kammer. Ich konnte seinen Atem hören.

Ich hob den Dolch, bereit zum Stoß.

»Alessandra?« Das war Tayebs Stimme!

Erleichtert seufzte ich auf. »Ja, ich bin hier.«

Er kroch in die Genisa, erhob sich schwankend und umarmte mich. »Bist du verletzt?«

»Es geht mir gut.«

»Der Mann, der dich verfolgt hat …«

»… ist tot.« In kurzen Worten schilderte ich die Ereignisse der letzten Stunde. »Und du? Du bist so bleich.«

»Einer der Männer hat mich verwundet.« Tayeb, den Arm immer noch um meine Schultern geschlungen, wies auf seine rechte Seite. Erst jetzt bemerkte ich das Blut.

Ich half ihm beim Hinsetzen. »Würdest du bitte dein Gewand ablegen?«

Sein schlanker Körper war fest und dunkel wie Bronze, die Schultern waren muskulös. An Tayebs Hals schimmerte an einem schmalen Lederband das silberne Tenerelt-Kreuz aus Agadez, das die Florentiner für ein christliches Symbol hielten.

Ich kniete mich neben ihn und untersuchte die Wunde. »Ein tiefer Schnitt unterhalb der Rippen, der stark geblutet hat. Er muss genäht werden.« Ich griff nach Tayebs Wasserflasche. »Was ist geschehen?«

Während ich die Wunde reinigte, erzählte er von seinem Kampf mit den drei Bewaffneten. Zwei hatte er im Schwertkampf getötet.

»Und der dritte?«

»Er dürfte mittlerweile den Palast des Patriarchen erreicht haben.«

»Wir müssen so schnell wie möglich verschwinden.« Mein Blick fiel auf die Tonkrüge mit den antiken Schriften und auf die Papyrusfragmente des Evangeliums. »Der Patriarch wird Bewaffnete schicken, die uns festnehmen und die Tonkrüge in seinen Palast bringen.

Wir müssen uns beeilen! Wir nehmen nur die Papyrusrollen und Pergamentcodices mit.«

Tayeb hockte sich neben mich und wies auf den blutigen Brief. »Was ist das?«

»Ein Schreiben, das der Römer bei sich trug. Steck es ein! Ich erkläre es dir später.«

Tayeb half mir, die sieben noch versiegelten Amphoren aufzubrechen und die antiken Schätze in unserer Tasche zu verstauen. Schließlich lagen nur noch die Papyrusfragmente des neuen Evangeliums im Sand. Sie waren so zerbrechlich, dass sie zu Staub zerfallen würden, wenn wir sie mit den Codices in die Tasche legten. Ich starrte auf die zerfaserten Schnipsel in meiner Hand – der Rest des Evangeliums lag unter der eingestürzten Wand begraben. Doch uns blieb keine Zeit mehr, es zu retten.

Tayeb ergriff das Amulett mit den Koranversen, das an seinem Turban befestigt war, und öffnete die silberne Kapsel. Er zog die gefalteten Pergamentstreifen mit den Koranversen heraus und legte sie in einen der geleerten Tonkrüge. Dann nahm er mir die Papyrusfragmente aus der Hand und schob sie in das Amulett. Nachdem er es wieder verschlossen hatte, gab er es mir.

»Shukran!«, bedankte ich mich. Ich wusste, was ihm seine Koranverse bedeutet hatten und welches Opfer er brachte.

»Afwan!«, winkte er ab. »Schon gut!«

Ich sprang auf und half ihm aufzustehen. »Y'allah – komm jetzt! Wir müssen zum Boot!«

℘ Niketas ♂

Kapitel 4

Nachdem Natanael die Kirche verlassen hatte, traten Basilios und ich hinaus in die eisige Winternacht. Schnee, der im Licht der Fackeln an den Hausfassaden wie feiner Sternenstaub glitzerte, rieselte herab und blieb an unseren schwarzen Habites hängen, während wir die verschneite Straße in Richtung der Kathedrale entlanggingen.

»Du wirst morgen ins Dominikanerkloster zurückkehren, nicht wahr?« Basilios hatte sich bei mir untergehakt.

»Morgen Abend wird Cosimo mit uns speisen. Er will mit mir über das Konzil reden – so wie Ioannis. Anschließend gehe ich wieder in Klausur. Ich muss mich besinnen, ob ich noch Priester sein kann. Ich wäre sehr glücklich, wenn ich den Rest meines Lebens im Kloster verbringen dürfte, um dort mein Buch über Paulus zu vollenden.«

Basilios legte mir die Hand auf den Arm. Wir schwiegen, bis wir die Kathedrale erreicht hatten, die Piazza überquerten und am Palazzo des Marchese Niccolò d'Este nach rechts abbogen, um zum Castello Estense zu gelangen, der viertürmigen Stadtfestung, die inmitten eines zugefrorenen Wehrgrabens in den Himmel emporragte. Eine Statue des Marchese mit einer Mütze aus frisch gefallenen Schneeflocken bewachte das Portal des Castellos, wo während des Konzils der byzantinische Kaiser residierte.

»Wie wird der Kaiser auf deine Entscheidung reagieren?«, fragte Basilios in das vertraute Schweigen hinein. »Du warst ihm immer treu ergeben. Ioannis vertraut dir.«

»Die kaiserliche Familie ist hoffnungslos zerstritten. Theodor ist verstimmt, weil Ioannis vor unserer Abreise Konstantin zum Regenten ernannt hat. Er fürchtet, Konstantin könnte dem Basileus nachfolgen, und legt sich deshalb mit Ioannis an. Thomas streitet sich seit Jahren mit Demetrios. Ioannis glaubt, Demetrios könnte erneut zum Verräter werden, wie vor sechzehn Jahren, als er aus Byzanz flüchtete, weil er mit seiner Herrschsucht sämtliche Brüder gegen sich aufgebracht hatte. Sultan Murad fürchtet die Kirchenunion wie einen neuen Kreuzzug gegen den Islam. Mit türkischer Unterstützung könnte Demetrios den Basileus stürzen und sich selbst auf den Purpurthron setzen.«

»Um Himmels willen! Sein letzter Versuch, sich mit der Hilfe von Sultan Murad des Thrones zu bemächtigen, ist ja Gott sei Dank gescheitert! Sollte dieser Narr als Vasall des Sultans Byzanz regieren, dann wird die Hagia Sophia bald eine Moschee sein«, lamentierte Basilios.

»Wer sich Demetrios in den Weg stellt, wird rücksichtslos niedergemacht«, seufzte ich. »Seit Monaten intrigiert er gegen mich. Ich hätte meine Mönchsgelübde gebrochen, mich mit der Kaiserin der Todsünde des Ehebruchs schuldig gemacht und unseren kaiserlichen Bruder verraten.«

»Das ist doch lächerlich!«, empörte sich Basilios. »Niemals hast du eine Frau auch nur angesehen! Und noch nie bist du in Versuchung gekommen, denn deine Gelübde sind dir heilig.« Beunruhigt blickte er mich von der Seite an: »Sag mal, Niketas, der Basileus glaubt doch nicht ernsthaft, dass du mit Maria im Bett warst?«

»Natürlich nicht!«, murmelte ich und wich seinem Blick aus. Basilios war nicht nur mein bester Freund, sondern auch mein Beichtvater. Es fiel mir schwer, ihm die Wahrheit zu verschweigen. Aber ich konnte … ich durfte sie ihm nicht sagen!

Selbstverständlich wusste Ioannis, was in jener Nacht geschehen war. Verzweifelt schluchzend war Maria von seinem Bett in meines geflohen – mit stillschweigendem Einverständnis ihres kaiserlichen Gemahls. Er wusste, wo sie in jener Nacht Zuflucht gefunden hatte.

Aber er war selbst zu enttäuscht und zu gedemütigt gewesen, um Maria zärtlich in die Arme nehmen und trösten zu können. Und vielleicht hatte er sogar im Stillen gehofft, ich würde ihm seinen Herzenswunsch erfüllen …

»Weißt du, Basilios, seit der verstorbene Kaiser Manuel mich vor siebenundzwanzig Jahren in seine Familie aufnahm, kann ich mich an keinen einzigen Tag ohne erbitterten Streit, Intrigen und Verrat erinnern. Meine Brüder sind hoffnungslos zerstritten. Wie also wird Ioannis meinen Rückzug vom Spielbrett der Macht in Byzanz aufnehmen?«

☙ Alessandra ❧

Kapitel 5

Als Tayeb und ich das Boot erreichten, tauchte der heraufziehende Tag den östlichen Himmel in ein rosenfarbenes Licht. Violette Schatten versanken zwischen den Dünen. Mit jeder Minute wurde es heller!

Tayeb verstaute die Tasche am Heck und half mir, das Boot über den Strand zum Wasser zu ziehen. Hohe Wogen umspülten unsere Beine, und es war nicht leicht, den Kahn weit genug in die Dünung zu ziehen, damit er nicht gleich wieder zurück auf den Strand geworfen wurde.

»Nimm die Ruder!« Stöhnend vor Schmerz hob Tayeb mich aus dem Wasser, sodass ich ins schwankende Boot klettern und ihm beim Einsteigen helfen konnte. Sein Gesicht war blass, als er sich mir gegenüber auf die Ruderbank sinken ließ.

»Ich werde rudern!«, entschied ich. »Du ruhst dich aus!«

Er widersprach mir nicht. Mit der Tasche zu seinen Füßen lehnte er sich gegen die Bordwand und schloss die Augen.

Wir müssen einen Arzt aufsuchen!, dachte ich besorgt. Die Wunde muss genäht werden. Und er braucht ein Mittel gegen die Schmerzen.

Das Rudern gegen die Wogen kostete sehr viel Kraft. Mit meinem ganzen Gewicht stemmte ich mich gegen die Ruderbank und riss an den Riemen, doch wir kamen nur langsam voran.

Der Horizont erglühte in feurigem Licht. Lange bevor wir die Landzunge mit der Ruine des Pharos erreicht hatten, würden wir vom Strand aus zu sehen sein. Die Schergen des Patriarchen, die uns in den Ruinen suchten, würden unsere Spuren zu der Stelle am Strand zurückverfolgen, wo während der Nacht das Boot gelegen und einen tiefen Abdruck im Sand hinterlassen hatte. Ein Blick aufs Meer, und sie hätten uns entdeckt, wie wir an der Befestigungsmauer auf der Landzunge entlangruderten, um den Hafen zu erreichen. Wenn sie uns am Kai erwarteten, war alles vergebens gewesen. Ich kniff die Lippen zusammen und riss an den Riemen.

Sobald wir die hohen Wellen am Strand hinter uns gelassen hatten, fiel mir das Rudern leichter. Ich musste jedoch achtgeben, dass die Wogen mich nicht gegen die Wellenbrecher unterhalb der Festungsmauer des Hafens drückten. Wie Spielzeug würde das Boot an den großen, scharfkantigen Felsen zerschellen.

Immer wieder huschte mein Blick über Tayebs Schulter hinweg zum Strand. Hatten die Gefolgsleute des Patriarchen schon die Ruine der Synagoge erreicht? Hatten sie bemerkt, dass die Tonkrüge leer waren? Folgten sie bereits unseren Spuren bis zum Meer?

Tayeb richtete sich auf. »Ich werde jetzt rudern! Setz dich hierher, Alessandra.«

Ich gab nach, überließ ihm die Ruder und tauschte mit ihm die Plätze. In der Tasche suchte ich nach dem blutigen Pergament. Ich entfaltete es und zeigte es Tayeb. »Diesen Brief habe ich dem Römer abgenommen. Das Blut hat das Schreiben nahezu unleserlich gemacht.«

»Was steht drin?«, fragte er, während er sich mit aller Kraft in die Riemen legte.

»Es ist ein Beglaubigungsschreiben für denjenigen, der den Brief bei sich trug. Der Name wird jedoch nicht genannt. Er ist auf Lateinisch verfasst. Die Handschrift wirkt sehr selbstbewusst. Ich glaube nicht, dass ihn ein Sekretär oder ein Kanzleischreiber verfasst hat. Der Brief wurde eigenhändig geschrieben. Von demjenigen, der den Befehl gab, mich zu töten.«

»Und wer ist das?«

»Keine Ahnung. Der Brief war unterzeichnet, aber das Blut hat die Tinte aufgelöst. In der letzten Zeile kann ich nur wenige Buchstaben entziffern: ›Patri…‹, was alles Mögliche heißen kann: Pater … Patriarch … Patrimonium Petri … in nomine Patris et Filii. Die Sprache des Briefes ist das Latein eines Gelehrten. Eines Mönchs oder eines Priesters. Das Wort ›Patri…‹ spricht dafür!«

»Und wenn das Wort nun Patriarch bedeutet? Könnte Philotheos den Brief geschrieben haben?«

Nachdenklich schüttelte ich den Kopf. Welchen Grund konnte er haben, mich zu töten? Erst vor wenigen Tagen hatte er mich zum Abendessen empfangen. Doch wieso hatte er dem Assassino bewaffnete Gefolgsleute zur Verfügung gestellt?

»Wer dann?«

»Es gibt nur einen Patriarchen der lateinischen Kirche in Italien: Ludovico Scarampo, Patriarch von Aquileia, Erzbischof von Florenz und Vertrauter von Papst Eugenius.«

Ich starrte auf den Brief in meiner Hand. Wieso sollte Scarampo meinen Tod beschließen? Gewiss, er war sehr ehrgeizig: Er wollte Papst werden. Aber was, zum Teufel, hatte ich damit zu tun?

»Nein, Tayeb, Ludovico Scarampo hat diesen Brief nicht verfasst. Er gehört nicht zu Lucas Feinden.«

Da fiel mir ein, dass Kardinal Giovanni Vitelleschi seit fünf Jahren lateinischer Patriarch von Alexandria war. Ich kannte ihn seit vielen Jahren, seit mein Cousin, Papst Martin, ihn zum Bischof ernannt hatte. Hatte Vitelleschi diesen Brief geschrieben? Nein! Trotz allem, was er meiner Familie in Rom angetan hatte, war das undenkbar. Auf Befehl von Papst Eugenius hatte er Luca und mich weder verfolgt noch bedroht.

»Der Patriarch von Konstantinopolis hält sich seit Monaten in Italien auf«, riss mich Tayeb aus meinen Überlegungen. »Seit letzten April halten die Lateiner und die Griechen in Ferrara ein Konzil ab, um das Schisma zu beenden.«

»Patriarch Joseph ist achtzig Jahre alt. Diesen Brief hat gewiss kein alter Mann geschrieben. Und die Kirchensprache in Byzanz ist Griechisch, nicht Lateinisch. Und wieso sollte mir der Patriarch nach dem Leben …« Ich verstummte.

»Was ist?«

»Luca hat in Bologna, Ferrara und Paris Theologie und Kirchenrecht studiert«, sinnierte ich. »Und er war einige Monate in Byzanz. Er kennt Patriarch Joseph aus dieser Zeit.«

Mein Gott, dachte ich. Konnte es sein …?

Doch dann verwarf ich den Gedanken. Der Brief war in Latein verfasst, nicht in Griechisch. Er war an italienische Fürsten gerichtet, nicht an orthodoxe Patriarchen. Wegen meines überstürzten Aufbruchs aus Florenz war für meinen Verfolger keine Zeit mehr geblieben, den Brief übersetzen und signieren zu lassen – was bedeutete, dass der Verfasser dieses Schreibens nicht in Florenz gewesen war.

Nahm er am Unionskonzil in Ferrara teil? Papst Eugenius hielt sich mit dem gesamten Kardinalskollegium seit Monaten in Ferrara auf, um mit dem byzantinischen Kaiser über die Vereinigung der römischen und der griechischen Kirche zu verhandeln, die seit dem Schisma von 1054 getrennt waren. War der Verfasser ein Mitglied der florentinischen Kurie?

Tayeb steuerte das Boot um die Landzunge herum und warf einen letzten Blick zurück zum Ufer. »Sie haben uns gesehen!«

Ich drehte mich um.

Mehrere Männer standen an der Stelle, wo unser Boot einen Abdruck im Sand hinterlassen hatte. Einer von ihnen wandte sich um, eilte den Abhang der Düne hinauf und verschwand. Wenig später sah ich zwischen den Ruinen einen Reiter zum Stadttor galoppieren.

»Wir haben nicht mehr viel Zeit«, keuchte Tayeb, als er das Boot um die Spitze der Landzunge herum in den Hafen ruderte. Hinter ihm lag die weite, halbmondförmige Stadt, noch ganz in nächtliche Schatten gehüllt. Die ersten Sonnenstrahlen entflammten die Minarette der Moscheen – wenn in wenigen Minuten die Sonne aufging, würde der Himmel über Alexandria lichterloh brennen.

»Halten wir an unserem Plan fest?«

Ich nickte. »Ich hole unsere Sachen aus dem Funduk. Die Codices, die wir bisher gefunden haben, will ich nicht zurücklassen. Doch zuerst bringe ich dich zu einem Arzt, der deine Wunde versorgt. Du blutest.« Ich wies auf seine Seite. »Lass mich das letzte Stück zum Kai rudern, Tayeb. Du bist völlig erschöpft.«

»Setz dich wieder hin, das Boot kippt sonst um. Nein, Alessandra, widersprich mir nicht! Trotz der Verletzung kann ich schneller rudern als du!«

Also setzte ich mich wieder und starrte auf den Brief in meiner Hand. Wann war er geschrieben worden? Seit wie vielen Wochen wurde ich überwacht?

Und ein noch furchtbarerer Gedanke quälte mich:

War auch Lucas Leben in Gefahr?

Von außen glich der Funduk, das Warenlager der italienischen Kaufleute, einer uneinnehmbaren Festung. Der Innenhof und die bequem ausgestatteten Wohnräume in der oberen Arkadengalerie schienen jedoch zu einem florentinischen oder venezianischen Palazzo zu gehören.

Eine sehr kluge Geschäftsidee, hatte ich bei unserer Ankunft vor zwei Wochen gedacht. Fühl dich wie zu Hause, Fremder, und mach gute Geschäfte wie in Venedig oder Florenz! Und gib deine Fiorini für die Annehmlichkeiten des Funduks aus: einen Besuch im Hamam, eine entspannende Massage, köstliche Speisen, guten Wein, willige, junge Sklavinnen aus aller Herren Länder und selbstverständlich Diskretion. Und natürlich für die Sicherheit deines Besitzes und der Waren, die du kaufst oder verkaufst und die sich in den Lagerräumen im Erdgeschoss stapeln.

Der Mameluckensultan überließ den ägyptischen Handel mit Europa fast ausschließlich den Byzantinern und Italienern. Während ihres oft wochenlangen Aufenthaltes in Alexandria residierten die Kaufleute aus Venedig, Pisa und Florenz in diesem Funduk im Souk der Apotheker und Gewürzhändler.

Die schmale, am frühen Morgen noch schattige Gasse war erfüllt vom Geschrei der Händler und den betörenden Gerüchen nach Weihrauch, Pfeffer, Ingwer und Zimt.

Ein Wasserverkäufer rempelte mich an, verschüttete aus Versehen eine Schale mit kühlem Wasser über mein Gewand und drängte mich grob zur Seite, um einem mit zwei schweren Säcken beladenen Lastesel Platz zu machen. Ich folgte ihm die Gasse hinunter und schob mich durch den Souk der Gewürzhändler, deren Tische sich unter Körben mit leuchtend gelbem Safran, rotem Pfeffer und frischer Minze bogen. Neben den Tischen standen große Leinensäcke mit Myrrhe, Aloe und anderen Heilpflanzen.

Am Laden eines Farbenhändlers blieb ich stehen und betrachtete die Auslagen: Papier, Pergament, Tintensteine, Schreibfedern und Säcke mit gemahlenen Farbpigmenten.

Langsam ließ ich den seidigen Farbstaub durch meine Finger rinnen, als prüfe ich die Qualität des Lapislazuli, und blickte dabei verstohlen hinüber zum Fondaco. Das Portal stand offen und wurde nicht bewacht.

Hatten die Häscher des Patriarchen unsere Spur noch nicht bis zum Funduk zurückverfolgt? Oder warteten sie bereits in unseren Räumen auf uns?

Der Händler, ein weißhaariger Alter mit hagerem Gesicht, war auf mich aufmerksam geworden. Geschwind sprang er von seinem Hocker auf und fuchtelte mit den Armen, um mich von seinen kostbaren Farben wegzuscheuchen. Als ich nicht sofort den Rückzug antrat, schrie er: »Verschwinde!«

Glaubte er, ich wolle ihm seine Farben stehlen? Mit seinem Geschrei erregte er die Aufmerksamkeit der anderen Händler, die neugierig zu uns herübersahen.

Ich trat zu dem aufgeregt gestikulierenden Ladenbesitzer, wandte dem Portal des Fondacos den Rücken zu und zog den Schleier vom Gesicht. »As-salamu alekum, Samir«, begrüßte ich ihn. »Ich bin Alessandra d'Ascoli.«

Samir wirkte bestürzt. »Bitte verzeih, ich habe dich nicht erkannt«, nuschelte er und rieb sich verlegen die knochigen Hände. Etliche Male hatte der Alte mich mit florentinischer Kleidung und einem blütenzarten Gesichtsschleier durch die Gasse zum Funduk der Italiener eilen sehen. Ich war an seinem Laden stehen geblieben und hatte die Qualität des Papiers und der Farben bewundert.

»Tayeb und ich werden heute abreisen. Ich benötige Farben für die Buchmalerei.«

Unruhig blinzelte Samir über meine Schulter die belebte Gasse hinauf zum Funduk. »Wo ist dein … ähm … Gefährte?«

Tayebs Verhältnis zu mir war ihm ein Rätsel: War er mein Gemahl, mein Geliebter, mein Beschützer, mein Sklave? Stets hielt er sich in meiner Nähe auf. Aber weder folgte ich ihm mit demütig gesenktem Blick mit drei Schritten Abstand, noch folgte er mir. Also war er nicht mein Diener. Nein, Tayeb und ich gingen nebeneinander wie Gleichgestellte. Die Tuareg haben ein ungezwungeneres Verhältnis zu Frauen als ägyptische oder türkische Muslime. Bei den Tuareg sind die Männer verschleiert, die Frauen jedoch nicht.

»Er vergnügt sich im Hamam, bevor wir nach Florenz zurückkehren«, log ich. In Wahrheit hatte ich Tayeb vor einer Viertelstunde zu einem Arzt gebracht, der seine Wunde versorgte. Später, wenn ich unsere Sachen gepackt hatte, wollte ich ihn dort abholen, um die Stadt zu verlassen.

Nach einigem Zögern ließ sich Samir schließlich herab, mit einer jungen Frau zu verhandeln – schließlich hatte mich Tayeb geschickt. Während wir bei einem heißen Minztee über den Preis für die Farbpigmente feilschten, ließ ich das Portal des Funduks nicht aus den Augen. Zwei Tuchhändler aus Florenz verließen das Gebäude in ihrer Festtagskleidung. Als Christen mussten sie das fünf Pfund schwere

Holzkreuz um den Hals tragen und einen blauen Turban anlegen – eine demütigende Vorschrift für die Ungläubigen.

Nach einem Glas Tee waren wir uns einig. Ich verließ Samirs Laden mit zwei Säckchen Farbpigmenten in Lapisblau und Purpurrot. Kaum war ich wieder auf der Straße, öffnete ich das Leinensäckchen mit dem gemahlenen Lapislazuli, ließ Tayebs silbernes Amulett mit den Papyrusfragmenten des Evangeliums hineingleiten und bedeckte es mit einer Schicht Farbpigmenten. Das strahlende Blau färbte meine schweißfeuchte Hand.

Das Tor des Funduks wurde nicht bewacht, und niemand hielt mich auf, als ich den Innenhof betrat, der auf allen vier Seiten von zweigeschossigen Arkaden umsäumt war. Elegant geschwungene Ziegelornamente wie Blumen und Sterne in strahlendem Türkis und Blau zierten die hohen Bogengänge – ein herrlicher Kontrast zu den gelben und violetten Blüten des schattigen Gärtchens, der den Springbrunnen umgab. Ein Ort der Ruhe und der Besinnung, fernab vom lauten Treiben des Souks. Zwei Männer, gewiss keine florentinischen oder venezianischen Kaufherren, sondern Häscher des Patriarchen, lehnten an der Brunneneinfassung, teilten sich einen Zweig Datteln und tuschelten leise miteinander. Als ich durch das Tor kam, warfen sie mir neugierige Blicke zu. Ich ließ den Griff des Dolches los, zog die Hand aus dem Gewand und hielt meinen Gesichtsschleier fest, als fürchtete ich, er könnte sich lösen.

Mit einem »Salam!« huschte ich an ihnen vorbei zur Treppe, die zur Galerie mit den Wohnräumen führte.

»Halt!«, rief mir einer der Männer hinterher. »Bleib stehen!«

Ich gehorchte und wartete mit zu Boden gerichtetem Blick, bis der Mann herbeigeschlendert kam.

Mein Herz klopfte bis zum Hals.

Bevor er mich in ein Gespräch verwickelte und mir Fragen stellte, die ich nicht zu seiner Zufriedenheit beantworten konnte, murmelte ich schüchtern »Ich will zu Antonio Trevisan!« und wies zur Tür von dessen Wohnung unter den Arkaden der Galerie. Antonio war ein venezianischer Händler.

Der Mann blieb vor mir stehen und neigte den Kopf ein wenig, um mir ins Gesicht zu sehen, doch ich hielt den Blick gesenkt – meine blauen Augen konnten mich verraten!

»Was ist das?« Er bohrte seinen Finger in das Leinensäckchen mit Lapis.

»Farben«, antwortete ich und hob die Beutel an, sodass er meine strahlend blau verfärbte Hand bemerken musste. »Für Antonio Trevisan!«

Hoffentlich stellte er mir keine Fragen, die ich ausführlicher beantworten musste! Vor zwei Jahren hatte Tayeb begonnen, mich Arabisch zu lehren. Ich sprach es zwar fließend, jedoch nicht den ägyptischen Dialekt. Mein Arabisch hatte einen Anklang von Tamaschek, der Sprache der Tuareg.

Er beugte sich noch weiter vor, um mir in die Augen zu sehen, doch ich senkte beschämt die Lider und wandte mich ab. »Kann ich jetzt gehen?«

Mit einer lässigen Handbewegung entließ er mich – er hatte keinen Grund, mich noch länger aufzuhalten.

Ich atmete auf.

Während er zum Brunnen zurückschlenderte, stieg ich die Treppe empor zur Galerie und wandte mich nach rechts.

Ein verstohlener Blick hinunter in den Hof verriet mir, dass die beiden mich nicht weiter beachteten. Sie suchten Alessandra d'Ascoli, eine selbstbewusste Florentinerin, die in Begleitung eines muslimischen Gelehrten reiste, und keine schüchterne ägyptische Bedienstete, die einem venezianischen Gewürzhändler Waren in den Funduk brachte. Sie lehnten am Springbrunnen und beobachteten schwatzend und Dattelkerne auf den Boden spuckend das Tor zum Innenhof. Plötzlich trabte ein Reiter durch das Portal und zügelte sein Pferd.

Mein Gott!, dachte ich. Ist das der Mann, der am Strand beobachtet hat, wie Tayeb das Boot um die Landzunge steuerte? Wenn er uns am Hafenkai gesucht hatte, musste er das verlassen im Hafen treibende Ruderboot entdeckt haben. Tayeb hatte es, nachdem wir ausgestiegen waren, zurück in die Wellen des Hafenbeckens geschoben. Während der Kahn langsam vom Ufer wegtrieb, waren wir zu Fuß weiter in Richtung des Souks geflüchtet. Nachdem der Berittene das leere Boot gefunden hatte, konnte er sich denken, wohin wir fliehen wollten.

Ich musste mich beeilen! Ich huschte an Antonio Trevisans geöffneter Tür vorbei und erreichte die Wohnung, die ich mir mit Tayeb teilte.

Die Tür stand offen.

Ich ließ die Leinensäcke zu Boden gleiten, zog meinen Dolch und betrat den ersten Raum: Tayebs Schlafgemach. Ich wohnte und arbeitete in der hinteren Kammer. Sein Bett war zerwühlt, das Kopfkissen lag auf dem Boden – dabei hatte Tayeb die vorletzte Nacht auf dem flachen Dach unter dem Sternenhimmel verbracht.

Seine Reisetruhe, seine Kleidung und seine Bücher waren verschwunden!

Ich hastete zur nächsten Tür und stieß sie auf.

Auch meine Kammer war leer geräumt!

Die kostbaren Codices, die ich für Cosimo gekauft hatte, unsere Kleidung, unser Geld – alles war weg!

Ich unterdrückte ein Stöhnen.

Sie waren hier gewesen! Die Männer im Hof waren Gefolgsleute des Patriarchen!

Ich musste so schnell wie möglich verschwinden, bevor sie mich …

»Signorina Colonna?«, hörte ich eine Stimme von der Tür zur Galerie. Ein Assassino? »Ich habe auf Euch gewartet …«

Mit erhobenem Dolch wirbelte ich herum.

ൈ Niketas ൈ

Kapitel 6

»Seine Majestät der Kaiser erwartet Euch, Euer Seligkeit!«

Als ich nach dem herzlichen Abschied von Basilios im Schneegestöber das Vorzimmer des kaiserlichen Arbeitsraumes betrat, erhob sich Giorgios Scholarios, der Sekretär und Vertraute des Basileus, um mir dem Zeremoniell gemäß die Hand zu küssen. Dann wandte er sich zur Tür, um mich dem Kaiser zu melden.

»Giorgios!«, hielt ich ihn auf.

Er drehte sich zu mir um. »Eure Seligkeit?«

»Unsere Unterredung kann lange dauern. Nach dem Anfall bin ich zu erschöpft, um nachher in meinen Palazzo zurückzukehren. Ich werde in einem der Sessel im Audienzzimmer nächtigen. Würdet Ihr mir bitte eine warme Decke bringen lassen?«

»Ihr könntet in meinem Bett schlafen«, bot er mir an – alle Lager im Castello waren belegt.

»Vielen Dank, Giorgios. Aber der Sessel vor dem Kamin wird mir genügen.«

»Wie Ihr wünscht.«

»Und bitte wartet nicht auf mich. Geht schlafen! Kali nichta – gute Nacht!«

Er nickte, öffnete leise die Tür und kündigte mich an: »Seine Seligkeit, Niketas IV. Evangelos, Metropolit und Erzbischof von Athen, Exarchos von Griechenland, Archimandrit von …«

»Ich kenne seine Titel, Giorgios!«, unterbrach ihn der Basileus ungeduldig. »Ich habe sie ihm verliehen.«

»Ja, Euer Majestät!«

Nachdem Ioannis den kaiserlichen Purpurornat abgelegt hatte und nun eine bequeme dunkelblaue Robe trug, hatte er es sich in einem Sessel am Kamin gemütlich gemacht. Die Beine hatte er auf eine Büchertruhe gelegt. Auf seinem Schoß ruhte ein Buch.

»Komm herein, Niketas!«, winkte Ioannis mich zu sich, klappte den Folianten zu und legte ihn beiseite. »Setz dich zu mir an den Kamin. Die Wärme wird dir guttun. Mir lindert sie ein wenig die Schmerzen der Gicht. Die sechsstündige Messe in der eiskalten Kirche war eine Tortur.«

Als ich näher ans Kaminfeuer trat, bemerkte er stirnrunzelnd meinen Mönchshabit. Kein Brustkreuz, kein Panagia-Medaillon, kein Abzeichen meines hohen Ranges als Metropolit von Athen. Aber er sagte nichts.

Nachdem Giorgios leise die Tür geschlossen und uns allein gelassen hatte, stemmte sich Ioannis aus seinem Sessel hoch, humpelte steif hinüber zu seinem Schreibtisch, füllte zwei Silberbecher mit Wein und kehrte damit zum Kamin zurück.

»Ertrage ich das, was du mir zu sagen hast, nur in betrunkenem Zustand?«, fragte ich, nachdem ich den Rotwein gekostet hatte. Ein exzellenter Tropfen von den Hängen am Marmarameer. Dann stellte ich den Becher weg. Natanael hatte mir verboten, Wein zu trinken, da er einen schweren Anfall verursachen konnte. Er hatte mir ans Herz gelegt, allem zu entsagen, was meinen Zustand noch verschlimmern könnte.

Ioannis ließ sich in seinen Sessel fallen und legte die Füße wieder auf die Büchertruhe. »Cosimo ist in Ferrara.«

»Ich weiß«, murmelte ich und streckte meine Beine in Richtung des Kaminfeuers, dessen glühende Holzscheite leise knisterten und knackten und eine wohlige Wärme verströmten. »Nach der Messe hat er sich mir vorgestellt. Ich habe ihn für morgen Abend zum Essen eingeladen.«

Er nickte. »Als ich dich über seine Ankunft informieren wollte, hat der Prior meinen Boten an der Klosterpforte abgewiesen.« Seine Augen funkelten im Feuerschein: War er zornig?

»Ich war in Klausur und wollte nicht gestört werden«, erinnerte ich ihn.

Ioannis seufzte. »Als Giorgios mir verkündete, Cosimo sei nach Ferrara gekommen, um mit Papst Eugenius und mir zu sprechen, da hoffte ich, er habe Luca d'Ascoli mitgebracht. Die beiden sind ja eng befreundet. Aber Luca weigert sich nach wie vor, zum Konzil nach Ferrara zu kommen – was ich zutiefst bedaure. Während des Konzils von Konstanz vor vierundzwanzig Jahren war er einer der einflussreichsten Theologen. Nicht zuletzt seinem beherzten Auftreten in Konstanz ist es zu verdanken, dass nur noch ein Papst die lateinische Kirche regiert, nicht drei. Obwohl Eugenius ihn einen Tag nach seiner Wahl zum Pontifex exkommuniziert hat, hätte Luca hier in Ferrara seinen immensen Einfluss geltend machen können, um die Kirchen zu vereinigen. Doch er hat es vorgezogen, in Florenz zu bleiben.«

»Ich verehre ihn seit Jahren. Ich hätte ihn sehr gern kennengelernt.«

»Vielleicht hast du bald Gelegenheit dazu«, orakelte Ioannis. »Sofort nach seiner Ankunft gestern Morgen hat Cosimo mit dem Papst gesprochen. Er will das Konzil nach Florenz holen, weil die Pest hier in Ferrara die Konzilsteilnehmer dahinrafft – wie vor einigen Wochen deinen Sekretär. Eugenius hat seinem Vorschlag zugestimmt: Nach Weihnachten werden wir nach Florenz umziehen.«

»Selbstverständlich will Cosimo das Unionskonzil nach Florenz holen. Es stärkt sein Ansehen und seine Macht. Zudem sichert er sich damit seinen Einfluss auf den Papst, dessen Bankier er ist.«

»So ist es.«

»Und indem du ihn an mich als Vertreter des erkrankten Patriarchen verweist, sicherst du dir deinen Einfluss über den Regenten von Florenz *und* den Papst.«

»So hatte ich es mir vorgestellt«, lächelte der Basileus verschmitzt. »Cosimo ist ein Papstmacher. Einen Gegenpapst, den Luca in Konstanz abgesetzt hat, hatte Cosimo zuvor mit einer gewaltigen Summe finanziert. Auch Eugenius regiert von seinen Gnaden. Vor fünf Jahren musste er überstürzt aus Rom fliehen, das zerrissen ist vom Machtkampf der Orsini und Colonna.

Papst Martin, ein Colonna, hatte nach Beendigung des Schismas seine Macht gefestigt, indem er seiner Familie Titel, große Herrschaftsgebiete und befestigte Burgen rund um Rom verlieh. Einen Bruder ernannte er zum Herzog, der andere wurde Marchese. Seinen Neffen Prospero machte er zum Kardinal. Als Eugenius vor acht Jahren zum Papst gewählt wurde, entriss er den Colonna alles wieder, um seine eigene Macht zu sichern. Hochverratsprozesse, Verbannungen, Folterungen und Hinrichtungen erschütterten Rom. Marcantonio Colonna, ehemals Condottiere der Kirche, wurde auf dem Campo dei Fiori in Rom hingerichtet. Kardinal Prospero Colonna wurde ins Exil verbannt. Die Colonna griffen zu den Waffen. Im Sommer 1434 versuchten sie Eugenius zu stürzen und zu ermorden – und beinahe wäre ihnen die Bluttat gelungen. Als Mönch verkleidet flüchtete er in einem Ruderboot den Tiber hinab, bestieg ein Schiff nach Pisa und erreichte völlig erschöpft Florenz, wo Cosimo ihn freundlich aufnahm.

Seither residiert der Papst im Kloster von Santa Maria Novella und lebt von Cosimos Fiorini. Die lateinische Kirche ist hoch verschuldet – ohne Cosimos großzügige Kredite wäre sie bereits bankrott. Das lange Schisma mit bis zu drei Gegenpäpsten hat die Finanzen der Kirche ruiniert.

Das Unionskonzil dauert nun schon neun Monate – und wir sind der Versöhnung der beiden Kirchen ferner denn je. Der Papst ist nicht länger imstande, die Ausgaben einer päpstlichen und einer kaiserlichen Hofhaltung zu zahlen. Und du kannst dir denken, wer die immensen Kosten dieses Konzils aus eigener Tasche finanzieren will.«

»Cosimo?«

»Cosimo – wer sonst!«, seufzte der Basileus. »Nun kauft er sich nicht nur einen Papst und einen Kaiser, sondern ein ganzes Konzil mit Kardinälen, Metropoliten, Erzbischöfen, Äbten und Kirchengelehrten.«

Ich erinnerte mich an Cosimos Worte nach der Weihnachtsmesse, mit denen er die lang ersehnte Union beschwor. Warum lag ihm so viel daran, das Schisma zu beenden? Und wessen Idee war es eigentlich – die seines Freundes Luca d'Ascoli?

Ich lehnte mich auf meinem Sessel zurück. »Und was erwartest du nun von mir?«

»Ich will, dass du mit Cosimo nach Florenz reitest und den Umzug des Konzils vorbereitest. Dann wirst du …«

»Nein, Ioannis!«, widersprach ich energisch. »Ich habe mich entschieden. Ich werde abdanken und mich ins Kloster zurückziehen.«

Entsetzt sah er mich an. »Niketas, ich bitte dich …«

»Ich werde nicht länger am Konzil teilnehmen.«

»Niketas …«

»Im Dominikanerkloster werde ich in Ruhe darüber nachdenken, ob ich noch Priester sein kann. In einigen Tagen werde ich nach Hause zurückkehren.«

Er schüttelte den Kopf. »Als Oberhaupt der orthodoxen Kirche kann ich deine Abdankung nicht akzeptieren. Ich allein entscheide, wie lange du die Mitra trägst.«

Eine Welle der Verzweiflung schwemmte den Schmerz zurück in meinen Kopf. Ich fuhr mir über die Augen, denn das flackernde Kaminfeuer blendete mich. Lichtfunken tanzten vor meinen Augen.

Nicht schon wieder!, dachte ich und schloss die Lider.

Die Funken verglühten – es war vorbei.

»Tu mir das nicht an, Ioannis!«, bat ich ihn leise, während ich mir sanft die Schläfen massierte. Es half kaum gegen den Schmerz in meinem Kopf, aber ich wollte nicht erneut Opium nehmen. »Sollte es dir wegen der Gerüchte im Konzil unmöglich sein, meine Abdankung zu akzeptieren, dann bitte ich dich, mich meines Amtes zu entheben, weil ich durch mein Verhalten eine Kirchenunion verhindere. Ioannis, lass mich in mein Kloster in Byzanz zurückkehren und mich besinnen, woran ich noch glauben kann.«

»Nein, Niketas!«, beharrte er. »Ich brauche dich für die Verhandlungen mit Eugenius wegen des päpstlichen Primats! Er achtet dich und respektiert deine Meinung. Er bittet dich sogar um deinen Rat. Kardinal Cesarini hat mich vor einer Stunde wissen lassen, dass Eugenius dich zu einem vertraulichen Gespräch gebeten hat. Wenn du vernünftig mit ihm redest, wird meine Bitte um einen Kreuzzug gegen die Türken kein demütigender Kniefall des byzantinischen Kaisers vor dem römischen Papst sein. Dann wird die Kirchenunion, der viel zu hohe Preis für die militärische Unterstützung des Papstes, keine Niederlage des orthodoxen Glaubens unter die römische Häresie sein.

Niketas, ich bitte dich! Erinnerst du dich, was du dem Papst in der letzten Konzilssitzung an den Kopf geworfen hast?

›Ihr könnt nicht Euer Siegel unter ein Dekret setzen und urbi et orbi verkünden: Das ist die Wahrheit, unfehlbar und unveränderlich! Nehmt sie hin, meine orthodoxen Brüder, oder lasst es bleiben! So können die Kirchen nicht in brüderlicher Freundschaft vereinigt werden, Euer Heiligkeit! Das Beste, was wir auf diesem Konzil zustande bringen können, ist von der Wahrheit weit entfernt. Wir sind Menschen, die irren können. Lasst uns nicht den unverzeihlichen Fehler begehen, unseren Glauben für die absolute und letztgültige Wahrheit zu halten.‹

Du hast es gewagt, den Papst zu belehren – und mit ihm sämtliche Kardinäle, Metropoliten und Erzbischöfe! Nach all den Streitereien um den Primat Roms war es plötzlich sehr still in der Basilika. Niemand hat es noch gewagt, sich mit dir anzulegen. Nein, Niketas, ich kann nicht auf dich verzichten. Ich flehe dich an ...«

»Ich habe mich entschieden.«

Er nickte resigniert – er kannte meine Seelenqualen. »Dann bleibt mir nichts anderes übrig, als dich zu bitten, deine Abdankung bis zum Ende des Konzils zu verschieben. Sobald der Papst und ich das Unionsdekret unterzeichnet haben, werde ich deinen Rücktritt akzeptieren. Das verspreche ich dir!«

Ich zögerte.

»Das Konzil *darf nicht* scheitern!«, beschwor er mein Gewissen.

»Es ist besser, wenn ich nicht länger am Konzil teilnehme, da ich der Kirchenunion im Weg stehe.«

»Nein, Niketas, nein! Die Beendigung des Schismas und die Einigung mit dem Papst sind notwendig! Das hast du selbst gesagt, als du mit den beiden Legaten, die Eugenius nach Konstantinopolis entsandte, die Verhandlungen geführt hast! Erinnerst du dich?«

»Ja, ich erinnere mich. Aber ich ...«

»Vor einem Jahr haben wir Byzanz verlassen – und was haben wir seitdem erreicht? Nichts! Keiner der italienischen Fürsten ist zum Konzil gekommen oder hat uns militärische Unterstützung für einen Kreuzzug gegen den türkischen Sultan versprochen. Und nun drohen die Konzilsverhandlungen zu scheitern. Nach dem Ausbruch der Pest im August sind viele orthodoxe Bischöfe gegen meinen ausdrücklichen Befehl abgereist. Sie hatten die Hoffnung aufgegeben, dass wir uns mit dem Papst einigen könnten.

Griechen und Lateiner sind enttäuscht, gereizt und verlieren die Geduld. Dein Freund Basilios sprüht Funken des Zorns, weil der Bischof von Ferrara orthodoxe Messen in seinen Kirchen verbietet. Und Markos von Ephesos erhebt seine Stimme gegen mich und droht mir, das Konzil zu verlassen und nach Hause zu segeln. Er weigert sich, das Unionsdekret zu unterzeichnen.

Wenn du während des Konzils als Metropolit von Athen abdankst, der Metropolit von Nikaia die Hoffnung auf eine Einigung mit dem Papst aufgibt und der Metropolit von Ephesos sich seinem Kaiser widersetzt und abreist, ist alles verloren!«

Ich barg mein Gesicht in den Händen und schwieg.

Ioannis musste sich verraten fühlen, wenn ich ihn im Stich ließ.

Ich hatte in Konstantinopolis die Verhandlungen mit den beiden päpstlichen Gesandten geführt. Ich hatte während der Beratungen der Metropoliten für die Kirchenunion gestimmt. Ich hatte ihm zur Reise nach Ferrara geraten. Ich trug die Verantwortung und konnte sie nicht einfach ablegen wie die Mitra des Erzbischofs.

»Was ist geblieben vom einstigen Stolz des Byzantinischen Reiches?«, fuhr Ioannis fort. »Die Stadtmauern von Konstantinopolis, einstmals Hauptstadt der Welt, sind die Grenzen des Reiches! Mein Herrschaftsgebiet ist nicht einmal halb so groß wie die Republik Florenz, die Cosimo regiert.

Byzanz liegt in Trümmern, und es ist nur noch eine Frage der Zeit, wann Sultan Murad die Stadt erobert. Das ist dann das Ende des tausendjährigen Byzanz. Und es ist der Todesstoß für das Imperium Romanum, das ich als Nachfolger der römischen Kaiser beherrsche.«

»Ich kann meinen Glauben nicht verraten. Und ich kann nicht gegen mein Gewissen handeln!«

»Ich bringe dasselbe Opfer wie du!«, erinnerte er mich ernst. Meine Worte hatten ihn verletzt. »Und mit meinem Glauben, meinem Gewissen und meinem Seelenfrieden werfe ich noch meinen Stolz und meine kaiserliche Würde auf diesen Brandopferaltar!«

Traurig schüttelte ich den Kopf. »Ioannis, ich kann es nicht!«

»Gott weiß, wie oft ich den Tag verflucht habe, als Natanael nach all den Jahren aus Jerusalem zurückkehrte und dich während der Verhandlungen mit den beiden Legaten im Palast besuchte!«, rief er zornig. »Dieser Jude ist schuld an deiner Glaubenskrise! Er hat dich an eure gemeinsame Kindheit erinnert. Er hat dir diese furchtbaren Häresien in den Kopf gesetzt.«

»Das ist nicht wahr!«

»Ach nein?«, erregte er sich. »Du besuchst mit Natanael den Synagogengottesdienst. Du teilst mit ihm Brot und Wein. Du betest mit ihm auf Hebräisch! Manchmal glaube ich, er habe dich bereits bekehrt! Komm zur Besinnung, Niketas!«

»Das habe ich im Kloster getan! Ich habe eine Entscheidung getroffen. Ich werde abdanken – mit oder ohne dein kaiserliches Einverständnis. Den Rest meines Lebens werde ich als Mönch in meinem Kloster verbringen und mich meinen Studien widmen. Ich hoffe, dass mir noch genug Zeit bleibt, mein Buch über Paulus zu Papier zu bringen, bevor mir der Tod die Feder aus der Hand nimmt. Wenn nicht, kannst du mein unvollendetes Manuskript mit mir begraben.«

Ioannis schwieg betroffen und starrte einige Herzschläge lang ins Kaminfeuer. Schließlich entrang er sich ein trauriges »Ich habe vergessen, wie schlimm es um dich steht. Es tut mir leid!«.

»Schon gut«, winkte ich ab.

»Von all meinen Brüdern warst du mir als Einziger immer treu ergeben! Mit dir wollte ich mich niemals streiten.« Seufzend barg er das Gesicht in den Händen.

Es ist wahr: Im Gegensatz zu Theodor, Konstantin, Demetrios und Thomas war Ioannis mit mir nie aneinandergeraten. Nicht einmal in jener Nacht vor einem Jahr, als Maria sich weinend in mein Bett flüchtete, um sich zärtlich von mir trösten zu lassen, hatte Ioannis sich mit mir angelegt. Obwohl Demetrios mich der Todsünde bezichtigte, hatte Ioannis mich gegen unseren intriganten Bruder verteidigt. Dabei konnte er doch nicht wissen, ob seine Gemahlin und ich uns einander hingegeben hatten. Denn keinen von uns hatte er je gefragt, was in jener Nacht geschehen war. Er hatte geschwiegen. Und gehofft.

Ioannis riss mich aus meinen Erinnerungen an jene Nacht, die mich so sehr verwirrt, ja erschreckt hatte, dass ich im Morgengrauen zurück in mein Kloster geflüchtet war. Er sah mir in die Augen.

»Niketas, ich flehe dich an: Steh mir bei, damit wir das christliche Byzanz vor der muslimischen Eroberung beschützen können! Unterstütze mich dabei, dieses Konzil in Würde zu einer Kirchenunion zu führen und das hellenistische Erbe der Kirche, die seit Paulus griechisch war, zu bewahren! Und, um Gottes willen, hilf mir, diesem furchtbaren Verrat an eintausendvierhundert Jahren christlicher Orthodoxie einen Sinn abzuringen! Lass uns gemeinsam um unseren Glauben und unsere Würde kämpfen, Niketas! Lass uns retten, was noch zu retten ist!«

Als ich nicht sofort antwortete, setzte er nach:

»Ich werde dich nicht bitten, an jeder Konzilssitzung teilzunehmen. Ich werde dir so viel Zeit gewähren, wie du benötigst, um nachzudenken. Zieh dich ins Kloster zurück, und vollende dein Buch über Paulus. Aber bitte komm mir diesen einen Schritt entgegen, und behalte deinen Titel als Metropolit von Athen!«

Wie verzweifelt musste er sein, wenn er mich wegen meiner häretischen Gedanken nicht zum Schweigen verurteilte! Er wollte ... er durfte mich nicht verlieren. Standen wir nicht letztlich vor demselben Dilemma? Wenn das Konzil scheiterte, wenn die Kirchen nicht vereinigt wurden, wenn der Papst nicht zum Kreuzzug gegen die Türken aufrief, verloren Ioannis und ich und alle, die wir liebten und so gern beschützen wollten, die Herrschaft, die Heimat, den Besitz, die Freiheit und den Glauben.

»Wie du willst«, gab ich schließlich nach.

»Danke, Niketas!«, seufzte er erleichtert. »Ich weiß, was ich von dir verlange!« Er holte tief Luft. »Cosimo hat mir erzählt, dass er sich hin und wieder in eine Zelle im neuen Dominikanerkloster von Florenz zurückzieht. Gewiss wird er dir seine Zelle in San Marco für einige Wochen zur Verfügung stellen. Du könntest Luca d'Ascoli endlich kennenlernen. Du verehrst ihn seit Jahren. Sprich mit ihm, Niketas! Er wird dich verstehen.«

Ich nickte stumm.

»Vor seiner Abreise zum Konzil von Konstanz hat er ein Kind der Liebe gezeugt: Alessandra Colonna. Nach Lucas Exkommunikation nahm sie den Namen ihres Vaters an und nennt sich seitdem Alessandra d'Ascoli. Eine willensstarke junge Frau. Sehr temperamentvoll. Sehr beherzt. Cosimos Augen funkelten, als er von ihr sprach. Er scheint sie sehr gern zu haben.

Wegen Alessandra hat Luca vor zwanzig Jahren seine glänzende Karriere aufgegeben. Er verzichtete auf den Kardinalspurpur und legte den Dominikanerhabit für immer ab. Vielleicht kann er dir bei deiner Entscheidung helfen. Denn Luca weiß, was es bedeutet, alles aufzugeben.«

Alessandra

Kapitel 7

»Signorina Colonna?«, hörte ich eine Stimme hinter mir. »Ich habe auf Euch gewartet …«

Mit erhobenem Dolch wirbelte ich herum, um mich gegen den Angreifer zu wehren.

»Um Gottes willen!«, rief Antonio Trevisan und wich einen Schritt zurück zur Tür von Tayebs Kammer.

»Ihr seid es, Antonio!«, seufzte ich erleichtert und ließ den Dolch sinken. »Habt Ihr mich erschreckt!«

»Vergebt mir, Signorina Colonna. Das war nicht meine Absicht! Ich dachte, Ihr wärt in Schwierigkeiten. Gestern Abend wollte ich Euch zur Weihnachtsmesse abholen. Ich habe an Eure Tür geklopft, aber niemand öffnete. Ihr wart nicht da!«, ließ er die Enttäuschung zwischen seinen Worten hindurchschimmern. »Von der Galerie aus sah ich Euch dann mit Signor Tayeb den Funduk verlassen – eine halbe Stunde vor dem Gottesdienst. Nur eine Tasche hattet Ihr dabei. Dann seid Ihr nicht zur Messe erschienen. Ich war besorgt. Die ganze Nacht seid Ihr und Euer Begleiter nicht zurückgekehrt!

Bitte verzeiht, Alessandra: Ich weiß, dass Ihr schon mehrmals erst im Morgengrauen wiedergekommen seid. Aber so spät doch noch nie! Und noch dazu in der Weihnachtsnacht! Da ließ ich die Tür zu meinen Räumen offen, um … äh … na ja …« Verlegen senkte er den Blick. »Dann bin ich eingeschlafen. Mein Kammerdiener hörte, wie vorhin einige Bewaffnete vom Verwalter verlangten, Eure Räume zu durchsuchen. Er riss mich aus dem Schlaf – er weiß, wie viel mir an Euch liegt.«

Ein bezauberndes Lächeln huschte über sein Gesicht.

»Offenbar wart Ihr tatsächlich in Schwierigkeiten. Sofort gab ich meinen Dienern den Befehl, Eure und Signor Tayebs Sachen in meine Räume zu bringen. Die Wohnung war leer geräumt, bevor die Bewaffneten wenig später die Treppe hochstürmten!«

»Grazie, Antonio«, seufzte ich erleichtert.

»Wer hat die Bewaffneten geschickt?«

»Ich weiß es nicht. Aber wer es auch ist – er hat heute Nacht versucht, mich zu ermorden.«

»Großer Gott!«

»Ich muss meinen Vater warnen – auch er ist in Lebensgefahr.«

»Kommt in meine Räume!«, nickte er. »Dort seid Ihr sicher.«

Er geleitete mich in seine Wohnung. Auf seinen Wink holte ein Diener die beiden Leinensäckchen mit Lapis und Purpur und verriegelte die Tür.

»Wie kann ich Euch helfen?«, fragte Antonio.

»Im Hafen liegt ein Schiff nach Pisa, das noch heute segeln wird. Schickt diese Farbpigmente in den Palazzo Medici in Pisa. Er liegt in der Nähe des Ponte della Fortezza am Ufer des Arno. Der Verwalter wird die Farben unverzüglich zu Luca d'Ascoli in Florenz bringen lassen. Ich werde meinem Vater schreiben. Habt Ihr Feder und Tinte?«

Antonio wies auf einen niedrigen Tisch mit Sitzpolstern. »Mein Diener Giacomo wird die Farben nach Florenz bringen. Da ich in vier Tagen nach Venedig zurückkehren werde, benötige ich ihn nicht mehr. Giacomo, geh deine Sachen packen!« Die Frage, die ihm auf der Zunge brannte, schluckte er herunter: Was befindet sich in den Beuteln – außer Farben?

»Das ist sehr freundlich von Euch«, dankte ich ihm und holte die Geldbörse aus meiner Reisetruhe. Dann zählte ich Giacomo einige Fiorini in die Hand. »Das wird für die Überfahrt nach Pisa reichen. Den Rest des Geldes kannst du behalten. Ich bin dir sehr dankbar.«

»Danke, Signorina«, nickte er. »Ihr seid sehr großzügig!« Damit eilte er davon, um seine Sachen zu holen.

Ich hockte mich auf das Sitzpolster, zog den blutigen Mordauftrag hervor und griff zu Feder und Pergament, um Luca zu warnen. In wenigen Worten fasste ich die Ereignisse dieser Nacht zusammen. Der spektakuläre Fund in der Genisa. Der Mordversuch durch den Römer, der sich an den Patriarchen Philotheos gewandt hatte, um mich festzunehmen. Meine Vermutungen bezüglich des Verfassers des blutverschmierten Briefes. ›... und der Brief war nicht datiert. Es ist also möglich, dass wir seit Wochen beobachtet werden‹, warf ich die letzten Worte auf das Pergament.

Als ich die Zeilen anstarrte, wurde mir bewusst: Wer uns überwachte, las vielleicht auch unsere Korrespondenz mit Gelehrten in aller Welt.

›Vernichte die Briefe von Lorenzo Valla aus Neapel, in denen er mit dir über die Konstantinische Schenkung disputierte‹, schrieb ich mit kratzender Feder nieder. ›Sie sind gefährlich – nicht nur für uns, auch für Lorenzo. Die Macht des Papstes und der Fortbestand des Patrimonium Petri werden durch seine Entdeckung bedroht!‹

Mein Blick fiel auf den blutigen Brief vor mir auf dem Tisch. In der letzten Zeile hatte ich das Wortfragment ›Patri...‹ entziffert, was ich zunächst als Patriarch gedeutet hatte. Doch konnten die verschmierten Buchstaben nicht auch der Beginn von Patrimonium Petri sein? Denkbar! Aber wie hing das Todesurteil der Kirche über mich mit Lorenzo Vallas gefährlicher Entdeckung zusammen? Ich hatte keine Ahnung!

›Tayeb und ich werden noch einige Tage in Alexandria bleiben und in der Genisa nach den Resten des Evangeliums suchen‹, schrieb ich an Luca. ›Vermutlich hat Philotheos die leeren Tonkrüge wegschaffen lassen, aber ich hoffe, doch noch etwas zu finden. Dann nehmen Tayeb und ich das nächste Schiff nach Hause. Versprochen! Pass auf dich auf, Luca! Alessandra.‹

Ich steckte die Feder zurück ins Tintenfass und wischte mir die Finger an einem Tuch ab. Dann faltete ich das blutige Beglaubigungsschreiben des Römers in meinen Brief ein. Antonio, der mich nicht aus den Augen gelassen hatte, reichte mir sein in der Kerzenflamme erhitztes Siegelwachs. Ich ließ das flüssige Wachs auf das Pergament tropfen und siegelte es mit dem Wappen der Colonna auf meinem Ring. Er hatte meinem ermordeten Großvater gehört: dem Conte Marcantonio Colonna, dem Condottiere der Kirche.

Ich erhob mich und reichte Giacomo das Schreiben. Er hatte seine Tasche bereits gepackt. »Übergib diesen Brief nur Luca d'Ascoli persönlich. Unser Haus liegt an der Südseite der Piazza del Duomo, direkt neben der Kathedrale – du kannst es nicht verfehlen. Sollte mein Vater nicht da sein, kannst du ihn Vittorino da Verona anvertrauen. Er leitet das Scriptorium.« Als Giacomo nickte, fügte ich hinzu: »Wenn du das Siegel auf diesem Brief vorzeigst und dem Verwalter sagst, ich habe dich geschickt, wirst du im Palazzo Medici in Pisa ein Pferd für die Reise nach Florenz erhalten. Verliere keine Zeit, Giacomo! Es geht um Leben und Tod!«

Mit einem zutiefst besorgten Blick trat Antonio näher. »Als Ihr eben Pisa erwähntet, fiel mir ein, dass der Segler einen Brief aus Florenz für Euch mitgebracht hatte. Er wurde gestern Abend abgegeben, nachdem Ihr den Funduk verlassen hattet. Giacomo hatte ihn unter Eurer Tür durchgeschoben.« Er überreichte mir ein Schreiben aus feinstem Pergament. Ich kannte das Siegel. Cosimo hatte mir geschrieben.

Um Himmels willen, dachte ich ängstlich, was hat er mir zu sagen? Doch nicht …

O mein Gott: Luca!

Mit zitternden Fingern riss ich das Siegelwachs ab und entfaltete das Pergament. Mein Blick flog über die Zeilen.

Cosimos Brief war ein einziges ›Mea culpa, mea maxima culpa‹. Meine Tränen, als ich ihn verließ und die Tür hinter mir zuschlug, und meine überstürzte Abreise aus Florenz hätten ihn zur Besinnung gebracht. Was geschehen war, tue ihm unendlich leid, und er hoffe, dass ich ihm vergeben könne. Ihm läge sehr viel an unserer Versöhnung und unserer Freundschaft.

›In den nächsten Tagen werde ich wie geplant nach Ferrara reisen, um den Papst zu bitten, das Konzil nach Florenz zu verlegen. Es ist sehr schade, dass du mich nicht begleiten kannst. Wie gern hätte ich dich dem Basileus vorgestellt. Und wie sehr hätte ich ein paar unbeschwerte Tage mit dir in Ferrara genossen – fernab vom höfischen Zeremoniell und den Ritualen der Macht.

Noch vor Epiphanias werde ich nach Florenz zurückkehren. Ich wünschte, dass du mir dann mit einem strahlenden Lächeln stolz verkündest, du habest die berühmte Bibliotheca Alexandrina entdeckt. Aber noch mehr hoffe ich, dass du mich umarmst und mir vergibst. Ich wollte dir doch niemals wehtun. Ich vermisse dich. Cosimo.‹

Sein Brief traf mich ins Herz. Er gab sich die Schuld, sich allein. Doch zu Unrecht! Wie er hatte ich die Beherrschung verloren und war nun zutiefst beschämt.

»Schlechte Nachrichten?«, fragte Antonio.

Ich schüttelte den Kopf. Kein Wort von einem Attentat auf Luca.

»Cosimo de' Medici bittet mich, vor meiner Abreise noch ein paar Dinge für ihn zu erledigen«, log ich, um Antonio eine Erklärung zu geben, warum ich trotz des Attentats und trotz der Bewaffneten, die mich am Brunnen erwarteten, nicht das nächste Schiff nach Hause nahm. »Ich werde nach Kairo an den Hof von Sultan Sayf ad-Din Jaqmaq reisen. Er ist ein sehr gebildeter Herrscher und fördert Kultur und Wissenschaft. Er wird mich empfangen.«

»Nach Kairo!«, rief er aus. »Ich hatte gehofft, ich könnte Euch überreden, mich nach Venedig zu begleiten. Mein Schiff segelt in vier Tagen …«

»Danke, Antonio, aber ich kann noch nicht zurückreisen. Ich

schulde ihm diesen Gefallen. Würdet Ihr mein Gepäck hier im Funduk deponieren, wenn Ihr nach Venedig abreist?«

Er nickte – enttäuscht, dass ich ihn nicht begleiten wollte.

Ich trat zu meiner Reisetruhe und holte einen Stapel Bücher heraus, die ich in den letzten Wochen gekauft hatte. »Diese wertvollen Folianten will ich nicht im Funduk lassen, wenn ich nach Kairo reise. Würdet Ihr mir den Gefallen tun, sie nach Venedig mitzunehmen?«

»Selbstverständlich.« Er lächelte resigniert. »Denn so kann ich sicher sein, dass Ihr mich schon bald besuchen kommt. Das würde mich sehr glücklich machen.«

»Ich werde kommen!«, versprach ich – erleichtert, dass die kostbaren Folianten in Sicherheit waren. »Aber jetzt muss ich den Funduk verlassen, bevor die Wachen am Brunnen misstrauisch werden.«

Ich faltete Cosimos Brief zusammen und schob ihn unter mein Gewand. Dann zog ich ein Kleid aus florentinischem Tuch aus meiner Reisetruhe. Die restlichen Goldmünzen steckte ich ein.

»Kann ich noch irgendetwas für Euch tun, um Euch bei Eurer geheimnisvollen Mission zu helfen?«

»Nein, Antonio, vielen Dank! Ich muss gehen. Signor Tayeb erwartet mich.«

»Dann lasst mich Euch wenigstens an den Bewaffneten vorbei zum Tor geleiten!« Antonio bot mir seinen Arm, aber ich zog den Schleier wieder vor mein Gesicht und folgte ihm mit gesenktem Kopf über die Galerie zur Treppe, die in den Innenhof hinabführte.

Unauffällig sah ich mich um: Wo war der Reiter, der bei meiner Ankunft durch das Tor galoppiert war? Die beiden Bewaffneten lehnten immer noch am Brunnen, beobachteten das weit offene Portal und unterhielten sich leise. Während wir an ihnen vorbeigingen, warfen sie uns neugierige Blicke zu.

Am Portal des Funduks blieben wir stehen, um uns zu verabschieden. »Lebt wohl, Antonio! Gute Reise!«

»Viel Glück, Alessandra! Wir sehen uns in Venedig.«

Wenig später hatte ich die Gassen des Souks der Gewürze durchquert und fand das Haus des Arztes, wo Tayeb mich ungeduldig erwartete. Er war nicht mehr so blass. Der Hakim hatte die Wunde an seiner Seite genäht und verbunden und ihm Opium gegen die Schmerzen gegeben.

Auf dem Markt in der Nähe des Hafens kauften wir Datteln, Fladenbrot, Kofta-Bällchen aus Hammelfleisch und frittierte Falafel aus Bohnen und Kichererbsen, die mit Koriander und Knoblauch gewürzt waren. Nachdem wir im Souk ein schlichtes Holzkästchen und neue Kleidung erstanden hatten, füllten wir sechs Wasserschläuche an einem Brunnen nahe dem Stadttor.

Dann verließen wir Alexandria und stapften schwer beladen mit unseren Vorräten nach Südosten – in Richtung der versunkenen Synagoge. Wir hofften, dass unsere Verfolger uns nicht in der Wüste, sondern im Hafen suchten: auf dem Schiff, das an diesem Morgen nach Pisa ablegte.

Während Tayeb und ich in die Wüste flohen, dachte ich an Luca. Würde Antonios Diener ihn rechtzeitig vor einem Mordanschlag warnen können? Mit günstigem Wind würde er am 9. Januar Pisa erreichen. Und wenn Giacomo keine Zeit verlor, konnte er am 11. Januar in Florenz sein. Mein Gott, das waren noch zwei Wochen!

Gedankenversunken stapfte ich neben Tayeb durch den tiefen Sand, fünf, sechs, sieben anstrengende Meilen weit, und versuchte mir meine Erschöpfung nicht anmerken zu lassen. In den vergangenen Nächten hatten wir nur wenige Stunden geschlafen, in der letzten überhaupt nicht. Die Taschen mit den Lebensmitteln und die Wasserschläuche wogen schwer, und ich war zum Umfallen müde. Was hätte ich für eine kurze Rast gegeben! Aber Tayeb schritt unbeirrt voran und blieb nur hin und wieder stehen, wenn er einen dürren Zweig oder trockenes Gras für das abendliche Lagerfeuer aufhob und in seiner Tasche verstaute.

Während wir nebeneinandergingen, sprachen wir über unsere

Pläne, gemeinsam die Sahara zu durchqueren – wir wollten beide nicht an Lucas Schicksal denken. Und so redeten wir über unsere für den kommenden Herbst geplante Reise durch die Wüste nach Agadez, wo Tayeb als Gelehrter gelebt hatte, als Luca ihn auf dem Platz vor der Großen Moschee kennenlernte. Dann würden Tayeb und ich nach Westen aufbrechen – nach Timbuktu.

Timbuktu, mit fast einhunderttausend Einwohnern imposanter als Rom, Florenz, Paris oder Byzanz, war nicht nur ein wichtiger Knotenpunkt des Sahara-Handels der Tuareg, sondern vor allem ein Zentrum islamischer Gelehrsamkeit. Mitten in der Stadt ragten die Minarette der großartigen Djingeré-Ber-Moschee in den Himmel. Nicht weit entfernt lag die berühmte Sankoré-Moschee, die größte Universität der Welt, bedeutender als die altehrwürdigen Hochschulen von Bologna, Paris, Oxford und Salamanca. Tayeb hatte an der Sankoré studiert, bevor er als Gelehrter in seine Heimat Agadez zurückgekehrt war.

Tausende Studenten lebten in der Wüstenstadt, besuchten die hundert Koranschulen und hörten in den Hörsälen Vorlesungen über Rhetorik, Recht und Medizin. Was waren Bologna und Paris dagegen? Winzige Spatzennester.

Die Gelehrten von Timbuktu bewahrten den kostbarsten Schatz der Menschheit: hunderttausende Manuskripte über Astronomie, Medizin, Physik, Mathematik, Philosophie, Theologie und Mystizismus sowie Kommentare von Gelehrten aus Córdoba, Kairo und Bagdad – Werke von unschätzbarem Wert, die für das christliche Abendland wegen seiner religiösen Intoleranz und seiner verdammenswerten Ignoranz gegenüber der arabischen Schrift verloren waren. Falls die christlichen Gelehrten jemals von Timbuktu gehört hatten, hielten sie es für einen Mythos.

Wie viele der verloren geglaubten Bücher der Bibliothek von Alexandria waren auf jahrhundertelangen Umwegen durch die sengende Wüste in Timbuktu vom Kamel geladen worden? Wie viele Werke umfasste die großartige Bibliothek in der Wüste? Tayeb wusste von über dreihunderttausend Schriften.

Seit Luca zwei Jahre zuvor von seiner gescheiterten Expedition nach Florenz zurückgekehrt war und Tayeb in unserem Haus lebte, hatte ich mich auf die Reise nach Timbuktu vorbereitet. Ich hatte Arabisch gelernt und den Koran gelesen, denn Timbuktu konnte ich nur als Muslima betreten. Und ich hatte mich körperlich vorbereitet, um die anstrengende Reise ins Herz der Wüste zu überleben: Tagelang hatte ich auf Wasser, Nahrung und Schlaf verzichtet, stundenlang war ich mit Tayeb in der Sommerhitze durch die Hügellandschaft des Mugello nördlich von Florenz gewandert, während ich mit ihm über die Sprüche des Propheten Mohammed disputierte. Er hatte mich auch den Umgang mit dem Schwert gelehrt und mir beigebracht, wie man sich zum Schutz vor Feinden im Sand vergrub. Vorige Nacht war ich ihm dafür sehr dankbar gewesen …

Obwohl Tayeb nun in Florenz lebte, hatte er seinen großen Traum, eines Tages nach Timbuktu zurückzukehren und als Professor an der Sankoré zu unterrichten, niemals aufgegeben. Wenn Tayeb im nächsten Herbst aufbrach, würde ich mit ihm gehen – verkleidet als seine muslimische Sklavin. Ein Jahr lang wollte ich arabische Bücher kopieren, bis mir die Finger bluteten. Anschließend würde ich mit den Abschriften über Fes und Tétuan nach Florenz zurückkehren …

In meine Träume versunken, schleppte ich die schweren Bündel mit den Vorräten und die Ziegenschläuche mit Wasser, bis Tayeb nach etlichen Meilen auf eine geschützte Senke wies: »Dort werden wir lagern! Ein kleines Feuer zwischen diesen Dünen ist von den Stadtmauern aus nicht zu sehen.«

Erschöpft nahm ich die Taschen von den Schultern und ließ mich in den Sand sinken. Als Tayeb das gesammelte Holz aufschichtete, half ich ihm beim Feuermachen. Es war sicherer, unsere Mahlzeit noch vor Sonnenuntergang zuzubereiten. Zudem waren wir sehr hungrig und wollten früh schlafen gehen, bevor es in der nächtlichen Wüste zu kalt wurde.

Nach dem Mahl legten wir uns neben der verglimmenden Glut des Feuers in den kühlen Sand, wickelten uns in unsere Gewänder und redeten uns in den Schlaf, während die Sonne hinter dem in Gold und Purpur aufflammenden Horizont verschwand. Wir fürchteten das Schweigen und den entsetzlichen Gedanken, den es barg:

Was war mit Luca?

Lautlos huschten wir im Schutz der Finsternis um die Sanddüne herum. Dann hielten wir inne und lauschten: Doch außer dem entfernten Rauschen des Meeres und dem Nachtwind im trockenen Gras war nichts zu hören.

Hatte Philotheos seine Häscher in die Synagoge geschickt, damit sie uns dort auflauerten?

Den ganzen Tag hatten wir uns ruhig verhalten und unser Lager zwischen den Sanddünen nicht verlassen. Tayeb hatte die Gegend beobachtet, jedoch keine Verfolger entdecken können. Trotzdem hatten wir auf ein Feuer verzichtet und unsere Mahlzeit kalt verspeist. Am Nachmittag hatten wir die Tasche mit den antiken Codices, unsere Vorräte und die Wasserschläuche vergraben und die Feuerstelle mit Sand zugeschüttet. Dann hatte jeder eine Stunde geschlafen, während der andere Wache hielt. Sobald die Sonne untergegangen war, hatten wir uns auf den Weg zurück zur versunkenen Synagoge gemacht.

Tayeb berührte mich am Arm. »Komm!«

Ich folgte ihm zum Portal, glitt den Abhang hinunter, tauchte in die Finsternis ein …

… und prallte mit der Schulter gegen Tayeb, der plötzlich stehen geblieben war.

Einige Herzschläge lang verharrte er, dann huschten seine Finger über meine Schulter, den Arm entlang zu meiner Hand. Er ergriff sie und zog mich hinter sich her über die Flanke der Flugsanddüne, die durch das geborstene Gewölbe hereingeweht war.

Ich zog die Kerzen und mein Feuerzeug hervor, entzündete die Dochte und sah mich in der Ruine um. Etliche Fußspuren führten in den Gebetssaal. Die zuvor nur halb geöffnete Tür zur Genisa war zertrümmert. Die Kammer war ausgeräumt. Die Tonkrüge waren weggebracht worden. Trotz meiner Anspannung konnte ich ein Lachen nicht unterdrücken.

»Was ist?«, fragte Tayeb irritiert.

»Ich musste gerade daran denken, wie Philotheos in Erwartung eines neuen Evangeliums die Amphoren öffnet und die Koranverse aus deinem Silberamulett findet.«

Tayeb grinste.

Ich reichte ihm seine Kerze und erhob mich. Er folgte mir, als ich durch die aufgebrochene Tür zur Lehmziegelwand schritt und in die Kammer kroch. Wie ich es erwartet hatte: Die Tonkrüge waren verschwunden.

Ich steckte meine Kerze in den Sand und hockte mich vor die geborstene Wand der Genisa. Die herabstürzenden Steine hatten mehrere Amphoren zertrümmert. Die herumliegenden Tonscherben waren ebenfalls mitgenommen worden.

Nichts, nicht einmal ein brüchiger Fetzen unbeschriebenen Papyrus, erinnerte noch daran, dass in dieser Kammer elf Jahrhunderte lang antike Schriften verborgen gewesen waren.

Die Gefolgsleute des Patriarchen hatten einige herabgefallene Quader zur Seite geräumt, um zu sehen, ob sich darunter noch Papyrusfragmente befanden. Tayeb half mir, die Steine auf die andere Seite der Genisa zu schaffen. Dann knieten wir uns vor die geborstene Mauer, die das Deckengewölbe trug – noch!

Mein Blick wanderte an dem Haufen verrutschter und verkeilter Quadersteine empor bis zum Gewölbe. Wie lange konnte die geborstene Wand dem Druck noch standhalten? Wie viele Steine durften wir entfernen, bevor die Genisa unter dem Gewicht des Flugsandes endgültig einstürzte?

Ich verbarg meine Angst hinter einem zuversichtlichen Lächeln: »Wenn wir diesen und jenen Stein entfernen …« Ich zeigte Tayeb die Quader. »… dann wird die Genisa nicht einstürzen. So kommen wir an die geborstenen Tonkrüge heran.«

»Falls überhaupt noch Amphoren unter den Steinen begraben liegen«, wandte er ein. »Und falls die schweren Quader deren Scherben nicht zermahlen und die enthaltenen Papyri zerstäubt haben.«

Statt einer Antwort hob ich einen der schweren Steine aus der eingestürzten Wand und ließ ihn neben mir in den Sand fallen. Dann entfernten Tayeb und ich noch einen … und einen weiteren. Tayebs Blick irrte zur Decke.

Mutiger geworden, wuchtete ich einen vierten Quader aus der geborstenen Mauer. Dann einen fünften, einen sechsten …

»War da nicht ein Geräusch?«, flüsterte Tayeb beunruhigt. »Ein Knirschen?«

»Ich habe es auch gehört.«

Er sprang auf und schlich mit seiner Kerze zum Eingang der Genisa, um in den Gang zu spähen. In der Zwischenzeit suchte ich die Wände ab – und tatsächlich: Aus einem schmalen Riss rieselte feiner Sand in die Kammer.

»Verschwinde, Tayeb! Die Decke kann jederzeit einstürzen, wenn weitere Quader entfernt werden. Ich werde allein weitergraben.«

»Alessandra, sei vernünftig!«, protestierte er. »Du riskierst dein Le…«

»Das weiß ich!«, unterbrach ich ihn. »Und nun mach, dass du wegkommst!«

Tayeb verfluchte meinen Eigensinn, aber dann kroch er durch die Öffnung in der Lehmziegelwand und zog noch einige Ziegelsteine aus der locker aufgeschichteten Mauer, um den Fluchtweg für mich zu verbreitern.

Ich betrachtete die geborstene Wand.

Drei Steine – dann hatte ich es geschafft, die Scherben der Amphore mit den Resten des Evangeliums freizulegen. Mein Blick huschte hinauf zum Gewölbe, dann zum Sand, der durch einen Mauerriss in die Kammer rann. Nur noch drei Steine!

Ich fasste mir ein Herz und zerrte einen der Steine aus dem Haufen. Zwei verkeilte Quader in der Reihe darüber ruckten. Die Wand senkte sich, rutschte einige Fingerbreit weg. Ein weiterer Stein wurde weggeschoben und polterte in den Sand.

Tayeb zog scharf die Luft ein.

Dann ein Knirschen. Über mir!

Sand rieselte herab.

Ich rutschte zur Seite und blickte nach oben.

Mein Herz raste. Ich hatte Angst – dieselbe Furcht, die ich gespürt hatte, als ich vor Jahren unter der unvollendeten Kuppel von Santa Maria del Fiore stand und staunend zum Himmel emporblickte: Würde Filippo Brunelleschis Konstruktion halten? Oder würde die Kuppel einstürzen und die zweitgrößte Kathedrale der Christenheit in Trümmer legen?

Eines Abends – ich war zehn Jahre alt gewesen – hatte ich mich über die schmalen Treppen in einem der vier Stützpfeiler hinaufgeschlichen, um mir die Kuppelwölbung aus der Nähe anzusehen. Das große Holzmodell des fertigen Doms, das jahrelang auf der Piazza gestanden hatte, kannte ich schon – von außen. Betreten hatte ich es nie: Seit Jahren wurde es als Abtritt benutzt. Dann hatte ich dort oben auf dem Rand der nach innen geneigten Kuppel gelehnt und in die Kathedrale hinabgestarrt. Ein unvergesslicher Nervenkitzel! Ein Fehltritt, und ich wäre in die Tiefe gestürzt …

Mutig hob ich einen weiteren Stein an und ließ ihn fallen … wartete atemlos … dann riss ich, zu allem entschlossen, noch einen heraus. Nun hatte ich den zerbrochenen Tonkrug freigelegt.

»Papyrus!«, rief ich aufgeregt. »Noch unversehrt!«

In diesem Moment senkte sich dröhnend die Decke. Feiner Staub rieselte auf mich herunter.

»Komm da raus!«, befahl Tayeb. »Sofort!«

»Einen Augenblick noch!« Ich hob einen weiteren Stein an und entdeckte weitere Tonscherben und Papyrusfragmente. »Hier ist noch mehr!«

Das Gewölbe knirschte. Ein Stein polterte herab und verfehlte mich nur um Haaresbreite. Aus mehreren Rissen rann nun Sand auf mich herab. Ich zog mir den Schleier vor Mund und Nase.

»Alessandra!«, rief Tayeb panisch.

Mit zitternden Händen holte ich die Holzschachtel hervor und öffnete den Deckel. Dann griff ich nach dem ersten Papyrusfragment und hob es vorsichtig auf. Ein paar verblasste griechische Buchstaben.

Jesus sagte: Sorgt euch nicht

Dann zerfiel der Papyrus zu Staub.

Ich ließ die Reste in den Sand rinnen und streckte die Hand nach dem nächsten Fragment aus.

Ein Donnern erschütterte das Gewölbe.

»Komm endlich!«, brüllte Tayeb panisch.

Wortlos starrte ich auf den Schnipsel, der in meiner Hand in mehrere Bruchstücke zerbrach, jedoch nicht zu Staub zerging. Ich beugte mich vor und rettete noch zwei weitere Fragmente.

Tayeb, der in die Genisa zurückgekehrt war, packte mich an der Schulter und riss mich hoch – beinahe hätte ich die Papyri fallen gelassen. »Y'allah!«, brüllte er. »Rette dein Leben!«

Ich presste die flachen Hände aufeinander, um die zerbrechlichen Überreste des Evangeliums zu schützen, und hastete zur Lehmziegelwand. Tayeb stieß mich durch die Öffnung und folgte mir.

Im letzten Augenblick!

Als ich über einen Ziegel stolperte und stürzte und dabei die Papyrusfragmente fallen ließ, erschütterte ein apokalyptisches Getöse die Synagoge. Das Gewölbe hielt dem Gewicht des Flugsandes nicht mehr stand, stürzte ein und begrub die in der Kammer zurückgebliebenen Kerzen unter sich.

Finsternis.

Verdammt, wo waren die Papyri?

»Beweg dich nicht, Tayeb! Sonst trittst du auf die Fragmente.« Ich rang nach Atem und hustete. Der Gang war von einer dichten Staubwolke erfüllt. Sachte ließ ich meine Hand über den feinen Sand gleiten und ertastete in der undurchdringlichen Dunkelheit eine Muschel. Und das hier – war das einer der Papyri? Und das dort?

Ein Rascheln. Ein scharfes Kratzen. Dann: ein Funke.

Tayeb entfachte den Zunder, der schnell verglomm.

Hastig suchte ich die verstreuten Papyrusschnipsel zusammen und barg sie in meiner Hand. Dabei zerfielen sie.

Dann wurde es wieder dunkel – der Zunder war verglüht.

Tayeb erhob sich und umfasste meine Schultern. »Steh auf! Ich werde dich führen!« Er schob mich vor sich her zur aufgebrochenen Tür des Gebetssaals, über die Flugsanddüne hinweg durch das Portal und hinaus in die sternenklare Nacht.

Hustend ließ ich mich auf den Boden sinken. Tayeb zog mir den Schleier vom Gesicht. Gierig atmete ich die erfrischend kühle Nachtluft ein.

»Was ist mit den Papyri?«, fragte er.

»Sie sind in kleine Fragmente zerbrochen.«

»Bis zu unserem Lager ist es weit«, gab Tayeb zu bedenken. »Wie transportieren wir sie, ohne dass sie zu Staub zerfallen?«

»Wir stecken sie in die kleine Gürteltasche, in der du dein Feuerzeug verwahrst.«

Tayeb löste das silberbeschlagene Lederetui von seinem Gürtel, leerte es und reichte es mir. Dann riss er eine Handvoll trockener Gräser aus, entfachte sie mit seinem Zündstein und leuchtete mir, während ich ein wenig feinen Sand in die kleine Tasche rinnen ließ. Ich legte das erste Papyrusfragment hinein und bedeckte es mit Sand.

Die Gräser verglühten, und es wurde wieder dunkel.

Ich wartete, bis Tayeb erneut einen Funken schlug und eine weitere Handvoll Gras entzündete. Dann legte ich das nächste Bruchstück in die Tasche. Wieder ein wenig Sand und noch einen Papyrusschnipsel. Schließlich waren alle vierzehn Fragmente des Evangeliums verstaut. Vorsichtig schüttelte ich das Lederetui und füllte alle Zwischenräume mit feinem Sand.

»Die silbernen Verzierungen stabilisieren die prall gefüllte Ledertasche. Die Papyri sind geschützt – wenn sie nicht aneinanderreiben und in noch mehr Teile zerbrechen. Wenn wir das Etui nicht fallen lassen, wird das Evangelium nicht zu Staub zerfallen.«

»So Gott will!«, murmelte Tayeb.

»Ja«, nickte ich. »Insh'Allah!«

Dann machten wir uns auf den langen Weg zurück in unser Lager, das wir erreichen mussten, bevor die Sonne aufging.

Während wir nebeneinandergingen, dachte ich: Vierzehn zerfaserte Papyrusfragmente mit verblasster Schrift – das war nicht viel im Vergleich zu dem enormen Risiko, das ich eingegangen war, um sie zu retten. Wie konnte ich ahnen, dass eines dieser zerbrechlichen Fragmente einen Spruch Jesu bewahrte, der mein Leben für immer verändern sollte?

Als wir nach dem stundenlangen Irrweg durch das Labyrinth der Souks von Alexandria endlich den Hafen erreichten, atmete ich auf. Waren wir den Bewaffneten, die uns verfolgten, seit wir die Stadt betreten hatten, am Ende entkommen?

In die grelle Morgensonne blinzelnd blickte ich am Hafenkai entlang nach Osten. Er erinnerte mich ein wenig an die Riva des Bacino di San Marco, des Hafens von Venedig. Eine lange Reihe von Schiffen, die ent- oder beladen wurden, schwankende Masten, gereffte

Segel, gespannte, knarzende Schiffstaue, Stapel von Handelsgütern: Kisten, Körbe und Ballen, dazwischen Esel, Karren und ägyptische Träger.

»Siehst du es?«, fragte Tayeb, der die Tasche mit den antiken Codices geschultert hatte – alles andere hatten wir in unserem Lager in der Wüste außerhalb von Alexandria zurückgelassen.

Ich schüttelte den Kopf. »Nein.«

Dann wandte ich mich um und blickte auf den lichtfunkelnden Hafen hinaus, wo weitere Schiffe ankerten. Eine portugiesische Karavelle mit dem roten Kreuz des Christusordens auf dem Segel. Ein französisches Schiff, vermutlich aus Marseille. Ein Segler unter der Fahne des Sultanats von Granada. Der Löwe von San Marco war nirgends zu sehen.

»Da sind sie!«, rief Tayeb. »Sie haben uns entdeckt!«

»Wie weit sind sie entfernt?« Ich drehte mich nicht um, sondern kniff die Augen zusammen und versuchte die im Morgenwind flatternden Flaggen der Schiffe zu identifizieren.

»Hundert Schritte. Sie kommen schnell näher!«

Am Hafenkai entlang hasteten wir nach Osten, wo in der Antike Kleopatras Palast gelegen haben musste. Und die Bibliothek von Alexandria …

Mein Blick flog von Schiff zu Schiff, von Mast zu Mast: Wo war die venezianische Galeere, von der Antonio Trevisan gesprochen hatte? Antonio hatte am 29. Dezember Alexandria verlassen wollen, um nach Venedig zurückzusegeln. War das Schiff vielleicht noch gar nicht eingetroffen?

Ein paar Schritte weiter lag eine byzantinische Galeere: Am Mast wehte die Flagge mit dem majestätischen Doppeladler von Kaiser Ioannis VIII. Palaiologos. Daneben wurde gerade ein Schiff des Dogen von Genua festgemacht. Dann sah ich ihn: Stolz prangte der goldene Löwe von San Marco mit dem Buch des Evangelisten Markus auf der purpurroten Flagge der Serenissima.

»Sie sind achtzig Schritte hinter uns!«, rief Tayeb, der sich immer wieder umwandte. Mit beiden Händen presste er die Tasche mit den antiken Codices gegen seine Brust.

»Vor uns liegt die Galeere! Vier Matrosen sind an Land gegangen, um die Leinen loszumachen. Wir haben keine Zeit zu verlieren!«, rief ich. *»Y'allah!«*

Wir stürmten los und rannten in Richtung des venezianischen Schiffes, das in diesem Moment ablegte. Die Männer kehrten an Bord zurück. In Kürze würde die Planke eingeholt, und die Ruder würden ins Wasser tauchen.

Wir sprangen über gespannte Taue, wichen fluchenden Trägern aus und hasteten am byzantinischen und am genuesischen Schiff vorbei. Während wir eine französische Karavelle und eine ägyptische Dhau passierten, riss ich mir meinen Schleier und das arabische Gewand vom Leib. Darunter trug ich das Kleid aus Florentiner Tuch.

Tayeb ließ Turban und Schleier fallen und folgte mir zur venezianischen Galeere.

»Sie sind hinter uns!«, keuchte er.

Nur noch wenige Schritte! Gleich hatten wir es geschafft.

Die Matrosen wollten eben die Planke einholen, als ich auf Italienisch rief: »Wartet! Ich bin Venezianerin. Ich werde verfolgt.«

Die Männer zögerten. Die Planke schwebte über dem Kai.

»Lasst uns an Bord!«, flehte ich.

Der Kapitän trat an die Reling, ihm folgte ein Mann, den ich kannte: »Antonio!«

»Alessandra?«, rief er überrascht. Doch dann reagierte er sofort, hastete zwei, drei Schritte an der Bordwand entlang und half den Matrosen, die Planke herabzulassen, damit Tayeb und ich an Bord kommen konnten.

»Ablegen!«, brüllte der Kapitän, der die Dringlichkeit der Situation erkannt hatte.

Die Planke wurde hastig hochgezogen, die Ruder an Steuerbord wurden zu Wasser gelassen. Als unsere Verfolger den Molo erreichten, war die Galeere bereits zehn oder zwölf Ellen vom Kai entfernt.

Aufatmend stolperte ich in Antonios Arme. Er hielt mich fest: »Alessandra, was ist geschehen? Ich dachte, Cosimo de' Medici habe Euch gebeten, nach Kairo zu reisen. Ihr wart nie dort, nicht wahr?«

»Nein.«

»Ich werde Euch als meine Verlobte ausgeben«, schlug er geistesgegenwärtig vor und küsste mich – der Kapitän beobachtete uns stirnrunzelnd. »Die Galeere ist voll beladen. Der Laderaum ist bis zur Decke angefüllt mit indischen Gewürzen. Es gibt keine Schlafplätze mehr, außer im Laderaum oder an Deck. Aber ich habe eine geräumige Kabine mit zwei Betten. Da mein Diener nach Pisa reist, ist das zweite Bett zu vergeben.«

»Ich bin Euch sehr dankbar, Antonio.«

»Du meine Güte, Ihr seid völlig erschöpft. Und Ihr zittert«, sorgte er sich. »Was ist denn bloß geschehen?«

»Tayeb und ich haben uns während der letzten Nächte in der Wüste versteckt. Erst heute Morgen sind wir in die Stadt zurückgekehrt, um die Galeere zu erreichen. Die muslimischen Behörden sind hinter uns her.«

»Aber wieso?«

»In der Weihnachtsnacht ist ein Mordanschlag auf mich verübt worden. Ich hatte Euch im Funduk davon erzählt. Ich habe das Attentat überlebt – der Assassino nicht.«

»Habt Ihr ihn getötet?«

Ich nickte.

»O Gott!« Antonios Blick irrte zu den bewaffneten Ägyptern auf dem Molo, die sich kurz berieten. Dann hetzten sie den Kai entlang weiter nach Osten. Dort lagen kleinere Boote. Sie wollten uns durch den Hafen folgen!

Antonio ließ mich los, trat zum Kapitän und schilderte ihm die Lage. Der besorgte Blick des Venezianers erfasste die Ägypter am Kai, die kleinen, wendigen Boote am Molo. Dann wandte er sich um und musterte die Befestigungen des Hafens.

»Ruder hart Steuerbord – Segel in den Wind – Schiff klar zum Gefecht!« Eine Wiederholung seiner Befehle durch den Ersten Offizier schien unnötig: Seine Stimme war befehlsgewohnt – laut und deutlich.

Matrosen rannten über das Deck, um die Segel zu setzen. Auch die Ruder an Backbord wurden nun endlich ins Wasser getaucht. Das majestätische Schiff drehte langsam in den Wind.

Dann trat der Kapitän, ein hochgewachsener Mann mit Augen in der Farbe der venezianischen Lagune, zu mir. Er hielt sich so aufrecht, als habe er seinen Degen verschluckt. »Seid unbesorgt!«, sagte er so ruhig und so besonnen, als flösse Eiswasser in seinen Adern. »Die venezianischen Galeeren sind die schnellsten Schiffe der Welt. Bei gutem Wind schaffen wir sechs Knoten – wenn nicht mehr! Sobald wir den Hafen verlassen haben, werden wir unseren Verfolgern davonsegeln. Geht mit Eurem Diener zur Bugreling!« Er wies nach vorne. »Falls es zum Gefecht kommt, seid Ihr dort in Sicherheit!«

»Ich danke Euch, Kapitän …«

»Adrian Venier.«

»Danke, Signor Venier. Ich bin Alessandra d'Ascoli.«

»Ihr seid keine Venezianerin.« Das war keine Frage, sondern eine Feststellung in schroffem Tonfall. Meine ausgestreckte Hand ignorierte er, indem er die Hände hinter seinem Rücken verschränkte. »Die Stadt Ascoli gehört zum Kirchenstaat, zum Patrimonium Petri.« Wieder fehlte das Fragezeichen am Ende seiner Rede.

»Ja, das stimmt«, nickte ich. »Ich bin Florentinerin. Ich kann ein Geleitschreiben von Cosimo de' Medici vorweisen.«

Er nickte – unbeeindruckt, wie mir schien. »Seid Ihr die Verlobte von Signor Trevisan?«, schoss er die nächste Frage ab.

»Nein.«

»Ihr werdet mit Antonio Trevisan die Kajüte teilen. Ein anderes

Bett kann ich Euch nicht anbieten. Die Reise über Athen nach Venedig wird zwei Wochen dauern – wenn uns im Ägäischen Meer keine türkischen Piraten aufhalten.«

Ich nickte.

»Ich hoffe, Ihr werdet Euch an Bord wohlfühlen. Diese Galeere ist eines der größten und schnellsten Schiffe der venezianischen Flotte. Vor einigen Monaten hatte ich die Ehre, den byzantinischen Kaiser nach Venedig zu bringen, wo ihn der Doge willkommen hieß, bevor er nach Ferrara weiterreiste. Ihr werdet mit Signor Trevisan die Kajüte bewohnen, in der Seine Majestät nächtigte. Bitte entschuldigt mich jetzt.« Adrian Venier nickte mir zu – das war das Äußerste, was der verschluckte Degen zuließ. Nun wandte er sich um und sah zur ägyptischen Dhau hinüber, die Segel gesetzt hatte und uns durch das Hafenbecken hetzte.

»Alle Segel setzen! Der Wind steht günstig«, brüllte er. »Ruderer: Volle Kraft voraus!«

Die Galeere nahm Fahrt auf. Der Morgenwind blähte die nacheinander herabfallenden Segel und trug das Schiff durch das Hafenbecken. Mit jedem Ruderschlag blieb Al-Iskanderiya weiter hinter uns zurück.

Ich lehnte mit Tayeb an der Reling und blickte zurück. Ich war hierhergekommen, um die Bibliothek von Alexandria zu suchen. Stattdessen hatte ich die Papyrusfragmente eines unbekannten Evangeliums gefunden: vier Bruchstücke, die in einem silbernen Amulett auf dem Weg nach Florenz waren, und vierzehn zerfaserte Fragmente in der silberbeschlagenen Tasche an meinem Gürtel. Der Rest des Evangeliums war durch den Einsturz der Genisa für immer zerstört.

Die Dhau näherte sich bedrohlich. Sie war kleiner, wendiger und schneller als die Galeere, die nur langsam Fahrt aufnahm. Ein Offizier am Bug des Bootes forderte uns in Arabisch auf, wir sollten sofort beidrehen und ihn an Bord lassen, doch Adrian Venier, der nur wenige Schritte entfernt an der Reling stand, gab vor, ihn nicht zu verstehen.

»Und wenn sie schießen?«, fragte ich besorgt.

»Auf ein venezianisches Kriegsschiff?«, fragte Antonio ernst. »Die Serenissima ist die größte Seemacht im östlichen Mittelmeer. Sie werden es nicht wagen, sich mit uns anzulegen! Ein Schuss aus der Kanone am Heck, und die Dhau versinkt im Hafenbecken. Die nachfolgende Salve trifft die Stadt.«

Mit dem ausgestreckten Arm wies Antonio auf eine drei Schritt lange Kanone großen Kalibers am Heck. Die Kanonenkugeln, die drei oder vier Pfund wogen, konnten ein Haus in Trümmer legen. Neben der Kanone stand feuerbereit der Kanonier mit einer brennenden Fackel. Zwei Matrosen bereiteten alles vor, um sofort nachzuladen.

»Der Sultan kann es sich nicht leisten, dem Dogen den Krieg zu erklären, indem er auf eine venezianische Galeere schießen lässt«, erklärte Antonio ruhig. »Wir Venezianer wickeln den gesamten ägyptischen Handel mit dem christlichen Europa ab. Der Sultan ist abhängig von der Serenissima. Byzanz ist schon lange keine Seemacht mehr. Die Byzantiner können sich kaum noch selbst über Wasser halten und ihre eigene Hauptstadt mit Lebensmitteln versorgen. Byzanz erleidet in diesem Winter eine Hungersnot und …«

Tayeb zupfte mich am Ärmel und lenkte meine Aufmerksamkeit auf das ägyptische Boot. Mit einem Spiegel signalisierte der Offizier am Bug der Dhau. Ich fuhr herum: Lichtsignale vom Festungsturm an der Hafeneinfahrt!

»Der Hafen wird gesperrt«, rief ich. »Wir sitzen in der Falle!«

»Bis die Hafenwächter die schwere Kette hochziehen, haben wir die Ruine des Pharos passiert und steuern hinaus aufs offene Meer!«, beruhigte mich Antonio. »Adrian Venier ist ein erfahrener Kapitän, der schon in mehreren Seegefechten gegen die Türken gesiegt hat. Deshalb hatte der Doge ihn und niemand anderen beauftragt, den byzantinischen Kaiser nach Venedig zu bringen. Glaubt mir, er weiß, was er tut.«

Ich hastete nach vorn zur Bugreling.

Wenig später hatte die Galeere die Hafeneinfahrt erreicht: Die ersten gischtigen Wogen des offenen Meeres hoben und senkten den Bug. Die Ruder tauchten in die Wellen, und das Schiff schoss über die sich anhebende Kette hinweg.

Ein Knirschen, das sich zum Dröhnen verstärkte!

Die Kette streifte den Kiel der Galeere!

Dann waren wir darüber hinweg.

Ich beugte mich über die Reling und blickte zurück. Die tropfende Kette stieg langsam aus den Wellen und verschloss den Hafen von Alexandria. Die Dhau, die uns in einiger Entfernung gefolgt war, musste beidrehen.

Ich atmete auf: Wir waren entkommen!

Nachdem Alexandria hinter dem Horizont verschwunden war, geleitete mich Antonio Trevisan unter Deck in die Kajüte, die ich während der Reise mit ihm teilen würde. Bis Venedig würde ich vermutlich keine Gelegenheit haben, ein paar Stunden allein zu sein, um die zerbrochenen Papyrusfragmente zusammenzufügen. Tayebs Schlafplatz war weniger komfortabel. Er hatte zwischen den Säcken, Kisten und Truhen im Laderaum eine Decke ausgerollt – nicht einmal eine zerschlissene Hängematte war noch aufzutreiben gewesen. Es war mir äußerst unangenehm, die Nacht in Antonios Kajüte zu verbringen und Tayeb ein solch hartes Lager zuzumuten. Aber auf keinen Fall wollte ich Antonio bitten, Tayeb in unserer Kabine schlafen zu lassen, nur damit der Anstand gewahrt blieb. Er hatte schon so viel für uns getan!

Kapitän Venier hatte nicht zu viel versprochen: Die Galeere schaffte tatsächlich mehr als sechs Knoten. Nach nur fünf Tagen auf See erreichten wir den venezianischen Hafen Candia auf Kreta, wo wir frische Vorräte an Bord nahmen. Nach vier Stunden liefen wir wieder aus und segelten nach Athen.

Kurz vor Sonnenuntergang, am Abend vor Epiphanias, erreichten wir Kap Sounion an der Südspitze von Griechenland. Am nächsten Morgen landeten wir im Hafen von Athen.

Während ich mit Tayeb die Stadt erkundete, erinnerte ich mich, dass Cosimo bis Epiphanias nach Florenz zurückkehren wollte. War er in Ferrara erfolgreich gewesen? Das Unionskonzil in Florenz wäre für ihn die Krönung der letzten fünf Jahre seit seiner triumphalen Rückkehr aus der Verbannung in Venedig, die Anerkennung seiner Verdienste als Regent der Stadt. Doch was würde ein Florentiner Konzil für Luca bedeuten? Und für mich? Wenn der Verfasser des blutverschmierten Mordauftrags nun mit dem Konzil nach Florenz kam? Dann gnade uns Gott! Tayeb spürte meine Unruhe und versuchte mich abzulenken – vergeblich. Der Gedanke, dass mein Vater in Lebensgefahr schwebte, trieb mir die Tränen in die Augen.

Unterhalb der Akropolis schlenderten wir zum alten römischen Forum und erklommen den Areopag. Auf diesem Felsen hatte in der Antike das höchste Gericht von Athen getagt. Der Apostel Paulus hatte hier sein Evangelium verkündet. Nur wenige Schritte entfernt fanden wir die Residenz des Metropoliten von Athen: ein bescheidener Palast, der an der Stelle errichtet worden war, wo der Heidenapostel Paulus gewohnt haben soll.

Niketas IV. Evangelos war eine Ikone orthodoxer Theologie und platonischer Philosophie – Luca hatte mir sehr viel von ihm erzählt. Mein Vater schätzte Niketas als großen Gelehrten. Der Ziehbruder des byzantinischen Kaisers galt als stärkster Verfechter der Kirchenunion und wegen seines Einflusses am kaiserlichen Hof als möglicher Nachfolger des greisen Patriarchen Joseph. Wie gern hätte ich ihn kennengelernt! Doch seit Monaten nahm er in Ferrara an dem Konzil teil, das Luca mied wie der Teufel das Weihwasser.

Ein kleiner Trost: Mein Weg von Venedig nach Florenz würde über Ferrara führen …

Am frühen Morgen verließ das Schiff den Hafen von Athen.

Da der Wind günstig stand, kam wenige Tage später die Südspitze Italiens in Sicht. Dann: Ancona, Pesaro, Ravenna. Doch Adrian Venier lief keinen dieser Häfen an.

Am Abend des 15. Januar 1439 passierten wir den Lido und erreichten die silberblau glitzernde Lagune von Venedig. Während des langen, harten Winters war sie zugefroren. Die Serenissima sah aus wie eine verwunschene Insel aus funkelndem Eis!

Schon von weitem erblickte ich im Gegenlicht den Schattenriss der Insel San Giorgio Maggiore – in jenem Kloster hatte Cosimo während seiner Verbannung aus Florenz ein Jahr lang gelebt.

San Marco … der Palazzo Ducale … der Campanile … die Einfahrt zum Canalazzo – so nannten die Venezianer den Canal Grande. Alles schien mir so vertraut. Eineinhalb Jahre zuvor, im Spätsommer 1437, war ich in Venedig gewesen, um die verschollene Bibliothek des Dichters Francesco Petrarca zu suchen. Schon Petrarca hatte nach antiken Manuskripten geforscht und sie in seine großartige Büchersammlung aufgenommen, die er der Republik Venedig vermacht hatte. Der Doge hatte eine Kammer über dem Portico von San Marco bereitgestellt, doch die Bücher waren offenbar nie dorthin gebracht worden. Und seit siebzig Jahren waren sie spurlos verschwunden. Wochenlang hatte ich die Dachböden und Abstellkammern des Dogenpalastes, die Sakristei von San Marco und die Speicher etlicher Palazzi am Canal Grande durchsucht, jedoch vergeblich.

Die Galeere ankerte südlich der Insel Giudecca. Tayebs und mein Gepäck wurde auf einen von Pferden gezogenen Schlitten umgeladen und zu Antonios Haus im Stadtteil Santa Croce gebracht.

Ich genoss den Ritt über den Canal Grande, der im Licht des Sonnenuntergangs golden funkelte, hieb meinem Hengst die Absätze in die Flanken und galoppierte über das Eis, in dem die Gondeln, die vor den Palazzi vertäut lagen, festgefroren waren. Tayeb folgte mir zu Fuß – dem Sohn der Wüste war der zugefrorene Canalazzo nicht geheuer. Er fürchtete einzubrechen und im schwarzen Wasser zu ertrinken.

Die Ca' Trevisan lag in der nördlichen Schleife des Canal Grande nahe dem Palazzo, wo Kaiser Ioannis während seines Aufenthaltes vor fast einem Jahr genächtigt hatte, nachdem der Doge ihn auf dem Bucintoro, seiner goldenen Staatsgaleere, in der Lagune willkommen geheißen hatte. Stolz erzählte mir Antonio während des Abendessens von den prunkvollen Zeremonien. Die Lagune war überfüllt gewesen mit bunt bemalten Gondeln. Wie schön waren die Piazzetta und der Molo für den Empfang des Kaisers, des Patriarchen und der anderen hohen Würdenträger geschmückt gewesen! Und dann die Fahrt des Bucintoro durch den Canal Grande – so viel Prunk, so viel Pracht! Venedig war die Königin der Meere!

Im Morgengrauen brachen Tayeb und ich auf. Wir verstauten die Bücher aus Alexandria, die antiken Codices und die Fragmente des Evangeliums in den Satteltaschen eines Maultiers. Dann ritten wir auf den Pferden, die Antonio besorgt hatte, über die zugefrorene Lagune zur Terraferma. Wir übernachteten in einer Herberge an der Piazza del Duomo von Padua. Am nächsten Morgen erreichten wir Rovigo. Die Gegend südlich der Republik Venedig war Kriegsgebiet. Filippo Maria Visconti, der Herzog von Mailand, kämpfte gegen Francesco Foscari, den Dogen von Venedig, der mit Cosimo de' Medici und Papst Eugenius verbündet war. Der Feldherr des Papstes, der Conte Francesco Sforza, war vor zwei Jahren zu Visconti übergelaufen, weil dieser ihm die Hand seiner einzigen Tochter Bianca versprochen hatte. Francesco Sforza, ein Freund von Cosimo, wollte Schwiegersohn und Erbe des Herzogs von Mailand werden.

Vor einigen Monaten hatte Viscontis Condottiere Niccolò Piccinino Bologna, Imola und Ravenna erobert. Er bedrohte nun Ferrara und die mit dem Papst verbündeten Republiken Venedig und Florenz. Kein Wunder, dass Eugenius einer Verlegung des Konzils nach Florenz so schnell zugestimmt hatte: Der Herzog von Mailand war sein Todfeind.

Am frühen Abend des 19. Januar erreichten Tayeb und ich endlich Ferrara. Wegen des Konzils war die Stadt völlig überfüllt. Wir irrten durch die Gassen und suchten vergeblich eine Unterkunft für die Nacht. Kaiser Ioannis, der im Castello Estense residierte, war mit achtzehn Metropoliten und über siebenhundert Erzbischöfen und Bischöfen, orthodoxen Theologen und Gelehrten angereist. Nicht zuletzt wegen der im August ausgebrochenen Pest befand sich Ferrara im Ausnahmezustand. Obwohl etliche orthodoxe Bischöfe und ihre Gefolge angesichts des drohenden Scheiterns des Konzils bereits abgereist waren, fanden Tayeb und ich weder in Pilgerhospizen noch in den Herbergen der Stadt ein Bett.

Ich war unruhig. War mein Todesurteil hier in Ferrara verfasst worden? Dann war ich in Lebensgefahr! Und noch ein Gedanke quälte mich: War Luca noch am Leben?

Bevor wir durch die tief verschneiten Gassen zur Kathedrale und zur Residenz des Marchese zurückkehren wollten, um bei Niccolò d'Este vorzusprechen, fragte ich mich zu dem Palazzo durch, in dem Niketas von Athen residierte. Wie sich herausstellte, teilte er sich den Palast nahe der Via delle Volte mit Basilios Bessarion, dem Metropoliten von Nikaia.

Ein Sekretär empfing mich im erzbischöflichen Arbeitszimmer, als ich um eine Audienz bei Seiner Seligkeit am nächsten Morgen bat. Ich war erstaunt: Er war ein Jude! Er teilte mir freundlich mit, dass Niketas mit Cosimo nach Florenz gereist sei. Als der Rabbi meine Enttäuschung bemerkte, berichtete er mir, dass sich Seine Seligkeit nach Epiphanias in das Dominikanerkloster San Marco in Florenz zurückgezogen habe. Er befinde sich für einige Wochen in Klausur.

Aber es bestehe die Möglichkeit, ihn im Haus von Luca d'Ascoli zu treffen – Seine Seligkeit wolle den Gelehrten, von dem er schon so viel gehört hatte, in Florenz besuchen. Erst als er den Namen meines Vaters aussprach, stutzte er. Als ich ihm erklärte, dass ich Lucas Tochter sei, lud er mich ein, die Nacht im Palazzo zu verbringen.

Und so kam es, dass ich mit dem Metropoliten von Nikaia zu Abend speiste. Anders als die Kardinäle der lateinischen Kirche waren die orthodoxen Metropoliten keine Wesen aus himmlischen Sphären. Es gab kein aufwändiges Zeremoniell, das die Gläubigen auf Distanz hielt, keine Schar von Dienern, die unserem Abendmahl den Anschein einer feierlichen Liturgie gegeben hätten. Ganz im Gegenteil: Basilios Bessarion schenkte mir eigenhändig mein Weinglas voll, während er sich ganz zwanglos mit mir unterhielt. Er war ein bekennender Platoniker und sammelte leidenschaftlich Bücher. Meine Suche nach der berühmten Bibliotheca Alexandrina begeisterte ihn.

Er war erfreut, dass der Papst das Konzil nach Florenz verlegt hatte. Gewiss würde er nach den langen und ermüdenden Konzilssitzungen in Lucas großartiger Bibliothek stöbern. Wie sein Freund Niketas schätzte er meinen Vater als brillanten Theologen und großen Gelehrten und bedauerte aufrichtig, dass er nicht am Unionskonzil teilnahm, um das Schisma zu beenden. Und er gestand mir, wie enttäuscht er war, dass Luca an diesem Morgen so überstürzt abgereist war, ohne seine Einladung zum Abendessen anzunehmen – doch wie durch ein Wunder saß nun Lucas Tochter an seinem Tisch und …

Ich hörte ihm nicht mehr zu.

Luca war in Ferrara gewesen?

Doch dann atmete ich auf. Offenbar war weder in Florenz noch in Ferrara ein Attentat auf ihn verübt worden.

Basilios Bessarion berichtete, dass mein Vater zwei Tage zuvor überraschend nach Ferrara gekommen war. Während er auf eine Audienz bei Seiner Heiligkeit wartete, hatte er sich mit mehreren Mitgliedern der florentinischen Kurie getroffen, darunter Kardinal Cesarini. Gestern habe der Papst ihn empfangen und zwei Stunden lang mit ihm gesprochen – unter vier Augen!

Ungläubig schüttelte ich den Kopf: Luca bat um eine Audienz beim Papst! Und der Papst, der ihn exkommuniziert und aus Rom verbannt hatte, hatte sie ihm gewährt!

Um Himmels willen, worüber hatten sie geredet?

Ich ahnte, was so bedeutend und angesichts des drohenden Scheiterns der Kirchenunion so brisant war, dass der Papst und sein Richter ihre erbitterten Wortgefechte, ihre tiefe Verachtung und ihren Zorn einen Augenblick lang vergessen konnten:

Das neue Evangelium, das ich gefunden hatte!

≈ Niketas ≈

Kapitel 8

Zart strichen meine Finger über die Gesichtszüge der Ikone Jesu Christi in blauer Robe auf Blattgoldhintergrund. Sein schmales Gesicht, umgeben von dunklem Haar und einem goldenen Heiligenschein, war so ernst! »… wie deines!«, hatte Ioannis gesagt. »Du bist auch immer so ernst und still, Niketas.«

In der einen Hand hielt Jesus das Evangelium, die andere war segnend erhoben. Das Bild war eine Kopie des thronenden Christus in der Hagia Sophia.

Ich war traurig, denn diese Ikone bedeutete mir sehr viel. Der Basileus hatte sie mir vor zwei Jahren anlässlich meiner Bischofsweihe geschenkt: »Niketas von Athen, als Nachfolger der Apostel bist du nun Sein Stellvertreter auf Erden!« Seither begleitete mich das kostbare Heiligenbild, wohin ich auch ging.

Es fiel mir sehr schwer, doch dann nahm ich die Ikone von der Wand meiner Zelle, küsste sie zum letzten Mal und schob sie in ihr Futteral aus purpurnem Brokatstoff.

Nie wieder würde ich sie anbeten.

Den Prior von San Marco fand ich wenig später im Kapitelsaal neben dem Kreuzgang. Mit der aufgeschlagenen Bibel auf den Knien saß Fra Antonino auf einer Bank und beobachtete gedankenverloren, wie Fra Angelico inmitten eines heillosen Durcheinanders von Pinseln, Farbtöpfen und Säcken mit gemahlenem Gips sein Fresko der Kreuzigung vollendete.

Fra Antoninos Finger ruhten auf den Worten: ›Pilatus schrieb eine

Aufschrift und nagelte sie ans Kreuz. Es stand geschrieben: Jesus Nazarenus Rex Judaeorum.‹

Als ich neben dem Prior im Eingang des Kapitelsaals stehen blieb, um das Fresko zu bewundern, entsann ich mich der Glaubensdisputationen mit Natanael im Kaiserpalast von Konstantinopolis und auf der Galeere während der Reise nach Venedig.

Mein Bruder hatte mir jenen Jesus gezeigt, den die Apostel in Jerusalem verkündeten, Paulus jedoch nicht. Den Rabbi. Den Propheten. Den gesalbten König der Juden, der das Gottesreich in Israel errichten wollte.

Jesus Nazarenus Rex Judaeorum, sinnierte ich, während ich den Gekreuzigten betrachtete. Jesus der Nazoräer, König der Juden. So steht es seit eintausendvierhundert Jahren im Evangelium. Warum lesen wir die Worte und verstehen sie doch nicht? Warum machen wir aus dem Messias, dem gesalbten König Israels, einen thronenden Herrscher über Himmel und Erde, einen zweiten Gott? Wieso verherrlichen wir seinen qualvollen Tod an einem römischen Kreuz? Weshalb glauben wir, dass er zur Vergebung unserer Sünden gestorben ist?

Und wieso klammere ich mich so verzweifelt an die Hoffnung, ich könnte einen Weg finden, Priester bleiben zu können? Kein Priester Jesu Christi – sondern ein Diener Gottes. Im Psalm sprach der Herr: ›Du bist Priester in alle Ewigkeit!‹ Ich sehnte mich danach, mit Luca über meine Seelennot zu sprechen! Ob er inzwischen nach Florenz zurückgekehrt war?

»Bruder Niketas!«, riss mich Fra Antonino aus meinen Gedanken. »Setzt Euch zu mir!«

»Evcharistó«, murmelte ich, raffte meinen Basilianerhabit und ließ mich neben ihm nieder. Obwohl ich mich vor drei Wochen ins Dominikanerkloster zurückgezogen hatte, trug ich nicht den schwarzweißen Habit, sondern meinen eigenen. Das Manuskript meines Buches über Paulus, das ich Luca zeigen wollte, legte ich neben mich.

Fra Antonino schloss die Bibel und wies auf das Fresko, das die gegenüberliegende Wand des Kapitelsaals einnahm: die Kreuzigung des Christus. »Fra Angelico ist ein begnadeter Künstler!«, schwärmte der Prior mit leuchtenden Augen. Er war sehr stolz auf den Frater, der aus dem Dominikanerkonvent von Fiesole nach Florenz gekommen war. »Wie schön und anmutig er malt! Welch intensive Gefühle der Trauer und der Verzweiflung er seinen Figuren zu geben vermag! Seht nur Maria, die weinend unter dem Kreuz zusammenbricht und von Magdalena aufgefangen wird! Und die Heiligen, die den Gekreuzigten anbeten!«

Ich nickte stumm, wich seinem Blick aus und betrachtete das Fresko, das Fra Angelico mit unendlicher Sorgfalt erschuf. Es hieß, er habe nie einen Gekreuzigten gemalt, ohne zu weinen. Welch tiefer Glaube erfüllte ihn! Ich beneidete Fra Angelico.

Basilios hatte Recht, als er mir in Ferrara ins Gewissen redete: »Das Wissen ist der Feind des Glaubens. Und die Gelehrsamkeit ist das Fundament des Zweifels.«

Fra Antonino beobachtete mich schweigend aus dem Augenwinkel.

Nach unserer Ankunft in Florenz vor drei Wochen hatte Cosimo einen festlichen Empfang im Palazzo Medici-Bardi für mich gegeben – auf meinen ausdrücklichen Wunsch nicht mit den Prioren, der Regierung von Florenz, im Palazzo della Signoria. Stattdessen hatte ich mit Cosimos Freunden und seiner Familie zu Abend gespeist. Dabei lernte ich auch seine Gemahlin Lotta de' Bardi kennen, die in Florenz nur La Contessina genannt wurde.

Am nächsten Morgen hatte ich Cosimos Zelle in San Marco bezogen und mich als einfacher Mönch dem Prior Fra Antonino unterstellt. In San Marco war ich nicht der Metropolit und Erzbischof von Athen, nicht der Exarchos von Griechenland, sondern nur Bruder Niketas. Ich hatte mich der dominikanischen Ordensregel unterworfen, nahm an den lateinischen Messen teil, hielt die Stundengebete und schrieb in der freien Zeit an meinem Buch über Paulus.

Fra Antonino mochte um die fünfzig sein – er war so alt wie sein Freund Cosimo. Der Prior von San Marco, ein bescheidener und frommer Mönch, war ein Seelsorger, der sich meiner Bitte entsprechend auf die orthodoxe Art der Beichte eingelassen hatte: das offene Gespräch mit dem Beichtvater, ohne Beichtstuhl, ohne Kniefall.

Nach unseren Gesprächen während der Spaziergänge durch das verschneite Florenz wusste er, dass ich um eine schwere Entscheidung rang. Ich hatte ihm anvertraut, dass ich meine Ämter niederlegen und mich bis zu meinem Tod ins Kloster zurückziehen wolle, und er hatte mir geholfen, die Traurigkeit und die Verzweiflung zu überwinden und in der Selbstbesinnung die Gelassenheit wiederzuerlangen. Zum ersten Mal seit Natanaels niederschmetternder Diagnose empfand ich während der einsamen Momente in meiner Klosterzelle wieder eine stille Freude. Ein Gefühl von Seelenfrieden, von Herzensruhe und Glückseligkeit.

Ja, ich war glücklich in San Marco – so glücklich, dass ich in den vergangenen Wochen sogar mein Heimweh nach meinem geliebten Kloster vergessen konnte. Und meine Sehnsucht nach Marias zärtlichen Liebkosungen. Würde ich sie vor meinem Tod noch einmal wiedersehen? Ich hoffte es, denn ich wollte ihr gestehen, dass ich zur Einsicht gekommen war: Kein Mensch kann ohne Liebe leben, ohne Zärtlichkeit und ohne Geborgenheit. Die Liebe erträgt alles, glaubt alles, hofft alles, heilt alles, verzeiht alles.

Würde Maria mir vergeben?

»Pater Prior, in aller Demut erbitte ich Eure Erlaubnis, das Kloster verlassen zu dürfen. Ich will mich erkundigen, ob Luca aus Neapel zurückgekehrt ist.«

»Bruder Niketas, Ihr müsst mich nicht um Erlaubnis bitten wie die anderen Fratres«, lächelte der Prior gütig. »Es steht Euch frei zu kommen und zu gehen, wie es Euch beliebt.«

Ich neigte den Kopf. »Evcharistó.«

»Hat Vittorino, der Leiter von Lucas Scriptorium, Euch wissen lassen, dass Luca aus Neapel zurückgekehrt ist?«

Ich schüttelte den Kopf. »Ich hatte ihn darum gebeten, aber bisher hat er mir keine Nachricht gesandt.«

»Ich weiß, wie gern Ihr mit Luca über Euer Dilemma sprechen wollt«, murmelte der Prior so leise, dass Fra Angelico, der ganz in seine Arbeit versunken war, ihn nicht verstehen konnte. »Ich bin zwar Euer Beichtvater, doch als ehemaliger Dominikanermönch kann Luca Euch viel besser als ich raten, was Ihr tun sollt. Er ist den Schritt gegangen, vor dem Ihr Euch so sehr fürchtet.« Fra Antonino legte mir die Hand auf den Arm. »Geht zu ihm, und vertraut Euch ihm an.«

Fra Antonino war mit Luca eng befreundet, obwohl Eugenius ihn vor acht Jahren exkommuniziert hatte. Die beiden Dominikaner kannten sich aus der Zeit, als Fra Antonino Prior im römischen Kloster Santa Maria sopra Minerva gewesen war und Fra Luca d'Ascoli nach seiner Rückkehr vom Konzil in Konstanz als Legat von Papst Martin und Inquisitor von Rom dort residiert hatte.

»Das werde ich tun! Ich will mich Luca anvertrauen.«

»Ich werde für Euch beten«, versprach er sanft.

Mit einem Dank erhob ich mich, nahm mein Manuskript und warf einen letzten Blick auf Fra Angelicos Fresko. Dann verließ ich den Kapitelsaal und durchquerte den Kreuzgang des Klosters. Ein Frater öffnete mir das Tor des Konvents, und ich trat hinaus auf die Piazza San Marco. Gegenüber der Klosterkirche und dem Portal des Konvents erstreckten sich die weitläufigen Gärten von San Marco mit ihren Obstbäumen, die an diesem Nachmittag einen zauberhaften Anblick boten. In der Nacht hatte es erneut geschneit: Schnee lag auf den dunklen, knorrigen Ästen. Von weitem schien es, als stünden die Bäume in voller Blüte.

Um mich vor dem eisigen Wind zu schützen, zog ich die Kapuze meines Skapuliers über den Kopf. Ich genoss den Spaziergang in der kristallklaren Winterluft und schlenderte die Via Larga zum Domplatz und dem Baptisterium hinunter. Der Dom Santa Maria del Fiore mit Brunelleschis berühmter Kuppel war nach der Hagia Sophia die zweitgrößte Kirche der Christenheit. Die Kathedrale aus rötlichem Stein sollte in den nächsten Jahren eine Fassade aus weißem, grünem und rotem Marmor erhalten.

Die Häuser an der Piazza del Duomo waren aus Sandsteinquadern und Ziegeln errichtet worden. Übergänge aus Holz oder Brücken aus Stein verbanden die eng stehenden Häuser und stützten sie gegeneinander ab. Die Geschlechtertürme der stets kampfbereiten Familien ragten stolz in den Himmel empor. Die letzte blutige Fehde zwischen Rinaldo degli Albizzi und Cosimo de' Medici, die Cosimo beinahe das Leben gekostet hätte, lag erst sechs Jahre zurück. Im Oktober 1433 war Cosimo lebenslänglich nach Venedig verbannt worden. Ein Jahr später kehrte er jedoch im Triumph zurück nach Florenz und übernahm die Regentschaft. Seither herrschte Ruhe in den Straßen von Florenz.

Vor dem Domportal lagerten mehrere Stapel Bretter, die von Bauarbeitern in die Kathedrale geschleppt wurden. Offenbar ließ Cosimo Tribünen für die Konzilssitzungen errichten. Vor dem linken Seitenschiff der Kathedrale zimmerten Handwerker ein überdachtes Podest: Hier sollte der Empfang für den in wenigen Tagen nach Florenz zurückkehrenden Papst und den byzantinischen Kaiser stattfinden.

Zwischen der Taufkapelle und dem erzbischöflichen Palast gegenüber dem Dom spazierte ich in Richtung der Loggia del Bigallo, wo ich mir an einem Stand des Apothekers Matteo Palmieri eine Tüte Marzipan kaufte. Ich naschte ein Stück Konfekt und blickte an Giottos Campanile empor. Am Tag nach meiner Ankunft hatte Cosimo mich die vierhundertvierzehn Stufen hinaufgeführt, um mir Florenz von oben zu zeigen: ein atemberaubender Anblick! Obwohl ich mich nach mehr als einem Jahr Abwesenheit nach Konstantinopolis zurücksehnte, nach der Hagia Sophia und meinem Kloster mit dem Blick auf das tiefblaue Marmarameer, hatte ich mich sofort in dieses Juwel einer Stadt verliebt!

Lucas Palast lag an der Südseite der Piazza del Duomo, nur wenige Schritte vom Campanile entfernt, direkt unterhalb der Domkuppel. Der Palazzo legte beredtes Zeugnis ab von der Macht, dem Ansehen und dem Reichtum seines Besitzers.

Wie immer stand das Portal weit offen. Also trat ich durch den Torbogen in den Innenhof, der wie der Kreuzgang eines Klosters von Arkaden gesäumt war. Hinter den hohen Glasfenstern im ersten Stock funkelte das goldene Licht der Kerzen, die trotz der schneeschweren Wolken am düsteren Winterhimmel Lucas Bibliothek erleuchteten.

Von meinem letzten Besuch wusste ich, dass sich der Bibliothekssaal und das Scriptorium im ersten Stock des Palazzos befanden. In jedem Winter trat der Arno über die Ufer und überflutete die Stadt wie Venedig bei Acqua alta – so waren die kostbaren Bücher und die Arbeitsräume der Schreiber geschützt.

Ich naschte noch ein Stück Konfekt, während ich die Treppe in den ersten Stock hinaufstieg. Oben betrat ich die Bibliothek, einen Saal, dessen Wände bis unter die hohe Decke mit Bücherregalen verstellt waren. Auf langen Tischen und Lesepulten stapelten sich weitere Folianten, nach Fachgebieten geordnet. Keines der Bücher war angekettet, wie es sonst in Bibliotheken üblich war.

Florentiner Gelehrte arbeiteten an den Pulten, blätterten durch die Codices, lasen, studierten, übersetzten oder machten sich Notizen. Kunden stöberten in den Regalen und auf den Tischen – Professoren in langen Talaren, Mitglieder der florentinischen Nobiltà, ein Dominikaner aus der päpstlichen Klosterresidenz Santa Maria Novella und ein Mönch in einem schwarzen Habit, ganz ähnlich meinem eigenen. Obwohl ich wegen der hochgeschlagenen Kapuze des Skapuliers sein Gesicht nicht sehen konnte, kam er mir bekannt vor. War ich ihm auf einem meiner Spaziergänge mit Fra Antonino begegnet? Oder hatte ich ihn in dieser Bibliothek gesehen?

Lucas Bibliothek war nicht nur ein beliebter Treffpunkt der Gelehrten und der Kardinäle, die hier bei einem Becher Wein über Gott und die Welt disputierten, sondern auch die wichtigste Nachrichtenbörse von Florenz. Sollte die ersehnte Kirchenunion zustande kommen, würde sie in diesen Räumen diskutiert werden, noch bevor das Unionsdekret offiziell an das Portal der Kathedrale genagelt worden war.

Ich fragte einen der Übersetzer des Scriptoriums, ob Luca aus Neapel zurückgekehrt sei. Als ich dem jungen Mann meinen Namen nannte, fiel er auf die Knie und küsste meine Hand. Er heiße Alexios und stamme aus Athen, verriet er mir, als er mich um meinen Segen bat. Vor zwei Jahren sei er nach Florenz gekommen und arbeite seitdem für Luca als griechischer Übersetzer. Da Alexios mir meine Frage nach Luca nicht beantworten konnte, ließ ich mich Vittorino da Verona melden, dem Leiter des Scriptoriums. Er vertrat Luca und dessen Tochter während deren oft wochenlanger Abwesenheit.

»Würdet Ihr Euch einen Moment gedulden, Euer Seligkeit? Es wird nicht lange dauern. Wenn Ihr es wünscht, könnt Ihr in Lucas Arbeitszimmer warten. Dort ist es nicht so kalt wie in der Bibliothek, die wir wegen der Feuergefahr leider nicht beheizen können. Seid Ihr zu Fuß von San Marco gekommen? Dann müsst Ihr in Eurem Mönchshabit ja halb erfroren sein! Wie wäre es mit einem heißen Glühwein?«

Ich dankte ihm, und er geleitete mich die Treppe hinauf in Lucas Arbeitszimmer im zweiten Stock, wo er mir einen bequemen Sessel am Kamin zurechtrückte. Vittorino werde in wenigen Augenblicken kommen, versprach mir Alexios – sobald er Piero de' Medici verabschiedet habe, der sich nach Alessandra erkundigte, die sich seit einigen Wochen in Alexandria aufhalte, um verschollene Handschriften der Bibliotheca Alexandrina zu suchen.

Nachdem Alexios ein prasselndes Kaminfeuer entzündet und das Fenster einen Spaltbreit geöffnet hatte, brachte er mir eine warme Decke, die er fürsorglich über meine Knie breitete, und einen Becher mit Nelken und Honig gewürzten Glühwein. Während ich auf Vittorino wartete, sah ich mich um.

Von diesem Arbeitszimmer aus regierte Luca sein kleines Reich: das Scriptorium mit Illuminatoren, Kalligraphen und Scriptoren – mehr als in einem bedeutenden Kloster! –, einer Gruppe von Übersetzern für Lateinisch, Griechisch, Hebräisch und Arabisch, die große Werkstatt für die Herstellung von feinem Pergament aus Leder und Papier aus Lumpen, für die Bindung der Bücher in Leder, Seide oder Brokat, für das Reiben der Farben für die Buchmalerei. Sogar ein Goldschmied arbeitete für ihn: Er stellte das Blattgold her und verzierte die kostbaren Codices mit Beschlägen aus Silber oder Gold.

Die Bibliothek umfasste mehr als zweitausend Bände. Noch mehr Werke, allerdings noch nicht kopiert, waren in einem Katalog verzeichnet – er enthielt die Inventare sämtlicher großen Bibliotheken Italiens. Sollte ein Kunde eines dieser Bücher wünschen, würde ein Kopist an den entsprechenden Fürstenhof oder in das Kloster reisen, das Buch abschreiben und nach Florenz zurückbringen. Es gab kein Buch, das Luca nicht beschaffen konnte.

Viele der Folianten in der Bibliothek hatten er oder seine Tochter in Klöstern entdeckt und eigenhändig abgeschrieben. Die Codices waren unverkäuflich. Wenn ein Kunde sich für ein Buch interessierte, bestellte er es. Innerhalb weniger Tage wurde es kopiert und nach seinen Wünschen gebunden. Ganze Bibliotheken konnten bei Luca in Auftrag gegeben werden.

In den ersten Jahren hatte Alessandra die Folianten zu den Kunden gebracht, um die reichen und mächtigen Käufer kennenzulernen, die intellektuelle Elite von Florenz: die Medici, Strozzi, Pazzi, Pitti und Bardi, aber auch die Kardinäle und Bischöfe der päpstlichen Kurie, die im nahe gelegenen Kloster Santa Maria Novella residierten. Denn im Gegensatz zu seiner Tochter mied Luca den Amtssitz des Papstes wie Satan die Messe. Während Lucas jahrelanger Abwesenheit hatte Alessandra das Unternehmen allein geführt. Mittlerweile unternahm sie selbst Expeditionen in die ganze Welt, um neue Bücher aufzuspüren.

Ich trat an Lucas Schreibtisch, auf dem ein Stapel Bücher lag. Clemens von Alexandria, Hippolytos von Rom und Cyril von Jerusalem. Eusebius von Caesareas Kirchengeschichte war noch aufgeschlagen. Der Absatz, in dem er die verschollenen gnostischen Evangelien von Petrus, Matthias und Thomas als häretisch bezeichnete, war mit einem fremdartigen, silbernen Schmuckstück markiert. Eine Kapsel für Koranverse?, fragte ich mich erstaunt, als ich das Amulett näher betrachtete.

Wie merkwürdig: Auch Clemens, Hippolytos und Cyril hatten in jenen Büchern auf Lucas Schreibtisch die gnostischen Evangelien erwähnt!

Wieso interessierte sich Luca für die Gnosis, den mystischen Glauben, Gott durch Selbsterkenntnis in sich selbst zu finden, die Häresie, über die ich in den letzten Wochen selbst so intensiv nachgedacht hatte?

Zwischen den Folianten verstreut lagen winzige Fasern von Papyrus. Als ich einige zwischen meinen Fingern verrieb, zerfielen sie zu Staub. Der Papyrus war antik.

Was hatte Lucas Tochter in Alexandria gefunden: eine Schriftrolle aus der Bibliotheca Alexandrina? Ein gnostisches Evangelium, das vor der Bücherverbrennung des Patriarchen Athanasios im Jahr 367 gerettet worden war?

Erneut irrte mein Blick zu Eusebius' Kirchengeschichte. Ein Papierfetzen mit einer handschriftlichen Notiz ragte zwischen den Seiten hervor. Ich zog ihn heraus, warf einen Blick darauf … und erstarrte.

Jesus sprach:

Wer sucht, soll weitersuchen, bis er findet.
Und wenn er gefunden hat, wird er bestürzt sein.
Und wenn er bestürzt ist, wird er staunen.
Und er wird herrschen über das All.

Dieses Logion fand sich in keinem der vier Evangelien!

Mein Herz setzte einen Schlag aus.

Ich fürchtete einen neuen Anfall und ließ mich mit zitternden Knien auf den Stuhl vor dem Schreibtisch sinken. Aufgeregt starrte ich auf Lucas offenbar vergessene Notiz in meiner Hand. Hatte Alessandra ein gnostisches Evangelium gefunden? Das Judas-Evangelium? Oder das Evangelium des Thomas?

Kein Wunder, dass Luca kurz vor Weihnachten so überstürzt nach Neapel abgereist war! Bei meinem ersten Besuch hatte mir Vittorino erzählt, dass sich Luca mit dem Humanisten Lorenzo Valla treffen wollte. Die beiden kannten sich aus Rom. In einem Nebensatz hatte er die Konstantinische Schenkung erwähnt, über die Luca und Lorenzo offenbar in ihrem Briefwechsel disputierten. Doch als er mein Stirnrunzeln bemerkte, war er sofort verstummt.

Aber was, um Himmels willen, hatte die Schenkung des Kaisers Konstantin, das Fundament der weltlichen Macht des Papstes, mit einem gnostischen Evangelium zu tun? Ehrlich gesagt: Ich war völlig verwirrt!

Dann hörte ich ein leises Knirschen.

Schritte auf der Treppe.

Vittorino.

Hastig legte ich Lucas Notizzettel zurück. Mit fliegendem Habit eilte ich zum Sessel am Kamin und zog mir die Decke über die Knie. Gerade noch rechtzeitig!

Vittorino trat ein. »Vergebt mir, Euer Seligkeit, dass ich Euch so lange warten ließ!«, entschuldigte er sich, kniete vor mir nieder und küsste meine Hand.

»Schon gut!«, winkte ich ab und wischte unauffällig ein paar verräterische Papyrusfasern von meinem Habit. »Ich wollte nachfragen, wann Luca zurückerwartet wird.«

»Er ist vor zehn Tagen aus Neapel zurückgekehrt«, gestand er verlegen. Er wusste, dass ich auf eine Nachricht von ihm gewartet hatte. »Es tut mir leid, Euer Seligkeit! Bei seiner Ankunft in Florenz fand Luca einen Brief seiner Tochter. Zwei Tage später, am 13. Januar, ist Luca überstürzt nach Ferrara aufgebrochen …«

»Nach Ferrara?«

Monatelang hatte Luca sich geweigert, zum Konzil nach Ferrara zu reisen. Was war geschehen? Ich ahnte es: Wegen des neuen Evangeliums wollte er mit Eugenius sprechen!

Dann ist es also wahr!, dachte ich fasziniert. Denn was sonst konnte Luca bewegen, mit dem Pontifex zu sprechen, der ihn exkommuniziert hatte?

»Luca hat mich ausdrücklich gebeten, Euch nicht über seine Rückkehr aus Neapel zu verständigen. Ich sollte Euch bestellen, dass er sich freue, Eure Seligkeit in San Marco zu treffen – Ihr befindet Euch ja in Klausur. Luca versprach, in wenigen Tagen nach Florenz zurückzukehren. Vermutlich wird er morgen oder übermorgen hier eintreffen. Soll ich ihm etwas ausrichten, wenn er …«

Es klopfte an der Tür. Alexios, der mich in Lucas Arbeitszimmer geführt hatte, trat ein.

»Bitte entschuldigt mich einen Augenblick, Euer Seligkeit!« Vittorino ging hinüber zu Alexios, der einen gesiegelten Brief in der Hand hielt.

Einen Brief von Luca?

Vittorino und Alexios steckten die Köpfe zusammen und tuschelten so leise, dass ich sie kaum verstehen konnte.

»… eben von einem Boten abgegeben worden … sehr dringend, es geht um Leben und Tod … nur Luca oder Alessandra persönlich ausgehändigt werden … Ich sagte ihm, beide seien nicht in Florenz und du wärst unabkömmlich.«

»Von wem ist der Brief?«

»… Prospero Colonna …«

»… Alessandras Brief gelesen … überstürzt nach Ferrara abgereist … Papst zu sprechen … und nun dieses Schreiben von Kardinal Colonna!«

»Ich befürchte das Allerschlimmste!«, nickte Alexios ernst.

»Wo ist der Bote jetzt?«

»… ihn zu Seiner Eminenz zurückgeschickt.«

»Wo hält sich Kardinal Colonna derzeit auf?«

Alexios zuckte mit den Schultern. »Immer noch auf der Flucht vor dem Papst, nehme ich an.«

Vittorino nickte nachdenklich, dann schickte er den jungen Mann fort und kehrte zu mir zurück. »Bitte verzeiht, Euer Seligkeit. Soll ich Luca etwas ausrichten, wenn er aus Ferrara zurückkehrt?«

»Bitte sagt ihm, dass ich mich über seinen Besuch sehr freuen würde.« Ich zog das mitgebrachte Manuskript aus meinem Habit. »Würdet Ihr ihm bitte diese Seiten geben? Es ist der Prolog eines Buches über Paulus. Ich würde gern seine Meinung dazu hören.«

Vittorino nahm das Manuskript, legte es zwischen die Papyrusfasern auf Lucas Arbeitstisch und beschwerte es mit dem silbernen Amulett. Wie sollte ich denn ahnen, dass mein häretisches Buch auf Lucas Schreibtisch mein Leben für immer verändern würde!

Es hatte wieder zu schneien begonnen. Dicke Flocken schwebten aus einem milchig-blauen Himmel.

Als ich den Palazzo verließ, schlug ich die Kapuze meines Skapuliers hoch und verschränkte die Hände in den weiten Ärmeln meines Habits, um mich vor der eisigen Kälte zu schützen. Dann wandte ich mich zur Residenz des Erzbischofs gegenüber der Kathedrale. Bevor ich zum Judenviertel abbog, blickte ich mich um.

Da sah ich ihn: ein schwarzer Schatten!

Der Mönch in schwarzem Habit, den ich in Lucas Bibliothek gesehen hatte! Wie ich hatte er die Kapuze über sein blondes Haar gezogen und die Hände wegen der Kälte unter dem Skapulier verschränkt.

Folgte er mir?

Als ich ihn in Lucas Palazzo traf, war er mir bekannt vorgekommen. Ich hatte ihn tatsächlich schon einmal gesehen! Als Fra Antonino und ich während unserer Beichtgespräche vom Domplatz bis zur Piazza Santa Croce spazierten, war er uns gefolgt.

Unauffällig beobachtete ich den Mönch, der mit gesenktem Kopf an der Loggia del Bigallo vorbei zum Portal des erzbischöflichen Palastes schlurfte. Er schien mich nicht zu beachten.

Ich habe mich geirrt!, beruhigte ich mich selbst. Weshalb sollte mich ein Mönch verfolgen?

Ich wischte mir die Schneeflocken aus dem Gesicht, wandte mich um und stapfte weiter in Richtung Mercato Vecchio. Hinter dem Markt drängten sich die Gebäude noch enger zusammen als in den anderen Straßen von Florenz. Windschief und altersschwach lehnten sie aneinander und stützten sich gegenseitig. Hinter den abbruchreifen Häusern duckten sich die Hütten der Armen und Ärmsten. Wäsche hing zum Trocknen aus den offenen Fenstern, in der Kälte steif gefroren. Viele der hölzernen Fensterläden waren zerbrochen – feines ölgetränktes Pergament oder Glasfenster, die Licht in die Hütten gelassen hätten, gab es nicht. Die Fußtritte im tiefen Schlamm der ungepflasterten Gassen waren hart gefroren.

Ein Bettler, der sich vor Kälte bebend in seine Lumpen hüllte, kauerte auf den Stufen einer Kirche. Ich gab ihm eine Münze.

So viel Armut! So viel Not!

Ich war selbst einmal so arm!, erinnerte ich mich. Auch ich habe in solch einer winzigen Hütte gewohnt, bevor ich mit Gewalt vertrieben wurde, auf der Straße leben musste und mich mit den Ratten von Konstantinopolis um meine nächste Mahlzeit stritt. Ich war ein elternloser Gassenjunge gewesen, verwahrlost, halb verhungert und immer auf der Flucht – bis Natanaels Vater sich meiner erbarmte. Rabbi Aviram schenkte mir einen Bruder, seinen ebenfalls fünfjährigen Sohn Natanael, gab mir ein Bett, wo ich schlafen konnte, stillte meinen Hunger und meine Sehnsucht nach Liebe und Geborgenheit.

Obwohl ich Jahre später im Kaiserpalast wie ein byzantinischer Prinz aufgewachsen bin, obwohl ich als Metropolit von Athen und Vertrauter des Basileus einer der einflussreichsten Würdenträger des Reiches war, konnte ich niemals vergessen, woher ich einst gekommen war!

Wehmütig schritt ich weiter zum Judenviertel und fand schließlich die Synagoge an einem kleinen Platz. Der Gebetssaal befand sich im dritten Stock eines Wohnhauses, von außen nur durch fünf hohe Fenster zu erkennen. Lediglich eine italienische Inschrift verriet dem Eingeweihten, dass sich hier ein jüdisches Gotteshaus befand.

Bevor ich durch das Portal eintrat, berührte ich die Mesusa, ein kleines silbernes Kästchen, das rechts vom Portal befestigt war. Durch eine kleine Öffnung in der Mesusa sah ich das darin eingefaltete Pergament mit dem Schma Israel: ›Höre Israel: Adonai ist unser Gott, Adonai unser Herr allein. Und du sollst den Herrn, deinen Gott, lieben mit deinem ganzen Herzen und mit deiner ganzen Seele und mit deiner ganzen Kraft.‹

Dann schob ich das Tor auf und stieg die Treppen hinauf zur Synagoge. Im Gebetssaal nahm ich auf einer der Bänke vor dem Tora-Schrein Platz.

Die Traurigkeit und die Hoffnungslosigkeit überwältigten mich wieder – wie vor zwei Stunden, als ich die Ikone Jesu Christi von der Wand meiner Zelle nahm. Ich barg mein Gesicht in beiden Händen.

»Geliebter Vater!«, betete ich. »In den letzten Wochen, seit mein Bruder Natanael mir offenbart hat, dass mir nicht mehr viel Zeit bleibt, habe ich nachgedacht. Ich habe mich in die Einsamkeit meiner Zelle verkrochen und mich auf mich selbst besonnen. Ich war allein und war es doch nicht: Denn Du warst die ganze Zeit da! Du hast mich nicht verlassen! Ich war in Dir, und Du warst in mir! Wenn er mit dem Herzen glaubt, findet der Mensch zu sich selbst. Und nur wer sich selbst erkennt, kann Gott schauen!

In der stillen Selbstbetrachtung habe ich den göttlichen Funken in mir gesehen! Du, geliebter Vater, bist in meinem Herzen und in meinem Verstand, wenn ich bete, wenn ich schweige, wenn ich hoffe, wenn ich verzweifle, wenn ich liebe, wenn ich lebe und wenn ich sterbe. Du bist in mir, und ich bin in Dir. Ohne Dich kann ich nicht sein. Ich bin ein untrennbarer Teil von Dir. Denn ich bin Du! Du und ich – wir sind eins!«

Ich seufzte aus tiefstem Herzen.

»Ich bitte Dich, geliebter Vater, sende mir Luca. Du weißt, wie sehr ich mich danach sehne, mich ihm anzuvertrauen! Luca kann mir raten, was ich tun soll. In den letzten Monaten meines Lebens wird er mir ein Trost sein. Ich flehe dich an, Vater, führe Luca zu mir! Lass mich nicht in dem Bewusstsein sterben, dass ich ein von der Kirche verdammter Irrgläubiger bin. Er wird verstehen, dass mein Glaube keine Häresie ist! Ihm will ich mich mit Herz und Seele anvertrauen!«

Ich erhob mich und verließ die Synagoge. Langsam stieg ich die Treppen hinunter, schob das Portal auf und trat hinaus auf die Piazzetta. Es schneite immer noch.

Ich wollte nach San Marco zurückkehren: Ich brauchte jetzt einen Schluck von Natanaels Wundermittel gegen meine stärker werdenden Kopfschmerzen.

In dem Moment, als ich die Kapuze meines Skapuliers hochschlagen wollte, sah ich ihn.

Der schwarze Mönch!

Er hatte den Kopf verhüllt und duckte sich unauffällig in den düsteren Schatten eines schmalen Durchgangs zwischen zwei jüdischen Häusern. Er hatte mich verfolgt und gewartet, bis ich aus der Synagoge kam!

Wer war der geheimnisvolle Frater? Wer hatte ihn geschickt?

Ich wandte mich um und eilte zur Via Calimala, die den Domplatz mit dem Ponte Vecchio verband. Dann bog ich nach links ab und stapfte die verschneite Straße hinauf.

An der Kreuzung zur Via dei Speziali blieb ich vor einem Laden stehen, in dem Schreibfedern, Tintensteine und Papier verkauft wurden. Ich warf einen Blick über meine Schulter.

Da war er! Er folgte mir in fünfzig Schritten Abstand und versuchte, sich im Schneegestöber unsichtbar zu machen. Nun war er an der Via Orsanmichele stehen geblieben.

Obwohl er zu wissen schien, wer ich war, konnte er nicht ahnen, dass ich in den Straßen von Konstantinopolis aufgewachsen war. Ausgelassene Verfolgungsjagden durch die Gassen des Judenviertels und die Suche nach neuen Verstecken waren Natanaels und mein liebstes Vergnügen gewesen.

Ich kannte alle Tricks, meine Verfolger abzuschütteln. Aber, ehrlich gesagt: Ich hatte gar nicht die Absicht, ihm zu entkommen. Ich wollte herausfinden, wer er war, woher er kam und wer ihn geschickt hatte.

Mit einem spöttischen Lächeln verschwand ich in der Via dei Speziali. Sobald ich außer Sichtweite war, rannte ich los und huschte in die nach Norden führende Via de' Medici. Ich drückte mich an eine vereiste Hauswand und spähte um die Ecke. Der Mönch würde die Via Orsanmichele entlangeilen, um mich nicht aus den Augen zu verlieren. Wenn er die Via dei Calzaiuoli erreichte, würde er mich aus der Via dei Speziali kommen sehen – das dachte er jedenfalls!

Da war er! An der Kreuzung blieb er stehen und blickte verwirrt in meine Richtung. Ratlos ging er ein paar Schritte in die verlassene

Straße hinein, blieb stehen, sah sich um und kehrte schließlich zurück zur Kreuzung, um einen Blick in die Via dei Calzaiuoli zu werfen: Hatte er mich im dichten Schneetreiben übersehen? Ja, so musste es sein! Gewiss war ich auf dem Rückweg nach San Marco.

Nachdem er nach links in die Via dei Calzaiuoli verschwunden war, um mich dort zu suchen, schlich ich bis zur Kreuzung, blickte ihm nach und bog nach rechts ab, um in aller Seelenruhe zur Piazza della Signoria zu spazieren.

Wenige Schritte weiter blieb ich vor der Kirche Orsanmichele stehen, um die herrliche Fassade zu bewundern. Unauffällig sah ich mich um. Mein Verfolger stand an der Loggia del Bigallo und suchte mich auf dem Domplatz – vergeblich! Er drehte sich um und entdeckte mich am anderen Ende der Straße. Damit hatte er nicht gerechnet. Von weitem sah ich, wie er seine Fäuste ballte.

Gemächlich schlenderte ich durch das Schneegestöber zur Piazza. Er war wütend, weil ich ihm entwischt war. Vermutlich würde er unauffällig durch eine der Seitenstraßen hetzen. Auf der Piazza würde er mich erwarten. Allerdings gab es dort außer der Loggia neben dem Regierungspalast keine Möglichkeiten, sich zu verstecken.

Als ich schließlich um die Ecke bog, sah ich ihn: Er hockte auf der Steinbank vor der Loggia und tat, als warte er ungeduldig auf irgendjemanden und friere erbärmlich in der eisigen Kälte. Sein Habit war bedeckt mit einer Schicht Schnee, den er ein paar Schritte weiter von der steinernen Bank der Loggia gefegt hatte. Er war wirklich gerissen!

Ich verkniff mir ein vergnügtes Schmunzeln und spazierte in aller Seelenruhe auf ihn zu. Meinem Blick wich er aus, verunsichert, wie mir schien. Das Spiel begann mir Spaß zu machen – wie in den Tagen meiner Kindheit, als ich mit Natanael ausgelassen durch die Gassen getobt war!

Ich ging ganz dicht an ihm vorbei und lächelte ihm freundlich zu: »Buona sera, Fratr!«

Der Mönch war noch ganz außer Atem. Weiße Atemwolken hüllten ihn ein wie ein Nebelschleier. Er musste mit fliegendem Habit gerannt sein, um die Piazza zu überqueren, bevor ich um die Ecke bog. Er neigte den Kopf, damit ich sein Gesicht nicht sah. »Buona sera!«

Er war kein Italiener: Er sprach mit einem weichen, melodischen Akzent, den ich noch nie zuvor gehört hatte.

Das Tor des Palazzo della Signoria war nur zehn Schritte entfernt. Bei den Torwachen erkundigte ich mich mit weit tragender Stimme, ob Cosimo sich im Palast aufhalte: Ich wolle um eine Audienz bei Seiner Exzellenz bitten. Die Wachen ließen mich eintreten und schlossen hinter mir das Bronzetor.

Durch den Innenhof betrat ich den befestigten Regierungspalast und verließ ihn wieder durch ein zweites Portal an der Nordseite. Dann huschte ich nach rechts um das Gebäude herum, eilte in Richtung Arno und bog erneut nach rechts ab in eine Gasse, die zur Loggia führte, wo der Mönch noch immer auf mich wartete.

Er hatte sich erhoben und ging frierend auf und ab – unschlüssig, was er nun tun sollte. Da ich den Palazzo nicht wieder verließ, schien Cosimo mich empfangen zu haben. Wer weiß, wie lange er in der Kälte auf mich warten musste!

Da wandte er sich um und ging weg.

Und ich folgte ihm.

Ohne Eile ging er nach Süden zum Fischmarkt am Arno, wo einige Fischer improvisierte Kochstellen mit großen Pfannen eingerichtet hatten, in denen sie ihren mageren Fang brieten. Dann rutschte er die Uferböschung hinab zum zugefrorenen Fluss, wo etliche Fischerboote vom Eis eingeschlossen lagen.

Warum er den Ponte Vecchio mied, verstand ich, sobald ich ihm auf einem Trampelpfad über das Eis folgte. In den Arkaden auf beiden Seiten der Brücke befanden sich die Läden der Metzger von Florenz. Die verschneiten Pflastersteine waren schlüpfrig vom Blut.

Es stank nach Verwesung, denn die Fleischabfälle, Knochen und Gedärme der geschlachteten Tiere wurden einfach von der Brücke in den Arno geworfen, der jedoch seit Wochen zugefroren war.

Über einen ausgetretenen Pfad stieg er hinauf zum Lungarno, bog nach links in die Via de' Bardi ein und folgte ihr bis zum Palazzo Medici-Bardi. Hatte Cosimo ihn geschickt, um mich zu überwachen?, fragte ich mich bestürzt. Aber wozu? Durch seinen Freund Fra Antonino wusste er doch jederzeit, wo ich mich aufhielt. Um mich zu beschützen?

Doch dann verwarf ich diesen absurden Gedanken, denn der Mönch folgte der Via de' Bardi bis zur Porta San Miniato an der Stadtmauer. Dann stieg er den schmalen, verschneiten Weg zur Kirche San Miniato al Monte empor.

Ich folgte ihm. Während ich den steilen Hügel erklomm, dachte ich: Und wenn nun Demetrios ihn geschickt hat?

Vor meiner Abreise aus Ferrara hatte Ioannis mir seine Befürchtung anvertraut, Demetrios könne versuchen, ihn mithilfe seiner türkischen Verbündeten zu stürzen. Er gestand mir seine Angst vor Demetrios' undurchsichtigem Vertrauten Selim, der Verbindungen zum Hof des Sultans unterhielt. Sultan Murad wollte die Kirchenunion mit allen Mitteln verhindern: Er fürchtete einen Kreuzzug!

Hatte Demetrios von meinem vertraulichen Gespräch mit Ioannis erfahren? Vermutlich! Mein intriganter Bruder wusste immer alles: Nicht einmal Marias verzweifelte Flucht in mein Schlafzimmer und die gemeinsame Nacht in meinem Bett waren ihm verborgen geblieben.

Dass Ioannis seine Gemahlin und mich so energisch gegen seine Anklage wegen Ehebruchs verteidigte, hatte Demetrios nur noch mehr gegen mich aufgebracht. Da der Kaiser in seinen drei Ehen keinen Erben gezeugt hatte, hoffte er, ihm auf den Thron zu folgen. Deshalb konnte es ihm nicht gleichgültig sein, dass Maria kurz vor unserer Abreise nach Italien in mein Bett gekommen war, und dies womöglich mit dem stillschweigenden Einverständnis von Ioannis, der sich nichts sehnlicher wünschte als einen Sohn.

Während der Konzilssitzungen in Ferrara hätte Demetrios es nicht gewagt, mich zu ermorden – aber in Florenz? Ich war ganz allein hier!

Entschlossen folgte ich dem Mönch den Weg hinauf zum Kloster San Miniato al Monte. Der Frater stieg die Stufen hinauf zur Kirche. Dann wandte er sich nach rechts zum trutzigen Festungspalast des Erzbischofs von Florenz und dem Konvent der Olivetanermönche neben der Basilika.

Die weiß gekleideten Olivetaner lebten nach der Ordensregel des …

Ich blieb stehen.

Der schwarze Habit!

Die Olivetanermönche lebten nach der Regel des heiligen Benedikt. Der Frater war ein Benediktiner. Er wohnte in San Miniato, einem Konvent mit benediktinischer Ordensregel.

Ehrlich gestanden: Ich war verwirrt.

Die Olivetaner lebten streng asketisch. Die Fratres ernährten sich von Wasser und Brot, schliefen auf harten Strohmatratzen ohne Bezüge oder warme Decken, trugen unbequeme Holzsandalen und schlichte Habites aus grobem, ungefärbtem Wollstoff. Wenn der geheimnisvolle Benediktiner sich in diesen Konvent begab, war er ein streng asketisch lebender Frater.

Doch warum, um alles in der Welt, sollte sich Demetrios eines Mönchs bedienen, um mich zu ermorden? Mit seinen Verbindungen zu Sultan Murad hätte er mir doch die Yeniçeri, die Janitscharen, auf den Hals hetzen können.

Ratlos wischte ich mir die Schneeflocken aus dem Gesicht.

Und wenn es nun gar nicht Demetrios war, der mir nach dem Leben trachtete? Der Benediktiner war mir gefolgt, seit ich Lucas Haus verlassen hatte …

❧ Alessandra ☙

Kapitel 9

»Da sind sie!«

Wir hatten die Hügelkuppe erreicht und blickten ins verschneite Tal unter uns. Mit dem ausgestreckten Arm wies Tayeb auf den langen Tross des Papstes, der sich vor uns den Hügel hinabwand, unten im Tal einen Gebirgsbach durchquerte und sich auf der anderen Seite einen steilen Abhang hinaufquälte. »Mit den Büchertruhen kommen die Maultiere nur langsam voran!«

Diese Karawane war die erste von etlichen nachfolgenden Reisegesellschaften zwischen Ferrara und Florenz: In einigen Tagen würde der greise Patriarch mit seinem Gefolge aufbrechen, wenig später der Kaiser.

Beim Abendessen hatte mir Basilios Bessarion erzählt, der Papst wäre zwei Tage zuvor aus Ferrara abgereist – nur wenige Stunden, nachdem Luca aufgebrochen war.

Mein Vater hat einen Tag Vorsprung!, überlegte ich. Er ist ein ausdauernder Reiter. Wenn er sein Pferd antreibt, kann er morgen Abend Florenz erreichen. Tayeb und ich werden erst übermorgen gegen Mittag ankommen.

Zu spät?, fragte ich mich und dachte an den blutigen Brief mit unserem Todesurteil.

»Wo ist er?« Ich starrte den steilen Hang hinab. Mein Blick glitt an der langen Reihe von Würdenträgern in purpurroten, violetten und schwarzen Soutanen entlang, an Mönchen in weißen, braunen und schwarzen Habites, an Dienern, Lastträgern und Pferdeknechten in den Farben des venezianischen Papstes.

Dann sah ich ihn, nur wenige Schritte vom Bach entfernt: Während der Reise durch Schnee und Schlamm trug er nicht die weiße Papstsoutane, sondern den blauen Habit der Augustiner-Chorherren – diesem Orden gehörte er an.

Und neben ihm ritt …

Nein, das war nicht möglich! Ich hatte gedacht, er wäre in Rom!

Neben dem Papst ritt Kardinal Vitelleschi in seiner silbernen Prunkrüstung. Seinen Helm zierte ein roter Federbusch.

»Wir können unmöglich diesen schmalen Pfad nehmen, um den Tross zu überholen«, urteilte ich nach einem Blick ins Tal. »Eugenius wird mich erkennen, wenn ich an ihm vorbeigaloppiere, und ich kann nicht so tun, als sehe ich ihn nicht.«

»Du willst nicht mit ihm sprechen, bevor du nicht von Luca gehört hast, was die beiden wegen des Evangeliums beredet haben«, vermutete Tayeb.

»Und ich will nicht, dass er mir liebenswürdig anbietet, unter seinem bewaffneten Schutz zu reisen. Er kann sich denken, dass ich noch mehr Teile des Evangeliums gefunden habe.«

»Warum sonst bist du so eilig nach Italien zurückgekehrt?«

»Wir haben keine Zeit zu verlieren. Luca ist in Lebensgefahr!«

Tayeb lenkte sein Pferd ein paar Schritte von der Straße weg und wies auf den dichten Wald unter uns. »Wenn wir hier hinunterreiten, dort im Schutz der Bäume den reißenden Bach durchqueren und da drüben hinter den Felsen den Hügel erklimmen, kann er uns nicht sehen. Wenn wir die Pferde antreiben, sind wir auf der anderen Seite, bevor er an der Furt den Bach überquert hat. Dann kehren wir auf die Straße zurück und reiten weiter nach Florenz.«

»So machen wir's!«

Ungeduldig stürmte ich den steilen Abhang hinab zwischen den Bäumen hindurch zum Bach. Tayeb folgte mir mit dem Maultier. Das eisige Wasser spritzte hoch, als ich mein Pferd in die reißenden

Fluten lenkte. Durch das scharfkantige Geröll kämpften wir uns ans andere Ufer. Dann stürmten wir den steilen Hang hinauf, duckten uns unter tief hängenden Ästen hindurch und sahen, aus dem Wald hervorbrechend, endlich die Straße vor uns.

Ein Kardinal mit seinem Gefolge!

Wir hatten die Spitze des langen Trosses erreicht.

Ich riss meinen Hengst herum, hieb ihm die Absätze in die Flanken und raste den verschneiten Pfad hinauf.

»Alessandra d'Ascoli?«, rief jemand hinter mir her.

Ich drehte mich nicht um, sondern galoppierte mit Tayeb, der das Maultier am Zügel hinter sich herzerrte, die Straße entlang.

»Alessandra!«

Dann vernahm ich hinter mir das Hufgetrappel eines galoppierenden Pferdes.

Er folgte uns!

Er war ein guter Reiter, schloss rasch auf und raste nur wenige Pferdelängen hinter uns über den vereisten Weg. Nach wenigen Augenblicken hatte er uns eingeholt. »Alessandra!«, keuchte er. »Wartet! Ich muss dringend mit Euch reden!«

Dann drängte er sich zwischen Tayeb und mich, lehnte sich mit fliegender Purpursoutane zu mir herüber und riss an den Zügeln meines Hengstes, um ihn zum Stehen zu bringen.

»Euer Eminenz!«, rief ich, als ich Kardinal Giuliano Cesarini erkannte.

»Steigt ab, Alessandra! Ich habe Euch etwas zu sagen!« Der Kardinal sprang aus dem Sattel, stapfte durch den tiefen Schnee und zog mein Pferd hinter sich her, weg von der Straße.

»Euer Eminenz, ich muss dringend nach Florenz!«, protestierte ich energisch. »Mein Vater ist in Gefahr!«

»Ich weiß«, gestand er ernst. »Eben deshalb muss ich mit Euch reden!«

Nach einem besorgten Blick die Straße hinunter – wann würden

Papst Eugenius und Kardinal Vitelleschi hier eintreffen? – stieg ich vom Pferd und reichte Tayeb die Zügel. Dann folgte ich dem Kardinal ins Unterholz des Waldes.

Mit geraffter Soutane schritt er voran, zwanzig, dreißig Schritte, kletterte über umgestürzte Bäume und blieb schließlich auf einer kleinen Lichtung stehen, wo wir von der Straße aus nicht gesehen werden konnten.

Was wollte er von mir?

Seit letztem Jahr, seit seiner Rückkehr vom Basler Konzil nach Florenz, residierte Cesarini in einem Palast neben der Santissima Annunziata, der Kirche des Florentiner Servitenordens. In den Monaten vor seiner Abreise nach Ferrara war er häufig bei uns zum Abendessen erschienen – Luca und er kannten sich seit vielen Jahren. Dass Eugenius meinen Vater exkommuniziert hatte, erschütterte ihn zutiefst: Er schätzte Luca wegen seines beherzten Auftretens in Konstanz zur Beendigung des Schismas.

»Ich bin sehr überrascht, Euch hier zu sehen, Alessandra!« begann Cesarini, als er sich zu mir umwandte. Weiße Atemwolken hüllten ihn ein. »Euer Vater erzählte mir, Ihr wärt in Alexandria.«

»Das war ich, Euer Eminenz.«

»Wart Ihr in Ferrara?«

»Ja.«

»Und Ihr wisst, dass Euer Vater mit dem Papst geredet hat?«

Ich nickte stumm.

»Worüber haben die beiden nach all den Jahren des eisigen Schweigens gesprochen?«

»Ich hatte gehofft, dass Ihr mir das sagen könntet. Er war bei Euch, bevor Eugenius ihn zu sich bat.«

»Kein Wort hat er darüber verloren, dass er mit Seiner Heiligkeit reden wollte. Das habe ich erst erfahren, als er am Morgen nach der Audienz Ferrara wieder verlassen hatte.«

»Und worüber habt Ihr mit ihm gesprochen?«

»Ich habe ihn vor Giovanni Vitelleschi gewarnt, der überraschend von Rom nach Ferrara gekommen war.«

»Ich habe ihn im Tross gesehen«, nickte ich und wies über meine Schulter zur Straße hinüber. »Seine Heiligkeit legte ihm die Hand auf den Arm. Was haben die beiden zu besprechen?«

»Sobald die Kirchenunion geschlossen ist, will der Papst nach Rom zurückkehren. Eine vereinigte Kirche kann nur von der Caput Mundi aus regiert werden. Doch der Papst kann Rom nicht betreten, solange Eure Familie die Stadt beherrscht. Nach dem Mordanschlag der Colonna vor fünf Jahren ist er geflohen.

Vitelleschi erobert Rom für die Kirche zurück: Mit Exkommunikation, Folter und Mord erkämpft er sich den Weg zum Vatikan. Die Festungen Eurer Familie brennen. Ich fürchte um das Leben Eures Cousins. Habt Ihr eine Ahnung, wo sich Kardinal Colonna verborgen hält?«

Ich schüttelte den Kopf.

»Wenn Vitelleschi ihn gefangen nimmt, wird er ihn hinrichten lassen wie Euren Großvater Marcantonio Colonna.« Cesarini holte tief Luft. »Und ich habe furchtbare Angst um Euren Vater.«

»Was ist geschehen?«

»Wie Ihr wisst, war ich bis vor einigen Monaten Vorsitzender des Konzils von Basel …«

Der Colonna-Papst Martin hatte das Konzil von Basel wenige Wochen vor seinem Tod einberufen. Die Kirchenversammlung war 1431 im Basler Münster zusammengetreten. Martins Nachfolger Eugenius hatte seitdem mehrfach versucht, das Konzil aufzulösen, das sich anmaßte, über dem Papst zu stehen. Erfolglos.

Unter dem Vorsitz von Kardinal Cesarini, der dem tobenden Pontifex unbeirrbar widerstand, erarbeitete das Basler Konzil eine Kirchenreform, die die Macht des Papstes erheblich einschränkte. Die Konziliaristen riskierten damit ein erneutes Schisma der römischen Kirche, denn die Herrscher der Christenheit mussten sich entscheiden, wem sie Gehorsam schuldeten: dem Papst in Florenz oder dem Konzil in Basel.

Darüber hinaus verhandelte man ohne päpstliche Zustimmung mit dem byzantinischen Kaiser über die Vereinigung der lateinischen und der griechischen Kirche, lud Ioannis zu einem Konzil nach Avignon ein und schickte ihm Galeeren, die ihn in Byzanz abholen sollten.

Wenige Tage vor seiner Abreise war noch nicht entschieden, ob der Kaiser nach Ferrara oder Avignon reisen würde. Niketas, dem stärksten Verfechter der Kirchenunion auf griechischer Seite, der die Verhandlungen mit den päpstlichen Legaten Ambrogio Traversari und Nikolaus von Kues geführt hatte, war es zu verdanken, dass der Basileus am Konzil von Ferrara teilnahm. Das wusste ich von dessen Freund Basilios Bessarion, der an den Gesprächen beteiligt gewesen war.

Sobald feststand, dass Kaiser Ioannis nach Ferrara kommen würde, hatten Giuliano Cesarini, der Vorsitzende des Konzils von Basel, und viele andere ihre Reisetruhen gepackt, waren nach Florenz gekommen und hatten sich mit Papst Eugenius ausgesöhnt. Die Kirchenunion und das Bündnis mit dem byzantinischen Kaiser gegen den türkischen Sultan waren wichtiger als kirchenrechtliche Fragen zum Supremat des Konzils über den Papst. Doch etliche Bischöfe blieben in Basel. Im letzten Jahr hatte Eugenius die Basler Konziliaristen samt und sonders als Schismatiker verdammt.

»Als ich Basel verließ, um mich in Florenz Papst Eugenius zu unterwerfen«, fuhr Cesarini fort, »habe ich einen meiner Vertrauten zurückgelassen. Er schickt mir regelmäßig Mitschriften der Konzilssitzungen. Vor wenigen Stunden erhielt ich eine äußerst beunruhigende Nachricht aus Basel. Bisher hatte ich keine Gelegenheit, mit Eurem Vater darüber zu sprechen. Ihr werdet vor mir in Florenz sein. Luca ist in großer Gefahr!«

Ich warf Tayeb, der vom Pferd aus die Straße beobachtete, einen beunruhigten Blick zu. Wann würden Papst Eugenius und Kardinal Vitelleschi uns eingeholt haben? Ungeduldig wartete ich, was mir der Kardinal zu sagen hatte.

»Ihr wisst, dass die Konziliaristen von Basel den Papst seines Amtes enthoben haben, nachdem Eugenius sie exkommuniziert hatte.«

Ich nickte. »Als Vorsitzender hattet Ihr den Prozess gegen Papst Eugenius eröffnet. Nachdem Ihr Basel verlassen hattet, suspendierte das Konzil den Papst. Das war im Januar 1438 – vor einem Jahr.«

»Es gibt Gerüchte, dass die Konziliaristen in Basel den abgesetzten Pontifex als Häretiker verurteilen und exkommunizieren wollen …«

»O mein Gott!«, entfuhr es mir.

»… und wenn das geschieht, werden sie einen Nachfolger wählen – wie damals in Konstanz, als Euer Cousin Martin gewählt wurde, nachdem drei Päpste abgesetzt und durch Luca verurteilt worden waren.«

»Falls in Basel ein neuer Papst gewählt wird, haben wir ein neues Schisma mit zwei Päpsten.«

»So ist es«, nickte Cesarini ernst. »Und deshalb bin ich froh, dass ich Euch getroffen habe. Alessandra, Ihr müsst Euren Vater warnen!«

»Aber …«

»Obwohl der französische und der deutsche König das Konzil von Basel unterstützen, haben sie sich bisher nicht so offen gegen den abgesetzten Pontifex gestellt wie der Herzog von Mailand oder der König von Neapel. Doch falls in Basel ein starker Papst gewählt würde …«

»Das wird nicht geschehen!«, fiel ich ihm ins Wort. »Ein starker Papst würde das Konzil auflösen und den Traum der Konziliaristen vom Supremat über den Papst beenden. Nein, Euer Eminenz, die Basler werden sich einen entscheidungsschwachen Pontifex wählen, der nicht gegen die Oberhoheit des Konzils aufbegehrt.«

Kardinal Cesarini winkte ab. »Die Kirchenunion von Ferrara droht zu scheitern. Etliche orthodoxe Bischöfe sind bereits abgereist, auch der Metropolit von Athen.«

Er zögerte, doch dann verriet er mir:

»Aus verlässlicher Quelle weiß ich, dass Niketas seit drei Wochen in Florenz ist. Der Basileus muss wirklich verzweifelt sein! Wenn der Papst wüsste, dass Niketas hinter seinem Rücken mit Cosimo verhandelt, würde er toben.«

Ich hob die Augenbrauen. »Und woher wisst *Ihr* das?«

»Ich habe meine Agenten nicht nur in Basel.«

»Eure Agenten, wie Ihr die Fratres zu nennen beliebt, tragen nicht zufällig einen schwarzen Habit?«

Er lächelte rätselhaft, beantwortete meine Frage jedoch nicht. Das musste er auch nicht: Das Kloster der Mönche lag direkt neben seinem Palast – es gab sogar einen geheimen Verbindungsgang. Vor seiner Abreise nach Ferrara hatte er in der Kirche des Ordens jeden Morgen die Messe gelesen.

»Um auf die Wahl eines Gegenpapstes zurückzukommen: Die Kirchenunion ist so gut wie gescheitert. Kein Fürst hat sich in Ferrara blicken lassen, um Kaiser Ioannis militärische Unterstützung gegen die Türken zuzusagen. Die Eroberung von Byzanz ist nur noch eine Frage der Zeit. Wir brauchen die Kirchenunion genauso dringend wie die Griechen!

Ein schwacher Papst würde sich keine vier Wochen auf dem Stuhl Petri halten können – geschweige denn einen Kreuzzug gegen den Sultan organisieren, die Kirchenunion mit den Griechen schließen, die Schismatiker in Basel zum Teufel jagen, Vitelleschis Heere in Italien in Schach halten und Rom für die Kirche zurückerobern. Nein, Alessandra, es gibt nur einen, der all diese Wunder vollbringen könnte. Mit Cosimos finanzieller wie militärischer Unterstützung kann er es schaffen!«

Ich schüttelte den Kopf. »Papst Gregor, Eugenius' Onkel, hatte meinem Vater einen Brief überreicht, adressiert an ›Fra Luca d'Ascoli, designierter Erzbischof von Florenz‹. Mein Vater gab dem Papst das Schreiben zurück und sagte: ›Euer Heiligkeit, dieser Brief ist nicht für mich.‹ Er hat die Ernennung nicht akzeptiert, was Gregors Neffen Eugenius zu seinem Feind machte: Er nannte Luca hochmütig und selbstsüchtig, denn er widersetzte sich dem Papst.

Papst Martin wollte seinen Freund und Vertrauten Luca, damals päpstlicher Legat in Rom, zum Kardinal ernennen. Luca hat es abgelehnt. Nach seiner Flucht aus Rom hat er alles aufgegeben. Er hat den Dominikanerorden verlassen, sein Priesteramt niedergelegt und sich von Martin in den Laienstand zurückversetzen lassen. Und zwölf Jahre später hat ihn Martins Nachfolger Eugenius exkommuniziert und verbannt.«

Ich holte tief Luft.

»Luca hat in Konstanz ein Schisma beendet. Er wird gewiss kein neues heraufbeschwören, indem er sich zum Pontifex wählen lässt! Zwei rechtmäßig gewählte Päpste wollten Luca zum Erzbischof und zum Kardinal ernennen – er hat sich geweigert. Von einem häretischen Konzil in Basel wird Luca sich gewiss nicht zum Gegenpapst ernennen lass…«

»Da bin ich mir nicht so sicher«, widersprach Cesarini energisch. »Luca würde nichts tun, was er nicht mit seinem Glauben und seinem Gewissen vereinbaren könnte – da stimme ich Euch uneingeschränkt zu.

Der ›Richter Gottes‹ ist eine moralische Instanz: bescheiden, aufrichtig, wahrhaftig und damit unangreifbar. Mit anderen Worten: sakrosankt. Aber gerade deshalb ist er der geeignete Kandidat! Obwohl Eugenius sein Ansehen mit Füßen getreten hat, wird Luca von allen respektiert, bewundert und wie eine Ikone verehrt. Selbst die Griechen rühmen ihn als großen Kirchengelehrten, allen voran Niketas von Athen.

Luca ist ein Heiliger. Die einzige Sünde, die er je begangen hat, war … bitte verzeiht mir, Alessandra! … wart Ihr, seine Tochter, zu der er sich schließlich bekannte und für die er am Ende alles aufgab!«

Seine Worte rissen eine tiefe Wunde auf.

Als Dreijährige hatte ich meinen Vater zum ersten Mal gesehen. Als päpstlicher Legat des in Konstanz gewählten Papstes Martin war er nach Rom zurückgekehrt. Meine Mutter hatte mich in die Sonntagsmesse der Dominikanerkirche Santa Maria sopra Minerva mitgenommen. Sie hatte mich im Arm gehalten, zärtlich geküsst, mir einen hochgewachsenen Dominikaner am Altar gezeigt und geflüstert: »Mein kleiner Schatz, das ist dein Vater, von dem ich dir schon so viel erzählt habe. Wie oft habe ich dir versprochen, dass er eines Tages zurückkehren wird nach Rom! Und schau, jetzt ist er da!«

Ehrfürchtig hatte ich ihn angestarrt. Dieser mächtige Mann, vor dem alle demütig auf die Knie fielen, der am Altar Wunder vollbrachte und der mit donnernder Stimme über die Gewalten des Himmels und der Erde gebot, war mein Vater? Der lang ersehnte Vater, von dem mir meine Mutter erzählt hatte! Wie glücklich ich in diesem Augenblick gewesen war …

… und wie traurig, als er mich entsetzt zurückstieß und sich nicht zu mir bekennen konnte, als meine Mutter ihm gestand, er habe eine kleine Tochter. Er hatte sich abgewandt und bitterlich geweint. Niemals würde ich den gequälten Ausdruck in Lucas Augen vergessen.

Kardinal Cesarini legte mir tröstend die Hand auf den Arm. »Was, glaubt Ihr, wird geschehen, wenn der Papst durch das Konzil von Basel exkommuniziert wird? Wenn der Kaiser ohne Unionsdekret und ohne Kreuzzugsbulle nach Byzanz zurücksegelt? Machen wir uns nichts vor: Wir brauchen die Kirchenunion ebenso dringend wie der Kaiser! Denn wenn Byzanz erobert wird, stehen die Türken bald vor Venedig, Florenz und Rom! Die türkische Bedrohung wäre sehr wohl ein Grund für Luca, seine moralischen Bedenken in den Wind zu schlagen und die Macht in Rom zu übernehmen! Euer Cousin, Kardinal Colonna, wäre der Erste, der ihm die Treue schwört.«

»Alessandra!«, hörte ich Tayeb rufen. »Sie kommen!«

Ich wandte mich um und blickte zwischen den Bäumen hindurch zur Straße, wo sich Papst Eugenius und Kardinal Vitelleschi rasch näherten. Ich musste so schnell wie möglich verschwinden!

»Und Ihr?«, fragte ich Cesarini, während wir zurückeilten. »Wie verhaltet Ihr Euch im Fall eines erneuten Schismas? Wenn es zum Schwur kommt: Für welchen Papst entscheidet Ihr Euch?«

»Papst Martin, den ich sehr verehrt habe, hat mich vor dreizehn Jahren gleichzeitig mit seinem Neffen Prospero zum Kardinal ernannt. Ich habe nicht vergessen, wie viel er für mich getan hat! Zweifelt Ihr an meiner Loyalität gegenüber Eurer Familie, meiner Freundschaft mit Eurem Vater oder meiner Liebe zu Rom?«

»Alessandra!«, drängte Tayeb ungeduldig. »Nun komm schon!«

Ich blieb stehen und blickte Kardinal Cesarini in die Augen. »Ich vertraue Euch. Darf ich Luca Eure Worte so übermitteln?«

»Ich bitte darum«, nickte er. »Sagt ihm, er sei in Lebensgefahr!«

»Das werde ich«, versprach ich. »Ich muss jetzt aufbrechen. Dem Kardinal des Satans will ich auf keinen Fall begegnen.«

»Lebt wohl, Alessandra. Viel Glück.«

Ich stieg in den Sattel und ergriff die Zügel. »Eine letzte Frage: Mit wem außer Euch hat Luca in Ferrara gesprochen?«

»Mit Ludovico Scarampo.«

Mein Gott!, dachte ich, als ich mich der nahezu unleserlichen Unterschrift ›Patri…‹ auf dem blutgetränkten Brief entsann. Hatte *er* das Todesurteil verfasst? In Alexandria hatte ich diesen Gedanken verworfen. Doch konnte ich den Erzbischof von Florenz und Patriarchen von Aquileia wirklich von der Liste der Verdächtigen streichen?

»Ich bin Euch sehr dankbar«, verabschiedete ich mich. »Wir sehen uns in Florenz.«

»Darauf freue ich mich schon!«, lächelte er. »Alessandra, in den nächsten Tagen müsst Ihr zu mir zum Essen kommen und von Euren Abenteuern berichten! Gewiss habt Ihr einen spektakulären Fund gemacht – sonst wärt Ihr nicht so schnell und unerwartet zurückgekehrt. Was ist es? Ein antiker Papyrus?« Er warf einen Blick auf die prall gefüllten Satteltaschen unseres Maultiers, in denen sich die Pergamentcodices aus der versunkenen Synagoge sowie das fünfte Evangelium befanden.

Ich lächelte geheimnisvoll. »Ich komme gern.«

Dann wendete ich mein Pferd und folgte Tayeb im Galopp die Straße hinauf – gerade noch rechtzeitig, bevor der Papst mich erkennen konnte.

Tayeb und ich hatten in der letzten Nacht nur zwei Stunden geschlafen, und ich war zum Umfallen müde, doch ein Gedanke trieb mich vorwärts:

Was war mit Luca?

ೱ Niketas ೲ

Kapitel 10

›… und Jesus heißt auf Hebräisch Jeschua, was bedeutet: Gott errettet‹, schrieb ich mit kratzender Feder die letzten Worte des Prologs nieder. ›Das hebräische Wort Jeschua bedeutet: die Erlösung.‹

Ich steckte die Feder ins Tintenfass und starrte auf die holzgeschnitzte Figur des Gekreuzigten an der Wand gegenüber meinem Schreibtisch. Sein im Leiden geneigtes Gesicht unter der Dornenkrone. Seine ans Kreuz genagelten Arme. Sein nackter, vor Schmerzen sich windender Körper. Die furchtbaren Geißelwunden. Das Blut, das viele Blut!

Jeschua – der Erlöser.

Beruhte denn die gesamte Theologie des Paulus vom Sühneopfertod des Gottessohnes zur Vergebung der Sünden auf der Auslegung seines Namens?

Seufzend fuhr ich mir über das Gesicht. Seit ich nach meinem Besuch in Lucas Palazzo nach San Marco zurückgekehrt war, hatte ich an meinem Buch über Paulus gearbeitet. Ich hatte den Prolog beendet, der nun auf Lucas Schreibtisch lag. Mit dem Schreiben hatte ich mich ablenken wollen, denn ich war zutiefst beunruhigt: Wer war der schwarze Mönch? Warum verfolgte er mich?

Frierend rückte ich meinen Stuhl näher an das glühend heiße Kohlenbecken neben mir, zog einen neuen Bogen Pergament zu mir heran, griff mit steifen Fingern zur Feder und begann das erste Kapitel meines Buches:

›Um verstehen zu können, wer Jeschua wirklich war, was er als pharisäischer Rabbi predigte und wie er als gesalbter König Israels das

Reich Gottes errichten wollte, müssen wir zuerst Paulus kennenlernen, den Begründer des Christentums als Kult des Gottessohnes Jesus Christus, den Erfinder der Erlösungstheologie, den Erschaffer des Mythos Christus.

In Tarsos, einer der größten Städte des römischen Reiches, wuchs Paulus in einer hellenistischen Gemeinde der jüdischen Diaspora auf. Mit dem gnostischen Glauben scheint er vertraut gewesen zu sein …‹

Die Feder war stumpf geworden. Während ich die Spitze mit dem Federmesser zurechtschnitt, warf ich einen Blick auf die Folianten, die sich vor mir stapelten. Die Kirchenväter hatten abgestritten, dass Paulus ein Gnostiker gewesen war. Sie argumentierten, Paulus habe sich der gnostischen Sprache nur bedient, um die Gnostiker zu widerlegen. Doch hatte Paulus nicht selbst geschrieben, dass er sein Evangelium nicht durch einen Menschen, sondern durch eine Offenbarung von Gott selbst empfangen habe? Und wieso verehrten Gnostiker im zweiten Jahrhundert Paulus als großen Inspirierten, wenn er *kein* Gnostiker war?

Ich tauchte die gespitzte Feder in die Tinte und vollendete meinen Gedanken: ›Mit dem gnostischen Glauben scheint er vertraut gewesen zu sein, ebenso wie mit den orientalischen Mysterienkulten wie dem des gekreuzigten und wiederauferstandenen Dionysos, dem Gottessohn, dem mit einem kultischen Mahl als Erlöser gehuldigt wurde.

Wann Paulus von Tarsos nach Jerusalem zog, ist ungewiss. Wann hatte er den Tempel zum ersten Mal betreten? Wann hatte er den Hohen Priester kennengelernt, als dessen Agent er arbeitete? Die Behauptung, Paulus habe in Jerusalem beim großen Rabban Gamaliel studiert, dem führenden pharisäischen Gelehrten, dem einflussreichen Mitglied des Hohen Rates, ist …‹

Ich hielt einen Augenblick inne. Dann holte ich tief Luft und schrieb es doch hin:

›… eine Lüge.‹

Wie oft war Paulus von der nazoräischen, also der judenchristlichen Gemeinde in Jerusalem der Häresie beschuldigt worden, ein ›anderes Evangelium‹ und einen ›anderen Jesus‹ zu verkünden! Und wie oft hatte Paulus in seinen Briefen beteuert, er lüge nicht! Aber sein Bekenntnis, ein Pharisäer zu sein, war genau das: eine Lüge.

Ich lehnte mich in meinem Sessel zurück, genoss die Gluthitze des Kohlenbeckens auf meinem Gesicht, schloss die Augen und entsann mich einer der Glaubensdisputationen, die Natanael und ich während der Überfahrt nach Venedig geführt hatten …

»Paulus war gewiss kein Pharisäer«, hatte Natanael mit Nachdruck erklärt. Mit verschränkten Armen hatte er neben mir an der Bugreling der Galeere gelehnt – so nah, dass wir uns berührten. Seit seiner Rückkehr aus Jerusalem war Natanael mir kaum noch von der Seite gewichen. Seit dem tragischen Tod seiner Frau und seines kleinen Sohnes, den ich nie kennengelernt hatte, war ich der Einzige, den er noch hatte: sein Bruder.

»Weder war Paulus ein Rabbi, noch achtete er die Gebote. Nein, Niketas, wo und wie auch immer Paulus die Kenntnis der Tora erlangte: Zu Füßen von Gamaliel, dem berühmtesten Schriftgelehrten seiner Zeit, hat er gewiss nicht studiert.«

»Warum nicht?«, hatte ich verblüfft gefragt. Ich hatte geglaubt, Paulus wäre ein pharisäischer Rabbi gewesen – wie Jesus.

»Tausendundein Gründe!«

»Nenn mir zwei, die mich überzeugen.«

»Erster Grund: seine furchtbare Intoleranz gegenüber andersgläubigen Juden. Seine angemaßte Unfehlbarkeit. Seine arrogante Selbstgerechtigkeit. Seine Missachtung der jüdischen Speisegebote und seine Einführung der Eucharistiefeier mit dem rituellen Verspeisen des Gottes. Seine Verachtung gegenüber den Aposteln, die Jesus noch persönlich gekannt hatten, und sein erbitterter Machtkampf mit den Führern der nazoräischen Gemeinde in Jerusalem, Petrus und Jakobus.

Wenn Paulus zugibt, als pro-römischer Agent des Hohen Priesters die Nazoräer in Jerusalem und Damaskus verfolgt zu haben – die Nazoräer, die in ihrem Glauben den Pharisäern nahestanden und deren Führer ein Rabbi namens Jesus war –, dann war er kein Pharisäer.

Und wenn Paulus sich nach seiner Bekehrung über Entscheidungen der Führer der Gemeinde hinwegsetzt, weiterhin die Tora entwürdigt, die rituelle Beschneidung als Verstümmelung ablehnt und die Speisegebote missachtet, indem er seinen Anhängern in der Eucharistiefeier das Blut seines Gottes zu trinken gibt – dann war er gewiss kein Pharisäer!«

Natanael hatte zwei Finger erhoben:

»Der zweite Grund! Jesus und seine Anhänger waren Pharisäer, die wegen ihrer Frömmigkeit beim Volk hoch angesehen waren. Er hielt die Gebote, betete an jedem Sabbat in der Synagoge, pilgerte an Pessach und Sukkot zum Tempel in Jerusalem. Jesus hat keine neue Religion gegründet – und schon gar keine Kirche. Das ist völlig undenkbar. Jesus war ein Nazoräer, ein ›Wahrer des Bundes‹. Ein streng orthodoxer Jude! Nie hat er von sich selbst als dem Menschensohn gesprochen. Er hat einen anderen herbeigesehnt: den Propheten Elija, auf dessen Rückkehr wir Juden immer noch warten.

Jesus war der Messias, der gesalbte König Israels! Er wollte die Römer aus dem Land jagen, Israel zu einem unabhängigen Staat machen, das Königreich Gottes aufrichten und bis zum Ende aller Tage, das für ihn gar nicht mehr fern war, in Frieden regieren. Er hatte eine großartige Vision von Frieden und Freiheit für das jüdische Volk, von Nächstenliebe und Selbstachtung. Du weißt, wie sehr ich ihn dafür bewundere. Doch er hatte nicht die Absicht, sich zu opfern, an einem römischen Kreuz zu sterben und durch seinen Sühneopfertod die Menschheit zu erlösen! Gott verlangt keine Menschenopfer. Und Gott kommt auch nicht als Mensch in die Welt, nur um sich an ein römisches Kreuz nageln und verhöhnen zu lassen. Denn welchen Sinn hätte der Selbstmord Gottes?

Paulus begeisterte sich nicht für den gescheiterten und gekreuzigten Messias. Er wanderte nicht mit ihm durch Galiläa. Er stand nicht am Straßenrand und huldigte dem König aus dem Hause Davids, als der in Jerusalem einzog, um die Macht zu ergreifen. Er stand nicht unter dem Kreuz und weinte um die verloren gegangene Vision von Frieden und Freiheit. Nein, im Gegenteil: Im Auftrag des Hohen Priesters, der ihn an Pontius Pilatus ausgeliefert hat, verfolgte er dessen Anhänger, drang in ihre Häuser ein, nahm sie gefangen, folterte und ermordete sie.

Und er interessierte sich nicht für den Menschen. Den Rabbi. Den Verkünder der Bergpredigt. Den Propheten vom Königreich der Himmel. Paulus reduziert Jesu Leben auf den kurzen Augenblick seines qualvollen Sterbens. Seinen Tod deutet er als das Sühneopfer eines Gottessohnes. Das ist hellenistischer Mysterienkult!

›Seht her, ihr Korinther und Galater, selbst ich, ein strenggläubiger Pharisäer, konnte nicht anders, als an Jesus Christus, den von Gott gesandten Messias, den Gottessohn, den Erlöser der Welt, zu glauben!‹ – das, und nichts anderes, will Paulus sagen, wenn er sich selbst als Pharisäer bezeichnet. ›Und welch eine wunderbare Offenbarung war nötig, um mich zu bekehren, den orthodoxen Gläubigen. Hört, ihr Epheser und Römer, die Wahrheit, die ich euch verkünde! Glaubt mir: *Ich lüge nicht!*‹

Aber genau das tat er. Immer wieder.«

Noch ganz in meine Erinnerungen an Natanaels Rede versunken, starrte ich traurig auf die Figur des Gekreuzigten vor mir an der Wand meiner Zelle. Sein Gottvertrauen, sein Hoffen, sein Bangen, sein Zweifeln, sein Leiden, sein ganzes Leben war auf den Augenblick seines Todes reduziert. Angesichts meines eigenen Sterbens empfand ich die Verherrlichung von Jesu Tod am Kreuz als ihm gegenüber ungerecht.

Natanael hatte mich gewarnt, dass der nächste schwere Anfall mein Leben beenden konnte. Ich hatte keine Angst vor dem Tod. Doch ich fürchtete, nicht in Würde sterben zu können und in der Stunde meines Todes nicht mehr der vollendete Mensch zu sein, der zu werden ich mich mein Leben lang bemüht hatte.

Denn wie würde ich aus dieser Welt scheiden? Ich würde helle Lichtfunken sehen, ein Gefühl der Schwäche und der Ohnmacht empfinden, furchtbare Schmerzen erleiden, stürzen und mich wie unter Qualen auf dem Boden winden … die Augen weit aufgerissen … die Lippen zu einem stummen Schrei geöffnet … Endlich käme die Erlösung: Ich würde ruhig werden, mein Lebenslicht würde still verlöschen und ins Nichts verwehen.

Welch eine Demütigung!

Und welch eine Ungerechtigkeit, wenn mein langer Aufstieg aus den verfallenen Ruinen des Armenviertels, wo ich als Kind mit den Ratten um ein Stück trockenes Brot stritt, durch Rabbi Avirams bescheidenes Haus, durch Kaiser Manuels prächtigen Palast bis in die höchsten Ämter der orthodoxen Kirche mit einem Sturz endete. Wenn mein Denken, mein Fühlen, mein Hoffen, mein Sehnen, mein Glaube, mein ganzes Leben nach diesem letzten Sturz beurteilt würde! Als gerechte Strafe Gottes für meine Selbstüberhebung aus den Schatten der Unwissenheit ins strahlend helle Licht der gnostischen Erkenntnis.

Ich starrte auf das Wort, das ich zuletzt geschrieben hatte:

›… eine Lüge.‹

Nein, mein Leben soll nicht in einer Lüge enden!, dachte ich. Ich kann kein Priester mehr sein. Sobald das Konzil beendet ist, werde ich abdanken, mich in die Stille meines Klosters zurückziehen und mein eigenes Evangelium beginnen. Auch wenn ich es vielleicht niemals vollenden kann, bevor mir der Tod die Feder aus der Hand nimmt.

Ein leises Klopfen an der Tür riss mich aus meiner Selbstversunkenheit.

Ein junger Dominikanermönch trat ein und blieb respektvoll an den Stufen zum hinteren Teil der Zelle stehen. »Bitte verzeiht, Euer Se… Bruder Niketas. Ich weiß, Ihr wolltet bis zur Mitternachtsmesse nicht gestört werden. Aber Ihr habt Besuch. Seine Exzellenz, der Bannerträger der Republik, ist gekommen.«

Ich nickte. »Ich werde ihn empfangen.«

Der Frater wich zur Seite und ließ Cosimo eintreten. Dann zog er sich zurück.

»Wie schön, Euch zu sehen, Exzellenz!«, begrüßte ich ihn. »Was führt Euch nach San Marco?«

Cosimo trug ein langes schwarzgoldenes Brokatgewand mit Hermelinpelz an Stehkragen und Ärmeln. Er war gerade erst angekommen – die dicken Schneeflocken auf seinen Schultern waren noch nicht geschmolzen.

»Ich wollte nach Euch sehen, Euer Seligkeit.« Er wirkte erschöpft. Die Vorbereitungen für das Konzil und für den Empfang des Papstes in drei Tagen nahmen ihn sehr in Anspruch. »Als ich vorhin meinen Schreibtisch vor dem prasselnden Kaminfeuer verließ und im dichten Schneegestöber auf mein Pferd stieg, um nach Hause zu reiten, da musste ich daran denken, wie Ihr hier in Eurer kalten Zelle sitzt und friert. Da habe ich beschlossen, Euch zu besuchen und ein wenig mit Euch zu leiden und zu büßen und mein Gewissen zu beruhigen, bevor ich mich dann nachher wohlig im heißen Bad räkele, mir mit Rosenöl die verspannten Schultern massieren lasse und mich mit einem fünfgängigen Abendessen und einigen Bechern Wein vom Marmarameer verwöhne, den mir Seine Majestät der Kaiser überlassen hat …«

»Weiche von mir, Satan, und führe mich nicht in Versuchung!«, lachte ich vergnügt. »Ich bin halb erfroren! Ein heißes Bad klingt wirklich verlockend.«

Cosimo stellte sich neben das glühende Kohlenbecken. »Dieses Schreiben wurde gerade an der Klosterpforte für Euch abgegeben, als ich mit Fra Antonino im Kapitelsaal war, um mir Fra Angelicos

Fresko der Kreuzigung anzusehen. Der Prior bat mich, es Euch zu geben. Es scheint dringend zu sein.«

Ich starrte auf das Siegel mit dem doppelköpfigen Adler und erkannte die Handschrift meines Bruders.

»Wenn Ihr den Brief in Ruhe lesen wollt, warte ich unten im Kreuzgang.« Cosimo wandte sich zum Gehen.

»Bitte bleibt und setzt Euch!« Ich räumte meinen Talmud von dem Stuhl neben meinem Schreibtisch. »Mein Sekretär hat den Brief geschickt. Gewiss geht es um eine wichtige Angelegenheit in meiner Kirchenprovinz, die keinen Aufschub duldet. Um alles andere würden sich meine Bischöfe kümmern, die sich in Ferrara aufhalten. Bitte entschuldigt mich einen Augenblick!«

Er ließ sich auf dem frei geräumten Sessel nieder und betrachtete stirnrunzelnd den Band des Talmuds mit Rabbi Avirams Kommentaren am Seitenrand. Natanael hatte mir den Talmud nach dem Tod seines Vaters geschenkt. Cosimo blätterte darin, ohne auch nur ein Traktat lesen zu können, während ich hastig Natanaels Brief überflog. Schließlich faltete ich ihn zusammen, warf ihn auf den Schreibtisch und fuhr mir über das Gesicht.

»Schlechte Nachrichten?« Cosimo legte den Talmud weg.

Ich nickte stumm.

»Was ist geschehen?«

»Das Konzil von Ferrara dauert schon viel zu lange«, seufzte ich. »In meiner Kirchenprovinz droht ein Aufstand der Gläubigen. Sie protestieren gegen die bevorstehende Kirchenunion und weigern sich, in griechischen Kirchen lateinische Gottesdienste zu feiern. Wenn ich das Unionsdekret unterzeichne, werde ich zum Verräter am orthodoxen Glauben. Das sind die Worte eines meiner Bischöfe.«

»Großer Gott!«, murmelte Cosimo betroffen.

»Nach dem Konzil werde ich nach Athen reisen müssen, um für Ruhe zu sorgen und die Kirchenunion durchzusetzen. Falls wir sie überhaupt noch zustande bringen.«

Ich war enttäuscht, denn ich würde mich nicht in mein Kloster zurückziehen können, um mich meinen Studien zu widmen und dann im Kreis meiner Liebsten in aller Seelenruhe zu sterben.

Wenn ich das Unionsdekret unterschrieb, worum mich der Kaiser in Ferrara so eindringlich gebeten hatte, konnte ich nicht gleich am nächsten Tag mein Amt als Metropolit von Athen aufgeben. Die Verantwortung ließ sich nicht so einfach ablegen wie die Mitra. Wenn ich schon gegen mein Gewissen handelte, den Verrat am orthodoxen Glauben beging und das Unionsdekret unterzeichnete, so konnte ich diesen Verrat nicht ungeschehen machen, indem ich einen weiteren beging und mich nicht zu meiner Entscheidung und ihren Folgen bekannte. Ich musste für einige Monate nach Athen reisen. Und vielleicht würde mir dann keine Zeit mehr bleiben für das, was ich von ganzem Herzen tun wollte.

Cosimo beobachtete mich. Die Kirchenunion war ihm sehr wichtig. Er wusste, dass Eugenius unter vier Augen mit mir sprechen wollte. »Ihr seid blass, Euer Seligkeit«, sorgte er sich. »Mein Sekretär berichtete, dass Ihr heute Nachmittag in den Palazzo della Signoria gekommen wart, um mit mir zu sprechen. Doch dann seid Ihr wieder gegangen, ohne um eine Audienz zu bitten. Deshalb bin ich hier. Ich wollte Euch zu einem heißen Bad und zum Abendessen in den Palazzo Medici einladen.«

»Ich komme gern.«

»Kann ich sonst noch etwas für Euch tun?«

Ich zögerte. Sollte ich mich ihm anvertrauen?

»Weshalb wolltet Ihr mich sprechen?«, hakte er nach, als ich nicht sofort antwortete.

Ich bat ihn, diskret Erkundigungen über den schwarzen Mönch im Kloster San Miniato einzuholen, der mich vor wenigen Stunden verfolgt hatte. Cosimo war beunruhigt, denn womöglich drohte nicht nur mir Gefahr, sondern auch seinem Freund Luca.

Und Alessandra.

Was empfindet Cosimo für sie?, fragte ich mich, während ich mit ihm zum Palazzo Medici ritt. Zuneigung für die Tochter seines Freundes? Innige Freundschaft? Oder Liebe?

›Die Apostelgeschichte dient der Verherrlichung nur eines Heroen: Paulus von Tarsos, der sich zum Glauben an Jesus Christus bekehren ließ‹, schrieb ich am nächsten Morgen weiter.

›Die Geschichte beschreibt den Weg des Evangeliums von Jerusalem nach Rom, vom Volk Israel zu den Heiden in aller Welt. Die Apostel, allen voran Jakobus und Petrus, haben nur Nebenrollen in diesem Drama. Haben sie ihren Text aufgesagt, müssen sie abtreten, um Paulus am Ende der Inszenierung allein zurückzulassen – Paulus, der von Gott Inspirierte, der von Jerusalem, Antiochia, Ephesos, Athen und Korinth nach Rom reist und die ganze Welt missioniert.

Und das Drama ist perfekt inszeniert: Es beginnt in Jerusalem und endet in Rom, obwohl die Geschichte dort noch nicht zu Ende war. Denn weder Jakobus' noch Petrus' oder Paulus' Märtyrertode werden beschrieben. Und so entstand der Mythos vom gemeinsamen Martyrium von Petrus und Paulus in Rom – der beiden wegen ihres Glaubens unversöhnlich zerstrittenen Apostel. Eine Legende, die in späteren Jahrhunderten erfunden wurde, um die Vorherrschaft der römischen Päpste über die Kirche zu legitimieren.‹

Über diesen Primat des römischen Pontifex, eine der schwierigsten Fragen des Konzils, wollte Eugenius mit mir sprechen. Was ich ihm zu sagen hatte, würde ihm nicht gefallen!

›Wie andere vor ihm hatte sich Jesus selbst zum König ernannt, um die Römer aus dem Land zu vertreiben. Sein Vertrauen auf das baldige Kommen des Gottesreiches, sein Glaube, dass das Ende aller Tage nun gekommen sei, sein Anspruch, der lang ersehnte Messias zu sein, war keine Gotteslästerung. Tatsächlich hatte es bereits einige Jahre zuvor Anführer von Widerstandsbewegungen gegeben, die sich zu Königen ausgerufen hatten und scheiterten.‹

Ich steckte die Feder ins Tintenfass, wischte mir die geschwärzten Finger an einem Tuch ab, zog den Talmud zu mir heran und blätterte durch die Seiten. Dann schrieb ich weiter:

›Im jüdischen Prozess ging es nicht um Recht, sondern um Macht. Die Anklagen wie die Anmaßung des Messias- und des Königstitels waren keine Straftatbestände im Sinne des jüdischen Gesetzes. Den Titel Messias, ›der Gesalbte‹, trugen alle Könige und Hohen Priester. Gottessohn ist ein Hoheitstitel der Könige von Israel und eine Anrede für jeden strenggläubigen Juden – keine Vergöttlichung. Zudem erwarteten die Juden die Ankunft des messianischen Königs, der das Gottesreich aufrichten sollte. Die Annahme der Titel Messias, Menschensohn und Gottessohn war kein Vergehen, das mit dem Tod bestraft werden musste.

Die Anmaßung der Königswürde war jedoch ein Verstoß gegen das römische Gesetz, eine Rebellion gegen die Besatzungsmacht in der römischen Provinz Judäa. Als König der Juden wurde Jesus öffentlich hingerichtet. Nach der Kreuzigung verfolgte der Hohe Priester Jesu Gefolgsleute, streng orthodoxe Juden, die sich 'Wahrer des Gottesbundes' nannten. Und Paulus war der Inquisitor des Hohen Priesters.‹

Es klopfte leise.

Der junge Dominikanerfrater trat leise ein. »Euer Seligkeit, Ihr seid nicht zum Mittagessen im Refektorium erschienen. Ich bringe Euch heiße Milch mit Honig.« Er hob den dampfenden Becher in seiner Hand. »Es ist kalt in Eurer Zelle.«

»Danke, Frater.«

Er stellte den Becher auf meinem Schreibtisch ab. Dann zog er eine zerknitterte Papiertüte aus der Tasche seines Habits und gab sie mir. »Marzipankonfekt aus der Apotheke am Canto alle Rondini. Die Sorte mit den gezuckerten Mandeln, die so köstlich nach Orangenlikör schmeckt.«

Als ich ihn erstaunt ansah, lächelte er verlegen.

»Gestern habe ich die leere Tüte auf Eurem Schreibtisch gesehen, nachdem Ihr aus Lucas Palazzo zurückgekommen wart. Heute Morgen war ich in Palmieris Apotheke und habe es für Euch gekauft.«

»Das ist sehr freundlich von Euch, Frater.« Ich bot ihm die Tüte dar, damit er sich bediente.

Er stibitzte ein Stück Konfekt und naschte es genüsslich. »Danke, Euer Seligkeit. Das ist meine Lieblingssorte.«

»Und meine«, gestand ich.

Während ich mir eine süße Verführung aus der Tüte haschte und langsam auf der Zunge zergehen ließ, irrte sein Blick über den Bücherstapel auf dem Tisch und blieb an dem hebräischen Folianten hängen. »Was ist das für ein Buch?«

»Der Talmud.«

Er trat einen Schritt näher, um einen Blick darauf zu werfen.

»Wie heißt Ihr, Frater?«

»Fra Serafino. Ich bin der Bibliothekar.«

»Falls Ihr gern ein wenig im Talmud lesen wollt, Bruder Serafino, kann ich ihn Euch gern heute Abend leihen. Wenn Ihr ihn mir morgen früh zurückbringt …«

»O nein, Euer Seligkeit!« Er wich einen Schritt zurück und hob abwehrend beide Hände. »Das darf ich nicht! Die Kirche verbrennt den Talmud, weil er den Juden heilig ist und der christlichen Lehre widerspricht! Ich war nur neugierig, bitte vergebt mir!«

Ich erinnerte mich, wie Basilios mir in Ferrara ins Gewissen geredet hatte: Das Wissen sei der Feind des Glaubens und die Gelehrsamkeit das Fundament des Zweifels.

»Wissbegier ist keine Sünde, Bruder Serafino«, versicherte ich dem jungen Mönch. »Im Gegenteil: Das Streben nach Wissen ist eine Tugend. Denn wie wollt Ihr als Priester den rechten Glauben verkünden, wenn Ihr nichts darüber wisst?«

Er nickte verunsichert und trat den Rückzug an. »Kann ich noch etwas für Euch tun, Euer Seligkeit?«

»Nein danke, Bruder Serafino«, entließ ich ihn, und er schloss leise die Tür hinter sich.

Ich starrte auf den letzten Satz, den ich geschrieben hatte.

›Und Paulus war der Inquisitor des Hohen Priesters.‹

Dann griff ich erneut zur Feder.

»Im Evangelium lesen wir: ›Paulus verwüstete die Gemeinde. Und er verschleppte sowohl Männer als auch Frauen und warf sie ins Gefängnis.‹ Wenige Zeilen weiter erzählt Lukas: ›Paulus ging zum Hohen Priester und erbat sich von ihm Briefe an die Synagogen in Damaskus, um die Anhänger des Weges gefesselt nach Jerusalem zurückzubringen.‹ Welches Schicksal diese nazoräischen Gefangenen erwartete, erfahren wir von Paulus selbst: ›Ich ließ die Gläubigen in den Synagogen geißeln. Und wenn sie hingerichtet wurden, so gab ich meine Stimme dazu.‹

Als Inquisitor reiste Paulus durch Judäa und Galiläa und verfolgte die Nazoräer. Paulus war also nicht nur wenige Wochen lang der Vollstrecker des Hohen Priesters, sondern viele Monate. Und er wütete nicht nur in Damaskus, sondern vermutlich auch an all den Orten, wo sich außerhalb von Jerusalem nazoräische Gemeinden gebildet hatten.

Die Bekehrung des Paulus auf der Straße nach Damaskus war die Geburtsstunde des Christentums. In diesem Moment hörte die Lehre des Rabbi Jeschua vom kommenden Gottesreich auf, eine streng jüdisch-orthodoxe Lehre zu sein, und wurde zum christlichen Kult um Jesus Christus. Der Verkünder wurde zum Verkündeten – der gesalbte König zum Gottessohn, zum Weltenherrscher, zum Erlöser. Diese Bekehrung begann jedoch nicht vor den Toren von Damaskus, sondern bereits in Jerusalem, als Paulus sich besann.

Und die wundervolle Erscheinung Jesu Christi vor den Toren von Damaskus?

Es gab keine Vision.

Und es gab keine Bekehrung des Paulus.

Lukas' verschiedene Versionen der Vision vor Damaskus sind nicht in Einklang zu bringen. Und sie widersprechen Paulus' eigener Beschreibung im Galaterbrief, wo er von einer Offenbarung spricht, nicht von einer Vision. Auch in seinen Briefen an die Korinther und die Philipper spielt er auf dieses Ereignis an, doch jedes Mal nur als Rechtfertigung seiner Autorität als Apostel von Gottes Gnaden, die zeit seines Lebens von den Führern in Jerusalem bestritten wurde.

Im Galaterbrief schreibt Paulus: ›Lasst mich euch sagen, Brüder, dass das von mir verkündigte Evangelium nicht von menschlicher Art ist. Denn ich habe es nicht von einem Menschen empfangen, sondern durch die Offenbarung Jesu Christi in mir.‹ Im ersten Korintherbrief lesen wir: ›Zuletzt aber erschien er auch mir.‹ Erscheinen heißt hier nicht, zu sehen, zu hören, zu fühlen, sondern existenziell zu erfahren – das ist ein innerlicher Prozess. Und laut dem Philipperbrief wurde Paulus ›die unübertreffliche Größe der Erkenntnis Christi‹ zuteil – Erkenntnis heißt auf Griechisch Gnosis.

Paulus hatte keine Vision – er hatte eine Offenbarung, eine Erscheinung des Gottes in sich selbst.

Die Erkenntnis Gottes ist ein innerer, gnostischer Vorgang, den Lukas dramatisch nicht anders inszenieren konnte denn als überwältigende Vision Jesu Christi, als helles Licht und himmlische Stimme, als ein Stürzen und Sicherheben …«

In Gedanken versunken legte ich die Feder beiseite.

Bin ich nicht in derselben Situation wie Paulus?, fragte ich mich. Auch ich bin gestürzt. Immer wieder haben meine Anfälle mich ohnmächtig zu Boden geworfen. Auch ich ringe darum, mich zu besinnen, woran ich noch glauben kann, um mich wieder erheben zu können und einem neuen Weg zu folgen. Einem Weg, der weder christlich noch jüdisch ist.

Ja, hier im Kloster von Florenz ergeht es mir wie Paulus in der Wüste von Damaskus! Wie er denke ich darüber nach, woher ich komme und wohin ich nun gehen will. Wie er sehe ich Gott in mir. Wie er fühle ich mich inspiriert.

Schließlich schrieb ich weiter:

»Wie kam Paulus zu dieser überwältigenden Erkenntnis? Durch das Zerplatzen eines Lebenstraums, durch Glaubenszweifel und Verwirrung, durch die Frage nach Verantwortung und Schuld am eigenen Handeln.

Paulus litt unter einer furchtbaren inneren Zerrissenheit. War er nach Jerusalem gegangen, um sich bei Gamaliel zum Studium der Tora zu bewerben? War er von einem der größten Lehrer seiner Zeit abgelehnt worden? Hatte er sich zornig und enttäuscht von den Pharisäern abgewandt, um in die Dienste des sadduzäischen Hohen Priesters zu treten, um, wenn nicht als respektierter pharisäischer Rabbi, so doch wenigstens als gefürchteter Inquisitor Karriere zu machen?

Paulus litt unter der Schuld für die Verfolgung, die Folterung und den Tod von frommen nazoräischen Gläubigen. Sein Gewissen quälte ihn. Er war ruhelos. Seine Selbstbeherrschung und seine Selbstachtung litten. In Jerusalem zweifelte er, und in Damaskus brach er endgültig zusammen.

Paulus' Offenbarung, die Erkenntnis Gottes in sich selbst, geschah gewiss nicht in einem wundervollen Augenblick auf der Straße nach Damaskus! Die Überwindung seiner Lebenskrise war ein quälender Prozess des Selbsthasses, des Zweifelns und Verzweifelns, der Suche nach Vergebung der begangenen Sünden und Erlösung. Und was Paulus in den drei Jahren des Rückzugs in die Wüste fand, war der funkelnde Kristallisationspunkt seiner Schuld, aber auch seiner Hoffnung: Jesus Christus, der sich selbst opfernde Gottessohn, der Heiler, der Sündenvergeber, der Erlöser.

Im Galaterbrief schreibt Paulus, ›dass Gott seinen Sohn *in ihm* offenbarte‹. Paulus machte sich selbst nicht nur zum Apostel, sondern auch zum Hohen Priester des Glaubens an den Erlösergott Jesus Christus.

Die Besinnung des Menschen auf sich selbst und damit auf Gott und das unablässige Ringen um geistliche Vollendung ist keine einfache Sache des Denkens, des Zweifelns und des Glaubens, sondern ein die Seele erschütterndes existenzielles Ereignis.«

Gedankenverloren steckte ich die Feder ins Tintenfass und wischte meine geschwärzten Finger an einem Tuch ab.

In der Wüste hat Paulus drei Jahre gebraucht, um sich zu besinnen, und ich selbst ringe seit fast zwei Jahren mit mir, seit Natanaels Rückkehr aus Jerusalem.

Am Ende bin ich weder Christ noch Jude, sondern Gnostiker. Kein Rabbi, obwohl Natanael mich, wie vor ihm sein Vater, die Tora und den Talmud zu lesen gelehrt hat. Kein Priester, kein Erzbischof, kein Metropolit, kein Nachfolger des todkranken Patriarchen. Sondern nur ein Häretiker, der alles, was ihm einst etwas bedeutete, hinter sich gelassen hat, um sich zu dem zu bekennen, was er in sich erkannt hat und für wahr und richtig hält.

Mit brennendem Herzen beendete ich das Kapitel über Paulus' Offenbarung, wie ich auch ein Kapitel meines eigenen Lebens vollendet hatte. An diesem Tag – es war der ersehnte Tag von Lucas Rückkehr nach Florenz, doch das wusste ich noch nicht! – wollte ich ein neues beginnen.

Das letzte meines Lebens.

Alessandra

Kapitel 11

Im Galopp rasten Tayeb und ich über die verschneite Straße den bewaldeten Hügel hinab. Seit unserem Aufbruch von Cosimos Landgut im Mugello bei Sonnenaufgang waren zwei Stunden vergangen.

Völlig entkräftet waren wir lange nach Mitternacht angekommen. Hätte ich mich in dieser Hügellandschaft nördlich von Florenz nicht mit Tayeb auf unsere Reise nach Timbuktu vorbereitet, hätte ich die Torturen des Rittes von Ferrara nach Florenz in nur drei Tagen niemals durchgestanden. Nachdem wir vorgestern den Tross des Papstes überholt hatten, waren wir so schnell geritten, dass wir inzwischen mindestens einen Tag Vorsprung hatten.

Im ersten Tageslicht waren wir wieder in die Sättel gestiegen, um noch vor Mittag Florenz zu erreichen. Unsere Pferde und das Maultier mit unserem Gepäck hatten wir zurückgelassen. Nur die Fragmente des Evangeliums trug ich bei mir. Einer von Cosimos Dienern würde die erschöpften Tiere nach Florenz bringen, sobald sie sich von dem Gewaltritt erholt hatten.

Wir verließen das Wäldchen und galoppierten die Straße entlang in Richtung Süden. Der wabernde Nebel, der im Licht der aufgehenden Sonne rotgolden glühte, wurde dichter, je näher wir Florenz kamen. Die Bäume am Wegesrand verwandelten sich in geheimnisvolle Schatten aus Schnee und Eis. Der gefrorene Pfad war kaum noch zu erkennen. Doch mit halsbrecherischer Geschwindigkeit galoppierten Tayeb und ich weiter. Der Gedanke an Luca trieb uns vorwärts.

Noch fünf Meilen.

Links stürzte ein steiler Abhang in die Tiefen eines bewaldeten

Tals. In einer weiten Kehre bog die Straße nach links ab und wand sich um einen bewaldeten Hügel herum. Hinter der Anhöhe lag Florenz. Jetzt ging es steil bergab. Wir mussten vorsichtig sein, damit die Pferde auf dem gefrorenen Boden nicht ausglitten und stürzten. Eine Spitzkehre nach rechts, dann weiter an der steilen Flanke der Höhen durch ein weites Tal, das direkt auf Florenz zuführte. Die Stadt war im dichten Nebel immer noch nicht zu sehen.

Noch drei Meilen.

Schweigend rasten Tayeb und ich nebeneinander die Straße entlang. Unsere Gedanken flogen uns voraus: Was würde uns zu Hause erwarten? Luca war nur wenige Stunden vor uns angekommen.

Der Wald war Obstplantagen gewichen – wir hatten das Tal des Arno erreicht. Die Straße nach Florenz war nun breit und gepflastert, und die ersten Häuser außerhalb der Stadtmauern tauchten aus dem Nebel auf. Jetzt war es nicht mehr weit!

Wenig später erreichten Tayeb und ich das nördliche Stadttor. Die Porta San Gallo wurde für die bevorstehende Rückkehr des Papstes in seine Stadt geschmückt. Mit seinen Verzierungen aus Pappmaché gemahnte es mehr an einen Triumphbogen auf dem Forum Romanum als an ein Stadttor.

Hinter dem Tor trabten wir die Via Larga entlang, die bereits für den Einzug des Papstes am nächsten Tag herausgeputzt wurde. Wie ein sieggekrönter Feldherr würde Eugenius in Florenz einziehen, und ich fragte mich, was er denn eigentlich gewonnen hatte? Nach den Worten von Basilios Bessarion war die Kirchenunion ferner denn je …

Die Via Larga war mit Siegesbögen und bunten Fahnen aufwändig geschmückt. Überall prangten die Farben der Medici und der Condulmer, der Familie des venezianischen Papstes. Prächtige Seidengobelins und kostbare Teppiche hingen aus den Fenstern der Palazzi. Überall wurde Schnee gefegt, gewerkelt, geputzt und geschmückt. Die Florentiner liebten und verehrten ›ihren‹ Papst.

Auf der Piazza vor dem Kloster San Marco war unter einem Baldachin ein Altar errichtet worden. Fra Antonino stand nicht weit entfernt. Er sprach mit einem Mönch in schwarzem Gewand. Ein Benediktiner? Nein, er trug denselben Habit mit weißem Stehkragen wie Basilios Bessarion bei unserem Abendessen in Ferrara. Er war ein Basilianer. Rabbi Natanael hatte mir erzählt, dass Niketas von Athen sich nach San Marco zurückgezogen hatte. Fra Antonino machte ihn auf mich aufmerksam. Unsere Blicke trafen sich. Niketas wirkte ernst und traurig. Und sehr blass.

Ich wandte mich ab und folgte Tayeb. Schließlich erreichten wir den Domplatz, wo Handwerker zwischen dem Baptisterium und der Kathedrale Tribünen für den Empfang des Papstes und des Kaisers bauten. Ungeduldig zügelte ich mein Pferd.

Auf der Piazza herrschte ein ähnliches Chaos wie vor zwei Jahren, als Pippo Brunelleschi die Domkuppel fertiggestellt hatte und seine hölzernen Gerüste und Lastaufzüge abbaute. Nur der Hebekran ganz oben auf der Kuppel war nicht entfernt worden: In den nächsten Jahren wollte Maestro Pippo die noch fehlende Laterne aus Marmor auf der Kuppel errichten.

Schließlich erreichten wir den Palazzo d'Ascoli.

Ich erschrak: Das Portal war verschlossen!

Tayeb erwiderte meinen zutiefst besorgten Blick.

Das Tor wurde nur nachts geschlossen. Oder wenn Gefahr drohte – wie im September 1433, als Rinaldo degli Albizzi und seine schwer bewaffneten Gefolgsleute Cosimo im Palazzo della Signoria gefangen nahmen und in den Turm sperrten, um ihn hinrichten zu lassen. Luca hatte sich damals in seinem Palazzo eingeschlossen, um das Leben seines Freundes gebangt und gebetet, ich möge bald aus dem Palazzo Strozzi zurückkehren, wohin ich während der Unruhen geflohen war.

Um Gottes willen! Was war geschehen?

Ich sprang aus dem Sattel, reichte Tayeb die Zügel meines Pferdes und hämmerte mit beiden Fäusten gegen das Portal.

Nichts geschah. Wo war der Torwächter?

Eine furchtbare Ahnung überfiel mich. Ich sah Tayeb in die Augen: Auch er hatte Angst.

Mit derselben Kraft, mit der ich in Alexandria die Tür zur Genisa der versunkenen Synagoge aufgestoßen hatte, trat ich nun gegen das dröhnende Bronzetor. Endlich wurde auf der anderen Seite der Riegel zurückgeschoben, und das Portal öffnete sich einen Spaltbreit. Floriano steckte den Kopf heraus. Dann erkannte er mich: »Dio mio! Alessandra? Ich dachte … ich dachte, Ihr wärt in Ägypten …«

Ächzend schob er das Tor auf und trat zur Seite, damit Tayeb unsere Pferde in den Innenhof führen konnte.

»Floriano, was ist hier los?«, fragte ich mit Blick hinauf zu den dunklen Fenstern des Scriptoriums im ersten Stock. Kein Kerzenschein! Wurde heute nicht gearbeitet? Ich wandte mich zu ihm um. »Wieso ist das Tor geschlossen?«

Floriano wich meinem Blick aus und sah zu Boden.

O Gott!, dachte ich entsetzt. Was ist mit Luca?

Ich ließ ihn stehen und stürmte die Treppe empor in den ersten Stock. Die Tür zur Bibliothek war geschlossen. Das Scriptorium lag verlassen vor mir. Wo waren denn alle?

»Luca?«, rief ich.

Totenstille.

Die Angst schnürte mir die Kehle zu. Ich rannte den Gang hinunter. »Luca!«

Aus der Kapelle drangen Stimmen.

»Luca?«

In dem Augenblick, als ich die Tür der Kapelle aufreißen wollte, kam mir Vittorino entgegen. Offenbar hatte er mein Rufen gehört. »Alessandra! Gott sei Dank, Ihr seid zurück!«

»Wo ist mein Vater?« Schon wollte ich mich an ihm vorbeidrängen, um die Kapelle zu betreten, da hielt er mich am Arm zurück.

»Er ist da drin. Es tut mir sehr leid.«

Ich dachte, mein Herz bliebe stehen. »Was ist geschehen?«

Alexios erschien in der Tür der Kapelle. Im Licht der Altarkerzen erkannte ich hinter ihm Tito Romano, Nicolas, Leonardo, Orlando und Gian Luca.

»Luca ist …« Vittorino holte tief Luft. »Alessandra, Euer Vater wurde heute Nacht ermordet. Luca ist tot!«

Ich stand wie erstarrt und wehrte mich nicht, als Tayeb mich umarmte und festhielt. »Es tut mir leid, Alessandra!«, flüsterte er immer wieder. »Es tut mir so leid!«

Luca ist tot! Der Vater, um dessen Liebe ich so viele Jahre gekämpft habe, ist mir fortgerissen worden! Ich bin jetzt ganz allein …

Schließlich wandte ich mich den anderen zu. »Ich will ihn sehen!«

Alexios wich zur Seite, damit ich die Kapelle betreten konnte.

In der Mitte des freskengeschmückten Raumes mit Mosaikboden und goldverzierter Kassettendecke war zwischen Altar und Chorgestühl ein Katafalk errichtet worden, den ein Tuch bedeckte. Am Kopfende brannten etliche hohe Altarkerzen und tauchten den Raum in ein düsteres Licht.

Tito presste ein Wappen an seine Brust, das er offenbar gerade am Katafalk befestigen wollte. Dieses Familienwappen hatte Papst Gregor vor vielen Jahren seinem Sekretär und Vertrauten Luca d'Ascoli verliehen, als er ihn zum mächtigen Erzbischof von Florenz ernennen wollte. Ganz ähnlich dem geflügelten San-Marco-Löwen von Venedig zeigte es den König der Tiere, der das aufgeschlagene Evangelium beschützt.

Luca war vor dem Altar aufgebahrt, vor dem er so oft auf dem kalten Marmorboden gelegen hatte. Die Hände waren über der Brust gefaltet. Seine Augen waren geschlossen, die Lippen ein wenig geöffnet, als ob er eingeschlafen wäre.

Sie hatten ihn entkleidet, gewaschen und gesalbt. Sie hatten die vernarbten Geißelwunden auf seinem Rücken gesehen, die Wunden, die mir ebenso große Qualen bereitet hatten wie ihm: Luca hatte sich gezüchtigt, als Strafe dafür, dass er eine Nacht seines Lebens schwach gewesen war. Dass er sich nicht hatte beherrschen können. Dass er die Liebe, die Lust, die Leidenschaft genossen hatte. Dass er sich Adriana hingegeben und mich gezeugt hatte. Ich erinnerte mich, wie er sich nach unserer Flucht vor den Häschern der Inquisition selbst gepeinigt hatte. Auf dem kalten Steinboden liegend hatte er sich blutig gegeißelt. Niemals würde ich seinen gequälten Blick vergessen, als er sich umwandte und mich, seine kleine Tochter, in der offenen Tür bemerkte …

Vittorino und die anderen hatten Luca in ein scharlachrotes Gewand mit Hermelinbesatz an Kragen und Ärmeln gekleidet. Selbstverständlich hatten sie ihm nicht seinen Dominikanerhabit übergezogen: Er war ja kein Priester mehr. Und zudem hatte Eugenius ihn exkommuniziert.

Mein Herz krampfte sich schmerzhaft zusammen.

Nulla salus extra ecclesiam – kein Heil außerhalb der Kirche.

Lucas Seele war verdammt!

Ich ergriff seine kalte Hand, um sie in meiner zu wärmen – vergeblich. Die Totenstarre hatte bereits eingesetzt.

Ich werde dich rächen, Luca!, schwor ich meinem Vater. Ich werde deinen Mörder finden und zur Strecke bringen. Wer auch immer es ist, ich werde ihn vernichten!

Ganz zart strich ich ihm über die kalte Stirn und betrachtete sein asketisch schmales Gesicht.

Wo bist du, Luca? In der Hölle? Ertrage die Qualen des Feuers wie ein Märtyrer! Sei standhaft! Und hoffnungsvoll! Ich werde alles tun, um dich zu retten! Ich werde für dich kämpfen! Du wirst das Königreich der Himmel sehen!

Trauer hätte ich empfinden sollen, Verzweiflung und Schmerz. Doch in mir war nichts als Verbitterung und Zorn.

Als ich sechzehn war, hatte Papst Eugenius meinen Großvater

Marcantonio Colonna auf dem Campo dei Fiori enthaupten lassen. Ich hatte zugesehen, wie sein blutiger Kopf der bestürzten Menge gezeigt und dann auf entwürdigende Weise in einen Korb geworfen worden war. Auch zwei meiner Cousins, Lionello und Giordano Colonna, waren an diesem düsteren Tag hingerichtet worden. Einige Monate später wurde Stefano Colonna ermordet. Kardinal Prospero, nunmehr das Familienoberhaupt der Colonna, floh aus Rom, bevor ihn dasselbe Schicksal ereilte. Im Laufe der letzten acht Jahre starben so viele meiner Verwandten unter der Folter, auf dem Schafott, im Kerker der Engelsburg oder fielen bei der Verteidigung unserer starken Festungen rund um Rom.

Weiß Gott: Mein Vater war nicht das erste Blutopfer in diesem Kampf um die Macht in Rom! Doch Luca musste sterben, obwohl nicht *er* den Papst aus Rom vertrieben hatte. Obwohl nicht *er* dessen Neffen, Kardinal Francesco Condulmer, den Vizekanzler der Kirche, wochenlang auf dem Kapitol gefangen gehalten hatte. Obwohl nicht *er* »Volk und Freiheit!« und »Tötet den venezianischen Papst!« brüllend in Rom die Republik ausgerufen hatte. Obwohl nicht *er* gegen Giovanni Vitelleschi, den Teufelskardinal mit der blutgetränkten Soutane, gekämpft und die Burgen der Colonna mit seinem Leben verteidigt hatte.

Seine Hoffnung auf Frieden hatte Luca, der ›Richter Gottes‹, den Papst Eugenius so sehr fürchtete, niemals aufgegeben. Und nun war Luca tot.

O ja, ich war zornig!

Wer, zum Teufel, hatte den Befehl gegeben, meinen Vater zu ermorden?

Mit geballten Fäusten wandte ich mich zu den anderen um: »Sagt mir, Vittorino: Was ist passiert?«

»Nachdem Luca nach seiner Rückkehr aus Neapel Euren Brief gelesen hatte, schloss er sich zwei Tage lang in seinem Arbeitszimmer ein. Dann hat er den No…«

»Mein Vater war in Neapel?«, fragte ich bestürzt.

»In der Woche vor Weihnachten. Wegen der Konstantinischen Schenkung wollte er mit Lorenzo Valla sprechen.«

»Was hat er Euch gesagt?«

»Lorenzo Valla will ein Traktat veröffentlichen, in dem er die Schenkung Kaiser Konstantins an Papst Silvester I. als Fälschung entlarvt. Ihr kennt ihn: Als intellektueller Gladiator scheut er keinen Kampf mit dem Papst. So wie Luca.

Das Konzil von Basel hat Eugenius seines Amtes enthoben. Mit seinem Traktat wird Lorenzo dem abgesetzten Papst den Todesstoß versetzen! Keine Schenkung – keine weltliche Macht! Keine Gewaltherrschaft durch Kardinal Vitelleschi in Rom und keine Verfolgung Eurer Familie, der Colonna. Kurz vor Weihnachten ist Luca nach Neapel aufgebrochen, um eine Veröffentlichung des Traktats zu verhindern.«

Ich nickte beunruhigt, tastete nach dem holzgeschnitzten Chorgestühl an der Wand der Kapelle und setzte mich. Meine Knie zitterten.

Einer Schlacht der Worte war Lorenzo Valla nie ausgewichen. Er liebte die Wahrheit, doch noch mehr den Ruhm. Und so warf er sich auf jedem Schlachtfeld in den Kampf, machte sich scharenweise Feinde und genoss seine Berühmtheit als Häretiker und intellektueller Märtyrer.

Nach seinem Studium wurde Lorenzo mit vierundzwanzig Professor in Pavia, wo er mit seinen Schriften die Gelehrten gegen sich aufgebracht hatte. Er verhöhnte die mönchischen Tugenden und schrieb, dass Huren der Menschheit nützlicher seien als Nonnen. Doch nicht nur mit den Mönchen hatte er sich angelegt. Als er Quintilians lateinischen Stil über den von Cicero stellte, hatte er sämtliche Latinisten gegen sich aufgebracht, die Cicero wie einen Halbgott verehrten. Als er Platon und Aristoteles von ihren Marmorsockeln stieß und das Bestreben der Humanisten verhöhnte, Christentum und antike Philosophie in Einklang zu bringen, hatten die Philosophen und Theologen hinter ihm her gekläfft – und bald auch die Kardinäle, die er mit seinen boshaften Spottversen bedachte.

Da sein Leben bedroht wurde, war Lorenzo von Pavia nach Mailand geflohen, weiter nach Genua und Rom und schließlich nach Neapel, wo eine bemerkenswerte Freiheit des Wortes herrschte. Die Gelehrten konnten mit zum Kampf gespitzter Feder gegen Kirche, Glaube und Philosophie schreiben, ohne zu Märtyrern zu werden.

König Alfonso von Aragón, der Anspruch auf den Thron von Neapel erhob, hatte dem Papst den Krieg erklärt und unterstützte offen das Konzil von Basel, das den Pontifex im letzten Jahr abgesetzt hatte. Wenn also sein geschätzter Sekretär Lorenzo Valla die Konstantinische Schenkung als Fälschung bezeichnete und damit das Fundament der Macht der Kirche untergrub, fand die Veröffentlichung des Traktats gewiss seine Unterstützung.

Schon der deutsche Kaiser Otto III. hatte die Schenkung geleugnet, Dante Alighieri hatte ihre staatsrechtliche Unmöglichkeit nachgewiesen, der deutsche Gelehrte Nikolaus von Kues hatte sie vor sieben Jahren als dilettantische Fälschung entlarvt. Trotz allem war die Schenkung von den Rechtsgelehrten der Kirche als echt anerkannt worden.

Aus Lucas Korrespondenz mit Lorenzo wusste ich, was er in seinem Traktat zu schreiben beabsichtigte: dass die Schenkung nie gemacht worden war, noch überhaupt gemacht werden konnte. Weder habe Kaiser Konstantin das Reich verschenken dürfen, noch habe Papst Silvester die Schenkung annehmen können. Papst Eugenius besitze also weder ein Recht auf die Stadt Rom – sprich: Vatikan, Lateranpalast und Engelsburg! – noch auf das Patrimonium Petri als weltlichem Staat. Vom unrechtmäßigen Besitz kaiserlicher Insignien wie der Tiara oder dem päpstlichen Primat über die orthodoxen Patriarchate ganz zu schweigen! In seinen Briefen nahm Lorenzo Valla kein Blatt vor den Mund und nannte die päpstliche Macht ›eine Regierung von Henkern‹ – womit er Giovanni Vitelleschi meinte, den Kardinal des Teufels!

Kein Wunder, dass Luca nach Neapel aufgebrochen war. Cosimo wollte das Konzil nach Florenz holen. Dem abgesetzten Papst drohte ein Prozess wegen Häresie. Und Ioannis war der Rechtsnachfolger Konstantins, der die Schenkung nie gemacht hatte. Der Kaiser brauchte die Kirchenunion und das Bündnis mit dem Papst, um einen Kreuzzug gegen den Sultan zu führen, der Byzanz bedrohte, die letzte Bastion der Christenheit im Osten.

Mein Gott, was stand alles auf dem Spiel!

Vittorino hatte mich besorgt beobachtet. »Als Luca von Neapel nach Florenz zurückkam, fand er Euren Brief aus Alexandria. Er hat ihn sehr verstört. Zwei Tage lang hat er sich in seinem Arbeitszimmer eingeschlossen und kein Wort mit uns geredet. Dann ließ er Marco Vespucci rufen.«

»Den Notar?« Vespucci arbeitete für das Medici-Unternehmen. »Was hatte er mit ihm zu besprechen?«

»Ich glaube …« Vittorino senkte den Blick.

»Was?«

»Ich glaube, dass Euer Vater sein Testament geändert hat. Vespucci war zwei Stunden lang bei ihm im Studiolo. Am nächsten Morgen brach Luca überraschend nach Ferrara auf, um mit Papst Eugenius zu sprechen …«

Luca hatte sein Testament geändert?

»… und erst gestern Abend kurz vor Sonnenuntergang kehrte er zurück. Drei Stunden nach ihm traf ein erschöpfter Bote mit einer Nachricht von Kardinal Cesarini ein.«

Ich nickte beunruhigt. »Ich habe ihn vorgestern getroffen, als Tayeb und ich den Papsttross überholten.«

Cesarini hatte mich gewarnt, dass Lucas Leben in Gefahr war: Das

Konzil von Basel plane, Eugenius als Häretiker zu verdammen und sich einen neuen Papst zu wählen.

Mein Vater hatte sein Testament geändert!

»Luca war sehr ernst, nachdem er den Befehl gegeben hatte, das Portal zu schließen. Kein Wort hat er mit uns geredet.«

Alexios ergriff das Wort: »Ich habe Luca das Abendmahl in sein Arbeitszimmer hinaufgebracht. Als ich ihm Wein einschenkte, las er den Brief, den Ihr ihm aus Alexandria geschickt hattet. Vor ihm lag ein Pergament, das ganz von Blut durchtränkt war, die Nachricht von Kardinal Cesarini und ein Schreiben von Kardinal Colonna.«

Ein Brief von Prospero?, fragte ich mich beunruhigt. Was hatte mein Cousin geschrieben? Wo war er? In Venedig? Oder noch in Basel?

»Zuerst dachte ich, Luca hätte mich nicht bemerkt, aber als ich sein Arbeitszimmer verlassen wollte, bat er mich, seinen Kammerdiener anzuweisen, die Reisetruhen zu packen«, fuhr Alexios fort. »Ich war überrascht. Luca war noch keine drei Stunden in Florenz und wollte schon wieder aufbrechen.«

»Wohin wollte er?«

»Nach Basel. Er war so ernst. Als habe er eine schwere Entscheidung getroffen. Er fragte mich, ob ich ihn begleiten wolle. Er brauche einen Sekretär, dem er … sein Leben … anvertrauen könne.« Alexios schluchzte auf. Tito umarmte ihn tröstend, und Alexios barg sein Gesicht an der Schulter seines Freundes und weinte mit zuckenden Schultern. Die beiden standen sich sehr nah – näher als die Kirche erlaubte.

»Als ich heute Morgen in den Palazzo zurückkehrte, habe ich ihn gefunden«, erzählte Vittorino weiter. »Alexios hatte mir von der Reise nach Basel erzählt, und ich wollte vor dem Aufbruch noch mit Luca reden. Während seiner wochenlangen Abwesenheit sollte ich das Unternehmen führen. Ich fand Luca in seinem Arbeitszimmer. Er war tot!« Vittorino wischte sich eine Träne ab. »Ein Fenster stand offen. Es hatte einen Kampf gegeben. Luca hat sich gewehrt, doch er wurde niedergestochen.

Ich habe sofort nach dem Podestà geschickt, dem obersten Magistrat der Stadtverwaltung, damit er den Mord untersuchen lässt. Kurz darauf traf Cosimo hier ein. Er hat lange die Hand seines Freundes gehalten und für sein Seelenheil gebetet. Vor zwei Stunden ist er in den Palazzo della Signoria zurückgekehrt, um Lucas Bestattung vorzubereiten. Es soll ein würdiges Staatsbegräbnis werden. Er wusste ja nicht, dass Ihr heute zurückkehren würdet.«

Ich nickte stumm.

»Eine Stunde nachdem Cosimo gegangen war, erschien der Metropolit von Athen«, ergriff Alexios das Wort.

»Was wollte er?«

»Seine Seligkeit hat sich erkundigt, ob Luca endlich zurückgekommen wäre: Seit Wochen wartet er auf ihn. In den letzten Tagen war er mehrmals hier, um nach ihm zu fragen.

Als ich ihm sagte, dass Luca in der letzten Nacht ermordet worden war, brach er zusammen. Er sank auf die Knie und musste sich an mir festhalten, um nicht zu stürzen. Er war bleich wie der Tod und hat gezittert, dass mir angst und bange wurde. Großer Gott, ich fürchtete schon, er würde ohnmächtig werden! Als er sich wieder gefangen hatte, bat er mich, einen Augenblick mit Luca allein sein zu dürfen. Er kniete vor dem Katafalk und weinte.« Alexios war sichtlich erschüttert.

»Vittorino, bitte sorgt dafür, dass das Portal des Palazzos geschlossen bleibt. Floriano soll sich bewaffnen: Kettenpanzer, Helm, Schwert, Armbrust. Ich werde keine Besuche empfangen. Niemanden! Nehmt keine Lieferungen von Wein, Fleisch, Obst oder Gemüse an. Lasst niemanden in den Palast, der nicht auf Waffen durchsucht wurde. Das gilt auch für Cosimos Diener von seinem Landgut im Mugello. Sie werden heute Nachmittag zwei Pferde und ein Maultier mit unserem Gepäck und antiken Codices hierherbringen.«

»Ist die Gefahr noch nicht vorüber?«

Ich schüttelte den Kopf. »In Alexandria bin ich selbst nur mit knapper Not dem Anschlag eines römischen Assassinos entkommen.«

»Gott steh Euch bei!«, stöhnte Vittorino entsetzt. »Wer hat ihn geschickt?«

»Ich weiß es nicht«, gestand ich. »Doch wer auch immer den Befehl gegeben hat, Luca zu ermorden: Er wird nicht ruhen, bis auch ich tot bin.«

Eine halbe Stunde später folgte mir Tayeb die Treppe hinauf in den zweiten Stock des Palazzos, wo sich Lucas Arbeitszimmer befand.

Der Lesesessel vor dem erloschenen Kamin war umgestürzt. Etliche Folianten waren von seinem Schreibtisch auf den Boden gefallen – vermutlich während des Kampfes mit dem Mörder. In der Mitte des Raumes entdeckte ich eine Blutlache auf den Terrakottafliesen. Durch das weit offene Fenster waberten Nebelschwaden in den Raum.

Mich schauderte.

Tayeb schloss leise die Tür hinter sich und lehnte sich mit dem Rücken dagegen. »Wer mir loyal zur Seite stehen will, riskiert sein Leben!, hast du sie eben in der Kapelle gewarnt. Wer mich verlassen will, weil er seine Frau und seine Kinder schützen will, soll jetzt gehen. Glaubst du, dass einer von ihnen fähig wäre, dich zu verraten?«

»Nein.«

Er nickte ernst und ging zum offenen Fenster.

»Tayeb?«

Er drehte sich um. »Ja?«

»Ich habe kein Recht, dich zu bitten. Ich weiß, wie gern du nach Hause zurückkehren willst …« O Gott, lass mich die richtigen Worte finden! »Tayeb, ich brauche dich! Als Freund. Als Vertrauten. Als meine rechte Hand bei der Führung von Lucas … von meinem Unternehmen. Ich weiß, ich habe kein Recht dazu, aber ich flehe dich an, die Reise nach Timbuktu um ein Jahr zu verschieben. Bitte verlass mich nicht!«

Schweigend wandte er sich ab.

Ich ließ mich am Schreibtisch nieder, um ihm Zeit zu lassen, damit er in Ruhe über eine Antwort nachdenken konnte, und zog die Rosenholzkassette mit Lucas Korrespondenz zu mir heran. Vittorino hatte mir den Schlüssel gegeben. Lorenzo Vallas Briefe waren verschwunden. Hatte Luca sie verbrannt, wie ich ihn beschworen hatte?

Da war sein Testament: ein von Marco Vespucci beglaubigtes und von Luca gesiegeltes Pergament, datiert auf den 12. Januar 1439. Vor elf Tagen!

Wieso hatte Luca sein Testament geändert?

Ich war versucht, das Siegel zu zerbrechen und seinen Letzten Willen zu lesen, doch ich tat es nicht. Ich musste ihn unversehrt Cosimo als Testamentsvollstrecker übergeben. Also nahm ich ihn an mich und verschloss die Kassette wieder.

Keiner der Briefe, die Luca nach Alexios' Schilderung gestern Abend gelesen hatte, lag auf dem Schreibtisch. Hatte der Mörder sie mitgenommen? Winzige Papyrusfasern bedeckten den Tisch. Offenbar hatte Luca hier die Fragmente des Evangeliums aus Tayebs Amulettkapsel übersetzt. Das silberne Schmuckstück lag auf einem Stapel loser Pergamentblätter mit griechischer Schrift. Lucas Notizen?

Ich nahm die erste Seite zur Hand und las: Es war ein Schreiben von Niketas, der Luca um ein Treffen bat. Die folgenden Seiten waren der Prolog eines Buches über Paulus.

Atemlos überflog ich die ersten Zeilen, in denen Niketas seine Thesen darlegte. Ich war bestürzt und fasziniert zugleich. Nur widerwillig legte ich das Manuskript beiseite – später wollte ich es in Ruhe lesen.

Ein Stapel Bücher war während des Kampfes zu Boden gefallen. Ich legte die Werke der Kirchenväter zurück auf den Tisch. Als ich Eusebius' Kirchengeschichte zur Hand nahm, fiel ein Notizzettel heraus.

Jesus sprach:

Wer sucht, soll weitersuchen, bis er findet.
Und wenn er gefunden hat, wird er bestürzt sein.
Und wenn er bestürzt ist, wird er staunen.
Und er wird herrschen über das All.

War dies ein Logion des neuen Evangeliums? In der Genisa der versunkenen Synagoge hatte ich keine Zeit gehabt, die blasse Schrift auf allen Papyrusfetzen zu entziffern, bevor ich sie in Tayebs Amulett steckte. Wo waren die Papyri, die ich Luca mit dem Schiff nach Pisa geschickt hatte? Hatte der Assassino sie gefunden und …

»Alessandra?«

Ich blickte zu Tayeb hinüber.

»Ich werde bei dir bleiben, bis wir beide gemeinsam nach Timbuktu reisen.«

Ich dankte ihm von ganzem Herzen.

Als Tayeb sich abwandte, um das offene Fenster zu untersuchen, ging ich hinüber zum Kamin, nahm den Schürhaken von der Wand und stocherte in der erkalteten Asche. Ein Stück angesengtes Pergament lag neben der Feuerstelle. Hatte Luca einen Brief verbrannt?

Mit spitzen Fingern zog ich das Pergament aus der Asche, blies die verkohlten Fetzen fort und überflog die letzten noch lesbaren Zeilen: ›… nehmen Tayeb und ich das nächste Schiff nach Hause. Versprochen! Pass auf dich auf, Luca!‹

Luca hatte meine Nachricht erst gestern Abend ins Feuer geworfen, doch sie war nicht vollständig verbrannt. Wenn er meinen Brief mit dem Hinweis auf das neu entdeckte Evangelium vernichten wollte, warum hatte er das versengte Pergament dann nicht mit dem Schürhaken ins Feuer geschoben? Weil er dabei gestört worden war …

»Alessandra! Komm her und sieh dir das an!« Tayeb war durch das offene Fenster auf den verschneiten Sims geklettert. »Hier sind Spuren.«

Ich erhob mich und eilte zu ihm. Tayeb hockte im Schnee und wies auf eine Reihe von Fußabdrücken. »Lucas Mörder trug Ledersandalen an den bloßen Füßen. Und sieh mal dort: Der Saum seines langen Gewandes hat dieses wellenförmige Muster im weichen Schnee hinterlassen. Und was ist das?« Tayeb richtete sich auf und balancierte zwei, drei, vier Schritte auf dem schmalen Sims über dem Abgrund. Nun kniete er nieder, hob etwas auf und betrachtete es.

Ich lehnte mich weit aus dem Fenster. »Was hast du da?«

»Einen ungebleichten Wollfaden. Vielleicht aus dem abgerissenen Saum eines Mönchshabits.«

»Du glaubst, dass der Assassino ein Mönch war?«

»Ein Frater mit Ledersandalen und einem weißen Habit«, bestätigte Tayeb, während er den Sims entlangkroch.

Welche Fratres trugen weiße Habites?, fragte ich mich. Die Dominikaner von San Marco und Santa Maria Novella. Die Olivetaner von San Miniato. Und die Kamaldulenser – Kardinal Traversari, ein Freund meines Vaters, der als päpstlicher Legat nach Konstantinopolis gereist war, gehörte diesem Orden an.

»Sieh mal, Alessandra! Hier ist er hochgeklettert: von der Straße auf das Dach des Pferdestalls …« Tayeb wies nach unten. »… und dann hier herauf auf den Sims, der bis zum Fenster von Lucas Arbeitszimmer und weiter bis zu deinem Schlafzimmer führt. Es war nicht schwierig, bis in den zweiten Stock zu gelangen.«

»Ich weiß«, gestand ich. »Das war für mich immer der letzte Fluchtweg, falls eines Tages das Portal aufgebrochen und der Palazzo gestürmt wird. Während der Albizzi-Verschwörung bin ich auf diesem Weg zurückgekehrt. Das Tor war ja geschlossen!«

Tayeb kroch zu mir zurück. »Der Assassino, verkleidet als Mönch in weißem Habit, ist über diesen Sims bis zu Lucas Arbeitszimmer gelangt. Das Fenster stand wegen des Luftzugs für das Kaminfeuer einen Spaltbreit offen. Der Mörder hat den Fensterflügel aufgeschoben und …« Leichtfüßig sprang Tayeb in den Raum. »… ist hereingekommen. Luca saß am Schreibtisch …«

»Nein!«, widersprach ich. »Er stand dort drüben am Kamin. Ich habe einen versengten Fetzen meiner Nachricht aus Alexandria gefunden. Luca hat Briefe verbrannt. Er kam nicht mehr dazu, die angesengte Seite mit dem Schürhaken in die Flammen zu schieben, da er von hinten angegriffen wurde.«

Fröstelnd ging ich zum Kamin.

Tayeb folgte mir und hob den umgestürzten Lesesessel auf. Der Schürhaken, den Luca gestern Nacht als Waffe hätte benutzen können, hatte vorhin an der Wand neben der Feuerstelle gehangen. »Luca wurde von hinten angegriffen. Er hatte keine Zeit, zum Schürhaken zu greifen, um sich gegen den Assassino zu wehren. Mit aller Gewalt stieß er den Mönch gegen den Schreibtisch und versuchte ihm den Dolch zu entwinden. Bei dem Aufprall sind die Bücher vom Tisch auf den Boden gefallen.« Er wies auf die Folianten, die ich vorhin aufgehoben hatte. »Luca rang mit ihm, stolperte und stürzte zu Boden.« Tayeb blickte zu dem getrockneten Blutfleck auf den Terrakottafliesen.

»Und der Mörder verschwand, wie er gekommen war. Warum hat er Luca getötet?«

»Dein Vater war in Ferrara, um dem Papst von dem Evangelium zu erzählen. Vielleicht hat der Mönch das Arbeitszimmer durchsucht, um die Papyri zu finden.«

Ich sah mich im Raum um. Wo konnte Luca die Papyrusfetzen versteckt haben? Zwischen den Seiten eines Folianten auf seinem Tisch? In der Kassette aus Rosenholz? Oder … mein Blick fiel auf die antike Amphore, die er aus Konstantinopolis mitgebracht hatte … oder in einem Tonkrug, wo niemand sie vermuten würde, der nicht mit der Suche nach verschollenen Handschriften vertraut war?

Der Terrakottakrug lehnte in der vom Kamin abgewandten Ecke

des Arbeitsraumes. Ich stellte ihn auf den Schreibtisch und hob den Deckel an. Zunächst konnte ich nichts erkennen. Erst als ich die Amphore schräg ins Licht hielt, sah ich die Papyri auf dem tönernen Boden. »Die Fragmente sind noch da!«, verkündete ich erleichtert. »Also hat Luca dem Papst nicht einen einzigen Fetzen des Evangeliums überlassen. Offenbar hat er die Fragmente nicht nach Ferrara mitgenommen.« Verwirrt blickte ich zu Lucas Notizzettel mit dem Logion. Hatte mein Vater dem Papst nur Abschriften gezeigt?

»Wer auch immer den Befehl zur Ermordung Lucas gegeben hat: Entweder wusste er nicht, dass das Evangelium nur aus Papyrusfetzen besteht, oder er hatte keine Ahnung von seiner Existenz. Denn es ist ja noch in seinem Versteck. Und unversehrt.«

»Dann ist Luca nicht wegen des Evangeliums ermordet worden …«

»Scheint so.«

»… und nicht wegen seines Briefwechsels mit Lorenzo Valla und seines Besuches in Neapel, wo er mit ihm über die Konstantinische Schenkung reden wollte. Denn weder ist Lucas Arbeitszimmer durchwühlt worden, noch wurde die Rosenholzkassette mit seiner Korrespondenz aufgebrochen oder gestohlen.«

Tayeb nickte verwirrt.

»Alexios erzählte vorhin, dass gestern Nacht der blutverschmierte Brief auf Lucas Schreibtisch gelegen hatte. Jetzt ist er verschwunden!«

»Vielleicht hat Luca ihn ebenfalls verbrannt?«

»Nein, das glaube ich nicht. Jener Mordauftrag war ein Beweisstück, mit dem Luca sein Leben hätte schützen können, wenn er es dem Papst gezeigt hätte. Warum sollte er ihn verbrennen? Ich denke, dass der Mönch das blutige Pergament auf Lucas Tisch gefunden, die Schrift erkannt und den Brief mitgenommen hat, um ihn seinem Auftraggeber zurückzubringen.«

»Mit anderen Worten: Wir wissen nichts.«

»Und können nichts beweisen – weder den Mord an Luca noch

das Attentat auf mich. Denn der Mönch ist geflohen, der Assassino liegt am Strand von Alexandria verscharrt, und der blutgetränkte Brief ist verschwunden.«

»Wie auch der Brief von Kardinal Colonna«, ergänzte Tayeb. »Alexios erwähnte, dass Prosperos Schreiben auf Lucas Tisch gelegen hatte. Vielleicht hat der Mönch ihn mitgenommen?«

»Mein Gott!«, stöhnte ich entsetzt. »Dann ist auch das Leben meines Cousins in Gefahr! Wenn er nun angesichts der Gerüchte, das Konzil von Basel wolle Eugenius exkommunizieren und einen neuen Papst wählen, nach Italien zurückgekehrt ist? Wenn er auf dem Weg nach Florenz ist, um sich mit Luca zu treffen? Mein Vater hat gestern Nacht, nachdem er den Brief gelesen hatte, beschlossen, sofort nach Basel zu reiten! Wenn Prosperos Brief in die falschen Hände fällt, dann gnade ihm Gott!«

Ich überlegte kurz:

»Im Übrigen gilt das auch für Giuliano Cesarini. Denn auch sein Brief ist verschwunden! Vorgestern fragte er mich: ›Zweifelt Ihr an meiner Loyalität gegenüber Eurer Familie, meiner Freundschaft mit Eurem Vater oder meiner Liebe zu Rom?‹ Ich muss Cesarini warnen!«

Nach dem Mittagessen und dem heißen Bad kleidete ich mich an. Schwarz war in Florenz die Farbe der Trauer – die nächsten Angehörigen des Toten trugen jedoch Rot. Ich steckte Lucas Siegelring und sein Testament ein und ging hinunter in den Hof, wo Tayeb mir in den Sattel half.

Ich wollte das Testament zu Cosimo bringen – Luca hatte seinen Freund und Vertrauten zum Testamentsvollstrecker bestimmt. Doch konnte ich meinen Vater überhaupt beerben? Oder würde ich mit ihm auch das Unternehmen verlieren, die kostbaren Bücher, den großen Palazzo, das Vermögen auf der Banca Medici, meine finanzielle Unabhängigkeit und meine Freiheit?

Ich war doch nur seine Tochter! Das Kind eines exkommunizierten Priesters. Und noch dazu illegitim, denn meine Eltern waren nie verheiratet. Meine nächsten Verwandten waren alle tot. Meine Mutter, Adriana Colonna, war vor vielen Jahren gestorben. Ihr Vater, der Conte Marcantonio Colonna, war vor acht Jahren hingerichtet worden. Seine Gemahlin, eine geborene Orsini, starb zwei Monate später. Und Lucas Eltern waren 1401 an der großen Pest gestorben, die die Toskana und Umbrien entvölkerte. Ihr Tod war der Grund, warum Luca sein Studium in Konstantinopolis aufgegeben hatte und in Santa Maria sopra Minerva in Rom in den Dominikanerorden eingetreten war.

Mein nächster Verwandter war mein Cousin, Kardinal Colonna, das Oberhaupt unserer Familie. Wenn er Lucas Erbe war, würde alles an die Kirche fallen. Denn sein Besitz war durch Kardinal Vitelleschi beschlagnahmt worden, als er aus Rom geflohen war.

Lucas … mein Unternehmen in Händen des Papstes? Meine kostbaren Bücher als Grundbestand einer päpstlichen Bibliothek im Vatikan? O nein! Wenn ich alles verlor, blieb mir nur noch das Kloster! Lebendig eingemauert den Rest meines Lebens die prächtigen Brokatgewänder des Erzbischofs von Florenz besticken? Niemals!

Wieso hatte Luca sein Testament geändert? Was hatte er zwei Stunden lang mit Marco Vespucci besprochen? Die Beglaubigung seiner Unterschrift auf einem geänderten Testament hätte keine Viertelstunde gedauert! So schnell wie möglich musste ich mit Cosimo das Siegel des Testaments zerbrechen!

»Öffnet das Tor!«, rief ich dem Torwächter zu, während Alexios und sein Freund Tito auf ihre Pferde stiegen. Beide waren bewaffnet, um uns sicher zum Palazzo della Signoria zu eskortieren.

Ein Flügel des Bronzeportals wurde aufgeschoben. Als ich das Tor durchqueren wollte, bemerkte ich die Zettel, die am Portal angeklebt waren. Ich lenkte mein Pferd heran, riss einen ab und las ihn. Ein Kondolenzschreiben! Lucas Tod sprach sich bereits in den Straßen von Florenz herum. Auch die anderen angehefteten Briefe waren Beileidsbezeugungen von Florentiner Bürgern. Ich ließ sie am Portal hängen.

Der Nebel war dichter geworden. Die Kathedrale bot den mir in meiner Kindheit vertrauten Anblick – ohne Brunelleschis Kuppel, die in undurchdringliche Nebelschleier gehüllt war. Es war still auf dem Platz. Nur ein Mönch in schwarzem Habit stand zehn Schritte entfernt an der Backsteinfassade des südlichen Chors von Santa Maria del Fiore. Die Kapuze hatte er tief ins Gesicht gezogen. Als ich auf den Domplatz hinausritt, bekreuzigte er sich und sah auf.

Als ich mein Pferd zu ihm hinüberlenkte, zog er die Kapuze vom Kopf. »Ich habe für Luca gebetet«, murmelte er und senkte den Blick. Der Tod meines Vaters schien ihn getroffen zu haben.

Der Mönch kam mir bekannt vor. Sein blondes Haar, das wie ein goldener Heiligenschein sein Gesicht umgab, die strahlend blauen Augen. Ich war sicher, dass ich ihn schon einmal gesehen hatte! Während eines Gottesdienstes in Santa Maria del Fiore? Oder in unserer Bibliothek?

»Ich danke Euch, Frater …«

»Caedmon«, stellte er sich vor. »Ich bin Caedmon of Canterbury. Ihr seid Lucas Tochter, nicht wahr?«

»Ich bin Alessandra d'Ascoli.«

»Mein herzliches Beileid, Mylady! Lucas Tod hat mich tief erschüttert. Ich war fassungslos! Luca d'Ascoli war für mich …« Er verstummte. »Ich werde Euch in meine Gebete einschließen, Mylady! Gott segne Euch!«

»Danke, Bruder Caedmon.«

»Darf ich Euch in den nächsten Tagen besuchen, Mylady? Ich würde gern etwas mit Euch besprechen.«

»Ich freue mich auf Euren Besuch. Aber bitte entschuldigt mich jetzt!«

Er verneigte sich und wich einen Schritt zurück. Ich wendete mein

Pferd, um in Richtung des Campanile zu traben. Tayeb und die anderen folgten mir.

Bevor ich in die Via dei Calzaiuoli abbog, warf ich dem Palast des Erzbischofs einen langen Blick zu. Bis vor zwei Jahren hatte Giovanni Vitelleschi dort residiert. Hatte der lateinische Patriarch von Alexandria den Mord an Luca befohlen? Nein, wohl nicht! So sehr ich Vitelleschi auch verachtete und hasste für das, was er meiner Familie in Rom angetan hatte – Papst Eugenius würde seinem Henker in der blutgetränkten Soutane niemals die Ermordung von Luca d'Ascoli befehlen! All die Jahre nach Lucas Exkommunikation durch den neu gewählten Pontifex hatten Eugenius und mein Vater sich angeschwiegen. Trotz der Hochverratsprozesse gegen meine Familie, der Verbannungen, der Folterungen in der Engelsburg und der Hinrichtungen auf dem Campo dei Fiori war Lucas Leben niemals bedroht worden – acht Jahre lang!

Nein, Eugenius hatte die Bluttat nicht befohlen! Die Florentiner liebten ihren Papst so innig, wie die Römer ihn hassten. Doch die Ermordung ihres verehrten ›San Luca‹ würden sie ihm nicht vergeben! Eugenius würde sich hüten, die Florentiner gegen sich aufzubringen. Das Unionskonzil sollte in wenigen Tagen beginnen. Der abgesetzte Papst brauchte die Kirchenunion ebenso dringend zur Sicherung seiner Macht wie der Kaiser.

Sobald Eugenius nach Florenz zurückkehrte, wollte ich um eine Audienz bitten. Ich musste herausfinden, worüber er mit Luca gesprochen hatte.

Langsam trabte ich die vereiste Via dei Calzaiuoli entlang und erreichte schließlich die Piazza della Signoria. Der Nebel war so dicht, dass ich den Turm der Signoria, in dem Cosimo vor Jahren auf sein Todesurteil gewartet hatte, nicht erkennen konnte.

Von weitem hörte ich das Dröhnen der Kirchenglocken von Santa Maria Novella, die die Mönche der päpstlichen Klosterresidenz zum Stundengebet der Non riefen. Dann stimmten auch die Glocken von

San Marco und Santa Croce in den Gebetsruf ein. Zuletzt vernahm ich das ferne Läuten von San Miniato.

Vor dem Portal des Regierungspalastes zügelte ich mein Pferd. Tayeb sprang ab und hob mich aus dem Sattel.

»Wir werden in der Loggia auf dich warten«, versprach er und wies auf ein glühendes Kohlenbecken unter den Arkaden der Loggia.

Ich betrat den Palazzo, durchquerte den Innenhof und stieg die breite Treppe hinauf in den zweiten Stock, wo ich mich an einer Schar wartender Bittsteller vorbeidrängte und Cosimos Sekretär um eine Audienz bat.

Die Tür zum Arbeitsraum des Kanzlers stand offen. Als er meine Stimme erkannte, erschien er in der Tür. »Alessandra, mein liebes Kind! Du bist in Florenz?«

Leonardo Bruni war ein kleiner, hagerer Mann mit schlohweißem Haar. Die schwarze Trauerkleidung ließ ihn bleich und zerbrechlich aussehen. In wenigen Wochen würde der berühmte Humanist seinen siebzigsten Geburtstag feiern. Bevor er vor zwölf Jahren Kanzler der Republik wurde, war er wie Luca päpstlicher Sekretär in Rom gewesen.

Leonardo Bruni wurde bereits zu Lebzeiten als Genius vergöttert. Viele Gelehrte, aber auch ausländische Botschafter kamen nach Florenz, um ihn zu verehren. Da bekannt war, dass Leonardo beinahe täglich in Lucas Haus verkehrte, warteten sie in unserer Bibliothek auf sein Erscheinen und lasen in seinen Werken, die in unserem Scriptorium kopiert wurden. Ein spanischer Gesandter kniete einmal sogar vor ihm im Rinnstein, um ihm seine Hochachtung zu erweisen.

Er reichte mir seine Hand. »Es tut mir so leid!«

»Ich danke Euch, Signore.«

Leonardo war nicht nur Lucas Freund – die beiden waren seit über dreißig Jahren aus Rom und Konstanz bekannt –, sondern vor Jahren auch mein Lehrer gewesen, der meinem Latein den letzten Schliff gegeben hatte. Er kannte mich, seit ich vier Jahre alt war. »Wenn du meine Unterstützung brauchst, wende dich an mich, mein Kind! Ich werde tun, was ich kann.«

»Das ist sehr freundlich von Euch.«

»Es ist das Mindeste, was ich tun kann. Lucas Tod hat sich bereits in der Stadt herumgesprochen. Die Prioren und die Gildemeister sind besorgt. Als Buchhändler war Luca Mitglied in der Arte dei Medici e Speziali, der Gilde der Ärzte und Apotheker. Die Prioren sind nun der Meinung … es tut mir so leid, mein Kind.«

»Was denn?«

»Lucas Unternehmen ist wichtig für Florenz. Bedeutende Persönlichkeiten treffen sich in seiner Bibliothek. Kardinäle und Bischöfe aus aller Welt, Botschafter aller Herren Länder, bedeutende Humanisten und Gelehrte. Die Prioren, die Florenz regieren, wollen nicht, dass eine junge Frau das Unternehmen leitet.«

»Was?«

»Scipione Sassetti, der Zunftmeister der Arte dei Medici e Speziali, war vor zwei Stunden bei mir und ließ mich wissen, dass er dir, falls du überhaupt rechtmäßige Erbin bist, den Eintrag ins Gildebuch verweigern wird. Der Zunftmeister der Rechtsanwälte und Notare, der ihn begleitete, kündigte an, dass er in diesem Fall das Testament anfechten wird!«

Das war ein harter Schlag!

»Signore, Ihr wisst, dass ich Lucas Unternehmen während seiner Abwesenheit zweieinhalb Jahre lang erfolgreich geleitet habe! Ich *kann* ein Unternehmen führen.«

»Die Prioren wissen, dass du es kannst. Aber sie *wollen* es nicht.«

»Warum denn nicht?«, protestierte ich. »Es gibt andere Frauen, die in Florenz ein Unternehmen führen.«

»Die sind nicht illegitim geboren, sind nicht Töchter eines exkommunizierten Priesters, gehören nicht zur Familie der von der Kirche gebannten Colonna und stehen nicht im Verdacht der Häresie.« Er hob die Hand. »Lass mich bitte ausreden, mein Kind! Diese florentinischen Frauen handeln nicht mit gefährlichen Büchern über Wissen und Glauben, sondern betreiben eine Seidenstickerei oder eine Bäckerei. Sie verkehren nicht mit Päpsten, Kardinälen, Dogen und, wenn am 25. Februar das Unionskonzil beginnt, vielleicht sogar mit dem Kaiser von Byzanz. Die Prioren sind der Ansicht, dass du eine privilegierte Stellung … eine *Machtposition* innehast, die dir als Frau nicht zusteht.«

Ich schluckte. »Aber ich habe mir diese Position erkämpft! Mein Leben lang musste ich mich in einer Gesellschaft von gelehrten Männern bewähren! Ich habe nicht Lateinisch, Griechisch, Hebräisch, Französisch und Arabisch gelernt und Bücher über Theologie und Philosophie und die Wissenschaften gelesen, um nun als Nonne in einem Kloster Altardecken zu nähen! Dafür habe ich weder Talent noch Geduld!«

»Alessandra …«

»Signore, Ihr wisst, dass ich das Unternehmen zusammen mit meinem Vater aufgebaut habe! Ich bin mit Luca durch halb Europa gereist und habe in Klöstern und Bibliotheken seltene Bücher kopiert. Und ich war allein unterwegs, um verschollene Handschriften zu suchen.« Ich holte tief Luft. »Das sind *meine* Bücher: Ich habe sie gefunden und in monatelanger Arbeit abgeschrieben! Ich habe für sie Strapazen auf mich genommen und immer wieder den Tod riskiert. Mein ganzes Leben habe ich diesen Büchern gewidmet. Es ist *mein* Unternehmen …«

»Alessandra, mein liebes Kind!« Leonardo Bruni hob beschwichtigend die Hände.

»… und ich werde darum kämpfen!«, rief ich aus. »Wenn ich in Florenz nicht mehr willkommen bin, werde ich nach Venedig gehen. Der Doge wird mir gewiss helfen, einen Palazzo am Canal Grande zu finden, wo ich *meine* Bücher in *meinem* Unternehmen verkaufen kann. Zum Ruhme der Serenissima.«

»Um Himmels willen!«, stöhnte der Kanzler der Republik. »Alessandra, ich verspreche dir: Du bekommst von mir jede Unterstützung, die du brauchst! Ich werde mit den Prioren reden. Dein Exil in Venedig ist gewiss nicht im Sinne von Cosimo. Oder von Papst Eugenius.«

Ich nickte stumm: Es war alles gesagt.

»Ich bringe dich jetzt zu Cosimo.« Er geleitete mich durch den Liliensaal zum Audienzraum des Bannerträgers. Er klopfte an und öffnete die Tür, ohne auf eine Antwort zu warten.

»Cosimo, bitte entschuldige die Störung!«, begann er. »Alessandra ist eben gekommen.«

Cosimo wirkte traurig und sehr blass. Wie er war auch sein Sohn Piero, der vor dem Schreibisch saß, in eine tiefrote Robe gekleidet. Der Mann neben ihm trug einen schwarzen Mönchshabit.

Piero erhob sich, umarmte mich herzlich und küsste mich zärtlich auf beide Wangen. »Lucas Tod ist furchtbar! Es tut mir so leid, Sandra!« Mein Freund aus Kindertagen ließ mich los und trat einen Schritt zurück. »Wir besprechen gerade die Totenfeier des Staatsbegräbnisses. Darf ich dir Seine Seligkeit Niketas von Athen vorstellen?«

Der Mönch hatte sich erhoben, um mich zu begrüßen.

»Es ist mir eine große Ehre, Euch kennenzulernen, Euer Seligkeit!« Ich beugte das Knie und ergriff seine rechte Hand, um den Ring des Metropoliten zu küssen – doch er hatte ihn abgelegt. Also berührte ich seine Finger mit den Lippen.

Sanft entzog er mir seine Hand und half mir auf.

Sein Gesicht war ebenmäßig, die dunklen Augen blickten rätselhaft, die sinnlichen Lippen waren fein geschwungen. Der Bart und das schulterlange Haar schimmerten schwarz wie das Gefieder von Raben. Er war groß und schlank und hielt sich sehr aufrecht. Seine Bewegungen waren beherrscht. Anmutig. Würdevoll. Er schien unnahbar – unberührbar wie eine goldschimmernde Ikone.

»Kyria Alessandra, ich war tief erschüttert, als ich heute Morgen von Lucas Tod erfuhr.« Sein Italienisch hatte einen weichen griechischen Akzent. »Ich habe Euren Vater sehr verehrt. Als großen Gelehrten. Als beherzten Menschen, der unbeirrbar seinen Weg ging. Wenn Ihr gestattet, Kyria Alessandra, würde ich gern die Totenrede halten und seine Verdienste um die Kirche würdigen.«

»Das ist eine hohe Ehre für meinen Vater. Doch die Kirche hat Lucas Verdienste bereits gewürdigt, als sie ihn vor acht Jahren exkommunizierte.« Ich bemühte mich um einen nicht allzu verbitterten Tonfall. Alexios hatte erzählt, wie niedergeschmettert Niketas gewesen war, als er vom Tod meines Vaters erfuhr. »Luca d'Ascoli wird in ungeweihtem Boden begraben werden. Es wird keine Totenmesse, kein Glockengeläut und keine Gebete für sein Seelenheil geben.«

»Ich werde für ihn beten«, versprach Niketas mit fester Stimme. »Und ich werde Euch in meine Gebete einschließen.«

»Ich habe den Prolog Eures Buches auf dem Schreibtisch meines Vaters gesehen und würde gern mit Euch darüber sprechen. Ich weiß, Ihr residiert in San Marco. Ein Treffen in Eurer Zelle ist … nun ja … unschicklich.« Ich zögerte einen Herzschlag lang, aber dann sprach ich es aus: »Wollt Ihr nicht zum Abendessen in den Palazzo d'Ascoli kommen?«

»Sehr gern!«, lächelte er. »Ich freue mich darauf!«

Unsere Blicke versanken ineinander, und das sanfte Leuchten in seinen Augen wärmte mir das Herz.

Piero legte ihm die Hand auf die Schulter. »Kommt, Euer Seligkeit. Alessandra und Cosimo haben gewiss viel zu besprechen!« Piero sah mich dabei auf eine Weise an, dass ich mich bestürzt fragte: Wusste er, was in der Nacht vor meiner Abreise zwischen seinem Vater und mir geschehen war?

Als er die Tür hinter sich geschlossen hatte, drehte ich mich zu Cosimo um, der mich die ganze Zeit beobachtet hatte.

»Ich habe den Brief gelesen, den du mir nach Alexandria nachgeschickt hattest«, begann ich. »Er war ein einziges ›Mea culpa, mea maxima culpa‹. Du hast dir die Schuld gegeben an dem, was geschehen ist, dir allein. Aber das ist nicht gerecht! Meine Schuld ist ebenso groß wie deine.«

Ich rang mit meinen Gefühlen.

»Gott weiß, wie sehr ich mich nach Geborgenheit und Liebe sehne. Nach Zärtlichkeit. Nach Leidenschaft. Nach Glückseligkeit. All das hast du mir … in jener wundervollen Nacht … geschenkt.« Ich konnte nicht weitersprechen. »Es tut mir leid!«, schluchzte ich. »Es tut mir so leid, Cosimo. Ich wollte dir nicht wehtun!«

Er schloss mich in seine Arme und hielt mich fest. »Carissima, ich bin so glücklich, dass du zurückgekommen bist.« Er küsste mich auf die tränennasse Wange, dann fanden seine Lippen meine. Sein Kuss schmeckte nach Sehnsucht.

Das Gefühl, in seinen Armen geborgen zu sein, war überwältigend schön. Ich genoss seine Liebkosungen, wie ich sie in jener leidenschaftlichen Nacht in seinem Bett genossen hatte. Etwas geschenkt zu bekommen, ohne darum kämpfen zu müssen, und um meiner selbst willen geliebt zu werden – das war so berauschend gewesen.

Wenn das Herz mit dem Verstand ringt, und die Moral mit dem Gefühl – wer gewinnt dann am Ende? Die Scham und die Schuld oder die Sehnsucht nach Zärtlichkeit und Geborgenheit?

Ich entwand mich seiner Umarmung. »Cosimo, bitte nicht! Eine Affäre zwischen uns ist … undenkbar!«

»Weil ich so viel älter bin als du?«, flüsterte er und strich mir zärtlich über die Wange. »Du bist vierundzwanzig, und ich werde im September fünfzig …«

»Nein, Cosimo, das ist es nicht. Du bist verheiratet. Piero und ich haben als Kinder zusammen gespielt.«

»Meine Ehe ist nicht glücklich! Lotta und ich teilen seit Jahren nicht mehr das Bett. Wir reden kaum noch miteinander.«

»Ich weiß, wie einsam du dich fühlst. Wie sehr du dich nach Zärtlichkeit sehnst. Glaub mir: Das tue ich auch. Du weißt doch, wie Luca als Vater war. Er hat mich gelehrt, was andere nicht lernen dürfen. Er war stolz auf mich. Er hat mich geachtet und respektiert, weil ich mich bemüht habe, zu werden wie er: vollkommen. Doch niemals hat er mich zärtlich berührt und in den Arm genommen, um mir das Gefühl von Geborgenheit zu geben.

Versteh mich nicht falsch, Cosimo: Ich bin nicht undankbar. Ich weiß, dass Luca meinetwegen alles aufgegeben hat – seinen Dominikanerhabit und den Kardinalspurpur. Und vielleicht sogar den Papstornat. Ich weiß, wie er sich selbst gequält hat, weil er sich seinen Fehltritt nicht verzeihen konnte. Gegeißelt hat er sich! Weißt du, wie schwer es für mich ist, mit dieser Schuld zu leben?

Wissen und Freiheit hat er mir geschenkt. Alles, was ich wollte. Nur nicht seine Liebe!«

Er sah mich betroffen an, schwieg jedoch.

»Cosimo, wie du sehne ich mich nach Herzenswärme und nach Liebe! Aber ich kann nicht in deinem Haus ein- und ausgehen, mit deinen Söhnen am Tisch sitzen und dir dann nach dem Abendessen in dein Schlafzimmer folgen. Es ist Ehebruch! Und es ist Verrat an deiner Frau, die deine Kinder zur Welt gebracht hat! Glaubst du nicht, dass sie sich genauso einsam fühlt wie du? Du vergnügst dich mit mir. Und sie?«

Er wollte etwas sagen, doch ich redete weiter:

»Was ist mit Piero? Seit Monaten flirtet dein Sohn ganz ungeniert mit mir. Er will sich vergnügen, bevor er seine Verlobte Lucrezia heiratet, eine Schar Kinder in die Welt setzt und den treuen Gemahl spielt. Was soll ich deinem Sohn sagen? ›Tut mir leid, Piero, aber ich bin die Geliebte deines Vaters‹? Nein, Cosimo, ich könnte deiner Frau und deinen Söhnen nicht mehr in die Augen sehen. Ich könnte mich selbst nicht mehr achten!«

Cosimo wandte sich ab und ging drei, vier Schritte durch den Raum. Dann drehte er sich wieder zu mir um. »Ich weiß, von welcher

Scham du sprichst. Kannst du dir vorstellen, wie schwer es für mich war, am Tag nach deiner Abreise mit Luca zu Abend zu essen? Ihm in die Augen zu sehen? Seine Frage zu beantworten, ob ich wüsste, warum du so überstürzt aus Florenz verschwunden bist? Was hätte ich ihm sagen sollen? ›Vergib mir, Luca, denn ich habe deine Tochter verführt‹?

Niemals will ich mich rechtfertigen für das, was wir getan haben. Ich habe die Nacht mit dir genossen, Alessandra. Was wir getan haben, können wir nicht ungeschehen machen. Und ich will es auch nicht. Es war wunderschön, in deinen Armen zu liegen! Wir sehnen uns so sehr nach Liebe, dass wir bereit waren, eine viel zu große Schuld auf uns zu nehmen. Aber du hast Recht: Wir dürfen diese Affäre nicht fortsetzen!«

Ich war am Ende meiner Kräfte. Mit zitternden Knien ließ ich mich auf seinen Sessel hinter dem Schreibtisch sinken und barg das Gesicht in meinen Händen.

»Ich will dich nicht verlieren«, flüsterte er traurig.

Ich sah auf. »Das wirst du nicht«, versicherte ich ihm. »Wir werden uns weiterhin jeden Tag sehen. Wir werden im Palazzo Medici zu Abend essen und vor dem Kamin über Gott und die Welt diskutieren. Du wirst mich wie bisher im Palazzo d'Ascoli besuchen, um dich mit Leonardo Bruni, Giuliano Cesarini, Ludovico Scarampo, Fra Antonino und all deinen anderen Freunden zu treffen. Aber wir werden nicht unsere kostbare Freundschaft aufgeben, um eine Affäre zu beginnen, die zum Scheitern verurteilt ist.« Ich legte Lucas Letzten Willen auf den Tisch. »Ich brauche dich, Cosimo. Mehr denn je!«

Er starrte auf den gesiegelten Brief. »Was ist das?«

»Lucas Testament«, erwiderte ich. »Leonardo hat mir vorhin gesagt, dass die Prioren mich nicht als Erbin anerkennen und mir die Mitgliedschaft in der Ärztezunft verweigern, weil ich nicht in der Lage sei, das Unternehmen zu führen.«

Cosimo stöhnte auf. »So ein Unsinn! Selbstverständlich kannst du das!«

»Wusstest du, dass Luca vor elf Tagen sein Testament geändert hat?«

»Nein, woher denn?«, fragte er. »Ich habe ihn vor Weihnachten zum letzten Mal gesehen. Am Abend vor meinem Aufbruch nach Ferrara haben wir beim Abendessen über die Verlegung des Konzils gesprochen. Dass er nur drei Tage später nach Neapel gereist ist, habe ich erst erfahren, als ich zurückkam.«

»Nach seiner Rückkehr aus Neapel hat er den Notar der Banca Medici, Marco Vespucci, zu sich bestellt und zwei Stunden lang unter vier Augen mit ihm gesprochen. Dieses Testament …« Ich wies auf das gesiegelte Schriftstück auf dem Tisch. »… datiert vom 12. Januar 1439.«

»Um Gottes willen!« Cosimo nahm als Testamentsvollstrecker den Letzten Willen an sich, um das Siegel zu zerbrechen, und setzte sich mir gegenüber auf einen der Stühle vor dem Schreibtisch.

Eingefaltet in das gesiegelte Dokument waren mehrere eng beschriebene Schriftstücke, die er stirnrunzelnd betrachtete und dann auf den Tisch legte, um sehr aufmerksam das Testament zu lesen. Beunruhigt umklammerte ich die Armlehnen des Sessels, als Cosimo verwirrt den Kopf schüttelte und das Testament zum zweiten Mal las. Schließlich warf er das Schriftstück auf den Schreibtisch und fuhr sich mit beiden Händen über das Gesicht.

»Was ist denn?«, fragte ich bestürzt.

Seufzend lehnte er sich auf seinem Stuhl zurück und sah mir in die Augen. »Luca hat dich enterbt.«

»Er hat *was* getan?«

»Um dich zu schützen, hat er dir nichts vermacht. Das hat er in seinem Testament erklärt: Als illegitime Tochter kannst du sein Vermögen nicht erben.«

Mein Vater hatte mich enterbt!

Cosimo sprang auf, eilte zur Tür seines Arbeitszimmers und rief nach seinem Sekretär. »Lasst Marco Vespucci holen! Er ist in der Banca Medici in der Via Porta Rossa. Er soll sofort kommen.«

»Wann wollt Ihr ihn seh…?«

»Jetzt!«

»Wie Ihr wünscht, Euer Exzellenz!« Der Sekretär eilte davon.

Cosimo schloss die Tür und ließ sich wieder auf dem Stuhl vor dem Schreibtisch nieder. »Warum, glaubst du, hat dein Vater das Testament geändert?« Er betrachtete die beigefügten Dokumente.

»Kurz vor Weihnachten ist Luca nach Neapel gereist, um mit Lorenzo Valla über eine Abhandlung zu sprechen, die er in den nächsten Monaten veröffentlichen will: Lorenzo hat die Schenkung des Kaisers Konstantin an Papst Silvester als Betrug der Kirche entlarvt. In seinem Traktat entzieht er dem abgesetzten Papst die weltliche Macht: den Anspruch auf die Herrschaft über die Stadt Rom und das Patrimonium Petri, den Kirchenstaat. Er verweigert ihm die von Konstantin verliehenen kaiserlichen Insignien wie die Tiara. Den Primatsanspruch des Papstes gegenüber den orthodoxen Patriarchen erklärt er für null und nichtig. Er fordert Papst Eugenius auf, zurückzutreten und sich auf sein Priesteramt als Bischof von Rom zu besinnen.«

»Großer Gott!«

»Ich glaube, dass Luca nach Neapel gereist ist, um Lorenzo von der Veröffentlichung des Traktats abzuhalten. Eine Verbreitung dieser Schrift während des Unionskonzils, wenn Papst Eugenius als Amtsnachfolger von Papst Silvester und Kaiser Ioannis als Rechtsnachfolger von Kaiser Konstantin in Florenz über ein Bündnis gegen die Türken verhandeln, wäre …«

»… eine Katastrophe!«

»Als Luca aus Neapel zurückkehrte, fand er einen Brief von mir auf seinem Schreibtisch. Ich wollte ihn warnen: Nur mit knapper Not hatte ich ein Attentat überlebt …«

Ich erzählte Cosimo von meiner Entdeckung antiker Pergamentcodices in der versunkenen Synagoge, verschwieg ihm jedoch den Fund des neuen Evangeliums. Ich wollte es erst rekonstruieren und lesen – das konnte Tage dauern. Und ich musste mit Eugenius sprechen, um zu erfahren, was Luca in Ferrara mit ihm vereinbart hatte.

Ich berichtete Cosimo von meinem Kampf mit dem römischen Assassino und beschrieb ihm das blutgetränkte Pergament aus Alexandria, das verloren war, seit Lucas Mörder, vermutlich ein Mönch in weißem Habit, dieses gefährliche Beweisstück letzte Nacht gefunden und mitgenommen hatte.

»Dann ist also auch dein Leben bedroht!«, sorgte sich Cosimo. »Wen verdächtigst du?«

»Seit Lucas Exkommunikation vor acht Jahren hat Vitelleschi uns in Ruhe gelassen – auf Befehl des Papstes. Wäre er in den Mord an Luca verwickelt, würden die Colonna in Rom den Vatikan stürmen und niederbrennen. Es fällt mir wirklich nicht schwer, Giovanni Vitelleschi eines kaltblütigen Mordes zu verdächtigen. Doch Ludovico Scarampos Lebenswandel ist auch nicht gerade der eines Heiligen. Er ist ehrgeizig und äußerst skrupellos. Um sicherzugehen, dass er das nächste Konklave als Papst verlässt, wäre er bereit, auf dem Altar der Macht Blutopfer zu bringen. Aber er hätte Luca nicht ermordet! Als Papst hätte Scarampo ihm seine Würde zurückgegeben, um die Colonna zu besänftigen. Nein, ich glaube nicht, dass er den blutgetränkten Brief geschrieben hat.«

Dann hielt ich inne und sah Cosimo in die Augen.

»Und wenn der Verfasser nun ein designierter Patriarch ist, den Eugenius erst während der nächsten Sitzung des Konsistoriums offiziell ernennen will?«

»Als ich in Ferrara mit dem Papst sprach, erwähnte er, dass er nach der Kirchenunion neue Kardinäle berufen will. Er erwähnte John Kemp, den Erzbischof von York, Louis de Luxembourg, den Erzbischof von Rouen, und Peter von Schaumberg, den Bischof von Augsburg. Außerdem denkt er über den einen oder anderen orthodoxen Metropoliten nach.«

»Hat er Namen genannt?«

Cosimo schüttelte den Kopf. »Er will mit den Kandidaten unter vier Augen sprechen, um ihre Meinung zur Kirchenunion und zum Primat des Papstes zu hören.« Er seufzte. »Wen auch immer er zum Kardinal ernennt, keiner von ihnen wird Patriarch werden: Der Ehrentitel des lateinischen Patriarchen von Jerusalem ist bereits vergeben: an Blaise Molin. Mit anderen Worten: Es gibt keinen Verdächtigen. Und wenn ich dich richtig verstanden habe, ist nun auch jener mysteriöse Mordauftrag verschwunden?«

»Der Mörder hat ihn mitgenommen, um seine Spuren zu verwischen.«

»Auch ich habe Feinde, die mich ermorden wollen – wie Rinaldo degli Albizzi, der nach meiner Rückkehr aus dem Exil nach Mailand geflohen ist, um Filippo Maria Visconti gegen mich aufzuhetzen. Aber du weißt ja nicht einmal, *wer* dich bedroht! Jederzeit kann ein Anschlag auf dich verübt werden! Carissima, du brauchst eine bewaffnete Leibwache, die dein Leben schützt! Als Bannerträger kann ich dir …«

»Nein, Cosimo!«, lehnte ich entschlossen ab. »Das Tor des Palazzos bleibt in den nächsten Tagen bis Lucas Begräbnis geschlossen. Meine Männer sind bewaffnet.«

Er nickte ernst. »Dein Haus wird überwacht. Von einem Benediktiner, der in San Miniato wohnt. Niketas bat mich, Erkundigungen über den Frater einzuholen, der ihn durch ganz Florenz verfolgt hat.«

»Und?«

»Caedmon of Canterbury ist der Sohn eines englischen Earls. Seit letztem September hält er sich in San Miniato auf. Das hat mir der Prior der Olivetaner berichtet.«

»Caedmon of Canterbury?«, fragte ich verwundert. »Ich habe vorhin mit ihm gesprochen. In den nächsten Tagen will er mich besuchen.«

Cosimo runzelte die Stirn. »Was will er?«

»Keine Ahnung.«

»Es wird Monate dauern, beim Erzbischof von Canterbury Erkundigungen über ihn einzuholen! Der Prior von San Miniato wusste nur, dass Frater Caedmon in Montecassino gewesen war, bevor er nach Florenz kam. Ich bezweifle jedoch, dass wir beim Abt von Montecassino mehr über ihn in Erfahrung bringen. Soll ich Caedmon überwachen lassen?«

Ich nickte.

»Ich werde auch mit dem Podestà sprechen, der die Morduntersuchung leitet«, schlug er vor. »Gegen ein Mitglied der florentinischen Kurie kann er nicht ermitteln – Erzbischöfe und Patriarchen unterstehen der päpstlichen Gerichtsbarkeit. Doch vielleicht findet er in Ferrara eine andere Spur.«

»Das hoffe ich!«

»Carissima, du bist in derselben Gefahr wie Luca. Nun verstehe ich, warum dein Vater sein Testament änderte, bevor er nach Ferrara aufbrach, um sich nach all den Jahren mit dem Papst auszusöhnen«, gestand Cosimo ernst.

»Wer ist Lucas Erbe?«, bedrängte ich ihn, bevor Cosimo mich fragen konnte, wieso Luca sich so unerwartet zu dieser schweren Entscheidung durchgerungen hatte. »Erbt Prospero Colonna? Er ist mein nächster Verwandter.«

Cosimo schüttelte den Kopf. »Dein Vater wollte verhindern, dass sein gesamter Besitz an Kardinal Colonna fällt – und damit an die Kirche. Luca hat einen anderen Erben benannt.«

»Wen?«

»Mich.«

»Dich?«, flüsterte ich.

»Luca vermacht mir alles: das Unternehmen mit der Bibliothek, den Palazzo, den Schmuck deiner Mutter, das Geschirr und das Tafelsilber, die Pferde und das Vermögen auf der Banca Medici. Wenn ich mich nicht verrechnet habe, bin ich nun um einhundertsechzigtausend Fiorini reicher. Das ist der Wert von Lucas Besitz. Ein gewaltiges Vermögen!«

»Und wenn ich richtig gerechnet habe, bin ich jetzt so arm wie eine Kirchenmaus«, murmelte ich verbittert.

»Nicht ganz.« Cosimo nahm ein eng beschriebenes Pergament vom Schreibtisch und zeigte es mir. Es war ins Testament eingefaltet gewesen. »Dies ist ein Gesellschaftsvertrag zwischen Cosimo de' Medici und Alessandra d'Ascoli.«

»Ich verstehe nicht …«

Es klopfte. Cosimos Sekretär trat ein und meldete noch ganz außer Atem: »Marco Vespucci ist hier, Euer Exzellenz!« Er war in die Via Porta Rossa geeilt, um den Notar zu holen.

»Er soll hereinkommen!«, befahl Cosimo.

Marco Vespucci betrat den Raum. »Euer Exzellenz. Alessandra. Ich war tief erschüttert, als ich vom Tod Eures Vaters erfuhr. Es tut mir sehr leid.«

Ich nickte.

Cosimo ergriff das Wort. »Marco, ich habe Lucas Testament gelesen, das verschiedene Dokumente enthält, die Ihr am 12. Januar auf seinen Wunsch verfasst habt. Ich wollte Alessandra gerade erklären, warum ihr Vater sie enterbt hat. Würdet Ihr uns den Sinn dieser Schriftstücke erläutern?«

»Selbstverständlich, Euer Exzellenz!« Vespucci nahm ein Dokument vom Schreibtisch. »Mit Eurer Unterschrift auf diesem Schriftstück nehmt Ihr das Erbe an. Alessandra kann nicht erben, weil sie ein uneheliches Kind ist. Luca wollte verhindern, dass sein Besitz entweder an die Kirche fällt, falls Kardinal Colonna erbt, oder an die Republik Florenz, falls es keinen legitimen Erben gibt. Deshalb hat er Euch als Erben benannt. Das ist völlig legal. Allerdings kann Lucas Tochter das Testament anfechten und gegen Euch prozessieren. Seine Eminenz, Kardinal Colonna, wiederum kann …«

»Ich bitte Euch, Marco, erspart uns die Einzelheiten!«, unterbrach ihn Cosimo.

»Mit Eurer Unterschrift auf diesem Dokument übertragt Ihr Alessandra durch Schenkung alle Vermögenswerte, die ihr Vater ihr nicht vererben konnte.«

»Und der Gesellschaftsvertrag?«, fragte Cosimo.

»Alessandra verkauft Euch einen Geschäftsanteil von zehn Prozent an ihrem Unternehmen, inklusive Gewinnbeteiligung. Dafür tretet Ihr gegenüber den Prioren als Mitglied der Gilde auf, anstelle von Alessandra, die als Frau ja kein Zunftmitglied sein kann. Als Gesellschafter stimmt Ihr zu, dass sie die Geschäfte des Unternehmens führt, wie sie es in den vergangenen Jahren getan hat.«

Wortlos griff Cosimo zur Feder im Tintenfass, setzte seine Unterschrift unter die meines Vaters, zog ein neues Pergament zu sich heran und schrieb einige Zeilen. Dann nahm er das Siegelwachs, erhitzte es in der Flamme einer Kerze und siegelte die Dokumente, bevor er sie mir reichte.

Der Zettel war eine Anweisung über den Gegenwert von zehn Prozent der Geschäftsanteile des Unternehmens, das mit meiner Unterschrift mir gehören würde.

Ich unterzeichnete den Vertrag und setzte mein Siegel unter meinen Namenszug.

»Darf ich als dein Gesellschafter einen Vorschlag machen?«, fragte Cosimo.

»Selbstverständlich!«, nickte ich und steckte die Feder ins Tintenfass.

»Die Amtszeit der Prioren endet in fünf Wochen. Lass uns den Vertrag auf Anfang April datieren.«

»Einverstanden.« Ich zog das Schriftstück zu mir heran und ergänzte das Datum 1. April 1439.

Vespucci beglaubigte unsere Unterschriften und Siegel.

»Marco, würdet Ihr bitte Abschriften des Gesellschaftsvertrages erstellen lassen und alles Notwendige in die Wege leiten, damit Alessandra das Erbe ihres Vaters antreten kann?« Cosimo reichte ihm die Anweisung. »Bitte veranlasst, dass dieses Geld einem Konto gutgeschrieben wird, über das Alessandra uneingeschränkt verfügen kann.«

»Wie Ihr wünscht, Euer Exzellenz.« Marco Vespucci nahm das Testament und die Verträge und verabschiedete sich.

Als er gegangen war, erhob ich mich. »Ich werde jetzt gehen.«

Cosimo geleitete mich bis zur Tür.

»Ich habe neue Bücher aus Alexandria mitgebracht. Willst du mich in den nächsten Tagen besuchen? Wir könnten sie uns gemeinsam ansehen.«

Er strich mir über die Wange, hob mein Kinn und liebkoste mich zärtlich. »Ich werde morgen Nachmittag zu dir kommen, Carissima«, versprach er. »Vor dem Empfang des Papstes.«

Wir umarmten und küssten uns. Dann verließ ich ihn.

Sobald ich mit Tayeb, Alexios und Tito in den Palazzo zurückgekehrt war, besprach ich mit dem Koch das Abendessen für Niketas. Dann rief ich Vittorino zu mir. Ich bestätigte ihn in seiner Funktion als Leiter des Scriptoriums, erweiterte seine Handlungsvollmacht erheblich, erklärte ihm, dass Tayeb als mein Sekretär und Vertrauter ihm gegenüber weisungsbefugt sei, und bat ihn, nach Lucas Begräbnis zehn weitere Scriptoren einzustellen – während des Konzils würden wir mehr Bücher kopieren und verkaufen denn je. Außerdem informierte ich ihn, dass Cosimo nun Gesellschafter des Unternehmens war, dass ich erhebliche Schwierigkeiten erwartete, da mir die Prioren den Eintrag in die Gilderolle verweigerten, und dass ich deshalb in den nächsten Tagen den Dogen von Venedig um seine wohlwollende Unterstützung bitten würde. Zudem wolle ich so schnell wie möglich um eine Audienz bei Seiner Heiligkeit nachsuchen.

Vittorino versprach, sofort nach Santa Maria Novella zu eilen. Der päpstliche Sekretär sei gewiss schon in Florenz eingetroffen, um den Einzug am nächsten Tag vorzubereiten.

Als Vittorino gegangen war, zogen Tayeb und ich uns in meine Räume zurück. Während Tayeb die vier Papyrusfragmente des Evangeliums, die ich Luca im Silberamulett geschickt hatte, auf meinen Schreibtisch legte, öffnete ich die silberbeschlagene Tasche und ließ den feinen Sand herausrinnen, der die zerbrechlichen Papyrusfragmente schützte. Sie waren unversehrt. Tayeb half mir, die vierzehn winzigen Bruchstücke, die wir aus der einstürzenden Genisa gerettet hatten, auf dem Tisch auszubreiten.

»Wie wollen wir vorgehen?«

»Zuerst solltest du feststellen, ob alle Fragmente zu demselben Codex gehören«, schlug Tayeb vor. »Du weißt schon: Farbe, Dicke und Faserstruktur des Papyrus, Farbe der Tinte, individuelle Schriftmerkmale des Verfassers wie Neigung und Strichstärke der Buchstaben …«

Ich nickte.

»… dann solltest du die zerbrochenen Fragmente rekonstruieren, die Zeilenlänge auszählen, die fehlenden Buchstaben und Worte ergänzen und den Text übersetzen«, erklärte er. »Leider kann ich dir bei alldem nicht helfen, da ich das Griechische nicht beherrsche.«

Ich starrte auf die winzigen Fragmente. Die schmalen Streifen aus dem Mark der Papyrusstaude waren zu genormten Bögen übereinandergelegt, gepresst, getrocknet und geglättet worden. In einem Codex wurden immer beide Seiten eines Bogens beschrieben – nicht nur die glatte Vorderseite wie bei einer Schriftrolle, sondern auch die Rückseite, wo die Papyrusfasern oft ›gegen den Strich‹ liefen. Dadurch waren die Buchstaben oft unleserlich, verliefen ineinander, und manchmal blätterte auch die Tinte ab.

»Willst du mit Alexios arbeiten?«

Ich schüttelte den Kopf. »Bei der Entschlüsselung eines gnostischen Evangelientextes kann er mir nicht helfen. Alexios hat sich nie mit dem Glauben der Gnostiker beschäftigt. Die Gnosis wird ja von der Kirche als Häresie verdammt!«

»Und wenn du dich an Leonardo Bruni wendest? Er ist der größte Hellenist Italiens und hat mehrere Bücher von Platon und Aristoteles übersetzt.«

»Leonardo Bruni ist Kanzler der Republik. Ich kann nicht während des Unionskonzils mit ihm an der Übersetzung eines fünften Evangeliums arbeiten, von dessen Existenz außer dem Papst niemand weiß. In wenigen Tagen beginnt eine der bedeutendsten Kirchenversammlungen der Geschichte. Was, glaubst du, wird geschehen, falls bekannt wird, dass ich ein Evangelium gefunden habe? Hier geht es nicht um die Wahrheit des Glaubens, sondern um die machtpolitische Frage der Wiedervereinigung der beiden Kirchen, um den Primat des Papstes, um seine Herrschaft in Rom und in der Welt und um das Überleben des Byzantinischen Reiches als letzter christlicher Bastion im Osten. Bevor ich nicht weiß, was in diesem Evangelium geschrieben steht, und bevor ich nicht mit dem Papst darüber gesprochen habe, werde ich niemandem die Papyri zeigen.«

Tayeb schob den Stuhl zurück und erhob sich. »Da ich dir ja nicht helfen kann, werde ich Lucas Arbeitszimmer durchsuchen. Ich nehme an, dass er sich während der Übersetzung der Fragmente Notizen gemacht hat.«

Ich gab ihm den Schlüssel zu Lucas Rosenholzkassette. »Kannst du mir bitte die Bücher bringen, die auf Lucas Schreibtisch liegen?«

»Mach ich.«

Ich betrachtete die Papyri. Die vier größeren Bruchstücke, die ich Luca in Tayebs Silberamulett geschickt hatte. Und die vierzehn winzigen Fragmente, die ich aus der einstürzenden Genisa gerettet hatte. Nebeneinandergelegt ergaben die beschriebenen Fetzen nicht einmal eine halbe Buchseite. Es war nicht viel, wofür ich mein Leben riskiert hatte. Und trotzdem war der Fund bedeutend: Die Papyri enthielten unbekannte Worte Jesu.

Ich hob das größte Fragment auf und las:

›Jesus sprach: Wer sucht, soll weitersuchen, bis er findet. Und wenn er gefunden hat, wird er bestürzt sein. Und wenn er bestürzt ist, wird er staunen. Und er wird herrschen über das All.‹

Dieses Logion hatte Luca sich auf einem Zettel notiert – ich hatte ihn in Eusebius' Kirchengeschichte gefunden, als ich das Buch aufhob und zurück auf seinen Schreibtisch legte.

Ich drehte das Fragment um. Die Tinte war sehr viel blasser als auf der anderen Seite. Mühsam entzifferte ich:

›Jesus sprach: Erkenne, was vor deinem Angesicht ist, und das, was für dich verborgen ist, wird sich dir enthüllen. Denn es gibt nichts Verborgenes, das nicht offenbar werden wird.‹

Tayeb legte einen Stapel Bücher auf den Schreibtisch und gab mir ein gefaltetes Pergament. »Lucas Notizen. Der Zettel lag in der Kassette aus Rosenholz.«

Ich entfaltete das Pergament und überflog die lateinischen Anmerkungen meines Vaters. Mir verschlug es den Atem.

O Gott!, dachte ich entsetzt und fasziniert zugleich. Was hat Luca dem Papst erzählt? Dass Jesus ein Mensch war, und kein Gott? Musste er deshalb sterben?

»Kannst du damit etwas anfangen?«, fragte Tayeb.

»Allerdings«, nickte ich. »Setz dich.«

Erwartungsvoll nahm Tayeb neben mir Platz.

»Offenbar hat Luca die vier Fragmente übersetzt, die wir ihm in deinem Silberamulett geschickt hatten. Das Evangelium scheint ausschließlich aus Logien, also aus Sprüchen Jesu, zu bestehen. Es ist also eine Spruchsammlung ohne die dramatische Erzählung der Passionszeit, der Kreuzigung und der Auferstehung.«

»Aber ich dachte, gerade der Sühneopfertod am Kreuz und die Erlösung der Menschheit wäre die Frohe Botschaft, die die Evangelisten verkünden wollten!«, wunderte sich Tayeb.

»Das ist wahr. Doch dieses Evangelium scheint nur Worte Jesu zu enthalten.«

Ich wies auf die nächste Zeile von Lucas Notizen.

»Luca ist aufgefallen, dass Jesus in den Fragmenten nicht Christus genannt wird – Christus ist die griechische Übersetzung des hebräischen Maschiach, der Messias oder der Gesalbte. Kyrios ist die griechische Bezeichnung für Herr, im Sinne von Gott, der Herr. Daher auch seine Bemerkung ›Ein Mensch – kein Gott!‹ Mich wundert allerdings, dass mein Vater nicht einmal ein Fragezeichen hinter dieses häretische Bekenntnis gesetzt hat.

Wie ich hat Luca dieses Evangelium für sehr alt gehalten – vielleicht sogar für älter als die Texte im Neuen Testament. Die genannten Stellen in den Evangelien des Markus, Lukas und Johannes …« Ich deutete auf Lucas Anmerkungen. »… beziehen sich offenbar auf ein Logion, das ich in der Genisa in Alexandria gelesen habe … Warte!«

Ich suchte das entsprechende Fragment und zeigte es Tayeb:

»Sieh mal, hier steht: ›Jesus sprach: Kein Prophet ist angenommen in seinem Dorf. Kein Arzt heilt die ihn kennen.‹ Die angegebenen Stellen in den Evangelien beziehen sich vermutlich auf dieses Logion.

Und die rätselhaften Abkürzungen am Ende von Lucas Notizen sind Hinweise auf die Kirchenschriftsteller, die über ein gnostisches Evangelium geschrieben haben. Sie verweisen auf die Bücher der Kirchenväter, die du von seinem Schreibtisch geholt hast.«

»Lucas Notizen helfen dir also?«, fragte Tayeb erleichtert.

»Ich hoffe es! Ich werde die Bücher der Kirchenväter studieren, um herauszufinden, wer der Verfasser dieses gnostischen Evangeliums ist. Doch ich bezweifle, dass ich eine Deutung dieses gnostischen Sinnspruchs finde.« Ich zeigte Tayeb die Rückseite des zuletzt zitierten Logions: »›Jesus sprach: Werdet Vorübergehende!‹

Es klingt so einfach, nicht wahr? Das ist es aber nicht! Denn wir wissen nicht, zu wem Jesus sprach – zu seinen Jüngern, zum Volk Israel oder zu inspirierten Gnostikern? Wann und wo – während der Bergpredigt oder in Jerusalem am Kreuz?

Woran soll vorübergegangen werden? An Hass und Gewalt? In der Bergpredigt heißt es: Glückselig die um der Gerechtigkeit willen Verfolgten, denn ihrer ist das Reich der Himmel. Glückselig die Friedensstifter, denn sie werden Söhne Gottes heißen. An Not und Leid? Glückselig die Trauernden, denn sie werden getröstet werden.

Soll der Mensch wie ein Mönch auf alles Weltliche verzichten? Denn was würde es dem Menschen nützen, wenn er die ganze Welt gewinnt, sich selbst aber verliert! Denn das Königreich der Himmel ist ja mitten unter uns, ist ja *in uns!*

Oder soll der Mensch wie ein ewiger Pilger, der wie Jesus alles hinter sich gelassen hat, mutig voranschreiten? Vorübergehen bedeutet doch auch, nicht stehen zu bleiben auf dem einmal beschrittenen Weg? Den Tod am Kreuz zu riskieren?«

Tayeb nickte betroffen. »Dieses Logion erinnert mich an einen Spruch, den ich in den Schriften von Al-Ghazali gelesen habe, einem persischen Theologen und Mystiker: ›Jesus, Friede sei mit ihm, hat gesagt: Die Welt ist eine Brücke. Geht über sie hinüber, aber lasst euch nicht auf ihr nieder.‹«

»Das scheint derselbe …«, begann ich, als Vittorino leise die Tür öffnete und den Kopf hereinsteckte.

»Ich weiß, Ihr wolltet nicht gestört werden.« Sein neugieriger Blick huschte zu den Papyri auf dem Schreibtisch.

»Was ist denn?«

»Ich habe mit dem Sekretär des Papstes gesprochen. Seine Heiligkeit hat den Befehl gegeben, Luca jederzeit zu ihm zu lassen, wenn er es wünschte. Dasselbe gilt nach Meinung von Fra Domenico auch für Euch. Der Papst wird morgen Nachmittag in Florenz eintreffen.

Sobald er nach der offiziellen Begrüßung durch Cosimo nach Santa Maria Novella zurückgekehrt ist, wird er Euch empfangen.«

»Danke, Vittorino.«

»Noch etwas: Der Metropolit von Athen ist eben gekommen. Er wartet in der Kapelle!« Vittorino schloss die Tür hinter sich.

»Wir machen morgen weiter!«, entschied ich. »Ich will möglichst viele der zerbrochenen Fragmente rekonstruieren, bevor ich morgen Abend mit dem Papst spreche.«

Tayeb half mir, die Papyri in die Rosenholzkassette zu legen.

»Möchtest du mit uns zu Abend essen?«, fragte ich ihn, während ich die Schatulle verschloss, doch er winkte ab:

»Ich würde heute Abend gern allein sein.«

»Und ich will heute Nacht auf keinen Fall allein sein!«

Als ich wenig später die Kapelle betreten wollte, hielt ich inne. Durch die halb offene Tür sah ich Niketas vor Lucas Katafalk stehen. Er hatte die schwarze Robe eines Metropoliten angelegt, allerdings ohne goldenes Brustkreuz und Panagia-Medaillon. Auf seinem Haar trug er die schwarze Haube mit dem Schleier, der ihm weich über die Schultern fiel. Im Licht der Altarkerzen leuchtete sein Gesicht. Er hatte die Augen geschlossen, die Arme ausgebreitet und betete leise und sehr eindringlich.

Im Herzen berührt beobachtete ich ihn, hinter der Tür verborgen. Der Tod meines Vaters hatte ihn getroffen. In der Tiefe seiner Seele war er aufgewühlt.

Wie gern hätte ich ihn umarmt, um ihn zu trösten!

Schließlich besann ich mich. Was tat ich hier? Wieso starrte ich ihn an? Bevor ich die Kapelle betrat, musste ich ihm Gelegenheit geben, seine Tränen zu trocknen und die Fassung wiederzuerlangen!

Widerstrebend riss ich mich von seinem Anblick los und huschte auf Zehenspitzen den Gang entlang zurück zur Treppe, die ich ein paar Stufen hinaufstieg. Dann drehte ich mich um, raffte meinen Seidenrock, hastete die Stufen wieder hinab und rauschte so geräuschvoll wie möglich zurück zur Tür der Kapelle. Er musste mich hören!

Als ich eintrat, hatte er sich beruhigt. Nur in seinen dunklen Augen schimmerte noch die Traurigkeit.

Ich wollte vor ihm niederknien, um die Hand zu küssen, aber er ließ es nicht zu. »Ich bin sehr glücklich, dass Ihr mich eingeladen habt, Kyria Alessandra«, gestand er. »Ich hätte es nicht ertragen, heute Abend allein zu sein.«

»Ich freue mich, dass Ihr gekommen seid, Euer Seligkeit.«

Sein Blick glitt über mein rotes Seidenkleid und blieb an einer Papyrusfaser an meinem Ärmel hängen. Mit spitzen Fingern nahm er sie und zerrieb sie zwischen seinen Fingern. Sein leises Lächeln war unergründlich. Schließlich hob er den Blick. »Ich habe etwas mitgebracht.« Er nahm ein Futteral aus purpurnem Brokatstoff vom Chorgestühl, löste die Verschnürung und zog eine Ikone hervor.

Es war eine herrliche Darstellung von Jesus Christus in königsblauer Robe auf Blattgoldhintergrund. In der einen Hand hielt er das Evangelium, das mit funkelnden Rubinen und Saphiren verziert war, die andere war segnend erhoben.

»Was für eine schöne Ikone!«, staunte ich. »Sie ist sehr kostbar.«

»Mein Bruder hat sie mir anlässlich meiner Bischofsweihe geschenkt. Ich wollte, dass Luca sie bekommt.«

»Er hätte sich darüber sehr gefreut«, beteuerte ich. »Mein Vater hat oft von Euch gesprochen. Als Cosimo beschloss, das Konzil nach Florenz zu holen, da sagte Luca, dass er sich darauf freue, Euch endlich kennenzulernen.«

»Es würde mir sehr viel bedeuten, wenn diese Ikone Luca auf seinem letzten Weg begleitet. Wenn Ihr erlaubt, Kyria …«

Ich folgte ihm zu Lucas Katafalk. Behutsam versuchte er die gefalteten Hände meines Vaters anzuheben, um die Ikone darunterzuschieben, aber die Totenstarre hatte nun vollends eingesetzt. Ich half ihm, die Falten von Lucas Brokatrobe so zu arrangieren, dass mein Vater die Ikone im Arm halten konnte wie Jesus Christus das Evangelium. Wir standen so dicht nebeneinander, dass wir uns immer wieder berührten.

Niketas ergriff meine Hand und hielt sie fest. Meinem Blick wich er aus. Tränen schimmerten in seinen Augen. Schließlich ließ er mich los und sah mich verzweifelt an.

Mein Gott, dieser Blick traf mich ins Herz!

Dann wandte er sich wortlos ab. Wie seine Hände zitterten!

Plötzlich schloss er die Augen, neigte den Kopf und fasste sich stöhnend an die Stirn, als erleide er unerträgliche Schmerzen. Dann schwankte er und hielt sich mit beiden Händen an Lucas Katafalk fest. Sein ganzer Körper bebte, und nur mit Mühe konnte er sich auf den Beinen halten. Er war bleich wie der Tod!

Ich trat neben ihn, um ihn die drei Schritte zum Chorgestühl zu führen, damit er sich setzen konnte, bis der Schwächeanfall vorüber war. Hatte Alexios nicht erzählt, dass Niketas an diesem Morgen schon einmal zusammengebrochen war?

Als ich meinen Arm um seine Schultern legte, um ihn zu stützen, taumelte er mir entgegen. Die Haube mit dem schwarzen Schleier fiel zu Boden, als er mit zuckenden Gliedern in meine Arme stürzte. Ich fing ihn auf, bevor er mit dem Kopf auf dem Marmorboden der Kapelle aufschlug, sank in die Knie und ließ ihn behutsam zu Boden gleiten.

Hastig löste ich die Schärpe meines Kleides, knüllte die Seide zusammen und schob sie ihm zwischen die Zähne, damit er sich während des Anfalles nicht in die Zunge biss und an seinem Blut erstickte. Dann bettete ich seinen Kopf in meinen Schoß und strich ihm über die Stirn und sein Haar.

»Es wird gleich vorbei sein!«, tröstete ich ihn.

Seine rechte Hand verkrampfte sich in die Falten meines Kleides, als suchte er nach einem Halt. Er zerrte an dem Stoff, bis die Seide mit einem scharfen Geräusch zerriss.

»Ich bin bei dir, Niketas!«, flüsterte ich. »Du bist nicht allein! Alles wird gut!«

Ich hatte keine Ahnung, ob er meine Worte verstehen konnte oder ob er mich überhaupt wahrnahm. Doch ich redete weiter beruhigend auf ihn ein und streichelte ihn. Dann entdeckte ich das Geflecht von Narben zwischen seinen Haaren und erschrak angesichts der furchtbaren Kopfverletzungen, die er schon vor Jahren erlitten haben musste.

Nach einer Weile hörte das Zittern auf, die Verkrampfungen in seinen Gliedern lösten sich. Ich zog die gefaltete Seide zwischen seinen Zähnen heraus, damit er tiefer atmen konnte.

Dann folgte ein neuer Anfall, schlimmer als der erste!

Wie unter unerträglichen Schmerzen wand er sich auf dem Boden und schlug wie besessen um sich. Ich wagte es nicht, ihn festzuhalten – ich konnte ihn verletzen! Was sollte ich denn nur tun? Der Status epilepticus war lebensbedrohlich! Sein Herz konnte aufhören zu schlagen, seine Atmung aussetzen!

»Tayeb!«, schrie ich und hoffte, dass er mich durch die offene Tür der Kapelle hören konnte. Er war in seinen Räumen. *»Tayeb! Komm schnell!«*

Ein dritter Anfall folgte in noch kürzerem Abstand. Es war unbeschreiblich! Welche Höllenqualen er durchlitt!

Als Tayeb in die Kapelle stürmte, um mir zu helfen, kam Niketas schwer atmend zur Ruhe. Mein Freund hockte sich neben mich, ergriff Niketas' Hand und fühlte seinen Puls.

»Ruf Alexios und Tito! Sie sollen uns helfen, ihn nach oben zu bringen«, bat ich ihn. »Hol das Buch von Hippokrates über die Epilepsie, eine Schüssel mit heißem Wasser und ein Tuch.« Tayeb sprang auf und war schon an der Tür, als ich ihn zurückrief. »Warte! Außerdem brauche ich zerstoßenes Eis in einem Leinenbeutel. Er glüht wie im Fieber. Ich muss seine Stirn kühlen.«

Tayeb nickte und verschwand.

Niketas war am Ende seiner Kräfte. Mit geschlossenen Augen

ruhte er auf meinen Knien. Tränen rannen über seine Wangen. Er öffnete die Lippen, um zu sprechen, rang nach Worten und brachte nichts als ein Stöhnen heraus.

»Du musst nichts sagen, Niketas!« Sanft streichelte ich sein heißes Gesicht und wischte die Tränen fort. »Sei ganz ruhig!«

Erschöpft von dem furchtbaren Anfall fiel er schließlich in einen tiefen Schlaf.

Niketas

Kapitel 12

Seufzend, den Kopf tief in ein Kissen vergraben, erwachte ich. Der seidene Bettbezug duftete nach Rosen. Tief sog ich den Duft ein und räkelte mich in die Kissen.

Erst als ich mich umdrehte, spürte ich die Schmerzen in meinem ganzen Körper. Und noch etwas anderes: Ich war nackt! Wo war ich? Nicht in meiner Klosterzelle!

Erschrocken setzte ich mich auf und zog die Bettdecke über meinen Körper.

Es war noch Nacht. Das Bett mit einem Baldachin und zurückgebundenen Bettvorhängen aus Samt stand in einem Schlafgemach mit einem Marmorkamin, in dem die Asche nur noch glühte.

Im Schein der Kerze sah ich sie: Alessandra saß in einem bequemen Sessel vor der Feuerstelle, ihre Beine ruhten auf einem zweiten Stuhl. Anstelle des Seidenkleides trug sie nun ein Nachtgewand. Auf ihren Knien lagen mehrere Pergamentblätter, weitere waren auf dem Boden neben dem Sessel verstreut. Sie war beim Lesen eingeschlafen. Ihre blauen Augen, die mich gestern so verwirrt hatten, waren geschlossen, die sinnlichen Lippen leicht geöffnet, der Kopf war zum Feuer geneigt. In langen Kaskaden fiel ihr das dunkle Haar über die Schultern bis zur Hüfte.

Während ich sie betrachtete, stoben wieder Lichtfunken vor meinen Augen. Dann ein schmerzhaft greller Blitz – wie gestern Abend an Lucas Katafalk! Stöhnend ließ ich mich in die Kissen zurücksinken und rieb mir mit den Fingern die Schläfen.

Sie erwachte, richtete sich auf und sah mich an. Dann legte sie die

Pergamentblätter weg, kam zu mir herüber und setzte sich auf den Rand des Bettes.

»Ich bin so froh, dass es Euch besser geht!« Sie sprach Griechisch mit temperamentvollem italienischem Akzent. »Ich hatte solche Angst um Euch! Es war ein sehr schwerer Anfall.«

Verlegen rückte ich von ihr weg, entzog ihr meine Hand, die sie sanft gestreichelt hatte, und zerrte an der Bettdecke. Sie war mir viel zu nah! Und ich war allein mit ihr in ihrem Schlafzimmer. Das war mehr als unschicklich.

Sie erriet meine Bedenken und wies zur offenen Tür. »Mein Freund Tayeb schläft nebenan. Auch seine Schlafzimmertür steht weit offen. Obwohl er uns nicht sehen kann, hört er doch jedes Wort, das wir miteinander sprechen. Die Regeln des Anstands bleiben also gewahrt.«

»Vergebt mir, mein Anfall hat Euch erschreckt«, murmelte ich beschämt.

»Nicht der Rede wert.«

»Warum seid Ihr nicht zu Bett gegangen? Der Tod Eures Vaters muss Euch sehr …«

»Ich wollte Euch nicht allein lassen, Niketas. Nicht nach diesem schweren Anfall. Als Ihr Euch vorhin für die Einladung bedankt habt, sagtet Ihr, dass Ihr es nicht ertragen hättet, in dieser Nacht allein zu sein.« Sie senkte die Lider und gestand leise: »Ich wollte auch nicht allein sein.« Als sie wieder aufsah, trafen sich unsere Blicke. »Wie fühlt Ihr Euch?«

»Ich habe furchtbare Kopfschmerzen.«

Sie nahm das silberne Fläschchen mit Natanaels Wundermittel vom Nachttisch und zeigte es mir. »Ich habe die Phiole in der Tasche Eurer Soutane gefunden. Das Mittel scheint Opium zu enthalten, und ich dachte, dass es gegen die Krämpfe helfen könnte.«

»Mein Arzt hat mir die Tropfen gegeben. Sie sind gegen die Schmerzen. Einen Anfall können sie nicht verhindern.«

Ich nahm ihr das Fläschchen aus der Hand. Unsere Finger berührten sich dabei.

»Ich habe um Euer Leben gefürchtet«, gestand sie. »Der Status epilepticus kann tödlich enden.«

Ich leerte die Phiole und gab sie ihr zurück.

»Es war der schwerste Anfall, den ich jemals hatte. Ihr habt mir das Leben gerettet, Alessandra! Ihr habt mich aufgefangen, als ich gestürzt bin. Wäre ich mit dem Kopf auf den Marmorboden geschlagen, hätte ich vielleicht nicht überlebt.«

»Ihr erinnert Euch an den Anfall?«, fragte sie bestürzt. Als ich nickte, senkte sie den Blick. »Dann habt Ihr gehört, was ich gesagt habe?«

»Jedes Wort. ›Ich bin bei dir, Niketas! Du bist nicht allein!‹, habt Ihr geflüstert, während Ihr mich im Arm gehalten habt. ›Sei ganz ruhig, Niketas!‹ Das hat mir sehr geholfen!«

»Ich wollte Euch nicht zu nahe treten«, entschuldigte sie sich und errötete. »Der vertrauliche Ton war Eurem Rang gewiss nicht angemessen.«

»Schon gut!«, winkte ich ab. »Ihr habt mir das Leben gerettet. Ich stehe tief in Eurer Schuld.«

»Seit wann habt Ihr diese epileptischen Anfälle?«

»Seit zwei Jahren.«

»Waren sie immer so schlimm?«

»Beim ersten Mal bin ich mitten in der Nacht aufgewacht, und da war diese Erfahrung eines grenzenlosen, sich ausdehnenden Geisteszustands – anders kann ich es nicht beschreiben. Ich sah tanzende Lichtfunken vor meinen Augen. Die Farben waren so intensiv leuchtend, die Geräusche so bestürzend klar. Ich war so feinsinnig! Ich empfand einen großen Segen und das ekstatische Gefühl von Gottesnähe. So begann es. Im Laufe der Monate wurden die Anfälle stärker. Ich durchlitt Höllenqualen. Während der Seereise nach Venedig stürzte ich zum ersten Mal. Mein Freund Natanael fing mich auf wie Ihr vorhin und brachte mich ins Bett. Als er mich untersuchte, diagnostizierte er eine schwere Epilepsie.«

Sie hob die Hand und fuhr mir durch das Haar. Die Berührung war sehr zärtlich, und ich wich ihr nicht aus. »Woher stammen diese furchtbaren Narben?«

»Von einem Unfall, der beinahe tödlich geendet hätte.«

»Wollt Ihr mir davon erzählen?«

Ich zögerte, doch dann nickte ich. Ich wollte nicht, dass sie mich jetzt schon verließ.

Sie half mir in eine sitzende Position und stopfte einige Kissen hinter meinen Rücken. Ich ließ mich zurücksinken und zog die Bettdecke über meine nackte Brust, bevor sie mich auch noch zudeckte.

»Es war an einem Karfreitag. Ich war damals acht Jahre alt. Natanael und ich wollten die Karfreitagsprozession zur Hagia Sophia anschauen. Menschenmassen säumten die Straßen, um den spektakulären Auftritt des Basileus als Jesus Christus zu sehen. Dem liturgischen Hofzeremoniell des Karfreitags gemäß war sein Gesicht totenbleich geschminkt, und er trug ein weites weißes Gewand. Es sah aus wie ein Leichentuch. Der Kaiser ist der Stellvertreter Christi auf Erden. Was er berührt, gilt als geweiht. Niemals richtet Seine Majestät das Wort direkt an einen Sterblichen. Er spricht durch seinen Kanzler, der seine gemurmelten Worte laut wiederholt.«

»Das byzantinische Hofzeremoniell ist sehr streng«, vermutete sie.

»Wie in der orthodoxen Liturgie ist jedes Wort und jede Geste seit Jahrhunderten festgeschrieben. Ein Mensch, der verzweifelt versucht, sich zu befreien, um seine verlorene Freiheit wiederzuerlangen, kann daran zugrunde gehen.«

»Verstehe.« Sie nahm meine Hand und hielt sie fest.

»Kaiser Manuel ritt zur Hagia Sophia, um am Karfreitagsgottesdienst des Patriarchen teilzunehmen. Die Menschen drängten sich am Straßenrand, um den Basileus zu sehen und seinen Segen zu empfangen. Viele folgten ihm durch die Straßen der Stadt.

Vor der Hagia Sophia hatten Natanael und ich uns bis in die erste Reihe der Schaulustigen vorgekämpft. Wir hatten eine Wette abgeschlossen, wem von uns es gelingen würde, das Pferd des Kaisers mit der ausgestreckten Hand zu berühren. Wir hatten damals viel Unsinn im Kopf!«

Sie lächelte verschmitzt. »Und? Wer hat gewonnen?«

»Ich, aber es hätte mich fast das Leben gekostet. Als sich Manuel der Hagia Sophia näherte, konnten die Palastwachen den herandrängenden Menschenmassen kaum noch standhalten. Natanael und ich wurden hin- und hergestoßen und mussten uns an einem der Bewaffneten am Straßenrand festklammern, um nicht umgeworfen und niedergetrampelt zu werden. Schließlich gelang es mir, Natanael an den Gardisten vorbei auf die Straße zu zerren, auf der sich der Kaiser im Trab rasch näherte. Einer der Wächter wirbelte herum, um uns aufzuhalten. Er packte Natanael an den Schultern und schob ihn mit Gewalt zurück in die Menge. Dabei traf er mich hart an der Schulter und warf mich um. Ich stürzte – direkt unter die Hufe von Manuels Pferd.«

»Du lieber Himmel!«

»Der Hengst stieg, schlug aus und hätte beinahe den Basileus abgeworfen. Nur mit Mühe konnte er sich im Sattel halten. Die Hufe seines Pferdes trafen mich hier.« Ich wies auf die Narben unter meinem Haar. »Ich stürzte auf die Straße und schlug hart mit dem Kopf auf. Die Schreie der Menge, die Enge der Gasse, das Blitzen der Schwerter der kaiserlichen Gardisten, die den Basileus beschützen wollten – all das erschreckte das Pferd. Es stieg erneut, und wieder trafen mich seine Hufe. In seiner Panik hätte der Hengst mich beinahe zu Tode getrampelt.«

Entsetzt schlug Alessandra sich die Hand vor die Lippen. »Und dann?«

»Daran kann ich mich nicht mehr erinnern. Ich war bewusstlos. Manuel hat es mir später erzählt. Er sprang vom Pferd und kniete neben mir nieder. Ich blutete aus mehreren Wunden am Kopf. Ein Bein und zwei Rippen waren gebrochen. Er befahl, mich in den Palast zu bringen, um mich durch seine Leibärzte versorgen zu lassen. Nach der Karfreitagsmesse saß er an meinem Krankenlager, hielt meine Hand und betete, ich möge überleben. Ich kann mich daran nicht erinnern, denn ich lag drei Tage lang im Koma. Und danach haben mir die Ärzte so viel Opium gegeben, dass ich fast ständig schlief. Aber ich weiß, dass Manuel mich oft besuchte. Er hatte mich in diese lebensbedrohliche Lage gebracht und fühlte sich verantwortlich für mein Schicksal.

Während ich bewusstlos war, schickte er Bewaffnete in die Stadt, die meine Eltern suchen sollten. Doch die Palastwachen kehrten zurück, ohne herausgefunden zu haben, wer ich war oder woher ich kam.«

Alessandra hob die Augenbrauen. »Und dann?«

»Am Ostermontag gelang es Natanaels Vater endlich, den Kaiserpalast zu betreten. Als Jude war er am Tor immer wieder abgewiesen worden. Der Basileus war bestürzt, als er erfuhr, dass ich ein Waisenjunge aus dem Armenviertel war – mit einem Juden als Ziehvater. Ein christliches Kind, das bei einem Rabbi aufwuchs? Als Jude! Das war völlig undenkbar. Und so beschloss der Kaiser, meine verlorene Seele zu retten, mich taufen zu lassen und mir ein neues Leben zu schenken.«

Sie nickte langsam. »Also ist Rabbi Natanael Euer Bruder?«

»Ihr kennt ihn?«

»Ich traf ihn vor einigen Tagen in Ferrara, als ich um eine Audienz beim Metropoliten von Athen bat. Er steht Euch immer noch sehr nah, nicht wahr?«

Es lag so viel Mitgefühl in ihrem Blick, und so viel Wärme, dass mir ganz heiß ums Herz wurde.

»Natanael ist meine einzige Erinnerung an meine jüdische Kindheit.«

»Aber Ihr seid kein Jude. Ihr seid nicht …« Beschämt verstummte sie und senkte den Blick.

Verlegen zerrte ich an der Decke. »Nein, ich bin nicht beschnitten. Nach dem Gesetz der Tora bin ich kein Jude. Aber ich habe keine Ahnung, wer meine Eltern waren. Ich kann mich kaum noch an sie erinnern. Sie starben, als ich vier Jahre alt war.«

»Wie furchtbar!«

»Ich bin im Armenviertel aufgewachsen. Wer sich in den ersten Monaten nach dem Tod meiner Eltern um mich gekümmert hat, weiß ich nicht. Ich habe mich von Essensresten ernährt, die ich vor der Hütte fand, in der ich lebte. Irgendjemand legte jeden Tag harte Brotkanten, wurmstichige Äpfel und ganz selten auch ein paar Bissen Fleisch vor die Tür. Wenn dieser barmherzige Engel mir nicht geholfen hätte, wäre ich verhungert.

Nach einigen Monaten, in denen ich allein in dem verfallenen Bretterverschlag gewohnt hatte, wurde ich mit Gewalt auf die Straße gejagt, wo ich fortan lebte. In der Hütte meiner Eltern kämpfte nun eine andere Familie ums Überleben. Ich besaß nichts als die dreckigen Lumpen, die ich am Leib trug – ich war völlig verwahrlost und immer hungrig. Mit den Ratten stritt ich mich um die Abfälle.«

Behutsam strich sie über die Narbe an meinem linken Arm. »Ist das der Biss einer Ratte?«

»Ratten sind gefährlich, wenn sie hungrig sind. Besonders für ein fünfjähriges Kind, das vom Hunger geschwächt ist. Ich hatte Fieber und konnte mich kaum noch auf den Beinen halten. Im Judenviertel habe ich die Knochen eines Lammbratens aus dem Abfall gezogen und abgenagt. Es war ein paar Tage nach dem Sederabend, dem Beginn des Pessachfestes.

Rabbi Aviram fand mich, als er am Freitagabend vom Synagogengottesdienst nach Hause kam. Eine Ratte hatte sich in meinen Arm verbissen. Er erschlug das Biest, führte mich in sein Haus, wusch mich und verband meine Wunden. Dann gab er mir zu essen und zu trinken, steckte mich ins Bett seines Sohnes und deckte mich zu. Es war Sabbat. Das Bett war frisch bezogen. Noch nie in meinem Leben hatte ich in einem Bett geschlafen, mit einem weichen Kissen und einer warmen Decke. Noch nie hatte mir irgendjemand so viel zu essen gegeben, dass ich satt wurde. Und da war Natanael, der sich sehr liebevoll um mich kümmerte und nachts neben mir im Bett lag.« Lächelnd hing ich einen Augenblick den Erinnerungen an die glückliche Zeit meiner jüdischen Kindheit nach. »Alessandra, wisst Ihr, was für ein überwältigend schönes Gefühl Liebe und Geborgenheit sind?«

Sie presste die Lippen aufeinander und schüttelte unmerklich den Kopf. Tränen funkelten in ihren Augen. Was hatte sie denn plötzlich?

»Aviram brachte es nicht übers Herz, mich wieder auf die Straße zu werfen. Er erzog mich wie seinen eigenen Sohn. Er lehrte mich Lesen und Schreiben und nahm meinen Bruder und mich ganz selbstverständlich mit zum Gottesdienst, den er in der nahe gelegenen Synagoge hielt.«

»Wie lange habt Ihr wie ein Jude gelebt?«

»Fast vier Jahre lang. Ich aß koscher, hielt den Sabbat, feierte Pessach und Sukkot und Chanukka und hasste die Gojim, die uns Juden an christlichen Feiertagen als ›Christusmörder‹ und als ›Feinde Gottes‹ beschimpften und mit Dreck bewarfen. Ich hatte keine Ahnung, wer dieser Jesus Christus gewesen war. Aviram erzählte mir dann von der Kreuzigung, der Auferstehung und der Himmelfahrt. Das war ebenso beeindruckend wie die Geschichte vom Propheten Elija, den Gott zu sich in den Himmel holte.«

»Ihr habt Euch als Jude gefühlt.«

Hatte mein Geständnis sie unangenehm berührt? Wohl nicht, denn ich sah nur Mitgefühl in ihrem Blick.

»Ich war ein Jude, und war es doch nicht. Mein Vater hatte mich nicht beschneiden lassen, denn er wollte mir die Entscheidung überlassen, ob ich zum Judentum konvertieren wollte oder nicht.

Er wusste ja nicht, wer meine Eltern gewesen waren. Vielleicht war ich ja ein getaufter Christ? Wie auch immer: Aviram beschloss, dass ich mich bis zu meinem dreizehnten Lebensjahr, dem Alter der Bar-Mizwa, entscheiden sollte, ob ich ein Jude werden wollte.«

»Ihr lächelt, wenn Ihr Euch an Eure Kindheit erinnert«, bemerkte Alessandra.

»Ja, damals war ich glücklich«, gestand ich. »Vier unbeschwerte Jahre lebte ich in Avirams Haus. Natanael und ich genossen die Freiheit, die unser Vater, der viel beschäftigte Rabbi, uns gewährte. Wir tobten ausgelassen durch die Stadt und hatten nur Unsinn im Kopf.«

»Kann ich mir vorstellen! Sich als Judenkind in die erste Reihe der Karfreitagsprozession des Basileus, des Stellvertreters Christi auf Erden, zu drängen ist … bitte verzeiht mir!« Sie lächelte verschmitzt. »Das klingt, als wärt Ihr ein richtiger Lausbub gewesen, Euer Seligkeit!«

»Das war ich!«, versicherte ich ihr mit einem Grinsen. »Die schlimmsten Streiche, die Ihr Euch vorstellen könnt, habe ich begangen. Und wenn ich es nicht selbst gemacht habe, dann habe ich Natanael dazu angestiftet. Die Geschichte mit den Kirschen aus den Gärten des Kaisers erspare ich Euch.«

»Ihr habt dem Basileus Kirschen stibitzt?«, lachte sie und winkte lässig ab. »Ich war der Schrecken des Vatikans! Die Mitglieder der päpstlichen Kommission, die über Wunder und Heiligsprechungen zu entscheiden hatten, fürchteten jeden meiner Besuche. Ich habe meinen Vater immer zu den Audienzen bei Papst Martin begleitet.

Der spektakulärste meiner Streiche waren die blutenden Stigmata auf einer Marmorstatue des heiligen Dominikus. Zwei Kardinäle und der Prior von Santa Maria sopra Minerva beschäftigten sich zwei Tage lang mit diesem vermeintlichen Wunder, bis sie am Ende herausfanden, dass das heilige Blut Messwein aus der Sakristei von San Pietro war.«

Ihr Lachen war ansteckend.

»Schockiert?«

»Nicht im Geringsten!«

»Mein Vater, der ehemalige Dominikaner, *war* schockiert. Die Kardinäle Giordano Orsini und Gabriel Condulmer, der heutige Papst Eugenius, haben sich furchtbar aufgeregt. Papst Martin ließ Gnade vor Recht ergehen und hat mich nicht bestraft. Er wusste, warum ich mir unter allen Heiligen ausgerechnet Domingo de Guzmán, den Gründer des Dominikanerordens, ausgesucht hatte. Und wieso die blutigen Stigmata aussahen wie die Wunden nach einer Folterung durch die Inquisition.« Sie war plötzlich sehr ernst.

Was hatte sie Furchtbares erlitten, dass sie nicht anders konnte, als blutige Rache an der Statue des heiligen Dominikus zu nehmen? Ihr Vater war der ›Richter Gottes‹, ihr Großvater Condottiere der Kirche, ihr Cousin Prospero Kardinal und dessen Onkel Pontifex maximus. Die römische Kirche war fest in der Hand der Colonna gewesen. Sie konnte der Kirche nicht entkommen – nur immer wieder an den Gitterstäben ihres goldenen Käfigs rütteln, die Unterwerfung verweigern, die Regeln missachten und damit am Ende die Exkommunikation riskieren … um der ersehnten Freiheit willen …

»Mit meinem Sturz vor der Hagia Sophia veränderte sich mein ganzes Leben«, fuhr ich fort. »Nach meiner Genesung ließ Manuel mich taufen. Der Basileus war mein Pate und nahm mich an wie einen eigenen Sohn. Ioannis bereitete sich auf seine Ehe mit Anna vor, der Tochter des Moskauer Großfürsten. Manuels jüngere Söhne Theodor, Andronikos und Konstantin lebten weit entfernt in Mistra oder Thessaloniki – ich habe sie erst später kennengelernt. Nur Demetrios, der so alt war wie ich, und das dreijährige Nesthäkchen Thomas wohnten im Palast. Mit ihnen bin ich aufgewachsen.«

»Und inzwischen ist Ioannis Kaiser von Byzanz, und sein Bruder Konstantin herrscht als Regent, solange der Basileus in Italien weilt. Theodor, Demetrios und Thomas sind Könige in Griechenland. Und Andronikos?«

»Er regierte in Thessaloniki, bis er vor einigen Jahren abdankte und sich als Mönch ins Basilianerkloster zurückzog, dessen Abt ich heute bin. Vor zehn Jahren starb er während eines Status epilepticus. Bei seinen letzten Anfällen hielt ich ihn, wie Ihr mich heute Nacht gehalten habt, Alessandra. Mein Bruder starb in meinen Armen.«

»Mein Gott, das tut mir so leid«, flüsterte sie erschüttert und ergriff meine Hand.

»Ich danke Euch für Euer Mitgefühl.« Ich zog ihre Finger an meine Lippen und küsste sie zart.

Tränen funkelten in ihren Augen, als sie den Blick abwandte.

War ich zu weit gegangen?

»Bitte verzeiht mir, Alessandra, wenn ich …«

»Ich bin es nicht gewohnt, derart berührt zu werden.«

»Ich auch nicht.«

Mit einem traurigen Lächeln küsste sie meine Hand. Welch sinnliche Berührung! Sie war mir so nah, so gefährlich nah!

In jener Nacht, als Maria sich weinend in mein Bett flüchtete und bei mir Trost suchte, hatten ihre Hände und Lippen mich bis zur Ekstase erregt. Nur mühsam hatte ich mich beherrschen können, um nicht in ihren Armen schwach zu werden und mich meiner Sehnsucht nach Zärtlichkeit und Liebe hinzugeben. So gern ich damals mit Maria geschlafen hätte: Ihren Herzenswunsch nach einem Kind konnte ich nicht erfüllen. Die Gefühle, die Alessandra nun in mir entfachte, waren nicht weniger intensiv.

Unvermittelt ließ sie meine Hand los und erhob sich vom Rand meines Bettes, um zum erloschenen Kamin hinüberzugehen. Sie schob den Sessel ganz nah ans Bett, setzte sich und zog fröstelnd ihr Gewand um die angezogenen Knie. Ihr Lächeln war verweht und einer tiefen Traurigkeit gewichen.

»Warum seid Ihr Priester geworden, Niketas?«, fragte sie, als müsse sie sich bewusst werden, dass ich die Gelübde abgelegt hatte. Sie wirkte enttäuscht.

»Weil ich mit achtzehn aus dem Palast ins Kloster geflüchtet bin. Manuel war ganz und gar nicht glücklich, dass ich mich weigerte, Prinzessin Sophia Palaiologina zu heiraten.«

»Und wieso seid Ihr geflohen?«, fragte sie erstaunt.

»Tausendundein Gründe.«

»Hieß einer dieser Gründe Sophia?«

»Sophia ist eine liebenswerte junge Frau im Gefolge der Basilissa. Ich mag sie sehr gern. Doch ich liebe sie nicht, und sie liebt mich nicht.«

Diese Ehe wäre gescheitert. Seit zwei Jahren war sie die Geliebte des Basileus. Sophia hatte Ioannis nach Italien begleitet, weil mein Bruder hoffte, mit seiner Cousine einen Erben zu zeugen – bisher vergeblich!

»Und die tausend anderen Gründe?«

Ich zögerte. Warum erzählte ich ihr das alles? Weil ich das Gefühl hatte, dass sie sich für Niketas interessierte, nicht für den Prinzen von Byzanz und Metropoliten von Athen mit all seinen Ehrentiteln. Weil ich ihre Anteilnahme und ihre Wärme brauchte wie ein Erfrierender das lodernde Feuer – auch wenn ich Gefahr lief, mir die Finger zu verbrennen.

»Alle meine Brüder waren unglücklich verheiratet. Ioannis' Gemahlin Anna von Moskau starb im Alter von fünfzehn Jahren an der Pest. Seine zweite Ehefrau Sophia von Montferrat machte ihm das Leben zur Hölle. Die beiden hassten sich derart, dass sie den Anblick des anderen nicht ertrugen. Schließlich floh die Basilissa aus Byzanz. Alle drei Ehen des Basileus, auch die mit der jetzigen Kaiserin Maria Komnena, sind kinderlos geblieben.

Theodors Ehe mit Cleope, einer Cousine von Papst Martin, war ebenso unglücklich wie die von Konstantin und Thomas. Demetrios ist mit fünfunddreißig bereits Witwer. Die Nachricht vom Tod seiner Frau erhielt er an dem Tag, als der Doge uns in Venedig willkommen hieß. Nach dem Empfang durch den Dogen ist er zusammengebrochen. Seine Frau war schwanger gewesen, und Demetrios hatte sich sehr auf sein erstes Kind gefreut. Ein Stammhalter der Dynastie der Palaiologoi, der vielleicht eines Tages das Reich erben konnte!«

Alessandra hob sieben Finger – sie hatte mitgezählt. Sieben unglückliche Ehen und kein Erbe für das Byzantinische Reich! »Und die anderen neunhundertdreiundneunzig Gründe?«

»Wie viele davon muss ich beichten, bis Ihr mir die Absolution erteilt?«, lachte ich.

Sie lächelte verschmitzt. »Nur einen! Warum seid Ihr ins Kloster geflohen?«

»Ich bin Mönch geworden, weil ich die Machtkämpfe und die Intrigen in der kaiserlichen Familie nicht mehr ertragen konnte. Weil ich mich nach Geborgenheit und Liebe sehnte, die ich im Kaiserpalast nicht fand.

Mein Bruder Demetrios hasst mich, weil sein Vater mich, das Waisenkind aus dem Armenviertel, wie sein eigenes Kind behandelte. Demetrios glaubt, dass der Kaiser mich mehr achtete als ihn, denn er erwählte mich als seinen Sohn. Das hat ihn sehr gekränkt. Seinen Zorn ließ er an mir aus. Als wir zehn waren, beschimpfte er mich als ›verdammten Juden‹ und verprügelte mich, als ich mich weigerte, ihm zu beweisen, dass ich nicht beschnitten war. In jener Nacht bin ich aus dem Palast geflohen. Ich wollte dorthin zurückkehren, woher ich gekommen war. Wo ich vier Jahre meines Lebens glücklich gewesen war. Wo ich einen Vater und einen Bruder hatte, die mich liebten. Doch als ich schließlich vor Avirams Haus stand, fand ich es verlassen. Mein Vater und mein Bruder waren bereits Monate zuvor nach Jerusalem ausgewandert.«

»Ohne ein Wort des Abschieds?«

Sie hatte sich erhoben und einen Becher mit Wasser gefüllt, den sie mir reichte. Ich trank einen Schluck.

»Von einem Nachbarn erfuhr ich, wie oft Aviram und Natanael versucht hatten, mich zu besuchen. Jedes Mal waren sie von den Palastwachen abgewiesen worden. Ihre Briefe waren auf Befehl des Kaisers verbrannt worden. Ich hatte sie nie erhalten. Mein Vater und mein Bruder waren für mich auf immer verloren. Das war eine furchtbare Erkenntnis: Ich war ganz allein.«

»Dieses Gefühl kenne ich!« Nachdem sie mir den leeren Becher aus der Hand genommen hatte, setzte sie sich wieder neben mich auf den Bettrand. »Was habt Ihr dann getan?«

»Ich habe mich drei Tage lang in der Stadt herumgetrieben und vor den Bewaffneten versteckt, die Manuel ausgeschickt hatte, um mich zu suchen. Von den Palastwachen mit Gewalt zurückgeschleppt werden – besiegt und gedemütigt? Niemals! Wenn ich schon in den Palast zurückkehrte, dann nur aus freiem Willen und mit erhobenem Haupt.«

Sie lachte. »Wie hat er auf Eure Rückkehr reagiert?«

»Er hat ziemlich getobt, um nicht zu zeigen, wie stolz er eigentlich auf mich war. Als er sich beruhigt hatte, fragte er, welche Bestrafung ich für angemessen hielte.«

»Und?«

»Ich sagte, meine Rückkehr in den Palast und die erneute Unterwerfung unter das Hofzeremoniell seien nach drei Tagen in der Freiheit ja wohl eine ausreichend harte Strafe. Da hat er schallend gelacht und mir Recht gegeben.«

»Euer Mangel an Demut hat ihm imponiert.«

»Ja, ich glaube, dass er mich deshalb am Ende gehen ließ. Er kannte meine Sehnsucht nach Liebe und Geborgenheit.«

Sie ergriff meine Hand und streichelte sie zart.

»Im Januar 1421 war Ioannis zum Mitkaiser gekrönt worden. Wenig später erlitt Manuel einen schweren Schlaganfall, und mein Bruder übernahm als Basileus die Regierungsgeschäfte, während der türkische Sultan monatelang Byzanz belagerte. Im November 1422 reisten Ioannis und ich nach Italien, um den Dogen von Venedig, den Herzog von Mailand und den deutschen König, den späteren

Kaiser Sigismund, zu einem Feldzug gegen die Türken aufzurufen. Ohne Erfolg!

Damals war Fra Luca d'Ascoli mein großes Vorbild. Er hat mir gezeigt, wie man unbeirrbar seinen eigenen Weg geht. Sehr gern wäre ich damals nach Florenz gereist, um ihn kennenzulernen!« Ich lächelte entschuldigend. »Im Grunde ist also Euer Vater daran schuld, dass ich Mönch geworden bin.«

Sie nickte nachdenklich. »Wie hat Manuel reagiert, als Ihr ihm sagtet, dass Ihr Euch ins Kloster zurückziehen wolltet?«

»Er war tief enttäuscht. Nach seinem schweren Schlaganfall konnte er das Bett nicht mehr verlassen. Er hatte gehofft, ich könnte Ioannis bei der Regierung des Reiches unterstützen. Doch dann besann er sich. Manuel ließ mir meinen Willen, weil er hoffte, dass ich eines Tages Patriarch sein würde.«

»Seine Allheiligkeit, Patriarch Joseph, ist sehr krank. Der Papst und die Kardinäle, allen voran Giuliano Cesarini, gehen davon aus, dass Ihr sein Nachfolger werdet.«

»Ich werde dieses Amt nicht antreten. Nach der Unterzeichnung des Unionsdekrets muss ich für einige Monate nach Athen reisen. Dann werde ich mich wie Andronikos für den Rest meines Lebens als Mönch in mein Kloster zurückziehen und dort sterben.«

Sie nickte traurig. »Die schweren Kopfverletzungen sind schuld an Euren epileptischen Anfällen, nicht wahr?« Sanft berührte sie die Narbe in meinem Haar.

»Natanael glaubt, dass ich damals nicht nur einen Schädelbruch, sondern auch eine schwere Hirnblutung erlitten habe, die nun diese Stürze hervorruft.«

»Gibt es eine Möglichkeit der Heilung und der vollständigen Genesung?«

»Nur wenn Natanael meinen Schädel öffnet und das geronnene Blut herausholt. Nur wenn ich diese Operation überlebe und danach noch geistig zurechnungsfähig bin.«

Alessandra barg ihr Gesicht in ihren Händen und schwieg. Schließlich richtete sie sich auf und sah mir in die Augen. »Ihr müsst erschöpft sein, Niketas. Ich glaube, es ist besser, wenn ich Euch endlich schlafen lasse.«

»Ich will nicht, dass Ihr jetzt geht, Alessandra.«

»Eben aus diesem Grund sollte ich so schnell wie möglich gehen, Euer Seligkeit.«

Sachte strich sie mir über das Gesicht. Ich ergriff ihre Hand und liebkoste sie. Sie genoss die Berührung mit einem traurigen Lächeln.

Da zog ich sie an mich und küsste sie.

Tränen rannen über ihr Gesicht, als sie sehr leidenschaftlich meinen Kuss erwiderte.

☙ Alessandra ❧

Kapitel 13

Und dann legte er sich auf mich und barg sein Gesicht an meiner Schulter. Sein Atem streichelte meine Haut. Mit beiden Händen fuhr ich ihm durch das Haar. Als ich ihn umarmte, richtete er sich auf und sah mich mit seinen dunklen Augen an.

»Alessandra?«

Sein Kuss war atemberaubend …

»Alessandra!«, riss Tayeb mich aus meinem Traum.

Seufzend schlug ich die Augen auf und drehte mich zu ihm um. Erschrocken zog ich die Bettdecke über meinen Körper.

Die Fensterläden von Lucas Schlafzimmer waren weit geöffnet, und das blassblaue Licht des frühen Morgens erhellte den Raum. Die Glocken von Santa Maria del Fiore begannen dröhnend ihr Geläut zur Prim. So spät war es schon?

Tayeb saß neben mir auf dem Rand von Lucas Bett. »Wie geht es dir?«

»Bin müde. Hab die Laudes verschlafen«, nuschelte ich.

»Ich habe dir dein Frühstück gebracht.« Er wies auf ein Tablett mit Speisen, das er auf dem Nachttisch abgestellt hatte. »Alexios, Tito und ich haben schon gegessen.«

»Danke, Tayeb«, murmelte ich. »Ist Niketas schon wach?«

»Ja, seit einer Stunde. Er ist blass und zittrig. Und er hat noch immer Schmerzen. Ich wollte ihm Opium geben, aber er hat es abgelehnt. Er ist noch sehr krank.«

»Ich werde nach ihm sehen.« Ich setzte mich auf.

»Er ist gegangen.«

»Was?«

»Vor einer Stunde hat er Alexios gebeten, ihn zum Morgengebet der Laudes nach San Marco zu begleiten. Er sei zu schwach, um allein zu gehen. Alexios hat zwei Pferde gesattelt und ihn ins Kloster gebracht. Er ist eben erst zurückgekommen.«

Enttäuscht ließ ich mich in die Kissen zurücksinken.

Niketas war gegangen – ohne ein Wort des Abschieds!

»Abgesehen von Eurem verliebten Getuschel, von dem ich kein Wort verstanden habe – ist gestern Nacht irgendetwas zwischen euch gescheh…«

»Nein!«

Tayeb schmunzelte. »Wenn *nichts* geschehen ist, dann frage ich mich, warum er sich ins Kloster flüchtet, nachdem du …«

»Wir haben uns geküsst.«

Er hob die Augenbrauen. »Und?«

»Dann bin ich gegangen. Niketas musste sich ausruhen.«

Tayeb drang nicht weiter in mich.

Sobald er die Tür hinter sich geschlossen hatte, ging ich in mein Schlafzimmer. Mein Bett war zerwühlt. Eines der Kissen war ganz zerdrückt. Es sah aus, als habe Niketas es umarmt. Ich setzte mich auf die Matratze und schob meine Hand unter die Bettdecke. Die Stelle, wo er gelegen hatte, war noch warm. Ich ließ mich zurücksinken und presste das Gesicht ins Kissen, um den schwindenden Rest seiner Wärme zu spüren und den verwehenden Duft seines Körpers in mich aufzunehmen. Wie lange ich so auf dem Bett lag und weinte, weiß ich nicht mehr.

Nachdem ich mich für die Audienz beim Papst angekleidet hatte, kehrte ich in Lucas Schlafzimmer zurück und durchwühlte seine Kleidertruhen. Mit seinem Habit über dem Arm ging ich schließlich hinunter in die Kapelle.

Mit zum Gebet gefalteten Händen hielt Luca die Ikone. Ganz

sanft berührte ich sein Gesicht. Es war so kalt! Wie erfroren lag er da. Die Totenstarre war noch nicht geschwunden.

»Ich bringe dir etwas, damit du nicht so frierst, Papa.« Wie eine wärmende Decke breitete ich den weißen Habit und das schwarze Skapulier über seinen Körper, faltete die weiten Ärmel und legte seinen hölzernen Crucifixus mit dem Lederband auf seine Brust.

»Vor zwanzig Jahren hast du meinetwegen alles aufgegeben, was dir jemals etwas bedeutet hat. Den Dominikanerhabit, das Priesteramt und deine Lebensaufgabe im Dienst der Kirche.

Wäre ich nicht geboren worden, dann wärst du heute noch ein Diener Gottes. Du hättest es nicht abgelehnt, zum Kardinal ernannt zu werden, denn du wärst niemals mit mir aus Rom geflohen, nachdem du mich den Inquisitoren entrissen hattest. Als Kardinal hättest du am letzten Konklave teilgenommen und wärst vielleicht jetzt Papst. Du wärst niemals exkommuniziert worden.

Papa, weißt du, wie schwer es all die Jahre für mich war, mit dieser Schuld zu leben? Hier in der Kapelle hast du auf dem Boden gelegen und um Vergebung gebetet, weil du deine Gelübde gebrochen hattest. Du hast dich blutig gegeißelt, um dich selbst für die Todsünde der Unkeuschheit zu bestrafen, der Lust, der Liebe und der Leidenschaft. Ich weiß nicht, ob Gott dir je verziehen hat. Aber du selbst hast dir nie vergeben.

Vor zwanzig Jahren habe ich dich der Kirche entrissen. Von dieser Schuld hast du mich nie befreit, Papa. Ich hoffe, dass Eugenius es kann. Heute Abend werde ich ihn bitten, dir ein christliches Begräbnis zu gewähren. Ich weiß nicht, ob damit meine Schuld gesühnt ist. Aber mehr kann ich nicht tun.

Und da ist noch etwas, das du wissen solltest: Ich habe mich verliebt. Heute Nacht war ich so glücklich wie noch nie in meinem Leben. Ich habe geweint, als Niketas mich geküsst hat. Aber es darf doch nicht sein! Er ist Mönch und Priester, so wie du. Mein Verstand sagt mir, dass ich kein Recht habe, ihn zu lieben. Es ist eine Todsünde! Aber mein Herz sagt etwas anderes: Schenk Niketas die Geborgenheit, nach der er sich so sehnt! Tröste ihn, und gib ihm Halt! Fang ihn auf, wenn er stürzt! Sei bei ihm, bis zum letzten Moment seines Lebens.

Was Niketas für mich empfindet, weiß ich nicht. Nachdem ich ihn heute Nacht verlassen habe, ist er ohne Abschied gegangen. Ich weiß nicht, wieso er geflohen ist. Warum auch immer – es hat mich sehr verletzt!

Papa, sag mir bitte: Was soll ich tun?«

Wenig später zog ich mich mit Tayeb in mein Arbeitszimmer zurück, um das Evangelium zu rekonstruieren. Neben mir am Schreibtisch skizzierte er die vier Fragmente auf Pergament, damit ich sie dem Papst zeigen konnte, ohne die Papyrusfetzen aus der Hand zu geben. Ihr Besitz war für mich lebenswichtig!

Während Tayeb mit kratzender Feder die Form, die Faserstruktur und die griechische Schrift der Fragmente kopierte, die Luca vor seiner Abreise nach Ferrara übersetzt hatte, wühlte ich mich durch die Schriften der Kirchenväter, die er in seinen Notizen erwähnt hatte. Ich verglich eines der Fragmente mit einem Text bei Clemens von Alexandria.

Mein Freund sah auf. »Hast du etwas gefunden?«

»Ja, einen Hinweis zur Datierung unseres Evangeliums. Eusebius von Caesarea erwähnt die inzwischen verloren gegangenen Evangelien von Petrus, Thomas und Matthias, zitiert jedoch keines unserer Logien. Auch Hippolytos von Rom und Cyril von Jerusalem kennen ein Thomas-Evangelium. Origines zählt die Evangelien von Basilides, Thomas und Matthias auf. Und bei Clemens von Alexandria fand ich eben ein Logion, das dem aus der versunkenen Synagoge ähnelt. Clemens verrät leider nicht, ob es aus einem häretischen Evangelium stammt.«

»Wir wissen also nicht, welches Evangelium wir gefunden haben.«

»Nein, aber wir wissen, dass diese Logien sehr alt sind. Clemens war ein griechischer Theologe, der um das Jahr 150 in Athen geboren wurde und um 215 in Alexandria starb. Wie ich bereits vermutet hatte, datiert dieses Logion also tatsächlich aus der Zeit vor dem zweiten Jahrhundert. Luca glaubte, dass es noch weitaus älter ist – vielleicht das älteste der Evangelien.«

Tayeb steckte die Feder ins Tintenfass und wischte sich die Finger an einem Tuch ab. »Und was denkst du?«

»Dass er Recht hatte. Diese Sprüche sind älter als die Evangelien.« Ich nahm eines der Fragmente und las: »›Jesus sprach: Erkenne, was vor deinem Angesicht ist, und das, was für dich verborgen ist, wird sich dir enthüllen. Denn es gibt nichts Verborgenes, das nicht offenbar werden wird.‹«

Dann schlug ich eine Stelle im Markus-Evangelium auf.

»Siehst du, Tayeb? Derselbe Spruch! Markus hat ihn in einem Gleichnis zitiert … ebenso wie Lukas.« Ich zeigte Tayeb die Textstelle, dann blätterte ich etliche Seiten zurück. »Und auch Matthäus erwähnt diesen Spruch, allerdings in einem anderen Zusammenhang: in einer Ermutigung zum Bekenntnis in Verfolgungen.«

»Und was bedeutet das?«

»Dass drei von vier Evangelisten dieses Logion kannten, als sie ihre Frohe Botschaft verfassten – dass es also älter ist. Dass zwei von ihnen dieses Logion zu einem Gleichnis umgestalteten und dass einer es in einem anderen Kontext verwendete. Und dass alle drei den Sinn des Logions veränderten.«

»Und welcher ist das?«

»Die Offenbarung des Verborgenen ist keine Gabe Gottes, sondern die Folge menschlichen Strebens. Von Erkenntnis – was auf Griechisch Gnosis heißt.«

Tayeb lehnte sich auf seinem Stuhl zurück und verschränkte die Arme. »Du behauptest also, dass die Evangelisten aus gnostischen Traditionen schöpften? Dass sie Logien verwendeten, die sie aus unserem Evangelium kannten?«

»Ja, das glaube ich. Siehst du dieses Logion? ›Jesus sprach: Ich bin das Licht, das über allem ist.‹ Es gleicht einem berühmten Spruch im Johannes-Evangelium.

Und noch ein Beispiel: ›Jesus sprach: Kein Prophet ist angenommen in seinem Dorf. Kein Arzt heilt die ihn kennen.‹ Dieser Spruch findet sich ebenfalls in den Evangelien. Johannes zitiert nur den ersten Teil: ›Nach zwei Tagen aber zog er von dort weg nach Galiläa, denn Jesus selbst bezeugte, dass ein Prophet im eigenen Vaterland kein Ansehen hat.‹ Und derselbe Spruch bei Markus …« Ich schlug das sechste Kapitel des Evangeliums auf. »Lies selbst!«

Mein Freund zog das Buch zu sich heran. »›Dann zog Jesus weiter in seine Heimatstadt, und seine Jünger folgten ihm. Am Sabbat fing er an, in der Synagoge zu lehren, und viele, die ihn hörten, waren sehr erstaunt. Sie fragten: Woher hat er das? Was ist das für eine Weisheit, die ihm gegeben wurde? Was sind das für Wunder, die durch ihn gewirkt werden? Ist er nicht der Zimmermann? Der Sohn von Maria? Der Bruder von Jakob und Joseph und Judas und Simon? Leben seine Schwestern nicht hier unter uns? Und sie nahmen Anstoß an ihm. Doch Jesus sprach zu ihnen: Der einzige Ort, an dem die Menschen einen Propheten nicht achten, ist seine Heimatstadt, unter seinen eigenen Verwandten und in seinem eigenen Haus. Deshalb konnte er dort weiter keine Wunder tun, als einigen wenigen Kranken die Hände aufzulegen und sie zu heilen. Und er war verwundert über ihren Mangel an Vertrauen.‹« Tayeb sah auf. »Ich verstehe, was du meinst. Der Evangelist hat aus einem Spruch Jesu eine lange Szene komponiert.«

»So ist es!«, bestätigte ich. »Und Lukas geht sogar noch weiter! Schlag auf, Tayeb: Evangelium des Lukas, Kapitel 4.«

Mein Freund blätterte durch das Neue Testament und fand die angegebene Stelle. »Dieselbe Szene vom Unglauben der Nazarener! Jesus predigt in der Synagoge und erregt den Zorn der Gläubigen. Sie treiben ihn mit Gewalt vor die Stadt, um ihn dort zu töten. Sehr dramatisch inszeniert!«

»Luca war derselben Meinung, als er sich fragte, ob die Szenen in Nazaret der Fantasie der Evangelisten entstammen. Doch ich gehe noch einen Schritt weiter: Wenn dieser Glaubensstreit in Nazaret inszeniert wurde, um jenes Logion vom verachteten Propheten in den Evangelien zu verwenden, sind dann Jesu Heilungen, mit denen er sich als Messias legitimierte, nur dramatische Inszenierungen, um den zweiten Teil dieses Logions zu beweisen? Immerhin verspricht der Prophet Jesaja, dass Blinde sehen, Taube hören und Lahme springen werden.

Und hat er nicht noch mehr Prophezeiungen erfüllt, die vorhersagten, dass er wie Moses ein Prophet sein würde – ein Sohn Gottes? Dass er auf einem Esel nach Jerusalem einreiten musste? Dass er von einem Freund für dreißig Silbermünzen verraten wurde? Dass er von seinen Gefolgsleuten verlassen wurde, um am Ende gekreuzigt zu werden? Ist denn die Passionsgeschichte wie sein Handeln als Messias auch nur *erfunden*?«

Fassungslos starrte Tayeb mich an.

»Ich glaube, dass unsere Logien älter sind als die Evangelien«, fuhr ich fort. »Die Sprüche sind die Urform der Szenen und Gleichnisse in den Evangelien. Entweder haben Markus und Lukas dieselbe Quelle benutzt wie der Verfasser der Logien, oder sie haben bei ihm abgeschrieben. Wenn wir annehmen, dass die Evangelisten die Sprüche einem älteren, gnostischen Evangelium entnommen haben, wird die Datierung unserer Fragmente zum Stein des Anstoßes.«

»Wieso?«, fragte Tayeb stirnrunzelnd.

Ich sprang auf und lief unruhig im Arbeitszimmer auf und ab. »Erster Grund: Dann wäre die Passion äußerst fantasievoll aus alttestamentlichen Prophezeiungen zusammengeschrieben, denn unser Evangelium überliefert keinen Bericht von dem Einzug nach Jerusalem, der Tempelreinigung, der Gefangennahme und der Kreuzigung. Es nennt Jesus nicht Christus, den Gesalbten, und nicht Kyrios, den Herrn. Jesus ist ein Mensch – kein Gott.

In unserem gnostischen Evangelium gibt es keinen Sühneopfertod. Keine Auferstehung von den Toten. Keine Himmelfahrt. Keine Wiederkehr des Messias. Keine Erlösung der Menschen – sondern Selbsterlösung durch Selbsterkenntnis: durch Gnosis. Nicht irgendwann am Ende der Tage! Sondern hier und jetzt! Und das wiederum heißt: Die Priesterherrschaft der Kirche und die Sakramente sind nutzlos.«

Ich blieb am Fenster stehen. »Zweiter Grund, warum die frühe Datierung so gefährlich ist: Die Gnosis wäre ein Teil des frühen Christentums gewesen.«

Während ich aus dem Fenster sah, dachte ich nach. Was durfte ich dem Papst offenbaren? Dass Jesus kein Gott war? Dass er die Kirche nicht gegründet hatte? Was hatte Luca in Ferrara mit dem Pontifex besprochen? Welche Logien hatte Eugenius gelesen? Und welche Schlussfolgerungen hatte er selbst gezogen? Und wieder stellte sich mir eine erschreckende Frage: Hatte Eugenius den Mord an Luca befohlen?

Nein, das wollte ich nicht glauben!

Der Mörder wusste weder von dem Evangelium noch von Lucas Schriftwechsel mit Lorenzo Valla wegen der Konstantinischen Schenkung. Der Papst hatte den Mord nicht befohlen. Das hoffte ich jedenfalls! Denn sonst würde ich die Audienz heute Abend nicht überleben …

Gedankenverloren starrte ich durch die mit Blei eingefassten Scheiben des Fensters und betrachtete die funkelnden Eisblumen – zarte Blüten aus blassblauen und rosenfarbenen Lichtreflexen, fächerförmige Blätter aus Eiskristallen, lange gewundene Stängel wie zerzauste Federn, die im leichten Wind zu schwanken schienen. Ein zauberhafter Anblick!

Dann sah ich ihn: den weißen Mönch.

Mein Herz klopfte bis zum Hals, und meine Hände zitterten.

Dort unten in der Gasse hinter dem Palazzo stand ein Dominikaner und sah zu mir herauf! Die Kapuze hatte er so tief ins Gesicht gezogen, dass ich ihn nicht erkennen konnte.

Ich wich zurück in den Schatten des Raumes.

Der Mönch stand an der Ecke zur Via dello Studio – die Gasse führte zum Studio Fiorentino, der Universität von Florenz.

Erschrocken starrte ich ihn an: Wer, zum Teufel, war er?

Ein Frater von der römischen Inquisition?

Oder Lucas Mörder?

Ich verlor keine Zeit. Wenig später ritt ich mit Alexios und Tito die mit Girlanden und Triumphbögen geschmückte Via Larga entlang zum Kloster San Marco. Die jungen Florentiner, die ganz in Gold gekleidet und geschminkt lebende Allegorien darstellen sollten, kletterten bereits auf die Siegesbögen.

Mit meiner Eskorte kämpfte ich mich durch die Menge der herbeiströmenden Schaulustigen, die sich die besten Plätze für den großartigen Einzug des Papstes sichern wollten. Auf der Piazza San Marco, wo Fra Angelico seinen Altar errichtet hatte, drängten sich besonders viele Menschen: Hier würde der Pontifex innehalten und die Menge segnen.

Es war die Zeit der Non. Die Mönche hielten noch ihr Chorgebet, daher musste ich am Tor des Klosters eine Weile warten, bis ich eingelassen wurde.

Vom Vorraum aus beobachtete ich, wie die vierzig Mönche von der Kirche, wo sie gebetet hatten, in den Kreuzgang eilten, um sich auf den Empfang des Papstes vorzubereiten.

An der Pforte fragte ich nach Fra Antonino, meinem Beichtvater. Der Prior sei nicht im Kloster, sondern wegen der in Kürze bevorstehenden Ankunft Seiner Heiligkeit noch bei Cosimo im Palazzo della Signoria. Ich bat darum, auf den Prior warten zu dürfen, da ich etwas Wichtiges mit ihm zu besprechen habe, und der Frater ließ mich eintreten.

Ich durchquerte den Kreuzgang und stieg die Treppen empor in den ersten Stock zu den weiß verputzten Zellen der Mönche unter dem hohen, offenen Dachstuhl. In den nächsten Jahren sollte Fra Angelico in Cosimos Auftrag die Zellen der Fratres mit Bildern des Gekreuzigten ausmalen. Ich wandte mich nach rechts – der Bibliothekssaal war nur wenige Schritte entfernt.

Gerade wollte ich die Klinke niederdrücken, um einzutreten, als Serafino mir entgegenstürmte und mich beinahe umrannte.

»Alessandra!«, rief er erschrocken. Mit schuldbewusstem Blick presste er seinen Arm gegen etwas, das er unter dem schwarzen Skapulier trug. Offenbar ein Buch. »Du bist zurück?«

»Seit gestern.«

»Ich habe gehört, was mit Luca …« Er verstummte. »Es tut mir so leid, Alessandra.«

»Er war wie ein Vater für dich.«

Serafino nickte traurig. »Luca hat aus mir gemacht, was ich heute bin. Ihm habe ich es zu verdanken, dass ich die Gelübde abgelegt habe. Ich hatte so sehr gehofft, er und der Papst würden sich aussöhnen … und nun …«

»Bitte verzeih, dass ich vor Weihnachten nicht zu deiner Priesterweihe kommen konnte. Meinen herzlichen Glückwunsch, *Pater* Serafino.«

Serafino umarmte mich mit dem freien Arm und küsste mich auf die Wange. Er wusste, wie weh er mir getan hatte, als er sich entschloss, Priester im Tempel der Selbstopferung zu werden. Beinahe wäre ihm das schwere Buch entglitten, das er unter dem Skapulier verbarg. »Wenn du mich in der Bibliothek brauchst, weil Nicolas wieder keine Ordnung halten kann, dann lass mich rufen. Ich werde alles tun, um dir zu helfen.«

»Das hast du immer getan«, nickte ich und entsann mich jenes furchtbaren Eissturms auf dem San-Gottardo-Pass. Serafino hatte mir das Leben gerettet, indem er die kostbaren Bücher aus dem Kloster Sankt Gallen opferte. »Kannst du mir sagen, ob eben alle Fratres zum Gebet in der Kirche waren?«

Mit beiden Händen umklammerte Serafino das weggleitende Buch und überlegte kurz. »Bis auf den Prior und den Metropoliten von Athen, der in seiner Zelle das Stundengebet halten wollte, waren alle Brüder anwesend.«

Der Dominikaner, der mein Haus beobachtete, war also kein Frater aus San Marco. Dann konnte er nur aus der Papstresidenz Santa Maria Novella kommen.

Ich nickte einem Mönch zu, der sich uns näherte, um in seine Zelle am Ende des Korridors zurückzukehren. »Ich möchte mit Niketas sprechen. Fragst du ihn, ob er mich empfangen will?«

»Ich war gerade auf dem Weg zu ihm.« Serafino warf dem vorübereilenden Frater einen beunruhigten Blick zu.

In diesem Moment entglitt ihm der schwere Foliant und krachte auf den Boden. Mit aufgeschlagenen Seiten lag er zwischen uns.

Hebräische Schriftzeichen? Kommentare, die wie die Jahresringe eines Baums einen Absatz in der Mitte der Seiten umgaben? Das konnte nur ein Buch sein!

Geistesgegenwärtig hob ich es auf und presste es an meine Brust. »Bitte verzeiht, Fra Serafino. Wie ungeschickt von mir«, murmelte ich gerade so laut, dass der andere Frater mich verstehen konnte.

Mit einem irritierten Blick in unsere Richtung verschwand er in seiner Zelle.

Serafino atmete auf.

Stirnrunzelnd blätterte ich durch den Folianten. »Woher hast du denn den Talmud?«

Schuldbewusst biss er sich auf die Lippen. »Seine Seligkeit hat ihn mir geliehen, als ich ihn darum bat.«

»Du liest jüdische Bücher, die die Kirche verbrennt, weil sie der christlichen Lehre widersprechen, *Pater* Serafino?«

»Wissbegier ist keine Todsünde!«, verteidigte er sich. »Seine Seligkeit fragte mich, wie ich denn als Priester den rechten Glauben verkünden wolle, wenn ich nichts darüber wüsste. Luca hat mir immer dasselbe gepredigt. Erst habe ich gezögert, doch dann bat ich Niketas, mir seinen Talmud zu leihen. Gerade eben wollte ich ihm das Buch zurückbringen.«

Ich drückte ihm den schweren Folianten in die Hand. »Fragst du ihn, ob er mich empfängt?«

»Mach ich!« Mit dem Talmud unter dem Arm eilte Serafino zur Tür von Cosimos Zelle am Ende des Ganges.

Ich folgte ihm und wartete neben der offenen Zellentür, während er mich ankündigte: »Euer Seligkeit, bitte verzeiht, wenn ich Euch störe. Alessandra d'Ascoli bittet um eine Audienz.«

Ich hörte, wie Serafino den Talmud auf den Schreibtisch legte.

Niketas schwieg eine Weile.

»Ist sie hier?«, fragte er schließlich. Seine Stimme klang traurig.

»Ja, Euer Seligkeit.«

Stille.

Dann hörte ich, wie Niketas die Feder ins Tintenfass steckte, mit den weiten Ärmeln seines Habits über die Pergamentblätter auf seinem Schreibtisch fuhr und sich auf dem Stuhl zurücklehnte. »Ich werde sie empfangen«, entschied er endlich. »Bitte führt sie zu mir, Fra Serafino. Und lasst uns allein!«

»Wie Ihr wünscht, Euer Seligkeit.« Serafino verließ die Zelle, hauchte mir zum Abschied einen Kuss auf die Wange und schenkte mir jenes unschuldige, jungenhafte Lächeln, mit dem er den Papst um den Finger wickelte. Und dem Erzbischof von Florenz schlaflose Nächte bereitete: Monatelang hatte Ludovico Scarampo vergeblich um Serafinos Gunst geworben!

Langsam stieg ich die Stufen hinauf zum hinteren Raum der Zelle, wo Bett und Schreibtisch standen. Niketas thronte hinter dem mit Pergamenten und Büchern übersäten Tisch und starrte unverwandt auf den Gekreuzigten an der gegenüberliegenden Wand.

»Warum bist du gekommen?«, stieß er schließlich hervor, ohne mich anzublicken.

Wortlos legte ich einen Stapel Pergamente auf den Schreibtisch und trat einen Schritt zurück. »Das ist der Prolog deines Buches. Ich habe es letzte Nacht gelesen, während du geschlafen hast. Ich wollte es dir zurückgeben.«

»Du hättest Alexios oder Tito schicken können.«

»Ich wollte sehen, wie es dir geht.«

Seine Hände krampften sich um die Armlehnen. Er sah mich nicht an.

»Mir geht es auch nicht gut«, gestand ich. »Ich weiß nicht, wo es mehr wehtut, in meinem Herzen oder in meinem Verstand. Versteh mich nicht falsch, Niketas: Was gestern geschehen ist, habe ich sehr genossen. Deine Liebkosungen waren so überwältigend schön, dass ich für einen Moment die Beherrschung verloren habe. Ich habe in dir nur den Mann gesehen, der sich nach Liebe sehnt, nicht den Priester. Ich bin geflohen, um mich zu besinnen, dass ich kein Recht habe, dich zu lieben. Es tut mir sehr leid, dass ich dir damit wehgetan habe … bitte, Niketas … bitte lass mich ausreden!

Ich weiß, dass du verletzt bist. Wir haben in dasselbe Kissen geweint. Es war ganz nass von deinen Tränen.« Ich rang mit meinen Gefühlen. »Ich bin hierher ins Kloster gekommen, damit ich mir bewusst werde, dass du ein Mönch bist, ein Priester – wie mein Vater. Dass das, was geschehen ist, nicht sein darf. Dass das, was noch geschehen könnte, unser beider Leben zerstören würde. Ich bin gekommen, um dir zu sagen, dass wir uns nicht wiedersehen dürfen. Denn selbst hier im Kloster … sehe ich in dir … nicht den Priester … sondern nur den Mann … der letzte Nacht in meinem Bett geschlafen hat … und der sich hinter diese Klostermauern geflüchtet hat, damit ihm nicht noch mehr wehgetan wird. Vergib mir!«, schluchzte ich. »Es ist besser, wenn ich jetzt gehe!«

Ich wandte mich ab und stieg die Treppe hinab zur Zellentür.

»Bitte warte!« Er sprang auf und folgte mir.

Mit der Klinke in der Hand drehte ich mich zu ihm um.

Langsam kam er die Stufen hinunter. »Bevor du gehst, möchte ich dich noch etwas fragen.«

Ich nickte und wischte mir eine Träne aus dem Augenwinkel.

»Was hast du in Alexandria gefunden?«

Erschrocken starrte ich ihn an.

Sein Blick glitt über mein schwarzes Seidenkleid und blieb an einer Papyrusfaser an meinem Ärmel hängen. Mit spitzen Fingern nahm er sie, zerrieb sie und roch daran. »Es ist ein gnostisches Evangelium, nicht wahr?«

»Wie kommst du denn darauf? Ich war in Ägypten, um die Handschriften der Bibliotheca Alexandrina zu suchen.«

»Vor einigen Tagen habe ich im Arbeitszimmer deines Vaters auf Vittorino gewartet, weil ich mich erkundigen wollte, wann Luca zurückkehrt. Auf seinem Schreibtisch stapelten sich die Werke der Kirchenväter. Eusebius' Kirchengeschichte war noch aufgeschlagen. Eine Kapsel für Koranverse markierte den Absatz, in dem die gnostischen Evangelien als häretisch verdammt werden. Auf dem Tisch verstreut lagen Fasern, ganz ähnlich der an deinem Kleid. Anscheinend hatte Luca einen Papyrus gelesen, den du ihm aus Alexandria geschickt hattest. Dann fand ich dies hier.«

Er zog einen Zettel aus seinem Habit.

»›Jesus sprach: Wer sucht, soll weitersuchen, bis er findet. Und wenn er gefunden hat, wird er bestürzt sein. Und wenn er bestürzt ist, wird er staunen. Und er wird herrschen über das All‹«, las er mir vor. »Dieses gnostische Logion entstammt keinem der Evangelien. Du hast den Papyrus in Alexandria gefunden, nicht wahr?« Als ich stumm nickte, fragte er: »Gibt es noch mehr Sprüche?«

»Ja.«

»Ich würde sie gern lesen …«

»Nein, Niketas! Das ist viel zu gefährlich.«

»Wurde dein Vater wegen dieses Evangeliums ermordet?«

»Das weiß ich nicht«, gestand ich. »Ich weiß aber, dass ich schon in Ägypten nur mit knapper Not einem Mordanschlag entkommen bin. Und dass mein Haus von einem Dominikaner überwacht wird, der Luca ermordet haben könnte und nun mir nach dem Leben trachtet. Ich will dich nicht in Gefahr bringen!«

»Was habe ich zu verlieren – ich meine: außer meinem Leben, das vielleicht nur noch ein paar Monate dauern wird? Dieses Evangelium bedeutet mir sehr viel! Es ist für mich existenziell!«

»Aber wieso?«

»Ich war betroffen, als ich dieses Logion las. Es ... wie soll ich das erklären? ... es beschreibt genau die Situation, in der ich mich befinde. Mein Leben lang war ich auf der Suche nach etwas, woran ich glauben konnte. Ich war Jude und Christ und habe fünf Jahre lang Philosophie studiert. ›Jesus sprach: Wer sucht, soll weitersuchen, bis er findet. Und wenn er gefunden hat, wird er bestürzt sein.‹ Ich habe mich nach San Marco zurückgezogen, um mich zu besinnen.«

»Und was hast du gefunden?«

»Mich selbst. Und Gott.«

»Ich verstehe nicht ...«

»Es ist sehr schwer, die richtigen Worte zu finden, um dir zu erklären, woran ich glaube. Du könntest mich für einen selbstgerechten und überheblichen Häretiker halten. Und ich will mich nicht vor dir rechtfertigen! Bitte, tu mir den Gefallen, und lies ein paar Seiten, die ich in den letzten Tagen geschrieben habe. Es ist das erste Kapitel meines Buches.«

Wie verzweifelt er mich ansah!

Ich folgte ihm die Stufen hinauf und nahm vor seinem Schreibtisch Platz. Er reichte mir einen Stapel von zwölf Pergamentbögen, die ich aufmerksam zu lesen begann.

Die ersten beiden Seiten waren der fehlende Schluss des Prologs, in dem er einige seiner spektakulären Thesen vorstellte. Dass Jesus als

König der Juden niemals die Absicht hatte, eine Kirche zu gründen. Dass Petrus nicht als Märtyrer in Rom starb.

›Jesus heißt auf Hebräisch Jeschua, was bedeutet: Gott errettet‹, las ich die letzten Worte des Prologs. ›Das hebräische Wort Jeschua bedeutet: die Erlösung.‹ Niketas führte die christliche Theologie vom Sühneopfertod des Gottessohnes auf die gleichnishafte Auslegung seines Namens zurück!

Er beobachtete mich still, während ich von Paulus' Umkehr vor den Toren von Damaskus las:

›Die Bekehrung des Paulus auf der Straße nach Damaskus war die Geburtsstunde des Christentums. In diesem Moment hörte die Lehre des Rabbi Jeschua vom kommenden Gottesreich auf, eine streng jüdisch-orthodoxe Lehre zu sein, und wurde zum christlichen Kult um Jesus Christus. Der Verkünder wurde zum Verkündeten – der gesalbte König zum Gottessohn, zum Weltenherrscher, zum Erlöser.‹

Niketas leugnete die Vision vor Damaskus. Hatte Paulus denn nicht selbst geschrieben, dass das von ihm verkündigte Evangelium eine Offenbarung Jesu *in ihm* gewesen sei? Dass Christus ihm erschienen war?

»Erscheinen heißt hier nicht, zu sehen, zu hören, zu fühlen, sondern existenziell zu erfahren – das ist ein innerlicher Prozess. Und laut dem Philipperbrief wurde Paulus ›die unübertreffliche Größe der Erkenntnis Christi‹ zuteil – Erkenntnis heißt auf Griechisch Gnosis.

Paulus hatte keine Vision – er hatte eine Offenbarung, eine Erscheinung des Gottes in sich selbst.

Die Erkenntnis Gottes ist ein innerer, gnostischer Vorgang, den Lukas dramatisch nicht anders inszenieren konnte denn als überwältigende Vision Jesu Christi, als helles Licht und himmlische Stimme, als ein Stürzen und Sicherheben …«

Ich sah auf, und unsere Blicke trafen sich.

Dann las ich weiter von Paulus' innerer Zerrissenheit, die Niketas, der ewig Suchende, wohl ebenso durchlitt. Und ich fragte mich, wie sein kaiserlicher Bruder, sein Freund Basilios und sein Bruder Natanael seine Glaubenszweifel ertragen konnten.

»›Die Besinnung des Menschen auf sich selbst und damit auf Gott und das unablässige Ringen um geistliche Vollendung ist keine einfache Sache des Denkens, des Zweifelns und des Glaubens, sondern ein die Seele erschütterndes existenzielles Ereignis‹«, las ich schließlich laut vor. Dann legte ich die Pergamentblätter auf den Tisch und sah Niketas in die Augen.

»›Jesus sprach: Wer sucht, soll weitersuchen, bis er findet. Und wenn er gefunden hat, wird er bestürzt sein.‹ Ich verstehe jetzt, warum du mich gebeten hast, diese Seiten zu lesen. Du bist in derselben Situation wie Paulus in der Wüste von Damaskus. Du hast etwas *in dir* gefunden, das man auch mit tausend Worten nur sehr schwer beschreiben kann, ohne sofort als Spinner beschimpft zu werden, als gnostischer Häretiker.«

Er nickte wehmütig. »Verdammst du mich?«

Die Glocken von San Marco begannen zu läuten. Ein, zwei, drei Schläge, dann fielen auch die großen Domglocken von Santa Maria del Fiore dröhnend ein. War Papst Eugenius in Florenz eingetroffen?

»Wer bin ich denn, über dich zu richten?«

»Lass mich das Evangelium lesen«, bat er mich. »Es würde mir so viel bedeuten, weil es mich in den letzten Monaten meines Lebens trösten könnte …«

Wie gern wollte ich ihm die Logien zeigen! Wie gern wollte ich ihn glücklich sehen! Doch durfte ich Niketas einweihen?

Es klopfte leise. Serafino trat ein. »Euer Seligkeit, hört Ihr das Glockengeläut? Der Papst ist mit seinem Gefolge an der Porta San Gallo eingetroffen. Die Prozession durch die Via Larga beginnt in Kürze. Seine Heiligkeit bittet Euch auf die Tribüne für die Kardinäle auf der Piazza del Duomo.«

»Danke, Bruder Serafino.«

»Soll ich Euch beim Anlegen Eures Ornats helfen?«

»Das ist nicht nötig.«

Serafino verneigte sich und verließ die Zelle.

»Wie kannst du so leben?«, wunderte ich mich. »Als Häretiker im Priestergewand! Als von Gott Inspirierter im heiligen Tempel der Selbstverleugnung.«

»Ich kann es nicht«, bekannte er traurig, während er sich erhob und zu mir herüberkam. »Um mit deinen Worten zu sprechen: Ich weiß nicht, wo es mehr wehtut, in meinem Herzen oder in meinem Verstand. Es zerreißt mich innerlich.«

Als ich voller Mitgefühl nickte, ergriff er meine Hand.

»Auf Luca hatte ich meine ganze Hoffnung gesetzt. Ich habe keine Angst vor dem Tod, so qualvoll er auch sein wird. Doch ich fürchte mich, einen schweren inneren Tod zu sterben, *bevor* ich mein Leben vollendet habe und für immer gehe.« Er umarmte mich und hielt mich fest. Tief atmete er den Duft meines Haares ein. »Noch nie habe ich mich so *lebendig* gefühlt wie letzte Nacht in deinen Armen«, flüsterte er, und sein Atem streichelte meine Wange. »Gib mich nicht auf, Alessandra! Ich bin noch nicht tot! Verführe mich zum Leben!«

Nachdem ich Niketas verlassen hatte, ritt ich mit Alexios und Tito durch eine Seitenstraße zur Kirche Santissima Annunziata und von dort zum Domplatz. Die Via Larga war wegen des triumphalen Einzugs des Papstes gesperrt. Vor dem Palazzo d'Ascoli sprang ich aus dem Sattel und eilte mit Tayeb zu den Tribünen der Würdenträger der Republik vor der Kathedrale.

Für den feierlichen Empfang hatten die Handwerker in den letzten Tagen einen Steg errichtet, der von der Kathedrale bis zur Kirche Santa Maria Novella führte. Der Baldachin in den Farben des venezianischen Papstes – weiß und blau – wurde von Stangen gehalten, die mit Myrten- und Lorbeerzweigen verziert waren. Der ganze Weg bis zur Papstresidenz war mit kostbaren Teppichen geschmückt. An den Fassaden der umliegenden Palazzi flatterten bunte Fahnen im eisig kalten Wind, und auf den Stufen der Kathedrale erwartete der Marzocco den Papst – der lebensgroße Wappenlöwe von Florenz aus bemaltem Pappmaché, die ›republikanische Bestie‹, wie Cosimo ihn zynisch nannte.

Der Bannerträger stand mit dem Kanzler Leonardo Bruni vor der mit blauen und weißen Girlanden geschmückten Taufkapelle und blickte die Via Larga hinauf, wo in Kürze Seine Heiligkeit an der Spitze einer festlichen Prozession erscheinen sollte. Ganz leise und noch weit entfernt drang Trommelschlag durch das Gejohle der wartenden Menschenmenge und das dröhnende Geläut der Domglocken. Unter den Schaulustigen am Straßenrand erkannte ich einige meiner Angestellten: Leonardo d'Assisi, Vittorino und Orlando.

Die Prioren der Regierung und die Vorsteher der einundzwanzig Gilden hatten ihre Plätze auf der Tribüne an den Domstufen bereits eingenommen. Scipione Sassetti, der Zunftmeister der Arte dei Medici e Speziali, der mir die Mitgliedschaft in der Gilde verweigerte und die Schließung meines Unternehmens erzwingen wollte, beobachtete mit verkniffenen Lippen, wie ich ihn und den Gildemeister der Rechtsanwälte und Notare artig lächelnd begrüßte und dann zum Bannerträger der Republik hinüberging.

»Wo warst du denn bloß?«, begrüßte mich Cosimo und küsste mich auf beide Wangen. »Ich war eben in deinem Palazzo und habe auf dich gewartet. Du wolltest mir die Bücher zeigen, die du aus Alexandria mitgebracht hast, erinnerst du dich?«

»Bitte entschuldige!«, murmelte ich. »Ich war in San Marco.«

»Wieso?«

»Kann ich dich bitte unter vier Augen sprechen?«

Er führte mich einige Schritte zur Seite. »Also, was ist los?«

»Ich wollte mit Fra Antonino reden. Heute Nachmittag habe ich einen Dominikaner beobachtet, der offenbar mein Haus überwacht.

Er könnte Lucas Mörder gewesen sein, der nun mir nach dem Leben trachtet. Ich bin so schnell wie möglich nach San Marco geritten, um in Erfahrung zu bringen, ob während der Gebete ein Mönch fehlte.«

»Und?«

»Serafino sagte mir, dass alle Mönche zur Non in der Kirche gewesen seien. Der Dominikaner kam nicht aus San Marco.«

»Dann lebt er in …«

»… Santa Maria Novella«, vollendete ich seinen Satz.

»Um Gottes willen! Soll ich ihn überwachen lassen wie Caedmon of Canterbury?« Besorgt blickte Cosimo hinüber zu dem Benediktiner inmitten der Olivetaner von San Miniato, die vor dem erzbischöflichen Palast auf die Ankunft des Papstes warteten.

»Das ist sinnlos, Cosimo. Ich kann dir den Mann nicht beschreiben, da er die Kapuze seines Skapuliers tief ins Gesicht gezogen hatte. Und ein Dominikanerhabit lässt sich schnell ablegen und gegen ein Ordensgewand der Benediktiner, Franziskaner oder Augustiner vertauschen.«

»Und was willst du nun tun?«

»Heute Abend, gleich nach dem Empfang, habe ich eine Audienz beim Papst.«

»Ich war vorhin in der Kapelle deines Palazzos und habe Luca mit dem Ordensgewand der Dominikaner gesehen. Ich war bestürzt. Du wirst Eugenius bitten, die Exkommunikation aufzuheben, nicht wahr?«

»Ich will, dass er meinem Vater ein christliches Begräbnis in San Marco gewährt. In der Kirche seines Ordens. Mit Glockengeläut und einer Totenmesse durch Fra Antonino. Mit einer Gedächtnisrede, in der Lucas Verdienste gewürdigt werden. Und mit Gebeten für sein Seelenheil.«

Piero trat zu uns. »Nur äußerst ungern störe ich euer trautes Beisammensein. Doch Seine Heiligkeit naht, und wir müssen unsere Plätze einnehmen.«

Cosimo wünschte mir von ganzem Herzen Glück für die bevorstehende Papstaudienz und begab sich zu seinem Sessel auf der Tribüne neben der Kathedrale. Galant reichte mir Piero seinen Arm und geleitete mich zu meinem Platz gegenüber dem erzbischöflichen Palast.

»Sandra, was ist zwischen dir und meinem Vater?«, fragte er plötzlich.

Ich zuckte zusammen. »Nichts!«, beteuerte ich.

»Du lieber Himmel! Ich sehe doch, wie er dich ansieht.«

»Piero, ich …«

»Warum bist du so überstürzt nach Alexandria aufgebrochen? Du wolltest doch erst nach Weihnachten abreisen! Wieso hat Cosimo dir nur ein paar Tage später einen Brief nachgesandt? Was hatte er dir zu sagen, das ihr beide nicht an jenem Abend vor deinem Aufbruch hättet besprechen können?«

Als ich schwieg, blieb er stehen und hielt mich am Arm fest. »Glaubst du, ich habe nicht bemerkt, wie er dich gestern mit Tränen in den Augen anstarrte, als du Niketas zum Abendessen eingeladen hast? Mein Vater und du – ihr wart miteinander im Bett, nicht wahr? Ihr habt eine Affäre!«

»Piero, das ist nicht …«

»Glaub mir, Sandra: Ich gönne meinem Vater sein Vergnügen von ganzem Herzen. Wenn er sich mit fünfzig eine junge Geliebte in sein Bett holt, um mit ihr die Freuden der Liebe zu genießen, ist das seine Sache. Aber ausgerechnet dich, die Tochter seines Freundes?«

»Halt mir keine Moralpredigt, du größter aller Herzensbrecher! Wenn du hin und wieder in deinem eigenen Bett schlafen würdest, wüsstest du, dass du keinen Grund hast, auf deinen Vater eifersüchtig zu sein. Wir haben keine Affäre!«

Ich sah ihm an, dass er mir kein Wort glaubte. »Aber er hat dich verführt, nicht wahr? Sandra, mein Schatz, du kennst meinen Vater lange genug, um zu wissen, dass er nicht mehr aufgibt, was er einmal besessen hat.«

»Piero, mein Liebster, nach all den Jahren solltest du mich gut genug kennen, um zu wissen, dass ich mich nicht *besitzen* lasse!«

Cosimos Sohn grinste verschmitzt. »Das freut mich!«, neckte er mich mit funkelnden Augen. Dann rieb er seine Nase zärtlich an meiner Wange und raunte: »Dann darf ich ja weiter hoffen, dass du mich eines Tages doch noch in dein Bett bitt…«

»Sollte ich ernsthaft in Erwägung ziehen, dich zu meinem Liebhaber zu machen, werde ich es dich wissen lassen!«, erklärte ich ungnädig und ließ Piero stehen, der sich nur mühsam ein Lachen verkneifen konnte.

Es war nicht das erste Mal, dass ich ihn abwies, aber Piero nahm es mir nie übel. Seit wir uns als Kinder während eines hitzigen Streits im Garten von San Marco gegenseitig in die Brennnesseln geschubst hatten, waren wir Freunde. Piero vertraute mir alle seine aufregenden Liebesabenteuer an. Er wollte seine Freiheit in vollen Zügen genießen, bevor er in einigen Monaten seine Verlobte Lucrezia heiratete.

Ich suchte meinen Platz in der ersten Reihe der Tribüne. Seite an Seite kämpften sich Tito und Alexios durch die Menge zu mir herüber. Tayeb, der keine drei Schritte von mir entfernt stand, beobachtete äußerst wachsam die Mönche auf der Piazza del Duomo. Seine Schultern waren angespannt, seine Hand ruhte auf dem Griff des Schwertes.

Mir gegenüber, auf der anderen Seite des geschmückten Steges, stiegen die Kardinäle mit ihren prächtig bestickten Brokatgewändern und hohen Mitren die Stufen der Tribüne empor. Ich erkannte Kardinal Niccolò Albergati, den Vorsitzenden des Unionskonzils. Er unterhielt sich mit Ambrogio Traversari, der als Kardinallegat nach Konstantinopolis gereist war, um Kaiser Ioannis zum Konzil einzuladen.

Giuliano Cesarini hatte mich gesehen. Er legte die Hand aufs Herz und neigte den Kopf – er wusste von Lucas Tod! Ich signalisierte ihm, dass ich ihn dringend sprechen musste, und er wies in Richtung des Palazzo d'Ascoli. Ich nickte.

Ludovico Scarampo, der Erzbischof von Florenz, geleitete den Metropoliten von Athen auf die Tribüne der Kardinäle.

Ich hätte Niketas beinahe nicht erkannt! Er trug eine hohe Haube mit Schleier und einen mit Kreuzen bestickten golddurchwirkten Umhang mit langer Schleppe. Darunter schimmerte das Omophorion, das bestickte Brokatband als Symbol seiner kirchlichen Autorität als Stellvertreter Christi.

Serafino blieb, vermutlich auf Niketas' Wunsch, in seiner Nähe. Er führte ihn die Stufen hinauf zu Cesarini, der ihn mit dem Friedenskuss begrüßte, und ordnete die lange königsblaue Schleppe. Als er mich erblickte, winkte er mir zu.

Niketas wurde auf mich aufmerksam.

Wie ernst er war, und wie undurchdringlich seine Miene! Doch welcher Sturm der Gefühle tobte in seinem Innersten!

Dann ritt unter den Jubelrufen der Menge, der Musik der Trommler und dem Dröhnen der Glocken von Santa Maria del Fiore der Papst mit seinem Gefolge auf den Domplatz. Cosimo erwartete ihn vor der Kathedrale, kniete nieder und hielt den Steigbügel des Pontifex, während der von seinem Pferd stieg.

Eugenius war eine eindrucksvolle Gestalt, hoch gewachsen und asketisch schmal. Er trug den Pontifikalornat aus weißgoldenem Brokat und eine schlichte weiße Mitra. Sehr würdevoll schritt er zu den letzten Glockenschlägen die Stufen zur Kathedrale hinauf und wandte sich zu den Menschen auf der Piazza del Duomo, der Loggia del Bigallo, an den Fenstern der umliegenden Palazzi und in den Seitenstraßen um. Mit lauter Stimme erteilte er den Segen Urbi et Orbi: »Sancti Apostoli Petrus et Paulus, de quorum potestate et auctoritate confidimus, ipsi intercedant pro nobis ad Dominum …«

Anschließend begab sich der Papst in die Kathedrale, gefolgt von Cosimo als Staatsoberhaupt der Republik Florenz und einer langen Prozession von Kardinälen, Erzbischöfen und Bischöfen.

Als ich mit Alexios und Tito die Basilika von Santa Maria del Fiore betrat, staunte ich: Zu beiden Seiten des Hauptschiffs waren für die bevorstehenden Konzilssitzungen Tribünen mit gepolsterten Sitzen errichtet worden. Vor dem geschmückten Altar stand ein Podest für den Pontifex und die Kardinäle.

Eugenius hatte sich auf einem ganz mit weißem und goldenem Damast bezogenen Thronsessel niedergelassen, der auf der Seite der Kathedrale stand, wo das Evangelium verlesen wurde. Ihm gegenüber war ein purpurner Thron für den Kaiser aufgestellt worden. In wenigen Tagen würde er in Florenz eintreffen.

Scarampo beugte sich zu Eugenius hinab und tuschelte mit ihm. Der Papst blickte zu mir herüber und gab seinem Vertrauten einige Anweisungen. Wenig später trat ein Diakon zu mir und bat mich, ihn zu begleiten. Beunruhigt ließ ich Alexios und Tito auf der Tribüne zurück. Ich warf einen forschenden Blick auf Frater Caedmon of Canterbury, der unweit von mir an einer Säule lehnte, und folgte dem Kirchendiener durch das Hauptschiff zu einem Sessel in der Nähe der Würdenträger der Kirche.

Der Erzbischof kam zu mir herüber, und ich erhob mich, um ihn zu begrüßen. »Euer Exzellenz!«

Ludovico Scarampo, ein ehemaliger Medicus aus Padua, der auf einen kometenhaften Aufstieg am päpstlichen Hof zurückblicken konnte, war einundvierzig Jahre alt, hoch gewachsen und kräftig. In seinem kurzgeschnittenen, lockigen Haar schimmerten die ersten grauen Strähnen.

Sein extravaganter Lebensstil hatte Spuren in seinem Gesicht hinterlassen – seine üppigen Gastmahle im erzbischöflichen Palast waren berüchtigt. Sinnlichen Genüssen wie ausgefallenen Speisen, exzellentem Wein und erotischen Abenteuern mit attraktiven jungen Männern, die halb so alt waren wie er, war Scarampo nicht abgeneigt. Vor dem Konzil hatte er Serafino monatelang nach allen Regeln der Liebeskunst umworben, war jedoch immer wieder abgewiesen worden. Trotz seiner Aufsehen erregenden sexuellen Eskapaden, die die

Geduld des sittenstrengen Eugenius auf eine harte Probe stellten, war der Erzbischof von Florenz neben Giovanni Vitelleschi der engste Vertraute Seiner Heiligkeit.

Er reichte mir die Hand. »Mein aufrichtiges Beileid, Alessandra! Lucas Tod hat mich ins Herz getroffen. Seine Heiligkeit ist zutiefst erschüttert. Erst vor einer Stunde hat er von dem Mord erfahren. Vor nicht einmal einer Woche war Luca noch bei ihm in Ferrara. Der Heilige Vater freut sich, Euch nach der Messe in seinen Gemächern zu empfangen.«

»Danke, Euer Exzellenz.«

»Ihr werdet abgeholt und unter bewaffnetem Geleitschutz nach Santa Maria Novella eskortiert. Wir sehen uns dann später.« Er nickte mir zu und kehrte an seinen Platz zurück. Die Messe sollte in Kürze beginnen.

Unauffällig beobachtete ich Niketas, der in unmittelbarer Nähe des Papstes thronte. Welch majestätische Gestalt! Eine unberührbare Ikone aus Perlen, Brokat und Gold. Wie anders war der Mann gewesen, der letzte Nacht in meinem Bett geschlafen hatte. Wie menschlich. Und wie liebenswert.

Zwei Stunden nach dem Ende der Messe und dem feierlichen Festzug nach Santa Maria Novella wurde ich, wie angekündigt, abgeholt.

Cesarini war erst kurz zuvor in seinen Palast zurückgekehrt. Ich hatte ihn gewarnt: Sein Schreiben an Luca wegen der Gerüchte aus Basel, dass Eugenius als Häretiker exkommuniziert und ein neuer Pontifex gewählt werden sollte, war seit der Mordnacht verschwunden. Und ich hatte keine Ahnung, ob mein Vater es verbrannt oder ob der Mörder es mitgenommen hatte. Der Kardinal war blass, als er sich von mir verabschiedete. Sein Brief war Hochverrat an Papst Eugenius.

Während das Tor geöffnet wurde und er auf die Piazza del Duomo hinausritt, entsann ich mich der ebenfalls verschwundenen Nachricht meines Cousins. Was hatte Prospero geschrieben? War er auf dem Weg nach Florenz, um sich mit Luca zu treffen? War auch er in Lebensgefahr?

Wenig später erschien eine Truppe von zwanzig berittenen Gardisten vor meinem Palazzo. Ihre federgeschmückten Helme und silbernen Harnische funkelten im Schein der Fackeln – es war inzwischen Nacht geworden.

»Auf Befehl des Papstes!«, begrüßte mich der Capitano der venezianischen Leibgarde des Pontifex. »Seine Heiligkeit erwartet Euch! Bitte folgt mir!«

Ein Gardist half mir in den Sattel und führte meinen Hengst durch das Tor auf die Piazza, während einer meiner Stallknechte das mit einer Truhe beladene Maultier am Zügel hinter sich herzog.

Dann trabte ich mit meiner Eskorte über den Domplatz, wo nach der feierlichen Prozession in Windeseile ein bunter Jahrmarkt mit Zelten und Buden errichtet worden war, in denen Früchtebrot, gebrannte Mandeln, getrocknete Feigen und Glühwein feilgeboten wurden. Es duftete ganz köstlich nach heißen, schmalzgebackenen Krapfen. Durch die Menge der ausgelassen feiernden Florentiner bahnten wir uns einen Weg zur Klosterresidenz des Papstes.

Auf der Piazza Santa Maria Novella sprang ich vom Pferd und wartete vor den Stufen der Kirche, bis die schwere Truhe abgeladen war. Ein Dominikaner führte mich in den von Fackeln beleuchteten Chiostro Grande mit den hohen Feigenbäumen. Die quadratische Anlage mit dem kreuzförmig angelegten Kiesweg war gesäumt von gelben Rosensträuchern und violetten Fliederbüschen, die im Frühjahr einen herrlichen Duft verströmten. Im Sommer stürzten sich die Schwalben zwitschernd von den Fenstern des päpstlichen Arbeitszimmers hinab in diesen Garten Eden, der jetzt unter einer dicken Schicht gefrorenen Schnees begraben lag.

Immer wieder begegneten uns Mönche, die geschäftig durch die Gänge eilten: Dominikaner, Franziskaner, Benediktiner und Augustiner. Ein Freund meines Vaters hatte einmal über den päpstlichen Hofstaat gesagt, dass weiße, graue und schwarze Mönche um den Thron des Papstes wimmelten wie Bienen um ihre Königin.

An einer Seite des großen Kreuzgangs öffnete sich eine Tür zu einer Treppe ins obere Geschoss, wo sich die Gemächer des Papstes befanden. Ein Franziskaner empfing mich am Ende der Stiege und warf einen neugierigen Blick auf die schwere Truhe, die zwei Diener die Stufen hinaufschleppten. Dann wandte er sich um und geleitete mich durch den großen Audienzsaal, in dem der Papst die Gesandten aller Herren Länder empfing. An der Schwelle der päpstlichen Wohnung blieb der Frater stehen, öffnete die Tür und ließ mich eintreten.

Mehrere venezianische Gardisten mit Helm und Harnisch über der weiß-blauen Uniform bewachten die Tür zum päpstlichen Vorzimmer. Die Diener stellten die mitgebrachte Truhe ab. Einer der Wächter hob den Deckel und inspizierte den Inhalt. Als er schließlich nickte, wurde mir die Tür zum Vorzimmer geöffnet.

»Alessandra d'Ascoli«, kündigte mich der Capitano dem päpstlichen Sekretär an, einem Dominikaner aus Rom.

Fra Domenico erhob sich hinter seinem Schreibtisch, um mich zu begrüßen. »Der Heilige Vater erwartet Euch.«

Beinahe wäre er über Monsignor Fantìn gestolpert, den kupferrot getigerten venezianischen Kater, der sich vor dem Schreibtisch Seiner Heiligkeit auf dem Boden räkelte. Monsignor Fantìn hatte seinen Herrn nach Ferrara begleitet, um Mäuse von der päpstlichen Wohnung fernzuhalten.

»Seine Heiligkeit will unter vier Augen mit Euch sprechen. Er wünscht, heute Abend auf das Zeremoniell zu verzichten. Kein Kniefall an der Tür, kein Niedersinken vor seinem Sessel, kein Küssen des päpstlichen Pantoffels. Der Heilige Vater wird Euch nur die Hand mit dem Fischerring reichen.«

»Danke, Fra Domenico. Ich habe eine Bitte: Könntet Ihr feststellen, ob sich der Abt von Montecassino im Gefolge Seiner Heiligkeit befindet? Soweit ich weiß, hat er in Ferrara an den Konzilssitzungen teilgenommen.«

»Das ist richtig. Meines Wissens wohnt er hier in Santa Maria Novella.«

»Seine Heiligkeit wird den ehrwürdigen Abt in Kürze zu sich rufen.«

»Ich werde ihn suchen lassen.« Er öffnete die Tür und kündigte mich an. »Heiliger Vater, Alessandra d'Ascoli ist gekommen.«

Dann ließ er mich eintreten. Monsignor Fantìn erhob sich und folgte mir. Nachdem die Palastwachen die schwere Truhe neben dem Schreibtisch abgestellt hatten, schlossen sie die Tür hinter sich. Der päpstliche Kater sprang auf die Kiste, drehte sich mit erhobenem Schwanz zwei Mal um sich selbst und rollte sich dann auf dem Deckel zusammen.

Das Arbeitszimmer des Papstes war mönchisch schlicht eingerichtet. Ein großer Tisch, darauf ein silbernes Tintenfass mit Feder, Pergamenten und ein Stapel in kostbares Leder gebundene Codices. Ein mit purpurfarbenem Damast bezogener Sessel. Drei Stühle vor dem Tisch. Ein Kohlenbecken mit knisternder Glut. Ein hölzerner Crucifixus an der Wand gegenüber. Und ein Stehpult vor dem Fenster, auf dem aufgeschlagen die lateinische Bibel mit den herrlichen Miniaturen in Lapis, Purpur und Gold lag – ein Geschenk meines Vaters an den von Rom nach Florenz geflohenen Pontifex. Nach seiner Ankunft in Santa Maria Novella vor fünf Jahren hatte ich sie ihm überreicht.

Eugenius, der an seinem Schreibtisch gearbeitet hatte, erhob sich bei meinem Eintreten und kam mir entgegen. Er trug den blauen Habit der Augustiner-Chorherren – diesem Orden gehörte er an. Trotz seines asketischen Lebens war er ein Mann von majestätischer Würde. Er überragte mich zwei Hand breit. Die Machtkämpfe der letzten Jahre mit meiner Familie in Rom und mit den Basler Schismatikern hatten tiefe Spuren in seinem Gesicht hinterlassen.

Ich sank vor ihm auf die Knie, um den Fischerring zu küssen, den er mir sehr würdevoll darbot.

»Gott segne und behüte Euch, meine Tochter!«

»Ich danke Eurer Heiligkeit für die Gnade, die Ihr mir erweist, mich so kurz nach Eurer Ankunft zu empfangen.«

»Es war mir ein Anliegen, so schnell wie möglich mit Euch zu sprechen, Alessandra. Lucas Tod hat mich zutiefst erschüttert! Ich teile Euren Schmerz.« Er sprach langsam und gemessen ohne den päpstlichen Pluralis Majestatis, und seine Stimme klang sanft und tröstend. Seine schmalen Finger berührten die hölzerne Figur des Gekreuzigten auf seiner Brust. »Bitte setzt Euch. Dort am Kohlenbecken ist es angenehm warm.«

Einen Dank murmelnd nahm ich auf einem der Sessel vor seinem Schreibtisch Platz. Mein Blick fiel auf das holzgeschnitzte Pferdchen auf dem Tisch. Eugenius hatte mir einmal erzählt, ein Junge von fünf oder sechs Jahren habe ihm dieses Holzpferd geschenkt. Das Kind sei während einer feierlichen Prozession durch Rom von dem Ehrfurcht gebietenden Mann auf seinem weißen Pferd so überwältigt gewesen, dass es ihm unwillkürlich sein liebstes Spielzeug entgegengestreckt hatte. Der Papst hatte es angenommen und bewahrte es seitdem auf. Es gemahnte ihn, eines Tages in die Ewige Stadt zurückzukehren.

Eugenius raffte seinen blauen Habit und ließ sich auf seinem Sessel nieder. »Am letzten Sonntag war Euer Vater noch bei mir. Und nun ist er tot – ermordet! Habt Ihr noch mit ihm gesprochen, nachdem er aus Ferrara zurückgekehrt war?«

»Nein, Heiliger Vater. Luca ist wenige Stunden vor meiner Ankunft in Florenz gestorben.«

»Wie tragisch!«, murmelte er und blickte neugierig auf die Truhe, die ich mitgebracht hatte. Monsignor Fantìn sah kurz auf und räkelte sich träge auf dem Deckel. Dann wandte der Papst sich wieder mir zu. »Luca erzählte mir, dass Ihr in Alexandria wart, um die verschollene Bibliothek zu suchen. In der Ruine einer antiken Synagoge habt Ihr ein Evangelium gefunden. Wollt Ihr mir erzählen, was geschehen ist?«

»Sehr gern, Euer Heiligkeit!« Ich berichtete über meine Audienz beim Patriarchen Philotheos und die dramatischen Ereignisse der Weihnachtsnacht. Dann verscheuchte ich den maunzenden Monsignor Fantìn von der mitgebrachten Truhe, hob den Deckel und holte ein verschnürtes Bündel heraus, das ich dem Papst überreichte. »Heiliger Vater, dies ist eines der antiken Pergamente, die ich in der Kammer gefunden habe.«

Neugierig faltete er den Brokatstoff auseinander und hob den in Leder gebundenen Codex heraus. Einige Papyrusfasern rieselten zwischen den Pergamentseiten heraus – die Reste einer älteren Papyrusrolle hatten in demselben Tonkrug gelegen, in dem Tayeb und ich den Codex gefunden hatten. Behutsam schlug er das Buch auf, um staunend die ersten Zeilen zu lesen. »Das griechische Markus-Evangelium!«

»Er stammt aus dem dritten oder vierten Jahrhundert.«

»Wie überaus kostbar!«

»Es wäre mir eine große Ehre, wenn Ihr dieses Evangelium als Geschenk annehmt, Euer Heiligkeit. Und ich würde mich noch mehr freuen, wenn es eines Tages einen würdigen Platz im Palazzo Apostolico im Vatikan findet.«

Überrascht blickte er auf. »Ich weiß nicht, was ich sagen soll. Ich bin überwältigt von Eurer Großzügigkeit. Dieses Evangelium ist sehr wertvoll. Ich stehe tief in Eurer Schuld!«

Mit beiden Händen legte er den Pergamentcodex vor sich auf den Tisch und schloss vorsichtig den ledernen Buchdeckel, während ich ihm von den dramatischen Ereignissen nach der Entdeckung der antiken Schriften erzählte: von dem Überfall des Assassinos und meiner Flucht auf der venezianischen Galeere über Athen nach Venedig und weiter nach Ferrara.

»Am Abend meiner Ankunft speiste ich mit dem Metropoliten von Nikaia«, berichtete ich. »Von ihm erfuhr ich, dass mein Vater überraschend nach Ferrara gekommen war und am Tag zuvor von Eurer Heiligkeit empfangen worden war. Es hieß, er sei erst wenige Stunden zuvor nach Florenz zurückgekehrt. Im Morgengrauen bin ich aufgebrochen, um meinen Vater vor einem Mordanschlag zu warnen. Doch ich kam zu spät. Luca war bereits tot.«

Er atmete tief durch. »Was ist geschehen?«

»Der Mörder ist durch das offene Fenster in Lucas Arbeitszimmer eingedrungen und hat meinen Vater nach heftigem Kampf erstochen. Der Raum ist nicht durchsucht worden. Der Assassino war also nicht auf der Suche nach den Fragmenten, denn die Papyri sind unversehrt.«

»Dann ist Euer Vater nicht wegen des Evangeliums ermordet worden?« Eugenius war verwirrt. Offenbar hatte er das angenommen. »Mein Sekretär berichtete mir vorhin, dass sich Cosimo persönlich um die Aufklärung des Mordes kümmert und gestern seine Ermittler nach Ferrara geschickt hat.«

»Ehrlich gesagt glaube ich nicht, dass sie dort den Mörder meines Vaters finden. Die Spuren vor dem Fenster seines Arbeitszimmers deuten darauf hin, dass der Täter Sandalen und einen Habit aus weißer Wolle trug.«

Eugenius hob die Augenbrauen. »Ein Mönch?«

»Ein Dominikaner.«

Ich berichtete dem bestürzten Papst über den Frater, der vor wenigen Stunden meinen Palazzo beobachtet hatte. »Der Mönch muss aus Santa Maria Novella kommen.«

»Heilige Mutter Gottes!«, stöhnte der Papst. »Ich werde tun, was in meiner Macht steht, um Euch bei der Aufklärung des Mordes zu helfen.«

»Heiliger Vater, Ihr würdet mir einen großen Gefallen erweisen, wenn Ihr den Abt von Montecassino zu Euch bittet. Meines Wissens befindet er sich in Santa Maria Novella. Ich würde ihn gern zu einem rätselhaften Benediktiner befragen, der sich einige Zeit in Montecassino aufgehalten hat.

Cosimo erzählte mir gestern, dass Frater Caedmon of Canterbury vor einigen Tagen den Metropoliten von Athen durch Florenz verfolgt hat. Auf Wunsch Seiner Seligkeit hat sich Cosimo über diesen Benediktiner erkundigt: Seit letztem September wohnt er in San Miniato. Gestern traf ich Bruder Caedmon, als er vor meinem Haus für Luca betete. Er bat mich, ihn in den nächsten Tagen zu empfangen. Ich hoffe, dass der Abt von Montecassino mir mehr über ihn sagen kann.«

»Verdächtigt Ihr ihn des Mordes?«

»Nein, ich will nur jeder Spur nachgehen. Denn ich finde es äußerst befremdlich, dass Frater Caedmon den Metropoliten von Athen durch ganz Florenz verfolgte, nachdem er den Palazzo d'Ascoli verlassen hatte. Seine Seligkeit ist der Bruder des Kaisers, einer der höchsten Würdenträger der orthodoxen Kirche und somit eine der Schlüsselfiguren des Unionskonzils.«

Wortlos ergriff der Papst die silberne Glocke auf seinem Schreibtisch und klingelte. Kurz darauf trat Fra Domenico ein.

»Heiliger Vater?«

»Der Abt von Montecassino soll kommen. Sofort!«

»Wie Ihr wünscht!« Der päpstliche Sekretär blickte mich stirnrunzelnd an. Dann schloss er die Tür hinter sich.

»Als Ihr gestern Mittag in Florenz ankamt, war Euer Vater schon tot«, fasste der Papst zusammen. »Dann wisst Ihr also nicht, worüber Luca und ich gesprochen haben?«

»Nein, Euer Heiligkeit.«

Er lehnte sich zurück und umfasste sein hölzernes Brustkreuz. »Vor einer Woche kam er überraschend nach Ferrara. Als mein Sekretär mir mitteilte, Luca habe um eine Audienz nachgesucht, war ich erstaunt. Nach acht Jahren brach er das Schweigen? Ich zögerte, doch dann beschloss ich, ihn am nächsten Tag zu empfangen.«

Eugenius hatte Luca gefürchtet wie der Teufel das Weihwasser. Seit er zum Pontifex gewählt worden war und gegen das Konzil von Basel kämpfte, hatte er panische Angst gehabt, der ›Richter Gottes‹ könnte sich eines Tages gegen ihn wenden und angesichts der Morde an den Colonna in Rom ein moralisches Urteil über ihn fällen – wie damals während der Prozesse in Konstanz über Johannes XXIII., Benedikt XIII. und Gregor XII., Eugenius' Onkel.

»In welcher Stimmung war Luca, als er zu Euch kam?«

»Er wirkte sehr ernst und zutiefst besorgt«, erwiderte Eugenius. »Ich glaube, es ist ihm nicht leichtgefallen, über seinen Schatten zu springen und zu mir zu kommen.«

Ich nickte gedankenvoll.

Bevor mein Vater sich entschlossen hatte, nach Ferrara zu reisen, war er eben erst von seinem Besuch bei Lorenzo Valla zurückgekehrt. Natürlich war Luca besorgt! Lorenzos Traktat über die Fälschung der Konstantinischen Schenkung bedrohte nicht nur die weltliche Macht des von den Basler Konziliaristen abgesetzten Papstes, sondern auch die ersehnte Einigung mit Kaiser Ioannis als Rechtsnachfolger Konstantins, der die Schenkung nie gemacht hatte. Lorenzos Abhandlung untergrub das Fundament der Kirche, der Luca sein Leben gewidmet hatte, bevor er von Eugenius exkommuniziert wurde. Luca konnte die Kirche nicht verraten! Als ehemaliges Mitglied der Priesterhierarchie schuldete er seinem Hohen Priester noch immer Gehorsam. Also vergaß er seinen Stolz, kroch zu Kreuze und brach sein jahrelanges Schweigen.

»Euer Vater erzählte mir von Eurer Reise nach Alexandria, wo Ihr nach verschollenen Handschriften gesucht habt. Er berichtete von dem Überfall des Assassinos in der versunkenen Synagoge und las mir dann einige Zeilen Eures Briefes vor, in dem Ihr angekündigt hattet, noch einige Tage zu bleiben und in der Genisa nach weiteren Fragmenten des Evangeliums zu suchen. Obwohl Luca wie immer sehr beherrscht wirkte, spürte ich, dass er Angst um Euch hatte.

Dann zeigte er mir den Brief, den Ihr dem toten Assassino abgenommen hattet. Ich war entsetzt! Denn ich fürchtete, irgendjemand könnte entgegen meinem ausdrücklichen Befehl versucht haben, Euch zu ermorden. Angesichts der blutigen Machtkämpfe gegen Eure Familie in Rom würde ein solcher Anschlag auf mich als Papst zurückfallen!«

»Ich habe keinen Augenblick lang geglaubt, dass Ihr mich ermorden lassen wolltet. Wir beide kennen uns doch schon so lange.«

»Seit Eurem dritten Lebensjahr, als Luca mit Euch aus Rom geflohen ist«, nickte er bedächtig. »Wer, glaubt Ihr, hat diesen mysteriösen Brief geschrieben?«

Warum sollte ich ihm Namen in den Mund legen, an denen er sich dann festbiss? »Ich weiß es nicht. Wen verdächtigt Ihr?«

»Nun, es gibt nicht viele Patriarchen. Der lateinische Patriarch von Konstantinopolis ist der Venezianer Giovanni Contarini – ein Günstling von Papst Martin. Als Verfasser des Briefes kommt er nicht infrage, denn er ist Euch nicht feindlich gesinnt. Der Patriarch von Jerusalem, Blaise Molin, kann kaum noch eine Schreibfeder in seinen gichtigen Fingern halten. Der Patriarch von Alexandria heißt Giovanni Vitelleschi. Und der Patriarch von Rom bin ich.«

Ich nickte stumm.

»Während der Reise nach Florenz habe ich mich lange mit Kardinal Vitelleschi unterhalten. Es irritierte ihn, dass Luca nach Ferrara gekommen war. Als mein Sekretär uns Lucas Ankunft meldete, besprachen wir gerade die Lage in Rom. Nach der Unterzeichnung des Unionsdekrets will ich als Oberhaupt der vereinigten Kirche endlich in die Caput Mundi zurückkehren.« Eugenius beugte sich vor und griff nach dem Spielzeugpferd, das der kleine Junge ihm in Rom geschenkt hatte. »Euer Vater vermutete, dass jener Mordauftrag nicht in Florenz geschrieben worden war. Denn bei Eurem Aufbruch nach Ägypten war er nicht übersetzt worden, obwohl der Assassino Philotheos um Unterstützung bat.

Zum Zeitpunkt Eurer Abreise war Vitelleschi in Rom. Als Kardinallegat hat er von mir den Befehl erhalten, in der Ewigen Stadt für Ruhe und Ordnung zu sorgen. Das tut er mit allen Mitteln, obwohl ich die Anwendung von Gewalt zutiefst missbillige. Er kämpft gegen Eure Familie und befiehlt Folterungen und Hinrichtungen, um endlich die Macht der Colonna zu brechen.« Eugenius stellte das Holzpferdchen zurück auf den Tisch. »Aber hat er den Befehl gegeben, Euch und Euren Vater zu ermorden?«

Ich antwortete nicht.

»Ihr habt keinen Streit mit Vitelleschi! Ganz im Gegenteil: Im Palazzo seiner Heimatstadt Corneto richtet Ihr ihm eine großartige Bibliothek mit Hunderten von kostbaren Büchern ein. Er ist einer Eurer besten Kunden.

Durch den Mord an Luca und an Euch, Alessandra, kann Vitelleschi nichts gewinnen, aber alles verlieren. Denn die Colonna würden furchtbare Blutrache an ihm nehmen. Zudem steht Ihr unter Cosimos Schutz – er wird es nicht wagen, sich mit ihm anzulegen.

Nein, ich glaube nicht, dass Vitelleschi die Morde befohlen hat. Obwohl Lucas Erscheinen in Ferrara ihn zu irritieren schien, war er bestürzt, als ich ihm erzählte, dass Ihr in Alexandria nur mit knapper Not ein Attentat überlebt hattet. Ich deutete an, dass ich an seinen Amtskollegen, den orthodoxen Patriarchen von Alexandria geschrieben hatte, doch das schien ihn nicht zu beunruhigen.«

»Ihr habt an Philotheos geschrieben?«, fragte ich erstaunt.

Er hob das antike Markus-Evangelium, schob seinen Rosenkranz zur Seite und suchte zwischen den Dokumenten auf seinem Schreibtisch nach einem Pergament, das er mir schließlich reichte.

Es war eine Abschrift seines Briefes an Seine Seligkeit, Papst Philotheos, den orthodoxen Patriarchen von Alexandria. Ich überflog das

Schreiben. Eugenius hatte Philotheos aufgefordert, auf die muslimischen Behörden in Ägypten einzuwirken, mich nicht zum Tode zu verurteilen. Als Römer stünden sowohl der Täter als auch das Opfer unter seiner Gerichtsbarkeit. Mir sei zudem bereits die Absolution erteilt worden, da es sich um Notwehr gehandelt habe. Zudem bat der Papst den orthodoxen Patriarchen, den Namen des Mannes zu benennen, der den Assassino geschickt und ihn um Unterstützung ersucht hatte.

»Ihr habt getan, was Ihr tun konntet, Euer Heiligkeit. Ich bin Euch sehr dankbar.« Ich gab ihm die Abschrift zurück.

»Nicht der Rede wert«, winkte er ab. »Die Kirche steht tief in Eurer Schuld. Ihr habt ein neues Evangelium gefunden und dabei Euer Leben riskiert! In Ferrara hat mir Euer Vater die gnostischen Logien ge…«

Fra Domenico öffnete die Tür. »Euer Heiligkeit! Der Abt von Montecassino, Frater Piero Tomacelli.«

»Er soll hereinkommen!«, befahl der Papst.

Der Benediktiner trat ein, kniete einen Schritt hinter der Tür nieder und erhob sich erst, als Eugenius ihn ungeduldig heranwinkte. Auf dem Weg zum Schreibtisch wiederholte er seinen Kniefall, um dann, wiederum kniend, den Fischerring an der Hand des Papstes zu küssen. »Laudetur Jesus Christus.«

»In aeternum. Amen«, erwiderte der Papst. »Erhebt Euch!«

Der Abt warf mir einen neugierigen Blick zu, stand steifbeinig auf und trat mit ehrfurchtsvoll gefalteten Händen einen Schritt zurück.

Piero Tomacelli, seit nunmehr fünfundzwanzig Jahren Abt von Montecassino und im Konvent als herrschsüchtiger Tyrann verhasst, mochte um die sechzig sein. Sein schütteres und etwas zerzaustes graues Haar umrahmte wie eine wirre Dornenkrone die Tonsur an seinem Hinterkopf. Sein verkniffenes Gesicht mit den schmalen Lippen gemahnte stets an die Leiden Christi am Kreuz. In all den Jahren hatte ich Piero Tomacelli niemals lächeln sehen. Jesus Christus habe nie gelacht, hatte er mich während eines Abendessens im Refektorium von Montecassino gescholten, als ich meinem Cousin Marco Colonna während der Tischlesung aus dem Evangelium den neuesten Tratsch aus Florenz und Rom zuflüsterte.

»Gewiss habt Ihr von Lucas tragischem Tod gehört.« Als Fra Piero nickte, fuhr der Papst fort: »Und Ihr kennt seine Tochter.«

»Ja, Heiliger Vater. Vor einigen Monaten war sie in Montecassino, um in unserer Biblio…«

»Ich weiß. Sie war ja in meinem Auftrag dort. Alessandra wird Euch nun einige Fragen stellen.« Eugenius wandte sich an mich: »Das habt Ihr ja bei Eurem Vater, dem Inquisitor, gelernt.«

Unruhig trat der Abt von Montecassino von einem Fuß auf den anderen und starrte zu Boden.

»Euer Gnaden, kennt Ihr Caedmon von Canterbury?«, begann ich.

»Ja, ich kenne ihn«, nickte Fra Piero, ohne den Blick zu heben. »Bruder Caedmon war einige Wochen in unserer Abtei. Das war …« Er überlegte kurz. »… vor einem Jahr. Im Winter. Einige Wochen vor meiner Abreise zum Konzil nach Ferrara.«

»Woher kam er?«

»Aus Rom, soweit ich weiß. Er erzählte mir, dass er von Canterbury nach Rom gepilgert sei, um eine schwere Schuld zu sühnen und Vergebung zu erlangen.«

»Warum ist er nach dem Ende seiner Pilgerreise nicht von Rom zurück nach England gesegelt, sondern weiter nach Süden gewandert, nach Montecassino?«

»Er offenbarte mir, dass es ihm unmöglich sei, jemals wieder nach England zurückzukehren. Wie Ihr wisst, hat der heilige Benedikt unser Kloster gegründet und liegt auch dort begraben. Montecassino ist das Mutterhaus unseres Ordens. Und von Canterbury Abbey, woher Bruder Caedmon stammt.«

»Wisst Ihr, was in England geschehen ist?«

»Nein, das hat er mir nicht anvertraut.«

»Auch nicht während der Beichte?«

Fra Pieros Blick huschte zum Papst.

»Antwortet nach bestem Wissen und Gewissen!«, entband Eugenius den Abt von seiner Schweigepflicht.

»Nein, er hat sein Vergehen nicht gebeichtet. Doch ich glaube, dass es ihn trotz seiner Buße in Rom noch immer reut.«

»Was wisst Ihr sonst noch über Caedmon of Canterbury?«

»Er ist fünfundzwanzig. Ein energischer junger Mann, der weiß, was er will. Hochgebildet. Spricht fließend Englisch, Französisch, Lateinisch, Griechisch und inzwischen auch recht gut Italienisch. Soweit ich weiß, lebte er eine Zeit lang am englischen Hof. Er ist sehr fromm. Und papsttreu. Ansonsten weiß ich nicht viel über ihn. Er ist der jüngste Sohn eines Earls aus dem Freundeskreis des Duke of Gloucester. Er war Mönch in Canterbury Abbey, hat aber auch dem Herzog als Sekretär gedient. Er hat ihm ein Empfehlungsschreiben ausgestellt.«

»Humphrey of Gloucester?«, fragte ich verblüfft. »Der Lordprotector des jungen Königs hat Caedmon of Canterbury eine Referenz gegeben?«

»Bruder Caedmon hat sie mir bei seinem Eintritt in Montecassino gezeigt.«

»Und obwohl der Regent von England diesen Mann so sehr schätzt, dass er ihn weiterempfiehlt, kann Bruder Caedmon nicht in seine Heimat zurückkehren?«

»So sagte er mir.«

»Und was haltet Ihr von diesem Frater, Euer Gnaden?«

»Ich bezweifle, dass er bis zu seinem Lebensende Mönch bleiben wird.«

»Weil er die Gelübde nicht halten kann? Er ist ein attraktiver junger Mann.«

»Nein, das ist es nicht. In Montecassino gab es einen jungen

Mönch, der sich … nun ja …« Der Abt verstummte und blickte beschämt zu Boden.

»… der sich ihm mit gewissen Absichten genähert hat?«

»Bruder Caedmon führt ein gottgefälliges Leben«, beteuerte der Abt, wobei er meinem Blick auswich. »Caedmon of Canterbury ist hochgebildet und sehr ehrgeizig. Doch das ruhige, besinnliche Leben im Kloster ist nichts für ihn. Er nimmt den Grundsatz der Benediktiner, ›Ora et labora – Bete und arbeite!‹, sehr ernst. Sein unruhiger Geist sucht immer neue Herausforderungen. Deshalb wird er sich über kurz oder lang entschließen, wieder eine Stellung außerhalb des Konvents anzutreten.«

»Er will mich in den nächsten Tagen aufsuchen. Könnt Ihr Euch vorstellen, dass er sich bei mir als Sekretär bewerben will?«

»Ja, ich glaube, das würde ihm gefallen.«

»Ungeachtet der Tatsache, dass der Herzog von Gloucester offenbar große Stücke auf ihn hält – würdet Ihr als sein ehemaliger Abt ihn mir empfehlen?«

»Ja«, nickte er. »Wenn Ihr … bitte verzeiht! … wenn Ihr ihn mit harter Hand führt. Er ist manchmal ein wenig eigensinnig. Er gleicht … wie soll ich es ausdrücken? … einem Esel, der zuverlässig schwerste Lasten schleppt, bergauf, bergab und selbst an hohen Steilklippen schwindelfrei und sicher. Aber manchmal bleibt der Esel stehen und weigert sich weiterzugehen. So wie Bruder Caedmon. Wenn er stehen bleibt, um über etwas nachzusinnen, geht er keinen Schritt weiter, als bis *er* die Entscheidung dazu getroffen hat.«

»Würdet Ihr ihn gehen lassen?«

»Wenn es sein Wunsch ist.«

»Eine letzte Frage: Habt Ihr eine Erklärung dafür, dass Bruder Caedmon dem Metropoliten von Athen durch die Straßen von Florenz gefolgt ist?«

Der Abt sah mich zuerst verblüfft an, doch dann nickte er. »Bruder Caedmon verehrt Niketas. Soweit ich weiß, stammt Seine Seligkeit aus dem Armenviertel und ist wie ein byzantinischer Prinz erzogen worden, bevor er eine kometenhafte Karriere in der orthodoxen Kirche machte: Mönch, Diakon, Priester, Abt, Erzbischof, Metropolit und vielleicht schon bald der nächste Patriarch von Konstantinopolis! Ich glaube, auch Bruder Caedmon träumt von einem solchen Aufstieg. Er ist der illegitime Sohn eines englischen Earls, der eine junge Kammerzofe aus dem Haushalt seines Freundes, des Herzogs von Gloucester, in sein Bett holte. Vielleicht ist er Niketas gefolgt, um seine Bekanntschaft zu machen, hat sich dann aber nicht getraut, ihn anzusprechen?«

»Ich danke Euch, dass Ihr meine Fragen nach bestem Wissen und Gewissen beantwortet habt!«

Der Abt verneigte sich. Der Papst reichte ihm die Hand zum Kuss, dann verließ Fra Piero Tomacelli mit gefalteten Händen rückwärts schreitend das Arbeitszimmer und schloss die Tür hinter sich.

»Euer Heiligkeit, bevor wir unterbrochen wurden, wolltet Ihr mir gerade sagen, welche Logien Luca Euch in Ferrara gezeigt hat«, nahm ich den abgerissenen Gesprächsfaden wieder auf.

Eugenius lehnte sich in seinem Sessel zurück. »Alessandra, Ihr seid die Tochter eines Inquisitors! Ihr und Euer Vater seid Euch in gewisser Hinsicht sehr ähnlich – das hat schon mein illustrer Amtsvorgänger Papst Martin erkannt!«, meinte er lächelnd. Dann wurde er wieder ernst. »Doch nun zu Eurer Frage: Luca hat mir die Abschrift von sechs Logien gezeigt.«

Ich zog Tayebs Skizze der vier Fragmente aus der mitgebrachten Truhe und reichte sie dem Papst.

»So sehen die Papyri also aus!«, murmelte er und betrachtete die Skizze. »Wie winzig sie sind! Und die Schrift ist kaum lesbar. Es ist nicht viel, wofür Ihr Euer Leben aufs Spiel gesetzt habt. Habt Ihr in der Kammer der Synagoge noch mehr gefunden?«

»Eine Handvoll Papyrusfetzen mit weiteren, vermutlich unvollständigen Sprüchen Jesu. Als ich aus der einstürzenden Genisa floh, sind die Fragmente in winzige Teile zerfallen. Ich muss sie erst wieder zusammensetzen. Das wird einige Tage dauern.«

Nachdenklich musterte er mich. »Seid Ihr dazu imstande?«, fragte er schließlich. »Ich will niemand anderen einweihen.«

»Ich werde es schaffen«, versicherte ich. »Nicht zum ersten Mal rekonstruiere ich einen zerbrochenen antiken Papyrus.«

»Ich weiß. Deshalb hatte ich Euch ja nach Montecassino geschickt. Es ist nur … Bitte verzeiht! Ihr seid eine Frau. Und Ihr habt nicht Theologie stu…«

»Ihr doch auch nicht, Euer Heiligkeit! Und trotzdem seid Ihr oberster Glaubenswächter der Christenheit.« Er wollte etwas einwerfen, doch ich ließ mich nicht unterbrechen: »Mein Vater hat mich Latein gelehrt, als ich fünf Jahre alt war. Mit sieben sprach ich fließend Griechisch. Luca war einer der bedeutendsten Theologen Italiens. Es ist wahr, ich habe nicht Theologie an einer Universität studiert. Doch in den letzten Jahren habe ich Hunderte von theologischen Werken in Klosterbibliotheken wie der von Montecassino gelesen und mit eigener Hand kopiert. Jahrelang habe ich mich mit so vielen von der Kirche verdammten Schriften beschäftigt, dass ich am Ende selbst der Häresie verdächtigt wurde! Wem also wollt Ihr diese Aufgabe anvertrauen, wenn nicht mir?«

Er atmete tief durch. »Also gut! Ich hatte Luca gebeten, das Evangelium zu rekonstruieren. Meinen Sekretär habe ich angewiesen, ihn jederzeit zu mir zu lassen. Dasselbe gilt künftig für Euch. Ihr steht unter meinem persönlichen Schutz.«

»Danke, Heiliger Vater.«

»Seit meinem Aufbruch in Ferrara hatte ich noch keine Gelegenheit, mich mit der Gnosis zu beschäftigen. Ich habe auf Lucas umfassendes theologisches Wissen vertraut. Ich werde Fra Serafino bitten, mir einige Werke aus der Bibliothek von San Marco zu bringen.«

»Das ist nicht nötig.« Ich öffnete die mitgebrachte Truhe und legte einen schweren Folianten auf seinen Schreibtisch. »Eusebius von Caesareas Kirchengeschichte.« Dann folgten die übrigen Bücher: Hippolytos von Rom, Cyril von Jerusalem, Clemens von Alexandria und Irenaios von Lyon. »Diese Kirchenväter haben sich mit gnostischen Evangelien befasst. Die entsprechenden Stellen habe ich für Euch gekennzeichnet. Bei Clemens werdet Ihr einen Spruch finden, der einem der gnostischen Logien sehr ähnlich ist. Folglich muss das Evangelium aus der Zeit vor dem zweiten Jahrhundert stammen. Irenaios und Hippolytos haben bestritten, dass Paulus ein Gnostiker war. Doch lest selbst!«

Ich hob ein weiteres Buch aus der Truhe.

»Dies ist das griechische Neue Testament. Die Stellen in den Evangelien von Markus, Lukas und Johannes, die sich auf diese sechs gnostischen Logien beziehen, habe ich mit Pergamentstreifen markiert.«

Mit einem unergründlichen Lächeln blickte der Papst auf den sich gefährlich neigenden Turm von dicken Folianten. »Also gut! Ich werde die Bücher heute Nacht studieren und sie Euch morgen zurückgeben.«

»Danke, Euer Heiligkeit.«

»Ich habe Euch zu danken. Kann ich noch etwas für Euch tun?«

»Ja, Heiliger Vater, das könnt Ihr. Doch nicht für mich, sondern für Luca. In aller Demut bitte ich Euch, seine Exkommunikation aufzuheben und ihm ein christliches Begräbnis in San Marco zu ermöglichen.«

Wortlos erhob er sich und ging zum Fenster, um zum Chiostro Grande hinabzusehen. Die mit Eisblumen bedeckten Glasscheiben beschlugen unter seinem Atemhauch.

»Mein Vater ist keines Vergehens schuldig, das gemäß dem Kanon des Kirchenrechts mit dem Bann bestraft werden muss. Er war kein Häretiker, sondern hat zeit seines Lebens am christlichen Glauben festgehalten. Obwohl er das Priesteramt aufgegeben hatte und nicht mehr Dominikaner war, hat er seine Gelübde immer gehalten und ein gottesfürchtiges Leben geführt. Er war kein Schismatiker –

im Gegenteil: In Konstanz hat er maßgeblich dazu beigetragen, das Schisma mit drei Gegenpäpsten zu beenden.«

Ich holte tief Luft und fuhr fort:

»Trotz der Verachtung und des Hasses zwischen euch – bitte verzeiht, wenn ich das so offen ausspreche! – war Luca Euch immer treu ergeben, denn Ihr seid durch das Konklave rechtmäßig gewählter Pontifex. Ihr habt ihn gefürchtet, weil er sich eines Tages gegen Euch wenden könnte, wie es die Colonna getan haben. Luca war ja ein Vertrauter von Papst Martin. Ihr hattet Angst vor seinem moralischen Urteil über Eure Amtsführung, da Ihr es, im Gegensatz zu Luca als Stellvertreter des Papstes in Rom, nicht geschafft habt, in der Ewigen Stadt für Frieden zu sorgen, ohne Blut zu vergießen. Mit dem Kirchenbann wolltet Ihr sein Ansehen mit Füßen treten und ihn zum Schweigen bringen!

Aber das ist Euch nicht gelungen, Euer Heiligkeit. Luca hat nicht geschwiegen! Er hat die Schismatiker in Basel aufgefordert, ihren Wahn vom Supremat des Konzils über den Papst aufzugeben und sich Euch zu unterwerfen – was der ehemalige Vorsitzende des Konzils, Kardinal Cesarini, ja auch getan hat. Luca hat seine großartige Vision von der Beendigung des griechisch-römischen Schismas, die er schon während des Konzils von Konstanz verkündete, niemals aufgegeben. Sein ganzes Leben hat mein Vater der Kirche gewidmet.«

»Tu es sacerdos in aeternum – du bist Priester in alle Ewigkeit«, murmelte der Papst und fasste an sein hölzernes Brustkreuz. War er zornig über meine harten Worte? Nachdenklich wandte er sich zu mir um. »Er hat Euch damit sehr wehgetan.«

»Ich weiß nicht, wer von uns beiden mehr gelitten hat«, bekannte ich. »Ich bin schuld, dass er alles aufgegeben hat. Ihr hättet sein Gesicht sehen sollen, als meine Mutter ihm nach seiner Rückkehr von Konstanz nach Rom gestand, dass er eine kleine Tochter hat. Mein Vater war kurz zuvor als päpstlicher Legat nach Rom gekommen, um Papst Martins Rückkehr in die Stadt vorzubereiten, und residierte im

Dominikanerkloster Santa Maria sopra Minerva. Als Luca mich sah, wandte er sich ab und weinte. Nie werde ich vergessen, wie sehr ihn mein Anblick quälte, wie sehr ihn meine Existenz, das Eingeständnis seiner Schwäche, schmerzte. Mehr als die Geißelwunden, mit denen er sich selbst züchtigte.«

»Aber am Ende hat er sich zu Euch bekannt«, erinnerte mich der Papst mit sanfter Stimme. »Er hat Euch aus dem Kerker der Inquisition befreit und ist mit Euch nach Florenz geflohen.«

»Hatte er denn eine Wahl? Der ganze Prozess gegen seine Geliebte war eine Verschwörung, die Lucas Feinde im Kardinalskollegium in Florenz angezettelt hatten, um ihn zu entmachten und seinen Namen in den Schmutz zu treten.«

Ich holte tief Luft.

»Eines Tages werden Adriana Colonna und ihre dreijährige Tochter mit Gewalt vom Palazzo Colonna in den Kerker von Santa Maria sopra Minerva geschleppt. Der jungen Frau wird vorgeworfen, sie habe mit Satan ein Kind gezeugt. Das zu Tode erschrockene Kind wird in eine düstere Zelle gesperrt. Es wird als ›Lucifers Tochter‹ verhöhnt und gequält. Es wird allein gelassen, nackt, frierend und gedemütigt. Tagelang. Wochenlang.

Adriana, die ›Satanshure‹, weigert sich, den Namen des Vaters preiszugeben, um Luca zu schützen – durch die Folter soll sie zum Geständnis gezwungen werden. Ihr Richter und Henker ist der Inquisitor von Rom: Fra Luca d'Ascoli. Luca drängt Adriana zum Geständnis seiner Vaterschaft, um ihr Leben vor dem Scheiterhaufen zu retten, doch sie weigert sich, um ihren Geliebten zu schützen.

Die Anklage, meine Mutter habe sich Satan hingegeben und ich sei Satans Tochter, war eine bösartige machtpolitische Intrige von Kardinal Giordano Orsini und seinen Anhängern in der florentinischen Kurie! Kardinal Orsini hatte im Konklave für Papst Gregor gestimmt, verließ Euren Onkel jedoch und wählte in Pisa zwei Gegenpäpste. Diesen Verrat hat Luca ihm nie verziehen! Giordano Orsini war einer von Lucas einflussreichsten Gegnern unter Papst Martins Kardinälen. Der andere, mächtigere wart Ihr, Euer Heiligkeit.«

»Ich war an Giordanos Machenschaften nicht beteiligt. Es widerstrebte mir, ein dreijähriges Kind auf dem Altar der Macht zu opfern, um Luca zu stürzen«, rechtfertigte er sich. Giordano Orsini, der im letzten Juli starb, war sein Freund gewesen.

»Das weiß ich. Meine Verachtung und mein Hass gelten nicht Euch, sondern den Priestern, die sich im Besitz der unanfechtbaren, unveränderlichen und ewigen Wahrheit wähnen! Den Priestern, die ihre Herrschaft mit Gewalt rechtfertigen und den irrenden Gläubigen Folterqualen, Tod und ewige Verdammnis androhen! Den Priestern, die imstande sind, Menschen zu opfern – und wofür? Für ihre höchste Gottheit: die Macht!«

Er wollte etwas sagen, aber ich fuhr unbeirrt fort:

»Ihr, Heiliger Vater, habt Luca verachtet, weil er sich dem Papst widersetzte, der ihn zum Erzbischof von Florenz ernennen wollte. Papst Gregor hatte Luca einen Brief überreicht, der an ›Fra Luca d'Ascoli, designierter Erzbischof von Florenz‹ adressiert war, doch mein Vater hat Eurem Onkel diesen Brief zurückgegeben und die Ernennung abgelehnt.

Ihr nanntet ihn hochmütig und selbstsüchtig, weil er sich den Wünschen des Papstes verweigert hat. Und da kann ich Eurem unfehlbaren Urteil nur zustimmen: Mein Vater war unglaublich stolz. Willensstark. Unnachgiebig. Aber auch bescheiden, aufrichtig und wahrhaftig. Sein Handeln war stets moralisch vollkommen. Trotz seiner Exkommunikation wurde er verehrt – eben weil er diese Demütigung schweigend ertrug. Und dennoch lebte er wie ein Mönch und widmete sein ganzes Dasein der Kirche.«

»Ihr erinnert mich sehr an Euren Vater – dieselbe Leidenschaft, derselbe Mut!«, seufzte Eugenius und starrte hinunter zum Chiostro Grande. Schließlich wandte er sich um. »Ihr verlangt viel von mir, Alessandra!«

»Ich verlange nichts, was Luca nicht auch bereit gewesen war, Euch zu gewähren, Euer Heiligkeit. Vergebt ihm, wie er Euch vergeben hat, als er zu Euch nach Ferrara kam!

Ich bitte Euch: Könnt Ihr ihm denn nicht eine Schuld vergeben, die er sich selbst nie verziehen hat?«

Niketas

Kapitel 14

Nach dem feierlichen »Ite, missa est!« des Pontifikalamtes in der Kathedrale drängte ich mit Fra Serafino durch die wogende Menschenmenge hinaus auf die Piazza.

Die Verkündung des Papstes hatte mich weniger überrascht als die Gläubigen, die atemlos seinen Worten gelauscht hatten. Vor Beginn des Gottesdienstes hatte Eugenius unter vier Augen mit mir gesprochen und mich um meine Einwilligung gebeten. Gestern Abend hatte ihm Alessandra offenbar von meinem Herzenswunsch erzählt, und er hatte ihn mir gewährt – ein wenig erleichtert darüber, dass er die Lobeshymne auf Luca nicht selbst halten musste.

Nachdem er seine Versöhnung mit Luca bekannt gegeben hatte, war ein tosender Beifallssturm durch die Kathedrale gebrandet, sodass Eugenius seine eigenen Worte nicht mehr verstehen konnte. Die Florentiner lagen ihrem Papst zu Füßen. Noch nie war Eugenius so beliebt gewesen. Cosimos Gesicht hatte gestrahlt.

Von den Stufen der Kathedrale beobachtete ich, wie die aus der Kirche strömenden Menschen die Lorbeerzweige von den mit Bändern umwundenen Stangen rupften, die seit dem Empfang des Papstes den Prunksteg nach Santa Maria Novella zierten. Über diesen Steg war gestern Abend der Papst mit seinen Kardinälen und Erzbischöfen in seine Klosterresidenz zurückgekehrt. Als der Lorbeerschmuck geplündert war, rissen die Florentiner die Myrten und die weißen und blauen Bänder ab und zogen damit ausgelassen lachend und singend zum Palazzo d'Ascoli. »Viva il papa! Es lebe der Papst!«

Vor mir schob sich Fra Serafino durch die dicht gedrängte Menge und bahnte mir einen Weg um den Campanile herum zur überfüllten Südseite des Platzes. »Bitte entschuldigt, Signor Pitti … Verzeihung, Signor Pazzi, würdet Ihr bitte zur Seite treten und Seine Seligkeit durchlassen … Herzlichen Dank! … Signor Strozzi, wenn ich bitten darf …«

Der Palazzo d'Ascoli war prächtig geschmückt: Fahnen mit Lucas Wappen wehten aus den Fenstern des Scriptoriums im ersten Stock. Zu beiden Seiten des Portals, das mit etlichen Schichten von Kondolenzschreiben bedeckt war, prangten blaue und weiße Bänder – die Farben des venezianischen Papstes. Vermutlich zum ersten Mal seit Papst Martins Tod.

Die mitgebrachten Lorbeerzweige, Myrten und Seidenbänder befestigten die Florentiner am Portal, um den Verstorbenen zu ehren. Die Herandrängenden, die nicht bis zum Tor gelangen konnten, warfen ihre Ehrengaben über die Köpfe der anderen – fielen sie zu Boden, wurden sie aufgehoben und weitergereicht. Welch ein Triumph für Alessandra!

Fra Serafino hatte meine Hand ergriffen und zog mich energisch durch die »San Luca! San Luca!« rufende Menge bis zum bewachten Portal. Floriano und drei bewaffnete Diener hielten dort dem Ansturm stand und nahmen dankend die Lorbeerzweige in Empfang. Einzelne geflochtene Kränze befestigten sie an den Fackelhalterungen an der Fassade, die Ranken legten sie auf die Steinbank vor dem Palazzo.

Ein Maultier mit einer versiegelten Büchertruhe versperrte mir den Weg zum Tor. Ein Stallknecht aus der Papstresidenz zerrte das scheuende Tier zu den Torwächtern hinüber. »Auf Befehl Seiner Heiligkeit bringe ich die entliehenen Bücher zurück!«, rief er Floriano zu, der ein Zeichen gab, das schwere Portal zu öffnen. Nur mit Mühe hielten die Bewaffneten die begeisterte Menge davon ab, Lucas Palazzo zu stürmen, während das Maultier mit der schweren Truhe in aller Eile in den Hof getrieben wurde.

Fra Serafino, der viele Jahre als Lucas Bibliothekar gearbeitet hatte, winkte mich durch das Portal in den Innenhof. »Folgt mir, Euer Seligkeit!«

Von hinten angerempelt, stolperte ich durch das Tor.

Mit dumpfem Dröhnen wurde die schwere Bronzepforte wieder geschlossen. Ein Dominikaner mit hochgezogener Kapuze, der mich zur Seite geschoben hatte, um ebenfalls in den Hof zu schlüpfen, war von Floriano mit Gewalt zurückgedrängt worden.

Wer war der Mönch – Lucas Mörder?

Alexios, der das Abladen der Büchertruhe überwachte, eilte herbei, um vor mir niederzuknien und meine Hand zu küssen. »Kali mera – guten Tag, Euer Seligkeit! Ihr wart eben in der Messe, nicht wahr?« Als ich nickte, erhob er sich mit einem glücklichen Lächeln.

»Ich will mit Alessandra sprechen.«

»Wie Ihr wünscht, Kyrie!« Alexios geleitete mich die Treppe empor bis zur Kapelle, in der Luca aufgebahrt lag.

»Tayeb?«, sprach er Alessandras Freund an, der neben dem Leichnam stand. Luca war nun in das Ordensgewand der Dominikaner gekleidet. Alexios schloss die Tür der Kapelle und ließ uns allein.

Tayeb wandte sich zu mir um. In der Hand hielt er ein mit purpurfarbenem Wachs gesiegeltes Pergament, das er offenbar dem Toten zwischen die gefalteten Finger legen wollte. Die päpstliche Bulle?

»Es-salamu alekum – Friede sei mit Euch, Tayeb! Ich bin gekommen, um Alessandra zu ihrem Erfolg zu gratulieren.«

»W'alekum es-salam!« Tayeb führte die rechte Hand zu seinem Herzen und verneigte sich vor mir. »Ich muss Euch enttäuschen: Sie schläft«, erklärte er mit fester Stimme. Und er schien auch nicht bereit, sie zu wecken. »Sie war völlig erschöpft, als sie gestern Abend nach Hause zurückkehrte. In den letzten Nächten hatte sie kaum ein Auge zugetan. Die Unterredung mit dem Papst hat sie sehr aufgeregt. Ich bitte Euch, lasst sie zur Ruhe kommen!«

Ich nickte. »Seine Heiligkeit hat eben die Aufhebung der Exkommunikation verkündet. Morgen wird Luca in San Marco beigesetzt – mit einer Totenmesse von Fra Antonino, Glockengeläut und Gebeten für sein Seelenheil. Die Kardinäle werden ihm in der Via Larga das Ehrengeleit geben. Der Papst hat mich gebeten, Lucas Verdienste um die Einheit der Kirche zu würdigen. Was ist letzte Nacht geschehen?«

»Sie hat lange mit dem Papst gesprochen. Schließlich hat er seinen Vertrauten Ludovico Scarampo rufen lassen. In ihrem Beisein hat der Erzbischof eigenhändig dieses Schriftstück verfasst. Eugenius hat es gesiegelt und ihr überreicht, bevor sie von der päpstlichen Leibgarde nach Hause gebracht wurde.«

Tayeb zeigte mir die Bulle mit dem päpstlichen Siegel. Ich entrollte das Pergament, durch das der Bann gegen Luca aufgehoben wurde. Für Alessandras Gefährten schien es wichtig zu sein, dass Scarampo das Dokument mit eigenen Händen geschrieben hatte. Aber warum? Ich ahnte, dass dies mit den dramatischen Ereignissen in Alexandria zu tun hatte – mit der Entdeckung des Evangeliums und Lucas Ermordung.

»Gewiss war sie sehr glücklich darüber!«, meinte ich, als ich ihm die Bulle zurückgab.

Tayeb schüttelte traurig den Kopf. »Sie hat geweint, als ich sie die Treppen hochtrug und ins Bett brachte. Der Sieg über den Papst ist für sie kein Triumph, sondern eine Niederlage – die schmerzlichste ihres Lebens.«

»Aber wieso?«, fragte ich bestürzt.

»Sie hat das größte aller Opfer gebracht: Heute Nacht hat sie ihren Vater geopfert. Ihr ganzes Leben lang hat sie um seine Liebe gekämpft. Heute Nacht hat sie ihren Kampf beendet und Luca der Kirche zurückgegeben. Sie hat auf ihren Vater verzichtet: Luca wird in San Marco im Dominikanerhabit beigesetzt – als wäre er noch immer Mönch und Priester. Das ist unendlich schwer für sie. Hört Ihr die ›San Luca!‹-Rufe auf der Piazza?«

Ich nickte.

»Diese Ausrufe sind für sie kein glanzvoller Triumph über den Willen des Papstes, der Luca exkommuniziert hatte, sondern der Verlust ihrer Hoffnungen und ihrer Sehnsucht nach Geborgenheit in den Armen eines Vaters, der ihr nicht nur seine Achtung und seinen Respekt, sondern auch seine Liebe schenkt. Für Lucas Seelenheil hat sie all das aufgegeben. Nun schläft sie und kann die lauten Forderungen der Menge nach Lucas sofortiger Heiligsprechung nicht hören. Und darüber bin ich sehr froh! Es würde sie noch mehr demütigen.«

Wie gern hätte ich sie in den Arm genommen, um sie zu trösten! Ihr Kuss in jener Nacht hatte in meinem erfrorenen Herzen einen Schwelbrand der Gefühle entfacht und mich zum Leben erweckt. Wie ich mich nach ihr sehnte!

»Gestern Nachmittag hatte sie versprochen, mir das Evangelium zu zeigen«, erklärte ich. »Ich wünschte, ich könnte heute Abend wiederkommen, wenn sie erwacht ist. Doch ich habe eine Einladung zum Abendessen bei Seiner Heiligkeit. Würdet Ihr Alessandra bitte ausrichten, dass ich hier war?«

»Das werde ich«, versprach Tayeb und fügte lächelnd hinzu: »Darüber wird sie sich sehr freuen.«

»Allah schütze Euch!«, verabschiedete ich mich.

»Die Hand des Allmächtigen möge auch Euch behüten!«

Ich fand Fra Serafino im Hof des Palastes, wo er, einen Becher dampfenden Glühwein schlürfend, mit seinen Freunden Alexios und Tito schwatzte. Sie alle waren glücklich über Lucas Versöhnung mit dem Papst.

Nach Sonnenuntergang erschien eine Eskorte in San Marco und brachte mich zur Residenz des Papstes. Auf meinen Wunsch begleitete mich Fra Serafino, mit dem ich den Nachmittag verbracht hatte. Stundenlang hatte er mir von Luca erzählt, während ich mir Notizen für die Totenrede machte, die ich am nächsten Tag halten sollte.

Der päpstliche Sekretär empfing mich mit Kniefall und Handkuss im von Fackeln erleuchteten Chiostro Grande. »Seine Heiligkeit erwartet Eure Seligkeit! Ich soll Euch mitteilen, wie sehr er sich geehrt fühlt, weil Ihr trotz Eurer Klausur in San Marco seine Einladung zum Abendessen angenommen habt. Er möchte heute Abend völlig auf das Zeremoniell verzichten. Wie Ihr trägt er seinen Mönchshabit. Er hält sich an Eure Bedingungen für dieses inoffizielle Treffen.«

»Meine Bedingungen?«

»Als Kardinal Cesarini Euch zu diesem vertraulichen Gespräch einlud, batet Ihr ihn, Seiner Heiligkeit auszurichten, dass Ihr kommen wolltet. Unter einer Bedingung: Wenn Ihr ihm Eure Meinung zum Primat des Papstes über die orthodoxen Patriarchate darlegt, tut Ihr das *nicht* offiziell als Delegierter der orthodoxen Kirche beim Unionskonzil, als Vertreter Seiner Allheiligkeit des Patriarchen oder als Berater Seiner Majestät des Kaisers. Über Eure persönlichen Ansichten könne er jedoch ganz nach Belieben mit Euch diskutieren.« Fra Domenico lächelte gewinnend. »Genau das will er tun, als Primus inter Pares – als Erster unter Ranggleichen. Daher das Treffen im Mönchshabit.« Er wies auf mein Ordensgewand.

Dann führte er mich in die Privatgemächer Seiner Heiligkeit. Nachdem er die Tür geöffnet hatte, kündigte er mich an: »Seine Seligkeit, Niketas IV. Evangelos, Metropolit und Erzbischof von Athen, Exarchos von Griechenland, Archimandrit von Konstantinopolis, Abt von Mistra, Berater Seiner Majestät des Kai…«

»Schon gut, Frater, schon gut!«, winkte Papst Eugenius mit gespielter Resignation ab. »Ich weiß, dass die Ehrentitulatur Seiner Seligkeit länger ist als meine.«

Sobald sein Sekretär die Tür hinter sich geschlossen hatte, wandte sich der Papst zu mir um und begrüßte mich mit einem Friedenskuss auf beide Wangen. Sein sonst so ernstes Gesicht erstrahlte in einem gütigen Lächeln. Seine Ehrfurcht gebietende, majestätische Gestalt, sein gebieterisches Auftreten und seine asketisch-schlichte Lebensweise als Mönchseremit hatten mich von Anfang an beeindruckt. Ich mochte ihn – als Papst und als Mensch.

»Ich freue mich sehr, dass Ihr gekommen seid«, gestand er und berührte mit den Fingern das hölzerne Brustkreuz, das er über seinem blauen Habit trug. »Nach Eurer Rede in der letzten Konzilssitzung war ich unsicher, wie Ihr reagieren würdet, wenn ich unter vier Augen mit Euch sprechen wollte – und sehr erleichtert, als Kardinal Cesarini mir nach der Weihnachtsmesse mitteilte, Ihr hättet diesem informellen Treffen zugestimmt.«

Er legte mir die Hand auf die Schulter und wies mit einer einladenden Geste auf zwei Sessel vor dem Kamin.

»›Ihr könnt nicht Euer Siegel unter ein Dekret setzen und urbi et orbi verkünden: Das ist die Wahrheit, unfehlbar und unveränderlich! Wir sind Menschen, die irren können. Lasst uns nicht den unverzeihlichen Fehler begehen, unseren Glauben für die absolute und letztgültige Wahrheit zu halten.‹ Diese leidenschaftlichen Worte habt Ihr uns allen entgegengeschleudert! Hundert Kardinälen, Metropoliten, Erzbischöfen und Äbten, einem Kaiser und einem Papst habt Ihr die Leviten gelesen.« Seine Augen funkelten anerkennend. »Ich habe lange über Eure Worte nachgedacht. Besonders über Eure Ermahnung zu brüderlicher Freundschaft. Daher unser Disput inter Pares, unter Brüdern in Christo. Glaubt Ihr, Bruder Niketas, dass wir die Union nach einem Jahr dogmatischer Streitereien noch zustande bringen können?«

»Ich weiß es nicht«, bekannte ich. »Die römische und die griechische Kirche sind seit fast vierhundert Jahren durch das Schisma getrennt. Seit beinahe einem Jahr ringen wir um die Wiedervereinigung und sind uns doch keinen Schritt nähergekommen. Ganz im Gegenteil! Es hätte nicht viel gefehlt, und die letzte Konzilssitzung hätte damit geendet, dass wir die gegenseitigen Bannflüche erneuern.«

»Gott sei Dank habt Ihr das durch Euer beherztes Eingreifen verhindert! Denn das wäre das Ende unserer Hoffnung auf eine Versöhnung der Christen in Orient und Okzident.« Er seufzte. »Und so treffen wir uns – ich, der Nachfolger des Apostelfürsten Petrus, und Ihr, in apostolischer Sukzession Nachfolger des Paulus – zu einem vertraulichen Gespräch. Ich bitte Euch, lasst uns offen miteinander reden, Bruder Niketas.«

Er streckte mir die Hand mit dem Fischerring entgegen, und ich ergriff sie. Sein Händedruck war fest, sein herzliches Lächeln ein Versprechen.

»Offen und ehrlich – so soll es sein, Bruder Gabriel.«

Er wies auf die Sessel vor dem Kamin und bat mich, es mir gemütlich zu machen. Während er einen neben der Tür wartenden Augustinermönch bat, uns Wein zu bringen, sah ich mich in seinem Privatgemach um.

An der Wand neben dem Kamin stand ein schmales Bett mit einer Wolldecke, das mich an das harte Lager in meiner Zelle in San Marco erinnerte. Fra Serafino, der den Papst verehrte, hatte mir verraten, dass Eugenius seine Gebetspflichten sehr ernst nahm. Jede Nacht stand er auf, um mit den Mönchen, die ihm aufwarteten, die Matutin zu beten.

Ein Gewand aus grober Wolle, offenbar sein Nachthemd, war über die Bettdecke gebreitet. Auf dem Nachttisch stapelten sich Bücher. Fra Serafino hatte mir erzählt, dass Eugenius oft las, wenn er nicht schlafen konnte. Einer der Mönche, die an seinem Bett wachten, reichte ihm ein Kissen, eine brennende Kerze und ein Buch, in das der Pontifex sich dann für zwei oder drei Stunden vertiefte. Hin und wieder schlief der Papst über seiner frommen Lektüre ein. Fra Serafino hatte verschmitzt gegrinst: Die Bücher, die Seine Heiligkeit lese, seien aus Lucas Bibliothek entliehen – der Papst sei so arm, dass er sich die kostbaren Folianten nicht kaufen könne.

Dann sah ich den Codex.

Ich sprang auf, ging hinüber zum Bett und nahm den Folianten zur Hand. Behutsam löste ich die Verschnürung, schlug den ledernen Einband auf und las die erste Zeile: ›Anfang des Evangeliums Jesu Christi, des Sohnes Gottes.‹

Der Papst trat neben mich. »Wundervoll, nicht wahr?«, flüsterte er und strich mit den Fingern über die Buchstaben. »Das griechische Markus-Evangelium. Vermutlich aus dem dritten oder vierten Jahrhundert. Alessandra d'Ascoli hat es in einer Synagoge in Alexandria gefunden.«

»Es ist sehr kostbar.«

»Ja, es bedeutet mir sehr viel«, bekannte er. »Ein größeres Geschenk hätte mir Lucas Tochter nicht machen können als dieses Symbol der Vergebung und Versöhnung.« Er wollte noch etwas sagen, doch dann besann er sich anders und berührte mit der Hand meine Schulter. »Kommt, Bruder Niketas!«

Ich legte den Codex zurück auf den Nachttisch und folgte ihm zum Kaminfeuer, wo ein Augustinermönch mit einem silbernen Tablett und drei Bechern auf uns wartete.

»Ein köstlicher Tropfen aus Montepulciano?«

»Mein Arzt hat mir verboten, Wein zu trinken«, winkte ich ab.

»Wegen Eures Ohnmachtsanfalles in Ferrara? Mein lieber Frater in Christo! Ich war bestürzt, als Kardinal Cesarini mir davon erzählte …«

»Es geht mir gut! Der Aufenthalt in San Marco und die langen Gespräche mit Fra Antonino haben mir sehr gutgetan«, versicherte ich ihm, und er seufzte erleichtert. Dann reichte er mir einen Becher mit Zimt gewürzten Zuckerwassers. Er selbst trank niemals Wein.

»Setzen wir uns!«, schlug er vor und wies auf die Sessel vor dem Kamin.

Ein rot getigerter Kater strich mir mit erhobenem Schwanz um die Beine und suchte unter meinem Habit einen warmen Platz für ein Nickerchen. Mit seinen Krallen erhaschte er den wollenen Saum und zog ihn zu sich herunter.

»Monsignor Fantìn.« Der Papst wies auf den Kater, der sich, an meine Füße geschmiegt, zusammengerollt hatte. Als ich wegen des Namens schmunzelte, erklärte er: »Die Fratres, die mir aufwarten, haben ihn so genannt. Er stammt aus dem Palazzo meiner Familie in der Nähe des Canal Grande. In der Serenissima gibt es viele Katzen. Ich wünschte …« Er seufzte mit versonnenem Blick. Offensichtlich empfand er Sehnsucht nach Venedig. Nach einem kurzen Schweigen fragte er: »Nun, wie denkt Ihr über den Primat des römischen Papstes?«

Ich lehnte mich zurück, streckte die Beine dem prasselnden Kaminfeuer entgegen, genoss die wohlige Wärme und den harzigen Duft, die die glühenden Holzscheite verströmten, und trank einen Schluck.

»Wir orthodoxen Christen anerkennen die Vormachtstellung Roms unter den fünf Patriarchaten und den Ehrenvorsitz des Papstes in einer ökumenischen Kirchenversammlung. Doch die römische Kirche hat sich von uns getrennt, als sie aus purem Stolz zur weltlichen Monarchie wurde. Der Primatsanspruch Roms und die Bereitschaft der Päpste, ihre Vision imperialer Alleinherrschaft mit Gewalt durchzusetzen, war einer der Gründe für das Schisma von 1054 und der Entfremdung zwischen dem römischen und griechischen Glauben.«

Eugenius lehnte den Kopf gegen die hohe Rückenlehne seines Sessels und starrte in die Flammen.

»Die römische Kirche ist nicht die Nachfolgerin des Imperium Romanum. Nicht der Papst, sondern der Basileus ist der Rechtsnachfolger der römischen Kaiser. Der Pontifex ist Patriarch, Metropolit und Bischof von Rom – nicht mehr und nicht weniger.«

Er nickte stumm.

»Ich glaube, dass die orthodoxen Patriarchate dem Patriarchen von Rom als ›Primus inter Pares‹ Sondervollmachten zuerkennen können – solange er dabei die ›Pares‹, die ihm Gleichgestellten, nicht vergisst. Und solange er seine Jurisdiktion als Patriarch und seine geistliche und weltliche Macht als Papst nicht auf die gesamte griechisch-römische Kirche ausweiten will. Der römische Papst ist *nicht* der Vorgesetzte der orthodoxen Metropoliten!«

Eugenius blickte mir in die Augen. »Falls wir das Wunder vollbringen, das scheinbar Unvereinbare zu vereinen, würdet Ihr mir dann als Eurem Papst gehorchen, Bruder Niketas?«

»Ich würde keine Befehle entgegennehmen«, verdeutlichte ich. »Aber den weisen Rat meines Amtskollegen, des Metropoliten von Rom, würde ich wohlwollend in Erwägung ziehen. Nicht, weil er der Papst ist, sondern weil ich den Menschen Gabriel Condulmer sehr schätze.«

»Danke für Eure Aufrichtigkeit«, seufzte er und griff nach seinem Becher.

»Die Bulle *Unam Sanctam* von 1302 begründet die päpstliche Universalherrschaft mit dem Bekenntnis zur Kirche, außerhalb derer es kein Heil geben kann. Der Text jener Bulle gipfelt in der Feststellung, es sei unerlässlich für das Heil eines jeden Menschen, sich dem römischen Papst zu unterwerfen.« Ich beugte mich vor, um meinen Worten noch mehr Nachdruck zu verleihen. »Mit Verlaub, Bruder Gabriel, das ist selbstgerechte Überheblichkeit! Das ist eine Tagträumerei von päpstlicher Allmacht, die mit geistlicher Gewaltandrohung und der Vorenthaltung von Sündenvergebung gerechtfertigt wird! Wo bleibt da Jesu Gebot der Liebe, der Versöhnung und Vergebung? Und wo bleibt Jesu Aufruf, dass wer König sein will über alle, zuerst und zuletzt den anderen dienen soll?

Solange der römische Papst die Vorherrschaft über die Christenheit fordert, sehe ich wenig Hoffnung für Verhandlungen zur Wiedervereinigung unserer Kirchen.«

Eugenius nickte gedankenvoll. »Die weltliche Monarchie des Papsttums begründet sich durch die Schenkung des Kaisers Konstantin …«

»… die ein päpstlicher Schreiber ein halbes Jahrtausend nach Konstantin gefälscht hat. Der Basileus hat eine solche Schenkung nie gemacht.«

Ich berichtete ihm von meinen Gesprächen mit dem deutschen Gelehrten Nikolaus Cusanus aus dem Städtchen Kues an der Mosel, der vor zwei Jahren als päpstlicher Legat nach Byzanz gekommen war, um den Basileus nach Ferrara einzuladen. Nikolaus von Kues, leidenschaftlicher Entdecker antiker Handschriften und einer der brillantesten Denker des christlichen Abendlandes, war ein Schüler von Kardinal Cesarini. Vor sieben Jahren hatte Nikolaus in einem Werk, das er auf dem Konzil von Basel verfasste, die Schenkung als Urkundenfälschung entlarvt. Während unserer Verhandlungen zur Vorbereitung des Unionskonzils hatte er mir eine Abschrift überreicht.

»Die weltliche Macht des Pontifex gründet sich auf die Schenkung, mit der Kaiser Konstantin Papst Silvester angeblich die Vorherrschaft über die östlichen Patriarchate sowie über die Kirchen des gesamten Erdkreises zuerkennt. Er schenkt ihm den Lateranpalast, die Krone und den Purpurmantel des kaiserlichen Ornats sowie die Herrschaft über Rom und das halbe Imperium Romanum. Er erklärt die römische Kirche zur Wahlmonarchie. Aber die Krönung dieser päpstlichen Selbstherrlichkeit ist das angebliche Versprechen Konstantins, demütig den Steigbügel des Papstes zu halten wie ein Stallknecht! Bitte verzeiht, Bruder Gabriel, aber über einen derartigen Irrsinn kann ich nur lachen! Mein Vater, Kaiser Manuel, hätte sich niemals vor einem Papst gedemütigt. Und mein Bruder, Kaiser Ioannis, wird das ebenso wenig tun.«

Eugenius erhob sich von seinem Sessel und ging ein paar Schritte durch das Dunkel jenseits des Feuerscheins. Schließlich blieb er mit verschränkten Armen vor mir stehen. »Der Primat Roms begründet sich nicht nur durch die Konstantinische Schenkung«, erinnerte er mich ernst. »Der Papst ist der Nachfolger Petri, den Jesus Christus selbst in sein Amt einsetzte: ›Du bist Petrus, und auf diesem Felsen werde ich meine Kirche bauen. Und dir werde ich die Schlüssel des Himmelreiches geben.‹«

»Petrus war niemals in Rom!«, widersprach ich. »Weder war er der erste Papst, noch war er der Führer der Apostel! Und wenn ich es mir recht überlege, ist die Gemeinde von Athen durch Paulus gegründet worden, die römische Gemeinde jedoch nicht durch Petrus. In einem Christentum, das auf der Theologie des Paulus beruht, nicht auf der des Petrus, gebührt dann doch eigentlich mir als Metropolit und Erzbischof aller von Paulus gegründeten griechischen Gemeinden die Herrschaft über die gesamte Christenheit, oder etwa nicht?«

Eugenius starrte mich an. Die Frage, ob ich meine Machtansprüche in einer vereinigten griechisch-römischen Kirche durchzusetzen beabsichtigte, stellte er, fassungslos wie er war, erst gar nicht. Bestürzt fragte er: »Petrus war nicht der erste Papst?«

»Mein lieber Niketas, Frater in Christo …«, begann er, verstummte dann jedoch.

»Petrus, den Fels der Kirche, über den wir heute so viel zu wissen glauben, ist ein Mythos!«, erklärte ich ruhig. »Erinnert Euch an die Quo-vadis-Legende: Petrus flieht vor der Verfolgung aus Rom. Vor den Toren sieht er Jesus auf sich zukommen und fragt: ›Domine, quo vadis? Herr, wohin gehst du?‹ Und Jesus antwortet: ›Ich gehe nach Rom, um abermals gekreuzigt zu werden.‹ Petrus kehrt zurück, um als Märtyrer zu sterben. Eine großartige Geschichte, nur leider nicht wahr. Sie ist eine Legende, die aus machtpolitischen Gründen erfunden wurde.«

»Irenaios von Lyon fordert bereits um das Jahr 180 einen Vorrang der römischen Kirche und beruft sich dabei auf die Gründung durch die beiden Apostel Petrus und Paulus!«, wandte der Papst nachdrücklich ein.

»Wohlgemerkt: Petrus *und* Paulus, nicht Petrus allein!«, erwiderte ich. »Das christliche Bekenntnis sei durch eine ununterbrochene

Reihe von Bischöfen überliefert worden, deren erster noch von den Aposteln selbst erwählt und geweiht wurde. Irenaios zählt die Bischöfe auf – das ist die erste überlieferte Papstliste. Sie ist konstruiert worden, um bestehende Machtverhältnisse in Rom zu rechtfertigen. Dabei ist Irenaios allerdings nicht besonders geschickt vorgegangen. Denn wieso ist Linus der erste Papst, und nicht Petrus, der doch angeblich fünfundzwanzig Jahre lang Bischof von Rom war – auch das ist nur eine fromme Legende! Und hat Irenaios Paulus' Römerbrief nicht gelesen, den der Apostel an eine seit Jahren bestehende Gemeinde in Rom schrieb, die er noch gar nicht besucht hatte – also auch nicht gegründet haben konnte! Und wieso lässt Paulus am Ende seines Schreibens Petrus nicht grüßen, wenn der doch angeblich Bischof von Rom gewesen ist?

Warum schweigt Lukas in seiner Apostelgeschichte über diesen großartigen Triumph des christlichen Glaubens: Petrus und Paulus, die gemeinsam die Fackel des wahren Glaubens an den Gottessohn Jesus Christus nach Rom tragen und Seite an Seite während der Christenverfolgung des Brandstifters Nero als Märtyrer sterben! Das wäre doch ein eindrucksvoller Schluss seines Werkes gewesen! Warum bricht der Evangelist seine Geschichte lange vor dem Ende ab? Eingedenk der Tatsache, dass Petrus bei Lukas nur eine Statistenrolle neben dem Protagonisten Paulus innehat und, sobald er seinen Text aufgesagt hat, aus der Geschichte verschwindet, um ›an einen anderen Ort zu gehen‹, wollte der Evangelist den wenig ruhmreichen Tod des Petrus vermutlich nicht schildern. Ich weiß nicht, wer die römische Gemeinde gegründet hat – Petrus und Paulus waren es gewiss nicht.

Nein, Bruder Gabriel, im ganzen Neuen Testament findet sich kein Wort über Petrus als Apostelfürst, als Bischof von Rom oder gar als Papst. Nichts, was sich mit viel Fantasie – und damit sind wir Theologen ja im Übermaß gesegnet! – als theoretische Grundlage zur Rechtfertigung des Papsttums heranziehen ließe.«

»Wenn Petrus, wie Ihr sagt, nie in Rom gewesen ist – wie erklärt Ihr Euch dann das Petrusgrab unter der Basilica di San Pietro?«, fragte der Papst mit funkelnden Augen. War er zornig? Nein! Bestürzt.

»Liegt er denn wirklich dort begraben? Ist es nicht viel wahrscheinlicher, dass ein Verbrecher – denn als solcher soll Petrus gekreuzigt worden sein – in einem Massengrab neben dem Circus verscharrt wurde? Ohne Grabstein! Was, wenn der Leichnam nach der Hinrichtung verbrannt worden ist? Berichtet nicht ein römischer Historiker von menschlichen Fackeln in Neros Gärten? Was, wenn den Christen die Herausgabe der sterblichen Überreste ihres verehrten Märtyrers verweigert wurde, um die weitere Ausbreitung jener verfolgten Sekte zu verhindern? Nein, Bruder Gabriel, die frühchristlichen Traditionen über das Petrusgrab widersprechen sich derart, dass ich sie nicht für historisch erachten kann. Sie sind erfundene Legenden zum höheren Ruhm des römischen Papstes.«

»Keine andere christliche Gemeinde als Rom erhebt den Anspruch, das Petrusgrab zu bewahren!«

»Das ist wahr«, räumte ich ein. »Und trotzdem: Ich glaube, dass Petrus in Jerusalem begraben liegt. Oder in Babylon – wo er ja seinen Brief schrieb, den Petrus-Brief des Neuen Testaments.«

»Babylon ist eine hasserfüllte jüdische Metapher für das heidnische, verderbte Rom«, wandte Eugenius ein. »In der Apostelgeschichte lesen wir, dass Petrus ›an einen anderen Ort ging‹. Der Evangelist meint Rom.«

Ich schüttelte den Kopf. »Nein, Bruder Gabriel. Wenn Petrus nach Rom gegangen wäre, hätte Lukas das geschrieben. Er scheute sich ja auch nicht, Paulus' Romreise zu erwähnen. Der Petrusbrief stammt tatsächlich aus dem Osten.«

»Das ist Unsinn, Bruder Niketas! Was, um Himmels willen, sollte Petrus denn in Babylon?«

»Verlorene Schafe suchen.«

»Ich verstehe nicht …«

»Die verlorenen zehn Stämme Israels, die in die Assyrische Gefangenschaft verschleppt worden waren, sind die ›verirrten Schafe‹, zu denen Jesus sich gesandt fühlte. Seit dem Assyrischen und dem Babylonischen Exil gab es im Osten mehr Juden als im Westen, im Imperium Romanum. Unser christliches Denken setzt Rom in die Mitte der Welt – doch aus jüdischer Perspektive liegt Jerusalem in der Mitte zwischen Rom und Babylon. Was spricht denn gegen die Missionierung des Ostens durch Petrus? Nichts als die römische Legende vom Martyrium des Apostelfürsten!

Nein, Bruder Gabriel, Babylon ist kein Gleichnis für Rom. Wenn es Petrus' Hoffnung gewesen wäre, den christlichen Glauben in die Hauptstadt des Imperium Romanum zu tragen, wieso schreibt er dann nicht: ›Meine lieben Brüder, ich bin in Rom‹.

Das ist, als ob ich als Metropolit von Athen einen Hirtenbrief an meine Gemeinden schreibe und statt Florenz eine andere Stadt wie Konstantinopolis oder Rom als Ort der Niederschrift benenne. Warum sollte ich das tun? Weil die orthodoxen Gläubigen in Athen sich weigern, in griechischen Kirchen lateinische Gottesdienste zu feiern? Weil mich vor wenigen Tagen einer meiner eigenen Bischöfe als Verräter am orthodoxen Glauben bezeichnet hat, da ich ernsthaft in Erwägung ziehe, das Unionsdekret zu unterzeichnen? In meiner Kirchenprovinz droht ein Aufstand, Bruder Gabriel. Aber deshalb kann ich doch nicht leugnen, in Florenz am Konzil teilzunehmen.«

»Heilige Mutter Gottes!«, stöhnte Eugenius bestürzt. »Bruder Niketas, das tut mir …«

»Florenz ist Florenz, Bruder Gabriel«, fuhr ich unbeirrt fort. »Und Babylon ist Babylon. Außerdem bezeichnet sich Petrus in seinem Brief nicht als Führer der Gemeinde von Jerusalem, als Bischof oder gar als Papst. *Petrus war nicht der erste Papst!*«

Eugenius atmete hörbar aus, lehnte sich auf seinem Sessel zurück und blickte eine Weile ins flackernde Kaminfeuer. Offenbar wollte er sich wegen dieser Frage nicht mit mir zerstreiten. »Und wer, glaubt Ihr, war der erste …«

Fra Domenico öffnete die Tür und steckte den Kopf herein. »Euer Heiligkeit, Euer Seligkeit, bitte verzeiht die Störung. Das Abendessen ist seit einer Weile angerich…«

»Nicht jetzt!«, scheuchte ihn der Papst wieder hinaus.

Als der Dominikaner hastig die Tür hinter sich geschlossen hatte, wiederholte Eugenius seine Frage: »Wer war der erste Papst?«

Ich sagte es ihm.

Fassungslos starrte er mich an. *»Ein Jude?«*

»Wenn Ihr Eusebius' Kirchengeschichte aufmerksam lest und bedenkt, was ich soeben über Petrus' Martyrium in Rom gesagt habe, könnt Ihr zu keinem anderen Schluss kommen. Er war der erste Pontifex. Der vergessene Papst!«

»Ein von Gott verdammter Jude!«, regte er sich auf und umklammerte mit beiden Fäusten die Lehnen seines Sessels.

Ich schüttelte den Kopf. »Ein Heiliger der römischen und der griechischen Kirche, Bruder Gabriel! Und nebenbei bemerkt: Jesus Christus war ein orthodoxer Jude! Jeschua ben Joseph aus der Dynastie König Davids starb als gesalbter Herrscher Israels an einem römischen Kreuz. Er begründete eine Dynastie. Seine Nachfolger waren die Führer der nazoräischen, also der judenchristlichen Gemeinde in Jerusalem. Mit anderen Worten: die wirklichen Päpste! Ihre Namen werden in den Evangelien erwähnt, in der Apostelgeschichte und in den Schriften der Kirchenväter. Sie berichten über diesen ersten … diesen vergessenen Papst. Epiphanius beschreibt seine Krone und Eusebius seinen Thron in Jerusalem. Ein Brief dieses ersten Oberhauptes der Christen, der im wahrsten Sinn des lateinischen Wortes ein Pontifex, ein ›Brückenbauer‹ zwischen Judentum und Heidentum war, findet sich sogar im Neuen Testament.«

Eugenius richtete sich auf seinem Sessel auf und sah mir eindringlich in die Augen. »Wollt Ihr den Menschen die Wahrheit verkünden, Bruder Niketas?«

»Die Wahrheit würde die Kirche vernichten.«

»Da habt Ihr Recht!«

»Die Kirche ist nicht das von Jesus Christus ersehnte Königreich der Himmel. Sie gründet sich auf einen Mythos, nicht auf die Wahrheit. Sie ist weltlich, fehlbar und schwach, zerspalten und zerstritten. Dennoch muss sie bewahrt werden. Denn wir haben keine andere Kirche, nur diese eine. Und wenn es sie nicht schon gäbe, müssten wir sie erschaffen. Während der nächsten Wochen des Konzils sollten wir das Beste daraus machen.«

»In der Tat, das sollten wir!«, stimmte er mir zu. »Die Kirchen, die römische wie die griechische, sind die befestigten Mauern Europas, die unter dem Ansturm des Islam einstürzen werden, wenn der christliche Glaube und der Papst als oberster Feldherr sie nicht stärken und mit aller Macht verteidigen.«

»Als Primus inter Pares«, warf ich ein. »Als Erster unter Ranggleichen.«

»Werdet Ihr mir als ›Primus‹ in den Kampf folgen, Bruder Niketas? Werdet Ihr zur Rettung von Byzanz und der Herrschaft Eures kaiserlichen Bruders den Primat des römischen Pontifex akzeptieren und das Unionsdekret unterzeichnen?«

»Wenn Ihr die ›Pares‹ nicht vergesst.«

»Ich werde sie gewiss nicht vergessen!«, versprach er. »Denn einen von ihnen, dessen umfassendes Wissen und dessen unbarmherzige Aufrichtigkeit ich über die Maßen schätze, hätte ich als erster Pontifex einer vereinigten griechisch-römischen Kirche sehr gern an meiner Seite!«

Am Nachmittag des folgenden Tages wurde Luca d'Ascoli feierlich zu Grabe getragen.

Zur Stunde der Non wurde seine sterbliche Hülle auf einen Katafalk gebettet, der auf einem von zwei schwarzen Hengsten gezogenen und mit Brokatstoffen geschmückten Karren ruhte. Der Verstorbene trug das Ordensgewand der Dominikaner und hielt die Ikone im Arm, die mir der Basileus geschenkt hatte. Auf den Seiten des Katafalks prangte Lucas Wappen: der aus Goldfäden gestickte Löwe, der das Evangelium mit seinem Leben schützte.

Mit Cosimo und Piero stand ich im Innenhof des Palazzo d'Ascoli und sah zu, wie Tayeb die Falten des Dominikanerhabits ordnete. In diesem Moment kam Alessandra die Treppe herunter. Mein Gott, wie blass sie war! Von Cosimo und Piero ließ sie sich herzlich umarmen und auf beide Wangen küssen. Dann nickte sie mir mit ernster Miene zu und wandte sich zu ihrem Vater um. Sie sprach kein Wort – als hätte sie für diesen Tag ein Schweigegelübde abgelegt.

Auf ihr Zeichen schob Floriano das Bronzetor auf, das über und über mit Kondolenzschreiben, Lorbeerranken und Seidenbändern in den Farben des Papstes bedeckt war. Der Karren setzte sich in Bewegung. Wenige Schritte hinter dem Katafalk folgte Alessandra allein ihrem Vater. Cosimo und sein Sohn blieben in angemessenem Abstand hinter ihr.

Sobald wir das Portal passiert hatten, trat Fra Antonino, der mit den anderen auf der überfüllten Piazza gewartet hatte, neben mich. Langsam bewegte sich der Trauerzug in Richtung Campanile. Zu beiden Seiten des Karrens formierte sich schweigend das Ehrengeleit der einundzwanzig Prioren, die Florenz regierten. Vergeben und vergessen schien für diesen einen Tag die strikte Weigerung von Scipione Sassetti, Alessandra den Eintrag ins Gildebuch zu gewähren. Cosimo befürchtete eine heftige Auseinandersetzung mit der Gilde nach den Trauertagen. Der Zunftmeister hatte gedroht, Alessandras Unternehmen mit Waffengewalt zu schließen.

Ganz Florenz nahm Anteil an Lucas Beisetzung. Werkstätten, Läden und Banken blieben während des prunkvollen Staatsbegräbnisses geschlossen. In Trauergewänder gekleidete Menschen säumten den

Weg von der Kathedrale, deren Glocken dröhnten, bis zur Kirche Santa Maria Novella.

Während der Zug sich langsam durch die mit schwarzen Fahnen geschmückte Via dei Banchi bewegte, warfen die Trauernden Lorbeerzweige und weiße Bänder auf Lucas letzten Weg. Viele hielten brennende Kerzen in den Händen, beteten leise und bekreuzigten sich, als der Katafalk vorüberfuhr.

Abgesehen von den knirschenden Schritten im vereisten Schnee, dem Schnauben der Pferde und den gemurmelten Gebeten am Straßenrand war es sehr still – bis von irgendwoher eine Krähe rief. Alessandra, die nur wenige Schritte vor mir ging, zuckte zusammen und blickte zum düsteren, wolkenverhangenen Himmel.

Dann hatten wir die Piazza Santa Maria Novella erreicht. In einem weiten Bogen zogen die Hengste Lucas Katafalk an den Reihen der Dominikaner, Franziskaner und Augustiner der Klosterresidenz des Papstes vorbei. Auf den Stufen von Santa Maria Novella erwartete ihn der Papst. Als der Karren vor dem Pontifex hielt, verneigte sich Seine Heiligkeit ehrerbietig vor seinem gefürchtetsten Feind, während die Kardinäle für Luca beteten. Dann nickte der Papst auch Lucas Tochter zu und schlug das Kreuz über sie.

Ein erstauntes Raunen wehte über die Piazza, als Alessandra auf Eugenius zuschritt, den Seidenrock raffte und im Schnee niederkniete. Sie schob das goldbestickte Pluviale zur Seite und küsste die Füße Seiner Heiligkeit. Das war in dem feierlichen Zeremoniell nicht vorgesehen! Bestürzt half Eugenius ihr auf, zog ein Tüchlein aus dem weiten Ärmel seines Pontifikalornates und tupfte ihr damit die Lippen ab. Er umarmte sie ein wenig unbeholfen, hauchte Küsse auf beide Wangen und flüsterte ihr leise etwas ins Ohr. Sie nickte ernst und verneigte sich erneut. Dann wandte sie sich um und kehrte zurück zu ihrem Platz hinter dem Katafalk ihres Vaters.

Als der Trauerzug sich erneut in Bewegung setzte, um zum Domplatz und von dort die Via Larga hinauf nach San Marco zu gelangen, reihten sich die Kardinäle und Erzbischöfe ein, die mit Luca befreundet gewesen waren: Giuliano Cesarini, Ambrogio Traversari, Niccolò Albergati, Ludovico Scarampo und etliche andere. Der Pontifex und sein Gefolge blieben in der Klosterresidenz.

In der schwarz verhangenen Dominikanerkirche San Marco sollte Luca auf einem Katafalk aufgebahrt werden, damit nach Fra Antoninos Messe und meiner Rede die Trauernden an ihm vorüberziehen konnten, um sich von ihm zu verabschieden. Die feierliche Grablege sollte dann um Mitternacht in aller Stille im engsten Freundeskreis erfolgen. Ich hatte mich gefreut, als Cosimo mich, offenbar auf Alessandras Wunsch, an diesem Morgen dazu eingeladen hatte.

Die Via Larga bot einen prächtigen Anblick. Die Triumphbögen, anlässlich des Einzugs Seiner Heiligkeit vor zwei Tagen errichtet, waren nicht abgerissen, sondern mit schwarzen und roten Trauerbändern umwoben worden. Dicht gedrängt standen die Menschen an den Straßenrändern und beobachteten stumm den Trauerzug nach San Marco.

Da war Caedmon of Canterbury! Als er mich erkannte, verneigte er sich vor mir. Eugenius hatte mir gestern während des Abendessens berichtet, dass Alessandra den Prior von Montecassino zu diesem rätselhaften Mönch befragt hatte.

Was wollte Bruder Caedmon bloß von mir?

Noch während ich über diese Frage nachsann, sah ich ihn.

Der weiße Mönch!

Ich erschrak. Meine Knie begannen zu zittern, und ich hielt mich an Fra Antoninos Arm fest, um nicht zu stürzen.

»Euer Seligkeit, was ist denn?«, fragte der Prior besorgt und stützte mich. »Ein neuer Schwächeanfall?«

Stumm schüttelte ich den Kopf und ließ den Dominikaner nicht aus den Augen. Mit verhülltem Gesicht huschte er zwischen den Trauernden am Straßenrand hindurch, um nur wenige Schritte entfernt dem Karren mit Lucas Leichnam zu folgen. Was hatte er vor?

Als Alessandra mich vorgestern in San Marco besuchte, hatte sie mir erzählt, dass Luca von einem Dominikaner ermordet worden sei.

Allmächtiger Gott! War dieser Mönch Lucas Todesengel?

Und was hielt er da in der rechten Hand? Ein Seidentuch! Doch was verbarg er darin – einen Dolch?

Wollte er Alessandra ermorden?

Plötzlich durchbrach der Frater die Reihen am Rand der Via Larga und eilte über die Straße zu Alessandra, die abrupt stehen blieb und ihn anstarrte.

Zu Tode erschrocken schlug sie sich die Hand vor die bebenden Lippen.

Ungestüm drängte sich der Mönch gegen sie und legte den Arm um ihre zitternden Schultern, als ob er, der barmherzige und sanftmütige Priester, sie in ihrer überwältigenden Trauer um ihren Vater trösten wolle, und dann …

ꕥ Alessandra ꕥ

Kapitel 15

Dann lehnte ich meinen Kopf an seine Schulter, nahm das dargebotene Tränentüchlein und verbarg mein Erschrecken über sein Erscheinen hinter der zerknüllten Seide.

»Was, zum Teufel, machst du hier?«, wisperte ich so leise, dass Fra Antonino und Niketas, die nur wenige Schritte hinter uns gingen, mich nicht verstehen konnten.

Ich hatte furchtbare Angst – um ihn! Was, wenn Cesarini ihn erkannte? Was, wenn Scarampo dem Papst berichtete, dass mein Cousin in Florenz war?

Großer Gott, nur das nicht!

»Als ich von Lucas Ermordung erfuhr, habe ich um dein Leben gebangt«, flüsterte er hastig und tat so, als tröste er mich. »Zwei Tage lang habe ich versucht, in deinen Palazzo zu …«

»Du lieber Himmel!«, stöhnte ich. »*Du* warst der Mönch, der mein Haus beobachtet hat? Du hast mich zu Tode erschreckt! Luca ist von einem Dominikaner ermordet worden.«

»Sandra, mein Liebes, das tut mir so leid!«

Als ich nicht antwortete, zog er sich die Kapuze tiefer ins Gesicht. »Ich *musste* kommen! Weder von deinem Vater noch von dir habe ich eine Antwort auf meine Nachricht erhalten. Und dann ist Luca nicht zum vorgeschlagenen Treffpunkt gekommen. Stattdessen lauerten mir schwer bewaffnete Assassini auf.«

»Luca hat deinen Brief in der Mordnacht gelesen. Ich hatte schon vermutet, dass sein Mörder deine Nachricht gefunden und mitgenommen hat. Und dass du in großer Gefahr bist. Aber wie hätte ich dich denn warnen sollen? Ich wusste doch nicht, wo du dich mit Luca treffen wolltest.«

»Dann hat also Lucas Mörder die Assassini auf mich angesetzt! Er weiß, dass ich mich mit deinem Vater treffen wollte«, flüsterte er. »Die Basler Konziliaristen werden einen neuen Papst wählen. Deshalb wollte ich mit Luca sprechen: Seine Wahl zum Pontifex hätte den drohenden Krieg in Italien verhindern können! Filippo Maria Visconti, der Herzog von Mailand, sieht sich schon als König von Italien. Er lässt sich von Cosimos Todfeind Rinaldo degli Albizzi zu einem Krieg gegen Florenz und den Papst aufhetzen.« Mein Cousin seufzte. »Nun ist alles zu spät: Luca ist tot!«

Mein Vater hatte in jener Nacht nach Basel aufbrechen wollen. Hatte Luca doch beschlossen, sich zum Gegenpapst wählen zu lassen?

»Lucas Mörder weiß nun, dass du mit mir in Verbindung stehst. Und mit den Schismatikern in Basel. Sandra, du bist in Lebensgefahr!«

»Ich weiß.« Während wir eng umschlungen Lucas Katafalk folgten, erzählte ich von dem Attentat des römischen Assassinos und dem blutgetränkten Mordauftrag.

»Wen verdächtigst du? Vitelleschi oder Scarampo?«

»Scarampo hat diesen Brief nicht geschrieben. Er war niemals Lucas Feind. Vorletzte Nacht hat er in meinem Beisein eigenhändig die Aufhebung von Lucas Exkommunikation niedergeschrieben. Eugenius wusste, warum ich das von ihm verlangt habe – Scarampo nicht! Seine Handschrift ist nicht identisch mit der auf dem blutigen Brief.«

»Dann bleibt nur der ›Patriarch von Rom‹.«

»Ich glaube nicht, dass der Papst ihm befohlen hat, Luca zu ermorden«, flüsterte ich in das Seidentuch und tat, als würde ich erneut in Tränen ausbrechen. Prospero, der seinen Arm um meine zuckenden Schultern gelegt hatte, zog mich tröstend an sich. »Eugenius gestand, dass auch er zunächst Vitelleschi verdächtigt hatte. Während der Reise nach Florenz hat er lange mit ihm gesprochen. Lucas unerwartetes Erscheinen in Ferrara hatte Vitelleschi irritiert. Als Eugenius ihm erzählte, ich sei in Alexandria fast einem Anschlag zum Opfer gefallen, war Vitelleschi bestürzt. Und als der Papst ihm anvertraute, er habe an den Patriarchen Philotheos geschrieben, um herauszufinden, wer ihn um Mithilfe bei diesem Mordversuch gebeten hatte, geriet er nicht aus der Fassung. Eugenius bezweifelt, dass Vitelleschi hinter den Attentaten auf Luca und mich steckt ... und damit auch auf dich, Prospero!«

»Du glaubst ihm?«

»Ja«, nickte ich. »Eugenius missbilligt es zutiefst, dass Vitelleschi die Macht unserer Familie mit Gewalt bricht.«

»Du lieber Himmel, Sandra! Wie kannst du dem Papst vertrauen?«, erregte er sich. »Hast du vergessen, wie dein Großvater Marcantonio hingerichtet wurde? Wie unsere Cousins Lionello und Giordano starben? Wie Stefano ermordet wurde? Wie ich selbst vor acht Jahren aus Rom fliehen musste? Und nun die Attentate auf Luca, dich und mich!

Hast du vergessen, dass Vitelleschi und sein Condottiere Cesare Orsini vor einigen Monaten unsere Hauptstadt Palestrina zerstört haben? So viele unserer Anhänger fielen bei der Verteidigung der Burg! Vitelleschi hat die Stadt niedergebrannt und die Festung bis zu den Fundamenten abgerissen. Selbst die Kathedrale hat er zerstört! Der Stammsitz der Colonna ist nun Teil des Patrimonium Petri. Eugenius war so erfreut, dass er Vitelleschi nach der Eroberung von Palestrina und der Unterwerfung der Colonna zum Kardinal ernannt hat. Wie ein siegreicher Feldherr zog er im Triumph nach Rom. Sein Wille ist Gesetz! *Er* herrscht in der Ewigen Stadt – nicht der Papst. Und du sagst, Eugenius missbillige Gewalt? Du irrst, Sandra! Nur mit Gewalt, Folter und Mord kann er sich noch halten.«

»Was hätte Vitelleschi durch den Mord an Luca gewinnen können?« Unruhig blickte ich mich um. »Die Rache unserer Familie …«

»Vitelleschi lässt sich in Rom huldigen, als wäre *er* der Papst«, unterbrach mich Prospero hitzig. »Ich glaube, dass er Eugenius stürzen und ermorden will. Luca hätte ihm als nächstem Pontifex gefährlich werden können. Daher erschrak er, als dein Vater unerwartet nach Ferrara kam, um sich mit Eugenius zu versöhnen. Und reagierte er nicht ebenso bestürzt, als ihm der Papst erzählte, dass du den Anschlag in Alexandria überlebt hattest? Du bist in größter Gefahr, Sandra! Ich bin sicher, dass Vitelleschi erneut versuchen wird, dich zu ermorden!« Er zögerte einen Augenblick. »Brauchst du eine Leibwache? Ich habe einige Bravi …«

»Nein, Prospero, ich stehe unter dem Schutz des Papstes.«

Mein Cousin wollte etwas erwidern, besann sich dann jedoch anders. Meine Versöhnung mit Eugenius war für den aus Rom verbannten Kardinal Colonna Verrat an unserer Familie.

»Wenn du meine Hilfe brauchst, dann häng einen Zettel an die ›sprechende Statue‹ an der Piazza Navona!«, murmelte er schließlich. »Meine Gefolgsleute werden ihn finden und zu mir bringen.«

Ich nickte.

»Ich muss jetzt gehen.«

»Viel Glück, Prospero!«

»Das wünsche ich dir auch von Herzen! Leb wohl, Sandra!«

Dann ließ er mich los, verschränkte seine Arme in den weiten Ärmeln seines Dominikanerhabits und verneigte sich vor mir.

»Danke für Euren Trost, Frater!«, murmelte ich so laut, dass Cesarini und Scarampo mich hören mussten.

»Benedicat tibi Dominus et custodiat te – der Herr segne dich und behüte dich! Der Herr schenke dir Frieden«, antwortete er mit einem Segensspruch und huschte mit gesenktem Kopf zurück in die Reihen der Trauernden am Rand der Via Larga. Ich sah ihm nach, bis er in der Menge verschwunden war.

Giovanni Vitelleschi als Papst!, dachte ich mit Grausen und tauchte die Feder ins Tintenfass. Der Kardinal des Teufels als Stellvertreter Christi! Gott sei uns allen gnädig!

Schwungvoll setzte ich die höfliche Grußformel an den Dogen von Venedig unter mein Schreiben und signierte es.

Die Serenissima war der einzige Staat des christlichen Abendlandes, wo der Papst keine Macht besaß und wo es keine von Rom kontrollierte Inquisition gab. In Venedig würde ich sicher sein. Vor eineinhalb Jahren hatte ich den Spätsommer in der Lagunenstadt verbracht und die Dachböden des Dogenpalastes, die Kammern von San Marco und die Bibliotheken der Palazzi am Canal Grande nach der Büchersammlung des Dichters Petrarca durchsucht. Vergeblich! Der kostbare Bücherschatz blieb verschwunden.

In den Wochen meines Aufenthaltes in der Serenissima hatte mich der Doge einige Male in den Palazzo Ducale eingeladen. Als Sohn eines Verbannten wusste er ebenso gut wie ich, was es bedeutete, im Exil zu leben. Beide hatten wir gelernt, zu kämpfen. Für die Unabhängigkeit. Und für die Freiheit. Ich war zuversichtlich, dass der Doge mich mit offenen Armen empfangen würde, sollte ich mich entschließen, ins venezianische Exil zu gehen.

Ich steckte die Feder ins Tintenfass, rieb mir mit einem Tuch die Tinte von den Fingern und lehnte mich zurück.

Francesco Foscari würde mir helfen, einen Palazzo am Canal Grande zu finden, wo ich meine Bibliothek und das Scriptorium einrichten konnte. Nur schweren Herzens würde ich Florenz verlassen. Und Cosimo! Ich erwartete ihn zum Abendessen und zu einem langen Gespräch vor dem Kamin – ich musste ihm von Pieros Verdacht einer gemeinsamen Nacht in Cosimos Bett berichten. Aber sollte ich ihm auch von diesem Brief erzählen?

In Gedanken versunken faltete ich mein Schreiben an den Dogen, erhitzte das Siegelwachs in der Flamme der Kerze und ließ die heißen Tropfen auf das Pergament rinnen. Dann drückte ich meinen Siegelring in das Wachs. Ich dachte an das Treffen mit Prospero. An Lucas feierliche Beisetzung um Mitternacht in San Marco und Niketas' zärtliche Umarmung, die ich so sehr genossen hatte. In seinen Armen hatte ich mich geborgen gefühlt. Beschützt. Geliebt.

Es fiel mir schwer, mir meine Gefühle für Niketas einzugestehen. Er war ein Priester, eine unberührbare Ikone! Doch ich sehnte mich nach ihm, nach seinem stillen Lächeln, seinen zärtlichen Berührungen, seinen Küssen. Er war der Geliebte, den ich mir immer …

Es klopfte.

Niketas ist gekommen!, freute ich mich. Er wollte heute kommen, um das Evangelium zu sehen, das ihm so viel bedeutete.

Vor zwei Tagen, als er mit dem Papst sprach, hatte ich die vierzehn zerbrochenen Fragmente des Evangeliums zusammengefügt, vier neue Logien gefunden und dabei eine sensationelle Entdeckung gemacht:

Der vergessene Papst!

Ein tragischer Held, der als Märtyrer starb – von den Evangelisten verleugnet und vergessen. Ich konnte es kaum erwarten, Niketas von ihm zu erzählen!

Vittorino öffnete die Tür. »Bitte verzeiht. Caedmon of Canterbury bittet, empfangen zu werden.«

Enttäuscht zögerte ich einen Augenblick, dann bat ich Vittorino, den Benediktiner in das Arbeitszimmer meines Vaters zu führen.

Caedmon sprang auf, als ich Lucas Arbeitszimmer betrat. »Laudetur Jesus Christus!«

»In aeternum. Amen.«

»Mylady!«, begrüßte er mich mit einer Verbeugung. »Ich danke Euch, dass Ihr mich empfangt!«

»Bitte setzt Euch!«, forderte ich ihn auf und nahm hinter dem Schreibtisch Platz. »Als wir uns vor einigen Tagen auf der Piazza del Duomo trafen, sagtet Ihr, dass Ihr mit mir sprechen wollt. Was kann ich für Euch tun, Bruder Caedmon?«

Mit gesenkten Lidern legte er zwei Pergamente vor sich auf den äußersten Rand des Schreibtischs. Dann blickte er auf. »Ich würde gern als Sekretär in Eure Dienste treten, Mylady.«

Also doch!, dachte ich. Der Abt von Montecassino hatte Recht: Caedmon suchte neue Herausforderungen außerhalb der Klostermauern.

Ich lehnte mich auf meinem Sessel zurück. »Aber ich habe bereits einen Sekretär.«

»Mylady, ich weiß, dass Ihr nach dem Tod Eures Vaters – Gott sei seiner Seele gnädig! – Signor Tayeb zu Eurem Sekretär ernannt habt …« Ein feines Lächeln huschte über sein Gesicht, dann senkte er die Lider. »… doch er beherrscht gewiss nicht so viele Sprachen in Wort und Schrift wie ich. Bitte verzeiht meine Unbescheidenheit, Mylady! Außer Englisch, Französisch und ein wenig Italienisch spreche ich noch fließend Lateinisch, Griechisch und Hebräisch. An den Universitäten von Oxford und Paris habe ich Theologie und Philosophie studiert. Die Sorbonne habe ich als Doktor der Theologie verlassen, und als ich nach England zurückkehrte …«

»… habt Ihr als Sekretär für Humphrey Plantagenet of Lancaster gearbeitet, Herzog von Gloucester und Lordprotector von England.« Als er verblüfft aufsah, gestand ich: »Ich habe mich über Euch erkundigt, Bruder Caedmon.«

Warum starrte er mich so erschrocken an?

Ich spürte, dass ihn eine Aura des Mysteriums umgab, die er selbst erschaffen hatte. Geheimnisvolle Türen, die in verstaubte, dunkle Kammern führten, hatten mich schon immer fasziniert. Verschlossene Truhen ohne Schlüssel. Verschollene Bücher, die seit Jahrhunderten niemand mehr gelesen hatte. Und Menschen, die sich in ein feines Gespinst von Mysterien wickelten, wie in einen schützenden Kokon. Doch wovor fürchtete sich Caedmon? Was hatte er getan, dass er niemals nach England zurückkehren durfte?

Er schob eines der beiden mitgebrachten Pergamente über den

Schreibtisch. »Ein Empfehlungsschreiben des Herzogs von Gloucester.«

Ich entfaltete das steife Pergament. Der Herzog hatte Caedmons Dienste als sein Sekretär geschätzt. »… hochgebildet … gottesfürchtig … vertrauenswürdig …«, las ich das eigenhändige Schreiben.

Wortlos gab ich es Caedmon zurück, der mir die zweite Referenz überreichte. Als ich das Siegel erkannte, erstarrte ich: Giovanni Vitelleschi!

»Ihr habt für Kardinal Vitelleschi gearbeitet?«, fragte ich und bemühte mich, ruhig zu bleiben.

»Ja, Mylady«, nickte Caedmon. »Bevor ich nach Florenz kam, stand ich in den Diensten Seiner Eminenz.«

»Als sein Sekretär?« Ich entfaltete das Schreiben und überflog die ersten Zeilen, die voll des Lobes waren. Vitelleschis Empfehlung war im August 1438 verfasst worden. Seit September lebte Caedmon im Kloster San Miniato. Was hatte er in den letzten drei Monaten getan? Einige Male hatte ich ihn in Lucas Bibliothek gesehen.

»Ja, ich genoss das … ähm … Vertrauen Seiner Eminenz.«

Ich ließ das Pergament sinken und sah ihm in die Augen.

Wieso dieses Zögern, dieses vieldeutige und nichtssagende Wort ›Vertrauen‹, das überhaupt nicht zu seiner geschliffenen Ausdrucksweise passte? »Steht Ihr noch immer in seinen Diensten, Bruder Caedmon?«

Er schüttelte stumm den Kopf. Seine im Schoß gefalteten Hände verkrampften sich.

»Warum nicht?«

Der Frater konnte mir nicht in die Augen sehen. »Ich habe ihn auf eigenen Wunsch verlassen.«

Was ist zwischen Caedmon und dem Kardinal geschehen?, fragte ich mich beunruhigt und beobachtete den Benediktiner, der auf seine zitternden Hände starrte. Ich ahnte, welche Gottheit Caedmon anbetete: die Macht, die schützt! Was war geschehen, dass Caedmon den mächtigsten Kardinal der römischen Kirche verließ und Vitelleschi trotz offenkundiger Streitigkeiten mit seinem Sekretär eine derartige Lobeshymne auf Caedmon anstimmte?

Und was erwartete er nun von mir? Ich war weder Herzog noch Kardinal! Nun, ich hatte da so eine Ahnung …

Konnte ich Caedmon vertrauen? Ich wusste es nicht. Doch mir gefielen sein zurückhaltendes Auftreten, die geschliffenen Manieren, seine bemerkenswerten Sprachkenntnisse und sein Wunsch, den Klostermauern zu entkommen. Er war liebenswert, daher beschloss ich, das Gespräch fortzusetzen.

»Erzählt mir mehr von Euch, Bruder Caedmon!«

»Ich bin der illegitime Sohn eines Earls.« Vor fünfundzwanzig Jahren hatte sein Vater die junge Kammerzofe eines Freundes vergewaltigt. Zur selben Zeit wurde jener Freund zum Herzog von Gloucester ernannt, und als sein königlicher Bruder starb, wurde er Regent des Königreiches und Lordprotector seines jungen Neffen Henry VI.

Caedmon konnte seine Verbitterung nicht verbergen, als er von der furchtbaren Armut seiner Mutter sprach – der Duke of Gloucester hatte die junge Zofe in Schande entlassen, nachdem ihre ungewollte Schwangerschaft offenbar geworden war. Von einer Vergewaltigung des fünfzehnjährigen Mädchens durch seinen Freund wollte Seine Königliche Hoheit nichts wissen. Er fürchtete einen Skandal und warf sie auf die Straße. Welch eine Ungerechtigkeit!

Schon als kleines Kind hatte Caedmon Krankheit, Hunger und Not ertragen müssen. Ich fühlte mich an Niketas' Schicksal erinnert. Die Bittbriefe, die Caedmons Mutter an den Earl schrieb, blieben unbeantwortet. Seine Gnaden kümmerte sich nicht um seinen Bastard.

Caedmons gefaltete Hände ballten sich zu Fäusten, als er über seinen Vater sprach. Wie sehr er ihn hasste!

Nach dem Tod seiner Mutter, die einem Fieber erlegen war, suchte Caedmon seinen Vater auf. Er war fünfzehn. Wie der junge Mann den Earl schließlich dazu brachte, ihn als seinen Sohn anzuerkennen und ihm eine Ausbildung in Canterbury Abbey zu ermöglichen, verriet er mir nicht. Ich erfuhr lediglich, dass Caedmon das Kloster hasste. Doch sein Vater hatte ihm keine Wahl gelassen. Als Benediktinermönch sollte Caedmon Keuschheit, Armut und Gehorsam geloben – und als jüngster Sohn des Lords niemals auf ein Erbe hoffen, das ihm finanzielle Unabhängigkeit und Freiheit beschert hätte.

Von seinem Vater und seinen fünf älteren Brüdern fühlte sich Caedmon ins Kloster verbannt wie in einen Kerker. In seiner Enttäuschung und seinem Zorn schwor er Rache! Nie wieder arm sein, nie wieder hungrig, nie wieder schwach, nie wieder dumm, nie wieder naiv, nie wieder machtlos und verachtet! In Canterbury studierte der junge Mönch, der im Kloster lesen und schreiben gelernt hatte, jedes Buch der Bibliothek des Erzbischofs. Wie ich hatte auch er erkannt: Wissen ist Macht! Wissen ist Freiheit! Durch das Lernen erschafft der Mensch sich selbst.

Nach einigen Monaten wurde Henry Chicheley, der Erzbischof von Canterbury, auf den ehrgeizigen jungen Mann aufmerksam und förderte ihn nach Kräften. Luca hatte mir von Chicheley erzählt. Der Erzbischof von Canterbury und Primas von England war 1408 nach Rom gekommen und hatte Eugenius' Onkel aufgefordert, das Schisma zu beenden. Mein Vater war damals päpstlicher Sekretär gewesen.

Henry Chicheley, der streitbare Erzbischof von Canterbury, der es wagte, sich Jahre später mit dem Colonna-Papst anzulegen, finanzierte Caedmon nach seinem Noviziat ein Studium an der Universität von Oxford, wo auch er selbst Kirchenrecht studiert hatte. Nach wenigen Monaten erkannte Caedmon, dass ihm das Studium der Rechte nicht lag. Er begriff, welche Möglichkeiten sich ihm am Hof des englischen Königs boten, und schrieb sich für Philosophie und Theologie ein. Nach zwei Jahren verließ er Oxford und studierte an der Sorbonne in Paris, die er 1435 mit einem *summa cum laude* als Doktor der Theologie verließ.

Nach der Rückkehr nach England bewarb er sich beim Freund seines Vaters, dem Herzog von Gloucester, als Sekretär und wurde auf Fürsprache seines Mentors, des Erzbischofs von Canterbury, sofort in dessen Hofhaltung aufgenommen. In seinen Augen war damit das ungerechte Schicksal seiner Mutter gesühnt. Zwei Jahre diente Caedmon dem Herzog und gewann sein Vertrauen. Er hatte sein Ziel erreicht: Er war dem Kloster entkommen! Er war frei und unabhängig.

»Ihr wart ein angesehener Gelehrter. Warum habt Ihr all das aufgegeben und England verlassen?« Ich wies auf das Empfehlungsschreiben des Duke of Gloucester.

Er senkte den Blick, barg das Gesicht in beiden Händen und atmete tief durch. »Weil ich …«

»Ja?«

»Ich habe vor zwei Jahren meinen Bruder erschlagen«, gestand er so leise, dass ich ihn kaum verstehen konnte. »In meinem unbeherrschten Zorn habe ich meinen älteren Bruder getötet. Wir hatten gestritten – es ging um das Erbe seines … unseres Vaters. Er nannte mich den Sohn einer Hure, der seine Karriere bei Hofe im Bett des alternden Erzbischofs von Canterbury begonnen hatte. Als sein Lustknabe.«

Das war zu viel! Caedmon hatte sich auf seinen Bruder gestürzt, der während des Kampfes stolperte, eine Treppe hinabstürzte und sich das Genick brach. Noch in derselben Nacht floh Caedmon zu seinem Förderer und Freund Henry Chicheley, der ihm die Beichte abnahm und ihn zur Sündenvergebung nach Rom schickte. Also segelte Caedmon nach Calais und pilgerte zu Fuß nach Paris, Lyon und Chambéry, überquerte die Alpen und erreichte kurz vor Weihnachten 1437 Florenz, wo er Papst Eugenius um Vergebung seiner Sünden anflehte.

In Santa Maria Novella lernte er Kardinal Vitelleschi kennen. In dessen Gefolge ritt Caedmon noch vor dem Christfest nach Rom und beendete seine Pilgerreise mit dem Besuch der sieben Wallfahrtskirchen. Nach Weihnachten zog er sich für einige Wochen ins Benediktinerkloster Montecassino zurück, um in Ruhe darüber nachzudenken, was er künftig tun wollte. Das war die Klausur, von der mir der Abt berichtet hatte.

Trotz seiner Buße, trotz der Vergebung durch Eugenius und trotz des Sündenablasses in Rom reute Caedmon der Tod seines Bruders. Nach England konnte er nicht zurückkehren, denn er fürchtete nicht nur die Strafverfolgung, der er sich durch seine Pilgerfahrt entzogen hatte, sondern auch die Rache seiner Brüder. Niemals konnte er beweisen, dass es nur ein Unfall war, der seinen ältesten Bruder das Leben gekostet hatte – und kein kaltblütiger Mord wegen verletzten Stolzes.

Nach der Schneeschmelze im Frühjahr 1438 kehrte Caedmon nach Rom zurück, um als Sekretär in die Dienste von Kardinal Vitelleschi zu treten.

»Das Empfehlungsschreiben des Patriarchen ist im August 1438 verfasst worden«, bemerkte ich. »Ihr wart nicht lange bei Seiner Eminenz.«

Er schüttelte den Kopf und hielt den Blick gesenkt.

»Ihr habt ihn verlassen und seid nach Florenz zurückgekehrt, um ins Olivetanerkloster San Miniato al Monte einzutreten, eines der strengsten und asketischsten Klöster Italiens. Gewiss eine schwere Entscheidung nach den Annehmlichkeiten im Dienst des Herzogs und des Kardinals! Warum, Bruder Caedmon? Was ist in Rom geschehen?«

Er sah auf. »Seine Eminenz hat …« Er verstummte. »Er hat mich gezwungen …« Mit beiden Händen fuhr er sich über das glühende Gesicht.

»Was hat er getan?«, fragte ich sanft.

Mein Gott, dieser Blick!

»Caedmon, wenn Ihr darüber nicht sprechen könnt, weil es Euch noch zu sehr schmerzt …«

»Nein, Mylady! Auch wenn mich das, was er von mir verlangte, zutiefst gedemütigt hat, so habt Ihr doch ein Recht, es zu erfahren«, wand er sich zwischen dem Wunsch zu schweigen und zu vergessen und dem Bedürfnis, sich endlich jemandem anzuvertrauen. Dann offenbarte er mir die furchtbare Wahrheit:

»Es war spät in der Nacht, als der Kardinal von Santa Maria sopra Minerva in den Vatikan zurückkehrte und mich rufen ließ. Ich dachte, er wolle wegen der Folterung eines Mönchs, der er dort am Abend beigewohnt hatte, mit mir sprechen. Der Frater hatte die verkommene Moral der Kirche öffentlich gegeißelt, den Papst als Häretiker beschimpft und den Kardinal als Antichrist. Die grausame Folter hatte ihn erregt, und er verlangte … dass ich …« Er wischte sich eine Träne aus dem Augenwinkel. Wie schwer es ihm fiel, sich mir anzuvertrauen! »Ich musste vor ihm auf die Knie fallen und … Dann forderte er … Bitte vergebt mir, Mylady!«, murmelte er mit schamrotem Gesicht. »Ich weigerte mich, ihm zu gehorchen. Großer Gott, wie er dann tobte! Er sprang auf und warf mich mit Gewalt auf den Boden. Er ist ein sehr kräftiger Mann – bevor er Kardinal wurde, war er ein Condottiere. Dann stürzte er sich auf mich, zerriss meinen Habit und dann …« Caedmon schlug sich die Hand vor die bebenden Lippen.

»Er hat Euch vergewaltigt!«, murmelte ich fassungslos.

Der junge Benediktiner nickte mit gesenktem Blick.

»Mein Gott, was hat er Euch nur angetan! Bitte vergebt mir meine Neugier. Ich hätte Euch nicht fragen dürfen, was zwischen Euch geschehen ist!«

»Doch!«, versicherte er mir. »Ich musste es Euch erzählen – wie könntet Ihr mir sonst vertrauen? Bitte glaubt mir, Mylady, ich wünsche mir nichts sehnlicher, als endlich dem Kloster zu entkommen und eine Beschäftigung zu haben, die mich fordert. Ich kann nicht nach Rom zurückkehren. Und ich will auch nicht in Santa Maria Novella für Seine Heiligkeit arbeiten, denn dort müsste ich fürchten, dass ich eines Tages *ihm* begegne – diesem Satan aus dem finstersten Inferno!«

»Mein Unternehmen richtet die Bibliothek des Kardinals ein. Wenn Ihr für mich arbeitet, werdet Ihr als mein Sekretär Briefe an Seine Eminenz verfassen. Es ist nicht ausgeschlossen, dass Ihr ihm hier im Palazzo d'Ascoli begegnen werdet, während er in Florenz ist. Kardinal Vitelleschi sammelt seltene Bücher.«

Der junge Benediktiner nickte schicksalsergeben und wartete auf meine Entscheidung.

Was sollte ich bloß tun? Ich mochte Caedmon und bewunderte die unbeirrbare Entschlossenheit, mit der er sich aus der Gosse emporgekämpft hatte. Sein Schicksal rührte mich. Aber durfte ich ihm vertrauen?

Seit meiner Rückkehr nach Florenz war Tayeb meine rechte Hand, aber in einigen Monaten wollte er nach Timbuktu zurückkehren. Ich brauchte einen Sekretär, der mir Tag und Nacht zur Verfügung stand und im Palazzo wohnte.

»Caedmon, ich würde mich …«

Ein Klopfen unterbrach mich. Tayeb trat ein. »Niketas wartet in deinem Arbeitszimmer auf dich.«

»Sag ihm, er möge sich noch einen Augenblick gedulden. Ich komme gleich.«

Mein Freund nickte und verschwand.

Ich wandte mich wieder dem Benediktinermönch zu.

»Ich würde mich freuen, wenn Ihr nun nach San Miniato zurückkehren würdet, um Eure Sachen zu holen«, lächelte ich. »Tayeb wird Euch nachher den Raum zeigen, der Euch zur Verfügung steht, solange Ihr als mein Sekretär arbeitet. Ich hoffe, Ihr werdet Euch bei uns wohlfühlen!«

»Das werde ich ganz sicher!«, versicherte er mir mit leuchtenden Augen. Er ergriff meine ausgestreckte Hand und küsste sie innig. »Ich danke Euch für Euer Vertrauen!«

Nachdem Caedmon gegangen war, bat ich Tayeb, sich um ihn zu kümmern, da ich in den Abendstunden verhindert war: Cosimo wollte zum Abendessen kommen. Dann ging ich in mein Arbeitszimmer.

Niketas umarmte mich, und wie letzte Nacht am Grab meines Vaters genoss ich seine zärtlichen Liebkosungen. Wir küssten uns mit aller Leidenschaft.

Unser Kuss schmeckte nach Sehnsucht, nach der bittersüßen Erkenntnis, dass wir beide endlich den Menschen gefunden hatten, in dessen Armen wir uns geborgen fühlen konnten – und ihn nicht lieben durften. Er war Priester in alle Ewigkeit. Es gab keine Hoffnung für unsere Liebe.

Seufzend entwand ich mich seiner Umarmung. »Komm, ich zeige dir jetzt das Evangelium!« Ich führte ihn zu meinem Schreibtisch. »Setz dich!«

Still beobachtete er, wie ich den Bücherstapel zur Seite schob und die Rosenholzkassette öffnete, um die vier Fragmente, die ich Luca in Tayebs Silberamulett geschickt hatte, auf dem Schreibtisch auszubreiten. Seine Lippen bewegten sich, als er die verblasste Schrift auf den Papyrusfetzen las. Behutsam nahm er einen nach dem anderen in die Hand und legte ihn zurück. Nachdem er den Spruch vom verachteten Propheten gelesen hatte, sah er auf. »Dieses Evangelium scheint das älteste zu sein. Ich glaube, dass die Szene in der Synagoge von Nazaret aus diesem Logion entstanden ist.«

»Ich bin derselben Meinung.« Ich zeigte ihm Lucas Notizzettel. »Wie auch mein Vater. Siehst du? Er hielt dieses Evangelium für die Niederschrift der ältesten mündlichen Überlieferung.«

Niketas ergriff meine Hand. »Ich bin sehr glücklich, dass ich es sehen darf!«

Meine Hand ruhte sicher und geborgen in der seinen.

»Es gibt vier weitere Logien, die Luca nicht kannte.« Behutsam entzog ich ihm die Hand, holte die vierzehn zerbrochenen Fragmente aus der Schatulle und schob sie auf dem Tisch zusammen. »Ich habe sie vorgestern rekonstruiert, als du mit Eugenius zu Abend gegessen hast. Ich konnte nicht schlafen und habe die ganze Nacht daran gearbeitet.«

Niketas beugte sich über den ersten Spruch. »›Jesus sprach: Selig ist der Mensch, der gelitten hat. Er hat das Leben gefunden.‹« Er blickte auf. »Dieses Logion erinnert mich an die Seligpreisungen der Bergpredigt. Und an einen Spruch Jesu im Evangelium des Matthäus: ›Kommt her zu mir, ihr alle, die ihr kämpft. Ich will euch Ruhe geben‹. Und noch an einen anderen im Jakobus-Brief: ›Selig ist der Mann, der die Versuchung standhaft erträgt. Denn nachdem er sich bewährt hat, wird er die Krone des Lebens empfangen, die Gott denen verheißen hat, die ihn lieben.‹«

Ich lächelte, weil Niketas Jakobus zitierte – als ob er ahnte …

»Was steht auf der Rückseite des Fragments?«

»Die Schrift ist nicht zu lesen, denn die Tinte ist blass und verlaufen.« Ich schob die nächsten Papyrusfetzen zusammen und las vor: »›Jesus sprach: Das Königreich des Vaters ist …‹«

Der Spruch war unvollständig, weil die Tinte auf der Faserstruktur des Papyrus abgeblättert war. Das Logion auf der Rückseite war ebenfalls verloren. Dann fügte ich die letzten Fragmente zusammen, die die beiden längsten Logien bewahrten.

»›Jesus sprach: Ich habe Feuer in die Welt geworfen. Und siehe, ich bewahre es, bis es lodert‹«, murmelte Niketas ergriffen. »Einen ähnlichen Spruch gibt es im Evangelium des Lukas, wo Jesus sagt: ›Ich bin gekommen, Feuer auf die Erde zu werfen. Und wie wünschte ich, es wäre schon entfacht!‹«

Behutsam wendete ich die zerbrochenen Fragmente und fügte sie zum letzten und bedeutendsten Logion zusammen.

»›Die Jünger sprachen zu Jesus …‹«, las Niketas, dann verstummte er. »Allmächtiger Gott!«

Niketas starrte auf die Papyrusfetzen vor sich auf dem Tisch. Seine

Lippen bewegten sich, und ich erahnte ein triumphierendes ›Ich wusste es! Ich hatte Recht!‹.

Mit funkelnden Augen las er vor: »›Die Jünger sprachen zu Jesus: Wir wissen, dass du uns verlassen wirst. Wer wird uns dann führen? Jesus sagte zu ihnen: Wo immer ihr dann sein werdet, geht zu Jakob dem Gerechten, um dessentwillen der Himmel und die Erde entstanden sind.‹« Er strahlte mich an. »Unglaublich!«

»Du weißt, wer Jakob der Gerechte war?«

»Ja.«

»Ich nicht«, gab ich zu und wies auf den Stapel von dicken Folianten auf dem Tisch. »Die halbe Nacht habe ich die Bücher der Kirchenväter gewälzt, um herauszufinden, wen Jesus zu seinem Nachfolger bestimmt hat!«

Niketas lächelte vergnügt. »Und was hast du herausbekommen?«

»Zunächst ist mir aufgefallen, dass dieses Logion eine gewisse Ähnlichkeit mit dem berühmten ›Tu es Petrus …‹ hat, wo Jesus seinen Jünger Petrus zum Fels der Kirche und ersten Papst bestimmt.« Ich holte tief Luft. »Doch hat der Jude Jeschua wirklich eine *Kirche* gegründet?« Ich ergriff eines der Bücher auf meinem Schreibtisch und zeigte Niketas den alten, halb zerfallenen Folianten. »Kennst du dieses Werk?«

Er las den hebräischen Titel auf dem Buchrücken. Bedächtig öffnete er den abgegriffenen Ledereinband, schlug die erste Seite auf und betrachtete das Titelblatt. »Das ist *Der Prüfstein* von Rabbi Shemtov Ibn Shaprut. Vor rund sechzig Jahren hat er das Buch in Spanien verfasst«, staunte Niketas, während er durch die eng beschriebenen Seiten blätterte. »Die Kirche verbrennt dieses Buch, weil es häretisch ist. Es gibt nur ganz wenige Exemplare. Du lieber Himmel, welche kostbaren Schätze bewahrst du noch in deiner Bibliothek?«

»Lass dir viel Zeit, das herauszufinden!«, neckte ich ihn.

»Mach ich!«, versprach er lächelnd. »Darf ich es lesen?«

»Wenn du möchtest.« Ich beobachtete, wie er über die tintengewellten Seiten strich. »Woher kennst du dieses Buch?«

»Rabbi Aviram hat es vor Jahren erwähnt, als ich ihn fragte, warum die Christen uns Juden als ›Christusmörder‹ und ›Feinde Gottes‹ beschimpfen. Ich wusste doch nicht, wer jener Christus gewesen war, dessen geschundenen Leichnam die Gojim in ihren Kirchen anbeteten! Mein Vater erzählte mir dann die Geschichte von Jesu Kreuzigung und Tod und erwähnte auch dieses Buch, das er sehr gern gelesen hätte.«

»Was weißt du darüber?«

»Rabbi Shemtov hat es nach einer Disputation mit Kardinal Pedro de Luna geschrieben, dem späteren Gegenpapst Benedikt XIII., den dein Vater in Konstanz abgesetzt hat. *Der Prüfstein* ist eine Art Handbuch für jüdisch-christliche Glaubensdisputationen zwischen Rabbinen wie Shemtov Ibn Shaprut und christlichen Theologen wie Pedro de Luna. Es ist eine Verteidigung des jüdischen Glaubens mit christlichen Waffen. Dieses Buch soll jenes hebräische Evangelium enthalten, das die Kirchenväter in ihren Schriften erwähnen.«

»Das stimmt!« Ich schlug das zwölfte Kapitel des *Prüfsteins* auf und zeigte es ihm.

»Das Evangelium des Mattitjahu!«, staunte er, als er die ersten hebräischen Zeilen überflog. »Dann ist es also wahr, was die Kirchenväter geschrieben haben! Dieses seit der Antike verschollene Evangelium existiert wirklich!«

Ich nickte ernst. »Du hältst es in deinen Händen!«

Behutsam blätterte Niketas durch Shemtovs Evangelium. »Glaubst du, dass es echt ist?«, fragte er schließlich. »Ich meine: Rabbi Shemtov könnte den griechischen Evangelientext des Matthäus lediglich ins Hebräische übersetzt haben.«

»Es ist echt«, versicherte ich ihm. »Vittorino war ein Rabbi, bevor er konvertierte. Er hat sich eingehend mit dem Text beschäftigt. Er ist überzeugt, dass Shemtov Ibn Shaprut *nicht* der Verfasser dieses hebräischen Evangeliums ist. Es ist echt.«

»Wie viele Abweichungen vom griechischen Text gibt es?«

»Ich habe sie nicht gezählt, es sind zu viele«, gestand ich und schlug das Evangelium auf. »Die bedeutendste Sinnverschiebung findest du in den berühmten Worten der Kirchengründung ›Tu es Petrus …‹.« Ich wies auf die Textstelle: »Lies selbst!«

Niketas zog das Buch zu sich heran. »›Du bist ein Stein. Und auf dir will ich mein Haus des Gebets bauen‹«, übersetzte er den hebräischen Text. »Da steht wirklich Bet Tefilla, Haus des Gebets! Rabbi Jeschua wollte eine Synagoge errichten – keine Kirche!«

»So ist es«, nickte ich, schloss das Buch und schob den *Prüfstein* auf die andere Seite des Schreibtischs. »Was uns zu unserem Logion zurückführt. Und zur Frage: Wer ist dieser Jakob, den Jesus zu seinem Nachfolger bestimmte?«

»Und?«

»Jakob ist Jesu Bruder.«

Niketas nickte still.

»Der Herrenbruder Jakobus war der erste Führer der nazoräischen Gemeinde von Jerusalem. Er, und nicht Petrus, war …«

Niketas

Kapitel 16

»… der erste Papst«, ergänzte ich. »Der vergessene Papst.«

Alessandra nickte. »Und du hast es die ganze Zeit gewusst?«

»Die Schriften der Kirchenväter lassen daran keinen Zweifel. Jakobus war der erste Bischof von Jerusalem, von Christen und Juden gleichermaßen hoch geschätzt. Selbst Paulus gibt zu, dass Jesu Bruder der Führer der christlichen ›Kirche‹ war. Zu seiner Zeit waren die Gemeinden von Antiochia, Ephesos, Korinth oder Rom neben Jerusalem noch unbedeutend und Jakobus als Oberhaupt Gehorsam schuldig. Jerusalem war der Ort, an dem Jesus gekreuzigt worden war. Auf dem Ölberg wurde der Messias in allernächster Zeit zurückerwartet.«

»Jakobus war also das Oberhaupt der Christenheit – der erste Papst mit einem gerechtfertigten Primatsanspruch über alle anderen Bischöfe.«

»So ist es. Der Kirchenvater Eusebius stellte Jakobus' Primat nicht infrage, obwohl die führende Rolle von Jesu Brüdern bereits durch die Evangelisten geleugnet worden war. Lukas, ein Freund von Paulus, erwähnte Jakobus in seinem Evangelium mit keinem Wort. Und in der Apostelgeschichte nennt er nur äußerst widerwillig seinen Namen – ohne den Ehrentitel ›der Gerechte‹ und ohne zu bekennen, *wer* er war und *was* er war: Jakobus der Herrenbruder, der Führer der Gemeinde.«

»Und im Zuge der Vergöttlichung Jesu wurden seine menschlichen, seine jüdischen Brüder zum Ärgernis, das von den Kirchenvätern beseitigt werden musste. Sie erklärten sie zu Cousins oder …«

Sie verstummte, als es klopfte.

Fra Serafino steckte den Kopf herein. »Bitte verzeiht die Störung. Aber Seine Seligkeit hat Besuch!« Mit einem Lächeln wich er zur Seite und ließ den Mann, der hinter ihm gestanden hatte, eintreten.

Ich sprang auf. »Natanael!«

Mein Bruder umarmte mich. »Ich freue mich, dich zu sehen! Wie geht es dir?«

»Es geht mir gut. Wolltest du nicht erst in einigen Tagen nach Florenz kommen?«

»Basilios hat beschlossen, den Patriarchen zu begleiten. Aber der ist so gebrechlich, dass er die Reise über die verschneiten Berge nicht überstehen kann. Joseph wird also erst in zwei Wochen aufbrechen. Da ich nicht so lange warten wollte, habe ich mich dem Gefolge des Metropoliten von Kiew angeschlossen. Die Stimmung in Ferrara ist … nun ja …«

»Was ist geschehen?«

Mein Bruder zupfte an dem aufgestickten gelben Judenkreis auf seiner Kleidung. »Ich bin angegriffen worden.«

»Ich werde den Papst um einen Dispens bitten. Du musst dieses demütigende Abzeichen nicht länger …«

»Nein, Niketas! Ich bete zum Allmächtigen, dass das Konzil nun bald beendet sein wird und wir endlich nach Hause zurückkehren können.«

Ich führte ihn zu Alessandra, die sich bei seinem Eintreten erhoben hatte. »Darf ich dir meinen Bruder vorstellen? Natanael, das ist Alessandra.«

»Sei herzlich willkommen, Natanael!« Sie küsste ihn auf beide Wangen.

Mein Bruder war gerührt von ihrer Herzlichkeit. »Als ich vor einer Stunde in San Marco nach Niketas fragte, hat mich Fra Serafino empfangen. Er sagte mir, dass ich ihn bei Euch … bei dir finden würde. Er zeigte mir das Grab deines Vaters. Es tut mir sehr leid.«

Alessandra nickte stumm.

Ich legte meinem Bruder die Hand auf die Schulter. »Setz dich zu uns, Natanael. Wir sprachen gerade über Jakobus.«

Alessandras Blick irrte zu den Fragmenten, die sie bei seinem Eintreten unter Ibn Shapruts *Prüfstein* verborgen hatte.

»Hieronymus berichtete von Jakobus als erstem Bischof von Jerusalem und als einem Heiligen, der zeit seines Lebens tugendhaft und keusch lebte«, fuhr ich fort. »Hieronymus betonte seinen unerschütterlichen Glauben und seine unvergleichliche Weisheit. Sein Ansehen beim Volk sei so groß gewesen, dass die Menschen ehrfürchtig die langen Merkfäden seines Tallit, seines Gebetsmantels, berührten.«

Natanael lehnte sich auf seinem Stuhl zurück und nickte. »Und auch Epiphanius nannte Jakobus den ersten Bischof von Jerusalem, wobei er dessen Macht nicht auf die Heilige Stadt beschränkt sah. Er schrieb, dass Jakobus der Erste war, dem Jesus seinen Thron auf Erden anvertraute. Epiphanius bezeichnete Jakobus als frommen Gläubigen, der viel betete, als Gerechten, der die Gebote der Tora hielt. Nach Jakobus' Märtyrertod im Jahr 62 folgte ihm sein Cousin Simeon nach, der unter Kaiser Trajan gekreuzigt wurde. Jesu Verwandte, eine Dynastie von religiösen Führern, starben als Märtyrer für ihren messianischen judenchristlichen Glauben.«

»Du kennst dich gut aus in der Geschichte dieser Familie«, meinte Alessandra.

Mein Bruder hielt ihrem Blick stand. »Ein bisschen.«

Bevor Alessandra jene Frage stellte, die er nicht beantworten wollte, erhob ich mich. »Natanael, du musst müde sein von der langen Reise. Was hältst du davon, wenn wir nach San Marco zurückkehren, unsere Sachen holen und den Palazzo beziehen, den Cosimo Basilios und mir als Residenz zugewiesen hat? Alessandra, bitte entschuldige: Es ist schon spät. Und du erwartest Cosimo zum Abendessen. Dürfen Natanael und ich morgen wiederkommen?«

Ich sah ihr ihre Entäuschung an. »Ihr habt gewiss viel zu besprechen. Ich würde mich freuen, wenn wir morgen nach dem Empfang für den Metropoliten von Kiew weiterreden könnten.«

Ich umarmte sie. »Kali nichta!«

»Dir auch eine gute Nacht!« Sie küsste mich zärtlich. »Bis morgen!« In ihrem Blick lagen Sehnsucht und Begehren. Als sie meinen leidenschaftlichen Kuss erwiderte, verwuschelte sie spielerisch mein Haar. »Ich liebe dich!«

»Es ist schön, dich so glücklich zu sehen«, bekannte Natanael, nachdem Floriano das Portal des Palazzo d'Ascoli hinter uns geschlossen hatte. »Du liebst sie von ganzem Herzen. Und sie liebt dich. Wie innig ihr euch geküsst habt! Du glaubst ja nicht, wie froh ich bin, dass sie dich zum Leben und zum Lieben verführt hat! Ich wünsche euch beiden alles Glück dieser Welt!«

»Danke, Natanael«, erwiderte ich gerührt.

»Sag mal, Niketas, habt ihr …?«

»Nein.«

»Begehrst du sie denn nicht?«

»Doch«, gestand ich. »Ich träume nachts von ihr. Es sind Träume voller Sinnlichkeit und ekstatischer Leidenschaft, die ich Basilios lieber nicht beichten will.«

»Du lieber Himmel, Niketas! Ich wünschte, du würdest dich endlich auf die Gebote der Tora besinnen und deine sexuelle Enthaltsamkeit aufgeben!«, seufzte er. »Du versündigst dich gegen Gott.«

»Solange ich Mönch und Priester bin, werde ich mein Gelübde nicht brechen.«

Obwohl es mir das Herz zerreißt, weil ich sie nicht lieben darf, fügte ich im Stillen an.

Natanael nickte stumm und drang nicht weiter in mich.

Am Campanile kam uns Caedmon of Canterbury entgegen, der ein verschnürtes Bündel über der Schulter trug. Er sank vor mir auf die Knie und küsste meine Hand.

»Bitte steht auf, Bruder Caedmon!«

»Es würde mir viel bedeuten, wenn Ihr mir Euren Segen gebt!«, bat er mich, und ich entsprach seinem Wunsch.

Mit einem irritierten Blick auf den Juden an meiner Seite erhob er sich. »Evcharistó, Kyrie«, murmelte er. »Kali nichta.«

Ich sah ihm nach, während er auf das Portal zuschritt und von Floriano, der ihn offenbar erwartet hatte, eingelassen wurde.

»Wer ist das?«, fragte Natanael.

»Ein Benediktiner, der mich vor einigen Tagen durch die Straßen von Florenz verfolgt hat.«

»Und was will er von dir?«

»Keine Ahnung. Als er mir nachlief, glaubte ich, Demetrios hätte ihn geschickt, mich zu ermorden.«

»Das würde ich deinem intriganten Bruder ohne weiteres zutrauen. Nach deiner Abreise hat er sich ein neues Opfer gesucht.«

»Dich?«

Natanael schüttelte den Kopf. »Sophia.«

»O nein!«, stöhnte ich.

»Demetrios beschuldigt deine ehemalige Verlobte, nicht nur die Geliebte des Kaisers zu sein, sondern sich auch hin und wieder in deinem Bett zu vergnügen. Er fürchtet, der Basileus könnte mit ihr endlich den ersehnten Thronerben zeugen. Und was tut dieser intrigante Möchtegern-Kaiser? Er streut das Gerücht aus, dass ein Kind, das Sophia ihrem Geliebten schenken könnte, doch nur *von dir* stammen könne. Denn der Basileus hat sich in den Betten seiner drei Basilissas bisher vergeblich bemüht, einen Sohn zu zeugen.«

»Wie geht es Sophia?«

»Sie ist in Tränen ausgebrochen, als Demetrios sie während eines Banketts als Ehebrecherin bloßstellte.«

»Und Ioannis?«

»Er hat getobt. Er hofft, Sophia könnte ihm endlich einen Erben schenken. Seine Ehe mit Maria ist die dritte und letzte. Der Patriarch wird ihm niemals gestatten, ein viertes Mal zu heiraten. Demetrios' Bemerkung hat ihn zutiefst gedemütigt, weil sein Bruder ihn damit als impotent bezeichnet hat.«

»Und dann?«

»Demetrios hat urbi et orbi verkündet, *er* würde sich niemals einem römischen Papst unterwerfen, einem Häretiker gegen den wahren Glauben Jesu Christi. Die Verbrüderung mit den Schismatikern in Rom sei Verrat an der Orthodoxie. Die Einführung der lateinischen Liturgie in griechischen Kirchen sei eine frevelhafte Missachtung des antiken hellenistischen Erbes der Kirche!

Nach fast einem Jahr der Streitereien im Konzil sind alle, die nicht bereits gegen den Willen des Kaisers abgereist sind, verbittert und enttäuscht. Der sonst so ruhige und besonnene Basilios sprüht Funken des Zorns, wenn er dem Bischof von Ferrara begegnet, weil der orthodoxe Gottesdienste in seinen Kirchen verbietet.

Mit seiner Rede hat Demetrios alle Metropoliten und Erzbischöfe, die noch immer gegen die Kirchenunion sind, auf seine Seite gezogen – allen voran Markos Eugenikos. Wenn Demetrios seinen Bruder stürzt, hat er etliche einflussreiche Metropoliten hinter sich. Und ein paar deiner Bischöfe.«

»Allmächtiger Gott!«

Und in Athen drohte ein Aufstand der Gläubigen!

»Basilios hat stundenlang auf den Kaiser eingeredet, um ihn davon abzuhalten, Demetrios wegen Hochverrats zu verurteilen.«

»Und?«

»Ioannis weigert sich, seinen Bruder zu empfangen, um ihm zu vergeben.«

Seit sechzehn Jahren waren Ioannis und Demetrios unversöhnlich zerstritten, seit der Bruder des Basileus überstürzt nach Ungarn an den Hof des Königs und späteren Kaisers Sigismund geflüchtet war, nachdem er mit seinem unstillbaren Ehrgeiz sämtliche Brüder gegen sich aufgebracht hatte. Seit seiner Rückkehr hatte es in der kaiserlichen Familie keinen Frieden mehr gegeben.

Zutiefst besorgt schritt ich mit Natanael durch die von Fackeln beleuchtete Via Larga. Kurz darauf erreichten wir San Marco. Fra Serafino half mir, meine Reisetruhen zu packen, die er und zwei andere Mönche eine halbe Stunde später in meine neue Residenz brachten. Natanael und ich ritten zurück zur Piazza del Duomo und wandten uns am Palazzo d'Ascoli nach rechts in die Straße zur Piazza della Signoria, dann nach links in den Borgo degli Albizzi.

Der Palazzo Albizzi, wo ich während der nächsten Wochen des Konzils mit Basilios und unser beider Gefolge wohnen würde, war dunkel und kalt. Niemand erwartete uns, denn ich hatte angekündigt, dass ich erst nach Basilios' Ankunft hier einziehen würde – also in zwei Wochen.

Während Natanael und ich unsere Truhen auspackten, eilte Fra Serafino in den nur wenige Schritte entfernten Palazzo d'Ascoli und holte zwei Diener, die in unseren Schlafzimmern die Kamine entzünden, die Betten frisch beziehen und für Ordnung sorgen sollten.

Nach einem heißen Bad aßen Natanael und ich vor dem flackernden Kamin zu Abend und sprachen über die Ereignisse der letzten Tage in Ferrara und Florenz. Mein Bruder war sehr still, als ich ihm von meinem Treffen mit dem Papst berichtete und ihm dessen Wunsch offenbarte, ich möge ihm als erstem Pontifex einer vereinigten griechisch-römischen Kirche zur Seite stehen. Traurig fragte er:

»Glaubst du, er wird dich in Rom zum Kardinal ernennen?«

Am nächsten Morgen stand ich neben den Würdenträgern der Republik Florenz auf den Stufen von Santa Maria del Fiore und beobachtete den Einzug des Metropoliten von Kiew.

Schaulustige Florentiner drängten sich in der Via Larga, um seine Gefolgsleute aus dem fernen Russland zu bestaunen, die in einer langen Prozession zur Piazza del Duomo ritten.

Hinter Isidor von Kiew erkannte ich einen dunkelhäutigen Priester im langen Brokatgewand. Er mochte um die achtzig sein. Sein Gesicht wirkte wie aus poliertem Ebenholz geschnitzt. Einer seiner Diakone hielt einen mit Kreuzen bestickten Brokatschirm über seinen Kopf, ein anderer trug ein hohes Prozessionskreuz aus ineinander verwobenen Ornamenten.

»Wer ist das?«, fragte ich Natanael, der neben mir auf den Stufen der Kathedrale die leuchtend bunten Gewänder der Kirchendiener bestaunte.

»Ein hochrangiger äthiopischer Priester. Der ehrwürdige Gebre Christos ist der Abt der Grabeskirche in Jerusalem.«

Nur wenige Schritte von mir entfernt standen Cesarini und Alessandra, die unablässig miteinander tuschelten – und daher nicht bemerkten, dass Isidor dem Kardinal zuwinkte.

Was mochten die beiden besprechen?

Diese Frage beschäftigte offenbar auch Ludovico Scarampo, der die beiden stirnrunzelnd beobachtete.

Nachdem Cosimo als Staatsoberhaupt von Florenz den Metropoliten von Kiew und den Abt der Grabeskirche willkommen geheißen und zu einem Bankett in den Palazzo della Signoria eingeladen hatte, begrüßte ich Isidor, der mir auf den Domstufen entgegenkam.

»Wie schön, Euch zu sehen!«, freute er sich und legte mir vertraulich die Hand auf die Schulter.

Mit seinen fünfzig Jahren war Isidor, ein Grieche aus Thessaloniki, eine Ehrfurcht gebietende Erscheinung. Sein weißes Haar verschwand unter der funkelnden Metropolitenkrone, und sein langer Bart verdeckte beinahe das mit Rubinen besetzte Brustkreuz und die beiden Medaillons mit Ikonen über dem golddurchwirkten, mit Kreuzen bestickten Brokatgewand. »Wie geht es Euch, Bruder Niketas?«

»Der Aufenthalt im Dominikanerkloster hat mir gutgetan.«

»Das freut mich. Ehrlich gesagt, beneide ich Euch, weil Ihr die letzten Tage in Ferrara nicht ertragen musstet. Die Stimmung war … nun ja … kälter als ein Schneesturm in Moskau. Sie war eisig.«

Ich konnte mir denken, was er meinte. Nach seiner Weihe in Konstantinopolis hatte sich Isidor nach Moskau zum Großfürsten Vassili II. begeben, meinem ehemaligen Schwager, um eine russische Delegation für das Unionskonzil zusammenzustellen. Doch der streng orthodoxe Vassili ließ den Metropoliten von Kiew erst abreisen, nachdem Isidor ihm geschworen hatte, sich Eugenius, dem Häretiker auf dem Thron Petri, nicht zu unterwerfen. Von Moskau war er über Riga und Lübeck nach Ferrara gereist, wo er sich trotz seines Versprechens als einer der entschlossensten Verfechter der Kirchenunion hervorgetan hatte.

»Mein Sekretär hat mir von dem Streit zwischen dem Basileus und seinem Bruder erzählt.«

»Ein Eissturm fegte durch den Bankettsaal«, seufzte Isidor und raufte sich den Bart. »Heiliger Basilios! So zornig habe ich Seine Majestät noch nie erlebt! Ich dachte schon, er verurteilt Demetrios wegen Hochverrats zum Tode. Gott sei Dank scheint Euer Freund Bessarion das verhindert zu haben.

Demetrios ist gefährlich! Er hat die Hälfte aller Metropoliten und Erzbischöfe auf seine Seite gezogen. Sollte es ihm gelingen, die Kirchenunion und den Kreuzzug gegen die Türken zu verhindern, wird Sultan Murad ihm die Stufen zum Purpurthron hinaufhelfen. Demetrios als Kaiser von des Sultans Gnaden?« In einer dramatischen Geste hob Isidor beide Hände gen Himmel. »Herr, erbarme Dich unser!«

»Glaubt Ihr noch an die Kirchenunion, Bruder Isidor?«

»Von den niederträchtigen Machenschaften Eures Bruders lasse ich mich nicht beirren, wie es andere Metropoliten tun, die in den letzten Wochen ihre Reisetruhen gepackt haben, um nach Hause zurückzukehren!«, seufzte er. »Jedes Mal, wenn Demetrios' geheimnisvoller Freund Selim meinen Weg kreuzt, schwöre ich mir, mit aller Macht zu verhindern, dass die Fahne des Propheten über Konstantinopolis weht!«

»Und Euer Schwur gegenüber dem russischen Großfürsten?«

Isidor verzog das Gesicht und stöhnte gequält. »Vor kurzem habe ich einen Brief aus Moskau erhalten. Vassili droht, mich wegen Häresie als Metropolit von Kiew abzusetzen, sollte ich es wagen, meinen Namen unter das Unionsdekret zu setzen.«

Ich berichtete ihm von dem drohenden Aufstand in Athen und dem Unmut meiner Bischöfe, die mich als Verräter am orthodoxen Glauben verfluchten.

Er seufzte aus tiefstem Herzen – ihm erging es genauso. »Habt Ihr mit dem Papst gesprochen?«

»Er will die Kirchen vereinigen. Und ich will es auch.«

Er lenkte meine Aufmerksamkeit auf die äthiopischen Mönche aus Jerusalem. »Sollten wir dieses Wunder vollbringen, würden sich vielleicht auch andere Glaubensgemeinschaften der vereinigten Kirche anschließen. Seht Ihr jenen Priester, der gerade mit Cosimo de' Medici spricht?«

Ich wandte mich um und musterte den greisen Würdenträger. Er nickte mir höflich zu, als er meinen Blick bemerkte.

»Der Kaiser von Äthiopien hat den Abt der Grabeskirche als Beobachter zum Konzil entsandt. Erst vor wenigen Tagen kam Gebre Christos mit seinem Gefolge nach Ferrara. Stellt Euch vor, Bruder Niketas: Wenn wir die Union zustande bringen, werden sich uns vielleicht die äthiopische, die syrische, die armenische und die koptische Kirche anschließen! Welch eine großartige Vision: Die gesamte Christenheit vereint in *einem* Glauben!«

»Jesus heißt auf Hebräisch ›Gott errettet‹.« Es war Nachmittag. Nach dem Empfang für Isidor waren Natanael und ich in den Palazzo Albizzi zurückgekehrt.

»Und das hebräische Wort Jeschua bedeutet: die Erlösung«, erwiderte Alessandra, die angespannt auf dem Sessel hinter ihrem Schreibtisch saß. Aufgewühlt spielte sie mit einer Schreibfeder und zerknickte sie fast.

Was war geschehen? War Cesarini schuld an ihrer Unruhe? Oder hatte das lange Gespräch mit Cosimo gestern Abend sie so aufgewühlt? Und wieder fragte ich mich: Was empfanden Alessandra und Cosimo füreinander – enge Freundschaft? Oder Liebe?

»In deinem Buch hast du Paulus als Begründer des Christentums, dem Kult des Gottessohnes Jesus Christus, bezeichnet. Und als Erfinder der Erlösungstheologie.«

Ich lehnte mich auf meinem Sitz zurück und nickte.

»Und was glaubte Jakobus?«, fragte Alessandra. »Er kannte seinen Bruder besser als alle anderen.«

Natanael, der in Ibn Shapruts *Prüfstein* geblättert hatte, schloss das Buch. »Für Jakobus war Jesus ein von Gott berufener Mensch. Der von Moses verkündete Prophet. Ein Heiliger und Gerechter. Ein gesalbter König Israels. Kein Gottessohn!

Weder Jesus noch sein Bruder Jakobus begründeten einen neuen Glauben oder gar die Kirche als Priesterherrschaft. Die Nazoräer waren orthodoxe Juden, die den Pharisäern nahestanden. Sie nannten sich ›Wahrer des Bundes‹ – gemeint ist der Bund mit Gott. Sie achteten die Gebote der Tora, aßen koscher, hielten den Sabbat, ließen ihre Söhne beschneiden, schlachteten an Pessach ihr Opferlamm und büßten an Jom Kippur ihre Sünden.

Sie glaubten, dass Jesus der von Gott gesandte Messias war. Der gesalbte König, der Israel von der römischen Knechtschaft befreit, die Römer besiegt und aus dem Heiligen Land vertreibt. Der König einer heiligen Nation, die am Ende aller Tage den anderen Völkern durch Beachtung des Gottesgesetzes der Tora ein leuchtendes Vorbild sein sollte. Im messianischen Zeitalter, das nach Ansicht von Jesus und Jakobus unmittelbar bevorstand, würden die Heiden von den Juden das Gottesgesetz übernehmen.«

Natanael grinste verschmitzt.

»Wir Juden glauben, dass Jesus ein Messias war, ein gesalbter König, aber eben nicht *der* Messias. Denn er starb am römischen Kreuz, bevor er seine Aufgabe als gottgesandter König erfüllen konnte. Andererseits hat der Glaube an Jesus Christus die heidnischen Völker zum Glauben Jesu Christi an den jüdischen Gott gebracht, und an das Gesetz der Tora, die zehn Gebote und die Bergpredigt. Ist er nun gescheitert oder nicht?«

»Natanael hat Recht«, nahm ich den Faden auf. »Damals erweckte die messianische Sekte der Nazoräer die Hoffnungen vieler Heiden, die sich zum Judentum bekehrten. Doch durfte ein Heide den nazoräischen Glauben leben und auf die Wiederkehr des Messias hoffen, *ohne* sich dem Ritual der Beschneidung zu unterwerfen? Sprich: Jude zu werden, ohne dem Gottesbund beizutreten, ohne das Gesetz der Tora zu achten? Jakobus, dem strenggläubigen ›Wahrer des Bundes‹, schien dies unmöglich – Paulus, dem Juden aus der römisch-hellenistischen Diaspora, jedoch nicht. Und daraus entstand das allererste Schisma der Christenheit. Die Trennung in nazoräische Juden unter der Führung von Jakobus und Heiden, die von Paulus in *seinem* Glauben unterwiesen wurden: zwischen Judenchristen und Heidenchristen.«

»Und in der Frage der Einhaltung des jüdischen Gesetzes gerieten Petrus und Paulus so erbittert aneinander, dass Jakobus zwischen den beiden vermitteln musste«, ergänzte Natanael.

»Was war geschehen?«, fragte Alessandra bestürzt.

»Nach einem Aufruhr in der Gemeinde von Antiochia, wo Paulus die jüdischen Apostel beschimpfte und sein ›anderes Evangelium‹ verkündete, das Gott selbst ihm offenbart habe, zitierte Jakobus ihn nach Jerusalem, damit er sich rechtfertigte. Bei diesem Treffen, dem sogenannten Apostelkonzil von Jerusalem, das Ende der vierziger Jahre stattfand, unterwarf sich Paulus, wie er selbst im Galaterbrief schrieb, ›auch nicht für eine Stunde‹. Es ging um die Frage, ob Heiden, die sich zu Jesus bekennen wollten, zum Judentum konvertieren mussten.

Alessandra, stell dir Paulus' Auftritt vor Jakobus vor! Paulus verkündet, Gott selbst habe ihm in einer gnostischen Vision Seinen Sohn Jesus Christus offenbart, damit er das Evangelium den Heiden bringe. Und er bekundet, sein Evangelium nicht von Petrus erhalten zu haben, den er nach seinem dreijährigen Wüstenaufenthalt in Jerusalem besucht hatte, sondern von Gott.

Mit dieser infamen Behauptung stellt er sich über alle anderen Apostel – und über Jakobus und Simon, Judas und Joseph, die Brüder, die Jesus nach Jerusalem begleitet und unter dem Kreuz um ihren Bruder geweint hatten.«

Alessandra nickte nachdenklich. »Wie sehr mussten Jesu Brüder Paulus verachten!«, spann sie den Faden weiter. »In ihren Augen war er ein Häretiker, der zudem aller Welt verkündete, Jakobus als Führer der Nazoräer keine Rechenschaft schuldig zu sein. Die Vorwürfe der Brüder gegen Paulus sind aus seinen eigenen Briefen ersichtlich: Er predige ein anderes Evangelium, verdrehe das Wort Gottes und maße sich zu Unrecht das Apostelamt an. Wie oft beteuert Paulus in seinen Episteln, er lüge nicht. Und wie oft schleudert er den Führern in Jerusalem seine Beleidigungen entgegen und nennt sie ›Lügenapostel‹ und ›Satansdiener‹.«

»So ist es«, nickte Natanael. »Doch Jakobus ließ sich nicht beirren. Obwohl er Paulus' Mission missbilligte, wollte er die Einheit der Nazoräer aufrechterhalten und war während des Apostelkonzils bereit, dafür Opfer zu bringen. Ohne Jakobus' Zustimmung zur Heidenmission, die er Paulus nur schweren Herzens gegeben hatte, wäre es nie zu jener Übereinkunft gekommen.

Jakobus hätte auf der strikten Einhaltung der Gebote und der Beschneidung der Heiden bestehen können, denn die judenchristliche Gemeinde in Jerusalem war auf die neu konvertierten Heidenchristen nicht angewiesen. Ganz im Gegenteil: Die Heidenchristen, die sich nicht an alle Gebote der Tora hielten, brachten ihn selbst und seine ›Wahrer des Bundes‹ in den Verdacht der Häresie – was dann Jahrzehnte später zur Trennung von Judentum und Christentum führte, zum Ausschluss aus den Synagogen und zu den Bannflüchen der Rabbinen.

Jakobus reichte Paulus die Hand zum Bund, da er, der Führer der ›Christenheit‹ in aller Welt, den Frieden nicht gefährden wollte. Und so endete jenes Konzil von Jerusalem mit dem ersten Schisma: Petrus missionierte die Juden und Paulus die Heiden, die sich, Jakobus' Dekret gehorchend, nur einem Teil der jüdischen Speisegebote unterwerfen mussten. In Antiochia kam es dann erneut zum Streit zwischen Judenchristen und Heidenchristen und damit zum endgültigen Zerwürfnis zwischen Petrus und Paulus.«

»So viel zu den beiden Aposteln, die angeblich die Fackel des Glaubens ins heidnische Rom trugen und dort Seite an Seite als Märtyrer starben«, merkte Alessandra zynisch an.

Natanael nickte. »Eine schöne Legende. Nur leider nicht wahr.«

Alessandra sah meinem Bruder fest in die Augen. »Du bist sehr vertraut mit der Geschichte des Frühchristentums.«

»Ja.«

»Wieso?«, setzte sie nach. »Wie kommst du als gläubiger Jude dazu, dich damit zu beschäftigen?«

»Meine Vorfahren gehörten zu jener Dynastie, die Jesus gegründet hatte, einer Dynastie von jüdischen Päpsten, die Jakobus als Führer der Nazoräer nachfolgten.«

Ungläubig starrte sie ihn an.

Natanael erhob sich, ergriff Eusebius' Kirchengeschichte, schlug den Folianten auf und reichte ihn Alessandra. »Lies!«

»›Auf Befehl des Kaisers Domitian, die Nachkommen Davids hinzurichten, sollen einem alten Bericht zufolge einige Häretiker die Nachkommen des Judas, eines leiblichen Bruders unseres Erlösers, angezeigt haben: Sie entstammten dem Geschlecht Davids und seien mit Christus selbst verwandt.‹« Sie blickte auf. »Kaiser Domitian war der Bruder und Nachfolger von Titus, der den Tempel von Jerusalem zerstörte. Er gab den Befehl, die Blutlinie Davids auszulöschen?«

Ihr Finger glitt am Seitenrand entlang, während sie nun die nächsten Zeilen überflog.

»Domitian befragte die beiden Enkel über die Wiederkehr des Christus, ließ sie dann frei und befahl, die Verfolgung der Kirche einzustellen«, fasste sie zusammen. »Eusebius schreibt weiter: ›Da sie Verwandte des Herrn waren, erhielten sie nach der Freilassung führende Stellungen in der Kirche.‹«

»Es gibt andere Quellen, die Sacharja und Jakob, so hießen die beiden, nicht als Enkel, sondern als Söhne von Judas bezeichnen«, offenbarte Natanael. »Und Sacharja hatte einen Sohn, der einen Sohn hatte, der wiederum einen Sohn hatte, und so weiter, bis hin zu Solomon, dessen Sohn Aviram war – mein Vater.«

»Gott im Himmel! Du bist ein Nachkomme von …«

»… Jesu Bruder Judas.«

Sie starrte ihn an und wusste erst nicht, was sie sagen sollte.

»Du erstaunst mich, Natanael! Nach allem, was deiner Familie im Lauf der Jahrhunderte durch die Kirche angetan worden ist, arbeitest du trotzdem als Niketas' Sekretär und hast ihn nach Ferrara begleitet. Wieso?«

»Ich trage eine Verantwortung, die ich nicht leugnen kann. Denn im Namen Jesu Christi sind wir Juden jahrhundertelang verfolgt worden, haben Inquisitionsprozesse erduldet, blutige Massaker, Glaubensdisputationen, Bücherverbrennungen, Demütigungen, Folter und Mord. Ich will alles tun, was in meiner Macht steht, damit dieses Leid gesühnt wird. Damit die Trauernden getröstet werden und die Verzweifelten Glaube, Hoffnung und Liebe wiederfinden. Damit Juden und Christen endlich wie Brüder leben können.

Ich glaube, dass die beiden Kirchen vereinigt werden können.

Doch diese Kirchenunion, so schwierig sie auch scheint, ist für mich nur der erste Schritt auf dem langen Weg einer Annäherung von zwei einander entfremdeten Brüdern, einem christlichen und einem jüdischen, die zu demselben Gott beten, dem Gott der Tora. Wenn sich die Christen auf Rabbi Jeschua besinnen, der als frommer Jude an jedem Sabbat in der Synagoge betete, dann werden die jüdischen Brüder die zum Bund gereichte Hand nicht ausschlagen. Die Brüder mögen sich noch hassen und verachten, doch sie sind einander nicht *verloren.*«

Alessandra hob die Augenbrauen und nickte bewegt. »Eine wahrhaft messianische Vision!«

»Ich bin nicht der Messias«, erwiderte Natanael ernst. »Wir Juden kennen eine Geschichte von einem jüdischen Messias, der unerkannt unter den Kranken und Bettlern vor den Toren Roms lebt. Er wartet, bis jeder von uns die Gebote hält, die Gott uns gegeben hat. Er wartet, dass wir alle – Juden *und* Gojim – ihm helfen, die Welt zu erretten aus Hunger, Armut, Verzweiflung, Verfolgung und Gewalt. Wenn wir dem Messias nicht den Weg bereiten, wenn wir Gottes Gebote nicht in unseren Herzen bewahren, wenn wir nicht entsprechend *handeln,* wird jener ersehnte Gottgesandte, sei er Elija oder Jesus, niemals kommen, um uns zu erlösen.

Nein, Alessandra, ich bin nicht der Messias. Ich bin nur ein Mensch, der die Hoffnung nicht aufgibt, durch sein Handeln etwas zu bewirken«, bekannte Natanael und ergriff meine Hand. »Und ich bin sehr glücklich, dass mein Bruder Niketas so fest an mich glaubt.«

Alessandra zögerte einen Herzschlag lang. Doch dann erhob sie sich, öffnete die Rosenholzkassette und nahm die Papyrusfragmente heraus.

»Natanael, ich würde dir gern etwas zeigen …«

ꟿ Alessandra ꟿ

Kapitel 17

Ruhelos drehte ich mich auf die andere Seite und zog fröstelnd die Bettdecke höher. Das Kaminfeuer war schon vor Stunden erloschen. Es war kalt in meinem Schlafzimmer. Nach dem Bankett im Palazzo della Signoria hatte ich mich stundenlang im Bett gewälzt.

Das Gespräch mit Cosimo am Abend zuvor hatte mich beunruhigt. Der Podestà, der den Mord an Luca untersuchte, hatte ihm mitgeteilt, dass er noch immer nicht wisse, wer meinen Vater ermordet habe. Die Ermittler, die Cosimo nach Ferrara entsandt hatte, waren noch nicht zurückgekehrt. Er bezweifelte, dass sie Lucas Mörder finden würden, und ich teilte seine Bedenken. Der weiße Mönch war in Florenz.

»Du musst Seiner Heiligkeit vertrauen!«, hatte mir Cosimo geraten. »Eugenius war bestürzt über deine Vermutung, ein Dominikaner könnte Luca ermordet haben. Und hat er dir nicht versprochen, er werde alles in seiner Macht Stehende tun, um dir zu helfen? Er hat an den Patriarchen Philotheos geschrieben. Er hat den Abt von Montecassino rufen lassen, damit du ihn zu Caedmon befragen konntest. Er hat die Bulle der Aufhebung von Lucas Exkommunikation von Scarampo verfassen lassen, damit du seine Handschrift mit der auf dem Mordauftrag vergleichen konntest. Wäre er überzeugt gewesen, dass Scarampo hinter dem Mord an Luca steckt, hätte er damit seinen engsten Vertrauten ans Messer geliefert. Die Blutrache der Colonna wäre fürchterlich. Vertrau dem Papst, so wie er dir vertraut!«

Seufzend wälzte ich mich auf die andere Seite.

Mein Gespräch mit Cesarini während des Empfangs für Isidor hatte mich nicht beruhigt. Ich hatte ihm anvertraut, dass jener Dominikaner, der mich während Lucas Begräbnis getröstet hatte, Kardinal Colonna gewesen war. Er war bestürzt, als ich ihm von dem Attentat auf meinen Cousin berichtete. Und entsetzt, als ich vermutete, dass Vitelleschi die gestohlenen Briefe kannte.

»Heilige Jungfrau! Wenn Vitelleschi weiß, dass Kardinal Colonna Euren Vater überreden wollte, sich in Basel zum Gegenpapst wählen zu lassen, dann muss er annehmen, dass auch ich von diesem geheimen Treffen wusste, mich sogar an dieser Verschwörung beteiligen wollte!«

»Ihr seid in Lebensgefahr!«

»So wie Ihr, Alessandra.« Cesarini hatte zum Patriarchen von Aquileia hinübergeblickt, der wenige Schritte neben Niketas und Natanael stand. »Scarampo beobachtet seit einer Weile, wie wir miteinander tuscheln. Heute Abend während des Empfangs werden wir vermutlich keine Gelegenheit zu einem vertraulichen Gespräch haben. Wollt Ihr morgen zum Abendessen kommen?«

»Sehr gern.«

Und dann Cosimos Frage während des Banketts!

»Sag mal, Alessandra, wieso ist Luca eigentlich nach seiner Rückkehr aus Neapel nach Ferrara aufgebrochen, um sich nach all den Jahren mit dem Papst zu versöhnen?«

Ich konnte ihm nicht von dem Evangelium erzählen! Andererseits: Niketas und Natanael hatte ich es auch gezeigt …

Stöhnend warf ich mich auf die andere Seite des Bettes und zerrte ruhelos an der Decke.

Ein dumpfer Schlag!

Es klang, als wäre ein Buch zu Boden gefallen.

Erschrocken setzte ich mich auf, hielt den Atem an und lauschte.

Tiefe Stille.

Im Palazzo schliefen alle. Caedmon hatte sich mit einem Buch in seine Kammer zurückgezogen, um noch ein paar Seiten zu lesen. Er war müde gewesen – den ganzen Tag hatte er die Beileidsschreiben beantwortet, die seit Lucas Todestag am Portal des Palastes gehangen hatten. Tayeb schlief vermutlich längst.

Ich horchte in die Stille, aber alles blieb ruhig. Und so ließ ich mich seufzend zurücksinken, umarmte das Kissen neben mir, schloss die Augen und stellte mir vor, Niketas läge neben mir im Bett. Wir würden einander zärtlich liebkosen und küssen, wie in jener Nacht, als er in meinem Bett geschlafen hatte. Und dann würden wir uns umarmen und leidenschaftlich lieben …

Da war es wieder!

Ich fuhr hoch und lauschte.

Schritte in meinem Arbeitszimmer! Aber die Tür war doch abgeschlossen …

Mein Herz raste. Mit zitternden Fingern tastete ich nach dem Schlüssel unter meinem Kopfkissen. Da war er.

Und doch: Es war jemand in dem verschlossenen Raum!

Mit einem Satz sprang ich aus dem Bett, warf mir ein Nachtgewand über, zog meinen Dolch und huschte zur Tür meines Schlafgemachs, die ich lautlos öffnete.

Der Gang vor mir lag in tiefer Finsternis. Kein Lichtschimmer unter der Tür meines Arbeitszimmers. Wer auch immer den Raum durchwühlte, hatte keine Kerze angezündet.

Wusste der Eindringling, wonach er suchte?

Ich schob den Schlüssel ins Schloss und drehte ihn um. Er quietschte leise. Ich hob den Dolch und stieß die Tür mit solcher Wucht auf, dass sie krachend gegen die Wand prallte.

Ein Schatten – am Fenster!

Der weiße Mönch!

Der Dominikaner hatte die Kapuze seines Skapuliers über den Kopf gezogen, sodass ich sein Gesicht nicht erkennen konnte. Er ließ Ibn Shapruts *Prüfstein* fallen, den er im Licht des Vollmonds durchgeblättert hatte, und floh zum offenen Fenster.

»Tayeb!«, schrie ich und drohte mit der Klinge.

Der Dominikaner wich zurück.

»Tayeb!«

Geschwind kletterte Lucas Mörder auf den schmalen Sims vor dem Fenster und kroch in Richtung von Lucas Gemächern.

Ich folgte ihm.

Er war nicht weit entfernt. Zwei, drei, vier Schritte den Sims entlang, dann hatte ich ihn eingeholt. Ich stach mit dem Dolch auf ihn ein, doch er wehrte den Angriff ab und traf mich mit der Faust an der Schulter. Ich taumelte – beinahe wäre ich in die Tiefe gestürzt!

Er wollte entkommen, doch ich schnellte vor, packte ihn am weiten Ärmel seines Habits und riss ihn mit aller Kraft zurück. Auf dem vereisten Vorsprung glitt er aus und musste sich mit beiden Händen festhalten, um nicht in die Tiefe zu stürzen.

Keuchend rangen wir miteinander, als Tayeb am Fenster erschien. »Komm zurück! Das ist viel zu gefährlich!«

Da entwand sich mir der Mönch und schlich den schmalen Sims entlang. Doch statt auf das Dach des Pferdestalls und von dort auf die Straße zu springen, versuchte er auf das Dach des Palazzos zu klettern.

»Hol Caedmon, Alexios und Tito, und lass das Tor öffnen!«, befahl ich Tayeb.

Dann hetzte ich dem fliehenden Dominikaner nach, erwischte seinen Habit und versuchte ihn erneut in die Tiefe zu stoßen. Doch er trat nach mir und traf mich schmerzhaft ins Gesicht. Ich ließ von ihm ab und hielt mich mit beiden Händen an der Palastfassade fest. Blut rann über meine Wange.

Ich sah zu ihm hoch: Als er den Kopf zurückwarf, um sich auf das Dach zu ziehen, glitt die Kapuze von seinem Haar. Doch sein Gesicht lag im Schatten.

Dann war er verschwunden.

Kurz entschlossen steckte ich den Dolch ein und kletterte ihm nach. Heiß brannte der Zorn in mir – die eisige Kälte der Nacht spürte ich nicht.

Als ich auf Knien über die vereisten Dachziegel rutschte und aufsprang, war Lucas Mörder vier, fünf, sechs Schritte entfernt. Er rannte über das Dach in Richtung des alten Geschlechterturms. Ich stolperte ihm hinterher. Das Dach meines Palazzos war leicht geneigt, und die Dachziegel waren rutschig. Daher glitt ich mehrmals aus, als ich dem Mönch zum Wehrturm folgte.

Wo, zum Teufel, war er?

Im hellen Mondlicht sah ich ihn: Über eine schmale Gasse hinweg war er auf das tiefer gelegene Dach des benachbarten Hauses gesprungen und hastete nun in Richtung Süden.

Entschlossen setzte ich ihm nach, blickte hinab in den finsteren Abgrund der Gasse, nahm Anlauf und sprang über den Durchgang zwischen den Palazzi. Ich rollte über die Schulter ab, rappelte mich auf und folgte dem fliehenden Dominikaner.

Als ich meinen Blick über die mondbeschienenen Dächer von Florenz schweifen ließ, hechtete der Mönch bereits über die nächste Gasse und ließ sich beim schmerzhaften Aufprall auf den Ziegeln über die Schulter abrollen. War er wie ich in der Kampfkunst unterwiesen?

Er floh über die Dächer nach Osten. Dann glitt er aus und schlug der Länge nach hin.

Ich holte auf. Drei, vier, fünf Schritte, dann war ich bei ihm.

Bevor er aufspringen konnte, warf ich mich mit blitzender Klinge auf ihn. Er ächzte unter dem Aufprall, trat nach mir und wand sich keuchend unter mir heraus. Weiße Atemwolken hüllten ihn ein.

Mein Dolch verfehlte ihn um Haaresbreite.

Mit einer Hand zog er den schwarzen Stoff seiner Kapuze vor Mund und Nase und hüllte sich in tiefe Schatten. Er wollte verhindern, dass ich im hellen Mondlicht sein Gesicht sah.

Fürchtete er, ich würde ihn erkennen?

Zum Teufel: Wer war er?

Er rappelte sich auf, raffte die Falten seines Habits und floh keuchend weiter in Richtung des Palazzo Salviati. Die Häuser standen dicht beieinander, und so war es nicht schwierig, von einem Dach zum nächsten zu gelangen, obwohl sie unterschiedlich hoch waren. Über schmale Durchgänge hinweg stützten steinerne Brücken die Palazzi gegeneinander ab.

Ich verfolgte den Mönch über das verschneite Dach des Palazzo Salviati bis zur Via del Proconsolo, neben der wir nun wieder nach Norden stürmten. Vor mir ragte die Kathedrale in den Nachthimmel.

»Alessandra!«

Das war Alexios' Stimme! Aus dem Augenwinkel sah ich ihn: Im Nachtgewand stand er mit Tito unten auf der von Fackeln beleuchteten Straße und starrte hilflos zu mir empor. In seiner Hand blitzte die Klinge seines Schwertes.

»Wo ist Floriano?«, rief ich hinunter.

»Er wollte uns folgen, aber ich habe ihn zurückgeschickt. Er bewacht das Portal.«

»Und Caedmon?«

»Ich habe ihn nicht gesehen! Tayeb hat an seine Tür gehämmert, um ihn zu wecken. Dann ist er sofort wieder hinaufgestürmt. Vielleicht ist Caedmon auf der anderen Seite.«

Mit dem Handrücken wischte ich mir das Blut von der Wange und blickte wieder nach vorn.

Warum war der Dominikaner nun plötzlich stehen geblieben?

Wohin wollte er?

Dann sah ich es: Eine steinerne Brücke verband zwei Paläste mit hohen Geschlechtertürmen auf beiden Seiten der Straße. Der Übergang war keine drei Hand breit. Er diente der Verteidigung der Palazzi.

Der Assassino kauerte sich auf den Rand des Daches und glitt hinunter auf die vereiste Brücke. Auf allen vieren kroch er über den Abgrund auf die andere Straßenseite.

Dass ich Lucas Mörder so nah war und er mir dennoch zu entkommen drohte, machte mich rasend vor Zorn und blind für die Gefahr.

Gerade als ich dem Dominikaner folgen wollte, wurde ich an der Schulter gepackt und mit Gewalt zurückgerissen. Ich hob den Dolch, um mich gegen den vermeintlichen Angreifer hinter mir zu wehren. Er wich zur Seite, umschloss mit eisernem Griff meine Faust mit der Klinge und drückte sie nach unten, damit ich ihn nicht verletzen konnte.

Im hellen Mondlicht erkannte ich Tayeb.

Noch ganz außer Atem blickten wir dem Dominikaner nach, der über die Dächer in Richtung des Borgo degli Albizzi floh und im Schatten des Geschlechterturms der Albizzi verschwand.

»Um Gottes willen!«, stöhnte ich.

Niketas und Natanael wohnten dort!

Auf der Suche nach einem Buch hatte der Mönch mein Arbeitszimmer durchwühlt. Er hatte Ibn Shapruts *Prüfstein* in der Hand gehabt, als ich in den Raum stürzte! Du lieber Himmel, er wusste von dem Evangelium aus Alexandria!

»Alexios, Tito, lauft zum Palazzo Albizzi und warnt Niketas und Natanael vor diesem Mönch! Bleibt die Nacht über bei ihnen, und schützt sie vor einem Anschlag!«

Die beiden jungen Männer rannten zum Borgo degli Albizzi, bogen am Palazzo Pazzi um die Ecke und verschwanden.

»Lass uns zurückgehen!« Tayeb legte mir den Arm um die Schultern und führte mich über die im Mondlicht glitzernden Dächer zum Palazzo d'Ascoli. Wenig später kletterten wir hintereinander vom Dachrand auf das Gesims, krochen den schmalen Vorsprung entlang und erreichten schließlich das Fenster meines Arbeitszimmers.

Erschöpft ließ ich mich in einen Sessel sinken und zog frierend mein Nachtgewand um mich, während Tayeb das Fenster verriegelte und die Fensterläden zuschob. Dann entzündete er die Kerzen auf meinem Schreibtisch und schloss die Tür.

Während ich mir das Blut aus dem Gesicht wischte, starrte ich auf den umgestürzten Bücherstapel. Keiner der kostbaren Folianten war gestohlen worden. Mein Blick irrte durch den Raum. Der antike Terrakottakrug ruhte unter dem Schreibtisch. Winzige Papyrusfasern waren zu Boden gerieselt, als der Assassino ihn umgedreht hatte. Auf dem Boden neben der Tür lagen weitere Bücher. Tayeb sammelte sie auf und trug sie zum Schreibtisch.

Ich musterte die Buchrücken: Caesar, Cicero, Seneca, Plutarch und Philon von Alexandria. Mit diesen Werken hatte ich die Expedition nach Alexandria vorbereitet.

»Wieso hat er *diese* Bücher durchwühlt?«, fragte Tayeb.

Ich verschränkte frierend die Arme und überlegte. »Lucas Mörder weiß nun von dem Evangelium. Als er meinen Vater ermordet hat, nahm er nur den blutigen Mordauftrag und die Briefe von Prospero und Cesarini mit, die auf seinem Schreibtisch lagen. Weder war Lucas Arbeitszimmer durchsucht worden, noch wurde die Rosenholzkassette mit seiner Korrespondenz gestohlen!«

»Stimmt!«, nickte mein Freund. »Und nun ist der Assassino zurückgekehrt, um das Evangelium zu finden. Er hat ein Buch gesucht. Einen antiken Codex. Offensichtlich weiß er nicht, dass das Evangelium nur aus einer Handvoll Papyrusfetzen besteht! Wieso nicht? Jeder, dem du von deinem Fund berichtet hast, hat das Evangelium gesehen, entweder die Fragmente oder meine Skizzen, und weiß daher, dass es kein Buch ist. Wieso *er* nicht?«

»Weil er …« Ich verstummte.

»Was ist?«

»Es gibt nur einen einzigen Menschen, der weiß, dass wir in der Synagoge ein Evangelium entdeckt haben, aber keine Ahnung hat, wie es aussieht.«

»Der Patriarch von Alexandria!«

»Du sagst es! Jener dritte Mann, der dir entkommen konnte, ist in den Palast des Patriarchen geflohen. Nur von ihm kann Philotheos wissen, was wir gefunden haben. Als wir später in die Genisa zurückkehrten, waren die leeren Tonkrüge bereits weggebracht worden. Die beiden Bewaffneten, die dem Römer in die Genisa gefolgt waren, sind tot. Der dritte, der die Kammer nie betreten hat, ist geflohen. Philotheos *kann nicht* wissen, dass wir nur Fragmente des Evangeliums gefunden haben.«

»Das ist wahr! Du glaubst also, Philotheos hat demjenigen, der den Mord befohlen hat, von dem Tod des römischen Assassinos berichtet.«

»Ja.«

»Warum sollte er ihm von der Entdeckung des Evangeliums erzählen?«

»Philotheos ist ein entschiedener Gegner der Kirchenunion«, erwiderte ich. »Während meiner Audienz kurz vor Weihnachten habe ich mich lange mit ihm unterhalten. Markos Eugenikos, der Metropolit von Ephesos, vertritt ihn während des Konzils. Philotheos kann nicht zulassen, dass die schismatische römische Kirche über ein fünftes Evangelium verfügt, dessen Inhalt er nicht kennt – und auch niemand sonst! Wie leicht könnte ein Spruch Jesu gefälscht werden, der die Macht der römischen Kirche legitimiert! Philotheos muss das Evangelium so schnell wie möglich in seinen Besitz bringen, um seine eigene Macht zu sichern und den Primat des römischen Pontifex zu verhindern!«

»Er schreibt an den lateinischen Patriarchen und bittet ihn, ihm das Evangelium zurückzugeben«, vermutete Tayeb.

»Und Giovanni Vitelleschi schickt seinen Assassino, der Luca ermordet hatte, erneut nach Florenz, um das Evangelium nach Rom zu bringen. Aber der Dominikaner weiß nicht, dass es aus Papyrusfetzen besteht, und sucht vergeblich nach einem Buch. Einem antiken Codex.«

»Was wird Philotheos nun tun?«

»Er könnte einen seiner Schergen nach Italien schicken, um das Evangelium zu suchen. Oder er könnte an den Patriarchen von Konstantinopolis schreiben, um ihn zu warnen. Patriarch Joseph würde sich an Kaiser Ioannis wenden. Er ist das Oberhaupt der orthodoxen Kirche. Wir haben die Papyri in Alexandria gefunden. Es ist denkbar, dass der Kaiser *sein* Evangelium zurückhaben will.«

»Das bedeutet: Wir können niemandem mehr trauen.«

»Nein.«

»Auch Niketas und Natanael nicht?«

Stumm schüttelte ich den Kopf.

»Willst du dem Papst weiterhin dein Vertrauen schenken?«

»Das entscheide ich nicht jetzt.«

»Die vier Logien, die wir aus der einstürzenden Genisa gerettet haben, kennt er noch nicht.«

»Ich habe nicht vor, sie ihm heute Nacht zu zeigen.«

»Hast du die Rosenholzkassette wieder unter deinem Bett versteckt?« Als ich nickte, murmelte er: »Ich sehe lieber mal nach, ob sie noch da ist!«

Ich gab ihm den Schlüssel, den ich am Band um den Hals trug. Er öffnete die Tür und verschwand in meinem Schlafzimmer.

Schritte auf der Treppe.

Schwer atmend trat Caedmon ein. Er trug seinen Benediktinerhabit und hinkte leicht. »Er ist mir entwischt!« Erschöpft lehnte er sich gegen den Türrahmen. »Ich bin ihm nachgelaufen und hatte ihn beinahe eingeholt, aber dann bin ich ausgeglitten und gestürzt. Da ist er mir entkommen! Bitte verzeiht mir, Mylady! Um Gottes willen, Ihr blutet ja!«

»Ist nicht schlimm«, beruhigte ich ihn und ging zu ihm hinüber. »Was ist mit Eurem Bein? Habt Ihr Schmerzen?«

»Nein, Mylady, es geht schon.«

»Ihr seid verletzt. Soll ich mir die Wunde denn nicht ansehen?«

Er wich vor mir zurück und raffte hastig den schwarzen Stoff seines Habits um sich. »Nein, bitte nicht!«

Fürchtete er die intime Berührung? Ich entsann mich seiner Vergewaltigung durch Vitelleschi und ließ ihn in Ruhe. »Geht schlafen, Caedmon. Wir reden morgen.«

»Ja, Mylady!«, murmelte er scheu, wandte sich um und schlich die Treppe hinunter zu seiner Kammer.

Nachdenklich sah ich ihm nach.

Sobald er verschwunden war, ging ich in mein Schlafzimmer.

Tayeb kniete vor meinem Bett und öffnete die Rosenholzkassette. »Die Fragmente sind noch da.« Dann blickte er auf. »Wir sollten sie so schnell wie möglich außerhalb des Palazzos verstecken.«

»Nach dem Abendessen bei Kardinal Cesarini verstecken wir die Papyri.«

»Und wo?«

Nachdem ich mich für das Abendessen bei Giuliano Cesarini angekleidet hatte, nahm ich das Geschenk, das Caedmon in Brokatstoff eingeschlagen hatte, und ging hinunter zum Scriptorium, um Tayeb zu suchen.

Meine achtzig Angestellten waren an diesem Morgen in mein Haus zurückgekehrt und hatten wie an jedem Tag ihre Arbeit aufgenommen: Vittorino, der Leiter der Kopierwerkstatt, Leonardo d'Assisi, der Franziskanermönch, der mit Luca befreundet gewesen war, Nicolas, Orlando, Gian Luca und all die anderen Kopisten, Buchmaler und Übersetzer.

Obwohl es schon fast dunkel war, wurde im Scriptorium noch eifrig bei Kerzenschein kopiert. Das Konzil sollte in drei Wochen beginnen, und meine Scriptoren hatten die unbändige Gier der Gelehrten nach immer mehr Büchern zu stillen.

Ich verließ die Kopierwerkstatt und warf einen Blick in die Bibliothek, in der sich die gebildeten Florentiner drängten. Es roch nach alten Folianten, Tinte und heißem Glühwein.

Da ich Tayeb nicht finden konnte, ging ich hinunter in den Hof, wo mich Tito mit zwei gesattelten Pferden erwartete.

»Ist Tayeb schon zurückgekehrt?« Ich hatte ihn gebeten, den auserwählten Hüter des Evangeliums aufzusuchen und ins Vertrauen zu ziehen. Die Tasche mit dem Werkzeug hatte er mitgenommen. Heute Nacht wollten wir die Papyrusfragmente verstecken.

Tito zuckte mit den Schultern. »Keine Ahnung. Ich habe ihn nicht gesehen.«

Er half mir in den Sattel, bevor er das Geschenk in seine Satteltasche schob und sich auf sein Pferd schwang. Durch das Portal ritten wir hinaus auf die von Fackeln beleuchtete Piazza, wandten uns nach Osten und umrundeten die Kathedrale.

Während wir der Straße zur Kirche Santissima Annunziata folgten, entsann ich mich des Gesprächs mit Cesarini im verschneiten Wäldchen abseits der Straße nach Florenz. Neugierig hatte er die Satteltaschen des Maultiers mit den antiken Pergamentcodices und dem Evangelium betrachtet. An jenem Tag hatte ich seine Frage, ob ich einen spektakulären Fund gemacht hätte, nicht beantwortet. Ich hoffte, die Freude über mein Geschenk würde ihn so ablenken, dass er mir keine weiteren Fragen stellte.

Wenig später erreichten wir die Residenz des Kardinals. Die Fackeln an der Fassade waren noch nicht entzündet. Der Palazzo lag in tiefer Dunkelheit. Das Portal war geschlossen.

Eine furchtbare Ahnung überfiel mich. Ich sprang vom Pferd und trommelte gegen das Portal. »Öffnet das Tor!«

Wenige Augenblicke später wurde ein Torflügel aufgeschoben, und ein Bewaffneter mit Helm, Harnisch und gespannter Armbrust trat mir entgegen. Im Fackelschein des Hofes erkannte ich eine Schar kampfbereiter Männer.

Tito brachte die Pferde in den Stall, während ich zum Sekretär des Kardinals geführt wurde. Der Palast war in heller Aufregung. Bedienstete eilten mit gesenktem Blick durch die Gänge, und vor den Gemächern Seiner Eminenz standen Wachen mit gezückten Schwertern.

Der Secretarius, ein hagerer Mönch im schwarzen Habit der Serviten, empfing mich im Studierzimmer. »Seine Eminenz fühlt sich nicht wohl. Leider blieb keine Zeit, Euch zu verständigen. Ich bitte um Verzeihung! Ich werde Seine Eminenz fragen, ob er Euch trotz seiner … ähm … Unpässlichkeit empfangen will.«

Damit öffnete er die Tür zu Cesarinis Schlafzimmer und trat ein. »Euer Eminenz, Alessandra d'Ascoli ist gekommen. Wollt Ihr sie …«

»Wir speisen in meinem Schlafzimmer.«

»Wie Ihr wünscht, Euer Eminenz. Soll ich Euch noch etwas von dem Schmerzmittel geben, das der Medicus …«

»Nein danke, Fra Girolamo«, unterbrach ihn der Kardinal. »Würdet Ihr nun Alessandra zu mir führen?«

Der Servite bat mich einzutreten und schloss die Tür.

Das Schlafgemach, kaum größer als eine Klosterzelle, war schlicht eingerichtet. Ein Bett, ein Tisch, ein Faltstuhl, ein Stapel Bücher und ein hölzerner Crucifixus an der Wand gegenüber. Es war eisig kalt im Raum.

In einen Berg von Kissen gelehnt, saß Cesarini aufrecht in seinem Bett. Er trug ein Nachtgewand, das den Wundverband an seiner rechten Schulter zum größten Teil verdeckte.

Ich wollte auf die Knie sinken, um seine Hand zu küssen, doch er winkte ab. »Bitte nicht, Alessandra! Setzt Euch zu mir!« Mit der Hand klopfte er auf den Rand des Bettes.

»Was ist geschehen?«, fragte ich, während ich mich neben ihm niederließ und das Geschenk auf die Bettdecke legte. »Ein Attentat?«

Er verzog die Lippen und nickte. »Vor einer Stunde bin ich von einem jungen Mann angegriffen worden. Er sei Römer und wolle in Florenz studieren, hat er mir erzählt. Dann bat er mich um einige Fiorini, weil er zu arm sei, sich die Bücher für sein Studium zu kaufen. Der junge Mann gefiel mir, daher gab ich ihm eine Handvoll Goldmünzen …«

Obwohl Cesarini einer alten römischen Patrizierfamilie entstammte, war er in bitterer Armut aufgewachsen. Sein Studium in

Perugia, Bologna und Padua hatte er mit geliehenen Büchern absolviert. Seit er Professor in Padua gewesen war, Bischof und Kardinal, unterstützte er sehr großzügig bedürftige Studenten. Manchmal so freigiebig, dass er damit seinen Sekretär Fra Girolamo, der die Finanzen und den Haushalt Seiner Eminenz verwaltete, zur Verzweiflung trieb.

»… und als ich ihm die Fiorini in die offene Hand gezählt hatte, verneigte er sich und küsste meinen Ring. Doch dann zog er seinen Dolch und verletzte mich an der Schulter, bevor meine Leibwachen eingreifen konnten. Er ist tot.«

»Wer, glaubt Ihr, hat ihn geschickt?«, fragte ich bestürzt.

»Wer, glaubt Ihr, hat Euren Vater ermordet und das Attentat auf Euren Cousin, Kardinal Colonna, befohlen?«

Ich barg mein Gesicht in den Händen und dachte an den Dominikaner, der letzte Nacht mein Arbeitszimmer durchwühlt hatte. Er hatte nicht versucht, mich zu ermorden. Wieso nicht?

Dann sah ich auf. »Was nun?«

Bevor er antworten konnte, betrat Fra Girolamo das Schlafzimmer. »Euer Eminenz, bitte verzeiht die Störung! Da ist jemand, der dringend mit Alessandra d'Ascoli sprechen will.«

»Wer ist es?«, fragte ich.

»Signor Tayeb – Seine Heiligkeit wünscht Euch zu sehen.«

»Wann?«

»Sofort.«

»Bitte richtet Signor Tayeb aus, er möge im Hof auf mich warten. Er soll mich nach Santa Maria Novella begleiten!«

Der Sekretär nickte und verschwand.

»Was will er von Euch?«, fragte Cesarini unruhig. Dachte er an seinen Brief an Luca, der Hochverrat an Papst Eugenius war?

»Ich weiß es nicht.« Ich erhob mich und überreichte dem Kardinal mein Geschenk. »Dieses Buch habe ich im Souk von Alexandria entdeckt. Ich dachte, es könnte Euch gefallen.«

Er schob den Brokatstoff zurück, in den Caedmon das Geschenk gewickelt hatte. Behutsam schlug er das kostbar illuminierte griechische Werk auf.

Andächtig blätterte er durch die Seiten. Seine Augen leuchteten. »Mein Gott, wie schön! Ein überaus großzügiges Geschenk …« Trotz seiner Schmerzen lächelte er verschmitzt. »… das Euch aber nicht retten wird, meine Liebe! Erinnert Ihr Euch, dass ich Euch vor kurzem eine Frage gestellt habe, die Ihr noch nicht beantwortet habt: Was habt Ihr in Alexandria gefunden?«

»Wer weiß?«, neckte ich ihn mit einem rätselhaften Lächeln. »Vielleicht einen uralten Pergamentcodex mit verblasster griechischer Schrift? Oder ein Evangelium?«

Fassungslos starrte er mich an.

»Seine Heiligkeit erwartet mich«, erinnerte ich ihn. »Wenn es Euch recht ist, würde ich gern nach der Audienz mit Euch zu Abend essen. Und von meinen Abenteuern berichten.«

»Ich werde auf Euch warten«, versprach er. »Ihr seid in Lebensgefahr, Alessandra! Passt auf Euch auf!«

»Das werde ich!«

»Und lasst mich nicht zu lange warten!«, ermahnte er mich mit erhobenem Finger.

Ich musste lachen. »Keine Sorge, ich komme so schnell wie möglich zurück, um Euch von Eurer Ungeduld zu erlösen!«

Nach dem Abschied vom Kardinal geleitete mich Fra Girolamo hinunter in den Hof, wo Tayeb und Tito mit den Pferden warteten.

»Was ist geschehen?«, fragte ich meinen Freund.

»Keine Ahnung«, flüsterte Tayeb. »Der Papst hat seinen Sekretär mit einer bewaffneten Eskorte geschickt, um dich abzuholen. Als ich Fra Domenico sagte, du wärst ausgegangen, deutete er an, dass der Papst sehr erregt sei und dich unverzüglich sprechen wolle.« Er reichte mir ein Pergament, das ich im Schein der Fackeln entfaltete. »Ich nehme an, dass du diese Zeichnungen mitnehmen willst, um sie dem Papst zu zeigen. Die vierte Skizze liegt in deinem Arbeitszimmer.«

»Hast du mit unserem Hüter des Evangeliums gesprochen?«

»Nach der Mitternachtsmesse wird er uns erwarten.«

Der Sekretär des Heiligen Vaters geleitete mich die Treppe hinauf in Eugenius' Privatgemächer. Vor allen Räumen standen Bewaffnete seiner venezianischen Leibgarde.

»Er erwartet Euch.« Fra Domenico öffnete mir die Tür.

Eugenius stand am Fenster und blickte nachdenklich hinunter in den Chiostro Grande. Er trug den päpstlichen Ornat – das weiße Brokatgewand und die rote Mozzetta aus Samt mit dem Hermelinkragen. Als ich den Raum betrat, wandte er sich um und kam mir einige Schritte entgegen. »Danke, dass Ihr sofort gekommen seid, Alessandra!«

»Was ist geschehen, Heiliger Vater?«

Ich wollte niederknien, um seinen Ring zu küssen, doch er winkte ab. »Kommt mit! Ich will Euch etwas zeigen.«

Ich folgte ihm in den benachbarten Raum.

Einer der Sessel vor dem Kamin war umgestürzt. Die Wolldecke und das Bettlaken seines Bettes waren zerwühlt. Das Kopfkissen war aufgeschlitzt und zerfetzt. Das Nachtgewand lag auf dem Boden. Die Bücher, die offenbar auf seinem Nachttisch gelegen hatten, waren vor dem Bett verstreut.

Sein Schlafgemach war durchwühlt worden!

»Wann ist das passiert?«

»Vor einer Stunde. Ich war in der Kapelle, um zu beten.«

»Wer weiß noch davon?«

»Nur mein Sekretär. Cosimo hat Ludovico zum Abendessen eingeladen. Ich wollte mich mit Euch beraten, bevor ich ihn verständige.«

»Wer außer Eurem Sekretär und dem Erzbischof hat Zutritt zu Euren Gemächern?«

»Einige Mönche, die mir als Diener aufwarten – Augustiner, Benediktiner und … Heilige Mutter Gottes!«

»… und Dominikaner«, vollendete ich seinen Satz.

»Ja.«

»Verdächtigt Ihr einen der Fratres?«

Er schüttelte nachdenklich den Kopf. »Meine Nachforschungen nach Lucas Mörder haben bisher zu keinem Ergebnis geführt.«

Ich wies auf das heillose Durcheinander vor seinem Bett. »Habt Ihr schon feststellen können, ob etwas gestohlen wurde?«

»Das griechische Markus-Evangelium ist verschwunden.«

Der antike Codex!

Ich berichtete Eugenius von den Ereignissen der letzten Nacht: dem Dominikaner, der mein Arbeitszimmer durchsuchte, seiner Flucht über die Dächer und meiner Vermutung, dass der orthodoxe Patriarch von Alexandria die Hände im Spiel hatte. »Lucas Mörder hat nach dem Evangelium gesucht, und als er es nicht fand, hat er Euer Schlafgemach durchwühlt«, fasste ich meine Vermutungen zusammen. »Er hat den griechischen Codex mitgenommen, weil er ihn für das Evangelium hielt.«

»Jener Dominikaner beherrscht das Griechische«, warf Eugenius ein. »Wie hätte er sonst wissen können, dass der antike Codex auf meinem Nachttisch ein Evangelium ist?«

»Da habt Ihr Recht!«, nickte ich. »Im Übrigen kann er auch Hebräisch lesen. Als ich ihn in meinem Arbeitszimmer überraschte, hielt er ein hebräisches Buch in der Hand, in dem er geblättert hatte.«

Er fuhr sich über die Stirn, und sein Fischerring funkelte im Schein des Kaminfeuers. »Wer, glaubt Ihr, hat ihn geschickt?«

»Derjenige, der mir in Alexandria nach dem Leben trachtete. Der meinen Vater ermorden ließ. Der auch vor weiteren Bluttaten nicht zurückschrecken wird, um seine Macht in Rom zu sichern …«

… wie Mordanschläge auf Kardinal Colonna und Kardinal Cesarini, fügte ich im Stillen hinzu. Und wer wird sein nächstes Opfer sein? Der Papst?

Eugenius wandte sich ab und starrte eine Weile schweigend auf den Gekreuzigten über seinem Bett. »Ich habe ihm vertraut«, murmelte er zutiefst enttäuscht.

»Und er hat Euch verraten!«

Er nickte bleich, schlich hinüber zum Kamin, hob den umgestürzten Sessel auf und ließ sich nieder. Ich sah ihm an, wie erschüttert er war. »Setzt Euch zu mir!«

Ich nahm neben ihm Platz. »Was werdet Ihr jetzt tun?«

»Ich weiß es noch nicht«, gestand er leise, und ich ahnte, wie sehr er sich vor Giovanni Vitelleschi fürchtete. Er war abhängig von dem Patriarchen, der Rom mit Gewalt beherrschte und sich huldigen ließ, als wäre *er* der Papst. »Ich will mich mit Ludovico beraten, sobald er von dem Abendessen bei Cosimo zurückkehrt. Ich werde Euch verständigen, sobald ich eine Entscheidung getroffen habe.«

»Danke, Heiliger Vater.«

»Beim Leib Jesu Christi schwöre ich, dass Vitelleschi büßen wird für das, was er Euch und Eurem Vater angetan hat!«

Ich nickte stumm.

Mit beiden Händen fuhr er sich über das Gesicht. Er wirkte plötzlich um Jahre gealtert. »Was ist mit den Papyrusfragmenten?«

»Der Assassino hat sie nicht gefunden. Ich werde sie heute Nacht verstecken. Außer mir und dem Hüter des Evangeliums wird niemand erfahren, wo es verborgen ist.«

»Kennt jener Hüter die Logien?«

»Nein.«

»Aber Ihr vertraut ihm.«

»Wenn ich das Evangelium in seine Hände lege, vertraue ich ihm auch mein Leben an.«

»Das ist wahr!«, seufzte er. Er ahnte, wen ich zum Hüter des Evangeliums erkoren hatte, und billigte meine Entscheidung, denn er hatte den jungen Frater in den letzten Jahren sehr lieb gewonnen und vertraute ihm. »Habt Ihr inzwischen die letzten Sprüche Jesu rekonstruiert?«

Ich reichte ihm das Pergament mit den Skizzen der zusammengesetzten Fragmente, das Tayeb mir im Hof des Palazzo Cesarini in die Hand gedrückt hatte. Er entfaltete es, betrachtete einen Augenblick die Zeichnungen im Schein des Kaminfeuers und las dann den ersten Spruch:

»›Jesus sprach: Das Königreich des Vaters ist …‹ Der Spruch ist unvollständig«, murmelte er. »›Jesus sprach: Selig ist der Mensch, der gelitten hat. Er hat das Leben gefunden.‹«

»Die Rückseite dieser Fragmente war nicht zu entziffern«, erklärte ich. »Die Tinte war verblasst und von den Papyrusfasern abgeblättert.«

Der Papst nickte und las das letzte Logion. »›Jesus sprach: Ich habe Feuer in die Welt geworfen. Und siehe, ich bewahre es, bis es lodert.‹« Ergriffen schwieg er und starrte ins Kaminfeuer. Schließlich besann er sich und gab mir das Pergament zurück. »Alessandra, würdet Ihr diese Zeichnungen für mich verwahren – so wie jene, die ich Euch mit den entliehenen Büchern zurücksenden ließ?«

»Ja, Heiliger Vater!« Ich faltete das Pergament zusammen und steckte es ein.

Der Papst erhob sich und reichte mir zum Abschied die Hand. »Ich stehe tief in Eurer Schuld.« Er zögerte einen Augenblick. »Seit ich am letzten Sonntag die Aufhebung von Lucas Exkommunikation verkündet habe, sind einige Mitglieder der Kurie, allen voran der Erzbischof von Florenz, an mich herangetreten, um Lucas sofortige Heiligsprechung zu fordern. Nach unserer Unterredung weiß ich, wie sehr Euch das verletzen muss, Alessandra. Und trotzdem bitte ich Euch, in Ruhe darüber nachzudenken, ob Ihr die Tochter eines Heiligen sein wollt …«

»Hast du das Buch?«

Ich nickte.

»Dann lass uns gehen! Die Nacht ist sternenklar. Wenn der Vollmond aufgeht, ist es auf der Piazza so hell, dass du das Buch im Mondschein lesen kannst.« Tayeb öffnete das Fenster meines Arbeitszimmers – die Tür hatte ich von innen verschlossen. Er kletterte hinaus auf das Gesims und half mir herauf. Während ich über den schmalen Vorsprung kroch, zog er das Fenster hinter sich zu.

Dann erklommen wir das Dach des Pferdestalls und sprangen auf die Straße, die zum Domplatz führte. Wir verschmolzen mit den Schatten der Kathedrale, huschten an der Fassade entlang, schlüpften zwischen Campanile und Basilika hindurch und eilten über die Domstufen zum Borgo San Lorenzo, einer schmalen, finsteren Gasse, die westlich der hell erleuchteten Via Larga zur Porta San Gallo führte.

Während wir an den Palastmauern entlangschlichen, flüsterte Tayeb: »Sag mal, wo hättest du die Papyri versteckt, wenn dein auserwählter Hüter sich geweigert hätte, für ein häretisches Evangelium sein Leben zu riskieren?«

»In der Genisa der Synagoge am Mercato Vecchio.«

Er legte mir die Hand auf den Arm.

»Was ist?«

»War da nicht ein Geräusch?«

Schritte – hinter uns!

Ich blickte die Gasse entlang zum Baptisterium. Meine Hand zuckte zum Griff des Dolches.

Ein Dominikaner!

Im Licht des aufgehenden Mondes sah ich, wie er die Piazza del Duomo überquerte und am Borgo San Lorenzo vorbeiging. Hatte er unter seiner schwarzen Kapuze den Blick gewendet? Hatte er uns gesehen?

»Komm!«, flüsterte ich, packte Tayeb am Arm und zog ihn hinter mir her. »Ich will sehen, wohin er geht.«

Mein Freund folgte mir die wenigen Schritte zurück zum Domplatz. Ich spähte vorsichtig um die Ecke.

Da war er! Ohne Eile ging er durch die Via dei Banchi zur Piazza Santa Maria Novella. Was tat ein Dominikaner nach der Mitternachtsmesse außerhalb der Mauern seines Klosters? Misstrauisch beobachtete ich ihn.

Tayeb berührte mich an der Schulter. »Worauf wartest du?«

»Ich will sehen, ob er sich nach uns umdreht, weil er sich beobachtet fühlt. Ich will wissen, ob er zum Kloster geht. Oder ob er plötzlich nach rechts in die Via del Giglio abbiegt, weil er glaubt, dass er uns unauffällig folgen kann.«

»Was tut er?« Tayeb drängte sich hinter mir in die Schatten.

Argwöhnisch belauerte ich den Dominikaner. War es derselbe Mönch, den ich letzte Nacht über die Dächer von Florenz verfolgt hatte?

Ich atmete auf. »Er geht zur Piazza Santa Maria Novella und biegt nach rechts ab zur Klosterpforte.«

Tayeb legte mir die Hand auf die Schulter. »Komm jetzt! Der Hüter unseres Schatzes wartet!«

Wir huschten durch den vereisten Borgo bis zur Baustelle der Kirche San Lorenzo, die Pippo Brunelleschi für Cosimo errichtete. An der Piazza San Lorenzo lugte ich links um die Ecke – in Richtung Santa Maria Novella. Eine Katze huschte über die Straße und tauchte in die Schatten einer Seitengasse. Der Dominikaner war nirgendwo zu sehen.

Tayeb und ich überquerten die Piazza und verschwanden in der Via San Gallo, wo die Florentiner Ablasshändler ihre Stände hatten. Anschließend bogen wir nach rechts ab und eilten eine schmale Gasse entlang. Nach einem vorsichtigen Blick auf die hell erleuchtete Via Larga überquerten wir die breite Straße und tauchten in die Schatten zwischen den Bäumen der Piazza ein. Endlich erreichten wir das Tor der Basilica di San Marco.

Das Portal war unverschlossen.

Das Nachtoffizium war seit über einer Stunde beendet, und die Fratres waren in ihre Zellen zurückgekehrt. Doch die Kerzen auf dem Altar brannten noch.

An der rechten Seitenwand schlich ich nach vorn. Dann sah ich ihn: Wie ein Engel mit weit ausgebreiteten Flügeln lag ein Dominikaner vor dem Altar und betete.

Als er mich bemerkte, richtete er sich auf und blinzelte in meine Richtung. »Alessandra?«

»Ja«, flüsterte ich zurück und trat aus den Schatten.

Serafino erhob sich von den eisig kalten Steinplatten und umarmte mich. »Wo ist das Evangelium?«

Ich zog das Buch aus meinem Gewand und gab es ihm. Er schlug die erste Seite auf und hielt den schmalen Band in das Licht der Altarkerzen.

»De brevitate vitae – Von der Kürze des Lebens. Lucius Annaeus Seneca.« Verwirrt blätterte er durch die Seiten und las einen unterstrichenen Absatz: »›Zu leben muss man das ganze Leben lang lernen, und, worüber du dich vielleicht noch mehr wundern wirst, man muss das ganze Leben lang lernen zu sterben.‹« Serafino sah auf. »Lucas Lieblingsbuch! Es lag immer neben seinem Bett. Jede Nacht hat er darin gelesen. Aber ich verstehe nicht …«

Ich nahm ihm das Bändchen aus der Hand, schlug die letzte Seite auf und zeigte ihm die mit festem Pergament verstärkte Innenseite des hinteren Buchdeckels. Während ich mit Cesarini speiste und ihm unter dem Siegel der Verschwiegenheit von der Entdeckung des antiken Markus-Evangeliums erzählte, hatte Tayeb die Papyrusfragmente unter dem Pergament verborgen und den Buchdeckel wieder verleimt.

»Wo ist die Tasche mit dem Werkzeug?«, fragte Tayeb.

»Unter dem Altar. Ich hole sie.« Serafino verschwand in der Apsis und kehrte gleich darauf mit der Tasche zurück, die Tayeb bereits am Nachmittag nach San Marco gebracht hatte.

Jeder von uns nahm zwei Kerzen vom Altar und trug sie zu Lucas Epitaph. Eine Platte aus weißem Marmor verbarg die Grabnische, die in Augenhöhe in die rechte Seitenwand der Basilika eingelassen war. Die Inschrift fehlte noch.

Ich legte das Büchlein auf einen Altar neben Lucas Grab. Dann hielten Serafino und ich mit ausgestreckten Armen die Marmorplatte fest, während Tayeb sie mit dem Brecheisen aus der Nische herausstemmte. Knirschend ruckte sie einen Fingerbreit. Dann noch einen. Als Tayeb das Brecheisen erneut ansetzte, schlug er versehentlich gegen die Kirchenwand.

Der metallische Klang hallte durch die Basilika.

Hatte er die Mönche geweckt? Fra Antoninos Zelle befand sich direkt über Lucas Grabmal.

Wir hielten den Atem an und lauschten.

»Schritte im gefrorenen Schnee!«, flüsterte Serafino panisch.

»Es kam nicht aus dem Kreuzgang, sondern von der Piazza San Marco. Ich werde nachsehen!« Ich huschte zum Kirchenportal, öffnete es einen Spaltbreit und spähte hinaus auf die Piazza, die still und verlassen vor mir lag.

War da nicht ein Schatten – dort an der Mauer des Gartens von San Marco? Der Schemen verharrte reglos. Leise zog ich mich zurück, ließ das Portal ins Schloss fallen.

»Und?«, fragte Serafino ängstlich.

»Alles ruhig«, beruhigte ich ihn. »Lasst uns weitermachen!«

Tayeb ergriff das Brecheisen und schob es in den schmalen Spalt. Knirschend gab die Grabplatte einen weiteren Fingerbreit nach. Dann noch einen.

»Die Platte ist schwer!«, ächzte Serafino, der mit aller Kraft dagegenhielt.

»Nur so können wir sicher sein, dass der Dominikaner das Evangelium nicht stehlen kann«, keuchte ich.

Der Spalt zwischen Grabnische und Marmorplatte war nun breit genug. Tayeb legte das Eisen auf den Boden und drängte sich mit ausgestreckten Armen von hinten gegen mich. »Ich halte sie fest! Hol das Evangelium!«

Ich wand mich unter ihm heraus und schob das Buch in das Grabgewölbe. Dann wuchteten Tayeb und Serafino die Grabplatte zurück.

Serafino half uns, die Kerzen zum Altar zurückzutragen und die Tasche mit dem Werkzeug wieder zu verstecken. Tayeb wollte sie am nächsten Morgen abholen.

Ich umarmte Serafino. »Schlaf gut.«

»Du auch.«

Er löschte die Kerzen und begleitete uns durch das dunkle Hauptschiff zum Portal. Tayeb und ich traten hinaus auf die Piazza, während Serafino hinter uns das Tor verriegelte und in seine Zelle zurückschlich. Bis zum Morgengebet blieb ihm nicht mehr viel Zeit.

Der Mond tauchte die verschneite Piazza in ein silbergleißendes Licht und ließ die schneebedeckten Obstbäume im Garten von San Marco wie groteske Gestalten in schwarzweißem Habit erscheinen. Atemlos verharrte ich neben dem Kirchenportal und blinzelte zum Garten hinüber. Jener Schatten dort – war das ein Mensch?

»Ich sehe ihn auch«, wisperte Tayeb neben mir. »Sein weißer Atemhauch verrät ihn.«

»Er keucht, weil er gerannt ist«, vermutete ich. »Er war hier am Portal, um uns zu beobachten. Als Serafino die Altarkerzen gelöscht hat, ist er überstürzt in den Garten geflohen.«

»Er hat Angst. Er fürchtet, wir könnten ihn bemerkt haben.«

»Glaubst du, er weiß, wo wir das Evangelium versteckt haben?«

Tayeb schüttelte den Kopf. »Er hat das Kirchenportal nicht weit genug geöffnet, um Lucas Grab sehen zu können. Den Lichtschein des Mondes hätten wir bemerkt.«

Kurz entschlossen legte ich Tayeb meinen Plan dar. Wir trennten uns: Er verschwand in Richtung Santissima Annunziata, ich huschte über die Piazza zum Garten, wo sich der Dominikaner verborgen hielt.

Als er mich kommen sah, floh er zwischen den Obstbäumen hindurch zum südlichen Gartentor, wo Tayeb ihn mit gezücktem Dolch erwarten würde.

Ich trieb ihn durch den Garten, bis der Dominikaner über eine aus dem verschneiten Boden ragende Wurzel stolperte. Doch er fing sich wieder und rannte nun nach rechts zur hohen Gartenmauer. An einem Ast zog er sich hoch, kletterte auf die Mauer, schwang die Beine hinüber und sprang auf der anderen Seite hinunter.

Dieser Mann war kein Mönch, der seine Tage im Gebet verbrachte. Er war ein Kämpfer. Aber warum floh er dann vor mir? Wieso griff er mich nicht an – wie meinen Vater? Wer war er?

Wie er überwand ich die Gartenmauer, ließ mich auf die von Fackeln erleuchtete Via Larga fallen und blickte mich um.

Keine Spur von Tayeb.

In diesem Augenblick verschwand der Mönch in einem finsteren Durchlass neben dem alten Palazzo Medici.

Was sollte ich tun? Auf Tayeb warten und den Mörder meines Vaters zum zweiten Mal entkommen lassen? Nein!

»Hast du vergessen, wie dein Großvater Marcantonio Colonna hingerichtet wurde?«, hatte Prospero mich vor vier Tagen verbittert gefragt. »Wie unsere Cousins Lionello und Giordano starben? Wie Stefano ermordet wurde? Wie ich selbst vor acht Jahren aus Rom fliehen musste? Und nun die Attentate auf Luca, dich und mich!«

Nein, ich durfte Lucas Mörder nicht entkommen lassen!

Also eilte ich über die Via Larga und folgte dem Dominikaner in den finsteren Durchlass neben dem Palazzo Medici – Cosimos Bruder Lorenzo wohnte hier mit seinem Sohn Pier Francesco.

Die benachbarten Paläste standen so nah beieinander, dass ich die Mauern auf beiden Seiten mit ausgestreckten Händen berühren konnte. Die winzige Gasse wurde als Müllgrube benutzt. Ich glitt auf einem Haufen von halb gefrorenen Küchenabfällen aus und wäre beinahe in den stinkenden Müll gestürzt. Doch im letzten Moment fing ich mich. Eine Ratte huschte fiepend aus einem der Abfallhaufen und verschwand in der Finsternis.

Stolpernd stapfte ich durch die Haufen von Unrat, bis ich schließlich die Via San Gallo erreichte. Mein Blick flog die Straße entlang: Hundert Schritte entfernt flüchtete der Assassino in Richtung Santa Maria del Fiore. Ich hetzte ihm hinterher, den Borgo San Lorenzo hinunter bis zum Domplatz. Als ich schließlich schwer atmend das im Mondlicht leuchtende Baptisterium erreichte, war er verschwunden.

Verdammt, er war mir entwischt!

Doch dann bemerkte ich, wie eines der großen Bronzetore von Santa Maria del Fiore langsam ins Schloss fiel. Er war in die Kathedrale geflohen.

Das Portal war nachts verschlossen. Woher hatte der Mönch den Schlüssel? Vom ehemaligen Erzbischof von Florenz? Von Giovanni Vitelleschi!

Bevor ich die Domstufen emporstieg, warf ich einen Blick in die Via Larga, die nach San Marco führte. Wo war Tayeb? Einen Herzschlag lang erwog ich, zum Palazzo d'Ascoli zu eilen, um Alexios, Tito, Caedmon und Floriano zu wecken. Doch das würde viel zu lange dauern! Sie ahnten ja nicht einmal, dass wir den Palazzo verlassen hatten …

Ich lehnte mich gegen das schwere Portal, schob es auf und schlüpfte in die Kathedrale.

Der Mond schien durch die großen Rundfenster des Oktogons unterhalb der gewaltigen Domkuppel und tauchte den achteckigen, in Weihrauchnebel gehüllten Altarraum und die zwölf lebensgroßen Statuen der Apostel in ein geheimnisvolles Licht. Die Apsis und die hoch aufstrebenden Bögen und Pfeiler des Hauptschiffs, wo die Tribünen für die Konzilssitzungen errichtet worden waren, ruhten in tiefster Finsternis.

Lautlos schlich ich durch das rechte Seitenschiff zum Altarraum.

Ein Geräusch hallte durch die Kathedrale. Eine Tür? Die Sakristei! War er dorthin geflohen? Die Kammer auf der anderen Seite des Doms hatte keinen Ausgang zur Piazza!

Ich umklammerte den Griff meines Dolches und huschte bis ins Halbdunkel des Altarraums.

Dann sah ich ihn! Der Mönch schlüpfte aus der Sakristei und rannte mit fliegendem Habit um die Altarstufen herum zum linken Seitenschiff. Die Kapuze hatte er ins Gesicht gezogen.

Ungläubig starrte ich ihn an: Er trug nun eine *schwarze* Soutane! Hatte er sich in der Sakristei in aller Eile umgezogen? Nein, dafür hatte er keine Zeit gehabt! Er musste die Soutane unter seinem Habit getragen haben!

Ich erinnerte mich an den Dominikaner, der vor einer Stunde über den Domplatz nach Santa Maria Novella geeilt war. Er war derselbe Mönch! Er hatte sich in der Sakristei den weißen Habit über sein Ordensgewand gezogen, um uns unerkannt zu folgen.

Der schwarze Mönch stürmte das Kirchenschiff entlang, ohne sich umzublicken. Er ahnte nicht, dass ich ihm in die Kathedrale gefolgt war! Wenn ich mich sputete, konnte ich ihn bis zum Portal einholen! Ich warf mich herum und rannte im Schatten der Tribünen für die Konzilssitzungen durch das Seitenschiff.

Dann geschah es: Ich stolperte in der Finsternis, glitt auf den Marmorfliesen aus und schlug der Länge nach hin. Mein Dolch schlitterte über den Steinboden der Kathedrale.

Die Geräusche auf der anderen Seite der Kirche verhallten in eine bedrohliche Stille. Der Assassino hatte mich gehört!

Angsterfüllt tastete ich nach der verlorenen Klinge.

Dann konnte ich seinen keuchenden Atem hören.

Er suchte mich – keine zehn Schritte entfernt!

Wo war mein Dolch? Mit den ausgebreiteten Armen fuhr ich über die Marmorfliesen, fand ihn aber nicht.

Der Schatten kam langsam näher.

Ich hielt den Atem an, presste mich flach auf den Boden. Konnte er mich im diffusen Gegenlicht erkennen?

Dann wusste ich, wo mein Dolch war! Der Griff drückte sich schmerzhaft in meine Rippen – ich lag darauf! Verdammt, wie sollte ich nach der Klinge tasten, ohne mich zu bewegen und dabei ein Geräusch zu machen?

Meine Lage war ähnlich verzweifelt wie am Strand von Alexandria, als der römische Assassino mich zwischen den Dünen suchte. Würde es mir erneut gelingen, einen Attentäter zu überwältigen? Ich hatte wenig Hoffnung. Der Römer war verwundet, als ich mit ihm rang und ihn schließlich mit dem Nagel aus dem Synagogenportal erstach. Doch dieser rätselhafte Mönch war kräftig, ausdauernd und in der Kampfkunst geschult – und er war nicht durch eine Wunde in seiner Seite geschwächt!

Er kam auf mich zu: Er hatte mich gesehen!

Ich tastete zwischen den Falten meines Gewandes nach der Waffe, sprang auf und warf mich mit erhobener Klinge auf ihn.

Meinen Angriff wehrte er mühelos ab. Den Wollstoff des weiten Ärmels seines Habits hatte er sich schützend um den Unterarm gewickelt.

Ich stolperte einen Schritt zurück, doch er drängte mir nach.

Dann: ein Schlag! Er traf mich ins Gesicht, und ich taumelte gegen eine Säule.

So schnell wie möglich musste ich die Kathedrale verlassen!

Mit der Schulter warf ich mich gegen ihn, um an ihm vorbei zum Portal zu gelangen. Vergeblich! Er packte mich grob am Arm und schleuderte mich zu Boden. Hart schlug ich mit dem Hinterkopf auf und blieb einen Herzschlag lang wie gelähmt liegen. Bunte Lichtfunken tanzten vor meinen Augen, und eine Welle von Schmerz schwappte durch meinen Schädel.

Dann war er über mir!

Ich rollte zur Seite, sprang immer noch benommen auf und rannte um mein Leben. Nach wenigen Schritten holte er mich ein, warf sich von hinten auf mich und stürzte auf meine Beine.

In der Finsternis stach ich auf ihn ein. Er packte meine Hand, drückte sie gegen die Steinplatten und entwand mir den Dolch. Ich schrie vor Schmerz – und vor Zorn! Nun war ich unbewaffnet!

Als er sich aufrichtete, um mir die Klinge ins Herz zu stoßen, hob ich das Knie und rammte es ihm mit aller Kraft zwischen die Schenkel. Der schwere Wollstoff des Habits schützte ihn, aber er japste vor Schmerz und ließ von mir ab.

Nach ihm tretend wand ich mich unter ihm heraus, rappelte mich auf und wollte in Richtung des Portals entkommen. Doch er erwischte den Saum meiner Robe, riss mich herum und brachte mich beinahe zu Fall. Stolpernd floh ich in Richtung des Altarraums, und er blieb mir dicht auf den Fersen.

In der Finsternis des Seitenschiffs suchte ich nach der Porta dei Canonici, die auf die Südseite der Piazza führte – zum Palazzo d'Ascoli.

Das Tor!

Ich riss daran, um es zu öffnen, doch vergeblich.

Der Mönch war keine drei Schritte entfernt.

Ich fuhr herum und entkam in Richtung des Kuppelraums. Acht, neun, zehn Schritte hastete ich nach Osten und fand die verborgene Tür zur Treppe, die durch den Stützpfeiler an der Ecke des Oktogons bis hinauf zur Kuppel führte.

Ich riss die Pforte auf, schlüpfte in den Raum dahinter, schlug die Tür hinter mir zu und verriegelte sie. Erschöpft sank ich zu Boden und rang nach Luft.

Vergeblich versuchte der Mönch, die schwere Tür zu öffnen. Zornig trat er dagegen, dann wurde es still.

Ich lauschte: Wo war er? Hatte er den Dom verlassen? Als er vorhin aus der Sakristei stürmte, hatte er es sehr eilig – wurde er erwartet? Oder harrte er geduldig vor dieser Tür aus, bis ich mich in Sicherheit wähnte und herauskam?

Mir blieb nur ein Fluchtweg: die Treppen hinauf zur Spitze der Domkuppel und auf der anderen Seite wieder hinunter in die Kathedrale – im Stützpfeiler gegenüber gab es einen zweiten Treppenaufgang. Und ich betete darum, dass der schwarze Mönch ihn nicht aus der Zeit kannte, als Santa Maria del Fiore noch eine Baustelle war mit Brunelleschis gigantischem Lastenaufzug an der Stelle, wo sich heute der Altar befand! Während der Bauphase hatten die Handwerker die Treppen im rechten Seitenschiff für den Aufstieg, die Treppen im linken Seitenschiff für den Abstieg genutzt – auf diese Weise wurde verhindert, dass sich die Maurer, Steinmetze und Zimmerleute in den schmalen Gängen begegneten.

Wenn es mir gelang, über die in der Domkuppel verborgenen Treppen die Tür am linken Seitenschiff zu erreichen, konnte ich unbemerkt durch das Hauptportal entkommen.

Ich entzündete die Kerze einer Laterne, die ich in einer Truhe fand, und machte mich an den langen, kräftezehrenden Aufstieg. Durch die Finsternis hastete ich über die ausgetretenen und glatt geschliffenen Steintreppen, über die die Dombauarbeiter zu den Arbeitsplattformen am Rand der unvollendeten Domkuppel emporgestiegen waren. Hunderte Stufen führten in dem Stützpfeiler, auf dem die Kuppel ruhte, hinauf bis zur inneren Galerie, dann zwischen den nach innen geneigten Kuppelschalen hindurch bis zur Spitze des gewaltigen Gewölbes.

Welch eine Plackerei hatten die Dombauarbeiter jeden Morgen auf sich genommen, um ihren Arbeitsplatz in luftiger Höhe zu erreichen! Immer wieder hatten sich Handwerker vom großen, von Zugochsen angetriebenen Lastenaufzug im offenen Oktogon der Kathedrale oder von dem kleineren Hebekran an der Kuppelspitze hinaufziehen lassen – bis ein Mann in den Tod stürzte und Brunelleschi es verboten hatte.

Obwohl ich mich mit Tayeb mit langen Gewaltmärschen auf die

Reise nach Timbuktu vorbereitet und auch Giottos Campanile mehrmals bestiegen hatte, zitterten mir nach nur wenigen Treppen die Knie.

Nach einhundertfünfzig Stufen hatte ich das Ende des Stützpfeilers erreicht. Ich stellte die Laterne an der Treppe ab, trat hinaus auf die innere Galerie der nachtschwarzen Kuppel über mir und starrte hinunter in den Abgrund des Oktogons mit dem mondbeschienenen Altarraum tief unter mir.

Wo war der Mönch? Wartete er am Portal auf mich? Das war mein einziger Fluchtweg!

Ich huschte auf die andere Seite der Kuppelgalerie, zog mein Feuerzeug hervor und schleuderte den Feuerstein so weit ich konnte in die dunkle Apsis hinter dem Altar. Es dauerte lange, bis er mit weithin hallendem Geräusch auf die Fliesen prallte und zwei, drei Schritte weit über den Marmor schlitterte.

Nichts geschah!

Wo war der Assassino? Um Himmels willen, doch nicht …?

Wenn er mir im anderen Treppenaufgang entgegenstieg, hatte ich keine Chance zu entkommen, es sei denn …

Nein, *das* war nur der allerletzte Ausweg!

Da ich keine Ahnung hatte, wo der Assassino war, blieb mir nur eines: Ich musste mich sputen, denn anderenfalls würde er vor mir die Kuppelspitze erreichen und mir dort auflauern. Und dann gnade mir Gott! Denn nach den vierhundertdreiundsechzig Stufen würde ich so erschöpft sein, dass ich mich nicht mehr gegen seinen Angriff wehren konnte. Ich hatte nur eine Chance: Ich musste schneller sein als er!

Ich rannte über die Galerie zurück zum Aufgang und hastete keuchend durch die sich immer mehr verengenden Gänge zwischen der inneren und der äußeren Kuppelschale, zwischen denen sich die Treppen nach oben wanden. Mit der Laterne in der Hand hetzte ich durch ein verwirrendes Labyrinth von Stiegen, schmalen Durchgängen und niedrigen Türen zu aufgegebenen Materiallagern und Vorratsräumen.

Links von mir war die nach innen geneigte Innenkuppel, rechts über mir die Außenkuppel mit dem leuchtend roten Ziegeldach. An manchen Stellen, wo der glatte Putz abgesprungen war, sah ich die im Fischgrätmuster verlegten Ziegelsteine des Kuppelbaus.

Ich rannte die Treppen hinauf, hielt das Tempo jedoch nicht lange durch. Mein Herz raste, mir war schwindelig, und ich rang nach Luft. Erschöpft ließ ich mich auf die Stufen sinken und ruhte einen Moment aus.

Schließlich erreichte ich eines der offenen Rundfenster in der Kuppelschale. Ich kletterte hinauf, genoss den kalten Wind auf meinem erhitzten Gesicht, sog gierig die frische Luft ein und warf einen Blick hinunter auf das Wirrwarr der im Mondlicht schimmernden Dächer unter mir.

Dann stolperte ich mit zitternden, schmerzenden Beinen Treppe um Treppe empor, bis ich die letzte Stiege erreichte.

Eine Tür – dann wehte mir der eisige Wind ins Gesicht.

Ich stand auf der Kuppelspitze hoch über den Dächern von Florenz. Vom Rand der ringförmigen Plattform starrte ich wie gebannt an den weißen Rippen entlang die atemberaubend steilen Flanken der Kuppel hinab in einen tiefen Abgrund. Fast senkrecht unter mir erkannte ich den Palazzo d'Ascoli mit dem Wehrturm, zwei Schritte hinter mir gähnte der schwarze Höllenschlund des Oculus, des Ringes in der Kuppelspitze, auf dessen Rand die Laterne errichtet werden sollte.

Über mir ragte der hölzerne Aufbau des Hebekrans mit den beiden weit ausgreifenden Schwenkarmen auf – der zweite Kranarm verhinderte, dass die Last am Ende des Seils in den starken Höhenwinden, die um die Domkuppel wehten, ins Pendeln geriet. Brunelleschi hatte den Kran nach Fertigstellung der Kuppel nicht entfernen lassen – nach dem Ende der Konzilssitzungen sollte mit dem Bau der Laterne an der Kuppelspitze begonnen werden. Die tonnenschweren Marmorblöcke sollten mithilfe dieses Lastenaufzugs auf diese ringförmige Plattform gehoben werden.

Während ich verschnaufte, prüfte ich den Zustand des dicken Seils und die Verschnürung, mit der es am Mast des Krans befestigt war, um Wind und Wetter zu trotzen. Mit zitternden Fingern gelang es mir schließlich, den Knoten zu lösen. Ich legte den hölzernen Hebel für die Bremsvorrichtung um und rastete ihn in einer bestimmten Position ein.

Dann öffnete ich die schmale Tür zur Treppe, die nach unten führte, und wollte die ersten Stufen hinabsteigen, als sich mir der schwarze Mönch mit aller Kraft entgegenwarf. Hinter der Tür hatte er auf mich gewartet!

Im Schein der Laterne blitzte der Dolch. Er verfehlte mich nur um Haaresbreite!

Die Laterne fiel polternd auf die Treppe und erlosch.

In tiefster Finsternis wirbelte ich herum und stürmte hinauf zur Kuppelspitze. Der Mönch erwischte den Saum meines Gewandes, doch ich entwand mich ihm und wich zurück bis an den Rand der schmalen, ringförmigen Plattform.

Drohend kam er näher. Sein Gesicht, unter der schwarzen Kapuze verborgen, lag im Schatten.

Mit dem rechten Fuß tastete ich nach dem Abgrund. Noch ein Schritt, und ich würde in die Tiefe stürzen.

Mein Blick irrte über die Schulter des Assassinos.

Mir blieb nur diese eine Chance!

Dann tat ich etwas, das ihn verwirrte: Ohne ihn aus den Augen zu lassen, legte ich mein Gewand ab, knüllte es zusammen und schleuderte es in weitem Bogen hinunter auf die Piazza. Darunter trug ich nur ein Hemd und die weite Hose.

Verdutzt sah er der im Wind flatternden Robe nach und war einen Augenblick lang abgelenkt.

Da stürmte ich geradewegs auf ihn zu …

… und auf den Abgrund hinter ihm.

Niketas

Kapitel 18

Zu Tode erschrocken fuhr ich hoch, als ein Schatten in mein Schlafgemach huschte. Ich griff nach dem Dolch neben dem Kopfkissen, raffte die Bettdecke um mich und sprang aus dem Bett. Wo war der Bewaffnete, der vor der Tür wachen und mein Leben schützen sollte?

Mein Herz klopfte bis zum Hals.

Im hellen Mondlicht sah ich, wie der Attentäter beide Hände hob. Er war verhüllt, sodass ich sein Gesicht nicht erkennen konnte. Wer hatte ihn geschickt, um mich zu ermorden? Demetrios? Sein Freund Selim? Oder dessen Cousin Murad?

Der verschleierte Mann auf der anderen Seite des Bettes streckte mir beide Hände entgegen, die Handflächen nach oben gekehrt. »Ich bin unbewaffnet!«, murmelte er in besänftigendem Tonfall. Er sprach Italienisch mit arabischem Akzent. »Bitte legt den Dolch weg! Verzeiht, dass ich Euch erschreckt habe.«

»Tayeb?«, seufzte ich erleichtert.

»Ja.« Er zog den Schleier vom Gesicht. »Bitte folgt mir zum Palazzo d'Ascoli. Etwas Furchtbares ist geschehen.« In kurzen Worten schilderte er mir die dramatischen Ereignisse der letzten Stunden.

»Tot?«, flüsterte ich bestürzt. »Allmächtiger Gott!«

»Bitte kommt mit mir«, flehte Tayeb.

Während er eine Kerze entzündete, warf ich mir meinen Mönchshabit über. Ich weckte Natanael, der nebenan schlief. Hastig kleidete er sich an und durchwühlte die Truhe mit den Medikamenten und dem chirurgischen Instrumentarium nach einer kleinen Phiole aus Glas.

Wenig später folgten wir Tayeb die Treppen hinunter in den Hof des Palazzo Albizzi. Das Portal wurde geöffnet, und wir hasteten hinaus in den Borgo, der nach rechts zum Domplatz führte.

Im Schein der Fackeln an der Fassade des Palazzo d'Ascoli sah ich Alessandras schwarzes Gewand, das ausgebreitet auf den Pflastersteinen lag … wie eine zerschmetterte Leiche. Entsetzt blickte ich empor zur gewaltigen Domkuppel. Was war dort oben geschehen? Aus dieser Höhe den Sprung zu wagen …

Natanael und ich folgten Tayeb durch das von Floriano bewachte Portal in den Palazzo, dann die Treppe hinauf in die Kapelle, wo Luca aufgebahrt gelegen hatte. Auf dem Altar brannten sechs Kerzen, in deren düsterem Licht ich zwei junge Männer erkannte.

Tito hockte vornübergebeugt auf dem Chorgestühl, sein tränennasses Gesicht barg er in beiden Händen. Er weinte mit zuckenden Schultern. Neben ihm lagen zusammengeknüllt ein weißes Gewand und ein schwarzes Skapulier – ein Dominikanerhabit!

Zwei Sitze weiter kauerte still und in sich gekehrt Caedmon, auch er totenbleich. Eine Träne rann ihm über die Wange. Mit glänzenden Augen und verkniffenen Lippen starrte er auf die Gestalt, die in der Mitte der Kapelle aufgebahrt lag.

Ich trat an den Katafalk und betrachtete den Toten.

Es war Alexios.

»Die Klinge traf ihn ins Herz. Er war sofort tot«, murmelte Natanael, der als Medicus den Leichnam untersuchte. »Mein Gott, Niketas, siehst du seinen entsetzten Ausdruck? Er wirkt, als habe er seinem Mörder ins Gesicht gesehen und ihn erkannt.«

Ich legte die Hand auf die Stirn des Toten, sprach ein Gebet und segnete ihn. Dann setzte ich mich neben Tito auf das Chorgestühl und legte ihm tröstend die Hand auf die zuckenden Schultern. »Es tut mir sehr leid, Tito. Ich weiß, was Ihr und Alexios füreinander empfunden habt.«

Mit beiden Händen fuhr er sich über das Gesicht und wischte sich die Tränen ab. »Wir haben uns geliebt«, schluchzte er. »So wie Ihr und Alessandra.«

Caedmon hatte seinen Blick abgewandt und starrte mit funkelnden Augen auf das Fresko des Gekreuzigten oberhalb des Altars. Wie dachte er über meine Liebe zu Alessandra?

»Was ist geschehen?«, fragte ich Tito.

Ich verstand nicht alles, was er mir erzählte, da er immer wieder in Tränen ausbrach. Nur so viel: Tito war um den Campanile herum zum Portal der Kathedrale gerannt, um den schwarzen Mönch zu stellen, mit dem Alessandra auf der Kuppelspitze gerungen hatte. Alexios war ihm auf den Fersen gewesen, als er Tito etwas zurief und umkehrte, um zur Porta dei Canonici zurückzueilen. Durch die zuvor verschlossene Pforte gegenüber dem Palazzo d'Ascoli hatte der Assassino unbemerkt verschwinden wollen – und war Alexios in die Arme gelaufen. Niemand wusste, ob Alexios und der Mönch noch auf der Piazza miteinander gerungen hatten. Wie auch immer: Alexios hatte ihn bis zur Kirche Santa Croce verfolgt. Tito, der in der Sakristei der Kathedrale den Dominikanerhabit des Attentäters entdeckt und dann in den Gassen nach seinem Geliebten gesucht hatte, fand ihn eine Stunde später im Schatten der Kirche. Alessandras Dolch ragte aus seiner Brust.

Tito war zum Palazzo d'Ascoli zurückgeeilt, wo Tayeb nach seiner Suche nach Alessandra endlich eingetroffen war. Die beiden brachten Alexios nach Hause. Während Tito und Caedmon den Toten auf dem Katafalk aufbahrten, war Tayeb erneut aufgebrochen, um Natanael und mich zu holen.

»Ihr seid sein Erzbischof. Würdet Ihr ihn nach orthodoxem Ritus bestatten?«, bat Tito schluchzend.

Ich ergriff seine Hand und drückte sie.

Es war üblich, den Leichnam vor der Beisetzung zu waschen und in ein weißes Tuch zu hüllen. Tief gläubige orthodoxe Christen kauften ihr Leichentuch in Jerusalem: ein weißes Linnen, welches – ähnlich dem Grabtuch Jesu, das jahrhundertelang in Konstantinopolis aufbewahrt worden war – mit dem Abbild des Auferstandenen bestickt war. Ich fragte Tito, ob Alexios ein solches Tuch besessen habe, und er nickte. Dann erhob er sich und verschwand, um es zu holen.

Wie versteinert hockte Caedmon auf seinem Sitz und starrte den Toten an. Sein blasses, maskenhaftes Gesicht war mir ein Rätsel. Was empfand er? Trauer? Oder Zorn?

»Caedmon?«, sprach ich ihn an.

Es fiel ihm schwer, mir in die Augen zu sehen. »Mylord?«

»Wo ist sie?«

»In ihrem Schlafzimmer.«

»Ich werde nach ihr sehen.«

Er nickte stumm, wandte sich wieder Alexios zu und murmelte etwas auf Englisch. »My Lord Jesus Christ, my Redeemer, have mercy! Son of the Almighty God, save me …«

Sprach er ein Gebet für Alexios?

Ich erhob mich. Natanael hielt mich am Arm fest. »Soll ich dich begleiten?«

»Nein, Natanael. Warte hier auf Tito.«

Wortlos drückte mir mein Bruder die kleine Glasphiole in die Hand.

Ich verließ die Kapelle und stieg die Treppe hinauf zu Alessandras Gemächern. Die Tür zu ihrem Arbeitsraum war geschlossen – von innen verriegelt, wie Tayeb mir vorhin anvertraut hatte.

Er hatte mir nicht gesagt, was Alessandra und er mitten in der Nacht in San Marco wollten. Doch ich konnte es mir denken: Sie hatten das Evangelium dorthin gebracht, um es in Fra Serafinos Schatzkammer zu verstecken. Niemand würde die Papyrusfetzen in der Klosterbibliothek mit Hunderten von Bänden finden!

Ich ging weiter zu Alessandras Schlafgemach, horchte einen Herzschlag lang in die nächtliche Stille, trat leise ein und schloss die Tür hinter mir.

Sie lag auf dem Bett und starrte ins Feuer des Kamins. Das Licht funkelte in ihren Augen, Tränen rannen ihr über das Gesicht und tropften auf das Kopfkissen.

Als ich mich auf dem Rand ihres Bettes niederließ, richtete sie sich schluchzend auf, umarmte mich ungestüm und presste ihr Gesicht gegen meine Schulter. »Ich bin so froh, dass du gekommen bist!«, weinte sie und hielt sich bebend an mir fest.

Sanft ließ ich sie in die Kissen zurücksinken. Sie schlang ihre Arme um meine Schultern und zog mich zu sich herunter. Ich legte mich neben sie auf die Bettdecke, in die sie sich wie in einen schützenden Kokon gewickelt hatte.

»Wie geht es dir, mein Schatz?«, flüsterte ich und wischte ihr zärtlich die Tränen ab. Sie drängte ihr Gesicht gegen meine Hand und küsste sie. »Bist du verletzt? Natanael hat mir eine Phiole mit Opium in die Hand gedrückt. Soll ich dir ein paar Tropfen geben?«

Sie schüttelte den Kopf. »Ich will nicht schlafen, Niketas, sondern um Alexios trauern.«

Ich umarmte sie, wiegte sie wie ein Kind und küsste sie. »Willst du mir erzählen, was dort oben auf der Domkuppel geschehen ist?«

Sie nickte, lehnte ihr Gesicht an meine Schulter und berichtete mir leise schluchzend, wie der schwarze Mönch sie an den Rand des Abgrunds getrieben hatte.

»Nachdem ich mein Gewand hinabgeworfen hatte, bin ich auf ihn zugestürmt. Er war so überrascht, dass er sich nicht gewehrt hat. Ich wich ihm aus und erreichte den Hebekran hinter ihm. Zuvor hatte ich das Tau losgemacht und den Bremshebel umgelegt und eingerastet. Ich packte das dicke Seil, wand es mir um die Beine und dann …« Sie holte tief Luft. »… dann bin ich durch den Oculus in der Kuppelspitze gesprungen. Mit rasender Geschwindigkeit stürzte ich am Seil hinab ins Oktogon. Hätte der Assassino nicht versucht, mich aufzuhalten, wäre ich vor dem Altar auf dem Marmorboden aufgeschlagen. Brunelleschi hat den Dombauarbeitern verboten, diesen

Lastenaufzug zu benutzen, denn vor Jahren war ein Handwerker in den Tod gestürzt.«

Schniefend wischte sie sich mit dem Handrücken über die verweinten Lider. Ich strich ihr tröstend über das Haar.

»Ich weiß nicht, wieso er im letzten Moment den Bremshebel umgelegt hat. Das Seil kam zum Stillstand, und ich schwebte etliche Ellen über dem Boden der Kathedrale.«

»Und dann?«

»Ich dachte, er habe den Lastenaufzug angehalten, um das Seil durchzuschneiden, damit ich in die Tiefe stürzte und am Boden zerschmetterte. Von oben konnte er nicht erkennen, wie weit ich schon mit dem Seil hinabgefallen war.«

»Und dann?«

»Ich bin gesprungen und wie tot auf dem Boden liegen geblieben. Im Mondlicht konnte ich sehen, wie er sich weit über den Rand des Oculus beugte, um zu sehen, ob ich den Sturz überlebt hatte. Ich blieb reglos liegen, bis ich sicher war, dass er die Stiegen durch die Domkuppel hinunterhastete. Einen anderen Fluchtweg hatte er ja nicht. Ich versuchte, die Türen zu den Treppen in den Stützpfeilern abzusperren, um ihn in der Kuppel einzuschließen, doch vergeblich. Ich hatte keinen Schlüssel, und die Riegel waren an der Innenseite. Da bin ich geflohen und habe Tito und Alexios geweckt, damit sie …«

Sie stockte.

»Und nun ist Alexios tot! Und der Mönch ist wieder entkommen. Letzte Nacht hat er mein Arbeitszimmer durchsucht, um das Evangelium zu finden. Gestern Abend hat er das Schlafzimmer des Papstes verwüstet und das antike Markus-Evangelium gestohlen, das ich in Alexandria gefunden habe. Heute Nacht hat er Tayeb und mich nach San Marco verfolgt und versucht, mich zu töten. Wer ist sein nächstes Opfer? Ich? Du? Der Papst? Auf Kardinal Cesarini und meinen Cousin, Kardinal Colonna, sind ebenfalls Mordanschläge verübt worden.«

»Allmächtiger Gott!«, stöhnte ich. »Leben sie noch?«

Sie nickte. »Niketas, ich habe furchtbare Angst!«, gestand sie mit bebender Stimme. »Bleib heute Nacht bei mir, und halte mich fest in deinen Armen! Lass mich bitte nicht allein!«

Eng aneinandergeschmiegt lagen wir in jener Nacht in ihrem Bett, teilten die Decke, das Kissen und die Wärme unserer Körper. Mit Händen und Lippen liebkosten wir einander zärtlich und genossen das Gefühl der Liebe und der Zärtlichkeit, das uns bewies, dass wir noch am Leben waren.

Welch berauschendes Gefühl, so sehr geliebt zu werden!

Welch sinnliche Verführung zum Hoffen, zum Leben, zum Begehren und zum Glücklichsein! Mein Lebenslicht brannte ohne zu flackern und so strahlend hell wie nie zuvor. Ich verschwendete keinen Gedanken daran, dass es in einigen Monaten verlöschen könnte.

Wie gern hätte ich meine Gelübde vergessen und mich ihr mit Herz und Seele hingegeben! Doch ich wollte meinen Schwur nicht brechen, denn noch war ich ein Priester.

Am nächsten Morgen kehrten Natanael und ich nicht in den Palazzo Albizzi zurück – ich wollte Alessandra nicht verlassen. Wie kostbar waren die wenigen Stunden, in denen ich mit ihr glücklich war! Funkelnde Juwelen in einer Schatztruhe voller Erinnerungen an ein Leben, das bald enden würde.

Obwohl Natanael sich wünschte, ich möge mich auf das Gebot Gottes besinnen und meine sexuelle Enthaltsamkeit aufgeben, war mein Bruder nicht glücklich über meine Liebe zu Alessandra. Denn er ahnte, dass ich mich irgendwann zwischen ihm und ihr entscheiden musste. Mein Bruder sehnte sich zurück nach Konstantinopolis. Der Judenhass in Venedig und Ferrara hatte ihn zutiefst erschreckt. Sobald das Unionsdekret unterzeichnet war, wollte er Italien verlassen und abreisen – zuerst nach Athen, wo wir einen Aufstand der Gläubigen verhindern mussten, und dann nach Hause. In den letzten Monaten meines Lebens wollte er mich umsorgen, um mir die verlorenen Jahre meiner Kindheit wiederzugeben.

Seit meiner Unterredung mit Eugenius fürchtete Natanael, der Papst werde mich zum Kardinal der griechisch-römischen Kirche ernennen und ich könnte mich entschließen, wegen Alessandra in Florenz zu bleiben.

Alessandra ahnte, was in meinem Bruder vorging.

Natanael hatte eine Weile an ihrem Bett gesessen, bevor er zum Freitagabendgottesdienst in die Synagoge ging. Währenddessen saß ich am Schreibtisch in Alessandras Arbeitszimmer und schrieb an meinem Buch über Paulus. Durch die offene Tür vernahm ich ihr Getuschel.

»… nehme ihn dir nicht weg!«, beteuerte sie.

Still legte ich die Feder aus der Hand und lauschte.

»Niketas und ich, wir lieben uns. Aber er wird mich verlassen. Ich werde ihn nach Venedig begleiten, mich am Molo von ihm verabschieden und traurig zusehen, wie sein Schiff auf das offene Meer hinaussegelt.

Ihr werdet gemeinsam nach Athen gehen. Von dort werde ich einen langen und sehr gefühlvollen Brief erhalten. Er wird mir schreiben, wie unglücklich er ist und wie sehr er mich vermisst. Der nächste Brief wird aus Konstantinopolis gesandt werden – es ist der letzte. Dann folgt ein langes Schweigen. Irgendwann wirst du mir mitteilen, dass Niketas gestorben ist. Nein, Natanael, ich kann ihn nicht festhalten. Schon sehr bald wird er mich verlassen.«

Durch die offene Tür hörte ich sie weinen.

Tränenblind starrte ich auf die Worte von Paulus' Hohelied der Liebe, die ich zuletzt niedergeschrieben hatte: ›Nun aber bleiben Glaube, Hoffnung, Liebe. Aber die Liebe ist die größte unter ihnen. Sie erträgt alles, glaubt alles, hofft alles und hält allem stand. Sie hört niemals auf.‹

»Unser Glück währt nicht länger als ein paar Wochen. Dann bleiben mir nur noch die Sehnsucht und die Erinnerungen – bis ich eines Tages deinen Brief erhalte, dass die Liebe meines Lebens tot ist.

Bevor ich Niketas kennenlernte, glaubte ich, nicht lieben zu können. Doch das ist nicht wahr. Ich liebe ihn mehr als mein Leben. Wenn Niketas stirbt … und mit ihm unsere Liebe … dann werde ich … einen qualvollen inneren Tod sterben.«

Sie weinte still.

So wie ich.

Alessandra schlief noch fest, ganz eng an mich geschmiegt und ihren Arm über meine Brust gelegt, als Tayeb leise an die Schlafzimmertür klopfte und den Raum betrat. Es war früh am Sonntagmorgen – die Sonne war noch nicht aufgegangen.

Verlegen murmelte er »Guten Morgen« und trat ans Bett. »Es tut mir leid, Niketas, dass ich dich geweckt habe«, begann er. »Fra Antonino bittet Alessandra, so schnell wie möglich nach San Marco zu kommen.«

Noch ganz verschlafen drehte sie sich zu ihm um: »Was ist denn geschehen?«

»Der Dominikaner, den der Prior schickte, um dich zu holen, hat nichts gesagt«, erwiderte Tayeb. »Aber ich befürchte das Allerschlimmste …«

Mit einem Satz sprang sie aus dem Bett und griff entschlossen nach ihren Kleidern. Dass Tayeb ihren nackten Körper sah, schien sie nicht zu stören. »Wo ist Caedmon?«

»Er erwartet dich mit dem Dominikaner in der Bibliothek«, erwiderte Tayeb. »Er war schon früh auf und hat den Frater empfangen. Caedmon hat mich gebeten, dich zu wecken, offenbar weil er vermutet, dass Niketas die Nacht in deinem Bett verbracht hat. Ich glaube, er wollte euch nicht in Verlegenheit bringen. Er verehrt Niketas wie eine Ikone …«

Alessandra nickte. »Lass die Pferde satteln, Tayeb!«

Er wollte gerade den Raum verlassen, als ich ihn aufhielt: »Warte, Tayeb! Ich werde euch begleiten!«

»Wie du willst!«, nickte er und verschwand.

Nachdem wir uns angekleidet hatten, stiegen wir die Treppe hinunter zur Bibliothek, wo Alessandras Sekretär und der Dominikaner auf uns warteten. Der Mönch berichtete, der sonst so beherrschte Fra Antonino habe Tränen in den Augen gehabt, als er ihn bat, zum Palazzo d'Ascoli zu eilen. Er hatte jedoch keine Ahnung, was im Kloster vorgefallen war.

Zutiefst beunruhigt ritten wir nach San Marco, wo die Mönche noch die Prim beteten. Doch die Pforte stand offen, und wir betraten den Kreuzgang.

Der Prior erwartete uns in seiner Zelle

Mit ausgebreiteten Armen lag er auf dem Steinboden und betete. Tränen rannen über sein Gesicht. Als wir eintraten, bekreuzigte er sich und stand auf. Nachdem er mich begrüßt hatte, umarmte er Alessandra. »Mein liebes Kind, es tut mir so leid«, murmelte er. »Zuerst dein Vater und nun …«

»Was ist passiert?«, fragte sie erschrocken.

»Serafino ist tot.«

»Nein!«, hauchte Alessandra mit tonloser Stimme, taumelte im Sturm der Gefühle und hielt sich an mir fest.

Ich schloss meine Arme um sie und gab ihr Halt.

»Ich bin untröstlich, mein Kind! Ich weiß, was ihr füreinander empfunden habt«, beteuerte der Prior. »Heute früh ist Serafino nicht zur Laudes in der Kirche erschienen. Ich habe ihn in seiner Zelle gesucht, aber er war nicht dort. Sein Bett war noch unberührt, als habe er letzte Nacht nicht darin geschlafen. Ich weiß, dass Serafino so manche Nacht in der Bibliothek verbracht hat, um dort die Werke von Thomas von Aquino zu studieren oder Bücher herauszusuchen, die er dem Papst bringen wollte. Ich fand ihn in der Bibliothek. Sofort habe ich einen Boten zu dir und Seiner Heiligkeit geschickt. Du weißt, wie sehr er sich um ihn be…«

»Ich will ihn sehen«, verlangte Alessandra mit erstickter Stimme.

»Das halte ich für keine gute Idee! Serafino ist ermordet worden. Er liegt in seinem Blut und …«

»Ich will ihn sehen!« Sie rang mit den Tränen.

»Also gut«, gab der Prior nach.

Er führte uns zur Bibliothek auf der anderen Seite des Kreuzgangs, zog einen Schlüssel hervor und schloss das Portal auf.

Serafino lag zwischen den Lesepulten am Ende des großen, dreischiffigen Bibliothekssaals. Mit ausgebreiteten Armen starrte er zur Decke empor, und sein blutgetränkter Dominikanerhabit mit den weiten Ärmeln gemahnte an das wehende Gewand eines Engels.

Mit tränennassem Gesicht warf sich Alessandra neben ihn auf den Boden, schloss ihm die Augen und umarmte seinen kalten, totenstarren Körper.

Tayeb kniete neben ihr nieder, um sie zu trösten. »… schwarze Mönch … letzte Nacht … San Marco«, flüsterte er so leise, dass ich ihn gerade noch verstehen konnte. »… nach dem verborgenen Evangelium … die Bibliothek … Serafino … überrascht … Assassino ermordete ihn und floh.«

Sie nickte traurig. »Erinnerst du dich … Geräusch mit dem Brecheisen … hätten das Evangelium irgendwo im Kloster verstecken können – nicht nur in der Kirche … Der Mönch vermutete es in der Bibliothek …«

Alessandra strich Serafino zärtlich über das Gesicht und küsste ihn auf die Stirn.

Fra Antonino, der uns still beobachtet hatte, zog mich auf die Seite. »Wisst Ihr, wie Alessandra und Serafino zueinander standen?«

»Ich weiß nur, dass sie eng befreundet waren.«

Er nickte bedächtig. »Serafino war ein Findelkind aus dem Ospedale degli Innocenti, dem Hospiz der unschuldigen Kinder gegenüber der Kirche Santissima Annunziata. Er war nur wenige Stunden alt, als er zu den Innocenti kam. Wer seine Eltern waren, hat er nie erfahren.«

»Wie kam er in Lucas Haus?«

»Luca hat sich seiner erbarmt, als er sechzehn war. Er hat Serafino viele Jahre in seinem Palazzo wohnen lassen und ihm ein Studium an der Universität von Florenz finanziert.

Alessandra und Serafino standen sich sehr nah. Vor einigen Jahren hatten sie gemeinsam die Alpen überquert und in der Klosterbibliothek von Sankt Gallen mehrere Truhen voller kostbarer antiker Handschriften entdeckt.

Ich weiß nicht genau, was während der Rückreise geschehen ist – keiner von beiden hat darüber je ein Wort verloren. Luca hat es mir dann anvertraut. Nur so viel: Auf dem San-Gottardo-Pass gerieten sie in einen heftigen Schneesturm und kamen mit ihrer Maultierkarawane vom Weg ab. Serafino hat ihr das Leben gerettet. Er opferte die Bücher, um Alessandra zu retten. Es müssen wertvolle Schätze gewesen sein, die für immer im Abgrund verschwanden, als mehrere Maultiere mit ihren Lasten in die Tiefe stürzten.

Als Serafino beschloss, Dominikaner zu werden und ins Kloster einzutreten, hat sie das schwer getroffen. Kurz vor Weihnachten ist er zum Priester geweiht worden. Wie ihren Vater hat sie ihn an den ›Tempel der Selbstopferung‹ verloren. So nennt sie die Kirche.«

Ich nickte stumm.

»Ich weiß nicht, was Ihr für sie empfindet, Euer Seligkeit. Aber da Ihr sie nach San Marco begleitet habt, um ihr in dieser schweren Stunde beizustehen, ahne ich, dass sich Eure Gefühle für sie nicht auf brüderliche Freundschaft und Wertschätzung für ihren ›heiligen Vater‹ beschränken.

Ich bin Alessandras Beichtvater. Sie vertraut mir die Geheimnisse ihres Herzens an – so wie Ihr es in den letzten Wochen getan habt, als wir über Euren Wunsch sprachen, die Ehrentitel niederzulegen, das Priesteramt aufzugeben und Euch ins Kloster in Byzanz zurückzuziehen, um dort in aller Seelenruhe zu sterben. Bitte versteht mich nicht falsch, Euer Seligkeit! Ich bin sehr glücklich, dass Ihr nach der niederschmetternden Diagnose Eures jüdischen Freundes die tiefe Traurigkeit und Verzweiflung überwunden und ins Leben zurückgefunden habt. Verzeiht mir, wenn ich Euch nun als Euer Seelsorger ins Gewissen rede!«

Fra Antonino sah mir fest in die Augen.

»Was immer Ihr und Alessandra füreinander empfindet: Bitte tut ihr nicht weh! Wenn sie nach Luca und Serafino auch noch Euch verlieren müsste, würde es ihr das Herz brechen.«

Es war Mitternacht, als ich mich sehr herzlich von Isidor von Kiew verabschiedete, ihm für den schönen Abend dankte und mit Tito in den Palazzo Albizzi zurückkehrte. Während wir die Via dei Servi entlanggingen, sprachen wir über die Totenmesse für Alexios, die ich am Vortag in der Kapelle des Palazzo d'Ascoli gehalten hatte. Tito war tief gerührt. Noch nie hatte er eine orthodoxe Messe erlebt.

Die Fassade des Palazzo Pucci war hell erleuchtet. Hundert Schritte vor uns torkelten zwei Betrunkene Arm in Arm die Straße hinunter in Richtung Dom. Während einer schwankend stehen blieb, um sich an einer Hauswand zu erleichtern, lehnte der andere kichernd neben ihm.

Dann geschah es!

Aus den Schatten einer dunklen Seitengasse stürzte ein Bewaffneter, riss den Dolch hoch, warf sich auf mich und stach zu.

Ich taumelte unter dem Aufprall seiner Schulter, glitt auf den vereisten Pflastersteinen aus und stürzte zu Boden. Und so traf er mich nicht ins Herz, sondern riss mit seiner Klinge eine Wunde in meine Seite.

Hart schlug ich mit dem Kopf auf das Pflaster und blieb benommen liegen. Ein furchtbarer Schmerz überschwemmte meinen Schädel. Grelle Lichtblitze zuckten vor meinen Augen.

Eine schwere Schläfrigkeit bemächtigte sich meines Körpers, eine Sehnsucht nach Ruhe und Schlaf, der ich nicht nachgeben durfte, wenn ich nicht sterben wollte. Nicht jetzt!

Dann tiefste Finsternis. Es wurde schwarz vor Augen. Ich konnte nichts mehr erkennen. War ich erblindet?

Woher kam der überwältigend süße Duft nach Weihrauch? Und dieses brausende Geräusch, das erwartungsvolle Raunen einer großen Menschenmenge?

Wie ohnmächtig lag ich auf dem Boden, unfähig mich zu erheben.

Dann sah ich wieder die Hufe von Kaiser Manuels steigendem Hengst über mir. Sein erschrockenes Gesicht. Die zu Boden stürzende Krone. Die blitzenden Schwerter der kaiserlichen Leibwächter. Die Kuppeln der Hagia Sophia. Die entsetzte Menge am Straßenrand, die die Karfreitagsprozession des Basileus bestaunen wollte.

Mein Herz raste.

Wo war Natanael?

Ein Bewaffneter hatte ihn gepackt und von mir fortgezerrt!

Ich riss die Arme hoch und schrie in meiner Todesangst, als die Hufe des scheuenden Pferdes mich wieder und wieder trafen, mir die Knochen brachen, die Rippen … und den Schädel.

Dieser Schmerz in meinem Kopf!

Dann verwehten die Erinnerungen an meinen Sturz.

Am ganzen Körper bebend und noch ganz benommen richtete ich mich auf, stützte mich mit den Ellbogen ab und blinzelte.

Im Feuerschein der Fackeln am Palazzo Pucci erkannte ich Tito, der sein Schwert gezogen hatte, während ich ohnmächtig auf dem Boden lag. Mit der Kraft seines ungezügelten Zorns schlug er auf den zurückweichenden Attentäter ein und drängte ihn Schritt für Schritt gegen die Mauern des Palazzo Pucci. Hielt er den Assassino für den rätselhaften Mönch, der Luca, Alexios und Serafino ermordet hatte?

Schwankend erhob ich mich und zog meinen Dolch, während Tito wie besessen mit dem Schwert auf den Assassino einschlug und ihn vor sich her trieb.

Ein letzter Hieb – dann glitt der Attentäter an der Hauswand herunter und sank röchelnd zu Boden, die Hände in einer flehenden Geste erhoben. Tito hatte ihm die Klinge in die Brust gerammt.

Ich kniete mich neben den Verwundeten und zog ihm den schwarzen Turban vom Kopf, um sein Gesicht zu sehen.

Wer war der Mann? Ich hatte ihn noch nie zuvor gesehen.

»Wer hat dich geschickt?«, fragte ich ihn auf Italienisch.

Er verstand mich nicht und starrte mich mit offenem Mund an, daher wiederholte ich meine Frage auf Lateinisch.

Kein Zeichen des Verstehens.

Keuchend rang er nach Atem – er erstickte an seinem Blut.

Da versuchte ich es auf Griechisch.

Ein qualvolles Röcheln war die Antwort. Er murmelte etwas. War es Türkisch? Dann schloss er die Augen und hauchte mit einem geflüsterten »Allahu akbar!« sein Leben aus.

Tito steckte sein Schwert weg und reichte mir die Hand, um mir aufzuhelfen. »Ihr seid verletzt!«, sorgte er sich und stützte mich, als ich taumelte. »Ich bringe Euch in den Palazzo d'Ascoli. Er liegt näher als der Palazzo Albizzi. Dann werde ich Natanael holen, damit er Eure Wunde versorgt.«

»Danke, Tito! Ihr habt mir das Leben gerettet!« Ich legte meinen Arm um seine Schultern. Mir war schwindelig, mein Kopf schmerzte unerträglich, und die Wunde an meiner Seite raubte mir den Atem.

»Das war nicht der schwarze Mönch.« Tito warf einen letzten Blick auf den Toten, während wir uns entfernten. »Wer, glaubt Ihr, hat ihn geschickt, um Euch zu ermorden?«

Ich dachte nach.

Demetrios?

Er hasste mich seit unserer Kindheit. Und er fürchtete mich, weil ich mit aller Macht verhindern würde, dass er eines Tages Ioannis auf den Purpurthron nachfolgte.

Sein Freund Selim?

Der Cousin des türkischen Sultans war nach der Belagerung von Konstantinopolis im Jahr 1422 mit knapper Not einem Attentat entkommen. Sultan Murad hatte seinen Onkel Mustafa Çelebi und seinen jüngeren Bruder ermorden lassen, als beide mit Unterstützung des byzantinischen Kaisers Ansprüche auf den türkischen Thron erhoben. Der neunzehnjährige Prinz Selim, der sich an der Verschwörung gegen seinen Cousin, den gleichaltrigen Sultan, beteiligt hatte, war dem Massaker an seinen Verwandten entkommen und nach Konstantinopolis geflohen, wo er von Ioannis freundlich empfangen wurde und sich mit Demetrios anfreundete. Vor elf Jahren hatte Selim meinen Bruder nach Griechenland begleitet, wo Demetrios als Despot herrschte.

Welche geheimnisvollen Verbindungen hatte Selim zum Hof von Sultan Murad? Wollte der geflohene Prinz seinem Cousin einen Gefallen erweisen, indem er mich ermordete? Hoffte er im Stillen, dass der Sultan ihn begnadigen und zurückrufen würde?

Oder war es Sultan Murad, der mir nach dem Leben trachtete, weil er die Kirchenunion und einen Kreuzzug fürchtete?

Tito brachte mich nach Hause.

Die Worte ›nach Hause‹ waren ihm unbedacht herausgerutscht. Ich sah es ihm nach, denn im Grunde hatte er Recht: Obwohl ich nach Fra Antoninos mahnenden Worten nicht mehr in Alessandras Bett geschlafen hatte, kam ich jeden Tag wieder in den Palazzo d'Ascoli, um sie zu sehen und mit ihr zu reden. Ich war glücklich, wenn sie in meiner Nähe war, wenn wir uns zärtlich umarmten und leidenschaftlich küssten. Ich konnte und wollte sie nicht verlassen. Natanaels Befürchtung, er könnte mich für immer an sie verlieren, tat mir sehr weh.

Floriano öffnete das Tor, und Tito half mir die Treppen hinauf in den zweiten Stock des Palazzos.

»Tayeb!«, rief er, als er mit dem Fuß die Tür zu Lucas Schlafzimmer aufstieß und mich in den dunklen Raum zog.

Stöhnend ließ ich mich auf Lucas Bett sinken. Tito stopfte mir ein Kissen unter den Kopf und öffnete die Verschlüsse meiner Soutane.

Mit einer Kerze in der Hand erschien Tayeb in der offenen Tür. »Allah steh dir bei, Niketas!«, murmelte er erschrocken und trat ans Bett.

Während Tito mir hastig das Gewand auszog, berichtete er Tayeb, was geschehen war. Nach einem besorgten Blick auf die blutende Wunde verschwand Tayeb, um Verbandsmaterial zu holen.

Dann stürzte Alessandra im Nachthemd herein und sank neben mir auf das Bett. Ihr Gesicht war totenblass.

»Ich laufe zum Palazzo Albizzi und hole Natanael«, beschloss Tito. »Die Wunde muss genäht werden.«

Alessandra strich mir sanft über die Narben in meinem Haar. »Mein Liebster!«, flüsterte sie. »Wer hat dir das angetan?«

Ich berichtete ihr von dem Attentäter und meiner Vermutung, dass Sultan Murad ihn geschickt hatte.

Wenig später kehrte Tayeb mit den Leinenbinden und einem Fläschchen Opium zurück. Er half mir auf und reichte mir die entkorkte Phiole: »Nimm einen Schluck, Niketas! Es wird nicht angenehm, wenn Natanael gleich die Wunde näht.«

»Danke, Tayeb!«, murmelte ich und trank.

Dann bat ich Alessandra, das Silberfläschchen mit Natanaels Wundermittel aus der Tasche meines Gewandes zu holen. Das Elixier konnte keinen epileptischen Anfall verhindern, aber es half gegen die furchtbaren Schmerzen in meinem Kopf.

Behutsam wusch Tayeb die Wunde und deckte sie mit Binden ab, während Alessandra auf dem Rand des Bettes saß und meine Hand festhielt.

Wo blieben denn nur Tito und Natanael?

Tayeb schlug gerade Feuer, um die Holzscheite im Kamin zu entzünden, als Tito nach einer Viertelstunde zurückkehrte.

»Natanael ist nicht im Palazzo Albizzi!«, keuchte er und lehnte sich schwer atmend gegen die Tür. Er war den ganzen Weg gelaufen und dann die Treppen hinaufgestürmt. »Einer der Diener sagte, er wäre am Abend in die Synagoge gegangen. Doch er ist noch nicht zurückgekommen. Soll ich ihn suchen?«

»Nein, Tito«, murmelte ich und bemühte mich, die Augen offen zu halten. Ich war müde und nicht mehr Herr meiner Sinne. »Natanael wollte heute Abend … einen Rabbi besuchen … der ihn zum Abendessen eingeladen hat …« Im Opiumrausch fiel mir das Reden immer schwerer. Die Worte entglitten mir und verschwanden im Nebel des Vergessens. »… mit Rabbi Raffaele … über die Kirchenunion sprechen … und über die Juden in Florenz und Byzanz.«

Dann war ich eingeschlafen …

… und als ich wieder erwachte und die Traumwelt der Glückseligkeit verließ, lag Alessandra neben mir im Bett.

Das Feuer im Kamin war heruntergebrannt, und es war dunkel im Schlafzimmer. Ich sah ein geheimnisvoll glitzerndes Leuchten auf ihrem Gesicht – das Licht des Mondes oder eine Nebenwirkung des Opiumrauschs?

Ich räkelte mich in die Kissen und genoss das Gefühl der Seide auf meiner Haut. Ich fühlte mich wohlig entspannt und hatte keine Schmerzen.

Alessandra richtete sich auf. Die Bettdecke glitt an ihr herab – sie war nackt. »Wie geht es dir?«, flüsterte sie und strich mir über das Haar.

Hatte Tito ihr erzählt, dass genau das eingetreten war, wovor Natanael mich immer gewarnt hatte? Ich war mit dem Kopf hart aufgeschlagen. Wie leicht hätte mein Sturz auf die Pflastersteine eine neue

Blutung in meinem Gehirn, einen schweren Anfall und einen tödlich endenden Status epilepticus auslösen können!

»Ich bin glücklich, dass ich noch lebe«, gestand ich. »Und dass du bei mir bist.«

»Ich werde immer bei dir sein«, versprach sie mit erstickter Stimme.

Ich umarmte sie und zog sie zu mir herunter, um sie innig zu küssen. »Ich liebe dich!«

»Hast du Schmerzen?«, sorgte sie sich.

Ich schüttelte den Kopf.

»Und die Wunde an deiner Seite?« Sie schob die Bettdecke zurück, beugte sich über mich und liebkoste meine Brust oberhalb des Verbandes. »Tut es weh?«

»Ein bisschen.«

Sie küsste die Stelle noch einmal. »Besser?«

Ich musste lachen. »Ja, viel besser!«

»Wo tut es noch weh?«

Ich wies auf meinen Kopf.

Sie fuhr mir durch das Haar, beugte sich über mich und küsste zärtlich meine Narben.

»Und hier?« Ihre Hand strich über meine Stirn. »Da hast du bestimmt auch Schmerzen.«

»O ja!«, seufzte ich. »Ein Kuss kann gewiss nicht schaden!«

Ich schloss genüsslich die Augen und ließ mich von ihr liebkosen. Ihre Lippen huschten über meine Stirn, meine Lider, meine Wange und fanden schließlich meinen Mund.

Wir küssten uns mit aller Leidenschaft.

»Und wo tut es nun am meisten weh?«

Ich wies auf mein Herz.

Sie schwieg betroffen. Sie wusste, was ich meinte: mein Gelübde sexueller Enthaltsamkeit.

»Ich liebe dich«, bekannte ich im Rausch der Glückseligkeit. Ich war zutiefst erregt und empfand ein unbändiges Verlangen nach körperlicher Liebe – eine der äußerst angenehmen Nebenwirkungen von Natanaels Zaubertrank. »Ich will dich!«

Sie ließ sich neben mich in die Kissen fallen und musterte mich mit funkelnden Augen. Ganz nah rückte sie an mich heran, legte einen Arm um meine Schulter, hob den Schenkel über meine Hüfte. »Ich will dich auch, mein Liebster!«

Ihr Kuss schmeckte nach Tränen. Warum weinte sie?

Als sie sich mir öffnete, glitt ich behutsam in sie hinein.

»Es wird wehtun!«, warnte ich, aber sie schüttelte den Kopf.

»Nein, das wird es nicht.«

Ich fragte sie nicht, wer jener erste Mann in ihrem Leben gewesen war. Ich ahnte es doch schon seit langem …

Tief atmete ich ihren Duft ein, schloss die Augen und genoss ihre weichen, lustvollen Bewegungen. Ich legte meinen Arm um sie, umfasste ihren Schenkel, den sie über meine Hüfte gelegt hatte, und zog sie so nah zu mir heran, bis wir den Herzschlag des anderen spüren konnten.

Zart küsste ich ihr die Tränen aus dem Gesicht, hielt sie fest umschlungen, unsere Körper untrennbar ineinander verwoben, unsere Seelen eins. Die Lust in mir stieg immer höher, in mein Herz, das lichterloh brannte, und in meinen Verstand, der in Flammen der Ekstase aufging.

Welch ein überwältigend schönes Gefühl von Geborgenheit!

Ermattet ließ ich mich in die Kissen sinken, lag einige Herzschläge lang still, noch bebend vor Begierde, und horchte in mich hinein: Empfand ich Reue, weil ich mein Gelübde gebrochen hatte? Nein! Ich war so glückselig wie noch nie in meinem Leben. Auf wie viel Liebe, wie viel Lust und wie viel Glück hatte ich all die Jahre verzichtet! Die Liebe war ein Segen Gottes. Natanael hatte Recht: Sie war das höchste und schönste Gebot.

Still lauschte ich auf unsere Atemzüge, als ich ihr leises Schluchzen vernahm. Sie hatte ihre Stirn ins Kopfkissen gepresst und weinte. Ich strich ihr das lange Haar aus dem Gesicht und umarmte sie zärtlich. »Was ist mit dir? Habe ich dir wehgetan? Es tut mir leid …«

Sie schüttelte den Kopf. »Nein«, murmelte sie mit tränenerstickter Stimme. »Du hast mir nicht wehgetan. Du nicht.«

»Wer dann?«, flüsterte ich.

Sie zögerte. »Mein Vater war einer von ihnen«, murmelte sie mit tonloser Stimme.

»Und wer waren die anderen?«

Sie atmete tief durch und schwieg. Tränen rannen über ihr Gesicht.

»Als du ein Kind warst, haben dir die Mönche im Kerker der Inquisition großes Leid zugefügt, nicht wahr? Rührt daher dein Zorn und dein Hass auf die Priester? Empfindest du deshalb die Kirche als einen Kerker für Körper und Geist?«

Sie nickte. »Es waren die Priester – die Kardinäle der florentinischen Kurie und die Dominikaner von Santa Maria sopra Minerva in Rom, die mich …« Sie verstummte.

»Willst du mir erzählen, was geschehen ist?«

Sie biss sich auf die Lippen. »Als ich drei Jahre alt war, wurden meine Mutter und ich auf Befehl von Kardinal Orsini aus dem Palazzo Colonna entführt und in den Kerker der Inquisition geschleppt.«

»Aber wieso?«

»Giordano Orsini wollte den Einfluss meines Vaters, des engsten Vertrauten von Papst Martin, mit einer machtpolitischen Intrige brechen. Er streute das Gerücht aus, Adriana Colonna habe sich Satan hingegeben, und ich, das Kind ohne Vater, sei ›Lucifers Tochter‹. Diesen Namen wählte er mit Bedacht: Er klang so ähnlich wie ›Lucas Tochter‹. Und er setzte Luca mit dem gefallenen Engel Lucifer gleich, den Gott wegen seines Hochmuts aus dem Himmel ins ewige Feuer der Hölle verbannte. Kardinal Orsini hoffte, der sittenstrenge Papst

Martin würde Luca, den gefallenen Heiligen, aus der Kirche verstoßen.«

Sie fuhr sich über das Gesicht.

»Eines Tages drang eine Truppe bewaffneter Bravi mit Gewalt in den Palazzo Colonna ein. Sie schleppten meine Mutter und mich durch die Straßen von Rom in den Kerker von Santa Maria sopra Minerva, dem Dominikanerkloster, wo mein Vater als päpstlicher Legat und Inquisitor von Rom mit seinem Gefolge residierte. Luca hatte damals eine Machtposition wie heute Giovanni Vitelleschi: Er regierte Rom für die Kirche und sorgte für Ruhe und Ordnung, damit Papst Martin in die Stadt zurückkehren konnte.

Adriana sollte nach dem Willen von Kardinal Orsini unter der Folter gezwungen werden, den Vater ihres Kindes preiszugeben. Ihr Richter und Henker war ihr ehemaliger Geliebter. Die Orsini entrissen mich meiner Mutter und stießen mich, das dreijährige Kind, in eine düstere Zelle. Ich war zu Tode erschrocken! Die Männer in meinem Verlies trugen denselben Habit wie mein Vater, den ich erst wenige Tage zuvor bei einem Gottesdienst in Santa Maria sopra Minerva kennengelernt hatte. Wo war er? Warum erbarmte er sich nicht, auch wenn er sich nicht zu mir bekennen konnte? Wieso kam er nicht, um mich aus den Händen dieser Mönche zu befreien, die mir die Kleider vom Leib rissen und mich an den intimsten Stellen grob befingerten? Sie haben mir so wehgetan!«

»Allmächtiger Gott!«, stöhnte ich.

Alessandra weinte leise schluchzend. »Sie haben mich als ›Lucifers Tochter‹ verhöhnt und gedemütigt. Ich weiß nicht mehr, wie viele Stunden vergingen, bis mein Vater endlich im Kerker erschien, um nach mir zu sehen.

Ich kann mich noch genau an sein Gesicht erinnern: Es war wie aus Marmor gehauen, blass und leblos. Er scheuchte die Mönche hinaus, verriegelte hinter ihnen die Pforte, schloss die Tür meines Verlieses auf und kam zu mir in die Zelle. Eine Weile stand er am Eingang und kam keinen Schritt näher. Seine Schultern zuckten unter dem Dominikanerhabit. Er weinte. Schließlich fragte er: ›Haben sie dir wehgetan?‹ – ›Ja.‹ – ›Mir auch‹, gestand er. ›Hast du Angst?‹ – Ich nickte stumm. – ›Ich auch‹, bekannte er. ›Denn ich bin dein Vater.‹ Wie schwer muss ihm dieses Bekenntnis gefallen sein! Ohne ein weiteres Wort wandte er sich ab und ließ mich allein.«

Ich strich ihr über das tränennasse Gesicht. »Und dann?«

»Mein Vater drängte Adriana zum Geständnis, um sie vor dem Scheiterhaufen zu bewahren.«

»Hat sie gestanden?«

»Nein«, seufzte sie. »Sie liebte Luca zu sehr, um ihn in Gefahr zu bringen. Die Qualen hat sie ertragen, als sie in der Zelle neben meiner gefoltert wurde. Ich sollte die Schreie meiner Mutter hören und um Gnade flehen! Ich sollte den Inquisitoren verraten, wer mein Vater war!«

»Und dann?«, flüsterte ich schockiert.

»Eines Nachts erschien Luca im Kerker und befreite mich. Wir flohen nach Florenz, wo er sich in Santa Maria Novella Papst Martin zu Füßen warf.«

»Er hat alles aufgegeben.«

»Ja, alles.«

»Er hat sich zu dir bekannt.«

»Ja.«

»Er hat dich geliebt.«

»Nein, Niketas, er hat mich nicht geliebt, weil er sich selbst nicht lieben konnte. Weil er sich selbst nicht vergeben konnte, im Rausch von Liebe und Glückseligkeit die Beherrschung verloren und seine Gelübde gebrochen zu haben. Gegeißelt hat er sich, um dafür zu büßen!«

Ich küsste ihr die Tränen aus dem Gesicht. »Hast du vorhin geweint, weil du fürchtest, ich könnte es bereuen, dass ich mich dir hingegeben habe?«

Alessandra nickte schniefend.

»Ich empfinde keine Schuld und keine Reue. Ich bin glücklich. Ich liebe dich.«

»Und ich …«

Ein leises Klopfen an der Tür ließ sie verstummen.

Tayeb trat ein und kam mit einer Kerze in der Hand zum Bett. »Bitte vergebt mir, dass ich euch geweckt …« Er holte tief Luft, als er unsere ineinander verschlungenen Körper sah. »… gestört habe.«

»Was ist denn?«, fragte Alessandra und richtete sich auf.

»Cosimo ist eben gekommen und hat nach Niketas gefragt. Er will dringend mit ihm sprechen.«

»Cosimo?«, flüsterte sie erschrocken. »Mitten in der Nacht? Wie spät ist es?«

»Vier Uhr morgens.«

»Und woher weiß er, dass Niketas hier ist?«

Sie mied meinen Blick, und ich fragte mich, was sie nach ihrer Affäre mit Cosimo, die seit ihrer Abreise nach Alexandria beendet schien, noch für ihn empfand.

»Der Podestà hat es ihm erzählt«, vermutete Tayeb. »Nachdem Tito zum Palazzo Albizzi geeilt war, um Natanael zu holen, lief er zum Palast des Podestà, um das Attentat zu melden. Ich nehme an, dass der sofort zum Palazzo Medici geritten ist, um Cosimo aus dem Bett zu scheuchen. Die Nachricht, dass die Henkersknechte des Sultans durch die nächtlichen Gassen von Florenz schleichen, dürfte ihn erschreckt haben. Seit Stunden durchsuchen seine Bewaffneten die ganze Stadt.«

Ich setzte mich auf. »Wo ist er?«

»Er erwartet dich in der Bibliothek«, erwiderte Tayeb. »Er ist sehr besorgt. Ich konnte ihn gerade noch davon abhalten, die Treppen hochzueilen und in Lucas Schlafgemach zu stürmen. Er weiß, dass du hier schläfst.«

»Du lieber Himmel!«, stöhnte Alessandra, sprang aus dem Bett und griff nach ihrem Nachthemd, das sie sich hastig überwarf. Dann kniete sie sich vor eine Truhe und durchwühlte sie, bis sie fand, wonach sie suchte: eine schwarze Robe aus schimmerndem Samt, die ein wenig an mein zerrissenes Metropolitengewand erinnerte, mit einem Besatz aus Goldbrokat an den Ärmeln und einem weißen Hermelinkragen.

Tayeb half mir aufzustehen und trat einen Schritt zurück, als Alessandra mir das Gewand ihres Vaters überzog und an den weiten Ärmeln herumzupfte, bis alles zu ihrer Zufriedenheit war. Sie lächelte still, als sie mich zum ersten Mal nicht im Mönchshabit oder im Priestergewand sah, sondern in einer Robe, die ihr Vater getragen hatte. Einen Fiorino für ihre Gedanken!

»Tayeb, bringst du bitte Niketas in die Bibliothek? Ich werde mir rasch etwas anziehen, dann komme ich nach.«

Tayeb legte seinen Arm um mich und stützte mich, als wir das Schlafzimmer verließen und die Treppe hinunterstiegen. Dann öffnete er mir die Tür zur Bibliothek.

Unruhig lief Cosimo in dem von Kerzen erleuchteten Saal auf und ab und tuschelte leise mit Piero, der mit lässig verschränkten Armen an einem der Bücherregale lehnte.

Als ich den Raum betrat, eilte Cosimo mir entgegen. »Euer Seligkeit! Ich habe von dem Attentat erfahren. Wie geht es Euch?«

»Ich bin wohlauf«, versicherte ich ihm.

»Vergebt mir, dass ich nicht früher gekommen bin! Aber Tito berichtete, Ihr hättet Opium genommen. Da hielt ich es für besser, Euch schlafen zu lassen.«

»Ich danke Euch.«

»Ihr seid blass! Wollt Ihr Euch nicht setzen?« Er wies auf die Bank eines der Lesepulte.

Was hatte er denn? Erst holte er mich aus dem Bett, und nun …

»Ist etwas geschehen?«, fragte ich beunruhigt und tastete nach der Sitzbank, um mich darauf niederzulassen. Eine schreckliche Ahnung stieg in mir auf. Wo war Natanael?

»Euer Seligkeit, es tut mir sehr leid, aber ich muss Euch …«, begann Cosimo, als Alessandra den Raum betrat.

»Guten Morgen, Cosimo«, begrüßte sie ihn und warf seinem Sohn am Bücherregal einen Blick zu. »Piero.«

Cosimos Mienenspiel war nicht zu deuten, als er sie umarmte und auf beide Wangen küsste. »Entschuldige den Besuch zu dieser frühen Stunde. Ich muss dringend mit Seiner Seligkeit sprechen!«

Aus dem Augenwinkel nahm ich Pieros irritierte Blicke wahr, die zwischen Cosimo, Alessandra und mir umherirrten. Wusste er von Alessandras Affäre mit seinem Vater? Ahnte er, dass sie die letzte Nacht in meinem Bett verbracht hatte? Sein Stirnrunzeln ließ mich das vermuten.

Cosimo wirkte sehr ernst, als er sich mir zuwandte. »Nach dem Attentat habe ich meinen Gefolgsleuten befohlen, die Straßen der Stadt abzusuchen. Und sie haben …« Er stockte. »Es tut mir aufrichtig leid.«

Alessandra beobachtete mich mit der Hand vor den bebenden Lippen. Fürchtete sie einen Anfall?

»Was?«, flüsterte ich atemlos.

»Vergebt mir, Euer Seligkeit, aber ich weiß nicht, wie ich Euch diese furchtbare Nachricht schonend überbringen soll. Es tut mir so unendlich leid! Sie haben Rabbi Natanael vor der Synagoge am Mercato Vecchio gefunden. Euer Sekretär ist ermordet worden. Rabbi Natanael ist tot.«

❧ Alessandra ☙

Kapitel 19

Mit geschlossenen Augen ruhte Niketas in den Kissen. Ich saß neben ihm auf dem Bettrand und strich ihm zärtlich über das Gesicht, doch er erwachte nicht. Nach seinen schweren Anfällen am frühen Morgen schlief er seit sechs Stunden wie ein Toter.

Die Nachricht vom Tod seines Bruders hatte ihn in einem furchtbaren Status epilepticus zu Boden geworfen. Ich hatte ihn aufgefangen, als er stürzte, und im Arm gehalten, als er sich unter Qualen auf dem Boden wand. Ich hatte panische Angst, ich würde ihn schon heute Nacht verlieren!

Dann war er endlich zur Ruhe gekommen, und ich hatte ihn auf meinen Knien gehalten, bis er eingeschlafen war.

Cosimos traurigen Blick werde ich nie vergessen! Er ahnte, was zwischen uns geschehen war, und es verletzte ihn.

Besorgt musterte ich das Silberfläschchen mit Natanaels Wundermittel auf dem Nachttisch, das Niketas nach dem Attentat und seinem Sturz letzte Nacht geleert hatte. Vor einer Stunde hatte Caedmon Natanaels Reisetruhe durchwühlt, aber keine weitere Phiole dieses Medikaments gefunden. Wusste Niketas, wie man es herstellte? Wohl kaum.

Ich beugte mich über ihn, fuhr mit dem Finger die Konturen seines Gesichts nach und strich ihm über das schwarze Haar, das wie ein schimmernder Heiligenschein auf dem Kopfkissen ausgebreitet lag. Zärtlich küsste ich seine Lippen. »Ich werde in einer Stunde zurück sein, mein Liebster!«, wisperte ich mit erstickter Stimme. »Tayeb wird an deinem Bett wachen. Hab keine Angst, Niketas! Du bist nicht allein.«

Ein letzter Kuss, dann erhob ich mich und nickte Tayeb zu, der die ganze Nacht an Niketas' Bett verbracht hatte, um ihn vor einem Attentat zu schützen.

»Lass mich holen, sobald er aufwacht!«

Tayeb nickte ernst, dann umarmte er mich und hielt mich fest. »Du bist auch nicht allein, Alessandra. Ich bin bei dir! Insh'Allah – so Gott will!« Er hauchte mir einen Kuss auf die Wange.

Ich verließ Niketas' Schlafgemach und ging hinunter in den Hof. Caedmon erwartete mich mit zwei gesattelten Pferden. Er hatte die Kapuze seines Habits hochgeschlagen, um sein blasses Gesicht zu verhüllen. Der Mord an Natanael, das Attentat auf Niketas und sein schwerer Anfall hatten ihn ins Herz getroffen.

»Wie geht es Seiner Lordschaft?«

»Er ist noch immer ohnmächtig.«

Bedrückt senkte er den Blick.

Stirnrunzelnd beobachtete ich Caedmon, wie er sich abwandte, zu seinem Hengst hinüberging, den Benediktinerhabit raffte und sich in den Sattel schwang. Er richtete sich gerade auf, straffte die Schultern und ergriff die Zügel.

Welch ein Stolz, welch ein Selbstbewusstsein, welch ein Willen, das Pferd zu beherrschen, dachte ich im Stillen. Wie ein Condottiere sitzt er im Sattel! Wo hat er Reiten gelernt? In Canterbury Abbey? Wohl kaum!

Rätselhafter Caedmon!

Als er bemerkte, dass ich ihn nicht aus den Augen ließ, sank er unmerklich in sich zusammen und wandte verlegen den Blick ab.

Deine stolze, unbeherrschbare Haltung war glaubwürdiger als deine demütige Ergebenheit als Mönch!, dachte ich. Wer bist du, Caedmon, dass du dich unter diesem Benediktinerhabit selbst verleugnest? Was willst du, was hoffst du und was fürchtest du? Wärst du bereit, dafür zu töten?

Floriano schob das Portal des Palazzos auf, und Caedmon folgte mir hinaus auf die Piazza. Gemeinsam bogen wir am Campanile um die Ecke und trabten an den Domstufen entlang, wo Handwerker an einer Figur aus Pappmaché bastelten.

Eine weiße Taube mit einem Olivenzweig im Schnabel sollte an einem gespannten Seil zwischen der Kathedrale und dem Baptisterium schweben – ein Symbol der Versöhnung zwischen Rom und Byzanz. In einer Woche würde der Patriarch von Konstantinopolis mit seinem Gefolge in Florenz eintreffen. Unter der Friedenstaube wollte Eugenius den Patriarchen mit einem Bruderkuss in Florenz willkommen heißen.

Vorbei an der Via Larga, die für den Empfang des Patriarchen ebenso prachtvoll hergerichtet wurde wie für den Einzug des Papstes vor elf Tagen, ritten Caedmon und ich zur Piazza Santa Maria Novella.

Vor dem Portal der Klosterresidenz des Papstes formierte sich eine Hundertschaft berittener Bewaffneter mit Helmen und Brustharnischen. Die Luft war erfüllt vom unruhigen Schnauben der Pferde, dem Klappern der Hufe auf den Pflastersteinen, dem Klirren der Waffen und den gebrüllten Befehlen in venezianischem Dialekt. Die Pferde waren gesattelt, die Provianttaschen prall gefüllt, die mit Lanze und Schwert bewaffneten Männer bereit zum Aufsitzen. Ihr Aufbruch stand unmittelbar bevor.

Besorgt musterte ich das Wappen auf der mitgeführten Fahne und den Wappenröcken: War der Tross des Patriarchen von Konstantinopolis durch die Condottieri des Herzogs von Mailand bedroht? Wollte Seine Exzellenz dem Patriarchen auf der Straße nach Ferrara entgegeneilen, um ihn sicher nach Florenz zu geleiten?

Ein venezianischer Offizier im blau-weißen Wappenrock hob mich aus dem Sattel und warf einem herbeieilenden Stallknecht die Zügel zu, damit er meinen Hengst wegführte. Ich dankte ihm und fragte ihn nach dem Ziel der Reise Seiner Exzellenz, doch er schwieg. Er habe seine Befehle, nuschelte er, wich meinem Blick aus und zupfte verlegen an seinen mit Stahl verstärkten Kampfhandschuhen. Er wusste, wer ich war! Warum konnte er mir nicht in die Augen sehen?

Zutiefst beunruhigt betrat ich mit Caedmon die päpstliche Residenz und ließ mich beim Sekretär Seiner Heiligkeit melden. Während wir im Kreuzgang warteten, beobachtete ich verstohlen Caedmon. Wie ich war er unruhig. Immer wieder berührte er den Griff des Dolches, den er unter seinem Habit verbarg. Worüber dachte er nach?

Wenig später geleitete uns ein Benediktiner durch den Chiostro Grande, die Treppe hinauf und an den venezianischen Gardisten vorbei zur päpstlichen Wohnung. Der Sekretär Seiner Heiligkeit erhob sich, als ich sein Arbeitszimmer betrat.

»Ich muss mit dem Heiligen Vater sprechen.«

»Er ist nicht allein«, wandte Fra Domenico ein.

»Ich nehme an, Seine Exzellenz wird in den nächsten Minuten aufbrechen«, erwiderte ich. »Bitte richtet dem Heiligen Vater aus, dass ich ihn um eine Audienz ersuche.«

Er zögerte einen Augenblick. »Seid Ihr bewaffnet?«

Ich schüttelte den Kopf. »Mein Sekretär trägt einen Dolch, um mein Leben zu beschützen. Er wird hier auf mich warten, während ich unter vier Augen mit Seiner Heiligkeit spreche.«

Stirnrunzelnd musterte der Frater den Benediktiner an meiner Seite. Dann öffnete er die Tür zum päpstlichen Arbeitszimmer, um mich anzukündigen. »Heiliger Vater, Alessandra d'Ascoli bittet um eine Audienz!«

Der Papst schwieg.

Ein Stuhl knarrte. Pergament raschelte. Dann ein metallisches Geräusch. Ein Schwertgriff, der gegen einen Brustharnisch schlug?

Ich holte tief Luft und spannte die Schultern an.

Endlich entschied der Pontifex: »Sie soll hereinkommen.«

Fra Domenico winkte mich in das Arbeitszimmer.

Eugenius saß im Pontifikalornat an seinem mit Pergamenten übersäten Schreibtisch. In der Hand hielt er das Holzpferdchen, das ihm vor Jahren ein kleiner Junge in Rom geschenkt hatte, und betrachtete es nachdenklich.

Mit lässig verschränkten Armen lehnte Ludovico Scarampo an einem der Fenster, die auf den Chiostro Grande hinabblickten. Er trug einen Wappenrock mit seinem Hoheitszeichen, einen versilberten Harnisch und ein Schwert. Sein Helm mit dem blauen Federbusch lag auf einem der Sessel vor dem Schreibtisch. Er war zum Kampf gerüstet. Gegen wen wollte er in die Schlacht ziehen?

Was war so wichtig, dass der Erzbischof von Florenz nur wenige Tage vor dem geplanten Einzug des Patriarchen, dem prunkvollen Empfang des Kaisers und der Eröffnung des Unionskonzils die Stadt verlassen musste?

Eugenius stellte das Holzpferdchen zurück auf seinen Schreibtisch und reichte mir die Hand zum Kuss.

»Ich danke Eurer Heiligkeit, dass Ihr mich sofort empfangen habt! Vor wenigen Stunden wurde ein Mordanschlag auf Niketas verübt, als er auf dem Heimweg von einem Abendessen war. Einer meiner Gefolgsleute hat ihn in mein Haus gebracht. Niketas ist verletzt.«

»Heilige Mutter Gottes!«, entfuhr es dem Papst. »Hat Lucas Mörder ihn angegriffen?«

»Nein.«

»Wer dann? Dieser rätselhafte Benediktiner, der ihn vor einigen Wochen durch ganz Florenz verfolgt hat? Dieser Mönch aus England … Wie hieß er noch gleich?«

»Caedmon of Canterbury«, half ich ihm. »Nein, Heiliger Vater. Bruder Caedmon steht seit dem Tag nach Lucas Begräbnis als Sekretär in meinen Diensten.«

Er zögerte. Dann wies er auf einen Sessel vor seinem Schreibtisch. »Wollt Ihr Euch nicht setzen, Alessandra?«

Ich ließ mich nieder und blickte ihn erwartungsvoll an: Was hatte er mir zu sagen?

»Ich habe mich über Bruder Caedmon erkundigt«, eröffnete mir Eugenius mit einem raschen Seitenblick auf Scarampo. »Wusstet Ihr, dass er in Rom als Sekretär für Vitelleschi gearbeitet hat?«

»Ja«, bekannte ich. »Er hat mir ein Empfehlungsschreiben des Kardinals vorgelegt.«

»Und trotzdem habt Ihr ihn eingestellt?«, fragte er verblüfft.

»Nicht trotzdem, Heiliger Vater, sondern gerade weil er Vitelleschis Vertrauen genoss. Caedmon ist meine schärfste Waffe gegen den Kardinal.«

»Weiß er das?«, fragte der Papst.

»Ich glaube, er ahnt etwas. In den letzten Tagen war er sehr still. Erinnert Ihr Euch an die Worte von Fra Piero Tomacelli? Der Abt von Montecassino sagte, dass Caedmon, den er mit einem gutmütigen Esel verglich, hin und wieder stehen bleibt, um über etwas nachzusinnen, und keinen Schritt weitergeht, bis er selbst die Entscheidung dazu getroffen hat. Nun ist Caedmon stehen geblieben. Er denkt nach. Deshalb habe ich ihn gebeten, mich nach Santa Maria Novella zu begleiten. Ich bin sicher, er wird sich richtig entscheiden.«

»Was habt Ihr mit Bruder Caedmon vor?«

Ich sagte es ihm.

Er nickte ernst und versprach, mir dabei zu helfen.

»Dann hat er also nichts mit dem Attentat auf Niketas zu tun?«

»Nein, Heiliger Vater. Caedmon verehrt Niketas. Er würde ihm keinen Schaden zufügen. Der Attentäter war ein Türke. Niketas vermutet, dass Sultan Murad den Anschlag auf ihn befohlen hat.«

»Großer Gott!«, stöhnte der Papst. »Und wie geht es ihm?«

»Er hat heute Nacht einen schweren epileptischen Anfall erlitten und liegt seit Stunden im Koma. Er atmet, und sein Herz schlägt, aber ich weiß nicht, ob er jemals wieder aufwachen wird. Ich fürchte um sein Leben.« Ich senkte den Blick, um mir meine Verzweiflung nicht anmerken zu lassen.

»Du lieber Himmel!«, flüsterte Scarampo betroffen und kam einige Schritte näher. »Was sagt sein Leibarzt?«

»Rabbi Natanael ist tot. Deshalb bin ich hier, Euer Exzellenz. Ich brauche einen Arzt, der mit dem Status epilepticus vertraut ist.«

»Das bin ich«, versicherte mir der Erzbischof, der in Padua als Medicus gearbeitet hatte, bevor er als Günstling des Papstes Karriere machte. »Ich werde Euch begleiten und ihn untersuchen.«

»Ich danke Euch«, erwiderte ich erleichtert. »Rabbi Natanael hatte Niketas ein Medikament gegeben, das die Schmerzen nach den epileptischen Anfällen lindern konnte. Es ist nun aufgebraucht. Ich benötige dringend Euren ärztlichen Rat.«

»Was ist mit Niketas' Sekretär?«, fragte der Papst. »Ihr sagtet, er sei tot?«

»Er ist heute Nacht ermordet worden, vermutlich zur selben Zeit, als Niketas angegriffen wurde.« Ich berichtete ihm, was Cosimo mir bei seinem Besuch in den frühen Morgenstunden erzählt hatte. »Nach einem Abendessen mit Rabbi Raffaele, dem Vorsteher der jüdischen Gemeinde von Florenz, hat er die Synagoge besucht, um sein Nachtgebet zu halten – das vermutet der Rabbiner. Der Assassino hat Natanael aufgelauert, bevor er die Synagoge betrat. Seine Taschen sind durchwühlt worden, aber …« Ich verstummte und warf Scarampo einen fragenden Blick zu.

Eugenius nickte. »Ich habe Ludovico ins Vertrauen gezogen. Er weiß von dem Evangelium und dem Mönch, der in Euer Arbeitszimmer und mein Schlafgemach eingedrungen ist, um es zu stehlen. Er weiß auch, dass Ihr in jener Nacht das Evangelium nach San Marco gebracht und Serafino gebeten habt, es zu beschützen. Fra Antonino hat mir am letzten Sonntag von seinem Tod berichtet. Ich war zutiefst erschüttert.«

Er blickte zum Erzbischof hinüber, der bekümmert den Blick senkte. Serafino hatte ihm offenbar mehr bedeutet als seine unzähligen anderen Amouren.

»Wie Ludovico habe ich um Serafino getrauert, denn ich hatte ihn in den letzten Jahren sehr lieb gewonnen. Immer wieder hat er mir Bücher aus der Bibliothek Eures Vaters gebracht. Ein prächtiger junger Mann! Hochgebildet, tief gläubig, mutig und loyal. Ich hatte große Pläne mit ihm. Nach der Kirchenunion und meiner Rückkehr nach Rom wollte ich ihn zum Prior von Santa Maria sopra Minerva ernennen, wo vor ihm schon Fra Antonino …«

Der Papst stockte, als ich ihn entgeistert anstarrte: Er hatte Serafino nach Rom versetzen wollen?

Dann fuhr er fort: »Ich nehme an, Serafino wurde ermordet, als er jenen Mönch in der Klosterbibliothek bei der Suche nach einem Codex überraschte. Der Assassino weiß ja nicht, dass das Evangelium nur aus einer Handvoll Fragmenten besteht. Ihr könnt vor Ludovico offen sprechen, Alessandra! Ich vertraue ihm. Was ist heute Nacht geschehen?«

»Der Mönch vermutete, das Evangelium befände sich seit dem Tod von Serafino nicht mehr in der Bibliothek von San Marco«, erklärte ich. »Er dachte, dass Natanael es gestern Nacht an einem anderen Ort verstecken sollte. In der Genisa der Synagoge.«

»Ein nahe liegender Gedanke. Ihr habt die Fragmente in einer solchen Kammer gefunden. Niketas und sein jüdischer Freund sind jeden Tag im Palazzo d'Ascoli und genießen offenbar Euer Vertrauen …«

Durch seinen forschenden Blick – ›Was empfindest du für Niketas? Und was empfindet er für dich?‹ – ließ ich mich nicht beirren.

»Die Genisa der Synagoge am Mercato Vecchio ist ein Raum, der bis zur Decke mit Torarollen, Truhen und Körben voller Bücher, Pergamentcodices, Schriftrollen und jüdischen Kultgegenständen vollgestopft ist. Eine wahre Schatzkammer!«, erklärte ich.

»Wart Ihr schon einmal dort?«

»Ja, Heiliger Vater. Rabbi Raffaele hat mir die Genisa gezeigt. Das

Evangelium wäre dort inmitten italienischer und hebräischer Schriften sicher verborgen. Der Assassino hat Natanael ermordet und in aller Eile seine Taschen durchsucht, aber nichts gefunden …«

»… weil sich das Evangelium noch immer in San Marco befindet«, vollendete der Papst meinen Satz.

Ich nickte.

Würde Vitelleschis Assassino auch das Grab meines Vaters aufbrechen? Würde er die Papyrusfetzen in Senecas Büchlein finden? Zutiefst beunruhigt beschloss ich, das Evangelium in einer der nächsten Nächte aus der Gruft zu holen.

»Der Tod von Natanael beweist, dass Vitelleschi durch Philotheos von Alexandria von der Existenz des Evangeliums erfahren hat. Wie hätte der Mönch sonst vermuten können, dass es in einer Genisa versteckt werden sollte? Der Mord an Natanael ist der letzte Beweis, dass der Mönch, der meinen Vater ermordet hat, der mich angegriffen hat, der Serafino, Alexios und Natanael ermordet hat, von Vitelleschi gesandt worden ist.«

Der Papst lehnte sich auf seinem Sessel zurück, schloss die Augen und barg das Gesicht in den Händen. Ich hörte sein Schnaufen, als er tief durchatmete. Ludovico Scarampo wandte sich mit undurchdringlicher Miene ab, um aus dem Fenster in den Chiostro Grande hinabzublicken.

»Heiliger Vater, Ihr habt geschworen, dass Vitelleschi büßen wird für das, was er meinem Vater und mir angetan hat. Seitdem sind drei Menschen gestorben!«, erinnerte ich ihn. »Wann werdet Ihr Euer Versprechen halten?«

Seufzend fuhr sich Eugenius mit den Händen über das Gesicht und sah mir schließlich in die Augen. »Noch nicht.«

»Noch nicht?«, wiederholte ich entsetzt. »Aber …«

»Ich brauche Giovanni Vitelleschi«, bekannte der Papst mit tonloser Stimme. Wie schwer ihm dieses Geständnis fiel!

»In Rom droht ein Aufstand«, fügte Scarampo mit düsterer Miene an. »Euer Cousin, Kardinal Colonna, wurde vor einigen Tagen in Rom gesehen, ganz in der Nähe des Castel Sant'Angelo. Er soll Bewaffnete bei sich haben.«

»Großer Gott!«, hauchte ich erschrocken. »Ihr seid mit Euren Männern auf dem Weg nach Rom?«

Der Erzbischof nickte.

»Werdet Ihr ihn töten?«, fragte ich leise.

Er senkte den Blick und schwieg.

O Gott!, dachte ich bestürzt. Wird das Morden denn niemals enden?

»Ich kann auf Vitelleschi nicht verzichten, solange die Colonna gegen mich kämpfen!«, verkündete der Papst mit einer Stimme, die keinen Widerspruch duldete. »Vorerst bleibt er in Amt und Würden und regiert für mich Rom. Bevor das Unionsdekret nicht vom Kaiser und mir unterzeichnet ist, kann ich Vitelleschi wegen seines Verrats nicht verurteilen. Ludovico wird in einigen Monaten sein Nachfolger – als Kardinal, als Feldherr der Kirche wie auch als Regent von Rom.«

So lange sollte der Mord an meinem Vater ungesühnt bleiben?

»Heiliger Vater, auch ich habe einen Schwur geleistet«, presste ich hervor. Der Zorn schnürte mir die Kehle zu, und ich rang nach Luft. »An Lucas Katafalk habe ich geschworen, seinen Mörder zu finden und zu töten. Ich werde mein Gelübde halten. Ich werde Giovanni Vitelleschi vernichten.«

Auf Wunsch des Papstes begleitete mich Scarampo wenig später in den Palazzo d'Ascoli. Nachdem er Niketas, der immer noch fest schlief, untersucht und an dem leeren Silberfläschchen mit Natanaels Wundermittel gerochen hatte, beruhigte er mich, dass keine Lebensgefahr mehr bestünde: Das hohe Fieber sei gesunken, das Herz schlage kräftig, die Atmung sei regelmäßig. Niketas schlafe tief im Opiumrausch. Auf keinen Fall sollte ich versuchen, ihn zu wecken.

Während er Niketas' Wunde nähte und verband, schickte ich Caedmon in den Palazzo Albizzi, um Natanaels Truhe mit den Medikamenten zu holen. Scarampo ließ sich von mir die Beschriftung der Phiolen vorlesen und übersetzen. Aus verschiedenen Tinkturen und Opium mischte er ein Elixier, füllte es ins Silberfläschchen und gab es mir:

»Das ist gegen die Kopfschmerzen. Wenn er aufwacht, soll er einige Tage im Bett bleiben. Haltet jede Aufregung von ihm fern. Er braucht Ruhe, sehr viel Ruhe … und Liebe«, fügte er mit einem feinen Lächeln an.

Ich bat den Erzbischof in mein Arbeitszimmer, wo wir ein langes Gespräch unter vier Augen führten.

Sein Wille zur Macht schreckte mich nicht. Im Gegenteil: Sein Bekenntnis war offen und aufrichtig, sein Auftreten war entschlossen, und ich vertraute ihm. Hatte ich denn eine andere Wahl, als Satan durch Beelzebub auszutreiben?

»Wie ernst ist es Euch mit Vitelleschis Sturz?«, fragte der Erzbischof am Ende unseres Gespräches.

»Todernst!«

Er lächelte über mein Wortspiel. »Wollt Ihr nicht nach meiner Rückkehr aus Rom zum Abendessen zu mir kommen? Wir werden viel zu besprechen haben.«

»Lasst es mich wissen, sobald Ihr zurück seid. Ich werde gern kommen!« Ich reichte ihm die Hand zum Abschied. »Und denkt daran, Euer Exzellenz: Alle Wege führen nach Rom!«

Er wusste genau, was ich damit meinte.

Noch am selben Abend erwachte Niketas, und ich beherzigte Scarampos Rat: Er brauchte Ruhe … und sehr viel Liebe.

In den Tagen nach Natanaels Beisetzung verbrachten Niketas und ich viel Zeit miteinander. Stundenlang lag ich neben ihm auf dem Bett oder eng in seine Arme geschmiegt in den Kissen und sprach mit ihm über seinen Bruder. Er war sehr traurig. Und einsam. Ich tröstete ihn und liebte ihn zärtlich.

Mit ganzem Herzen nahm Niketas die Liebe an, die ich ihm schenkte, und gab sie mir zurück – ohne Reue und ohne ein Wort über sein gebrochenes Gelübde zu verlieren.

Unsere Liebe war die Erfahrung eines überwältigenden Gefühls, nicht mehr allein zu sein. Wir erlebten eine Zeit vollkommener Harmonie, stiller Freude und Glückseligkeit, unermesslich sinnlich, unvergesslich schön. Wir genossen unser Glück und hüteten es wie das Licht einer Kerze. Denn uns war bewusst, wie leicht die Flamme unserer Liebe inmitten dieses Sturms von Hass und Gewalt verlöschen konnte.

Caedmon, der uns beobachtete, war noch schweigsamer als zuvor. Mein Sekretär zog sich in seine Kammer zurück und las sehr viel, vor allem in Ibn Shapruts *Prüfstein.* Er ging stundenlang allein spazieren und besuchte das Kloster San Miniato, wo er mit den Olivetanern den Gottesdienst feierte und sogar zwei Mal die Nacht verbrachte, um sich zu besinnen.

Offen gestanden war ich ein wenig verwundert darüber, dass er sich nach Natanaels Tod nicht bei Niketas als Sekretär bewarb, sondern bei mir bleiben wollte. Denn Caedmon verehrte Niketas, sorgte sich um ihn, während er das Bett hütete, und las ihm jeden Wunsch von den Augen ab.

Nachdem Caedmon dem Herzog und dem Kardinal gedient hatte, wäre eine Stelle beim Metropoliten von Athen und Bruder des Kaisers von Byzanz seinem Stolz und Ehrgeiz mehr als angemessen und seiner weiteren Karriere gewiss sehr förderlich gewesen. Was versprach er sich davon, wenn er bei mir blieb? Und warum war er so nachdenklich und in sich gekehrt?

Rätselhafter Caedmon! Welches furchtbare Geheimnis trägst du in deinem ruhelosen Herzen?

Einige Tage später zog der Patriarch von Konstantinopolis mit seinem Gefolge in einem Triumphzug in Florenz ein.

Eine jubelnde Menschenmenge säumte die Straßen und bewunderte die Brokatgewänder und die mit Edelsteinen geschmückten Kronen des Patriarchen und der Metropoliten, die auf prächtig aufgezäumten Pferden hinter seiner Sänfte ritten. Ein endloser Zug von orthodoxen Würdenträgern mit ihrem Gefolge wand sich die Via Larga hinunter zur Piazza del Duomo. Die Kardinäle Albergati und Cesarini, dreißig Bischöfe aus aller Welt und fünfhundert Mitglieder des päpstlichen Hofstaates gaben dem Patriarchen das Ehrengeleit. Als Kanzler hatte Leonardo Bruni Seine Allheiligkeit bereits an der Porta San Gallo mit einer Festrede begrüßt.

Vor den Domstufen wurde die Sänfte des Patriarchen abgestellt. Diener eilten herbei, um ihm die Hermelindecke von den Knien zu ziehen. Niketas half dem achtzigjährigen Joseph auf, berührte seine Hand mit den Lippen und mit der Stirn und geleitete ihn zum Papst. Eugenius begrüßte den Patriarchen und die Metropoliten in einer prunkvollen Zeremonie mit einem Friedenskuss unter der schwebenden Taube mit dem Olivenzweig im Schnabel.

Welch ein Sinneswandel seit dem Beginn des Konzils vor fast einem Jahr in Ferrara, als sich der Patriarch wutentbrannt geweigert hatte, dem Papst dem römischen Zeremoniell gemäß die Füße zu küssen …

Die weihrauchschwere Luft war erfüllt von den Jubelrufen der Florentiner. Päpste, Kaiser, Könige und Kardinäle hatten sie in ihrer Stadt empfangen. Aber ein Konzil zur Vereinigung der Kirchen? Das war einzigartig!

Welch ein Ansehen würde diese Stadt in aller Welt genießen, wenn die Union geschlossen wurde! Florenz, die Mitte der Welt zwischen Orient und Okzident, zwischen Byzanz und Rom, dem griechischen Altertum und dem neuen Zeitalter, in dem antike Ideen wiedergeboren wurden. Florenz, die Erbin Athens als Stadt des Geistes und der Kultur, die Erbin Roms als mächtigste Republik Italiens! Florenz, die Königin der Städte, bekrönt von Brunelleschis grandioser Domkuppel!

Welch ein Triumph für Cosimo!, dachte ich im Stillen. Sechs Jahre nach seinem Machtkampf mit Rinaldo degli Albizzi und dem bangen Warten auf sein Todesurteil im Turm der Signoria, fünf Jahre nach seiner Rückkehr aus der Verbannung nach Venedig hatte er das Konzil nach Florenz geholt. Ich freute mich für ihn: Welch eine Ehre für die Medici!

An diesem Abend ließ es sich Cosimo nicht nehmen, den Patriarchen und die ranghöchsten Würdenträger der orthodoxen Kirche, unter ihnen Markos von Ephesos, Isidor von Kiew, Basilios von Nikaia und Niketas von Athen, zu einem Bankett in seinen Palazzo in der Via de' Bardi einzuladen.

Niketas stellte mich Seiner Allheiligkeit vor, der am Ende des Saals auf einem Sessel thronte. Joseph wirkte gebrechlich und erschöpft von der langen Reise. Sein asketisch schmales Gesicht hinter dem langen weißen Bart war bleich, die knochigen Finger, die er mir zum Kuss entgegenstreckte, zitterten.

»Ihr seid Lucas Tochter?« Er ergriff meine Hand und hielt sie fest. »Der Tod Eures Vaters hat mich sehr erschüttert. Ich habe für ihn gebetet.«

»Ich danke Eurer Allheiligkeit.«

»Als er mich vor einigen Tagen in Ferrara besuchte, war er voller Tatendrang. Er hatte eine großartige Vision und sprühte Funken, als wolle er die Welt in Brand setzen. Und nun ist er tot.«

Mir stockte der Atem. »Er hat mit Euch gesprochen?«

Joseph nickte. »Ja, wir haben über die Beendigung des Schismas diskutiert. Und ein wenig in alten Erinnerungen geschwelgt. Wir kennen uns schon sehr lange.«

»Ihr habt meinen Vater in Byzanz getroffen, als er dort studierte.«

»Damals war ich noch Metropolit von Ephesos. Das war …« Er überlegte kurz. »… vor achtunddreißig Jahren. Im Sommer 1401. Einige Wochen später ist Luca nach Rom zurückgekehrt, um in den Dominikanerorden einzutreten und bald darauf Papst Gregors Sekretär zu werden. In all den Jahren habe ich seine Karriere verfolgt: das Konzil von Konstanz, seine Rückkehr nach Rom als päpstlicher Legat und Vertrauter von Papst Martin, die Flucht nach Florenz. Ich war betroffen, als ich erfuhr, dass er das Priesteramt aufgegeben hatte und eine kleine Tochter hat – Euch, mein Kind.« Er drückte tröstend meine Hand.

»Danke, Allheiligkeit.«

»Sehr gern würde ich mir Lucas großartige Bibliothek ansehen.«

»Es wäre mir eine große Ehre, Euch im Palazzo d'Ascoli begrüßen zu dürfen.«

»Wenn es Euch recht ist, werde ich am Aschermittwoch kommen«, versprach er lächelnd. Nachdem ich mich vom Patriarchen verabschiedet hatte, geleitete mich Niketas durch den Saal zu meinem Platz an der festlich gedeckten Tafel. »Nach dem Bankett werde ich mit Basilios in den Palazzo Albizzi zurückkehren«, wisperte er. »Können wir uns nachher noch sehen?«

Ich sehnte mich jetzt schon nach seinen sanften Zärtlichkeiten, die ich hingebungsvoll genossen hatte. Und nach der ungestümen Leidenschaft, mit der er mich liebte.

Verstohlen ergriff ich seine Hand unter dem weiten Ärmel seiner Soutane und schob meine Finger zwischen seine.

»Komm um Mitternacht in Cosimos Bibliothek«, flüsterte ich. »Dort sind wir ungestört.«

Während des Abendessens saß ich zwischen Niketas und Basilios. Eine Gruppe Musiker spielte Stücke von Guillaume Dufay, der als Komponist und Sänger in Papst Eugenius' Diensten stand. Vor drei Jahren hatte der Flame eines seiner berühmtesten Werke komponiert, eine Motette, die anlässlich der Weihe von Brunelleschis Kuppel aufgeführt worden war.

Die Wände des Saals waren mit Wandbehängen geschmückt, die die Wappen der Medici und des Patriarchen Joseph trugen, einem Sohn des bulgarischen Zaren Ivan Šišman III. Seidene Bänder und Lorbeerzweige umwanden die Säulen aus marmoriertem Pappmaché, die mich an den Parthenon auf der Akropolis erinnerten.

Zwischen den unzähligen Gängen unterhielt ich mich mit Basilios. Kurz vor Mitternacht erhob ich mich von der Tafel, um Niketas, der mir unbemerkt folgen wollte, in der Bibliothek zu treffen. Im Augenblick unterhielt er sich angeregt mit Piero. Ich suchte seinen Blick, und er nickte stumm.

Ich schlenderte durch den Saal und sprach eine Weile mit Isidor von Kiew über die bevorstehende Ankunft des Kaisers in vier Tagen, als sich plötzlich ein Arm um meine Taille legte.

Piero? Schon wollte ich mich zu ihm umwenden, um ihn zurechtzuweisen, als Cosimo mich an sich zog.

»Vergebt mir, Euer Seligkeit!«, entschuldigte er sich bei Isidor. »Darf ich Euch Alessandra einen Augenblick entführen?«

Dann ergriff er meine Hand und zog mich mit sich fort. Schließlich blieb er stehen und wandte sich zu mir um. Sein Gesicht war sehr ernst. »Carissima, ich würde dir gern die Bücher zeigen, die Patriarch Joseph mir als Gastgeschenk überreicht hat. Eine Schatztruhe voller Kostbarkeiten!«

Ich zögerte, vermied es jedoch, zu Niketas hinüberzublicken.

»Komm«, flüsterte er und nahm meine Hand. Ich folgte ihm die Treppe hinauf in seine Wohnung. Neben seinem Studierzimmer lag, durch eine Tür verbunden, die Bibliothek.

Cosimo öffnete mir, und ich trat in sein Studiolo, einen Raum von schlichter Eleganz. Ein großer Schreibtisch, ein Bücherregal mit lateinischen und griechischen Werken, ein Lesepult mit einem Stapel Folianten, zwei gemütliche Ledersessel vor dem Kamin.

Ich blieb stehen und atmete leise aus. Hier hatte ich ihn nach jener Nacht verlassen, um am nächsten Morgen nach Alexandria zu reisen. Das war vor fast drei Monaten gewesen.

»Carissima, was ist mit dir?« Cosimo legte den Arm um meine Schultern und streichelte meinen Nacken. »Setz dich an meinen Schreibtisch! Ich werde dir die Bücher bringen.«

Während ich mich am Tisch niederließ, ging er zum Lesepult, um vier Folianten zu holen und sie vor mir auszubreiten.

Ich nahm das erste Buch, strich mit den Fingern über den ledernen Buchdeckel und schlug es auf. »Eine Abhandlung von Basilios von Caesarea. Ein überaus kostbares Buch!« Ich blätterte die dicken, vergilbten Pergamentseiten um. Der heilige Basilios, Asket, Bischof und einer der großen Kirchenväter des Ostens, war der Gründer des Ordens, dem Niketas angehörte.

Cosimo rückte mit seinem Stuhl näher heran. »Wie alt schätzt du das Buch?«

»Verfasst hat Basilios dieses Traktat zwischen 370 und 380, als er Metropolit von Caesarea war. Diese Abschrift stammt vermutlich aus dem sechsten oder siebten Jahrhundert.« Behutsam schloss ich das Buch und legte es zurück. Dann nahm ich das nächste. »Gregor von Nyssa«, las ich den Namen des Verfassers auf dem Titelblatt. »Gregor war der Bruder von Basilios, ebenfalls ein Heiliger, Bischof und Kirchenlehrer. Ich besitze eine Abschrift in meiner Bibliothek.« Ich schob den Folianten über den Tisch und blickte auf das dritte Buch, rührte es aber nicht an. »Ich vermute, dieses Werk hat Gregor von Nazianz verfasst.«

»Woher weißt du das?«

»Joseph hat dir nicht irgendwelche Bücher geschenkt. Basilios von Caesarea, Gregor von Nyssa und Gregor von Nazianz sind die drei großen Kirchenlehrer der Orthodoxie. Mit diesem Geschenk will er dich für seine Sache begeistern, dich beim Streitpunkt des Filioque auf seine Seite ziehen – der Frage, ob der Heilige Geist nun vom Vater oder auch vom Sohn ausgeht.«

»Aber ich nehme an den Konzilssitzungen gar nicht teil!«

»Mit diesen Geschenken will der Patriarch dein Wohlwollen erringen! Du finanzierst das Konzil und damit die Kirchenunion. Du bist der reichste Mann Italiens und der Bankier des Papstes. Du bist der Bannerträger von Florenz, wenngleich deine Amtszeit bald enden wird. Du hast einen immensen Einfluss auf den Papst und die Kardinäle.«

»Wirst du an den Konzilssitzungen teilnehmen?«

»Glaubst du, dass ich mir das bedeutendste Konzil der Kirchengeschichte entgehen lasse? Dass ich nicht dabei sein will, wenn in der Kathedrale von Florenz das Schisma aufgehoben und die christliche Weltordnung verändert wird?«

Er sah mir in die Augen und nickte stumm. Dann ergriff er das dritte Buch und las das Titelblatt. »Du hattest Recht: Gregor von Nazianz.«

Ich schlug den vierten Folianten auf. »Sieh dir das an, Cosimo! Ein griechisches Neues Testament! Schau, diese herrlichen Buchmalereien in Purpur, Blau und Blattgold! Das Buch ist ein Vermögen wert!« Gebannt blätterte ich durch die Evangelien, die Apostelgeschichte, die Briefe von Paulus, Jakobus, Petrus und Judas … dann hielt ich inne und las einen Text, den die lateinischen Bibeln nicht enthielten. Der jüdische Historiker Flavius Josephus hatte ihn verfasst!

Wegen des sogenannten Testimonium Flavianum, seinem berühmten Bekenntnis zu Jesus als dem Christus, waren Josephus' Schriften einst in den orthodoxen Kanon des Neuen Testaments aufgenommen worden. Diese Textstellen, die von den Gelehrten immer wieder für eine fromme Fälschung aus dem dritten Jahrhundert gehalten wurden, waren die erste nichtchristliche Quelle, die Jesu historische Existenz bestätigte.

»Sieh dir diese herrliche Miniatur an, Cosimo: der brennende Tempel von Jerusalem! Siehst du diesen kleinen Römer in schimmernder

Rüstung mit Purpurmantel auf dem Ölberg? Das ist Titus, der Eroberer Jerusalems. Und der Mann neben ihm, der mit erhobenen Händen zum Tempel hinüberschaut, ist gewiss Flavius Josephus. Schau dir sein Gesicht an, das verzerrt ist in ohnmächtigem Zorn! Und die winzigen Fäuste! Diese Szene ist mit einem ganz feinen Pinsel gemalt worden. Mein Gott, wie schön!«

Cosimo legte seine Hand auf meine. »Deine Augen leuchten wie der Sternenhimmel.«

»Dieser Kanon ist sehr wertvoll!«

Er hob meine Hand zu seinen Lippen und küsste sie zart. Es war eine erregende Liebkosung.

Ich schloss einen Moment die Augen und ließ die bittersüßen Gefühle durch meinen Körper strömen. Doch dann besann ich mich. »Cosimo, bitte …«

»Ich sehne mich nach dir«, gestand er. »Seit jener Nacht denke ich unablässig an dich. Es war so schön, in deinen Armen zu liegen und von dir gestreichelt zu werden. Erinnerst du dich, wie leidenschaftlich du mich geliebt hast?« Wie ein leiser Windhauch glitten seine Lippen an meinem Hals hinab und liebkosten meine Schulter.

Ich saß wie erstarrt und ließ ihn gewähren. Was sollte ich tun? Ihn zurückstoßen? Nein, das konnte ich nicht tun! Ich wollte es nicht …

»Cosimo«, flüsterte ich, doch er küsste mir die Worte von den Lippen. Er erhob sich, zog mich von meinem Sitz, umarmte mich und presste mich an sich.

»Ich begehre dich!« Er küsste mich leidenschaftlich. Zutiefst erregt drängte er sich gegen mich. »Liebe mich!«

Zärtlich erwiderte ich seinen Kuss und wollte mich ihm entwinden, als die Tür geöffnet wurde.

Ich fuhr herum und dachte, mein Herz bliebe stehen.

Niketas stand in der offenen Tür!

Er hatte in der Bibliothek auf mich gewartet, und als ich zum verabredeten Zeitpunkt nicht erschien, da war er …

Mit einem erstickten Schluchzen taumelte er rückwärts und floh aus dem Raum.

Ich wollte ihm nacheilen, aber Cosimo hielt mich fest.

»Du liebst ihn«, flüsterte er enttäuscht.

»Von ganzem Herzen.«

»Ich habe es geahnt, als ich sah, wie du ihn während seines Anfalls in deinen Armen hieltest. Er wird dich verlassen.«

»Ich weiß.«

»Ich verstehe, dass du dich zu ihm hingezogen fühlst. Er ist ein attraktiver Mann. Fünfzehn Jahre jünger als ich. Mit ihm kann ich mich nicht messen. Liebe ihn, Alessandra! Genieße dein Glück, ich gönne es dir von Herzen! Und wenn Niketas eines Tages …« Er sprach das Furchtbare nicht aus. »… und wenn du dann einsam bist und dich nach Liebe sehnst, nach Zärtlichkeit und Geborgenheit, dann komm zurück zu mir! Ich werde auf dich warten!«

Ich hauchte ihm einen Kuss auf die Lippen, hastete die Treppe hinunter und durch die Loggia in den Bankettsaal. Ich blieb an der Tür stehen und ließ meinen Blick durch den Saal schweifen.

Wo war Niketas?

Ich konnte ihn nirgendwo entdecken, weder beim Patriarchen, der sich erhoben hatte, um in seine Residenz, den Palazzo Ferrantini im Borgo Pinti, zurückzukehren, noch bei seinem Freund Isidor, der nicht weit entfernt mit Piero plauderte.

Und wo war Basilios?

Mein Herz sank.

Piero hatte mich gesehen. Er entschuldigte sich beim Metropoliten von Kiew und kam zu mir herüber. »Sandra, mein Schatz, was ist denn?«

»Wo ist Niketas?«, fragte ich ihn.

»Er fühlte sich nicht wohl. Er war blass und zittrig, als er eben in den Saal zurückkehrte, und ich fürchtete schon, er habe wieder einen schweren …«

»Wo ist er?«

»Sein Freund Basilios bringt ihn nach Hause in den Palazzo Albizzi. Niketas hat ihn darum gebeten. Sie sind eben aufgebrochen.«

Ich ließ Piero stehen und rannte los.

Niketas

Kapitel 20

»Verdamme mich nicht, Basilios!«, beschwor ich ihn. »Ich will keine Absolution von dir als mein Beichtvater. Ich hoffe auf dein Verständnis als mein Freund. Deine Vergebung. Du bist der Einzige, der mir nach Natanaels Tod geblieben ist und dem ich mich anvertrauen kann. Verzweifle nicht an mir! Ich könnte es nicht ertragen, wenn auch du mich nun verlässt.«

Nach unserer Ankunft im Palazzo Albizzi hatte er mich in mein Schlafgemach gebracht. Vor dem flackernden Kamin hatte ich einen Schluck aus der Phiole genommen, die Scarampo mir gegeben hatte.

Dann hatte ich Basilios erzählt, was in den vergangenen Tagen seit Natanaels Tod geschehen war. Dass ich mich ihr hingegeben hatte. Wie sehr ich sie liebte und wie verzweifelt ich nun war, wie hoffnungslos.

Bestürzt hatte Basilios sich von mir abgewandt.

»Schäme dich nicht, fürchte dich nicht, und verberge nichts vor mir, sondern sage alles, worin du gesündigt hast, dann wirst du von unserem Herrn Jesus Christus die Vergebung der Sünden erlangen.« So hatte er das Beichtgespräch begonnen.

Christus konnte mir vergeben. Basilios konnte es nicht.

Keine Absolution. Keine Buße. Keine Ermahnung, fortan nicht mehr zu sündigen. Sein Schweigen stand zwischen uns wie eine unüberwindliche Mauer.

Ich erhob mich von meinem Sessel am Kamin, trat zum Fenster und blickte hinaus in die sternenklare Winternacht. Die nassen Pflastersteine der Straßen glänzten im Schein der Fackeln an den Palastmauern. Ein warmer Wind, der Vorbote des nahenden Frühlings, hatte das Eis auf dem Arno und den festgetretenen Schnee in den Gassen in den letzten Tagen endlich schmelzen lassen.

Dann sah ich sie.

Sie trabte den Borgo degli Albizzi entlang, zügelte ihr Pferd vor dem Portal und sprang aus dem Sattel. Bevor sie zum Tor eilte, blickte sie empor und erkannte mich am erleuchteten Fenster. Sie blieb stehen und sah mich an.

Ich schloss die Augen und rührte mich nicht.

Alessandra und Cosimo in enger Umarmung … ihr leidenschaftlicher Kuss … ihr Blick, als sie mich in der offenen Tür bemerkten …

Ich hatte angenommen, ihre Affäre wäre seit Monaten beendet. Wie sehr ich mich getäuscht hatte! Sie hatte Cosimo niemals aufgegeben. Er würde sie trösten, wenn ich gestorben war, und sie lieben, wie ich sie geliebt hatte. Ich konnte es ihr nicht einmal verdenken, dass sie so dachte. Nach den beiden letzten Anfällen wusste sie, dass ich nicht mehr lange bei ihr sein würde. Nach einem tränenreichen Abschied in Venedig würde sie sich wieder in Cosimos Arme werfen. Wenn ich aufrichtig war, musste ich mir eingestehen, dass wir keine gemeinsame Zukunft hatten.

Was empfand sie für mich? War ihre Zärtlichkeit nur Mitleid für einen Sterbenden? Wie hatte ich auch nur einen Moment lang annehmen können, sie könnte mit mir glücklich werden!

Alessandra war die Liebe meines Lebens. Ich hatte sie verloren. Mein Herz krampfte sich schmerzhaft zusammen, und ein Seufzer entrang sich meiner Brust.

»Niketas?«, fragte Basilios beunruhigt. »Was ist denn?« Er trat neben mich und blickte hinunter zu ihr. Dann legte er den Arm um meine Schultern, zog mich sanft vom Fenster fort und führte mich zurück zu den Sesseln vor dem Kamin.

Basilios ließ sich neben mir nieder: »Versteh mich bitte nicht falsch, Niketas! Ich verdamme dich nicht! Es ist nur …« Er rang nach

Worten. »Ich bin entsetzt über das, was du mir eben anvertraut hast. Ich bin … enttäuscht von dir, Niketas. Sehr enttäuscht!«

Er konnte mir nicht in die Augen sehen.

»Wir sind einen langen Weg gemeinsam gegangen, seit wir uns im Kloster kennengelernt haben. Wir haben gemeinsam die Gelübde abgelegt. Seite an Seite sind wir durch den Patriarchen zum Diakon, zum Priester und zum Bischof geweiht worden. Am selben Tag hat er uns zu Metropoliten ernannt. Wir haben gemeinsam gefastet und gebetet, in der Hagia Sophia Gottesdienste gefeiert und nachts in unseren Klosterzellen Glaubensgespräche geführt. Du hast mir deine Seelenqualen gebeichtet, als Natanael dir deinen Glauben fortgerissen hat und dich zu seiner jüdischen Häresie bekehren wollte … Lass mich bitte ausreden, Niketas! … Natanael hatte kein Recht, dich aus deinem vollkommenen Leben herauszureißen!«

»Er hat mich nicht …«

»Natanael ist schuld!«, regte er sich auf. »Er hat dich gedrängt, dein Gelübde zu brechen und dich gegen Gott zu versün…«

»Das ist nicht wahr!«, verteidigte ich meinen Bruder. »Er war so enttäuscht wie du, weil er fürchtete, er würde mich an sie verlieren.«

Basilios sprang auf. »Sechzehn Jahre, Niketas! Das ist unser halbes Leben!« Er riss das Metropolitengewand vom Bett, das ich am Nachmittag während des Empfanges getragen hatte, und wandte sich wieder zu mir um. »*Das* bist du, Niketas!« Er hielt mir die königsblaue Brokatrobe entgegen. »Du bist ein Mönch und ein geweihter Bischof – kein Dorfpriester, der seine Geliebte heiraten und mit ihr Kinder zeugen kann. Komm zur Besinnung! Als Metropolit von Athen folgst du Paulus nach. Du bist der Stellvertreter Christi.«

»Das bin nicht ich!«, widersprach ich und hob abwehrend die Hände. »Das ist nur ein Gewand, Basilios. Wertloser, glitzernder Tand. Ich bin nicht vor sechzehn Jahren aus dem Kaiserpalast ins Kloster geflohen, weil ich eine Krone tragen und auf einem Thron sitzen wollte! Da hätte ich nur Sophia heiraten und meinem todkranken Bruder Andronikos als Despot von Thessaloniki nachfolgen müssen. Du weißt doch, welche Pläne Manuel für mich hatte!«

»Er wollte, dass du als König herrschst.« Basilios legte das Gewand zurück auf das Bett. Dann wandte er sich wieder zu mir um. »Und nun bist du Metropolit von Athen und regierst als Exarchos von Griechenland und Stellvertreter des Patriarchen eine Kirchenprovinz, die sehr viel größer ist als das Despotat von Thessaloniki.«

»Meine Macht, meine Ehrentitel, die demütigen Kniefälle und ehrfurchtsvollen Handküsse bedeuten mir nichts. Ich hasse das Zeremoniell, das man um mich veranstaltet. Es ist mir unerträglich. Denn es erinnert mich zu sehr an die Rituale kaiserlicher Macht, unter denen ich als Kind gelitten habe! Ich will keine verehrte Ikone sein, kein Ideal engelsgleicher Vollkommenheit, kein lebendiges Abbild Jesu Christi und Gottes Stellvertreter auf Erden. Ich bin ein Mensch!

All jene, die den Segen Seiner Seligkeit des Metropoliten Niketas IV. Evangelos erbitten, wissen nicht, wer Niketas ist, was er empfindet, woran er glaubt und wie sehr er unter der Last seines Amtes leidet. Alessandra hat mir dieses schwere Gewand aus Goldbrokat vom Leib gerissen, um zu sehen, wer sich darunter verbirgt. Ein Mensch, nackt und frierend vor Einsamkeit. Unvollkommen, fehlbar und schwach. Aber sie fand diesen Menschen liebenswert.«

»Sie hat sich in den begehrenswerten byzantinischen Prinzen verliebt, dem in Konstantinopolis selbst die Basilissa zu Füßen liegt. Alessandra hat dich verführt!«

»Sie hat mich zum Leben und zum Lieben verführt, weil ich mich verführen lassen wollte. Denn ich bin ein Mensch, Basilios, ein Mensch, der sich nach Geborgenheit und Liebe sehnt. Nach Zärtlichkeit. Nach Leidenschaft. Nach Glückseligkeit im Akt der sexuellen Liebe. Der nur noch er selbst sein will – kein Prinz, kein König, kein Priester, kein Mönch. Glaubst du, dass Gott mir am Ende meines Lebens diese Gnade gewährt?«

Basilios schüttelte traurig den Kopf. »Du hast dich verändert, Niketas. Alles, was dir früher wichtig war, hast du aufgegeben. Du hast ihr deine Unschuld geopfert, die Reinheit deines Herzens und dein Seelenheil. Deine Heiligkeit. Du hast dein Gelübde gebrochen und dich gegen Gott versündigt!«

»Die Liebe ist eine Gnade Gottes, das kostbarste Geschenk meines Lebens! Wieso muss ich wählen zwischen der Liebe zu Gott und der Liebe zu ihr? Zwischen der mystischen Sehnsucht in der Meditation und der Erfüllung im Akt der erotischen Liebe? Noch nie war ich so glücklich wie in den letzten Tagen, noch nie habe ich solch tiefe innere Freude empfunden.«

»Sie hat dir den Verstand geraubt!«

»Nein, Basilios, nur mein Herz.«

Es klopfte leise an der Tür, und sein Sekretär trat ein. »Kyrie Niketas, Kyrie Basilios … Alessandra d'Ascoli bittet darum, von Eurer Seligkeit empfangen zu werden.«

Ich barg mein Gesicht in den Händen.

Basilios legte mir die Hand auf die Schulter. »Willst du mit ihr reden?«

Stumm schüttelte ich den Kopf.

Basilios wandte sich an seinen Sekretär: »Bitte richtet Kyria Alessandra aus, dass Seine Seligkeit sie nicht sehen will, weder heute Nacht noch in den nächsten Tagen. Sagt ihr, er fühle sich nicht wohl und brauche sehr viel Ruhe, damit er bis zum Beginn des Konzils wieder genesen ist.«

Ich fühlte mich, als habe mir jemand das Herz herausgerissen. Ich war traurig und einsam. Natanael war tot, Alessandra war für mich verloren, und Basilios konnte mir nicht vergeben. Nicht als Priester, nicht als Freund.

So viele Jahre waren wir Ordensbrüder gewesen, die sich ohne Worte verstanden, Vertraute, die keine Geheimnisse voreinander hatten, Freunde, die über ihre Träume, Hoffnungen und Ängste sprachen. Wir gerieten heftig aneinander, verloren beide die Beherrschung und stritten stundenlang. Seine scharfen Worte verletzten mich, als er mir gestand, wie sehr er mich verachtete, weil ich sie trotz allem, was sie mir angetan hatte, noch immer liebte. Weil ich mich nach ihr sehnte und sie begehrte. Weil ich nicht reumütig zu Kreuze kroch und mich wie Luca blutig geißelte. Diese Aufgabe übernahm Basilios nur zu gern: Er war meine Geißel, und er schonte mich nicht. In seinem ohnmächtigen Zorn darüber, dass er meine verlorene Seele nicht retten konnte, schlug er auf mich ein, und seine Hiebe rissen schmerzhafte Wunden, die so schnell nicht heilen würden.

Das Band, das uns all die Jahre in inniger Freundschaft verbunden hatte, zerfetzte an scharfkantigen Worten wie ›Heuchler‹ und ›Häretiker‹.

Am Morgen nach unserem erbitterten Wortgefecht packte ich meine Truhen, verließ ihn ohne Abschied und zog mit meinem neuen Sekretär Leandros in den Palazzo Peruzzi, die Residenz des Kaisers.

Am nächsten Tag zog der Basileus in einer prunkvollen Prozession in Florenz ein, der Stadt der Lebensfreude, die sich an diesem Karnevalsmontag mit lärmenden Feierlichkeiten in fröhlichem Aufruhr befand. Neben Isidor von Kiew stand ich auf der Tribüne neben dem Thron des Patriarchen und erwartete den Kaiser mit seinem Gefolge.

Die Florentiner, die sich auf dem Domplatz eingefunden hatten, trugen ihre prächtigsten Roben mit aufwändigen Stickereien und Eichhörnchenpelz. Ihre Frauen hatten herrliche Kleider angezogen und ihren schönsten Schmuck angelegt – Rubine und Saphire oder geschliffenes, buntes Glas aus Murano – und Schleierhauben, auf denen bunte Federn exotischer Vögel wippten.

Patriarch Joseph hob die Hand: »Niketas, seht Ihr den Mann dort drüben am Baptisterium?« Er machte mich auf einen Florentiner in langem Gewand aufmerksam. »Er hat sich als griechischer Metropolit verkleidet!«, lachte er vergnügt. »Ein langer schwarzer Bart, eine prächtige Robe und eine Krone! Offensichtlich machen wir großen Eindruck auf die Florentiner.«

»Scheint so.«

Er musterte mich ernst. »Giorgios Scholarios sagte mir vorhin, Ihr wärt gestern in den Palazzo Peruzzi umgezogen?«

»Das stimmt.«

Er legte seine Hand auf meinen Arm. »Ich habe von Eurem Streit mit Basilios Bessarion gehört. Worum ging es?«

»Um Glaubensfragen.«

»Ich hoffe, wir benötigen kein Konzil, um euch beide wieder zu versöhnen.« Er wies auf Basilios, der einige Schritte entfernt mit Markos von Ephesos tuschelte.

Stumm schüttelte ich den Kopf.

»Niketas, Ihr und Basilios seid die einflussreichsten Metropoliten auf griechischer Seite! Ich flehe Euch an, lasst die Kirchenunion nicht scheitern! Beendet das byzantinisch-römische Schisma, und versöhnt euch, wie es Freunde tun, die sich so lange kennen wie ihr beide! Wenn ich zwischen euch vermitt…«

»Meine Entscheidung ist endgültig.«

Betroffen fuhr er sich durch den langen Bart. »Das tut mir aufrichtig leid. Nach dem Tod Eures Vertrauten, Rabbi Natanael, habt Ihr nun auch noch Euren besten Freund verloren. Niketas, mein lieber Junge, wenn Ihr …«

Er verstummte, als Giorgios Scholarios, der die Via Larga entlanggetrabt war, sein Pferd vor der Tribüne zügelte, aus dem Sattel sprang und sich vor dem Patriarchen verneigte.

Dann wandte er sich an mich: »Euer Seligkeit, Seine Majestät wünscht Euch zu sehen! Er ist mit seinem Gefolge noch an der Porta San Gallo. Die Prozession soll in wenigen Minuten beginnen. Ich werde Euch zu ihm geleiten.«

Ich nickte dem Patriarchen zu und schritt die Stufen hinunter. Während ich vor der Kathedrale darauf wartete, dass mir mein Pferd vorgeführt wurde, warf ich einen Blick hinüber zu Alessandra, die nicht weit entfernt von Cosimo auf der Tribüne neben der Taufkapelle stand. Tayeb und Caedmon wichen nicht von ihrer Seite. Ihr Anblick versetzte mir einen Stich ins Herz. Ich wandte mich ab.

Mein Pferd wurde herangeführt. Giorgios half mir in den Sattel, da mich das priesterliche Gewand behinderte. Als ich auf dem Pferd saß, ordnete er den steifen Brokatmantel und den langen Schleier meiner Haube. Vergebens, denn eine Windbö fegte über die Piazza, riss am Gewand und wirbelte mir den Schleier ins Gesicht. Ich sah empor zum sturmdurchtosten Himmel: Ein Gewitter zog herauf.

Während Giorgios sich in den Sattel schwang, verließ Caedmon die gegenüberliegende Tribüne und eilte mit wehendem Habit quer über die Piazza zu mir herüber.

»Bitte hört mich an!«, flehte er und ergriff die Zügel meines Pferdes. »Seit drei Tagen versucht sie, mit Euch zu reden, Mylord. Doch sie wird von Euren Gefolgsleuten immer wieder abgewiesen. Sie weiß, wie verletzt Ihr seid. Wie enttäuscht. Sie leidet unter der Trennung wie Ihr, Mylord. Sie ist sehr unglücklich. Sie will Euch sehen!«

Wortlos nahm ich ihm die Zügel aus der Hand und wendete mein Pferd.

»Mylord! Was soll ich ihr ausrichten?«

»Ich habe ihr nichts zu sagen«, murmelte ich traurig.

Ich trieb meinen Hengst an und folgte dem kaiserlichen Sekretär die geschmückte Via Larga hinauf zur Porta San Gallo, wo das Gefolge des Basileus wartete, bis der endlose Tross sich wieder in Bewegung setzte. Der Zeremonienmeister bemühte sich, die Ordnung zu bewahren, bevor das Gewitter losbrach.

Giuliano Cesarini winkte mir zu. Er führte die Abordnung des päpstlichen Hofstaates an, die den Kaiser begrüßen sollte: eine lange Reihe von mehr als sechshundert Würdenträgern in Purpur, Violett und Schwarz und Mönchen in den Farben der Dominikaner und Franziskaner, Benediktiner und Augustiner.

Ich fand den Basileus in der Nähe des Tores unter einem Baldachin, der ihn vor dem Wind schützte. Ein Kammerdiener legte ihm gerade eine mit Perlen bestickte Seidenrobe an, und darüber den kaiserlichen Purpurmantel. Dann reichte er ihm ein Kreuz, das der Kaiser küsste, um sich dann damit schmücken zu lassen. Ein zweiter Diener kniete nieder und befestigte das Schwert an seinem Gürtel. Giorgios half mir vom Pferd und führte mich zum Basileus. Ich schlug meinen weiten Mantel zurück, kniete nieder und neigte mein Haupt, während er mich dem Zeremoniell gemäß ankündigte: »Der Exarchos von Griechenland, Seine Seligkeit Niketas IV. Evangelos von …«

Ioannis ignorierte meine Ehrentitel, half mir auf und umarmte mich herzlich. »Wie schön, dich zu sehen, Niketas!«

»Ich freue mich auch, Ioannis! Wie geht es dir?«

»Die Gicht macht mir zu schaffen. Ich kann mich vor Schmerzen kaum noch bewegen. Leonardo Brunis Rede dauerte länger als eine Stunde. Die Prozession zum Domplatz und der Empfang durch Cosimo werden eine Qual für mich sein.«

»Tut mir leid.«

»Ich möchte unter vier Augen mit dir reden.« Mit einem ungeduldigen Wink scheuchte er die Diener fort, die ihm die kaiserliche Krone aufsetzen wollten, und legte mir vertraulich die Hand auf den Arm. Eine Geste, die von seinem Gefolge und dem päpstlichen Hofstaat mit Geraune zur Kenntnis genommen wurde. Demetrios, der sein aufgeregt tänzelndes Pferd beruhigte, verzog unwillig die Lippen.

»Giorgios hat mir vorhin von Natanaels Tod berichtet. Ich weiß, wie sehr du an ihm hingst, Niketas!«

Ich nickte stumm.

»Er hat mir auch erzählt, dass du dich mit Basilios Bessarion zerstritten hast und in meine Residenz umgezogen bist.«

»Das stimmt.«

»Euer Streit hat unter den orthodoxen Bischöfen und Metropoliten große Bestürzung ausgelöst. Die wenigen Hierarchen, die noch ernsthaft an die Kirchenunion glauben, befürchten, dass ihr euch über die Konzilsstreitfragen des päpstlichen Primats und des Filioque entzweit haben könntet.« Eine tiefe Sorgenfalte hatte sich in seine Stirn gegraben. »Ich kenne deine Glaubenszweifel, Niketas! Aber in Ferrara hast du mir verspro…«

»Unsere Differenzen sind sehr persönlich. Sie gehen niemanden außer Basilios und mich etwas an.«

»Niketas, in deiner und meiner Position gibt es keinen persönlichen Streit! Wir haben kein Privatleben, denn wir repräsentieren Kirche und Staat. Wenn wir uns streiten, betrifft es das Byzantinische Reich oder die orthodoxe Kirche«, ermahnte er mich ernst und wies auf die byzantinischen und florentinischen Würdenträger, die uns von der Via Larga aus beobachteten. »Ich will kein neues Schisma, das das orthodoxe Christentum spal…«

»Die Union mit der römischen Kirche wird geschlossen werden«, unterbrach ich ihn. »Aber zwischen mir und Basilios kann es keine Versöhnung geben!«

Er rang die Hände und wandte sich ab. Eine eisige Sturmbö zerrte an seinem Purpurmantel. In der Ferne vernahm ich das erste Donnergrollen des nahenden Gewitters. Schließlich drehte er sich wieder zu mir um und legte die Hand auf meine Schulter. »Niketas, ich wünsche, dass du während der Prozession an meiner Seite reitest. Ich will Eugenius zeigen, dass du eine herausragende Stellung unter den Metropoliten hast und mein besonderes Vertrauen genießt.«

»Wie du es wünschst.«

Während er zum Baldachin zurückkehrte, um sich die mit Rubinen und Saphiren geschmückte Kaiserkrone aufsetzen zu lassen, begab ich mich zu meinem Pferd.

Selim erwartete mich. Der Freund meines Bruders Demetrios war ein attraktiver Mann von fünfunddreißig Jahren mit mandelförmigen Augen, denen er mit einigen Tropfen Belladonna Glanz verlieh.

Die Lidränder waren mit schwarzem Bleiglanz geschminkt. Entgegen der türkischen und byzantinischen Mode trug er seinen Bart kurz geschnitten.

»Niketas, ich muss dringend vertraulich mit dir reden!«, murmelte er. Beunruhigt blickte er sich um – was fürchtete er? »Es geht um den Anschlag auf dich. Ich war entsetzt, als ich davon erfuhr – Allah ist mein Zeuge! Können wir uns heute Abend nach dem Bankett in deinen Räumen treffen?«

Selim hatte Todesangst. Sultan Murad hatte vor Jahren seinen Vater umbringen lassen, als dieser mit militärischer Unterstützung durch Kaiser Manuel Ansprüche auf den türkischen Thron erhoben hatte.

Ich sah ihm in die Augen und nickte langsam.

Er wirkte erleichtert und zwang sich zu einem Lächeln. »Allah halte schützend Seine Hand über dich, Niketas!«

»Und über dich, Selim!«

Ich blickte ihm nach, als er zu seinem Pferd hinüberging. Demetrios, der unser Getuschel argwöhnisch beobachtet hatte, wandte sich brüsk ab, als sein Freund sich näherte.

Was war geschehen? Hatten Demetrios und Selim sich zerstritten?

Ich stieg auf und lenkte mein Pferd neben den Hengst des Kaisers.

Die Luft war erfüllt vom Weihrauchduft aus den goldenen Räuchergefäßen der Priester, die mit einem rubingeschmückten Kreuz dem Basileus voranschritten. Vor uns formierten sich die mit Lanze und Schwert bewaffneten Gardisten mit ihren vergoldeten Helmen und Schuppenpanzern sowie Herolde mit Trompeten, die wegen des aufziehenden Sturms kaum zu hören waren. Florentinische Kinder liefen voran. Sie sollten den Weg des Kaisers bis zum Domplatz, wo ihn Cosimo erwartete, mit Lorbeerzweigen schmücken.

Ioannis lächelte versonnen, als er die fröhlich hopsenden Kinder beobachtete. Dann wandte er sich um und warf Sophia, die weit hinter ihm in seinem Gefolge ritt, einen sehnsüchtigen Blick zu. Nach dem erbitterten Streit mit Demetrios in Ferrara hatte Ioannis schweren Herzens seine Geliebte verstoßen.

Seine Miene verfinsterte sich, als er Demetrios' Blick begegnete. Ich legte ihm besänftigend die Hand auf den Arm. Er zwang sich zu einem Lächeln.

Ein Donnergrollen erschütterte den Himmel.

Der Zeremonienmeister gab das Zeichen zum Aufbruch. Der Tross bewegte sich die Via Larga hinab, die sorgfältig gefegt und mit Lorbeer- und Myrtenzweigen bestreut worden war. Die Fenster der Palazzi zu beiden Seiten der Straße waren mit kostbaren Teppichen geschmückt, über die sich die Schaulustigen lehnten und fröhlich winkten. Tausende Lichter brannten und verliehen dem Triumphzug des Basileus einen geheimnisvollen Glanz.

Trotz des aufziehenden Unwetters drängte sich auf dem langen Weg zum Domplatz eine johlende, ausgelassen winkende Menge, die den Basileus aus dem fernen Byzanz bewundern wollte.

Ein greller Blitz, ein dröhnender Donner – die ersten Tropfen fielen. Dann prasselte ein schwerer Gewitterregen auf uns nieder. Kniehoch spritzte das Wasser von den Pflastersteinen. Schreiend flüchteten sich die Florentiner unter die Dächer der Palazzi und drängten sich kichernd in Torbögen und überdachten Mauernischen. Der Regen rann mir über das Gesicht in die Augen, sodass ich nur blinzelnd erkennen konnte, wie die Kinder mit den Körben voller Lorbeerzweige kreischend davonstoben. Ioannis verzog keine Miene, obwohl ihm der feine Goldstaub, mit dem er geschminkt worden war, über das Gesicht lief. Er sah aus wie eine Ikone, deren Goldfarbe abblätterte.

Als wir endlich den Domplatz erreichten, waren wir bis auf die Haut durchnässt und froren erbärmlich in unseren schweren, steifen Brokatgewändern.

An den Stufen der Kathedrale erwartete der Patriarch den Basileus mit dem Heiligen Kreuz und begrüßte ihn mit so leiser Stimme, dass im niederprasselnden Regen vermutlich niemand auf der Piazza seine Worte verstehen konnte: »Lang lebe der erhabene Basileus! Gott schütze den Kaiser und bewahre sein christliches Reich!«

Geleitet vom Patriarchen, der sich vor Kälte zitternd auf meinen Arm stützte, begab sich Ioannis nun zu Cosimo, der das Knie beugte, um Seine Majestät mit einer kurzen Ansprache in Florenz willkommen zu heißen. Ioannis segnete ihn und zog ihn an seine Seite, um gemeinsam mit ihm die Huldigung der wenigen Florentiner entgegenzunehmen, die noch nicht vor dem eisigen Regen geflohen waren.

Tropfnass und frierend stand Alessandra im niederrauschenden Sturzregen auf der inzwischen überschwemmten Piazza, obwohl das wärmende Kaminfeuer in ihrem Arbeitszimmer nur wenige Schritte entfernt war. Unsere Blicke trafen sich.

Traurig wandte ich mich ab, schritt die Domstufen hinab, stieg auf mein Pferd und geleitete den Basileus durch den strömenden Regen zu seinen Gemächern im Palazzo Peruzzi.

Am Abend empfing der Basileus die florentinischen und griechischen Würdenträger zu einem prunkvollen Bankett.

Der Palazzo der im Exil befindlichen Familie Peruzzi war für diesen Anlass hergerichtet worden wie der Kaiserpalast von Byzanz. Über dem Thron des Basileus im Empfangsraum war eine Ikone des segnenden Pantokrators Jesus Christus aufgerichtet worden, das Symbol der engen Beziehung himmlischer und irdischer Herrschaft.

Wie in Konstantinopolis thronte der Basileus auf einem goldenen, mit Purpurseide bezogenen Sessel. Gemäß dem byzantinischen Hofzeremoniell empfing er die Würdenträger reglos und schweigend, nachdem der Zeremonienmeister sie aufgefordert hatte, vorzutreten und niederzuknien. Niemals richtete der Basileus das Wort direkt an einen Sterblichen. Ein Würdenträger wiederholte seine gemurmelten Worte mit lauter Stimme. Schlug der Basileus das Kreuz, war die Audienz beendet. Mit einer tiefen Verneigung erhoben sich die Knienden und zogen sich, die Hände demütig über der Brust gekreuzt, rückwärts schreitend zurück.

Alessandra zeigte sich tief beeindruckt, als ihr die Ehre zuteil wurde, dem Basileus vorgestellt zu werden. Während er mit ihr sprach, blickte Ioannis immer wieder zu Sophia hinüber, die für ihn unerreichbar am anderen Ende des Saals stand. Er sehnte sich nach ihrem Lächeln, ihrer zärtlichen Liebe und der Geborgenheit, die sie ihm schenkte. Seine Hoffnung auf ein Kind war nun dahin.

Nach dem Empfang und dem Bankett gab ich Selim das verabredete Zeichen und zog mich allein in meine Gemächer zurück, um auf ihn zu warten.

Alessandra blickte mir traurig nach. Während des ganzen Abends hatte sie versucht, mit mir zu reden, war jedoch von meinem Sekretär Leandros immer wieder abgewiesen worden.

Lange sprach ich vertraulich mit Selim über den Mordanschlag des Türken. Der Prinz versicherte mir, wie leid es ihm tue. Und er beteuerte, dass er, obwohl er Demetrios' Freund war und mein Bruder mich hasste, nichts mit dem Attentat zu tun habe. Wie ich vermutete er, dass sein Cousin Murad mir nach dem Leben trachtete.

»Dass die Macht des Sultans bis nach Florenz reicht, erschreckt mich zutiefst«, gestand er mit gesenktem Blick. Selim, dessen Vater vor seinen Augen ermordet worden war, fürchtete um sein Leben! Er zögerte einen Augenblick. »Demetrios und ich haben uns zerstritten«, vertraute er mir schließlich an. »Seine Reaktion auf das Attentat des Türken hat mich zornig gemacht. Er hasst dich, Niketas! Nach deiner vertraulichen Unterredung mit dem Papst scheint die Vereinigung der Kirchen in greifbarer Nähe. Wie Murad versucht Demetrios, die Union und damit einen Kreuzzug gegen das Osmanische Reich zu verhindern. Dein Bruder hofft, dass ihm der Sultan aus Dankbarkeit für seine Unterstützung die Stufen zum Purpurthron hinaufhelfen wird.

Ich fürchte, dass Demetrios den Basileus wegen seines angeblichen

Verrats am orthodoxen Glauben noch während des Konzils stürzen will. Seit jenem Abend in Ferrara hat er etliche Metropoliten auf seine Seite gezogen, die gegen die Unterwerfung unter die römische Häresie stimmen – allen voran Markos Eugenikos von Ephesos.«

»Demetrios kann den Kaiser nicht entmachten, solange Konstantin während Ioannis' Aufenthalt in Italien als Regent herrscht. Theodor und Thomas werden nicht zulassen, dass Demetrios die Macht an sich reißt – als Kaiser von Murads Gnaden! Und ich werde das ebenso wenig dulden. Sollte Demetrios es wagen, Ioannis zu stürzen, werde ich ihn exkommunizieren.«

Selim schüttelte energisch den Kopf. »Nein, Niketas, nein! Der beste Zeitpunkt für einen Sturz des Kaisers ist jetzt! Die Kirchenunion ist noch nicht geschlossen, und viele der Metropoliten stehen auf seiner Seite. Nicht nur in Athen, sondern auch in Konstantinopolis droht ein Aufstand der Gläubigen. Ioannis ist nicht in Byzanz, um als Kirchenoberhaupt für Ruhe zu sorgen. Joseph ist todkrank und wird bald sterben. Du wirst ihm als Patriarch nachfolgen!«

Ich winkte ab.

»Demetrios *muss* handeln!«, mahnte Selim. »Und er *wird* handeln!«

»Indem du dich mir anvertraust, verrätst du ihn.«

Er nickte stumm.

»Warum tust du das, Selim?«

»Weil ich leben will, Niketas, nicht sterben. Ich kenne meinen Cousin besser als Demetrios. Ich weiß, wozu Murad fähig ist. Wer je seinen sterbenden Vater im Arm hielt, wer die verstümmelten Leichen der Opfer jenes furchtbaren Massakers um sich herum gesehen hat – Brüder, Cousins, Freunde und Gefolgsleute –, wer selbst nur mit knapper Not immer wieder dem Tod entkommen ist, der sinnt auf blutige Rache. Er oder ich! Nur einer von uns wird überleben – der andere wird als Sultan herrschen.«

»Du willst nach Adrianopolis zurückkehren«, vermutete ich.

Er nickte. »Nach der Kirchenunion und meiner Rückkehr nach Mistra werde ich mit meinen Gefolgsleuten aufbrechen. Ich habe einen berechtigten Anspruch auf den türkischen Thron, den Murad mir nicht nehmen kann, indem er meinen Vater ermordet und meine ganze Familie ausrottet. Nach der Kirchenunion werde ich Murad stürzen und als Sultan herrschen.«

»Weiß der Basileus, was du vorhast?«

»Noch nicht. Aber ich glaube, dass er es vorziehen würde, der Vasall von Sultan Selim zu sein als von Sultan Murad. Ioannis kennt mich seit Jahren. Er vertraut mir nicht, weil ich Demetrios' Freund war. Doch er wird mich unterstützen. Was ist mit dir, Niketas? Vertraust du mir?«

»Wirst du Konstantinopolis erobern, Sultan Selim?«

»Nein, Patriarch Niketas, wozu denn? Der Basileus ist mein Vasall und zahlt Tribut. Warum sollte ich zerstören, was mir schon gehört? Ich werde nicht vergessen, was dein Vater, Kaiser Manuel, für meinen Vater, Sultan Mustafa, getan hat, als er ihm half, den Thron zu besteigen. Und ich werde auch nicht vergessen, dass Kaiser Ioannis mich nach dem Massaker an meiner Familie und meiner Flucht freundlich aufnahm.«

»Wirst du Demetrios die Stufen zum Purpurthron hinaufhelfen, Sultan Selim?«

»Nein, denn ich kann nicht gutheißen, dass dein Bruder mit Murads Hilfe den Basileus stürzen will, um selbst als Kaiser von des Sultans Gnaden zu regieren. Das werde ich ebenso wenig zulassen wie du.« Er sah mir fest in die Augen. »Wirst du einen Kreuzzug gegen mich führen, Patriarch Niketas?«

»Wenn du Byzanz nicht bedrohst und Religionsfreiheit gewährst, Sultan Selim, dann werde ich nicht gegen dich kämpfen. Nicht mit dem Schwert und nicht mit dem Kreuz in meiner Hand.«

»Ich vertraue dir, mein Freund.« Er reichte mir die Hand, und ich schlug ein.

Wenig später geleitete ich ihn zur Tür meiner Gemächer.

»Allah schütze dich, Niketas.«

»Und dich, Selim. Möge der Allmächtige dir Frieden schenken.«

»Möge Gott uns allen Frieden schenken!«, erwiderte er ernst.

Als ich öffnete, um ihn hinauszulassen, stand Alessandra plötzlich vor mir. Sie hatte vor der Tür gewartet!

Selim wünschte mir eine gute Nacht, warf ihr einen neugierigen Blick zu und verschwand. Alessandra huschte an mir vorbei in den Raum. Ich war zu überrascht, um sie aufzuhalten. Dann stand sie vor mir und sah mir in die Augen.

»Sag mir, wie enttäuscht du von mir bist und wie sehr du mich verachtest, Niketas! Sag mir, wie sehr du mich hasst, weil ich dir das angetan habe! Sag mir, wie verletzt du bist! Bitte mich, diesen Raum zu verlassen und für immer aus deinem Leben zu verschwinden, damit ich dir nie wieder wehtun kann!«

Tränen schimmerten in ihren Augen.

»Aber wenn du noch einen kleinen Funken Liebe in dir spürst, dann bitte mich zu bleiben! Lass mich dir erklären, was zwischen Cosimo und mir geschehen ist …«

Still beobachtete ich, wie die Kerze neben meinem Bett herunterbrannte.

Die Flamme hatte nun das Ende des Dochtes erreicht. Ein verzweifeltes Flackern, ein letztes, helles Strahlen, dann erlosch das Licht. Ein feiner weißer Rauchfaden wirbelte zur Decke – Zeichen der Vergänglichkeit.

Das Glühen des Dochtes erstarb. Für immer.

Es war finster um mich.

»Uns bleibt so wenig Zeit, mein Liebster. Lass uns keinen Augenblick verschwenden!«, hatte sie vorhin gesagt.

Ich räkelte mich in den Kissen meines Bettes, zog fröstelnd die Decke über meinen nackten Körper und schloss die Augen.

Ich wollte nicht schlafen.

Nicht heute Nacht.

Ich war so …

Ein Geräusch ließ mich aufhorchen.

Leise Schritte. Ein Knarren der Dielen. Irgendjemand war in mein Arbeitszimmer eingedrungen, das neben meinem Schlafgemach lag!

Ich setzte mich auf, hielt den Atem an und lauschte in die nächtliche Stille.

Wer schlich so spät noch durch die Gänge des Palazzo Peruzzi? Eine der Palastwachen, die mich vor einem Anschlag schützen sollten? Mein Sekretär Leandros? Oder war es …

Allmächtiger Gott!

Ich zog den Dolch unter dem Kopfkissen hervor, sprang aus dem Bett und huschte lautlos zur Tür meines Arbeitszimmers.

Ich horchte, aber alles war ruhig.

Behutsam öffnete ich die Tür und spähte durch den Spalt, dann trat ich in den vom Silberlicht des Mondes erhellten Raum. Kein Attentäter warf sich mit blitzendem Dolch auf mich, kein verhüllter Mönch verbarg sich in den Schatten.

Auf bloßen Füßen tappte ich zum Schreibtisch. Eine Diele des Holzbodens knarzte – so wie gerade eben! Also hatte ich mich nicht getäuscht: Irgendjemand war hier gewesen!

Ich entzündete eine Kerze und wühlte mich durch die Pergamente auf meinem Schreibtisch. Natanaels Entwurf für den Hirtenbrief an meine griechischen Gemeinden. Das Schreiben von Herzog Nerio II. von Athen, das gestern ein Bote Seiner Hoheit brachte. Der Brief meines Bruders Konstantin mit der bestürzenden Nachricht, dass Ioannis' Gemahlin Maria schwer erkrankt war und er um das Leben der Kaiserin fürchtete. Die Einladung von Isidor, der sich in den nächsten Tagen mit mir treffen wollte, um über die Kirchenunion zu sprechen. Briefe, Dokumente, theologische Gutachten. Nichts schien zu fehlen.

Was hatte der Eindringling gesucht?

Ratlos löschte ich das Licht, verließ das Arbeitszimmer und kehrte in mein Schlafgemach zurück. Ich setzte mich auf das Bett und schob den Dolch wieder in sein Versteck. Seufzend ließ ich mich in die Kissen zurücksinken, hob die Decke an, legte den Arm um sie und schmiegte mich ganz eng an sie.

Im Schlaf legte sie ihren Kopf an meine Schulter. Ihr Atem streichelte meine Wange. Ein zauberhaftes Lächeln lag auf ihren Lippen. Wovon träumte sie?

Ich liebkoste ihren nackten Körper und küsste sie zärtlich.

»Hmmm …«, seufzte sie selig lächelnd und schlug die Augen auf. Sie schlang ihre Arme um meine Schultern, zog mich zu sich herunter und erwiderte meine Liebkosungen.

»Ich bin so glücklich!«, flüsterte sie. »Ich dachte, ich hätte dich für immer verloren.«

»Du hast mich nicht verloren. Ich bin hier, ganz nah bei dir.«

»Ich liebe dich, Niketas.«

»Und ich liebe dich.«

Wir lagen eng umschlungen, als wollten wir einander nie mehr loslassen.

»Willst du noch mal?«, hauchte sie.

Ich vergrub mein Gesicht in ihrem Haar und atmete tief den süßen Rosenduft ein. »Mhm.«

»Du bist unersättlich!«, beschwerte sie sich lachend.

»Und ich dachte, du hättest vorhin auch deinen Spaß gehabt«, neckte ich sie.

»Den hatte ich!« Sie küsste mich auf die Lippen und zog mich zu sich herunter. »Du bist ein fantastischer Liebhaber!«

Atemlos seufzend liebten wir uns sanft und zärtlich und ließen uns viel Zeit, uns gegenseitig zu streicheln und zu erregen – anders als beim ersten Mal in dieser Nacht, als wir uns, überwältigt von der Freude, den anderen wiedergefunden zu haben, sehr heißblütig unserer ungezügelten Leidenschaft hingegeben hatten.

Das Gefühl, von ihrer Liebe eingehüllt zu werden, ihre Wärme zu spüren, ihr Herz schlagen zu hören, ihren Duft einzuatmen, tief in ihr geborgen zu sein, mich ihr mit Leib und Seele hinzugeben und mit ihr eins zu werden, war überwältigend schön. Vergessen war die lähmende Angst, nie mehr lieben zu können und nie mehr geliebt zu werden. Einsam zu sterben. Ohne Alessandra an meiner Seite, der Liebe meines Lebens, die bis zu meinem letzten Atemzug, meinem letzten Herzschlag und meinem letzten wachen Augenblick bei mir blieb.

Ich war so glücklich, so ekstatisch glücklich! Ich fühlte mich so sinnlich, so lebendig, und mein Lebenslicht brannte so strahlend hell, als würde es niemals flackern und verlöschen wie vorhin jene Kerze.

Als ich mich schwer atmend in die Kissen zurücksinken ließ, sah ich ihn im Licht des Mondes.

Ein schwarzer Schatten!

Er kam näher.

Erschrocken tastete ich nach dem Dolch unter dem Kopfkissen.

Dann erkannte ich ihn.

Demetrios stand keine zwei Schritte vom Bett entfernt und blickte mit einem unergründlichen Lächeln auf unsere nackten Körper herab. Seine Augen funkelten wie die Klinge des Dolches in meiner Hand, als er sich wortlos abwandte, das Schlafgemach verließ und die Tür hinter sich schloss.

Es war dunkel, als ich, nur von zwei Palastwachen mit Fackeln begleitet, in der folgenden Nacht nach dem Abendessen mit meinen Bischöfen die kaiserliche Residenz verließ. Das Treffen, das letzte vor der Eröffnungssitzung des Konzils in einigen Tagen, war alles andere als erfreulich gewesen. Viele der Bischöfe, die mir als Exarchos von Griechenland unterstanden, stimmten gegen die Union, allen voran die Kirchenfürsten aus dem Herrschaftsgebiet des Despoten Demetrios. Einer meiner Bischöfe bezeichnete mich als Verräter am orthodoxen Glauben, als ›Judas, der unseren Herrn Jesus Christus an Rom verriet‹, weil ich mich mit Papst Eugenius getroffen hatte. Was war der Preis für diesen Verrat? Dreißig Silberlinge? Oder der Kardinalspurpur?

Ich schlug die Kapuze meines Mönchshabits hoch, verhüllte mein Gesicht und folgte meinen beiden Leibwächtern über die stille, von Fackeln beleuchtete Piazza Peruzzi zum Borgo.

Als wir um die Ecke bogen, hörte ich schon von weitem den ausgelassenen Lärm auf der hell erleuchteten Piazza della Signoria. Dort tobte der Karneval mit einem Freudenfeuer, mit lauter Musik und trunkenem Gegröle. Die Florentiner feierten ausgelassen, bevor am nächsten Tag, dem Aschermittwoch, die vorösterliche Fastenzeit beginnen sollte.

Wir wandten uns nach rechts, in Richtung Santa Croce.

Einige Schritte entfernt prügelten sich fünf, sechs, sieben Männer. Drei von ihnen trugen die Farben der Medici, die anderen schienen Albizzi-Anhänger zu sein. Pflastersteine flogen. Dolche blitzten im Licht der Fackeln an den Hausfassaden. Ein Schmerzensschrei – ein Mann stürzte verletzt zu Boden. Sein Kopf war blutüberströmt. Ein Stein hatte ihn ins Gesicht getroffen. Einer seiner Gegner trat hasserfüllt auf ihn ein, während ihn seine Freunde anfeuerten: »Mach ihn fertig, Cecco! Ja, tritt nur ordentlich zu! Dieser verfluchte Medici! Zur Hölle mit dieser gierigen Rattenbrut!«

Der erbitterte Machtkampf zwischen Rinaldo degli Albizzi, der ins Exil nach Mailand geflohen war, und Cosimo de' Medici war augenscheinlich noch lange nicht beendet.

»Kyrie, wollt Ihr nicht lieber in den Palast zurückkehren?«, fragte einer meiner Leibwächter mit besorgtem Blick auf die Kämpfenden. »Der Weg zum Domplatz ist weit. Und gefährlich.«

Ich schüttelte den Kopf und wandte mich um.

Zwei Betrunkene torkelten uns Arm in Arm von der Piazza della Signoria entgegen, stolperten auf den unebenen Pflastersteinen des

Borgo, rempelten einen meiner Leibwächter an und verschütteten den Rotwein aus ihren Zinnbechern über seinen Wappenrock mit dem kaiserlichen Doppeladler. Zornig wollte er auf die beiden losgehen, doch ich hielt ihn an der Schulter fest und zog ihn zurück.

Einer der Betrunkenen schwankte und musste sich an der Hauswand festhalten, um nicht zu stürzen. Mit dem ausgestreckten Arm versperrte er mir den Weg und hielt mir den Weinbecher vor das Gesicht. »Komm, Mönchlein, trink mit mir!«, lallte er, und sein Atem wehte mir ins Gesicht. »Lass uns auf den Papst anstoßen, der die verdammten griechischen Sch-Schismatiker in die Knie zwingt, damit sie ihrer gotteslästerlichen Hä-Häresie abschwören … und auf den Medici, der das Kon-Konzil nach Florenz geholt hat. Das war genial! Zur Hölle mit diesen verfluchten byzantinischen Ketzern!«

Er wollte mir den Arm um die Schultern legen, um mich zum Trinken zu bewegen, doch meine Leibwache stieß ihn so grob zur Seite, dass er in die Gosse fiel.

Ein Glück, dass die beiden ›byzantinischen Ketzer‹ kein Wort Italienisch verstanden!

»He, was soll'n das!«, protestierte der Mann, als er sich unbeholfen wieder aufrappelte.

Sein Zechkumpan zog seinen Dolch und stürzte sich auf meine Begleiter, die ihn mit Gewalt gegen eine Hauswand drängten und entwaffneten. Der Mann schrie vor Schmerz.

Sein Gebrüll erregte die Aufmerksamkeit der Männer, die sich einige Schritte entfernt prügelten. Sie hielten inne und blickten feindselig zu uns herüber. Mit erhobenen Pflastersteinen und blitzenden Dolchen kamen sie drohend näher. Einer der schwer verletzten Medici-Anhänger nutzte die Ablenkung zur überstürzten Flucht.

War diese unbeherrschbare Gewalt in den nächtlichen Straßen der Grund, warum Demetrios mich außerhalb des Palazzo Peruzzi treffen wollte? Wartete einer seiner Attentäter in einer finsteren Gasse auf mich?

Beunruhigt zerknitterte ich seine Nachricht, die mir mein Sekretär während des Abendessens mit den Bischöfen in die Hand gedrückt hatte, in der Tasche meines Habits: ›Bitte komm. Wir müssen reden.‹

Ich konnte mir denken, was er mir zu sagen hatte.

»Wir sollten so schnell wie möglich verschwinden«, mahnte einer meiner Leibwächter besorgt. »Bitte, Kyrie, lasst uns in den Palast zurückkeh…«

»Wir gehen zum Domplatz«, beharrte ich.

»Wie Ihr befehlt, Kyrie!«

Wir eilten in Richtung der hell erleuchteten Piazza della Signoria. In der Mitte des Platzes tanzten die Menschen ausgelassen um ein riesiges Feuer. Die meisten waren sturzbetrunken und trotz der winterlichen Kälte nur leicht bekleidet. Über die Pflastersteine verstreut lagen Jacken, Hosen und Schuhe.

Direkt vor mir, mitten auf der Straße vor dem Palazzo della Signoria, kniete eine junge Frau mit nackten Brüsten und reckte einem Mönch ihr entblößtes Hinterteil entgegen. Er umfasste ihre Hüften mit beiden Händen, zog sie zu sich heran, raffte seinen weiten Habit über ihren Rücken und riss ungeduldig an seinem Lendentuch. Mit einem wollüstigen Stöhnen beugte er sich über sie und stieß in sie hinein.

Als ich an ihr vorübergehen wollte, richtete sie sich auf, erhaschte den Saum meines Habits und hielt mich auf.

»Na, wie wäre es mit einem Fick?«, keuchte sie, während der Mönch sich ungestüm an ihr befriedigte. »Jetzt gleich?«

Ich riss ihr den Stoff aus der Hand und ging weiter.

»So schüchtern, Euer Heiligkeit?«, rief sie mir nach. »Für zwei Münzen begleite ich Euch in Eure Klosterzelle! Ich verspreche Euch: Ihr werdet die Engel singen hören! Ich kenne einen Priester, der erteilt Euch morgen früh die Absolution! Er verlangt nur einen Fiorino! Wartet, Euer Heiligkeit!«

Mit meinen Begleitern drängte ich mich durch die johlende Menge und erreichte schließlich die Via dei Calzaiuoli, die geradewegs zum Domplatz führte.

Hier waren bei weitem nicht so viele Menschen wie auf der Piazza della Signoria. Vor einer überfüllten Osteria, aus der trunkenes Gegröle und lauter, unmelodiöser Gesang erscholl, rempelte mich ein Betrunkener an, fiel auf die Knie und übergab sich direkt vor mir. Im letzten Augenblick sprang ich zur Seite und setzte meinen Weg zum Domplatz fort.

Zwischen der Kathedrale, der Taufkapelle und dem Palast des Erzbischofs brannte Funken sprühend ein großes Freudenfeuer, um das maskierte Florentiner ausgelassen singend herumtanzten. Wilder Trommelwirbel dröhnte. Die Menschen drängten sich dicht an dicht. Ein Durchkommen durch die Masse wogender, erhitzter Leiber schien unmöglich.

Ein zerlumpter Bettler mit einer Krücke unter dem Arm war auf mich aufmerksam geworden. Er schob sich durch die tobende Menge und winkte mir fröhlich lachend zu. Er kam mir bekannt vor. Diese stolze Haltung, das leichte Hinken eines Mannes, der unter der Gicht litt. Es war Cosimos Sohn!

Eine liebestolle junge Frau, die offenbar wusste, wer er war, fiel Piero um den Hals, küsste ihn fordernd auf die Lippen, ließ ihre Hand zwischen seine Schenkel gleiten und zog ihn mit sich fort. Dann war er mit ihr in den Schatten der Loggia del Bigallo verschwunden.

Mit meinen Leibwächtern drängte ich durch die Menschenmenge zum Campanile und erreichte schließlich auf der anderen Seite das Tor, das von einer Handvoll Bewaffneter mit dem kaiserlichen Adler auf dem Wappenrock bewacht wurde. Sie verneigten sich, als ich die Stufen erklomm.

Ein Hauptmann trat vor und öffnete mir das Portal. »Kali nichta, Euer Seligkeit! Seine Majestät erwartet Euch.«

Ich winkte meinen Leibwächtern zurückzubleiben und ging allein in den Glockenturm. Eine dunkle Gestalt lehnte an der Wand gegenüber, als ich die von zwei Fackeln erleuchtete Vorhalle erreichte. Er erhob sich und trat in den Feuerschein. Es war Selim.

Der Prinz wirkte besorgt. »Hast du ihm verraten, dass ich gestern Nacht bei dir war?«

Ich schüttelte den Kopf. »Weißt du, was er mit mir besprechen will?«

»Nein, er sagte nur, dass er unter vier Augen mit dir reden will. Er erwartet dich.« Selim wies hinüber zum Treppenaufgang.

»Begleitest du mich?«

»Er will, dass ich hier unten bleibe.«

Ich zögerte. »Selim, wartet dort oben ein Attentäter auf mich?«

»Nein, Niketas, sei unbesorgt! Ich habe ihn vor wenigen Minuten hinaufbegleitet, weil ich mich vergewissern wollte, dass dir nichts geschieht. Er ist allein dort oben und erwartet dich. Er ist unbewaffnet. Er hat mir seinen Dolch gegeben.« Selim zeigte mir die Klinge.

Ich atmete tief durch. »Also schön! Ich rede mit ihm.« Ich zog meinen Dolch und gab ihn Selim.

Der Prinz legte mir die Hand auf die Schulter. »Wenn ihr beide nicht in einer Stunde wieder zurück seid, steige ich hinauf und sehe nach euch! Pass auf dich auf, Niketas!«

»Mach ich.« Ich nahm eine Fackel aus der Wandhalterung, raffte meinen Habit und begann den langen Aufstieg.

Nach etlichen Windungen der schmalen Treppe erreichte ich die erste Plattform auf halber Höhe des Glockenturms, einen hohen Saal mit je zwei großen, offenen Spitzbogenfenstern an jeder Seite, durch die der eisige Nachtwind hereinwehte.

Nachdem ich alle finsteren Nischen ausgeleuchtet und mich so vergewissert hatte, dass ich allein war, stieg ich die Stufen zu einem der östlichen Fenster hinauf, lehnte mich gegen die Steinbrüstung und blickte über die Piazza del Duomo hinüber zum nur wenige Schritte entfernten Palazzo d'Ascoli.

Alessandra hatte sich heute Nacht in ihrem Palazzo verbarrikadiert, weil sie wegen der vielen Freudenfeuer auf dem Domplatz um ihre kostbare Bibliothek fürchtete.

In diesem Augenblick wurde das Tor geöffnet. Ein Mann in schwarzem Habit verließ den Palazzo, blickte sich kurz um und drängte sich dann in Richtung Campanile durch die tanzende und singende Menge.

Im Schein der Feuer vor der Kathedrale sah ich sein blondes Haar, das wie ein goldener Heiligenschein sein Gesicht umgab.

Caedmon! Wohin wollte er?

Ich beobachtete ihn, bis ich ihn unterhalb des Campaniles aus den Augen verlor. Dann eilte ich zu den Fenstern an der gegenüberliegenden Seite und hielt nach ihm Ausschau.

Dort war er! Er stand unter mir an der Ecke der Loggia del Bigallo, zog sich die Kapuze über den Kopf und blickte hinüber zum Palast des Erzbischofs. Wartete er auf jemanden?

Ein zerlumpter Bettler trat aus den Schatten der Loggia und legte Caedmon, der sich überrascht zu ihm umdrehte, die Hand auf die Schulter. Piero? Die beiden steckten die Köpfe zusammen und redeten kurz miteinander. Caedmon deutete über seine Schulter zum Palazzo d'Ascoli hinüber. Piero nickte, verabschiedete sich von Caedmon und machte sich auf den Weg zu Alessandra. Ich sah ihm nach, bis ich ihn aus den Augen verlor. Dann suchte ich den jungen Benediktiner in der Menge vor der Loggia, doch er war spurlos verschwunden.

Rätselhafter Caedmon!

Und wieder fragte ich mich: Hatte Alessandra Recht mit ihren furchtbaren Vermutungen?

Ich wandte mich ab. Mit der Fackel in der Hand stieg ich die Treppen hinauf zur nächsten Plattform.

Mit angezogenen Beinen hockte Demetrios auf den Stufen zu einem der Fenster und blickte durch die Rosette der Steinbrüstung hinab auf das wilde Treiben auf der Piazza. Er wies auf die Stufe, auf der er selbst saß. »Setz dich.«

Ich steckte meine Fackel in eine Wandhalterung, stieg die Stufen zur schmalen Fensternische hinauf, ließ mich neben ihm nieder und lehnte mich gegen die Wand. »Was willst du?«

»Mit dir reden. Hier kann uns niemand hören.« Er warf einen Blick in die Tiefe unter uns. »Hat Selim dich begleitet?«

»Nein.«

Seine Augen funkelten im Fackelschein. »Was hattet ihr gestern Nacht zu besprechen?«

»Ich weiß nicht, was du …«

»Er hat kurz nach dir den Bankettsaal verlassen und ist dir in deine Gemächer gefolgt. Ich bin euch nachgegangen. Ihr habt länger als eine Stunde miteinander geredet. Worüber?«

»Frag deinen Freund.«

»Ist er das noch – mein Freund? Kann ich ihm noch vertrauen, wenn er hinter meinem Rücken gegen mich intrigiert? Sag du es mir: Worüber hast du mit Selim gesprochen?«

»Über das Attentat auf mich. Selim vermutet, dass sein Cousin mich ermorden will, um die Kirchenunion zu verhindern.«

Demetrios nickte langsam. »Und was glaubst du?«

»Dass Sultan Murad nicht der Einzige ist, der mich hasst.«

Meinem Blick hielt er stand. »Das ist wahr. Selbst dein Freund Basilios hasst dich. Weshalb habt ihr euch zerstritten, Niketas? Kann er dir nicht vergeben, dass du deine Gelübde gebrochen und Alessandra in dein Bett geholt hast?«

Ich lehnte meinen Kopf gegen die kalten Steinquader der Fensternische. »Nein, das kann er mir nicht verzeihen.«

»Weiß Ioannis von deiner Affäre?«

»Es ist keine Affäre.«

»Was dann?«

»Wir lieben uns. Wir sind glücklich miteinander. Und wir sehnen uns danach, uns vor aller Welt zu unserer Liebe zu bekennen.«

Er nickte langsam. »Wenn du kein geweihter Bischof wärst – würdest du sie heiraten?«

»Ja, das würde ich. Vor Gott sind wir Mann und Frau.«

»Ist sie schwanger?«, setzte er sein Verhör fort.

»Ich weiß nicht, was dich das angeht!«

»Es geht mich sehr wohl etwas an, wenn deine Geliebte den Erben des Byzantinischen Reiches unter dem Herzen trägt.«

»Lass sie in Ruhe!«

»Stell dir vor, Alessandra schenkt dir einen Sohn! Ioannis weiß, dass er keinen Erben zeugen kann, und ist darüber so verzweifelt, dass er vor unserer Abreise Maria in dein Bett geschickt hat. Konstantins Nachricht von ihrem unheilbaren Leiden hat ihn tief getroffen. Nur Gott weiß, wie lange seine Basilissa noch zu leben hat. Nach drei gescheiterten Ehen und einer fruchtlosen Affäre mit Sophia ist unser Bruder verzweifelt genug, dein Kind zu adoptieren und zu seinem Erben zu machen!

Alessandra ist eine Colonna – wenn sie ihren Großvater beerbt hätte, wäre sie heute eine Contessa und würde ein Fürstentum im Patrimonium Petri regieren, das größer ist als das Reich, das Ioannis als Kaiser beherrscht. Sie ist eine Verwandte des letzten Papstes, die Cousine eines römischen Kardinals und eine Cousine von Theodors Gemahlin Cleope. Im Grunde gehört sie ja bereits zu unserer Familie!« Er verzog die Lippen zu einem verächtlichen Lächeln. »Ich meine – wenn man es so betrachtet wie mein Vater, der sogar einen verlausten Gassenjungen aus dem Judenviertel in die kaiserliche Familie aufnahm und diesen getauften Juden seinen eigenen Söhnen vorzog!«

Als ich auf seine Beleidigungen nicht reagierte, fragte er:

»Wird Alessandra sich zum orthodoxen Glauben bekennen, wenn die Kirchenunion scheitert?«

»Ich weiß es nicht.«

»Wirst *du* konvertieren?«

»Sollte ich meine Unterschrift auf dem Unionsdekret unter die des Papstes setzen, werde ich ein Priester der römischen Kirche sein.«

»Eugenius wird dich zum Kardinal ernennen.«

»Das ist denkbar.«

»Falls er dir den Purpur anbietet – würdest du ihn annehmen?«

»Ich habe mich noch nicht entschieden.«

»Lass mich die Frage anders formulieren! Wenn du die Wahl hättest, Kardinal in Rom oder Patriarch in Konstantinopolis zu sein – wofür würdest du dich entscheiden?«

»Ich würde mich für Alessandra entscheiden.«

»Wärst du bereit, alles für sie aufzugeben?«

»Ja, alles.«

Nachdenklich nickte er. »Wie sehr musst du sie lieben!«

»So wie du deine Frau geliebt hast.«

Er wandte sich ab und kniff die Lippen zusammen. Am Tag unserer Ankunft in Venedig hatte Demetrios vom Tod seiner Gemahlin erfahren und war nach dem Empfang durch den Dogen zusammengebrochen.

Ich blickte hinunter auf die Piazza, um ihm Zeit zu lassen, seine Gefühle zu ordnen.

Da sah ich ihn: Caedmon stand im Toreingang des erzbischöflichen Palastes und sprach wild gestikulierend mit einem Mönch. Stritten die beiden? Wer war der Dominikaner, der sein Gesicht mit der schwarzen Kapuze verhüllt hatte? Wer hatte ihn geschickt? Giovanni Vitelleschi?

Als Caedmon sich zornig abwandte, hielt ihn der andere am Ärmel fest und riss ihn zurück. Der junge Benediktiner hob die Hand und schlug zu. Der Dominikaner taumelte gegen das Portal des Palastes. Caedmon drehte sich abrupt um, warf sich in die tanzende Menge und drängte mit Gewalt vorwärts. Der geheimnisvolle Mönch folgte ihm, zwei, drei, vier Schritte hinter ihm, bis er Caedmon im dichten Gedränge aus den Augen verlor.

Hat Vitelleschi den Dominikaner geschickt?, überlegte ich. Wenn Alessandra Recht hat mit ihrer Vermutung, dass Caedmon der Mönch ist, der ihren Vater ermordet hat und der nun ihr nach dem Leben trachtet, dann handelt er in Vitelleschis Auftrag. Warum hat Caedmon Alessandra nicht ermordet? Wieso hat er sich nicht gegen sie gewehrt, als sie ihn über die Dächer verfolgte? Wozu hat er ihr in jener Nacht auf der Domkuppel das Leben gerettet, als er den Bremshebel des Krans umlegte, bevor sie in den Tod stürzte?

Weil er sie noch nicht töten kann. Caedmon sucht das Evangelium. Er durchwühlte die Bibliothek von San Marco und erschlug Serafino, der ihn dabei überraschte. Dann vermutete er, dass Natanael das Evangelium in der Genisa der Synagoge verstecken sollte, und ermordete auch ihn.

Vitelleschi hat den Dominikaner nach Florenz gesandt, um Caedmon aufzufordern, endlich zu handeln – das Evangelium zu finden und Alessandra zu ermorden.

Und wieder fragte ich mich, was Alessandra gemeint hatte, als sie dem Papst verriet, Caedmon sei ihre schärfste Waffe gegen Vitelleschi. Was hatte sie vor?

»Niketas!« Demetrios legte mir die Hand auf die Schulter. »Ich habe dir eine Frage gestellt!«

Ich wandte mich zu ihm um. »Entschuldige! Ich war in Gedanken.«

Er sah mir in die Augen. »Was, glaubst du, wird geschehen, wenn deine Affäre mit Alessandra offenbar wird?«, drohte er mir ganz unverhohlen. »Wenn der Papst erfährt, dass du deine heiligen Gelübde gebrochen hast? Wenn Ioannis erkennt, dass du für Eugenius kein glaubwürdiger Verhandlungspartner mehr bist? Wenn die Kirchenunion scheitert und dein schändlicher Verrat am orthodoxen Glauben völlig sinnlos war?« Er erhob sich, nahm die Fackel und ging zur Treppe hinüber. Dort wandte er sich zu mir um und spie verächtlich auf den Boden. »Du verfluchter Judas!«

Am Morgen des Aschermittwochs begleitete ich den Patriarchen Joseph mit seinem Gefolge, als er Alessandras Bibliothek besichtigen wollte. Doch Seine Allheiligkeit fand sich vor verschlossenem Tor.

Scipione Sassetti, der Prior der Arte dei Medici e Speziali, der eisern darauf beharrte, dass eine Frau kein Mitglied der Gilde sein konnte, hatte seine Drohung wahr gemacht: Eine bewaffnete Truppe verwehrte dem Patriarchen und allen anderen Gelehrten, die vor dem Palazzo d'Ascoli warteten, den Zutritt. Niemand durfte hinein, niemand heraus.

Der Palazzo d'Ascoli wurde belagert.

Die Zunftmeister der Ärzte und Apotheker sowie der Rechtsanwälte und Notare waren fest entschlossen, Lucas Testament anzufechten und Alessandras Unternehmen zu schließen. Es sei denn, sie verkaufte …

Schließlich bat Alessandra den Prior in den Palazzo, um mit ihm zu verhandeln. Nach einer Viertelstunde öffnete Floriano in Kettenhemd, Helm und Harnisch erneut das Portal. Caedmon schob Sassetti mit Gewalt zurück auf die Piazza.

Alessandra hatte Sassettis Angebot, das sie als unverschämte Beleidigung bezeichnete, rundweg abgelehnt und war zu keinen weiteren Verhandlungen bereit.

Der gedemütigte Gildemeister, der als Prior Mitglied der Regierung von Florenz war, befahl den Sturm auf den Palazzo. Ein Rammbock wurde herangerollt, Leitern wurden herbeigetragen, Schwerter gezückt.

Patriarch Joseph, der sich noch immer auf dem Domplatz aufhielt, ermahnte Sassetti im Namen Jesu Christi, keine Gewalt anzuwenden und die unrechtmäßige Belagerung aufzugeben. Der aufgebrachte Prior drängte Seine Allheiligkeit derart ungestüm zur Seite, dass der Patriarch zu Boden stürzte.

In diesem Augenblick wurde ein Fenster im ersten Stock geöffnet, und Alessandra erschien mit einer gespannten Armbrust. »Keinen

Schritt weiter!«, schrie sie zornig und zielte auf den Prior, der entsetzt vor ihr zurückwich.

Sein Freund war nicht so ängstlich. Er trat vor und zog sein Schwert. Alessandra hob die Armbrust, zielte über seinen Kopf hinweg und schoss. Der Bolzen blieb wenige Schritte hinter dem Gildemeister in der Wand der Kathedrale stecken. Die Wucht des Einschlags zertrümmerte mehrere Backsteine. Splitter flogen in alle Richtungen. Sofort lud sie nach, kurbelte die Armbrust schussbereit, legte an und zielte auf den Gildemeister. Sie war zu allem entschlossen.

Panisch kreischend stob die Menge auseinander, die die Konfrontation zwischen ihr und der Gilde gebannt beobachtet hatte, und floh außerhalb der Reichweite ihrer Armbrust.

Dann tauchte endlich Leonardo Bruni auf, der vom Palazzo della Signoria herbeigeeilt war. Er war entsetzt, als Alessandra ihm zurief, sie werde ihr Unternehmen nach Venedig verlegen. Der greise Kanzler überzeugte die Gildemeister und deren kampfbereite Gefolgsleute, dass ihr Exil in der Serenissima gewiss nicht im Interesse Seiner Heiligkeit des Papstes sei. Oder des Bannerträgers der Republik Florenz.

Wenig später erschien auch Cosimo und zeigte den Gildemitgliedern mehrere Dokumente – offenbar Lucas Testament, in dem er Cosimo zu seinem Erben ernannt hatte, die Schenkungsurkunde und seinen Gesellschaftsvertrag mit Alessandra.

Endloses Gerede unter den Zunftmitgliedern, die sich selbst nicht mehr einig waren und zu streiten begannen.

»Das ist ja fast wie auf dem Konzil!«, kommentierte Kardinal Cesarini trocken, nachdem er an meiner Seite dem Treiben eine Weile zugesehen hatte.

Entschlossen marschierte er zu den Gildemeistern hinüber, die vor dem Palazzo mit Cosimo verhandelten. Alessandra lehnte mit trotzig verschränkten Armen im Fenster ihres Scriptoriums und beobachtete das Treiben auf der Piazza.

Cesarini unterbreitete den Streitenden den Vorschlag, dass Alessandra, der durch Sassetti der Eintrag in die Gilderolle der Ärzte und Apotheker verwehrt wurde, Mitglied in einer anderen Zunft werden sollte.

»Sie ist Buchhändlerin! Wegen der Farbpigmente, die sie für die Buchmalerei verwendet, muss sie Mitglied in der Apothekerzunft sein!«, protestierte Sassetti.

»Nein, das muss sie nicht«, widersprach Cesarini. »Sie verhökert alte Bücher. Sehr alte Bücher. Soll sie sich doch in die Gilderolle der Altwarenhändler eintragen.«

Damit erklärte sich Alessandra schließlich einverstanden.

Unter bewaffnetem Geleitschutz von Tito und Tayeb verließ sie ihren Palazzo, um auf einem wackeligen Tisch mitten auf dem Domplatz unter notarieller Aufsicht von Marco Vespucci ihre Unterschrift auf der eilig herbeigeholten Gilderolle der Altwarenhändler zu leisten und die Gebühr zu entrichten.

Als die Zunftmitglieder murrend abzogen, gab sie Floriano das Zeichen, das Portal ihres Palazzos zu öffnen. Dann trat sie zum Patriarchen, verneigte sich ehrerbietig und küsste seine Hand. »Vergebt mir, dass Ihr ein wenig warten musstet, Allheiligkeit«, lächelte sie, und ihre Augen funkelten. »Es ist eine große Ehre, die Ihr einer ›Altwarenhändlerin‹ erweist, die halb zerfallene Bücher und anderen Trödel verhökert – wie Seine Eminenz, Kardinal Cesarini, mich zu nennen beliebt. Wenn Ihr mir nun in meinen ›Trödelladen‹ folgen wollt …«

Dann reichte sie ihm den Arm und führte ihn in ihren Palazzo. Cosimo, Leonardo Bruni und Giuliano Cesarini schlossen sich dem Gefolge des Patriarchen an.

Scipione Sassetti, der sich auf unrechtmäßige Weise ihr florierendes Unternehmen aneignen wollte, ballte zornig die Fäuste, als sie kalt lächelnd an ihm vorüberschritt.

… und dann zog mir Leandros das Sticharion über den Kopf, das liturgische Untergewand der orthodoxen Priester. Die Säume der Ärmel waren mit einem roten Band eingefasst, das die Fesseln Christi im römischen Kerker symbolisierte. Brust und Rücken des Sticharions zierten aufgenähte Bandstreifen, die an die Geißelwunden während der Passion erinnerten.

Mit verschränkten Armen lehnte Alessandra in der offenen Tür der Kapelle ihres Palazzos und beobachtete, wie ich für den feierlichen Eröffnungsgottesdienst des Konzils in der Kathedrale mit dem erzbischöflichen Ornat bekleidet wurde. Ihre Gefühle verbarg sie hinter einem Lächeln.

Woran dachte sie?

»Wie kannst du so leben?«, hatte sie mich in meiner Zelle in San Marco gefragt. »Als Häretiker im Priestergewand! Als von Gott Inspirierter im heiligen Tempel der Selbstverleugnung.«

»Ich kann es nicht«, hatte ich erwidert. »Ich weiß nicht, wo es mehr wehtut, in meinem Herzen oder in meinem Verstand.«

Dieser innere Schmerz war noch immer da, ja, er war stärker geworden. Es war, als spürte ich die Geißelwunden an meinem Leib, als wären sie nicht nur symbolisch auf das Leinen des Sticharions aufgenäht. Das Anlegen des schweren priesterlichen Ornats verursachte mir beinahe körperliche Qualen.

Leandros, der mir beim Ankleiden half, hatte unseren Blickwechsel bemerkt und wartete geduldig mit dem gefalteten Omophorion über dem Arm, bis ich mich ihm wieder zuwandte.

Seit Natanaels Tod war er mein Sekretär und Vertrauter. Vor sechzehn Jahren war er mit Basilios und mir als Novize in das Basilianerkloster eingetreten, dessen Abt ich nun war. Leandros war nicht glücklich über meine Entscheidung, nur mit zwei Kammerdienern und einigen Leibwächtern von der kaiserlichen Residenz in den Palazzo d'Ascoli umzuziehen. Seit der Belagerung am Aschermittwoch bewohnte ich Lucas Räume. Leandros hatte eine Kammer neben Tito und Caedmon bezogen, sodass Alessandra und ich uns nachts ungestört unserer Leidenschaft hingeben konnten. Die Priester, Diakone, Gelehrten und Schreiber meines Gefolges wohnten nach wie vor im Palazzo Albizzi.

Ein Gebet murmelnd zog Leandros das Omophorion zurecht, sodass das eine Ende des mit Kreuzen bestickten Brokatbandes über die linke Schulter nach vorn herabhing, das andere nach hinten. »Herr, lass Deinen Priester sich kleiden in Gerechtigkeit, und Deine Frommen mögen jubeln jetzt und immerdar und von Ewigkeit zu Ewigkeit. Amen«, murmelte Leandros, während er mir in den goldverzierten Brokatmantel mit den weiten Ärmeln half. Dann setzte er mir die schwarze Schleierhaube auf.

Ich ging zur Tür der Kapelle. Alessandra trat einen Schritt zur Seite, um mich vorbeizulassen. Unsere Hände berührten sich unter dem Ärmel meines Gewandes, als ich an ihr vorüberging. Wie gern hätten wir uns vor aller Welt zu unserer Liebe bekannt!

Leandros tat, als habe er unsere zärtliche Liebkosung nicht bemerkt. Er ahnte, dass zwischen uns mehr war als verliebtes Getuschel und verstohlene Küsse. Dass ich mein heiliges Gelübde gebrochen und mich ihr hingegeben hatte. Doch er schwieg. Mein Streit mit Basilios und unsere Trennung ohne Hoffnung auf Versöhnung hatten ihn erschüttert.

Ich schritt mit ihm am verlassenen Scriptorium vorbei und stieg hinunter in den Innenhof, wo Caedmon mit zwei prächtig aufgezäumten Pferden wartete. »Guten Morgen, Mylord!«

»Guten Morgen, Caedmon!«

Er hielt mir den Steigbügel und half mir in den Sattel, da mich die weiten Gewänder behinderten. Bedächtig ordnete er die Falten des Brokatstoffs, ging einmal um meinen aufgeregt tänzelnden Hengst herum, ergriff die goldbetressten Zügel, strich dem Tier beruhigend über den Hals und sah schließlich zu mir hoch.

Und wieder fragte ich mich, ob Caedmon der Mörder meines Bruders war. Hatte er Natanael erstochen?

In den letzten Tagen, seit seinem mysteriösen Treffen mit jenem zornigen Dominikaner, hatte er sich nicht anders verhalten als zuvor. Caedmon war zuverlässig, vertrauenswürdig und Alessandra loyal ergeben. Hätte ich ihm ein Empfehlungsschreiben ausgestellt, hätte ich nichts anderes bezeugt als der Herzog von Gloucester oder Kardinal Vitelleschi. Caedmon sorgte sich um mich, obwohl er nicht mein Sekretär war. Wie in jenen Tagen, als ich nach Natanaels Tod von meinem schweren Anfall genas, verwöhnte er mich mit Marzipankonfekt, das er, obwohl Fastenzeit war, jeden Tag in der Apotheke am Canto alle Rondini kaufte.

Vor vier Tagen hatten Alessandra und ich in seiner Abwesenheit seine Kammer durchsucht. Die Truhe, in der er ordentlich gefaltet seine Kleidung verwahrte. Die Tasche mit den wenigen Habseligkeiten, die er aus England mitgebracht hatte. Die Bücher aus Canterbury, Oxford und Paris. Die Schreibutensilien auf seinem Tisch – Tintenfass, Sandstreuer, Federbündel und eine verschnürte Rolle Pergamente. Selbst das Bettzeug und die Strohmatratze. Wir hatten die Wände nach Geheimverstecken abgeklopft, lose Terrakottafliesen angehoben und die Holzbalken der Decke nach Hohlräumen abgesucht – und nichts gefunden. Weder den antiken Codex des Markos-Evangeliums, der aus Papst Eugenius' Gemächern gestohlen worden war, noch den Schlüssel zum Portal der Kathedrale, den jener Mönch in seinem Besitz hatte, noch Kardinal Vitelleschis blutigen Mordauftrag aus Alexandria oder irgendeinen Fingerzeig auf das Attentat auf Luca oder die Morde an Serafino, Alexios und Natanael. Nichts, gar nichts!

Caedmon befolgte gewissenhaft die Ordensregel des heiligen Benedikt, obwohl er das Kloster San Miniato verlassen hatte. Hatten wir ihn zu Unrecht verdächtigt? War Caedmon das, was er zu sein vorgab? Ein unschuldiger Mönch, gottesfürchtig, strebsam und loyal? So schien es.

Alessandra war ratlos gewesen. Sie hatte an Henry Chicheley geschrieben, den Erzbischof von Canterbury, um sich bei seinem Mentor über die Umstände des Todes von Caedmons älterem Bruder zu erkundigen. War es wirklich ein tragischer Unfall gewesen, als der junge Earl die Treppe hinabstürzte und sich das Genick brach? Oder kaltblütiger Mord? Alessandra war sicher, dass der Erzbischof ihr nach bestem Wissen und Gewissen antworten würde, denn Chicheley hatte ihren Vater gekannt und geschätzt.

Sie war zutiefst beunruhigt: Die Papyrusfragmente des Evangeliums lagen noch immer in jenem Versteck in San Marco, das nun nicht mehr von Serafino bewacht wurde. In einer der nächsten Nächte wollte sie in den Konvent zurückkehren, um das Evangelium zu holen. Dort, wo es sich befand, konnte es nicht länger bleiben. Die Papyri würden vermodern und zu Staub zerfallen. Ich ahnte, wo sie das Evangelium versteckt hatte: in Lucas Sarkophag. Die im Marmorgrab verwesende Leiche ihres Vaters würde die uralten Papyri mit der verblassten Tinte schon sehr bald zerstören …

»Danke, Caedmon«, murmelte ich, nachdem der junge Benediktiner mein tänzelndes Pferd beruhigt hatte.

Er lächelte. »Gern geschehen, Mylord!« Dann führte er meinen Hengst durch das Portal auf die Piazza.

Mein Gefolge erwartete mich auf dem Domplatz und eskortierte mich durch die in Scharen herbeiströmenden Florentiner, die sich das großartige Spektakel einer päpstlichen und einer kaiserlichen Prozession zum Pontifikalamt in der Kathedrale nicht entgehen lassen wollten. Wir kamen nur langsam voran, als wir die Via del Proconsolo hinab zur Piazza Peruzzi ritten.

Vor der kaiserlichen Residenz versammelten sich die Würdenträger der byzantinischen Konzilsdelegation und formierten sich zu einer Prozession. Der Zeremonienmeister hastete zwischen den Hierarchen hindurch, wies den Metropoliten ihrem Rang gemäß die Plätze hinter dem Kaiser und dem Patriarchen an, schob ungeduldig einige umherirrende Diakone zur Seite und kam schließlich zu mir herüber.

»Guten Morgen, Euer Seligkeit!«, begrüßte er mich mit einem verkniffenen Lächeln. »Es gibt da ein kleines Problem. Es tut mir leid, dass ich Euch damit belästige, Kyrie …«

»Was ist denn?«

»Bitte vergebt mir! Seine Seligkeit, der Metropolit von Nikaia, lehnt es ab, seinem Rang entsprechend … ähm … Es ist mein Fehler, Kyrie!«, versicherte er mir hastig, als ich die Stirn runzelte. »Ich hätte daran denken sollen, dass Seine Seligkeit und Eure Seligkeit nach Euren Differenzen und Eurem Umzug von der kaiserlichen Residenz in den Palazzo d'Ascoli … ähm … Was ich sagen will, ist …«

»… dass unser Freund Basilios Bessarion sich weigert, sich neben Euch in die Prozession einzureihen«, vollendete Markos Eugenikos seinen Satz. Der Metropolit von Ephesos, wie ich in ein funkelndes, königsblaues Brokatgewand gekleidet, hatte sein Pferd neben meines gelenkt.

Markos von Ephesos, die ›marmorne Säule der Orthodoxie‹, wie ihn der Basileus respektvoll nannte, war eine Ehrfurcht gebietende Erscheinung. Das schulterlange Haar und der bis zum goldenen Brustkreuz wallende Bart des achtundvierzigjährigen Kirchenfürsten, der in Ephesos wie ein Heiliger verehrt wurde, waren weiß wie Schnee.

Wir küssten einander die Hand.

Nach seinem Studium hatte Markos einige Jahre als Lehrer gearbeitet, bevor er seinen gesamten Besitz verschenkte und die Mönchsgelübde ablegte. Als ich im Alter von acht Jahren in die kaiserliche Familie aufgenommen wurde, war Markos einer meiner Erzieher gewesen. Auf Befehl des Basileus hatte er aus mir, dem getauften Judenkind, mit Sanftmut und unerschöpflicher Geduld einen Christen gemacht.

»Mein lieber Niketas, wollt Ihr mir die Ehre erweisen, mir an Bruder Basilios' Stelle den Platz an Eurer Seite zu gewähren?« Sein Lächeln war herzlich.

»Sehr gern«, nickte ich.

»Ich würde mich freuen, wenn Ihr in den nächsten Tagen zum

Abendessen kämt, geschätzter Bruder. Ein Treffen in Eurer Residenz, dem Haus der ehrenwerten Kyria Alessandra, ist … nun ja, wie soll ich sagen? … nicht angemessen. Ich würde gern mit aller gebotenen Besonnenheit und Vertraulichkeit mit Euch über die bevorstehenden Konzilssitzungen sprechen. Ich bitte Euch, Bruder Niketas, lasst uns offen und ehrlich miteinander reden – so wie Ihr vor einigen Tagen mit dem Papst gesprochen habt.«

»Ich werde kommen.«

»Heute Abend?«

»Wie Ihr wünscht, ehrwürdiger Markos.«

Er lächelte. »Ich freue mich darauf.«

In diesem Augenblick verließ der Basileus im purpurnen Staatsgewand den Palazzo Peruzzi, begab sich zu einem weißen Hengst und schwang sich in den Sattel. Kurz darauf setzte sich die endlose Prozession unter Trommelwirbel und Posaunenklang in Bewegung, den Borgo entlang, dann nach rechts in die mit Lorbeer und Myrte geschmückte Straße, die zum Domplatz führte.

Auf beiden Seiten der Via del Proconsolo drängten sich fröhlich winkende Menschen mit bunten Fähnchen und Seidenbändern, die Arme dem Kaiser entgegengereckt, der die Florentiner segnete wie sonst die Byzantiner. Kleine Kinder wurden über die Köpfe ihrer Eltern gehoben oder auf Schultern gesetzt. Sie sollten sich später an dieses weltgeschichtliche Ereignis der Aufhebung des Schismas erinnern.

»Seht Euch den Basileus an, Bruder Niketas!«, murmelte Markos von Ephesos neben mir und wies auf Ioannis. »Wie ein siegreicher Triumphator reitet er durch Florenz. Doch ist es wirklich ein glorreicher Sieg, den er zu erringen hofft, oder nur die glanzvollste und zugleich ruhmloseste Niederlage, die Byzanz je erlitten hat … der demütigende Kniefall vor dem römischen Schismatiker … die Preisgabe von allem, was wir als wahr und heilig verehren … der Verrat am eigenen Volk …«

Verachtung und Zorn lagen in seinen Worten. Markos war ein

entschiedener Gegner der Kirchenunion. In Ferrara hatte er mehrere erbitterte Dispute mit römischen Kardinälen geführt, die zumeist mit den Worten endeten: »Im Übrigen bin ich der Ansicht, dass das Schisma nur beendet werden kann, wenn der Primat des römischen Papstes, der sich in seiner Selbstherrlichkeit mit Gott auf eine Stufe stellt, für nichtig erklärt wird.«

»Verehrter Markos, ich will in der Hagia Sophia lieber christliche Messen nach lateinischem Ritus feiern als fünf Mal am Tag das ›Allahu akbar‹ des Muezzins von den Kuppeln hören.«

»Verhandelt mit dem Sultan, so wie Ihr mit dem Papst geredet habt!«, forderte er mich auf. »Handelt, wie es Euch Euer Ziehvater, der Basileus – Gott hab ihn selig! –, gelehrt hat! Manuel war ein aufrechter, wahrhaftiger Mensch, ein Beschützer des orthodoxen Glaubens. Niketas, ich flehe Euch an: Besinnt Euch auf diese Tugenden. Besinnt Euch auf das, was Ihr im Grunde Eures Herzens seid.«

Als ich wortlos die Hand hob, nickte er und drang nicht weiter in mich. Wir würden heute Abend reden.

Ich wandte mich ab und blickte nach vorn zum Kaiser.

Jungen, die acht oder neun Jahre alt waren, rannten ausgelassen lachend neben der Prozession her. Unter ihnen erkannte ich Cosimos illegitimen Sohn Carlo. Er sprang mutig vor und streckte die Hand aus, um den unruhig tänzelnden Hengst des Basileus zu berühren, die kaiserlichen Purpurstiefel oder seinen golddurchwirkten Purpurmantel.

Plötzlich tanzten Lichtfunken vor meinen Augen, und wie ein greller Blitz durchzuckte der Schmerz meinen Kopf. Seufzend fasste ich mir an die Stirn und schloss die Augen. Ich schwankte, zitterte plötzlich am ganzen Körper und wäre beinahe aus dem Sattel gestürzt, hätte Markos nicht sein Pferd ganz dicht neben meines gelenkt und mich festgehalten.

»Allmächtiger Gott, Niketas! Was ist mit Euch?«

Mehr als ein gequältes Stöhnen brachte ich nicht heraus.

Dieser furchtbare Schmerz in meinem Kopf!

Diese Scham!

Heiße Tränen rannen mir über die Wangen.

»Habt Ihr einen Anfall?«, sorgte sich Markos. »Niketas, könnt Ihr mich hören? Hier ist meine Hand! Haltet Euch an mir fest!«

Ich neigte mich vornüber, fühlte die furchtbaren Krämpfe kommen, dachte noch: Ich darf nicht auf die Pflastersteine stürzen. Niemand wird mich auffangen. Diesen Sturz werde ich nicht überleben.

Bevor ich fallen konnte, drängte sich von der anderen Seite ein Reiter neben mich. Ein Arm legte sich um meine Schultern und hielt mich im Sattel. Ich lehnte mich gegen ihn. »Haltet ihn fest, ehrwürdiger Markos!«, hörte ich eine vertraute Stimme.

Der Reiter sprang vom Pferd. Er hob beide Arme, um mich aufzufangen. »Komm, Niketas! Du wirst nicht stürzen. Ich werde dich halten.«

Ich glitt vom Pferd, direkt in seine Arme. Mein Kopf ruhte an seiner Schulter, meine Augen waren geschlossen, mein ganzer Körper zitterte und bebte, aber er hielt mich fest, während wir am Straßenrand standen. Seine Hand tastete unter meinen Gewändern nach der Tasche mit der kleinen Silberphiole. Er zog sie hervor, entkorkte sie und reichte sie Markos, der ebenfalls vom Pferd gesprungen war. »Flößt ihm seine Medizin ein!«, bat er. »Ich halte ihn.«

»Wie viel?«, fragte Markos ratlos.

»Alles!«, drängte Basilios. »Nun macht schon! Er hat furchtbare Schmerzen! Er kann jeden Augenblick ohnmächtig zusammenbrechen!«

Ich spürte die kleine Phiole an meinen Lippen. Die bittere Flüssigkeit rann in meinen Mund. Ich verschluckte mich und begann zu husten.

»Sei ganz ruhig, Niketas!«, redete Basilios auf mich ein. »Gleich wird es dir besser gehen. Nicht ohnmächtig werden, hörst du? Bleib bei mir! Ich werde dich festhalten. Du wirst nicht stürzen.«

»Basilios«, hauchte ich und lehnte meine Stirn gegen seine Schulter. Tränen rannen über mein Gesicht.

»Ich bin bei dir, Niketas«, flüsterte er. »Alles wird gut!«

Allmählich schwand der stechende Schmerz in meinem Kopf, und das verkrampfte Zittern in meinen Gliedern ließ nach. Schwankend richtete ich mich auf, hielt mich mit beiden Händen an Basilios fest und sah meinem Freund in die Augen. »Du hast mir das Leben gerettet.«

Er nickte traurig.

Markos legte mir fürsorglich die Hand auf die Schulter. »Mein lieber Niketas! Ihr habt mich erschreckt! Ihr wart bleich wie der Tod! Geht es wieder?«

»Ja, Markos. Ich danke Euch!«

Beschämt blickte ich mich um.

Die Menge schwieg. Die Prozession war zum Stillstand gekommen. Die Metropoliten und Bischöfe starrten mich betroffen an, einige murmelten Gebete und bekreuzigten sich.

Der Basileus hatte sein Pferd gewendet und beobachtete mich – tiefe Hoffnungslosigkeit schimmerte in seinen Augen. In Demetrios' Blick las ich nur Verachtung und Hass. Selim hatte sich die Hand vor die Lippen geschlagen.

Ich nahm die Zügel meines Hengstes.

»Ihr solltet Euch schonen!«, mahnte Markos besorgt. »Ruht Euch aus, Niketas, und …«

»Nein, Markos.« Ich wandte mich zu ihm um und hielt mich am Sattel fest. »Ihr habt mir vorhin sehr eindringlich ins Gewissen geredet, mich auf die Tugenden zu besinnen, die mein Vater, Kaiser Manuel, mich gelehrt hat – so wie Ihr es getan habt. Wahrhaftigkeit. Bekennermut. Und der feste Glaube an die eigenen Werte und Ziele. Das will ich tun! Während der feierlichen Eröffnung des Konzils in der Kathedrale!«

Kurz darauf erreichte die Prozession den Domplatz, zog am Palazzo d'Ascoli vorbei und traf vor der Kathedrale auf den Festzug des Papstes.

Eugenius, der wenige Minuten zuvor eingetroffen war, erwartete Ioannis im Pontifikalornat auf den Domstufen. Nach einer zeremoniellen Begrüßung schritten der Papst und der Kaiser gemeinsam durch das Mittelportal, während die römischen und byzantinischen Würdenträger durch die beiden äußeren Tore die Kathedrale betraten und ihre Plätze einnahmen.

Schweigend blieb Basilios an meiner Seite, bis ich mich auf einem Sessel neben dem Patriarchen niedergelassen hatte, der eilig für mich herbeigetragen worden war. Dann begab er sich an seinen Platz hinter dem Purpurthron des Basileus, der mich aufmerksam beobachtete.

Immer noch strömten die Würdenträger beider Kirchen aus aller Welt in die Kathedrale. Andere standen in kleinen Gruppen beisammen und diskutierten angeregt in Lateinisch, Griechisch, Italienisch, Französisch, Spanisch, Russisch und Deutsch. Ein babylonisches Sprachengewirr!

Cosimo und Piero suchten ihre Plätze in der ersten Reihe. Und dort war Alessandra! Tito und Caedmon begleiteten sie. Und jener Mann dort – war das nicht Tayeb?

Während die Bischöfe die Stufen der Tribünen emporstiegen, um zu ihren Sitzen zu gelangen, glitt mein Blick hinauf zum Oculus in der gewaltigen Kuppel. Dort oben hatte Alessandra mit dem Mönch gerungen und den Todessprung gewagt. Aus welch unglaublicher Höhe hatte sie sich am Seil hinabgestürzt!

Mir gegenüber, auf der anderen Seite des Altars, hatte Papst Eugenius auf einem mit weißgoldenem Damast bezogenen Thron Platz genommen, zu dem mehrere Stufen hinaufführten. Über dem Papst schwebte ein hoher Baldachin aus purpurnem Samt, ähnlich dem über dem Thron des Kaisers. Wenige Schritte entfernt hatten die Kardinäle Aufstellung genommen – Giuliano Cesarini, Ambrogio Traversari und Niccolò Albergati, der Vorsitzende des Konzils. Und dort drüben stand Fra Antonino, der Prior von San Marco.

Ludovico Scarampo war offenbar noch nicht aus Rom zurückgekehrt. Und auch der Prunksessel von Giovanni Vitelleschi blieb leer. Die beiden engsten Vertrauten von Papst Eugenius waren abwesend.

Der Pontifex nickte mir zu, und ich erwiderte seinen Gruß.

Die Portale wurden geschlossen. Endlich verstummte das aufgeregte Gemurmel der Delegierten in abwartendem Schweigen. Es wurde still in der Kathedrale, als der Papst sich von seinem Thron erhob und zum Altar hinüberschritt.

Während des langen Pontifikalamtes blickte ich mich immer wieder um. Markos starrte zur Domkuppel hinauf, murmelte ein Gebet und trat unruhig von einem Fuß auf den anderen – er sprach kein Wort Latein und empfand den Gottesdienst als pure Häresie. Seine Hoffnung, die römischen Schismatiker während des Konzils zum orthodoxen Glauben zurückzuführen, hatte er wohl endgültig aufgegeben.

Basilios, der wie ich wegen seiner versöhnlichen Haltung gegenüber den römischen Häretikern des Verrats an der Orthodoxie bezichtigt wurde, folgte aufmerksam der Liturgie.

Der Patriarch barg sein Gesicht in den Händen und lauschte konzentriert den lateinischen Gebeten, deren Sinn er nicht verstehen konnte.

Ich legte ihm die Hand auf den Arm, und er blickte auf. »Wenn Ihr gestattet, Allheiligkeit, werde ich Euch die Gebete und Choräle ins Griechische übersetzen!«

»Evcharistó, Niketas. Ich würde wirklich gern verstehen, was der Papst sagt und was er dort am Altar tut!«

»Er feiert die Eucharistie«, erklärte ich ihm. »Eben hat er in der Epiklesis Gott angerufen. Nun wird er das Gebet des Herrn sprechen. Dann folgt die Kommunion für die Gläubigen.«

Der Patriarch runzelte die Stirn. »Niketas, mein lieber Junge, werdet Ihr aus den Händen des römischen Papstes die Kommunion empfangen?«

Ich schüttelte langsam den Kopf. Er lächelte erleichtert, ergriff meine Hand auf der Lehne meines Sessels und drückte sie ermutigend. »Ich bewundere Euch, Niketas. Ich kenne Euer inneres Ringen.«

»Es zerreißt mich«, gestand ich leise. »Mein Herz und meinen Verstand. Mein Gewissen.«

»Ich weiß, wie sehr Ihr leidet und welches Opfer Ihr bringt, mein Sohn! Ich habe die allergrößte Hochachtung vor Euch.«

»Vor einem verachtenswerten Häretiker, der seinen orthodoxen Glauben verrät?«, fragte ich – zugegeben, es klang verbittert.

»Diejenigen, die Euch einen Verräter nennen, haben nicht den Mut, dasselbe zu tun, was Ihr getan habt«, antwortete er ruhig. »Unser Herr sprach: ›Selig, die Frieden stiften, denn sie werden ein reines Herz haben. Selig, die um der Gerechtigkeit willen verfolgt werden, denn ihnen gehört das Himmelreich. Selig ihr, die ihr um meinetwillen beschimpft und verfolgt werdet. Freut euch, denn euer Lohn im Himmelreich wird groß sein.‹«

»Evcharistó!«, erwiderte ich dankbar.

Ich blickte zum Altar hinüber, wo der Pontifex nun mit erhobenen Händen über Brot und Wein das Gebet des Herrn sprach.

»Pater noster qui es in coelis …«, betete Eugenius, und ich übersetzte dem Patriarchen: »Pater hemon ho en tois uranois …«

»… sanctificetur nomen tuum, adveniat regnum tuum, fiat voluntas tua, sicut in coelo et in terra …«

Als ich das Gebet flüsternd ins Griechische übersetzte, lehnte sich auch der Basileus zu mir herüber:

»… hagiasteto to onoma sou, elteto he basileia sou, geneteto to telema sou, hos en urano kai epi ges …«

Nach dem Paternoster rief der Pontifex: »Der Friede des Herrn sei mit euch!« Er trat vor den Altar und streckte dem Patriarchen in einer einladenden Geste die Hand entgegen. »Gewährt Ihr mir den Friedenskuss, geliebter Bruder in Christo?«

Der Patriarch zögerte. Das war in der Liturgie nicht vorgesehen! Wie sollte er sich dem Papst gegenüber verhalten? Joseph warf mir einen Hilfe suchenden Blick zu.

Ein Raunen wehte durch die Reihen der orthodoxen Metropoliten und Bischöfe, und auch die Kardinäle in der Apsis gegenüber starrten mich an, als ich mich langsam erhob und dem Papst entgegenging, um seine Hand zu ergreifen.

»Ich gewähre Euch den Friedenskuss – als Primus inter Pares«, murmelte ich so leise, dass nur er mich hören konnte.

Er besann sich auf unsere vertrauliche Unterredung vor einigen Tagen und nickte ernst. Dann beugte er sich vor und küsste mich auf beide Wangen. »Der Friede sei mit Euch, Bruder Niketas!«

»Und mit Euch, Bruder Gabriel!«

»Ihr macht Euch zum Märtyrer«, wisperte er mit einem besorgten Blick auf den Kaiser und den Patriarchen.

»Nein, Bruder Gabriel. *Ihr* macht mich zum Märtyrer«, wies ich ihn zurecht. »Tut mir und Euch selbst den Gefallen, und unterlasst künftig derartige Abwandlungen der Liturgie! Die lateinische Messe ist für uns demütigend genug. Und bitte bedenkt, Bruder Gabriel: Ich werde Euch keinen weiteren Schritt entgegenkommen. Ich kann es nicht, und ich will es nicht.«

Er nickte stumm.

In diesem Augenblick, da alle Blicke auf den Papst und mich gerichtet waren, erscholl ein entsetzter Schrei.

Ich wandte mich um.

Ein Mann mit einem Dolch in der erhobenen Hand rannte geradewegs auf den Kaiser zu, der ihn erschrocken anstarrte. Drei, vier, fünf Schritte, und der Attentäter warf sich auf den Basileus, der keine Gelegenheit mehr hatte, sein Schwert zu ziehen. Mit blitzender Klinge stach er auf ihn ein.

Ioannis packte die Hand des Assassinos und schob sie mit aller Gewalt von seinem Herzen fort.

Der Patriarch war wie gelähmt vor Entsetzen, die Metropoliten und Bischöfe hinter dem Thron wichen furchtsam zurück.

Demetrios, der nicht weit entfernt saß, sprang auf, zog sein Schwert und stürzte zu seinem Bruder.

Großer Gott!, dachte ich. Nein, Demetrios, tu es nicht!

Ich ließ den entsetzten Papst vor dem Altar stehen und rannte los.

Selim war schneller als Demetrios und ich. Ohne zu zögern, stürmte er auf die Kämpfenden zu, warf sich von hinten auf den Attentäter und riss ihn fort vom Basileus.

Der andere taumelte, stolperte, fiel beinahe über die Stufen zum Altar, als Selim herumwirbelte und mit dem Schwert auf ihn einschlug. Der Assassino wich zurück, hob seine Waffe und stürzte sich auf den Prinzen.

»Stirb, du verdammter Verräter!«, brüllte er auf Türkisch.

Selim sprang einen Schritt zurück und duckte sich, um der scharfen Klinge seines Gegners auszuweichen.

Nun hob der Prinz sein Schwert und ließ es auf den türkischen Attentäter niedersausen, der im letzten Moment den langen Dolch hochriss und ihn Selim in die Brust rammte. Dann brach er tot zusammen.

Selim ließ sein blutiges Schwert fallen, das laut auf die Marmorfliesen der Kathedrale polterte, und fasste sich an die Brust. Röchelnd sank er auf die Knie.

Ich fing ihn auf und ließ ihn vorsichtig zu Boden gleiten.

»Niketas!«, flüsterte Selim schwach. Blut quoll ihm über die Lippen.

Ich beugte mich über ihn.

Seine Hand tastete nach meiner Brokatrobe, um mich zu sich herabzuziehen. Sein Blut netzte mein Gewand. Er sprach so leise, dass ich ihn kaum verstand. »Ist Ioannis noch am Leben?«

Ich sah zum Kaiser hinüber, der sich mit zitternden Knien auf seinen Thron sinken ließ. Demetrios stand neben ihm, das Schwert noch in der Hand. »Ioannis lebt. Er ist unverletzt.«

»Allah sei Dank!«, röchelte er. Ein weiterer Blutschwall sprudelte über seine Lippen. »Niketas … lass nicht zu … dass er … den Kaiser … ermordet! Dass er … in Byzanz … herrscht.«

Er redete so leise, dass ich ihn kaum noch verstand.

»Wer, Selim? Wer will den Basileus ermorden? Um Gottes willen, was …«

»Versprich es mir!«, stieß er mit letzter Kraft hervor.

»Ich verspreche es. Weißt du, wer das Attentat befohlen hat? Murad? Oder Demetrios?«

Mit einem letzten röchelnden Atemzug hauchte der Prinz sein Leben aus. Ein schmales Rinnsal aus Blut rann über die Wange in seinen Bart.

Selim war tot.

Sanft schloss ich ihm die Augen. »Allah sei dir gnädig, mein Freund. Mögest du endlich Frieden finden!«

Basilios trat neben mich und reichte mir die Hand, damit ich aufstehen konnte. Wortlos half er mir aus der blutgetränkten Robe, die er an Leandros weiterreichte.

Dann umarmte er mich.

Bei Sonnenuntergang ließ ich mich von meinen Leibwächtern in den Borgo Pinti eskortieren. Die Residenz des Metropoliten von Ephesos lag in unmittelbarer Nähe des Palazzo Ferrantini, wo Patriarch Joseph mit seiner Gefolgschaft wohnte.

Markos' Sekretär empfing mich mit einem entschuldigenden Lächeln. Seine Seligkeit habe noch eine Unterredung mit einem Abgesandten des Patriarchen Philotheos von Alexandria. Wie ich ja wisse, vertrete Markos von Ephesos während des Konzils die Interessen des alexandrinischen Papstes.

In diesem Augenblick wurde die Tür zum Arbeitszimmer geöffnet, und ein Ägypter im schwarzen Mönchshabit erschien. Als er mich im Metropolitengewand erblickte, wandte er sich jählings ab und zog die Kapuze über den Kopf, um sein Gesicht zu verhüllen. Stirnrunzelnd sah ich ihm nach, als er mit wehendem Habit die Treppe zum Hof hinuntereilte.

Mit einem strahlenden Lächeln kam mir mein ehemaliger Lehrer entgegen und ergriff meine Hand, um sie mit den Lippen zu berühren. »Verehrter Niketas! Wie schön, dass Ihr meiner Einladung gefolgt seid!«

Mit einer weiten, einladenden Geste bat Markos mich herein.

»Setzen wir uns an den Kamin! Wenn es Euch genehm ist, lasse ich unser Mahl, eine einfache Fastenspeise, in einer Stunde auftragen.« Markos wandte sich an seinen Sekretär, der an der Tür wartete. »Lasst das Mahl in mein Arbeitszimmer bringen! Kyrios Niketas und ich werden hier speisen. Wir wollen nicht gestört werden!«

»Ja, Kyrie!« Der Mönch wollte sich schon zurückziehen, als Markos ihn aufhielt: »Stellt fest, in welchem Kloster oder Hospiz Bruder Leonidas unterkommt. Falls er Schwierigkeiten hat, wegen des Konzils ein Bett zu finden, und Euch um Gastfreundschaft bittet, dann schickt ihn fort. Ich will nicht, dass er in meinem Palast schläft.«

»Wie Ihr wünscht, Euer Seligkeit!«

Der Sekretär schloss die Tür hinter sich.

Nachdem ich in einem Sessel vor dem Kaminfeuer Platz genommen hatte, bot mir Markos einen Becher mit stark verdünntem Wein an, den ich dankend annahm. Dann ließ er sich neben mir nieder.

»Wer war der Mönch, den Ihr eben empfangen habt?«, fragte ich und nippte an meinem Becher.

Markos kniff die Augen zusammen, als er mich ansah – er war ein wenig kurzsichtig. »Bruder Leonidas ist ein Abgesandter von Patriarch Philotheos. Er lebt als Mönch im Katharinenkloster im Sinai.«

»Das Kloster ist berühmt für seine antike Handschriftensammlung«, bemerkte ich. »Die großartige Bibliothek soll über mehr als dreitausend Papyri, Pergamente und Codices verfügen.«

»Das ist wahr«, nickte Markos, lehnte sich auf seinem Stuhl zurück und fuhr sich durch den langen weißen Bart. »Bruder Leonidas ist der Bibliothekar des Katharinenklosters. Ein Kenner antiker griechischer Papyri.«

»Und warum schickt Philotheos ihn nach Italien?«, fragte ich verwundert. »Gibt es denn in Florenz derartige Handschriften?«

Markos zögerte einen Augenblick, doch dann nickte er. Seine um das Panagia-Medaillon gefalteten Hände verkrampften sich. Er schien sich zu fragen, was er mir anvertrauen durfte, und was nicht. Schließlich traf er eine Entscheidung. »Bruder Leonidas hat mir mitgeteilt, dass der Patriarch von Alexandria mich um meine Unterstützung bittet. In einer eingestürzten Synagogenruine außerhalb von Alexandria ist offenbar ein bislang unbekanntes Evangelium gefunden worden.«

Meine Hände umklammerten die Armlehnen des Sessels.

»Ein fünftes Evangelium?«, fragte ich atemlos. Meine Bestürzung musste ich nicht heucheln.

Markos nickte bedächtig. »Ich war so fassungslos wie Ihr, als Bruder Leonidas mir eben davon berichtete. Ehrlich gesagt: Ich bin es immer noch!« Er atmete tief durch. »Alessandra d'Ascoli war vor einigen Wochen in Alexandria und hat in einer Ruine uralte Tonkrüge entdeckt. Eine dieser Amphoren enthielt ein Evangelium, das sie bei ihrer überstürzten Abreise aus Ägypten mit nach Florenz genommen hat.

Patriarch Philotheos will es zurückhaben, bevor es dem Papst in die Hände fällt – Ihr wisst, dass Kyria Alessandra das Vertrauen Seiner Heiligkeit genießt. Philotheos befürchtet nun, dass Eugenius das Evangelium missbrauchen könnte, um seinen selbstherrlichen Primat über die orthodoxen Patriarchate und seine ketzerischen Irrlehren zu rechtfertigen.«

»Das würde die Verhandlungen zwischen dem Basileus und dem Papst noch schwieriger machen!«

»So ist es.«

»Weiß der Kaiser von diesem fünften Evangelium?«

Markos schüttelte den Kopf. »Nach dem Anschlag des Türken und Prinz Selims Tod hat Seine Majestät im Moment andere Sorgen. Er glaubt, dass sein Bruder Demetrios ihm nach dem Leben trachtet.«

Ich nickte. »Wisst Ihr denn, welches Evangelium in Alexandria gefunden wurde?«

»Der Patriarch vermutet, dass es sich um ein griechisches Apokryphon handelt, ein häretisches, von der Kirche nicht anerkanntes Evangelium, das vor der Bücherverbrennung unter Patriarch Athanasios im Jahr 367 gerettet und versteckt worden ist. Er hat jedoch keine Ahnung, ob es sich um einen Pergamentcodex oder um eine Papyrusrolle handelt. Deshalb hat er Bruder Leonidas, einen Kenner antiker Handschriften, nach Florenz geschickt. Er soll das Evangelium suchen und nach Alexandria zurückbringen …«

Alessandra

Kapitel 21

Bestürzt ließ ich den Brief sinken, den Caedmon mir gebracht hatte, nachdem Niketas zu seinem abendlichen Treffen mit dem Metropoliten von Ephesos aufgebrochen war.

Zuerst hatte ich gedacht, dass mein Cousin mir aus Rom geschrieben hatte, um mich zu beruhigen. Um mir zu berichten, dass er mit Scarampo gesprochen hatte. Dass es keinen Aufstand der Colonna geben würde, keine Erstürmung des Vatikans, keine Eroberung der Engelsburg. Ungeduldig hatte ich Caedmon das Schreiben aus der Hand gerissen, um es umzudrehen und die vertraute Handschrift zu lesen. Doch der Brief kam nicht von Prospero.

Lorenzo Valla hatte mir geschrieben.

Mit zitternden Fingern hatte ich das Siegel abgerissen, das Pergament entfaltet und atemlos gelesen.

»Mylady?«, sprach Caedmon mich an, doch ich beachtete ihn nicht.

In Gedanken versunken starrte ich auf die Pergamentblätter und las die Zeilen noch einmal. Lorenzo war tief erschüttert über Lucas Ermordung wenige Tage nach seinem Besuch in Neapel. Mein Vater habe mit ihm über die Kirchengründung sowie die Konstantinische Schenkung gesprochen.

Nach der bestürzenden Nachricht von Lucas Tod habe er sein Gewissen erforscht und sich entschlossen, trotz der Bedenken meines Vaters und trotz aller Gefahren für sein eigenes Leben das Traktat über die Fälschung der Konstantinischen Schenkung zu veröffentlichen. Der ›Henker Gottes‹, der ›Kardinal des Satans‹ an der Spitze des Kirchenstaates, müsse seiner weltlichen Macht beraubt werden! Die Anbetung von Ruhm, Macht und Gewalt als satanische Trinität und die Satansmessen zur Verherrlichung des Fürsten der Finsternis müssten ein Ende haben! Luca solle das letzte Opfer auf seinem blutüberströmten Opferaltar sein und …

»Mylady?«

Ich sah auf: Caedmon stand offenbar schon eine ganze Weile in der offenen Tür und versuchte, meine Aufmerksamkeit zu erregen. »Seine Heiligkeit hat eine bewaffnete Eskorte geschickt. Er bittet Euch, nach Santa Maria Novella zu kommen. Sofort!«

Wenig später erreichten Caedmon und ich die Residenz des Papstes. Sein Sekretär öffnete die Tür zum päpstlichen Arbeitszimmer und bat mich einzutreten.

Als Caedmon wie bei unserem letzten Besuch hinter mir zurückblieb, wandte ich mich an der offenen Tür zu ihm um. »Was ist, Caedmon? Wollt Ihr mich nicht begleiten?«

Als er mich erstaunt anblickte, winkte ich ihm, mir zu folgen.

Fra Domenico schloss hinter uns die Tür.

Eugenius erhob sich hinter seinem Schreibtisch und kam mir einige Schritte entgegen, um mir die Hand mit dem Fischerring zum Kuss darzubieten.

»Heiliger Vater, darf ich Euch meinen Sekretär, Bruder Caedmon of Canterbury, vorstellen?« Ich wies auf den jungen Benediktiner, der neben der Tür stehen geblieben war und nun ehrfurchtsvoll niederkniete.

Ich hielt den Atem an und hoffte, dass Eugenius sich an sein Versprechen erinnern würde, das er mir am Tag von Scarampos Abreise nach Rom gegeben hatte.

»Bruder Caedmon!«, rief der Papst. »Ich freue mich, Euch kennenzulernen. Alessandra hat mir schon viel von Euch erzählt.«

Erleichtert atmete ich auf. Er hatte Wort gehalten.

Caedmons Blick irrte vom Papst zu mir. Er wirkte verunsichert: Was hatte ich Seiner Heiligkeit erzählt? Dann rutschte er auf Knien vorwärts, um den päpstlichen Pantoffel zu küssen.

»Erhebt Euch, Frater!«, befahl Eugenius in gebieterischem Tonfall, und Caedmon gehorchte verlegen. »Ihr habt in Oxford Kirchenrecht studiert? Und an der Sorbonne in Paris Theologie und Philosophie? Mit einem Abschluss *summa cum laude.*«

»Ja, Heiliger …«

»Und Ihr sprecht fließend sechs Sprachen? Englisch, Französisch, Italienisch, Lateinisch, Griechisch und Hebräisch.«

»Das ist …«

»Alessandra erzählte mir, dass der Erzbischof von Canterbury und Primas von England Euer Mentor ist. Dass Ihr für den Lordprotector von England und den Patriarchen von Alexandria gearbeitet habt und dass beide Herren Euren scharfen Verstand, Eure Besonnenheit und Eure Loyalität gerühmt haben.« Er lächelte huldvoll. »Wie im Übrigen auch Alessandra, die Euch über alle Maßen schätzt. Ich vertraue auf ihr Urteil.«

Caedmons Gesicht glühte, als er den Blick senkte.

»Wieso arbeitet Ihr für Alessandra, und nicht für mich?«, fuhr der Papst fort. »Gefällt Euch Eure Aufgabe als Sekretär?«

Caedmon spielte den bescheidenen Mönch und nickte scheu, ohne aufzusehen. Er wusste, dass ich ihn aufmerksam beobachtete.

Doch wusste er auch, dass Niketas und ich vor einigen Tagen, nach seinem Treffen mit jenem erzürnten Dominikaner, seine Kammer durchsucht hatten? Dass ich ihn für den Mörder meines Vaters hielt? Dass ich glaubte, dass er auch Serafino, Alexios und Natanael getötet hatte? Dass ich argwöhnte, dass er auch mich ermorden wollte, sobald er das Evangelium gefunden hatte, das noch immer in San Marco versteckt war?

»Vielleicht habe ich eine Aufgabe für Euch, die Euch mehr fordert, Bruder Caedmon«, offenbarte ihm der Papst. »In einer vereinigten griechisch-römischen Kirche werde ich Eure Kenntnisse und Fähigkeiten benötigen: Theologie, Kirchenrecht, Lateinisch und Griechisch. Aber vor allem Eure Loyalität zu mir als Eurem Papst. Nach der Unterzeichnung des Unionsdekrets werde ich neue Kardinäle ernennen und etliche Bischöfe entlassen, die mir nicht treu ergeben waren. Macht es Euch nicht allzu bequem im Palazzo d'Ascoli, Bruder Caedmon! Vielleicht werde ich Euch schon bald rufen lassen und Euch …«

»Euer Heiligkeit!«, protestierte ich energisch. »Ich habe nicht gesagt, dass ich ihn gehen lasse!«

»Das müsst Ihr auch nicht, meine Liebe«, lächelte er selbstgefällig. »Bruder Caedmon ist Priester – und ich bin der Papst.«

Ich nickte schicksalsergeben.

Eugenius reichte Caedmon die Hand zum Kuss. »Würdet Ihr uns nun allein lassen, Frater? Ich habe vertraulich mit Alessandra zu reden.«

»Euer Heiligkeit, ich danke Euch für die Gnade, die Ihr mir schenkt, und hoffe in aller Demut, mich ihrer würdig zu erweisen.« Caedmon verneigte sich und schritt mit gesenktem Blick rückwärts, um das Arbeitszimmer zu verlassen.

Noch bevor er die Tür hinter sich geschlossen hatte, murmelte der Papst: »Setzt Euch, Alessandra! Ich habe Euch rufen lassen, um mit Euch über Vitelleschi zu sprechen. Wie Ihr wisst, ist Scarampo in Rom, um dort für Ordnung zu sorgen …«

Caedmon *musste* hören, was er mir zu sagen hatte.

Sobald Eugenius sicher war, dass die Tür geschlossen war, verstummte er und ließ sich auf seinem Sessel hinter dem Schreibtisch nieder. »Wie war ich?«

»Glaubwürdig.«

Eugenius lehnte sich zurück und faltete die Hände um sein Brustkreuz. »Denkt Ihr, dass er sich Hoffnungen auf eine Karriere in Rom macht?«

»Es ist mir gleichgültig, was Caedmon sich erhofft. Ich will, dass er sich für eine Seite entscheidet. Ich will, dass er handelt. Damit auch ich endlich handeln kann.«

Er nickte ernst. »Fürchtet Ihr nicht, dass er Euch schon heute Nacht ermorden könnte?«

»Nein, Heiliger Vater. Caedmon sucht das Evangelium.«

»Und nicht nur er«, erwiderte der Pontifex. »Während des Gottesdienstes heute Morgen in der Kathedrale sind erneut meine Gemächer durchsucht worden. Mein Sekretär überraschte einen Dominikaner, der in den Dokumenten auf meinem Schreibtisch wühlte. Er rief die Wachen, aber der Mönch konnte fliehen. Doch er hat ihn erkannt: Der Dominikaner stammt aus dem Kloster in Rom, wo auch Fra Domenico einige Zeit gelebt hat, bevor er in meine Dienste trat.«

Ich hob die Augenbrauen. »Santa Maria sopra Minerva.«

Eugenius nickte. »Vitelleschi bedient sich der Mönche, wie es Luca vor ihm getan hatte, als er päpstlicher Legat und Inquisitor in Rom war und in Santa Maria sopra Minerva residierte. Aus diesem Grund wollte ich Fra Serafino zum Prior des Konvents ernennen.« Er verstummte – offenbar trauerte er immer noch um Serafino. »Aber deshalb habe ich Euch nicht rufen lassen.«

Er nahm ein Pergament von seinem Schreibtisch und reichte es mir. Während ich es entfaltete, erklärte er: »Patriarch Philotheos hat auf meinen Brief geantwortet, den ich nach dem Gespräch mit Eurem Vater verfasst habe. Ein ägyptischer Mönch, der offenbar sein Vertrauen genießt, überbrachte vor zwei Stunden dieses Schreiben.«

Ich erhob mich von meinem Sessel und lief unruhig in seinem Arbeitszimmer auf und ab, während ich den Brief des Patriarchen las.

Philotheos berichtete, dass der Römer, dessen Leiche am Strand von Al-Iskanderiya gefunden worden war, ihm ein Beglaubigungsschreiben von Kardinal Giovanni Vitelleschi, seinem geschätzten Amtskollegen als lateinischer Patriarch von Alexandria, vorgelegt hatte, als er ihn um Unterstützung bei meiner Festnahme bat. Die

Anklage gegen mich wegen Totschlags des römischen Assassinos sei fallen gelassen worden. Seine Seligkeit wäre erfreut, wenn ich in den nächsten Wochen nach Al-Iskanderiya zurückkehrte, um mit seiner Unterstützung die Suche nach der verschollenen Bibliotheca Alexandrina fortzusetzen.

Wortlos gab ich dem Papst das Schreiben zurück.

»Was beunruhigt Euch?«, fragte Eugenius, der mich aufmerksam beobachtet hatte. »Dass er Vitelleschi beschuldigt, das Attentat auf Euch befohlen zu haben?«

»Nein, Heiliger Vater. Dass er Euren Brief überhaupt beantwortet hat. Warum hat er das getan?«

Er hob beide Hände. »Was glaubt Ihr?«

»Philotheos kennt mich. Während meiner Audienz bei ihm haben wir uns zwei Stunden lang sehr angeregt unterhalten. Er kann nicht ernsthaft annehmen, dass ich in den nächsten Wochen nach Alexandria zurückkehre. Er will das Evangelium zurückhaben. Sein Brief soll Euch und mich ablenken. Wer, sagtet Ihr, hat Euch den Brief des Patriarchen überbracht?«

»Ein ägyptischer Mönch. Bruder Leonidas ist der Bibliothekar des Katharinenklosters im Sinai.«

Ich strich mir über die Stirn. »Warum sollte Philotheos einen Bibliothekar nach Florenz schicken?«, rätselte ich. »Den Hüter einer der wertvollsten Büchersammlungen der Welt, der niemals seine Schatzkammer verlassen würde.«

»Seid Ihr sicher?«, fragte er bestürzt.

»Heiliger Vater, ich glaube, dass Bruder Leonidas nicht derjenige ist, der zu sein er vorgibt.«

»Und wenn die Tür nun abgeschlossen ist?«, gab Tayeb zu bedenken, als wir das Portal meines Palazzos erreichten. Er zog die schwarze Kapuze über den Kopf, zupfte die weiten Falten des Skapuliers über Mund und Nase und hüllte sein Gesicht in tiefe Schatten. Tayeb trug das Ordensgewand der Dominikaner, das Tito in jener Nacht, als der rätselhafte Mönch mich auf der Domkuppel in die Enge trieb, in der Sakristei der Kathedrale gefunden hatte.

»Sie ist immer offen«, flüsterte Niketas in die nächtliche Stille.

»Das Nachtoffizium ist seit einer Stunde beendet«, wisperte ich und blickte hinüber zu Caedmons Kammer unter den mondbeschienenen Arkaden des Innenhofs. War da ein Lichtschimmer unter seiner Tür? War er wach? »Falls Tayeb und ich bis zur Prim nicht zurück sind aus San Marco, scheuchst du den Papst aus dem Bett! Er wird Scarampo mit seinen Bewaffneten ausschicken, um uns zu suchen.«

Niketas ergriff meine Hand, zog mich an sich und küsste mich. »Ich wünschte, ihr würdet nicht gehen.« Sein Atem streichelte meine Wange. »Es ist viel zu gefährlich!«

Ich lehnte mich gegen ihn und liebkoste ihn zärtlich.

»Es muss sein. Ich bete darum, dass die Papyrusfragmente noch nicht vermodert und zerfallen sind und die Schrift unlesbar geworden ist.«

Dann löste ich mich aus seiner Umarmung und trat einen Schritt zurück, um mir die Kapuze des Skapuliers von Lucas Dominikanerhabit über das aufgesteckte Haar zu ziehen. »Schließ das Tor hinter uns, aber verriegele es nicht. Warte in der Kapelle auf uns. Ich glaube, Caedmon ist wach. Lass ihn annehmen, dass er den Palazzo unbemerkt verlassen kann, um uns zu folgen. Nach dem Brand der Synagoge gestern Nacht kann er sich denken, wohin wir wollen.«

Niketas war besorgt, das spürte ich, obwohl ich sein Gesicht nicht erkennen konnte. Letzte Nacht, nach dem Abendessen bei Ludovico Scarampo, der mit seinem Trupp Bewaffneter endlich aus Rom zurückgekehrt war, hatte ich ihm anvertraut, was ich vorhatte – mit dem Evangelium, mit Caedmon und mit Vitelleschi.

Was, wenn ich mich irrte? Was, wenn Caedmon versuchen würde, mich zu ermorden? Tausend Bedenken hatte er gehabt!

Und ich tausendundein Gründe, es trotzdem zu wagen!

Ich wollte Rache für Luca, für Serafino, Alexios und Natanael, für die Attentate auf Prospero und mich, für meinen hingerichteten Großvater Marcantonio Colonna, für meine gefolterten und ermordeten Cousins Lionello, Giordano und Stefano Colonna, für das blutige Massaker an über zweihundert Mitgliedern meiner Familie und deren Gefolgsleuten. Der Kardinal des Satans musste sterben!

Nach allem, was Scarampo mir gestern beim Abendessen erzählt hatte, konnte ein ›Noch nicht!‹ des Papstes meinen Zorn nicht mehr besänftigen. Der Henker von Rom belagerte Zagarolo, die letzte starke Festung meiner Familie. Lorenzo Colonna würde die Burg, die einige Meilen außerhalb von Rom lag, nicht länger als ein paar Wochen halten können. Die Eroberung unserer letzten Bastion für die Kirche war nur eine Frage der Zeit. Vitelleschi würde Zagarolo bis auf die Grundmauern zerstören, wie er vor einigen Monaten unsere Hauptstadt Palestrina dem Erdboden gleichgemacht hatte. Jeden Colonna-Anhänger, der ihm Widerstand geleistet hat, würde er auf dem Campo dei Fiori enthaupten lassen. Die Macht der Colonna in Rom wäre ein für alle Mal gebrochen.

Aber jetzt ist sie es *noch nicht!,* dachte ich entschlossen und folgte Tayeb durch das Portal hinaus auf die Piazza del Duomo. Mit einem dumpfen Dröhnen schloss Niketas hinter uns das Bronzetor.

Tayeb zog mich am Ärmel meines Dominikanerhabits und deutete in Richtung des Campaniles. Es war eine sternenklare Nacht zwei Tage vor dem Vollmond, und die Piazza war silberhell erleuchtet.

Ein schwarzer Schatten, der vor uns in die undurchdringliche Finsternis zwischen Glockenturm und Kathedrale zurückwich!

»Bruder Leonidas?«, wisperte Tayeb.

»Ja«, flüsterte ich.

Dasselbe Gesicht wie letzte Nacht, als ich ihn im Feuerschein gesehen hatte. Dieselbe gespannte, zum Sprung bereite Haltung. Derselbe stechende Blick.

Gestern Nacht war ich erst spät vom Abendessen in Scarampos Palast am Domplatz zurückgekehrt. Ich hatte Caedmon gebeten, mich zu begleiten, damit Tayeb während unserer Abwesenheit die Papyri unbemerkt aus der Bibliothek holen und in seine Räume bringen konnte. Als wir den Palast verließen, bemerkten wir den hellen Feuerschein: Der Himmel über Florenz glühte!

Caedmon und ich waren durch die Gassen des Judenviertels zum Mercato Vecchio gerannt. Als wir um die Ecke bogen, hatten wir das Feuer gesehen: Die Synagoge brannte! Flammen schlugen aus den großen Fenstern, und Funken stoben weit hinauf in den sternenklaren Nachthimmel. Schatten huschten über die Piazzetta, um den Brand zu löschen – doch vergeblich.

Der Gebetssaal hatte sich im obersten Geschoss eines jüdischen Hauses befunden. Jeder Versuch, das brennende Gebäude zu betreten und die hölzernen Treppen hinaufzusteigen, wäre Selbstmord gewesen. Ein paar Anwohner waren mit Eimern zum nächsten Brunnen gehastet, um den um sich greifenden Brand zu löschen, bevor das ganze Stadtviertel und der Mercato Vecchio in Flammen standen.

Rabbi Raffaele, der die silberne Mesusa mit dem Schma Israel neben dem Portal der Synagoge abgerissen und gerettet hatte, erkannte mich im Feuerschein und kam zu mir herüber. Die ersten Dachbalken waren krachend herabgestürzt und Funken stiebend auf dem Pflaster zerborsten.

»Wie kam es zu dem Brand?« Ich hatte schreien müssen, damit er mich im Tosen des Feuersturms verstehen konnte.

»Bis auf das Ewige Licht vor dem Tora-Schrein waren alle Kerzen gelöscht. Die Synagoge konnte nicht abbrennen …«

»… es sei denn, sie wurde absichtlich angezündet«, hatte ich seinen Satz vollendet. »Wo hat es zuerst gebrannt?«

Mit dem ausgestreckten Arm hatte der Rabbi hinauf zum Dachgeschoss des benachbarten Hauses gewiesen, das ebenfalls in Flammen stand. »In der Genisa.«

Mein Blick war über die Piazzetta gehuscht – dann hatte ich ihn gesehen: Wie ein schwarzer Todesengel hatte sich Bruder Leonidas in den Schatten einer schmalen Gasse zwischen zwei jüdischen Häusern verborgen. Seine Augen hatten im Feuerschein gefunkelt. Als er mich erkannt hatte, war er zurückgewichen und verschwunden.

Ich war mir sicher: Er hatte die Genisa durchsucht. Und als er das Evangelium nicht fand, hatte er die Bücher und Schriftrollen in der vollgestopften Kammer angezündet.

In diesem Augenblick fielen die glühenden Deckenbalken des Daches herab, durchschlugen den brennenden Holzboden des Gebetssaals und rissen den Tora-Schrein mit sich. Mit apokalyptischem Donnergetöse stürzte die Synagoge in sich zusammen.

Caedmon hatte wie erstarrt neben mir gestanden und mit geballten Fäusten die panisch schreienden Menschen beobachtet, die sich vor dem Feuer in die Seitengassen geflüchtet hatten.

»Es ist furchtbar, Rabbi«, hatte ich ihm zugerufen. »Kommt morgen in den Palazzo d'Ascoli. Ich werde mich an den Kosten für den Wiederaufbau der Synagoge beteiligen.«

Dann war ich mit Caedmon, der seine Bestürzung über den Brand nicht vor mir verbergen konnte, nach Hause geeilt.

»Bruder Leonidas hat den Palazzo beobachtet«, flüsterte Tayeb nun und nickte in Richtung des Campaniles, wo sich der ägyptische Mönch verborgen hielt. »Er hat uns gesehen und wird uns nach San Marco folgen. Wollen wir ihm entwischen? Wir könnten …«

»Nein, Tayeb. Ich bin das Versteckspiel leid. Es ist mir lieber, Philotheos' Assassino verfolgt mich, als dass er uns in einer finsteren Gasse auflauert. Wir werden an jeder Straßenecke stehen bleiben und uns nach ihm umdrehen. Er soll wissen, dass wir ihn bemerkt haben.«

Tayeb und ich wandten uns nach Osten, umrundeten die Apsis der Kathedrale, überquerten die Piazza und verschwanden in der Via dei Servi, die am hell erleuchteten Palazzo Pucci vorbei zur Kirche Santissima Annunziata führte.

»Hast du die Papyri vorbereitet?«, fragte ich Tayeb, der sich während der Nachmittagsstunden zu einer längeren Siesta in seine Räume zurückgezogen hatte.

»Sie liegen im Tonkrug.«

»Und der Staub?«

»Erinnerst du dich an den Sand, der während unserer Flucht die Papyrusfragmente schützte? Ich habe ihn aufgehoben. Er riecht noch nach der Wüste.«

Den Sand, den ich beim Herausnehmen der Fragmente achtlos auf den Schreibtisch rinnen ließ, hatte Tayeb aufbewahrt? Erstaunt sah ich ihn an, und er erwiderte meinen Blick ernst und traurig. Tayeb hatte Sehnsucht nach der Wüste. Nach Agadez und Timbuktu. Gerührt ergriff ich seine Hand und drückte sie. Ich wusste nicht, was ich sagen sollte.

Am Ospedale degli Innocenti, dem Hospiz der unschuldigen Kinder gegenüber der Kirche der Serviten, hielten wir inne und schauten uns um. Wo war Bruder Leonidas? Dann gingen wir weiter zur Piazza San Marco und an den Mauern des Konvents entlang zur Rückseite des Bibliotheksgebäudes.

Dort bogen wir um die Ecke und waren außer Sichtweite.

Tayeb blieb stehen. »Wenn wir über diesen Baum da hinaufklettern …« Er wies auf das Dach eines einstöckigen Nebengebäudes des Klosters. »… dann können wir von dort auf das Dach des Bibliothekssaals gelangen.«

Mein Blick glitt am Mauerwerk empor. »So machen wir's!«

Ich raffte meinen Dominikanerhabit und zog mich an den tief hängenden Ästen empor, bis ich das schräge Ziegeldach erreichte. Drei, vier, fünf Schritte, dann stand ich vor dem schwarzen Abgrund, der die Nebengebäude von dem Büchersaal in der Mitte des Konvents trennte. Er war nicht breit. Ich wich zurück, nahm Anlauf, rannte über die Ziegel und sprang. Krachend landete ich auf dem Dach der Bibliothek und ließ mich flach auf die Ziegel fallen, um nicht abzustürzen.

Die Tauben, die unter dem Dachstuhl nisteten, flatterten erschrocken aus ihren Nestern und stoben davon. Dann sprang Tayeb zu mir herüber und legte sich neben mich.

Wenn sich nach dem Nachtoffizium noch ein Mönch in der Bibliothek aufhielt, musste er uns gehört haben. Und die Zelle von Serafinos Nachfolger als Bibliothekar des Klosters war nur wenige Schritte entfernt unter dem offenen Dachstuhl.

Wir horchten in die nächtliche Stille …

… und schraken zusammen, als die Glocke von San Marco schlug – ein, zwei, drei Mal.

Wir hielten den Atem an, doch dann verstummte sie.

Viertel vor zwei.

Tayeb richtete sich auf. »Komm!«

Ich stieg über den First hinweg und folgte ihm auf Zehenspitzen über das Ziegeldach der Bibliothek bis zum Kreuzgang mit den Zellen der Mönche im oberen Stockwerk.

In der Zelle direkt neben der Basilika brannte Licht! Der schwache Schimmer einer Kerze fiel durch das kleine Guckloch im hölzernen Fensterladen und beleuchtete den Feigenbaum im Garten des Chiostro Grande. Fra Antonino war noch wach! Und das Fenster neben seinem Bett stand offen!

Ich legte den Zeigefinger an die Lippen und schob Tayeb in Richtung der Kirche über die knirschenden Ziegel – direkt unter uns befanden sich die Zellen der Fratres. Nur wenige Schritte von der Kirche entfernt setzten Tayeb und ich uns auf die Ziegel und ließen uns auf das Vordach des zweiten Kreuzgangs des Konvents hinabgleiten.

Das vierte Fenster – dort war es.

»Lass mich das machen!« Tayeb schob sich an mir vorbei vor den

Fensterladen. Und wenn er verriegelt war? Mit der Hand drückte Tayeb gegen das kleine Türchen des Gucklochs – es ließ sich lautlos öffnen. Dann lehnte er sich gegen den Fensterladen, schob den rechten Arm bis zur Schulter durch die Öffnung und tastete nach dem Riegel in der Fensternische. Der quietschte leise, als er an ihm zog.

Misstrauisch beobachtete ich die drei Fenster hinter mir.

Kein Licht – die Mönche schliefen.

Tayeb schob den Fensterladen auf und kletterte in Cosimos Zelle. Ich folgte ihm und schloss hinter mir das Fenster.

Der Raum war verlassen. Das Bett war mit weißem Linnen bezogen, der Schreibtisch leer geräumt bis auf Tintenfass, Sandstreuer, Schreibfedern, ein Bündel Pergamente und die lateinische Bibel. Während des Besuchs von Patriarch Joseph in meinem ›Trödelladen‹ hatte Cosimo mir erzählt, dass er sich nach Beendigung seiner Amtszeit als Bannerträger der Republik für einige Tage nach San Marco zurückziehen wollte.

Tayeb stieg die Stufen hinab zum Vorraum und öffnete die Zellentür, um den Korridor in Augenschein zu nehmen. Dann winkte er mir.

Lautlos schlichen wir an den Zellen der Mönche vorbei durch den Korridor, der zum Eingang des Bibliothekssaals führte. Aus einer Zelle erklang ein leises Seufzen. Ein Bett knarzte in schnellem Rhythmus. Ein Keuchen, ein unterdrücktes, lustvolles Stöhnen. Dann wurde es wieder still.

Aus der Zelle gegenüber vernahm ich die klatschenden Hiebe einer Geißel. Ich schrak zusammen und lauschte auf das vertraute Geräusch, das ich in so vielen Nächten aus Lucas Schlafgemach gehört hatte. Die Hiebe auf den blutenden, kreuz und quer vernarbten Rücken. Das schmerzliche Stöhnen. Die gemurmelten Gebete, die doch niemals erhört worden waren. Und Lucas qualvoller Blick, als er mich in der offenen Tür bemerkte …

Jeder seiner Hiebe hatte mein Herz blutig geschlagen und meine Seele in Fetzen gerissen! Wie oft war ich aus dem Palazzo d'Ascoli geflohen, um diesem grausamen Geräusch zu entgehen! Wie oft war ich nach Rom geflüchtet, nach Venedig und Ferrara, um das Leben in mir zu spüren, um ertragen zu können, was er mir mit seinem Selbsthass antat.

Tayeb ergriff meine Hand und zog mich mit sich fort.

Die Tür von Serafinos Zelle stand weit offen – der Raum war dunkel und verlassen. Und dort war das Portal der Bibliothek, wo er gestorben war. Ich fühlte mich plötzlich sehr einsam und rang mit den Tränen. Tayeb, der spürte, was in mir vorging, wartete geduldig neben der Treppe, bis ich mich gefasst hatte. Dann folgte ich ihm die gewundene Stiege hinab und den Gang entlang zum Kreuzgang.

Ich blieb stehen und blickte empor zu Fra Antoninos Zellenfenster oberhalb des Säulengangs. Die Kerze war erloschen – der Prior hatte sich zur Ruhe begeben.

Wir wandten uns nach rechts, zur Tür unter den Arkaden des Kreuzgangs, die in die Kirche führte. Das Tor war nicht verschlossen, wie Niketas gesagt hatte. Durch einen kleinen, schmucklosen Raum betraten wir die Basilica di San Marco, tasteten uns durch die Finsternis zum Altar und entzündeten vier Kerzen, die wir zu Lucas Grabmal trugen. Tayeb holte das Brecheisen, das er am Morgen in einer Wandnische neben dem Portal versteckt hatte. Ich hielt mit den ausgestreckten Armen die Marmorplatte, während Tayeb das Eisen ansetzte und sie Fingerbreit um Fingerbreit herausstemmte.

Lucas Grabmal stand nun eine Hand breit offen. Ich hielt den Atem an. Tayeb trat hinter mich und hielt nun die Marmorplatte fest. »Sieh nicht hinein!«, warnte er mich.

Der Gestank des Todes war furchtbar! Ich griff in den finsteren Spalt und tastete nach Senecas Büchlein. Meine Finger berührten den kalten Marmor – und noch etwas anderes. Es war …

Großer Gott!

Ich presste mir die rechte Hand auf Mund und Nase, schloss die Augen, biss mir auf die Lippen und schob meine Hand weiter in das Grab hinein. Wo, zum Teufel, war das Buch? Endlich hatte ich es gefunden, zog es aus dem Sarkophag und half Tayeb, die Grabplatte an ihren Platz zurückzuschieben.

Dann nahm ich das Buch und blätterte darin. »Es ist unversehrt. Es stinkt ekelerregend, aber es ist nicht vermodert. Lass uns verschwinden, Tayeb.«

Ich hatte plötzlich das Bedürfnis, ein heißes Bad zu nehmen und meine Haut mit der Bürste zu reinigen, bis sie schmerzte, um mich vom Geruch des Todes zu befreien. Und dann, so hoffte ich, würde Niketas mich zu meinem Bett tragen und mit zärtlichen Liebkosungen und leidenschaftlichen Küssen erregen und auf andere, sehr sinnliche Gedanken bringen …

Nie hatte ich mich lebendiger gefühlt als im Angesicht des Todes!

Am nächsten Morgen zog ich mich in mein Arbeitszimmer zurück, um in Ruhe an meinem Evangelium zu arbeiten.

Niketas war im Palazzo Albizzi, um sich mit Basilios und Isidor auf die erste Konzilssitzung vorzubereiten, die morgen, am Sonntag, dem 1. März 1439, in Santa Croce stattfinden sollte. Es würde ein turbulentes Symposion werden, vermutete Niketas, denn gestern hatte Markos von Ephesos die römische Kirche zornig beschuldigt, heilige Texte des Neuen Testaments und der Kirchenväter zu ›berichtigen‹, um römische Dogmen zu stützen.

Im Grunde hat Markos Recht, dachte ich im Stillen, denn die Kirche hatte schon von Anfang an Urkunden und Dokumente gefälscht, um machtpolitische Verhältnisse zu rechtfertigen oder den wahren Glauben gegen die Häresie zu schützen. Nicht einmal die Evangelien der Heiligen Schrift waren davon verschont geblieben, als nach dem Martyrium des ›vergessenen Papstes‹ die Trennung von Kirche und Synagoge vollzogen war und es die Juden waren, allen voran Judas der Verräter, die den Erlöser und Gottessohn Jesus Christus ans Kreuz geschlagen hatten! Die Kirchengründung war eine frühchristliche Einfügung ins Matthäus-Evangelium – Jesus war ein orthodoxer Rabbi, der das Reich Gottes aufrichten wollte, ein Reich von Frieden und Gerechtigkeit, nicht die Kirche, die sich in Rom mit Gewalt rechtfertigte. Nicht Petrus, der erste Christ, war der erste Papst, sondern Jakobus, der Jude, dessen herausragende Rolle als Führer der frühen Christenheit durch den Evangelisten verschwiegen worden war. Der Auftrag des Auferstandenen zur Heidenmission und zur Taufe im Namen des Vaters und des Sohnes und des Heiligen Geistes war eine spätere Anfügung. Die Liste der ersten römischen Päpste bei Irenaios von Lyon war ebenso gefälscht wie die Urkunde der Konstantinischen Schenkung.

Wieso, zum Teufel, quälte ich mein Gewissen, wenn ich dasselbe tat wie die Kirche seit eintausendvierhundert Jahren?

Ich fälschte ein Evangelium.

Na und?

Ich zog Shemtov Ibn Shapruts *Prüfstein* zu mir heran, schlug den dicken Folianten auf und strich mit den Fingerspitzen über das tintengewellte Pergament, das unter der Berührung leise knackte. Der Titel war eine Anspielung auf einen Vers aus dem Buch Jesaja: ›Wir haben einen Bund mit dem Tod geschlossen und mit der Hölle einen Vertrag gemacht. Wenn die Geißel niederfährt, wird sie uns nicht erreichen, denn wir haben Zuflucht zur Lüge genommen und uns hinter der Täuschung versteckt. Darum spricht Gott, der Herr: Seht her, ich lege in Zion einen Grundstein, einen Prüfstein, felsenfest gegründet. Wer glaubt, braucht nicht ängstlich zu fliehen.‹

Ich schloss einen Bund mit dem Tod und einen Vertrag mit Satan, um zu überleben – wie wahr!

Seufzend erhob ich mich und holte die Papyri aus dem Tonkrug neben dem Kamin. Tayeb hatte gestern die Papyrusfetzen vorbereitet, die uns ein Antiquitätenhändler im Souk von Al-Iskanderiya angeboten hatte und die angeblich aus der antiken Stadt Oxyrhynchos stammten. Die Papyri waren Steuererklärungen und Geschäftsbriefe eines ägyptischen Gewürzhändlers. Mein Freund hatte die verblasste Tinte abgewaschen, die Papyri geglättet, gepresst und getrocknet. Dann hatte er Fragmente herausgerissen, die in Größe, Form, Farbe und Faserstruktur denen ähnelten, die wir in der versunkenen Synagoge gefunden hatten. Die zerbrochenen Fasern der Ränder hatte er über der Flamme einer Kerze angesengt, damit sie vergilbt aussahen.

Neben den vorbereiteten Papyrusfetzen fand ich ein Leinensäckchen mit dem Sand vom Strand von Alexandria, einen Tintenstein, eine Schreibfeder mit weichem Kiel sowie ein Fläschchen mit sehr dünn angemischter Tinte.

Ich kehrte zum Schreibtisch zurück, breitete die Papyrusfetzen vor mir aus, schlug Ibn Shapruts Evangelium auf und begann das erste Fragment mit der blassen Tinte in Hebräisch zu beschriften.

Matthäus, Kapitel 5, Vers 44: ›Ich aber sage euch: Liebt eure Feinde, und tut Gutes denen, die euch hassen und quälen, und betet für die, die euch verfolgen und unterdrücken.‹

Zunächst dachte ich, die Tinte wäre zu dünn und die blasse Schrift am Ende nicht zu entziffern. Doch sobald die Tinte in der Hitze der Kerzenflamme auf meinem Schreibtisch getrocknet war, sah sie verblüffend echt aus – antik.

Ich zupfte noch ein paar Fasern aus den ausgefransten Rändern, dann bestäubte ich das Fragment mit dem Sand aus Alexandria. Zufrieden mit meinem Werk legte ich es in die Rosenholzkassette.

Dann der nächste Schnipsel! Ich wühlte mich durch die Seiten, bis ich ein passendes Logion gefunden hatte.

Matthäus, Kapitel 6, Vers 24: ›Jesus sagte zu seinen Jüngern: Niemand kann zwei Herren dienen. Denn entweder wird er den einen hassen und den anderen lieben oder den einen verehren und den anderen verachten. Ihr könnt nicht Gott dienen und der Welt.‹

Mit spitzen Fingern brach ich die rechte Seite des Fragments ab, ohne den letzten Satz zu zerstören, und warf sie ins Feuer. Dann bestäubte ich den Fetzen und legte ihn zu dem anderen ins Kästchen.

Die nächsten Logien!

Matthäus, Kapitel 7, Vers 16: ›An ihrem Handeln werdet ihr sie erkennen.‹

Ich lächelte boshaft, als ich mir in allen Einzelheiten ausmalte, welche Wirkung diese Logien auf den Kardinal des Satans haben würden. Vitelleschi sprach kein Hebräisch – Caedmon dagegen schon!

Dann verfasste ich Vitelleschis Todesurteil, wie er meines geschrieben hatte:

Matthäus, Kapitel 12, Vers 37: ›Nach deinen Worten wirst du gerichtet werden und nach deinen Taten verdammt.‹

Gerade hatte ich die Feder ins Tintenfass gesteckt und mir die tintenfeuchten Hände an einem Tuch abgewischt, als es leise klopfte. Erschrocken zog ich den aufgeschlagenen *Prüfstein* über das Papyrusfragment und schloss den Deckel der Rosenholzkassette.

Caedmon steckte den Kopf zur Tür herein. Er wirkte besorgt. »Ich weiß, Ihr wolltet nicht gestört werden …«

»Was ist denn?«, fragte ich unwillig.

Caedmon schob sich in den Raum, schloss leise die Tür und lehnte sich dagegen, als müsste er mich mit seinem Leben verteidigen. Sein rastloser Blick irrte über meinen Schreibtisch, hinunter zu den Büchern der Kirchenväter, die sich auf dem Boden neben meinem Sessel stapelten, und hinüber zum Kamin, wo die Asche von Senecas Büchlein noch glühte.

»Nun, Caedmon, was ist?«, drängte ich ihn ungeduldig.

In verschwörerischem Tonfall flüsterte er: »In der Bibliothek ist ein Mönch, der bittet, von Euch empfangen zu werden.«

»Ich empfange heute nicht. Und nun geht, und lasst mich in Ruhe.«

Caedmon rührte sich nicht von der Tür weg. »Es ist Bruder Leonidas, der Bibliothekar des Katharinenklosters. Er hat mir ein Beglaubigungsschreiben des Patriarchen von Alexandria gezeigt, der ihn offenbar nach Florenz geschickt hat.«

»Was will er?«

»Bruder Leonidas hat eben die Bücher in der Bibliothek bestaunt und bittet nun um Eure Erlaubnis, auch das Scriptorium besichtigen zu dürfen, während die Schreiber und Buchmaler dort arbeiten. Er sagt, er sei beeindruckt von den kostbaren Schätzen der Bibliothek und wolle etliche Truhen voller Bücher für die Bibliothek des Patriarchats mit nach Alexandria nehmen.«

Meine Bestürzung verbarg ich hinter einem Lächeln.

Bruder Leonidas wusste, dass ich ihn in der vorletzten Nacht im Feuerschein der brennenden Synagoge erkannt hatte. Dass ich ihn in der letzten Nacht gesehen hatte, als er Tayeb und mich nach San Marco verfolgte. Ahnte er, dass ich ihn für einen Assassino hielt?

War seine Erwähnung der kostbaren Schätze in meiner Bibliothek eine unverhüllte Drohung, dass meine Bücher ebenso gut brannten wie die Tora-Rollen der Genisa? Eines war gewiss: Er war gekommen, um mich kennenzulernen und meinen Palazzo zu besichtigen – Treppen, Gänge, verschlossene Türen und Fluchtwege. Es war nicht schwer zu erraten, was er vorhatte.

»Ich werde Bruder Leonidas alles zeigen, was er sehen will.« Ich erhob mich und ging zu Caedmon, der keine Anstalten machte, mir die Tür zu öffnen.

»Mylady, das halte ich für keine gute Idee«, wandte er ein. »Ich glaube nicht, dass dieser Mönch seltene Bücher sucht. Ich habe ihn gesehen, als die Synagoge niederbrannte …«

Er war beunruhigt. Wusste er, was in Alexandria geschehen war? Ahnte er, warum der Patriarch den Mönch nach Florenz geschickt hatte? Fürchtete er um mein Leben?

»Seid Ihr bewaffnet, Caedmon?«

Er zeigte mir den Dolch, den er unter dem Skapulier trug.

»Dann begleitet mich, und weicht nicht von meiner Seite!«

Ein Bund mit dem Tod und ein Pakt mit Satan, um mein Leben zu schützen, dachte ich, während ich mit Caedmon die Treppe hinunterstieg, um Bruder Leonidas mit einem strahlenden Lächeln in meinem Haus willkommen zu heißen und mich nach dem werten Befinden des Patriarchen zu erkundigen, der ihn geschickt hatte, mich zu ermorden.

Ich erwachte, als die Tür meines Schlafzimmers leise geschlossen wurde.

Das Feuer im Kamin war längst heruntergebrannt, und die verglimmende Glut reichte nicht aus, um in der Finsternis sein Gesicht zu erkennen. Es war mitten in der Nacht! Wo war er so lange gewesen?

Ich lag still und wartete, bis Niketas sein Metropolitengewand abgelegt hatte und zu mir unter die Bettdecke geschlüpft war. Seinen Dolch schob er unter das Kopfkissen.

Als ich mich zu ihm umdrehte, flüsterte er: »Ich dachte, du schläfst schon …«

»Ich habe auf dich gewartet, aber dann bin ich eingeschlafen.«

»Caedmon hat mir eben von Leonidas' Besuch erzählt. Bis auf die Küche und die Pferdeställe hast du ihm ja den gesamten Palazzo gezeigt.«

»Ich hatte nicht den Eindruck, als würde er sich dabei langweilen. War Caedmon wach, als du kamst?«

»Nein, er hat in meinem Bett geschlafen. Die Tür meines Schlafzimmers stand weit offen. Er hat mich gehört, als ich die Treppe hinaufstieg, und hielt ein Schwert in der Hand, als ich den Raum betrat.«

»Er hat darauf bestanden, heute Nacht vor meiner Tür zu wachen. Wie war dein Treffen mit Basilios und Isidor?«

Er schwieg zwei oder drei Atemzüge lang.

»Ich war beim Kaiser«, offenbarte er mir schließlich.

»Habt ihr über die Konzilssitzung morgen gesprochen?«

»Mhm.«

Er klang so … so hoffnungslos!

»Was ist geschehen?«

In der Finsternis hörte ich ihn tief durchatmen.

»Ioannis weiß, dass wir uns lieben und dass ich mein Gelübde gebrochen habe.«

»Du lieber Himmel!«, flüsterte ich betroffen. Demetrios hatte seine Drohung wahr gemacht! »Wie hat er reagiert?«

»Er hat getobt. Er hat mir befohlen, noch heute Nacht meine Truhen zu packen und zu Basilios in den Palazzo Albizzi zurückzukehren. Ich habe mich geweigert.«

»Habt ihr gestritten?«

»Mhm.«

Niketas schwieg eine Weile. Dann murmelte er: »Er hat mich gefragt, ob du schwanger bist.«

Ich ließ mich in die Kissen zurücksinken und starrte in die Finsternis. »Niketas, wünschst du dir ein Kind?«

Er antwortete nicht.

»Und du?«, fragte er schließlich. »Willst du ein Kind?«

»Ich will dich«, sagte ich. »Glaubst du, dass unsere Liebe noch eine Zukunft hat?«

»Ich werde dich nicht verlassen.« Dann wisperte er so leise, dass ich ihn kaum verstehen konnte: »Jedenfalls jetzt noch nicht.«

Ich umarmte ihn und hielt ihn fest.

Eng aneinander geschmiegt schliefen wir endlich ein.

Kalter Stahl an meiner Kehle!

Die scharfe Klinge schnitt so schmerzhaft in meine Haut, dass ich nicht schlucken konnte, ohne mich zu verletzen.

Entsetzt riss ich die Augen auf und dachte, mein Herz bliebe stehen. Ein Schatten beugte sich über das Bett und bedrohte mich mit einem Dolch. Im Licht der Kerze, die er entzündet hatte, erkannte ich ihn: Bruder Leonidas!

Ich lag wie erstarrt und wagte kaum zu atmen.

Wie war er hereingekommen? Caedmon schlief nebenan. Er musste ihn gehört haben, wenn er die Tür meines Schlafzimmers geöffnet hatte! Ohne mich zu bewegen, blinzelte ich zu den Fensterläden hinüber. Sie waren geschlossen und verriegelt. Dann bemerkte ich den flockigen grauen Staub auf seinem Habit. Es war Asche. Er war durch den Kamin herabgestiegen!

Der Ägypter beugte sich über mich, presste den Dolch an meine Kehle und hielt mir den Zeigefinger an die Lippen. Dann blickte er zu Niketas hinüber, der fest schlief.

Keinen Laut – oder er stirbt!

Ich nickte stumm.

Er bedeutete mir aufzustehen. Ich gehorchte, hob die Decke an und wollte gerade aus dem Bett schlüpfen, als Niketas sich im Schlaf zu mir umdrehte und den Kopf im Kissen vergrub. Sein langes schwarzes Haar fiel über sein Gesicht, und ich konnte nicht erkennen, ob er aufgewacht war.

Ging sein Atem schneller?

Dann sah ich es: Als er sich umdrehte, hatte er seine rechte Hand unter das Kopfkissen geschoben. Dort lag sein Dolch!

Niketas war wach! Und doch konnte er mir nicht helfen. Bis er sich über das Bett hinweg auf den Assassino werfen konnte, wäre ich tot. Mit angespannten Schultern und dem Dolch in der Hand wartete er ab.

Der Assassino trat einen Schritt zurück, damit ich aufstehen konnte. Dann hob er das Kissen an, zog meinen Dolch hervor und steckte ihn in den Gürtel. Er ergriff den kleinen Schlüssel, den ich am Band um den Hals trug, und hielt ihn mir vor das Gesicht. Ich nickte zum Zeichen, dass ich verstanden hatte.

Der Mönch nahm die Kerze vom Nachttisch und presste seine Klinge wieder gegen meine Halsschlagader.

Die Glut im Kamin war erloschen, und es war kalt in meinem Schlafzimmer. Fröstelnd wies ich auf mein Nachtgewand, das auf einem Sessel vor dem Kamin lag, und bedeutete ihm, dass ich mich ankleiden wollte. Er schob mich zum Kamin und riss das Nachthemd vom Sessel, ohne den Dolch von meinem Hals zu nehmen. Dann drängte er mich zur Tür. Ich öffnete sie, ohne ein Geräusch zu machen.

Wir huschten hinaus in den finsteren Gang. Die Tür von Caedmons Schlafgemach stand weit offen, doch es war dunkel im Raum. Und sehr still. Schlief er?

»Bruder Leonidas, ich befehle Euch stehenzubleiben!«, hörte ich Niketas hinter mir.

Der Ägypter zerrte mich zur Seite.

Niketas hatte sich in die Bettdecke gehüllt und stand mit dem Dolch in der Hand in der offenen Tür.

»Keinen Schritt weiter, Euer Seligkeit!«, warnte ihn Leonidas. »Ich will Euch nichts tun.«

»Lasst sie los!«, befahl Niketas in scharfem Ton. »Sofort!«

Als Leonidas nicht reagierte, hob er drohend die Klinge, bereit zum Wurf.

Ich hielt den Atem an, als Leonidas mich vor seinen Körper zerrte. »Diese Angelegenheit geht nur das Patriarchat von Alexandria an«, rief er. »Haltet Euch da heraus, Euer Seligkeit!«

»Die Entdeckung eines fünften Evangeliums geht die gesamte Kirche etwas an, Bruder Leonidas. Das Ökumenische Patriarchat von Konstantinopolis hat den Ehrenvorsitz unter den orthodoxen Patriarchen. Und ich bin der Stellvertreter Seiner Allheiligkeit. Ich mache es zu meiner Angelegenheit!«

In diesem Augenblick hörte ich, wie Caedmon seinen Dolch zog. Niketas' Worte hatten ihn geweckt. Leonidas fuhr herum und erblickte den bewaffneten Mönch, der drei Schritte hinter ihm stand. Dann kam auch Tayeb mit drohend erhobenem Schwert näher. Der Assassino sah sich plötzlich drei Bewaffneten gegenüber und wich zurück zur Treppe.

»Kyria Alessandra, befehlt Euren Männern, die Waffen niederzulegen!« Leonidas' Dolch bohrte sich in meine Halsschlagader. Ein Rinnsal von Blut lief an meinem Hals herunter bis zu meinen Brüsten.

»Tut, was er sagt!«, presste ich hervor.

Niketas zögerte, und auch Caedmon und Tayeb reagierten nicht.

Der Assassino stach zu.

Ich schrie vor Schmerz. Meine Hand zuckte zu meinem Hals, um den Blutfluss aufzuhalten – doch vergeblich. Das Blut spritzte aus der Wunde und rann zwischen meinen Fingern hindurch.

Niketas atmete tief durch. Dann beugte er sich vor und legte den Dolch auf den Boden. Caedmon und Tayeb folgten seinem Beispiel und warfen ihre Waffen weg.

»Lasst sie los, Leonidas!«, forderte Niketas und streckte mir eine Hand entgegen.

»Nein.«

»Sie verblutet und stirbt! Sie muss verbunden werden!«

»Nein.« Leonidas packte mich mit seinem linken Arm und stieß dabei meine Hand, die ich auf die Wunde presste, zur Seite. Blut spritzte über seinen Ärmel.

Niketas erbleichte. »Caedmon, bringt mir die griechische Bibel von Alessandras Schreibtisch!«

Während Leonidas mit mir zur Treppe zurückwich, huschte Caedmon in mein Arbeitszimmer und holte das Neue Testament, das er Niketas reichte.

»Anáthema estó!« Niketas hob das Evangelium mit beiden Händen wie eine Waffe über seinen Kopf. »Kraft meines priesterlichen Amtes exkommuniziere ich Euch, Leonidas, und verhänge über Euch den Bann! Ihr steht nun außerhalb der orthodoxen Kirche! Der Patriarch von Alexandria und der Metropolit von Ephesos können Euch nicht mehr helfen!«

Leonidas keuchte, als habe ihm jemand mit der Faust einen Schlag in die Magengrube versetzt, und lehnte sich von hinten gegen mich.

Vor Entsetzen bebte er am ganzen Körper. Der Druck der Klinge an meiner Kehle ließ einen Moment nach.

Doch dann hatte er sich wieder im Griff. Dachte er, der Patriarch von Alexandria würde das Anathema gegen ihn aufheben, wenn er Philotheos das Evangelium brachte und die Union mit den römischen Schismatikern verhinderte?

»Lasst sie gehen!«, forderte Niketas erneut.

Leonidas würdigte ihn keiner Antwort. Entschlossen stieß er mich zur Tür von Lucas Arbeitszimmer, das uns am nächsten war. Ich stolperte in den dunklen Raum.

Mit der Kerze in der Hand blieb der ägyptische Mönch in der offenen Tür stehen. »Hebt die Waffen auf, und werft sie die Treppe hinunter!«, befahl er Caedmon.

Der zögerte.

»Tut, was er sagt!«, bat ihn Niketas, und Caedmon gehorchte.

Zwei Dolche und ein Schwert polterten die Stufen hinunter bis vor die Tür der Kapelle – so laut, dass Tito, dessen Kammer unterhalb der Kapelle lag, den Lärm hören musste.

Der Assassino stieß mich hinüber zu Lucas Schreibtisch und warf mir mein Nachtgewand zu. Ich zog es hastig über den Kopf, ließ mich mit zitternden Knien auf dem Sessel vor dem Tisch nieder und presste den Stoff des Ärmels gegen die offene Wunde. Das Blut rann mir über Hals und Schulter und tränkte in kürzester Zeit den weißen Seidenstoff des Nachthemdes. Ich spürte, wie das Leben aus meinem Körper rann! Wie viel Zeit blieb mir noch?

Niketas betrat den Raum und musterte mich besorgt. Caedmon und Tayeb folgten ihm.

»Lasst mich die Wunde verbinden!«, bat Caedmon. »Sie verblutet. Seht Ihr nicht, wie schwach sie schon ist? Sie wird gleich ohnmächtig. Tot nützt sie Euch nichts und …«

»Schweigt!«, herrschte ihn Leonidas an. Dann wandte er sich zu mir um. »Wo ist das Evangelium?«

Als ich antwortete, blickte ich nicht ihn an, sondern Caedmon. »In meinem Arbeitszimmer.«

Caedmon starrte mich überrascht an.

»Lasst es holen!«, befahl der Assassino.

»Caedmon, würdet Ihr mir bitte die Rosenholzkassette von meinem Schreibtisch bringen?«

Er nickte und verschwand.

Schritte auf der Treppe!

Leonidas sprang zurück zum Schreibtisch, als Tito mit dem Schwert in der Hand in den Raum stürzte.

Niketas fiel ihm in den Arm. »Legt die Waffe weg!«

Tito gehorchte und ballte die Fäuste in ohnmächtigem Zorn, als er im Schein der Kerze auf dem Schreibtisch mein blutgetränktes Nachthemd bemerkte, das bis zu meinen Schenkeln nass an meinem Körper klebte.

»Öffnet das Fenster!«, befahl Leonidas, der offenbar über den Fenstersims entkommen wollte. Der Weg über die Treppen und durch den Hof zum Tor erschien ihm zu gefährlich.

Mit heiserer Stimme gebot ich Tito, den Fensterflügel zu entriegeln und weit zu öffnen – er verstand kein Griechisch. Nur sehr widerwillig befolgte er meinen Befehl.

Zornig schob er den Riegel zurück und riss das Fenster so schwungvoll auf, dass es gegen die Wand krachte. Dazu verdammt zu sein, dem Assassino bei seiner Flucht tatenlos zusehen zu müssen, machte ihn rasend vor Wut.

Caedmon kehrte mit der Rosenholzkassette zurück und gab sie Niketas. Dann wich er einen Schritt zur Seite und verschwand aus dem Blickfeld des Assassinos. Den linken Arm presste er so eng gegen seinen Körper, als ob er unter seinem Habit …

Ich fing Titos Blick auf: Er hatte es auch gesehen!

Niketas stellte das Kästchen auf den Schreibtisch.

Mit zitternden Fingern zog ich das Band mit dem Schlüssel über den Kopf und gab es ihm. Ermutigend drückte er meine Hand. Sein Blick sagte: Halte durch!

Dann schloss er die Kassette auf, hob den Deckel an und trat zur Seite, damit Leonidas hineinsehen konnte. Tito packte Niketas am Arm und zog ihn unauffällig zwei Schritte zurück. Er ahnte, was nun geschehen würde.

Atemlose Stille.

Der Ägypter hob das erste Fragment heraus und betrachtete es im Licht der Kerze. Er war überrascht, dass das Evangelium auf Hebräisch verfasst war.

Aus dem Augenwinkel nahm ich wahr, wie Caedmon sich ihm langsam von hinten näherte, das unter dem Habit verborgene Schwert hervorzog und es mit einer tausend Mal geübten, fließenden Bewegung über seinen Kopf hob.

Wo hast du das Kämpfen gelernt, Caedmon?, dachte ich, fasziniert von der kraftvollen, geschmeidigen Eleganz seiner Bewegungen. Bei Vitelleschi, dem ehemaligen Condottiere?

Während Leonidas stirnrunzelnd das Fragment ins Kästchen zurücklegte, schlich Caedmon mit erhobenem Schwert näher. Dann schlug er zu: In einer weiten Bewegung zischte die Klinge durch die Luft.

Leonidas wirbelte herum.

Zu spät!

Mit einem einzigen kraftvollen Hieb tötete Caedmon den Assassino. Blut spritzte über den Schreibtisch und das gefälschte Evangelium in der Rosenholzkassette. Leonidas sank zu Boden und blieb vor dem Schreibtisch liegen.

Niketas fiel neben mir auf die Knie. »Wie geht es dir?«, fragte er besorgt. »Du hast so viel Blut verloren!«

Außer einem Seufzen brachte ich keinen Ton heraus.

Ich beobachtete, wie Caedmon mit dem blutigen Schwert in der Hand wie gebannt das Evangelium anstarrte – die winzigen Papyrusfragmente, für die er vier … nein: fünf Menschen getötet hatte. So nah war es. Er musste es sich nur nehmen.

Zart strich er mit den Fingern über die hebräische Schrift eines Fragments: ›Nach deinen Worten wirst du gerichtet werden und nach deinen Taten verdammt.‹

»Tito, ich brauche Verbandsmaterial!«, rief Niketas. »Tayeb, hilf mir, sie ins Bett zu bringen. Sie ist so schwach, dass sie gleich ohnmächtig wird!«

Niketas und Tayeb halfen mir auf die Beine und hielten mich fest, als ich schwankte und beinahe stürzte. Tito verschwand, um die Binden zu holen.

»Caedmon!«, flüsterte ich schwach.

Er wandte den Blick vom Evangelium und sah mich an.

»Schafft die Leiche zum Ponte Santa Trinità, und werft sie in den Arno.«

»Ja, Mylady!«

»Morgen früh vor der Konzilssitzung … werde ich Euch nach Santa Maria Novella begleiten …« Ich wurde immer schwächer, taumelte der Ohnmacht entgegen. Ich musste mich konzentrieren, um weitersprechen zu können. »Der Papst … wird Euch vergeben … weil Ihr mir das Leben … gerettet habt.«

Meine Stimme war kaum mehr als ein Keuchen.

Er nickte stumm und legte das Schwert vor sich auf den Schreibtisch.

»Caedmon!«, flüsterte ich mit letzter Kraft.

»Ja?«

»Ich bin sehr glücklich … und dankbar … dass Ihr Euch … für mich entschieden habt.«

Er schlug die Augen nieder, starrte die Papyrusfragmente an und schwieg.

Meine Knie zitterten so sehr, dass ich mich nicht länger auf den Beinen halten konnte. Mit letzter Kraft tastete ich nach Niketas'

Arm, um mich an ihm festzuhalten, bevor ich stürzte. Doch meine blutige Hand glitt an seiner Schulter ab. Stöhnend vor Schmerz sank ich in die Knie.

Niketas fing mich auf, nahm mich in die Arme und trug mich zu meinem Bett. Sanft legte er mich in die Kissen, zog mir das blutüberströmte Nachthemd aus und deckte mich zu.

Ich spürte noch, wie mein Blut das Kopfkissen durchtränkte.

Mir war so furchtbar kalt …

Dann war ich eingeschlafen.

»Sie erwacht!«, hörte ich eine vertraute Stimme neben mir.

Ich schlug die Augen auf und blinzelte in das grelle Licht.

Die Fenster standen weit offen, und die Morgensonne schien in mein Schlafzimmer und warf ihr warmes Licht auf die Bettdecke. Tief atmete ich die frische, kühle Frühlingsluft ein, streckte meinen schmerzenden Körper und lauschte auf das fröhliche Gezwitscher der Schwalben, die unter dem Dach nisteten.

Zwei Männer in langen Roben – der eine ganz in Schwarz, der andere in Weiß – standen mit dem Rücken zu mir am offenen Fenster und tuschelten sehr eindringlich miteinander. Nun hielten sie inne und wandten sich zu mir um. Es waren Niketas und …

Ungläubig kniff ich die Augen zusammen.

»Willkommen in diesem Leben!«, lächelte Ludovico Scarampo, der neben mir auf dem Rand des Bettes saß. Er half mir in eine sitzende Position und stopfte mir zwei Kissen in den Rücken. »Wie fühlt Ihr Euch?«

»Es gab schon Tage, an denen ich mich besser gefühlt habe.«

»Kann ich mir vorstellen. Tut Euch selbst einen Gefallen, und bleibt ein paar Tage im Bett! Keine Konzilssitzungen, hört Ihr? Ich habe Bruder Caedmon die Medizin gegeben, die Ihr nehmen solltet, bis Ihr Euch erholt habt.«

Niketas trat ans Bett – er wirkte erschöpft.

Und hinter ihm erkannte ich …

»Euer Heiligkeit!«, flüsterte ich und wollte mich aufrichten, um seinen Ring zu küssen, doch er winkte ab.

»Ihr müsst Euch schonen, Alessandra, denn Ihr habt sehr viel Blut verloren. Ihr hättet heute Nacht sterben können. Aber als eigensinnige Colonna müsst Ihr immer das letzte Wort haben. Sogar gegenüber Gott.«

Ich lächelte matt. »Der Herr sagte, Er habe keine Lust, sich mit mir herumzuärgern, und hat mir die Himmelspforte vor der Nase zugeschlagen.« Das Sprechen fiel mir schwer. Der Verband schnürte mir die Kehle zu. »Aber wie Ihr erkannt habt, Euer Heiligkeit, muss ich immer das letzte Wort behalten. Ich habe Ihm hinterhergebrüllt: ›Ich komme wieder – verlass Dich drauf!‹« Ich begann zu husten. »›Aber vorher … habe ich noch eine Verabredung mit Satan … in Rom.‹«

Er nickte. »Niketas hat mir berichtet, was heute Nacht geschehen ist. Dass ein Assassino versucht hat, Euch zu ermorden. Und dass Euer Sekretär Euch durch sein beherztes Handeln das Leben gerettet hat. Vor einer Viertelstunde habe ich mit Bruder Caedmon gesprochen und ihm einen vollkommenen Sündenablass gewährt. Niketas sagte, das sei Euer Wunsch.«

»Das stimmt, Heiliger Vater. Ich danke Euch.«

Scarampo erhob sich vom Bett und strich den violetten Seidenstoff seiner Soutane glatt. »Gabriel, wir sollten Seine Majestät nicht warten lassen. Er soll letzte Nacht getobt haben. Und heute Morgen hat er seine Wut an Basilios Bessarion ausgelassen. Die beiden sind heftig aneinandergeraten, und der Metropolit von Nikaia hat mit verbitterter Miene den Palazzo Peruzzi verlassen. Weiß der Himmel, worum es ging.«

Scarampo kniff die Augen zusammen und blinzelte zu Niketas hinüber, doch der verzog keine Miene und schwieg.

Dass der Kaiser nun Basilios die Leviten las, weil er von unserer

Liebe gewusst hatte, musste Niketas wehtun. Meinetwegen hatten die beiden Freunde sich derart zerstritten, dass es wenig Hoffnung gab für eine Versöhnung.

»Du hast Recht, Ludovico«, nickte der Papst. »Wir sollten den Kaiser nicht warten lassen. Die Konzilssitzung beginnt in einer halben Stunde.« Er legte Niketas vertraulich die Hand auf die Schulter. »Bruder Niketas, wollt Ihr mich nach Santa Croce begleiten?«

»Sehr gern, Bruder Gabriel.«

Niketas nickte mir zu, dann wandte er sich um und folgte dem Pontifex aus meinem Schlafgemach.

»Ihr braucht Ruhe, Alessandra«, ermahnte mich Scarampo, der an der Tür stehen geblieben war. »Der Weg durch das Inferno nach Rom ist weit, und das Ringen mit Satan ist ein Kampf auf Leben und Tod!«

Nachdem er den Raum verlassen hatte, trat Caedmon ein, um nach mir zu sehen. Er stellte eine Glasphiole auf den Nachttisch. »Ich bin sehr glücklich, dass es Euch besser geht, Mylady. Und dankbar, dass Ihr Euer Versprechen gehalten habt. Seine Heiligkeit hat mir alle meine Sünden vergeben und mir einen vollkommenen Ablass gewährt.«

»Das freut mich für Euch, Caedmon.«

»Warum?«, fragte er erstaunt.

»Weil Ihr mir treu ergeben seid und ich Euch sehr schätze.«

Caedmon sah mir in die Augen. »Was, glaubt Ihr, meinte der Papst, als er mir alle meine Sünden vergab, nicht nur den Totschlag letzte Nacht?«

»Er meint die Morde, die Ihr zuvor begangen habt.«

Erschrocken starrte er mich an. »Ihr wisst, dass ich …«

»Ja.«

Er holte tief Luft. »Seit wann?«

»Seit Natanaels Tod. Ihr habt Euch bei Niketas nicht als Sekretär beworben, obwohl Ihr ihn verehrt und er Euch sehr schätzt. Ihr habt auf eine glänzende Karriere im Kaiserpalast von Byzanz verzichtet und seid bei mir geblieben. Ihr konntet nicht darauf hoffen, dass ich Euch eine vergleichbare Position mit Macht und Ansehen in Rom ermöglichen werde.«

»Ihr wusstet es … und trotzdem habt Ihr Seine Heiligkeit gebeten, mir den Mord an Eurem Vater zu vergeben?«

Ich nickte.

»Aber wieso?«

»Weil Ihr die furchtbare Tat bereut habt, Caedmon. Weil die Ermordung von Serafino, Alexios und Natanael Euer Gewissen quält. Weil Ihr während der Verfolgungsjagd über die Dächer mein Leben verschont habt, obwohl Ihr mich leicht hättet töten können. Weil Ihr auf der Domkuppel im letzten Moment, bevor ich in den Tod stürzte, den Bremshebel umgelegt habt. Weil Ihr heute Nacht mit dem Evangelium, das Ihr doch schon seit Wochen sucht, nicht nach Rom geflohen seid, sondern Euch gegen Vitelleschi für mich entschieden habt.«

Er wandte sich ab, ging einige Schritte in Richtung des Kamins und drehte sich schließlich wieder zu mir um. »Was erwartet Ihr nun von mir?«

»Dass Ihr mir weiterhin so treu dient wie bisher.«

»Ich soll Euch bei Eurer Rache an Vitelleschi helfen.«

»Ja.«

»Wie?«

»Das sage ich Euch, nachdem Ihr mir berichtet habt, was geschehen ist.« Ich klopfte mit der Hand auf die Bettdecke neben mir. »Setzt Euch, Caedmon!«

Er kam zu mir herüber, raffte seinen Habit und ließ sich neben mir nieder. »Wo soll ich beginnen?«

»In der Nacht Eurer Vergewaltigung durch den Kardinal. Was ist passiert?«

Caedmon schloss die Augen und atmete tief durch. Ich merkte ihm an, wie sehr ihn die Erinnerung quälte. »Es war lange nach Mitternacht, als er von Santa Maria sopra Minerva in den Vatikan zurückkehrte und mich rufen ließ.«

»Bei unserer ersten Begegnung habt Ihr mir erzählt, dass er im Kerker der Inquisition einen Mönch foltern ließ und deshalb sexuell erregt war.«

Traurig senkte Caedmon den Blick. »Der Frater ist unter der Folter gestorben«, offenbarte er mir mit tonloser Stimme.

»Wer war er?«

»Ein Benediktiner aus Montecassino.«

»Ihr kanntet ihn.«

Tränen funkelten in seinen Augen. »Wir waren eng befreundet.«

Ich erinnerte mich, dass Fra Piero Tomacelli, der Abt von Montecassino, mir erzählt hatte, ein junger Mönch habe sich Caedmon genähert, doch der habe ihn abgewiesen.

»Wart Ihr mit ihm im Bett?«

Caedmon hatte die Hände gefaltet. Seine ineinander verschlungenen Finger bewegten sich. Streichelten einander zärtlich. »Dazu hatten wir nur selten Gelegenheit. Die Ordensregel gebietet, dass alle Fratres mit ihren Habites in einem von Kerzen erleuchteten Dormitorium schlafen. Ein Dekan führt zwischen Komplet und Laudes die Aufsicht, damit die Mönche einander nicht zu unsittlichen Handlungen verführen.« Er holte tief Luft. »Marco und ich haben uns geliebt«, offenbarte er mir traurig. »So wie Ihr und Niketas Euch liebt. Wir waren sehr glücklich.«

Seine Hände verkrampften sich. Hielten einander fest.

»Habt Ihr Euch in Niketas verliebt?«

Er senkte beschämt den Blick. »Er ist für mich der Inbegriff männlicher Schönheit. Vom Bettler zum Prinzen, vom jüdischen Rabbinensohn zu einem der höchsten Würdenträger der orthodoxen Kirche – er fasziniert mich. Dass er todkrank ist, macht mich sehr traurig.«

Als ich schwieg, sah er auf. »Bitte verzeiht mir.«

»Schon gut!«, winkte ich ab. »Warum habt Ihr Marco verlassen, um nach Rom zu gehen?«

»Ich habe ihn nicht verlassen.« Er holte tief Atem. »Vitelleschi hat ihn festnehmen und nach Santa Maria sopra Minerva bringen lassen, nachdem Marco den Kardinal als Antichrist beschimpft hatte. Ich bin ihm nach Rom gefolgt und habe ihn im Kerker besucht.«

Ich hob die Augenbrauen. »Marco … wer?«

»Marco Colonna«, erwiderte er. »Kanntet Ihr ihn?«

»Ja, ich kannte ihn. Marco war ein entfernter Cousin von mir. Sein Vater war ein Colonna, seine Mutter eine Orsini, eine Verwandte von Kardinal Giordano Orsini. Der hatte vor zwanzig Jahren eine Verschwörung zum Sturz meines Vaters angezettelt, die mich als Dreijährige in den Kerker von Santa Maria sopra Minerva brachte. In dem erbitterten Streit der Orsini und der Colonna um die Macht in Rom geriet Marco zwischen die Parteien. In einem Straßenkampf nahe dem Castel Sant' Angelo wurde er schwer verwundet. Doch er konnte entkommen und floh in die Stille des Klosters, wo er endlich seinen Frieden fand.

Ich habe ihn in Montecassino besucht, als ich mich wochenlang im Konvent aufhielt, um in der Bibliothek Bücher zu kopieren. Ich mochte Marco sehr gern. Ich wusste nicht, dass er tot ist«, murmelte ich traurig – und verbittert. Noch ein Opfer auf Vitelleschis Blutaltar!

Caedmon ergriff meine Hand und drückte sie.

Ein Zeichen der Verbundenheit.

Es war mir nicht unangenehm, von ihm so gefühlvoll berührt zu werden, und so ließ ich es zu.

»Nach Marcos Festnahme habt Ihr Euch bei Vitelleschi als Sekretär beworben – warum?«

»Ich wollte Marco befreien. Als Vitelleschis Vertrauter hatte ich Zutritt zum Kerker der Inquisition. Monatelang habe ich mich um seine Freilassung bemüht. Doch dann starb er unter der Folter.«

»In der Nacht, als Vitelleschi Euch vergewaltigte.«

Caedmon nickte und wischte sich eine Träne aus dem Augenwinkel. »Er hatte mich auf den Boden geworfen, mein Gewand zerrissen und mich …« Er biss sich auf die Lippen. Dann raffte er schützend seinen Habit um sich und verschränkte die Hände in den Ärmeln, als fröstle ihn. »Er genoss es, mich zu quälen, und erzählte mir von Marcos Tod, um sich an meinem Entsetzen zu weiden. ›Dein Freund hat gestöhnt wie eine Hure, als ich ihn zu Tode gefickt habe.‹«

Mein Herz krampfte sich schmerzhaft zusammen. »O Gott, Caedmon, das tut mir so leid …«

»Ich konnte seine Demütigungen nicht länger ertragen. Voller Hass und Zorn richtete ich mich auf und schlug mit aller Gewalt zu. Er brüllte vor Schmerz und ließ von mir ab. Dann habe ich so lange auf ihn eingeprügelt, bis er stöhnend zusammenbrach. Beinahe hätte ich ihn umgebracht. Noch in derselben Nacht bin ich über Perugia und Siena nach Florenz geflohen und habe mich fünf Monate lang bei den Olivetanern von San Miniato versteckt. Denn ich konnte ja nicht nach England zurückkehren! Ich habe mir einen Dominikanerhabit besorgt, um schnell verschwinden zu können, falls er mich eines Tages findet.«

»Und das Empfehlungsschreiben des Kardinals, das Ihr mir vorgelegt hattet?«

»Vitelleschi hat es an dem Tag verfasst, als Luca nach Ferrara kam, um sich mit dem Papst zu versöhnen. Ein Bote überreichte es mir zusammen mit dem Befehl, Euren Vater zu ermorden, sobald er in Florenz eintraf. Vitelleschi hat die ganze Zeit gewusst, wo ich war.«

»Hat er Euch gedroht?«

»Er ließ mir ausrichten, dass er mir vergeben würde, wenn ich ihm gehorchte. Und dass er mich eigenhändig töten würde, falls ich es nicht tat. Ich hatte eine Todesangst.« Mit beiden Händen fuhr sich Caedmon über das Gesicht. Er wirkte erschöpft. »Vitelleschi hat Euch und Euren Vater seit Monaten überwachen lassen.«

Ich runzelte die Stirn. »Seit wann?«

»Seit Eurer Reise nach Sankt Gallen – und Eurem geheimen Treffen mit Kardinal Cesarini, dem Vorsitzenden des Konzils von Basel, in dem kleinen Gasthof neben dem Basler Münster. Ihr seid mit ihm in einer winzigen Kammer im Obergeschoss verschwunden. Nach einer Stunde seid ihr nacheinander wieder heruntergekommen. Der Mann, der Euch beobachtet hatte, berichtete, dass Ihr das Kleid einer Hure trugt und Euer Haar zerzaust war.«

»Vitelleschi wusste von dem Treffen in Basel?«, fragte ich verblüfft.

»Er vermutete, dass Ihr Kardinal Cesarini einen Brief Eures Vaters überbracht habt.«

»Das habe ich getan.«

»Vitelleschi kennt auch Lucas Briefwechsel mit Lorenzo Valla wegen der Konstantinischen Schenkung.«

»Also doch!«

»Nach einem Gespräch mit Cosimo seid Ihr dann Ende November überstürzt nach Alexandria abgereist. Der Mann, der Euch beschatten sollte, konnte Euch gerade noch rechtzeitig nach Pisa auf das Schiff folgen, bevor es ablegte.

Vitelleschi war verwirrt. Was hattet Ihr mit Cosimo besprochen? Was wolltet Ihr in Alexandria? Was hattet Ihr mit Patriarch Philotheos zu bereden?

Wenige Tage vor Weihnachten, nachdem Cosimo nach Ferrara aufgebrochen war, um das Konzil nach Florenz zu holen, reiste Luca zu Lorenzo Valla nach Neapel. Vitelleschi tobte! Der Besuch musste mit der gefälschten Konstantinischen Schenkung zu tun haben. Sollte das gefährliche Traktat noch während des Konzils veröffentlicht werden? Aber er verstand nicht, wie Eure Reise nach Alexandria und Lucas Besuch in Neapel zusammenhingen.

Da entschloss er sich, nach Ferrara zu reiten, um sich beim Papst zu erkundigen, wie es mit der Kirchenunion voranging, und mit ihm über seine geplante Rückkehr nach Rom zu sprechen. Die Macht der

Colonna würde mit dem Fall der letzten Festung gebrochen sein: Zagarolo soll in den nächsten Wochen erobert werden.«

Ich nickte stumm. Scarampo hatte mir erzählt, dass Vitelleschi die Festung belagerte.

»Und dann tauchte plötzlich Luca in Ferrara auf – nachdem er einen Brief von Euch aus Alexandria gelesen hatte. Was hatte das zu bedeuten? Wieso traf sich Luca mit Giuliano Cesarini, dem ehemaligen Vorsitzenden des Konzils von Basel, das Eugenius vor einem Jahr seines Amtes enthoben hatte? Was hatte er mit Ludovico Scarampo zu bereden, dem Vertrauten des Papstes? Und worüber sprach er mit dem Patriarchen von Konstantinopolis? Stand dieses Treffen in Zusammenhang mit Eurer Audienz beim Patriarchen von Alexandria?

Und was hatten Luca und der Papst sich nach all den Jahren des erbitterten Schweigens zu sagen? Wieso schrieb Eugenius noch am selben Tag an Patriarch Philotheos? Und wer hatte versucht, Euch in Alexandria zu ermorden? Vitelleschi war verwirrt und ...«

»Er wusste nicht, wer mir nach dem Leben trachtete?«, fragte ich fassungslos.

»Nein, er hatte keine Ahnung.«

Wie auch?, dachte ich. Ich habe seinen Assassino getötet und am Strand verscharrt.

Aber wenn Vitelleschi nicht befohlen hatte, mich zu ermorden – was, zum Teufel, stand dann in dem blutgetränkten Brief, den ich für einen Mordauftrag hielt?

»Der Kardinal war zutiefst verunsichert«, fuhr Caedmon fort. »Er will den Papst stürzen und sich selbst die Tiara aufsetzen. De jure ist Eugenius abgesetzt, de facto regiert Vitelleschi in Rom mit Folter und Mord.

In Ferrara erhielt Vitelleschi dann eine bestürzende Nachricht aus Basel. Das schismatische Konzil wollte Eugenius, den es vor einem Jahr seines Amtes enthoben hatte, als Häretiker exkommunizieren und einen neuen Papst wählen. Vitelleschi konnte sich denken, wer das sein würde: Euer ›heiliger Vater‹. Das war Lucas Todesurteil.«

»Woher wisst Ihr das alles?«

»Er hat es mir selbst erzählt. Am Tag nach dem Mord.«

»Vitelleschi war in Florenz?«, fragte ich bestürzt.

»Auf dem Weg von Ferrara nach Rom rastete er in der Residenz des Erzbischofs neben San Miniato al Monte. Er kam zwei Stunden nach Euch an. Sofort hat er mich rufen lassen und mir befohlen, Euch zu überwachen. Er sagte mir, er habe Euch gesehen – in einem verschneiten Wäldchen neben der Straße in einer vertraulichen Unterredung mit Kardinal Cesarini. Vitelleschi war sehr überrascht, wähnte er Euch doch in Alexandria! Er vermutete, Ihr wärt über Venedig und Ferrara gereist. Mit wem hattet Ihr dort gesprochen? Ein Bote eilte zurück nach Ferrara, um das herauszufinden. Während Vitelleschi wenig später mit seinem Gefolge nach Siena weiterritt, bin ich zu Eurem Palazzo geeilt.«

»Und dort habe ich Euch gesehen, als ich zum Palazzo della Signoria aufbrach, um Cosimo Lucas Testament zu bringen. Ihr sagtet, dass Ihr in den nächsten Tagen mit mir sprechen wolltet. Nach Lucas Begräbnis in San Marco habt Ihr Euch dann bei mir beworben – mit Kardinal Vitelleschis Empfehlungsschreiben.«

»So ist es.«

»Caedmon, wie lautet Euer Auftrag?«

»Ich soll das Evangelium nach Rom bringen.«

»Bisher habt Ihr es nicht gefunden. Hat Euch jener Dominikaner aus Santa Maria sopra Minerva deshalb bedroht?«

Er schnappte nach Luft. »Woher wisst …?«

»Niketas hat Euch vom Campanile aus beobachtet, wie Ihr Euch gegen den Frater gewehrt habt. Vor vier Tagen, während des Gottesdienstes in der Kathedrale, hat der Dominikaner die päpstlichen Gemächer durchsucht, um das Evangelium zu finden. Der Sekretär des Papstes hat ihn dabei ertappt, doch der Frater konnte entkommen. Wisst Ihr, wo er sich verborgen hält?«

Caedmon schüttelte den Kopf. »Er ist spurlos verschwunden.«

»Und Ihr fürchtet um Euer Leben.«

Er nickte.

»Wo ist das Evangelium jetzt?«

»Unter Eurem Bett. Niketas hat das Kästchen dort versteckt, nachdem Ihr ohnmächtig geworden wart.«

»Holt es!« Ich klopfte mit der Hand auf die Bettdecke.

Caedmon kniete sich vor das Bett, zog die Rosenholzkassette hervor und stellte sie neben mich. Dann setzte er sich wieder auf den Bettrand.

»Wer hat den Schlüssel?«

»Den habe ich. Niketas hat ihn mir gegeben.« Er zog den Schlüssel, den er am Band um den Hals trug, unter seinem Habit hervor, schloss die Rosenholzkassette auf und hob den Deckel an, damit ich hineinsehen konnte.

Die Fragmente waren noch da.

Ich schob ihm das Kästchen zu. »Caedmon, ich will, dass Ihr das Evangelium nach Rom bringt.«

Ein feines Lächeln umspielte seine Mundwinkel, als er ein Fragment zur Hand nahm. »›Ich aber sage euch: Liebt eure Feinde, und tut Gutes denen, die euch hassen und quälen, und betet für die, die euch verfolgen und unterdrücken‹«, las er das hebräische Logion vor. Dann legte er den Schnipsel weg und betrachtete den nächsten. »›Jesus sprach zu seinen Jüngern: Niemand kann zwei Herren dienen. Denn entweder wird er den einen hassen und den anderen lieben oder den einen verehren und den anderen verachten. Ihr könnt nicht Gott dienen und der Welt.‹« Er wies auf eines der Fragmente. »Dieses Logion hat mir am besten gefallen: ›An ihrem Handeln werdet ihr sie erkennen.‹« Er sah mir in die Augen. »Sie sind Euch gut gelungen, Mylady. Der antike Papyrus … die blasse Tinte … das biblische Hebräisch … die Auswahl der Logien. Ich bin wirklich beeindruckt.«

»Ich verstehe nicht, was Ihr …«

»Wann habt Ihr diese Fragmente hergestellt?«, unterbrach er mich. »Sie wirken täuschend echt.«

Er wusste es!

»Gestern Morgen – nachdem Tayeb und ich das echte Evangelium aus San Marco geholt hatten«, gestand ich schließlich. »Wie habt Ihr gemerkt, dass die Logien gefälscht sind?«

»Sie stammen aus Ibn Shapruts *Prüfstein.* Ich habe das Buch vor einigen Tagen gelesen. Die Sprüche des hebräischen Matthäus-Evangeliums unterscheiden sich von denen der lateinischen und der griechischen Bibel.«

Ich lächelte verschmitzt.

Mit offenem Mund starrte er mich an. Dann begriff er.

»Ihr *wolltet,* dass ich das Evangelium als Fälschung erkenne?«, fragte er verblüfft.

»Ja, das war meine Absicht.«

Er schluckte trocken.

»Für wen sind die Logien bestimmt?«, fragte er schließlich. »Für Vitelleschi oder für mich?«

»Für Euch, Caedmon. Für den Kardinal des Satans hätte ich mir nicht so viel Mühe geben müssen. Er hat sein Gewissen in Blut ertränkt – in dem Blut, das ihm inzwischen bis zum Hals steht.«

Caedmon verzog die Lippen. »Wo befindet sich das Evangelium, das Ihr in Alexandria gefunden habt?«

»Es ist nicht weit von hier.«

»Im Palazzo d'Ascoli?«

»Ja.«

»Darf ich es sehen?«

»Sobald Ihr aus Rom zurückgekehrt seid und mir berichtet, dass Vitelleschi tot ist.«

»Schwört es!«

Ich hob die Hand. »Ich schwöre, dass ich Euch das Evangelium zeigen werde – falls Ihr es wirklich sehen wollt.«

»Warum sollte ich es nicht sehen wollen?«, fragte er misstrauisch.

»Falls Ihr ernsthaft in Erwägung zieht, die Karriere in der römischen Kirche zu machen, die Euch der Papst in Aussicht gestellt hat, solltet Ihr Euer Gewissen nicht mit diesem Evangelium belasten. Ich warne Euch, Caedmon: Lasst die Finger von der Büchse der Pandora!«

»Belastet das Evangelium Euer Gewissen?«

»Und wie! Ich habe mich entschlossen, es nicht zu veröffentlichen, obwohl ich damit Natanaels Vision der Annäherung von Judentum und Christentum zunichte mache. Diese Entscheidung ist mir nicht leichtgefallen. Und Niketas auch nicht.«

Er nickte stumm.

»Wenn Ihr aus Rom zurückkehrt, werde ich Euch zum Papst begleiten, Caedmon. Er wird Euch einen glänzenden Aufstieg ermöglichen. Wie er es Euch versprochen hat.«

Er antwortete nicht.

»Caedmon, wisst Ihr noch, was Ihr Euch selbst geschworen habt? Nie wieder arm sein, nie wieder hungrig, nie wieder schwach, nie wieder machtlos und verachtet! Ich kann verstehen, dass Ihr nach den Jahren der Demütigungen nicht mehr der Bankert einer rechtlosen Kammerzofe sein wollt, sondern der angesehene Sohn eines Earls – eines der mächtigsten Männer am englischen Hof.

Ich weiß, wie man sich als verachteter Bastard fühlt, als Kind der Liebe, das nicht geliebt wird, auch wenn es sich noch so sehr danach sehnt. Und noch so hart dafür arbeitet. Liebe könnt Ihr nicht kaufen, Caedmon – nicht mit Macht, nicht mit Gold und nicht mit Wissen. Anerkennung und Respekt hingegen schon – durch entschlossenes Handeln.«

Er nickte versonnen. Er wusste, was ich meinte.

»Nehmt Euch ein paar Tage Zeit, und denkt in Ruhe darüber nach, was Ihr künftig tun wollt, *Mylord*.«

Niketas

Kapitel 22

Alessandra folgte Scarampos Rat und blieb einige Tage im Bett, um sich von dem Attentat zu erholen. Sie war blass, zittrig und zu Tode erschöpft, und ich ließ sie keinen Moment allein. Ich sagte alle Termine ab – das Abendessen mit Giuliano Cesarini, die Beratungen mit Markos Eugenikos, das Treffen mit meinen aufsässigen Bischöfen. Ich wich nicht von ihrem Bett, während sie schlief, lag neben ihr und redete mit ihr.

Basilios kam in den Palazzo, um mit mir über seinen Streit mit dem Kaiser zu reden, aber ich weigerte mich, ihn zu empfangen. Er hatte mir nicht vergeben, dass ich Alessandra liebte – nicht als Priester, nicht als Freund. Ich ließ ihm ausrichten, dass ich keinen Sinn darin sah, mich erneut mit ihm zu streiten. Zwischen uns sei alles gesagt.

Mit Caedmon führte ich in diesen Tagen lange und sehr ernsthafte Gespräche. Er bekannte, wie sehr es ihn reute, dass er die Schuld an Natanaels Tod trug. Wie gern hätte er mir meinen Bruder zurückgegeben!

Caedmon wagte nicht, mich um Vergebung anzuflehen, um sich von seiner Schuld reinzuwaschen. Er nahm sie schweigend auf sich, ohne mir vorzuhalten, wie sehr er selbst um sein Leben gefürchtet hatte. Und das rechnete ich ihm trotz meiner widerstreitenden Gefühle hoch an.

Unsere Beziehung änderte sich nach seinen sehr gefühlvollen Aussprachen. Seine Trauer um Marco Colonna berührte mich tief. Caedmon und ich – wie Alessandra weinten wir um einen geliebten Menschen, der uns mit Gewalt entrissen worden war und eine Lücke in unserem Leben hinterließ, eine schmerzhafte Wunde in unserem Herzen, die so schnell nicht heilen würde.

Trotz allem, was er Alessandra und mir angetan hatte, trotz meiner Trauer, trotz meines Zorns, schätzte ich Caedmon. Er war aufrichtig, entschlossen und loyal. Ich mochte seine stille, liebenswürdige Art und vertraute ihm. Wir redeten stundenlang über seine Reise nach Rom, wo er Marcos Tod rächen wollte. Caedmon versicherte mir, dass Alessandra ihm nicht befohlen habe, den Kardinal des Satans zu töten, um blutige Vergeltung für den Mord an ihrem Vater zu üben. Sie überließ ihm die Entscheidung, was er tun würde, sobald er Vitelleschi das gefälschte Evangelium übergeben hatte.

Caedmon wollte nicht nach England zurückkehren, sondern in Italien bleiben. Florenz, die Stadt der humanistischen Gelehrsamkeit, gefiel ihm besser als das verschlafene Canterbury. Florenz war der Mittelpunkt der christlichen Welt, nicht Byzanz oder Rom! Hier fand das Konzil statt, das die Welt verändern würde.

Wenige Tage nach dem Attentat auf Alessandra packte Caedmon seine Reisetruhe, um am nächsten Morgen nach Rom aufzubrechen.

In jener Nacht bat mich der Papst noch sehr spät zu sich – er wollte vertraulich mit mir reden. Auf meinen Wunsch begleitete mich Caedmon nach Santa Maria Novella.

Eugenius war sehr erregt, als er mich kurz nach Mitternacht allein in seinem Arbeitszimmer empfing. Sein Todfeind Filippo Maria Visconti, der Herzog von Mailand, bedrohte Florenz – aufgestachelt durch Cosimos Gegner Rinaldo degli Albizzi und die exkommunizierten Schismatiker in Basel, die es gewagt hatten, ihn seines Amtes zu entheben. Viscontis Condottiere Niccolò Piccinino zog mit seinem Heer nach Süden. Nach Florenz. Der Papst fürchtete, Piccinino könnte die Stadt erobern und ihn gefangennehmen. Dann wäre sein Leben keinen Fiorino mehr wert! Vitelleschi würde ihn verraten und sich mit dem Feind verbünden, um selbst den Thron Petri zu besteigen.

In Florenz hatte sich der Wind gedreht und blies ihm nun eisig ins Gesicht. Warum waren die byzantinischen Häretiker noch nicht in die Knie gezwungen?, fragten sich die Florentiner. Wieso war Luca noch nicht heiliggesprochen? Weshalb wurde Florenz bedroht? Und wieso belagerte Giovanni Vitelleschi, der Feldherr der Kirche, mit seinem Condottiere Cesare Orsini eine Festung der Colonna vor den Toren Roms, statt sich mit seinem Heer den Truppen Piccininos entgegenzuwerfen? Seit Tagen trieben Kinder mit Mitren geschmückte Esel durch die Straßen und sangen auf der Piazza vor der päpstlichen Residenz Spottlieder auf Seine Heiligkeit.

Besorgt um die Sicherheit des byzantinischen Kaisers, der Kardinäle, Metropoliten, Äbte und Kirchengelehrten hatte der Papst beschlossen, das Konzil nach Rom zu verlegen. Zwei Stunden zuvor hatte er dem Bannerträger seine Entscheidung mitgeteilt. Doch Cosimo hatte erwidert, falls der Papst die Stadt verlassen würde, könnten die Truppen der Republik Florenz ihn nicht vor Viscontis Heer schützen. Sollte der Heilige Vater vor seiner Ankunft in Rom gefangen genommen werden, sei Cosimo wegen der immensen Kosten des Konzils, das er aus eigener Tasche finanziere, nicht in der Lage, ein Lösegeld zu bezahlen. Und war der Pontifex in Rom wirklich sicher? Kämpfte Vitelleschi denn nicht seit Jahren mit den Colonna um die Macht in der Ewigen Stadt? Glaubte Seine Heiligkeit denn allen Ernstes, die Römer, denen er vor fünf Jahren nur durch überstürzte Flucht nach Florenz entkommen war, würden ihn nun begeistert vor den Toren der Stadt willkommen heißen und im Triumphzug zum Vatikan geleiten?

Cosimo hatte ganz unverhohlen damit gedroht, Eugenius die zugesagten Kredite zu streichen, falls er beabsichtige, mit dem Konzil nach Rom umzuziehen. Mit anderen Worten: Keine Fiorini von der Banca Medici – kein Konzil – keine Kirchenunion.

Dann hatte sich der Bannerträger mit demütiger Ehrerbietung von

Seiner Heiligkeit verabschiedet. Der erboste Papst hatte Cosimo mit dem Kirchenbann gedroht und in seinem maßlosen Zorn das hölzerne Spielzeugpferd auf seinem Schreibtisch zerbrochen.

Eugenius suchte meinen Rat. Cosimo und ich seien doch befreundet – ob ich nicht vernünftig mit ihm reden könne? Die römische Kirche sei wegen des langen Schismas mit drei Gegenpäpsten und der selbstherrlichen Machtpolitik seines Amtsvorgängers, des Colonna-Papstes, bankrott. Und ohne Cosimos Fiorini sei er nicht in der Lage, die immensen Kosten für die kaiserliche Hofhaltung sowie die Verpflegung der griechischen Delegation zu bezahlen. Das Konzil dürfe nicht scheitern!

Ich versprach ihm, noch in dieser Nacht mit Cosimo zu reden – unter zwei Bedingungen: Das Konzil solle in Florenz bleiben. Und die byzantinische Delegation dürfe nicht länger zum demütigen Kniefall vor dem römischen Papst gezwungen werden.

Er wusste, worauf ich abzielte: Seit Eröffnung des Konzils in Florenz waren seine Kardinäle in mehreren erbitterten Glaubensdisputationen mit Basilios und Markos unterlegen. In den folgenden Sitzungen ließen die Lateiner die Griechen aus Furcht vor einer weiteren Niederlage gar nicht mehr zu Wort kommen. Erst an diesem Morgen hatte Isidor, bis vor wenigen Tagen ein entschiedener Verfechter der Kirchenunion, unter Protest die Konzilssitzung verlassen und mir sein Leid geklagt: »Wenn in der Arena nur ein Kämpfer auftritt, gibt es keinen Zweifel, wer gewinnen wird!«

Ich versprach Eugenius, noch in dieser Nacht mit Cosimo zu reden, und verabschiedete mich. »Buona notte, Bruder Gabriel.«

»Kali nichta, Bruder Niketas«, murmelte er mit immer noch zornglühendem Gesicht. »Ich stehe tief in Eurer Schuld.«

Ich nickte ihm zu. Dann wandte ich mich um und verließ das Arbeitszimmer.

Caedmon sprang erwartungsvoll auf. »Was ist?«, fragte er. »Ihr seht besorgt aus.«

Ich winkte ihm, mir zu folgen. Wir eilten die Treppe hinab zum Chiostro Grande, der verlassen vor uns lag. Die Mitternachtsmesse war längst beendet, die Mönche schliefen.

»Ich muss zu Cosimo.«

Caedmon öffnete mir das Tor und ließ mich in den Chiostro Verde. »Jetzt noch? Es ist schon nach Mitternacht.«

»Caedmon, geht nach Hause, und richtet Alessandra aus, dass ich heute Nacht im Palazzo Medici übernachten werde. Sie soll sich keine Sorgen machen.«

»Was ist geschehen, Mylord?«

»Der Papst will das Konzil nach Rom verlegen und hat sich deshalb mit Cosimo angelegt.«

Caedmon stöhnte. »O nein!«

»Packt Eure Reisetruhe wieder aus! Die Condottieri des Herzogs von Mailand nähern sich Florenz. Ihr könnt morgen nicht nach Rom aufbrechen. Das ist viel zu gefährlich!«

»Aber …«

Ich hob die Hand und gebot ihm zu schweigen.

Er senkte den Blick und folgte mir durch den Kreuzgang. Unter den Arkaden kam uns ein Dominikaner mit hochgeschlagener Kapuze entgegen – sein Gesicht war im tiefen Schatten verborgen. Caedmon, der neben mir ging, blieb plötzlich stehen. Der Dominikaner sah auf, erkannte ihn im Licht der Fackeln an den Säulen, wirbelte herum und hastete zurück. Der Mönch, den Vitelleschi nach Florenz geschickt hatte!

Caedmon zog seinen Dolch und rannte ihm nach.

»Wartet!«, rief ich ihm nach. »Caedmon!«

»… Marco getötet …«, hörte ich noch, bevor er das Ende des Kreuzgangs erreichte und mit wehendem Gewand in den Torgang stürmte, der auf die Piazza führte. Dann hatte ich ihn aus den Augen verloren.

Ich folgte ihm, so schnell ich konnte. Er hatte nur wenige Schritte

Vorsprung. Das schwere Portal des Klosters stand weit offen, und ich rannte hinaus auf die Piazza. Wo waren meine Leibwächter? Dort vor der Kirche hockten sie und spielten mit ihren Würfeln! Als sie mich erkannten, sprangen sie auf und eilten mir entgegen.

»Haltet den Dominikaner auf!«, rief ich ihnen zu und zeigte auf den Frater, der mit wehendem Skapulier über die Piazza rannte und in einer dunklen Seitengasse verschwand. »Folgt Caedmon!«, befahl ich. »Er ist in größter Gefahr!«

Wohin war Caedmon verschwunden? Um mich herum war es dunkel und still. Im Schein der Fackeln an der Fassade des erzbischöflichen Palastes sah ich eine Katze über die silbrig schimmernden Pflastersteine huschen.

Ich blieb stehen und lauschte. Kein Laut war zu hören.

Ein Schrei.

Ich schrak zusammen und blinzelte in die Finsternis.

War da nicht eine Bewegung? Dort, in dem schmalen Durchgang zwischen zwei Häusern?

Ein Fauchen. Ein Schmerzenslaut.

Zwei Katzen kämpften miteinander.

Ich atmete langsam aus und umklammerte das Heft des Dolches. Lautlos schlich ich weiter und bog nach links ab in eine Gasse, die zur Baustelle von San Lorenzo führte. Schritt für Schritt tastete ich mich vorwärts, die linke Schulter an der Hauswand, den Dolch in der rechten Hand.

Schritte.

Ich huschte in eine schmale Seitengasse, lehnte mich gegen eine Hauswand und spähte vorsichtig um die Ecke.

Die Gasse war leer, so weit ich sehen konnte.

Kurz darauf hatte ich San Lorenzo erreicht. Vor mir ragten die Pfeiler des unvollendeten Kirchenschiffs empor.

Erneut blieb ich stehen und lauschte in die Stille. Ganz in der

Nähe bellte ein Hund, winselte gequält und verstummte. Die Glocke der Kathedrale läutete. Es war halb zwei.

Wo war Caedmon? Und wo waren meine Leibwächter, die ihm folgen sollten?

Nur noch ein paar Schritte, und ich hatte die Via San Gallo erreicht. Nach links ging es an den Ständen der Ablasshändler vorbei zum Kloster San Marco, nach rechts zum Domplatz.

Ein leises Schlurfen – hinter mir.

»Lass den Dolch fallen, du verdammter Verräter!«, drohte eine Stimme mit römischem Akzent. »Du kannst deinem Schicksal nicht entfliehen!«

Ich fuhr herum. Der Dominikaner stand keine fünf Schritte entfernt und drohte mir mit seiner Klinge.

Als er mein Gesicht erkannte, zuckte er zurück. »Ihr seid nicht Bruder Caedmon!«

Offenbar war er mir gefolgt, weil er mich in meinem schwarzen Habit für einen Benediktiner hielt.

Meine Finger verkrampften sich um den Dolch in meiner Hand, als er langsam näher kam, um mir ins Gesicht zu sehen.

»Niketas von Athen«, murmelte er schließlich. »Wie schön, Eure Bekanntschaft zu machen, Euer Seligkeit!« Seine Klinge schimmerte im Sternenlicht. »Lasst die Waffe fallen! Sofort!«

Langsam hob ich die Hand mit dem Dolch, als wollte ich ihm gehorchen. Doch dann holte ich aus und schleuderte sie mit aller Kraft in seine Richtung. Mit einem gotteslästerlichen Fluch versuchte der überraschte Dominikaner, der Klinge auszuweichen – doch vergeblich. Sie bohrte sich in seine rechte Schulter. Beinahe hätte er seinen Dolch fallen gelassen. Er stöhnte vor Schmerz und fasste nach dem Griff.

»Verdammter Schismatiker!«, fluchte er und hielt sich die blutende Wunde. »Sprich dein letztes Gebet!«

Mit drohend erhobenem Dolch stürzte er sich auf mich und riss mich dabei fast um. Ich wich ihm aus – ich war nun unbewaffnet! Wir taumelten ein paar Schritte, bis wir gegen eine Hauswand prallten, rangen keuchend miteinander, schlugen aufeinander ein. Ich traf ihn mitten ins Gesicht, und er brüllte vor Schmerz. Blut rann aus seiner Nase – war sie gebrochen?

Mit einem Wutschrei warf sich der Dominikaner auf mich und hob den Dolch zum tödlichen Stoß. Ich packte seinen rechten Arm und versuchte, ihm die Klinge zu entwinden – vergeblich!

Da sah ich, wie eine Gestalt hinter dem Frater auftauchte.

Caedmon!

Lautlos huschte er näher und rammte dem Dominikaner seinen Dolch in den Rücken.

Keuchend vor Schmerz ließ der Assassino von mir ab, um sich gegen den Angreifer zu wehren. Er warf sich gegen Caedmon, der unter dem harten Aufprall zu Boden stürzte, mit dem Kopf auf die Pflastersteine schlug und zwei, drei Atemzüge lang benommen liegen blieb.

Ich hastete über die Straße, hob meinen Dolch auf und stolperte auf die beiden Kämpfenden zu. Ich musste Caedmon helfen. Doch es war zu spät!

Caedmon hatte sich aufgerichtet und dem Assassino, der sich über ihn beugte, um ihn zu töten, seinen Dolch bis zum Heft in den Bauch gerammt. Stöhnend war der Dominikaner neben ihm zusammengebrochen und wand sich auf dem Boden.

Nun kniete Caedmon über ihm, hob die Klinge und stach erneut zu. Was dann geschah, konnte ich nicht sehen. Mit einem Röcheln brach Caedmon plötzlich über dem toten Mönch zusammen und blieb reglos liegen.

Ich fiel neben ihm auf die Knie und legte ihm die Hand auf die Schulter. »Caedmon!«

Er stöhnte leise, das Gesicht im Skapulier des Dominikaners vergraben.

»Caedmon!«, rief ich entsetzt. »Seid Ihr verletzt?«

Er hauchte eine Antwort, die ich nicht verstehen konnte.

Ich packte seine Schultern, zog ihn von dem Toten herunter und legte ihn behutsam auf die Pflastersteine. Die Vorderseite seines Habits war blutüberströmt! Mit zitternden Fingern riss ich an den Verschlüssen und zerrte den schwarzen Wollstoff auseinander. Mir stockte der Atem: so viel Blut!

Ich musste Caedmon in den Palazzo d'Ascoli bringen! Er war schwer verletzt. Tito und Tayeb mussten mir helfen, die furchtbare Blutung zu stillen.

»Caedmon!«, flüsterte ich und legte meinen Arm um seine Schultern, um ihm aufzuhelfen. »Haltet durch! Ich bringe Euch nach Hause! Legt Euren rechten Arm um meine Schulter!«

Er rührte sich nicht.

»Caedmon, hört Ihr mich? Nicht ohnmächtig werden! Bleibt bei mir!«

Ich hob ihn hoch, legte meinen Arm um seine Mitte und stolperte mit ihm in Richtung Domplatz. Er war so schwach! Beinahe wäre er mir entglitten und gestürzt.

Wo waren denn meine Leibwächter? Ich rief sie – sie mussten mir helfen, Caedmon in den Palazzo d'Ascoli zu bringen. Er brauchte einen Medicus. Sofort!

Keine Antwort. Hatten sie mich nicht gehört?

Nur noch wenige Schritte, dann hatten Caedmon und ich die Kathedrale erreicht! Als wir den Campanile umrundeten, stolperte er und brach zusammen. Stöhnend fiel er auf das Steinpflaster.

Mein Blick huschte zum Palazzo d'Ascoli, der nur wenige Schritte entfernt war. Was sollte ich tun? Ich brauchte Hilfe!

»Lasst mich … nicht allein!« Caedmon rang mühsam nach Atem. »Mylord … lasst mich … nicht allein … sterben.«

Ich ergriff seine Hand und drückte sie. So laut ich konnte, rief ich um Hilfe.

Das Portal des Palazzos öffnete sich, und Floriano steckte seinen

Kopf heraus. Er wartete auf meine Rückkehr aus Santa Maria Novella. Als er mich im Feuerschein erkannte, verschwand er und rief nach Tito und Tayeb. Dann rannte er mit dem gezückten Schwert zu mir herüber und kniete sich neben mich. Tito folgte ihm in wenigen Schritten Abstand. Er drängte mich zur Seite, beugte sich über Caedmon und schob den Wollstoff seines Habits auseinander. »Großer Gott!«, entfuhr es ihm.

Tayeb und Alessandra stürmten auf die Piazza und kamen zu uns herüber.

Alessandras Blick irrte von Caedmon zu mir. Dann sah sie das Blut auf meinem Habit. »Niketas, bist du verletzt?«

»Nein, es geht mir gut!«, beruhigte ich sie. »Caedmon hat mir das Leben gerettet!«

Tayeb beugte sich über den Schwerverletzten und untersuchte seine Wunde. »Er stirbt.«

Ich legte meinen Arm um Caedmon und richtete ihn auf. Sein Kopf lag an meiner Schulter, seine Hand tastete nach meiner und ergriff sie.

Er lächelte selig, als ob er keine Schmerzen mehr hatte. »Niketas!«, hauchte er. Ein Schwall von Blut floss über seine Lippen und tropfte in die Falten meines Habits. »… tut mir so leid, was ich Euch … und Alessandra … angetan habe … euch die liebsten Menschen genommen … Luca … Serafino … Natanael … Alexios.«

Mit einem entsetzten Schrei schlug sich Tito die Hand vor die bebenden Lippen und starrte ihn an. Er brach in Tränen aus, und Alessandra umarmte ihn tröstend.

»… in den letzten Tagen … habt Ihr mir …« Caedmon hustete Blut. »… so viel Vertrauen … mich nicht mehr so entsetzlich einsam …« Mit dem Ärmel meines Habits wischte ich ihm das Blut aus dem Gesicht. »… danke Euch …«, presste Caedmon mit letzter Kraft hervor. Er wollte noch etwas sagen, doch seine Stimme versagte. Er schloss die Augen, als wolle er schlafen. Seine Brust hob und senkte sich, als er keuchend nach Atem rang. Dann fiel sein Kopf gegen meine Schulter.

Caedmon war tot.

Elf Tage später, am 17. März 1439, fand in Santa Croce eine Sitzung statt, die um ein Haar die letzte des Konzils gewesen wäre. In Gegenwart des Kaisers und des Papstes wurde über das Filioque diskutiert, den Zusatz der lateinischen Kirche zum Glaubensbekenntnis von Nikaia, der besagt, dass der Heilige Geist vom Vater *und vom Sohn* ausgehe. Die orthodoxe Kirche hatte das Filioque, das einer der Gründe für das Schisma von 1054 war, niemals anerkannt …

»… und sie wird es auch niemals anerkennen«, brummte Markos von Ephesos während der Sitzung so laut, dass der Kaiser und der Papst es hören konnten. »Das Filioque ist eine römische Häresie! Der orthodoxe Glaube ist der wahre Glaube Jesu Christi!«

Ein erbitterter Streit entbrannte zwischen Lateinern und Griechen. Fäuste wurden gereckt, um den eigenen Argumenten Nachdruck zu verschaffen. Schmähungen wie ›Schismatiker!‹ und ›Häretiker!‹ flogen zwischen beiden Seiten hin und her. Der Metropolit von Nikaia, der vermitteln wollte, wurde lautstark niedergebrüllt – von beiden Seiten. Basilios wurde wüst beschimpft, als Verräter am orthodoxen Glauben, als verdammter Judas, der die Kirche Jesu Christi für einen Fetzen purpurner Seide verriet.

In ohnmächtigem Zorn ballte der Kaiser die Fäuste. Markos hielt den Blick gesenkt und murmelte ein Gebet. Isidor barg das Gesicht in beiden Händen, um seine Enttäuschung und Bitterkeit nicht zu zeigen. Und Basilios warf mir einen verzweifelten Blick zu, als er wieder Platz nahm. Noch nie hatte ich ihn so hoffnungslos gesehen!

In dieser Auseinandersetzung ging es nicht nur um das Dogma, sondern um die Macht – um die Autorität der römischen Kirche und damit des Papstes, Beschlüsse zu fassen, die *nicht* von einem ökumenischen Konzil, das die gesamte Kirche repräsentiert, mitgetragen werden. Mit anderen Worten: Es ging um den römischen Primat. Um die Vormachtstellung in einer vereinigten griechisch-römischen Kirche. Und damit um den Bestand des Byzantinischen Reiches, denn der Basileus war das Oberhaupt der orthodoxen Kirche.

Würde die lateinische Herrschaft nicht am Ende das griechische Erbe der Kirche vernichten und den orthodoxen Glauben in den Staub treten?, sorgten sich die Metropoliten. War die Unterwerfung unter den türkischen Sultan nicht der Gewaltherrschaft des Papstes vorzuziehen, um das tausendjährige Byzanz vor der Vernichtung zu bewahren?

Kardinal Traversari, einer der engsten Berater des Papstes, verdammte die uneinsichtige und unnachgiebige Haltung der orthodoxen Kirche, die die Aufhebung des Schismas und den so lang ersehnten Frieden zwischen den Christen in Orient und Okzident verhindere. Tosender Beifall von römischer Seite – der Papst nickte zufrieden.

Auf Befehl des Kaisers wurden nun alte byzantinische Texte vorgelegt, die die orthodoxe Haltung stützen sollten. Ein zutiefst besorgter Kirchengelehrter aus Ephesos, der die mitgebrachten Schriften in aller Eile in der Sakristei von Santa Croce durchgesehen hatte, entdeckte plötzlich eine Formulierung, die der orthodoxen Position zu widersprechen schien. Voller Panik – der Kaiser und der Papst warteten ungeduldig auf seine Rückkehr mit dem Folianten – kratzte er die Tinte vom Pergament. Doch in seiner Hast irrte er sich in der Zeile.

Als der griechische Text verlesen und die versuchte Fälschung der orthodoxen Kirche entdeckt wurde, brach erneut ein Tumult aus. Der gefälschte Foliant wurde von einem herbeistürzenden römischen Delegierten zornig zu Boden geworfen, zertrampelt und zerfetzt. Darauf kam es zu Handgreiflichkeiten und gotteslästerlichen Flüchen, die in eine wüste Prügelei mehrerer römischer und griechischer Delegierter mündeten.

Basilios und ich sprangen gleichzeitig auf und schoben uns durch die tobende Menge, um die Streitenden zu trennen und den Frieden wiederherzustellen. Isidor fasste sich ein Herz und folgte uns entschlossen ins Gewühl.

Tief beschämt über die versuchte Fälschung verließ Markos mit seinem Gefolge die Sitzung. Andere Hierarchen wie Andreas, der Erzbischof von Rhodos, folgten seinem Beispiel.

Entsetzt über die Gewalt im Konzil – die meisten Schläge trafen Basilios, Isidor und mich –, schlug der Kaiser vor, die Sitzung zu vertagen und andere Manuskripte aus Byzanz holen zu lassen. Doch Kardinal Cesarini lehnte seinen Vorschlag rundweg ab: »Euer Majestät, wenn Ihr in den Krieg zieht, solltet Ihr Eure Waffen mitnehmen und nicht mitten in der Entscheidungsschlacht nach ihnen schicken!«

Am nächsten Morgen las ich an meinem Schreibtisch einen Brief des Herzogs von Athen, als Alessandra die Tür öffnete und geheimnisvoll lächelnd verkündete: »Ihr habt Besuch, Euer Seligkeit!«

»Ich will ihn nicht sehen«, murmelte ich und wollte mich wieder dem Schreiben von Herzog Nerio widmen, der sich nach dem Stand der Unionsverhandlungen erkundigte und von den Unruhen in Athen berichtete.

Empörte Gläubige hatten meine Metropolitankirche besetzt und die Tore von innen verriegelt, um die orthodoxe Kathedrale von Athen gegen jeden zu verteidigen, der dort lateinische Gottesdienste abhalten wollte. Am Ende waren sie mit Waffengewalt aus der Kirche vertrieben worden – drei Tote, neun Schwerverletzte. Und die Lage in Korinth und Mistra war ebenso angespannt …

»Es ist nicht Basilios!«, flüsterte Alessandra eindringlich. »Der Papst möchte mit dir sprechen. Er kommt gerade die Treppe herauf!«

Im selben Augenblick erschien der päpstliche Sekretär in der Tür, schob sich an ihr vorbei in den Raum und verneigte sich. »Euer Seligkeit! Der Heilige Vater ersucht Euch um eine vertrauliche Unterredung.«

Das Kästchen aus Nussbaumholz, das er unter dem Arm trug, stellte er auf einen der Sessel vor dem Kamin. Ich erhob mich. Fra Domenico geleitete den Pontifex herein und verließ den Raum.

Als Alessandra ihm folgen wollte, hielt Eugenius sie zurück: »Bitte bleibt! Was ich mit Seiner Seligkeit zu besprechen habe, geht auch Euch etwas an. Denn ich hoffe auch auf Eure Einwilligung«, orakelte er mit einem feinen Lächeln.

»Wie Ihr wünscht, Heiliger Vater!« Sie schloss die Tür.

Der Papst kam zu mir herüber. »Verehrter Bruder, ich bin gekommen, um Euch meinen tief empfundenen Dank auszusprechen. Und meine Bewunderung für Euren Mut. Ohne Euer beherztes Eingreifen gestern Nachmittag in Santa Croce wäre das Konzil gescheitert.«

Schweigend wandte ich mich ab, kehrte zu meinem Sessel hinter dem Schreibtisch zurück und wies auf den zweiten Stuhl. »Wollt Ihr Euch nicht setzen, Bruder Gabriel?«

Er raffte die Falten seines Ornats und ließ sich nieder, nachdem er so lange gewartet hatte, bis ich saß.

Alessandra beobachtete uns aufmerksam von der Tür aus.

»Ich schätze Eure Besonnenheit, Bruder Niketas«, erklärte Eugenius. »Und die Standhaftigkeit, mit der Ihr immer noch für die Versöhnung zwischen Rom und Byzanz eintretet. Gestern habt Ihr etliche schmerzhafte Schläge von beiden Seiten einstecken müssen, als Ihr den Streit zu schlichten suchtet. Ich hoffe, Ihr seid in dem Handgemenge nicht verletzt worden?«

»Nein«, erwiderte ich. »Basilios von Nikaia und Isidor von Kiew haben mich geschützt.«

»Ich habe gesehen, wie Euer Freund Euch gegen Eure Gegner verteidigt hat.« Forschend blickte er mir in die Augen. »Weshalb habt Ihr Euch eigentlich mit ihm zerstritten?«

»Das geht nur ihn und mich etwas an.«

»In den letzten Tagen war er mehrmals hier, um sich mit Euch zu versöhnen. Aber Ihr habt ihn nicht empfangen. Basilios Bessarion ist Euer Beichtvater. Welche Todsünde habt Ihr begangen, die Euch Euer bester Freund nicht vergeben kann? Und mit welchen zornigen Vorwürfen hat er Euch derart verletzt, dass Ihr ihm nicht verzeihen könnt?«

Als ich nicht antwortete, fragte er:

»Kann er Euch Eure Liebe zu Alessandra nicht vergeben?«

Erschrocken starrte ich ihn an.

»Glaubt Ihr, ich weiß nicht, was zwischen euch beiden geschehen ist?« Seufzend blickte er sich zu Alessandra um, die reglos neben der Tür verharrte. »Ich war auch einmal verliebt. In Venedig, bevor ich die Mönchsgelübde ablegte.« Er lächelte versonnen. »Die Liebe ist etwas sehr Kostbares. Sie ist geduldig und gütig, nicht stolz oder selbstsüchtig. Sie erträgt alles, glaubt alles, hofft alles, verzeiht alles.«

»Und sie hört niemals auf«, vollendete ich das Zitat aus Paulus' Hohelied der Liebe.

Eugenius nickte stumm – er hatte verstanden, dass ich nicht bereit war, meine Liebe zu Alessandra aufzugeben. Er erhob sich, nahm das Nussbaumkästchen, das sein Sekretär hereingebracht hatte, und stellte es zwischen uns auf meinen Schreibtisch.

»Bruder Niketas, ich bin Euch sehr dankbar. Ihr habt mit Cosimo geredet und einen Streit zwischen uns verhindert. Und letzte Nacht habt Ihr mit Markos Eugenikos gesprochen, der nach der gestrigen Konzilssitzung seine Truhen gepackt hatte, um nach Ephesos abzureisen. Durch Euer beherztes Eingreifen habt Ihr das Scheitern des Konzils abgewendet.«

Ich blickte auf das Kästchen auf dem Tisch und schwieg.

Natanael hatte Recht gehabt.

»Verehrter Bruder, erinnert Ihr Euch an unser Gespräch ›inter Pares‹?«

Ich nickte stumm. Und wusste nicht, ob ich lachen oder weinen sollte.

»Ihr sagtet, die Kirche sei nicht das von Jesus Christus ersehnte Königreich der Himmel. Sie sei weltlich, fehlbar und schwach, zerspalten und zerstritten. Dennoch müsse sie bewahrt werden. Denn wir haben keine andere Kirche, nur diese eine. Und wenn es sie nicht schon gäbe, müssten wir sie erschaffen. Während des Konzils sollten wir das Beste daraus machen.«

»Ja, das habe ich gesagt.«

Alessandra sah mich beunruhigt an.

Sie ahnte, was in dem Kästchen war.

»An jenem Abend habe ich Euch gefragt, ob Ihr mir als Primus inter Pares helfen würdet, die Kirche neu zu erschaffen, und Ihr sagtet: ›Wenn Ihr die Pares, die Ranggleichen, nicht vergesst.‹« Der Papst holte tief Luft. »Nun, Bruder Niketas, halte ich mein Versprechen, das ich Euch an jenem Abend gab: ›Einen von ihnen, den ich über die Maßen schätze, hätte ich als erster Pontifex einer griechisch-römischen Kirche sehr gern an meiner Seite!‹«

Er hob den Deckel des Kästchens und zog eine Soutane aus kostbarer, purpurfarbener Seide hervor.

Alessandra starrte mich mit funkelnden Augen an. Eine Träne rann über ihre Wange, aber sie schien sie nicht zu bemerken. Was ging in ihr vor?

»Bruder Niketas«, offenbarte mir der Papst, dem mein bekümmerter Blick zu ihr nicht entgangen war, »ich wäre sehr glücklich, wenn Ihr nach der Unterzeichnung des Unionsdekrets in Italien bleiben würdet. Als designierter Erzbischof von Florenz und erster Kardinal der vereinigten Kirche.«

Am späten Nachmittag empfing mich Patriarch Joseph in seinem Schlafzimmer. Im Nachtgewand saß er im Bett, in einen Berg von Kissen gelehnt. Er war bleich wie der Tod. In den zittrigen Händen hielt er ein schlichtes Holzkreuz. Er hatte das Stundengebet gehalten, als ihm meine Ankunft gemeldet wurde.

»Niketas, mein lieber Junge! Wie schön, Euch zu sehen!«

»Allheiligkeit!«, murmelte ich betroffen und trat ans Bett. »Wie geht es Euch?«

»Ein Schwächeanfall – gestern nach der Konzilssitzung.« Er seufzte aus tiefstem Herzen. »Ich fasse es nicht! Kratzt dieser Trottel die falsche Zeile vom Pergament! Markos beschuldigt die römische Kirche, Texte der Heiligen Schrift und der Kirchenväter zu ›berichtigen‹, um römische Dogmen zu stützen. Und was tun wir? Haben wir es nötig, die Schriften unserer Heiligen zu fälschen, Niketas? Wir sind die wahre Kirche Jesu Christi! Ich war zutiefst beschämt. Dieses Unionskonzil ist eine schwer zu ertragende Demütigung für mich«, bekannte er. »Aber wem sage ich das!«

Ich setzte mich neben ihn auf das Bett und ergriff die Hand mit dem Kreuz, um sie zu küssen. Er zog meine Finger an seine Lippen.

»Bitte nicht!«, murmelte ich.

Er lächelte matt. »Niketas, mein lieber Junge, lasst einen alten, todkranken Mann hoffen, dass Ihr Euch doch noch besinnt und mir meinen Herzenswunsch erfüllt.«

»Was sagt Euer Arzt?«

»Er gibt mir nur noch ein paar Wochen. Ich glaube nicht, dass ich das Ende des Konzils erleben werde. Mein Nachfolger wird das Unionsdekret unterzeichnen.« Er drückte meine Hand. »Seine Allheiligkeit, Patriarch Niketas von Konstantinopolis.«

Ich wandte den Blick ab und entzog ihm meine Hand.

»Niketas, ich kenne Eure Glaubenszweifel. Wir haben in Ferrara darüber gespro…«

»Der Papst will mich zum Kardinal der griechisch-römischen Kirche ernennen.« Ich erzählte ihm von Eugenius' Besuch. Das nachfolgende Gespräch mit Alessandra erwähnte ich nicht.

Er musterte mich aufmerksam. »Ihr freut Euch nicht.«

»Nein.«

»Ihr könntet als Kardinal so viel bewirken, Niketas. Für den orthodoxen Glauben. Für das griechische Erbe der Kirche. Für die Rettung von Byzanz vor der türkischen Eroberung. Für Euren Bruder, den Kaiser. Der Papst schätzt Euch über alle Maßen. Er hört auf Euren Rat.«

Ich nickte.

Joseph wartete geduldig, bis ich mich besonnen hatte, und strich sich durch den langen Bart.

»Ehrwürdiger Vater, würdet Ihr mir die Beichte abnehmen?«, fragte ich schließlich.

»Euer Freund Basilios Bessarion ist Euer Beichtvater«, erinnerte er mich sanft. »Ihm solltet Ihr Euch anvertrau…«

»Nein!«

»Mein Gott, wie tief verletzt Ihr seid! Wie traurig!«, seufzte der Patriarch. »Niketas, Euer Freund hat mir nach seinem Wortgefecht mit dem Kaiser sein Herz ausgeschüttet. Es tut ihm leid, dass er die Beherrschung verloren und Euch gekränkt hat. Er weiß, wie enttäuscht Ihr von ihm seid. Er fühlt sich so einsam wie Ihr und sehnt sich nach einer Versöhnung.«

»Ich brauche Euren Rat, ehrwürdiger Vater, nicht seine Vergebung.« Ich barg mein Gesicht in den Händen und atmete tief durch. »Erinnert Ihr Euch, wie Ihr mich am Weihnachtsabend in meiner Zelle im Dominikanerkloster in Ferrara besucht habt?

Ich sagte, ich sei ein verirrtes Schaf, das die Herde weit hinter sich gelassen habe, um sich allein durch das Dornengestrüpp zu schlagen. Ihr habt mich an das Gleichnis vom verlorenen Schaf erinnert. ›Wenn ein Hirte hundert Schafe hat und eins davon sich verirrt, lässt er nicht die neunundneunzig im Pferch und geht das irrende suchen? Und wenn er es findet, freut er sich nicht mehr über dieses eine als über die neunundneunzig, die sich nicht verirrt haben?‹ Ihr wolltet mein Hirte sein, ehrwürdiger Vater. Ihr wolltet mich zur Herde zurückbringen.«

»Ich erinnere mich. Ihr wart traurig und verzweifelt. Ihr sagtet, das verirrte Schaf hänge schwer verletzt in den Dornen, und je länger es um seine Freiheit ringe, desto tiefer bohren sich die spitzen Dornen in sein Fleisch. Und ich versprach, dieses leidende Schaf zu befreien, seinen Schmerz zu lindern und seine Wunden zu versorgen.«

»Dieses Schaf leidet mehr denn je! Es braucht kein anderes Schaf, das ihm eine Moralpredigt hält und ihm voller Verachtung gesteht, wie unglaublich dumm es war, sich vom bösen jüdischen Wolf von der christlichen Herde weglocken zu lassen und sich in den Dornen der Häresie zu verfangen. Es braucht nun seinen Hirten, der versprochen hat, seinen Schmerz zu lindern! Nach Liebe sehne ich mich, nach Barmherzigkeit und Geborgenheit, nicht nach Vergebung meiner geistigen Verirrung!«

Er nickte. »Ich verspreche Euch, dass ich Euch zur Herde zurückbringen werde.«

»Für mich gibt es keinen Weg zurück.«

»Niketas, ich bitte Euch …«

»Nach jenem furchtbaren Anfall in Ferrara hat Natanael mir gesagt, dass ich nur noch wenige Monate zu leben habe. Ich hatte meine Hoffnung auf Luca gesetzt. Denn er wusste, was es bedeutet, alles aufzugeben. Doch er starb, bevor ich mich ihm anvertrauen konnte. Und dann, als ich den Glauben und die Hoffnung verloren hatte, kam Alessandra … und mit ihr die Liebe.«

»Glaube, Hoffnung, Liebe«, murmelte er betroffen. »Aber die Liebe ist die größte unter ihnen.«

»Meine Liebe zu Alessandra ist größer als alles andere.«

Mein Geständnis nahm er erstaunlich gelassen hin. Hatte er es schon geahnt? Er kannte mich nun schon so viele Jahre.

»Seid Ihr glücklich?«, fragte er.

»Glückselig, weil ich durch ihre Liebe ins Leben zurückgefunden habe. Weil ich wieder lachen und weinen kann, hoffen und mich nach ihr sehnen. Glückselig, weil ich sie mit allen Sinnen begehre und sie mir unermesslich viel Freude schenkt. In ihren Armen habe ich erkannt, welches Opfer ich in den letzten Jahren gebracht habe.«

»Ihr habt Euer Gelübde gebrochen und ihr Eure Heiligkeit geopfert.«

»Ja.«

»Empfindet Ihr Reue?«

»Nein«, gestand ich. »Ich bin glücklich mit ihr. Und doch weiß ich, dass ich sie schon bald verlassen muss, um nach Athen zu reisen. Werde ich jemals wieder nach Florenz zurückkehren? Werde ich sie vor meinem Tod noch einmal wiedersehen?«

Tröstend legte er mir die Hand auf den Arm. »Niketas, mein Junge!«

Ich atmete tief durch. »Ihr wisst, welche Karriere Kaiser Manuel für mich plante, nachdem ich ihm endlich die Erlaubnis abgerungen hatte, die Mönchsgelübde ablegen zu dürfen.«

»Er wollte, dass Ihr Patriarch werdet.«

»In der Stunde seines Todes habe ich ihm hoch und heilig geschworen, dass ich ihm seinen Herzenswunsch erfüllen würde. Aber ich kann es nicht.«

»O Gott!«

»Ehrwürdiger Vater, ich weiß, wie enttäuscht Ihr von mir seid. Und wie enttäuscht Manuel wäre, weil ich meinen Schwur breche. Das beschämt mich zutiefst. Aber ich kann nicht Patriarch von Konstantinopolis werden. Und ebenso wenig will ich als Kardinal nach Rom gehen.«

»Warum nicht?«

»Der Papst weiß von meiner Liebe zu Alessandra. Wenn ich den Purpur annehme, erwartet er von mir, dass ich sie verlasse.«

»Wie denkt sie darüber?«

Ich zitierte ihre Worte.

»Oje!«, seufzte er. »Niketas, verzeiht mir die Frage: Ist sie schwanger?«

»Das weiß ich nicht. Es ist noch zu früh.«

»Wünscht Ihr Euch ein Kind?«

»Von ganzem Herzen«, bekannte ich. »Ich wünsche mir, dass ich noch so lange lebe, bis ich meinen Sohn oder meine Tochter im Arm halten kann. Das würde mich sehr glücklich machen. Ein Kind zu hinterlassen, wenn ich für immer gehe … einen kleinen Konstantin …«

Er ergriff meine Hand und drückte sie. »Und sie?«

Traurig schüttelte ich den Kopf. »Ich glaube, sie will unserem Kind nicht dasselbe Schicksal zumuten, das sie selbst erlitten hat. Dieselben Demütigungen. Dieselben erbitterten Kämpfe, die sie als illegitime Tochter eines Priesters ihr Leben lang ausgefochten hat.«

Er nickte versonnen und schwieg.

»Ihr werdet mir nicht raten, was ich tun soll, nicht wahr?«

»Nein, Niketas, das maße ich mir nicht an, obwohl wir uns schon so lange kennen. Ich bin ein alter, sterbenskranker Mann. Vertraut Euch Eurem besten Freund an! Er kennt Euch besser als jeder andere. Basilios ist in derselben Lage wie Ihr. Der Papst will auch ihn zum Kardinal ernennen. Vor zwei Stunden war er hier, um meinen Rat zu erbitten. Ich habe ihm dasselbe gesagt, was ich Euch nun sage: Versöhnt euch, und trefft diese Entscheidung gemeinsam! Niketas, mein lieber Junge, werdet Ihr mir diesen Herzenswunsch erfüllen?«

Alessandra

Kapitel 23

Der orthodoxe Morgengottesdienst des Hohen Samstags in der Kirche Santa Croce war beendet, die Portale wurden geöffnet. Niketas' Sekretär Leandros, der während der stundenlangen Messe neben mir gestanden hatte, zupfte mich am Ärmel und winkte mich einen Schritt zurück zu den Säulen des Seitenschiffs.

Über den gesenkten Köpfen der niederknienden Gläubigen erblickte ich den Basileus, der in einer Sänfte zum Hauptportal getragen wurde. Ihm folgten der greise Patriarch, die Metropoliten und Bischöfe, alle in schwarzen Roben mit goldenem Brustkreuz und Panagia-Medaillon. Nur die Diakone, die ihnen das Ehrengeleit gaben, trugen goldene und purpurne Brokatgewänder.

Während Ioannis in seiner Sänfte zum Portal getragen wurde, segnete er die Byzantiner und schlug das Kreuz über ihren gesenkten Häuptern. Sein Gesicht wirkte angespannt, die Augen verkniffen, die Lippen zusammengepresst. Als er mich inmitten der Gläubigen erkannte, verfinsterte sich sein Blick, und die zum Segen erhobene Hand hielt einen Moment inne. Dann ließ er sie auf die Armlehne sinken und ballte sie zur Faust. Er war noch immer zornig.

Wenige Tage nachdem der Papst Niketas den Kardinalspurpur überreicht hatte, hatte der Kaiser mich in den Palazzo Peruzzi gebeten, um mir ins Gewissen zu reden.

»Gebt mir Niketas zurück!«, hatte er von mir verlangt, ohne Giorgios Scholarios zu bemühen, der mir gemäß dem strengen Hofzeremoniell seine Worte hätte wiederholen müssen.

Meine Antwort hatte dem Kaiser missfallen. Ebenso meine trotzige

Entgegnung, dass er eifersüchtig sei, weil Niketas und ich glücklich waren – während er wegen Demetrios' Intrige seine Geliebte Sophia verstoßen habe und sich nun sehr einsam fühle.

Wir hatten erbittert gestritten, bis ich mich unaufgefordert erhob, um den Audienzsaal zu verlassen.

»Niketas ist ein Mönch, ein Priester, ein geweihter Bischof«, hatte er hinter mir hergebrüllt. »Gebt ihn der Kirche zurück!«

An der Tür hatte ich mich zu ihm umgedreht. »Sagt mir, Euer Majestät, was gibt es an meinem ›Nein!‹ misszuverstehen?«

Von der Höhe seiner Sänfte starrte Ioannis mich erbost an. Dann wandte er den Blick ab, hob erneut die Hand und segnete die Gläubigen.

Demetrios, der seinem Bruder zum Hauptportal folgte, hatte mich aufmerksam beobachtet. Er hatte Ioannis verraten, dass Niketas und ich uns liebten, doch seine Intrige hatte uns nicht auseinanderreißen können. Er wusste, dass der Basileus mit mir geredet und dass ich mich ihm widersetzt hatte.

Er blieb stehen, ließ die Prozession der Würdenträger des kaiserlichen Gefolges an sich vorüberziehen und reichte mir die Hand zum Kuss. Als ich niederknien wollte, hielt er mich am Arm fest. »Ich bitte Euch, Alessandra! Ihr seht heute Morgen blass aus! Fühlt Ihr Euch nicht wohl? Bekommt Euch die Schwangerschaft nicht? Meine Gemahlin litt in den ersten Wochen sehr unter der morgendlichen Übelkeit.«

Ich zwang mich zu einem höflichen Lächeln. »Es geht mir gut, Euer Majestät! Ich danke Euch herzlich für Eure Besorgnis um meine Gesundheit.«

»Euer Wohlbefinden liegt mir sehr am Herzen, verehrte ›Schwägerin‹!« Sanft legte er seine Hand auf meinen Unterleib, als erwarte er, die ersten Bewegungen des Kindes zu spüren – seines Neffen. Dann sah er auf. »Der Basileus hat Euch vor einigen Tagen zu sich rufen lassen. Es war ja eine laute und sehr nachdrückliche Aussprache!«

»Seine Majestät der Kaiser und ich haben uns sehr gut verstanden«, erwiderte ich zweideutig.

Er verzog die Lippen zu einem Grinsen. »Bei *der* Lautstärke ist das zu erwarten. Euer Wortgefecht mit dem Basileus war bis in mein Arbeitszimmer zu hören. Alessandra, in Eurem Zustand solltet Ihr Euch nicht derart aufregen. Das bekommt dem kleinen Prinzen nicht!«

Mit versonnenem Blick berührte er meinen Leib. Vor einem Jahr hatte Demetrios seine Frau und sein erstes Kind verloren.

Als ich mich für den gut gemeinten Rat ›meines geliebten Schwagers‹ bedankte, wandte Demetrios sich brüsk ab und verließ mit seinem Gefolge die Kirche.

Ich musste tief durchatmen, um mich wieder zu beruhigen.

Das Gerücht, ich sei schwanger, wurde von Demetrios' Spitzeln im Palazzo Peruzzi verbreitet! Es war nur eine Frage der Zeit, bis es durch die Straßen von Florenz wehte und Santa Maria Novella erreichte.

Patriarch Joseph nickte mir sehr ernst zu, als er am Arm des Metropoliten von Ephesos die Kirche verließ. Seit seinem Herzinfarkt nach der turbulenten Konzilssitzung vor zwei Wochen war er noch nicht völlig genesen.

Da war Basilios!

Durch die Menge der Gläubigen schob er sich zu mir herüber. »Wie hat dir der Gottesdienst gefallen?«

»Er war sehr schön, Basilios! Die feierliche Prozession des Grabtuchs mit der aufgestickten Darstellung Jesu Christi rund um Santa Croce und zurück in den Altarraum hat mich tief beeindruckt.« Ich wies auf die goldschimmernde Ikonenwand, die an der Umfassung des Chorraums aufgerichtet worden war. »Wie prächtig und würdevoll muss dieser Festzug erst in der Hagia Sophia sein!«

»Das musst du dir unbedingt ansehen! Die Hagia Sophia ist die Königin der Kathedralen! Solltest du ernsthaft in Erwägung ziehen, dich zum orthodoxen Glauben zu bekehren, sag es mir«, scherzte er.

»Lass das nicht den Papst hören, sonst entreißt er dir deinen Kardinalspurpur und verbannt dich nach dem Konzil nach Byzanz!«

Wie froh war ich, dass Niketas und Basilios sich vor zwei Wochen endlich versöhnt hatten! Nach Niketas hatte Eugenius auch Basilios und Isidor den Purpur angetragen, und Basilios hatte seinem besten Freund gestanden, wie gern er nach dem Konzil in Italien bleiben wollte. In den letzten Wochen hatte er mit Cosimo Freundschaft geschlossen und genoss seinen Aufenthalt in Florenz von ganzem Herzen. Ich war glücklich über seinen Entschluss. In den letzten Tagen war mir Basilios ein ebenso vertrauter Freund geworden, wie es Natanael gewesen war.

»Da kommt Niketas!«, rief ich, als ich ihn neben Isidor erblickte.

Obwohl er den Zorn des russischen Großfürsten fürchtete, hatte der Metropolit von Kiew sich ebenfalls entschlossen, nach der Kirchenunion den römischen Kardinalspurpur zu tragen. Der streng orthodoxe Vassili hatte Isidor vor seiner Abreise nach Ferrara so lange in Moskau festgehalten, bis Isidor ihm hoch und heilig geschworen hatte, sich dem Schismatiker auf dem Thron Petri nicht zu unterwerfen. Und nun wollte Isidor sogar Kardinal werden? Mochte Gott ihm gnädig sein, wenn er es wagte, nach Moskau zurückzukehren!

Ich winkte Niketas, der sich von Isidor verabschiedete und zu uns herüberkam. »Wir müssen uns beeilen!«, drängte ich. »Die Zeremonien auf dem Domplatz beginnen in Kürze!«

Ich zog Basilios und Niketas zum nördlichen Seitentor von Santa Croce, weil dort weniger Gläubige hinaus auf die Piazza drängten als durch das Hauptportal, wo der Basileus, der Patriarch und die Hierarchen die Basilika verließen.

Auf der Piazza herrschte ein dichtes Gedränge. Durch ein Spalier von Palastwachen wurde die Sänfte des Basileus zum nahe gelegenen Palazzo Peruzzi getragen. Markos von Ephesos half dem greisen Patriarchen in einen Tragstuhl, der ihn zurück zum Palazzo Ferrantini bringen sollte. Die Hierarchen riefen nach ihren Gefolgsleuten, die ihnen die gesattelten Pferde vorführen sollten, und etliche Diakone eilten über die Piazza.

Es gab kein Durchkommen!

»Hier entlang!« Ich wies auf eine schmale Straße, die nach Norden führte. Niketas und Basilios folgten mir, als ich die Gasse entlang eilte und dann in die Via Ghibellina einbog.

»Was geschieht denn nun auf dem Domplatz?«, fragte Basilios, der neben mir die Gasse entlanghastete. »Niketas hat mir gestern vor der Karfreitagsmesse erzählt, das Osterfeuer werde verteilt.«

»Das ist eine alte Tradition aus der Zeit des ersten Kreuzzugs, an dem zweitausendfünfhundert Florentiner teilgenommen haben«, erklärte ich ihm atemlos, als wir den Palast des Podestà erreichten. Dort wandten wir uns zum Haus von Dante Alighieri.

»Am 15. Juli 1099 haben die Kreuzfahrer Jerusalem erobert. Ein Florentiner namens Pazzino de' Pazzi erklomm als Erster die Festungsmauer und hisste das christliche Banner über der Heiligen Stadt. Godefroy de Bouillon, der Regent des neu gegründeten Königreichs Jerusalem, schenkte ihm dafür drei Steine aus dem Grab Jesu, die Pazzino zwei Jahre später nach Florenz brachte. Seither bewahren die Pazzi sie auf und organisieren jedes Jahr am Karsamstag eine große Prozession zum Dom. In der Kathedrale segnet der Erzbischof von Florenz das Osterfeuer, das die Pazzi mithilfe dieser Steine entfacht haben – ein Symbol für die Auferstehung Christi. Am Karfreitag, also gestern, wurden alle Feuer in den Häusern gelöscht, und heute werden die Lichter neu entzündet. Nachdem der Erzbischof das Feuer gesegnet hat, wird es an die Florentiner verteilt. Das ist jedes Jahr ein großes Gedränge und Geschiebe!«

Wir erreichten den völlig überfüllten Domplatz. Mit Kerzen in der Hand schoben sich die Menschen in Richtung Campanile und Baptisterium, wo ein von weißen Ochsen gezogener und mit Blüten geschmückter Wagen vor den Domstufen stand.

»Die Prozession vom Palazzo Pazzi zur Kathedrale haben wir verpasst«, rief ich und drängelte mich durch die Menge bis zu den Domstufen. Niketas und Basilios hatten Mühe, mir zu folgen. »Siehst du, Basilios? Das Feuer auf dem Karren ist noch nicht entzündet! Pass auf, gleich kommt Ludovico Scarampo mit dem Osterlicht aus der Kathedrale!«

In diesem Augenblick wurde das Hauptportal von Santa Maria del Fiore geöffnet. Die Florentiner brachen in tosenden Jubel aus, als der Papst im Pontifikalornat erschien und die Menge segnete. Der Erzbischof von Florenz, der in seinem prächtigen Brokatgewand und der goldbestickten Mitra neben ihm auf den Domstufen stand, hielt die brennende Osterkerze hoch über seinen Kopf. »Seht das Licht!«, rief er, doch seine Stimme ging unter im Geschrei der herandrängenden Florentiner und dem Dröhnen der großen Domglocken.

Dann schritt er durch das Spalier der Fahnenschwenker mit den Bannern der Florentiner Stadtviertel die Stufen hinab zum Karren. Dort entfachte er das Feuer, das die Osterkerzen der Gläubigen entzünden sollte. Sobald es brannte, flüchtete er mit wehendem Brokatmantel über die Domstufen zurück zum Portal der Kathedrale, um im Gedränge der Florentiner nicht mitgerissen zu werden.

Ich bat Niketas und Basilios, auf mich zu warten, warf mich in das dichte Gewühl und drängte hinüber zum Karren. Die Menge riss mich mit sich fort und schob mich in Richtung des Baptisteriums. Ich presste die Arme an den Körper, hielt meine Kerze mit beiden Händen fest und wappnete mich gegen die Schläge und Stöße von allen Seiten.

Die ersten Florentiner hatten ihre Lichter am Wagen entzündet und kämpften sich nun zurück durch die Masse der ihnen entgegendrängenden Menschen. Im wilden Gerangel erloschen viele Kerzen und mussten neu entzündet werden. Heißes Wachs spritzte mir über Gesicht und Haar. Von vorn geschoben, von hinten gestoßen, rang ich nach Atem.

Verdammt, ich wurde in die falsche Richtung abgedrängt! Fort vom Karren!

Eine Hand legte sich vertraulich auf meine Schulter, und ich wandte mich um. »Cosimo!«

Nach Ablauf seiner Amtszeit als Staatsoberhaupt hatte er sich für einige Tage in seine Zelle nach San Marco zurückgezogen. »Wie schön dich zu sehen!«, flüsterte er und küsste mich auf die Wange.

»Ich habe dich vermisst«, gestand ich. »In den letzten Wochen haben wir uns viel zu selten gesehen. Willst du nicht heute Abend zum Essen kommen? Basilios und Isidor werden auch da sein.«

»Sehr gern. Können wir heute Abend einen Moment allein miteinander sprechen? Ich würde dich gern etwas fragen …«

Kannte er das Gerücht, ich sei schwanger? Vermutete er, dass ich *sein* Kind unter dem Herzen trug? Seit jener Nacht in seinem Bett waren doch erst vier Monate vergangen …

»Basilios hält heute Abend den orthodoxen Gottesdienst, und Niketas begleitet ihn nach Santa Croce. Wir essen erst sehr spät. Komm doch während der Messe zu mir! Dann können wir reden. So wie früher.«

Ich taumelte, als ich einen Stoß in den Rücken erhielt, doch Cosimo fing mich in seinen Armen auf. »Das wäre schön! Ich werde da sein.«

»Ich freue mich auf dich.«

Bevor er mich küssen konnte, schob sich jemand zwischen uns und drängte uns mit den Ellbogen auseinander.

Dieses Gesicht … das Haar … die dunklen Augen … Er kam mir bekannt vor – und doch war ich sicher, ihm noch nie zuvor begegnet zu sein. Ein seltsames Gefühl beschlich mich. War es Neugier? Oder Angst?

Wer war dieser Mann?

Ich wandte mich ab und kämpfte mich durch die Menge, um den Wagen mit dem Feuer zu erreichen.

Nach einer Viertelstunde gelang es mir endlich, zum Karren vorzudringen, wo ich meine Osterkerze entzündete. Mit dem brennenden Licht wollte ich nun zu Niketas und Basilios zurückkehren, die mich neben Cesarini und Scarampo auf den Domstufen erwarteten. Beunruhigt ließen sie ihre Blicke über die wogende, schreiende Menge auf der Piazza schweifen, konnten mich jedoch nirgendwo entdecken.

Schritt für Schritt kämpfte ich mich vorwärts, wurde jedoch immer wieder zurückgestoßen und in Richtung der Via Larga abgedrängt. Ein Mann legte seinen Arm um meine Hüfte, drängte sich von hinten gegen mich und schob mich mit Gewalt vorwärts. Ich wandte mich zu ihm um und erschrak.

Er war es!

»Fühlt Ihr Euch nicht wohl, Alessandra?«, fragte er mit einem feinen Lächeln, das den Hass in seinen Augen nicht verbergen konnte. »Lasst mich Euch aus diesem Gedränge herausbringen.«

Du lieber Himmel, woher kannte ich ihn denn bloß?

Er sprach mit römischem Akzent!

»Wer seid Ihr?«, presste ich hervor und betrachtete sein Gesicht mit den dunklen Augen. Seine sinnlichen Lippen wurden von einem sorgfältig gestutzten Bart betont. Das kastanienbraune Haar fiel ihm bis auf die breiten Schultern. Seine schwarze Kleidung aus Samt und Seide war schlicht, aber von sehr elegantem Schnitt. Kein Schmuck, kein aufgesticktes Wappen, nicht einmal ein Siegelring an seiner Hand!

Er antwortete nicht, packte meine Arme und schob mich durch die Menge. Als ich auf den Pflastersteinen der Piazza stolperte, fing er mich auf, nahm mich in seine Arme und trug mich am Baptisterium vorbei zur Straße, die nach Santa Maria Novella führte.

»Lasst mich los!«, rief ich und versuchte mich aus seiner Umarmung zu befreien.

Neben dem Palast des Erzbischofs warteten acht, neun, zehn Bewaffnete mit ihren Pferden. Sie saßen auf, als wir uns näherten. Sollte ich entführt werden? In dem Gedränge auf dem Domplatz würde mich so schnell niemand vermissen! Wer, zum Teufel, waren diese Männer?

»Cosimo!«, schrie ich so laut ich konnte. *»Cosimo!«*

Doch er war zu weit entfernt, um mich zu hören.

»Schweigt!«, herrschte mich der Römer an.

Er stellte mich auf den Boden und ließ mich für einen Augenblick los, um die Zügel seines Hengstes zu ergreifen. Ich zog meinen Dolch, doch er packte meinen Arm, schlug hart auf mein Handgelenk und entwand mir die Klinge derart brutal, dass ich vor Schmerz aufstöhnte.

»Cosimo, mein Liebster, rette mich!«, lärmten nun die Bewaffneten. »Mein zorniger Gemahl will mich zurückhaben und ordentlich durchficken! Rette mich, Cosimo, aber bitte nicht so schnell …«

Brüllendes Gelächter.

»Euer Gnaden, Eure Gemahlin hat Angst vor Euch!«, rief einer seiner Freunde vergnügt. Ihm schien die Sache unbändigen Spaß zu machen.

»Und ich dachte, sie liebt Euch, Euer Gnaden!«, neckte ihn ein anderer. »Zumindest den harten Teil von Euch.« Er spreizte den Mittelfinger seiner rechten Hand ab und lachte anzüglich.

Drei junge Florentiner waren neugierig stehen geblieben und beobachteten das vermeintliche Drama zwischen einem betrogenen Ehemann und seiner entlaufenen Gemahlin. Schließlich zogen sie tuschelnd und kichernd weiter.

Ich bebte vor ohnmächtigem Zorn!

»Ich bin Alessandra d'Ascoli«, stieß ich mit heiserer Stimme hervor, während mir der Römer mit einem Lederriemen die Hände fesselte.

»Ich weiß, wer Ihr seid«, murmelte er, ohne aufzublicken.

»Was wollt Ihr von mir?«

»Rache will ich!«, knirschte er mit blitzenden Augen. »Ein Leben für ein anderes!«

»Blutrache?«, flüsterte ich entsetzt. »Um Gottes willen! Wen soll ich denn ermordet haben?«

»Meinen Bruder.«

»Und wer war Euer Bru…«

»Noch ein Wort, und ich schneide Euch gleich hier die Kehle durch!«, herrschte er mich an. Dann stieß er mich zu seinem Hengst, hob mich in den Sattel und stieg hinter mir auf.

Er und seine Männer wendeten ihre Pferde und trabten in Richtung Santa Maria Novella. Vergeblich bemühte ich mich, aus seiner engen Umarmung zu entkommen. Meine Schreie verhallten ungehört in der menschenleeren Straße – die Florentiner drängten sich um den Karren auf dem Domplatz.

Vor der päpstlichen Residenz versuchte ich vom Pferd zu springen, um mich in Santa Maria Novella in Sicherheit zu bringen. Doch der Römer hielt mich fest und galoppierte die Straße hinunter in Richtung Arno, dann am unbefestigten Lungarno entlang zum Ponte Vecchio, den wir im Trab überquerten. Wieso hörte denn niemand meine verzweifelten Hilferufe?

Dann hatten wir die Porta Romana erreicht. Meine Entführung war gut vorbereitet: Die Wachen am Stadttor hielten uns nicht auf, als wir Florenz verließen und die Straße in Richtung Siena ritten.

Schließlich erreichten wir ein Wäldchen, das vier oder fünf Meilen südlich von Florenz lag. Eine Staubwolke wirbelte auf, als der Römer seinen Hengst zügelte. Seine Gefolgsleute preschten an uns vorbei auf eine kleine Lichtung.

Während der Römer vom Pferd sprang, erhoben sich mehrere Bewaffnete in Kettenhemd, Helm und Harnisch von einem umgestürzten Baumstamm, wo sie augenscheinlich auf ihren Anführer gewartet hatten. Es waren sieben, acht, neun … nein, zehn Bravi, bewaffnet mit Armbrust und Schwert. Ihre aufgezäumten und gesattelten Pferde grasten nahe einem Bach auf einer blühenden Wiese, wo gelbe Schmetterlinge von Blüte zu Blüte taumelten.

Zwanzig schwer bewaffnete Kämpfer, um mich in Gewahrsam zu nehmen? Die Männer trugen keine Farben auf ihren ledernen Jacken, keine Wappen. Und doch schienen sie zu einem Trupp von Söldnern zu gehören, den der Römer kommandierte.

War er ein Condottiere? Für wen kämpfte er?

Oder gehörte er einer der großen römischen Familien an, die eigene Heere unterhielten, um ihre Macht in Rom zu sichern?

Wer, zum Teufel, war der Bruder dieses Mannes?

»Steigt ab!«, befahl er und streckte mir beide Arme entgegen, um mich aufzufangen, als ich mit gefesselten Händen unbeholfen aus dem Sattel glitt.

Seine Männer suchten ihr Gepäck zusammen und schnallten es hinter den Sätteln fest. Offenbar hatten sie hier die Nacht verbracht, bevor ihr Anführer mit zehn seiner Gefolgsleute nach Florenz geritten war, um mich zu entführen. Der Aufbruch, wohin auch immer, stand unmittelbar bevor!

Eine vorwitzige Blaumeise mit zerrauftem gelbem Brustgefieder und leuchtend graublauen Flügeln setzte sich auf den Sattelknauf und betrachtete uns aufmerksam mit schräg gestelltem Kopf. Der Römer hatte die Blaumeise auch gesehen und belächelte ihre Unverfrorenheit.

In diesem Augenblick, da er abgelenkt war, schlug ich zu. Mit aller Kraft riss ich meine gefesselten Fäuste hoch und traf ihn mit voller Wucht am Kinn. Sein Kopf ruckte zurück. Er taumelte, stolperte rückwärts und stürzte benommen zu Boden.

Die Meise stob davon.

Ich warf mich herum und rannte los.

Durch das dichte Gebüsch in den Wald! Dorthin konnten sie mir mit ihren Pferden nicht folgen!

Mit den Zähnen versuchte ich die Lederriemen an meinen Handgelenken durchzubeißen – vergeblich. Ich gab es auf und rannte um mein Leben.

»Du Satansbrut!«, hörte ich den Römer hinter mir brüllen.

Schritte auf dem Waldboden, raschelndes Laub, knackende Äste, reißender Stoff, als er an den Brombeersträuchern hängen blieb, ein zorniger Fluch. Er war mir dicht auf den Fersen.

Keuchend raffte ich meinen langen Rock und rannte einen Abhang hinauf. Der unebene Boden war bedeckt mit trockenem Laub. Die Wurzel bemerkte ich nicht, bis ich mit dem rechten Fuß daran hängen blieb. Ich stolperte, fing mich wieder, lief zwei, drei, vier Schritte, dann warf sich der Römer von hinten gegen mich und riss mich um.

Schwer atmend lag er auf meinen Beinen und drückte mich zu Boden. Ich schlug nach ihm, doch er wehrte meine Fäuste ab, packte meine Handgelenke und presste sie mit Gewalt gegen eine aufragende Wurzel. Ich schrie vor Schmerz – beinahe hätte er mir die rechte Hand gebrochen!

Er beugte sich über mich, so dicht, als wollte er mich küssen, und musterte aufmerksam mein Gesicht. »Der Kardinal hatte Recht«, keuchte er schließlich. »Ihr seid Lucifers Tochter!«

Dann setzte er sich auf und ließ mich los.

»Wenn Ihr auf Blutrache für Euren Bruder sinnt: Warum habt Ihr mich dann eben nicht getötet?«, fragte ich und wies auf den Dolch an seinem Gürtel.

Er antwortete nicht.

»Wie hieß Euer Bruder?«

»Napoleone.«

»Es tut mir leid, Signore. Ich kenne niemanden dieses Namens. Und ich kann mich nicht erinnern, Euren Bruder getötet zu ha…«

»Es gibt glaubwürdige Zeugen für den Mord. Briefe, die Eure Schuld beweisen«, fuhr er mich zornig an.

»Briefe?«, fragte ich verwirrt.

»Gott mag Euch Eure Schuld vergeben, und der Papst mag Euch die Absolution erteilen, doch ich verzeihe Euch nie!«

»Wer seid Ihr?«

»Cesare Orsini.«

Mein Richter und mein Henker!, dachte ich erschrocken.

Cesare Orsini war nur wenige Jahre älter als ich, aber bereits ein gefürchteter Condottiere der Kirche mit eigenem Heer. Vor einigen Monaten hatte er unter dem Oberbefehl von Vitelleschi mit seinen Söldnern Palestrina, die Hauptstadt der Colonna, belagert und zerstört.

»Ihr seid nicht in Zagarolo, um die letzte Festung meiner Familie zu erobern?«

Er lachte verächtlich. »Mit Lorenzo Colonna wird Vitelleschi allein fertig. Die Mauern von Zagarolo werden in Kürze fallen. Ich war dort, wenige Tage nachdem ich aus Alexandria zurückkehrte.«

»Alexandria?«

Aus der Tasche zog er einen langen eisernen Stift und zeigte ihn mir. »Mit diesem Nagel aus dem Portal einer Synagogenruine habt Ihr meinen Bruder getötet. Erinnert Ihr Euch?«

Ich holte tief Luft und nickte langsam. »Ja, ich erinnere mich. Euer Bruder wollte mich ermorden«, erklärte ich dann mit fester Stimme. »Ich musste um mein Leben kämpfen.«

»Ihr lügt!«, brüllte er mich an. »Napoleone hatte keinen derartigen Befehl!«

Ich schnappte nach Luft.

Hatte Caedmon nicht dasselbe gesagt? Dass das blutige Pergament kein Mordbefehl war? Dass Vitelleschi überrascht war über das Attentat in Alexandria?

»Euer Bruder hat mich verfolgt, Cesare! Er hat die Fackel weggeworfen, damit ich ihn nicht sehen konnte. Er hat sein Schwert gegen mich erhoben. Wir haben miteinander gerungen, und Euer Bruder hat den Kampf verloren.« Cesare wollte etwas erwidern, doch ich redete weiter: »Und ich kann mich nicht erinnern, dass Napoleone mich anflehte: ›Bitte tut mir nichts, Alessandra. Vitelleschi hat mich geschickt, damit ich Euch beschütze!‹ Cesare, ich bitte Euch, kommt zur Besinnung! Ich habe in Notwehr gehandelt! Dies ist keine Blutfehde zwischen den Colonna und den Orsini! Ich hasse Euch nicht.«

Er hob die Augenbrauen. »Trotz allem, was mein Cousin Euch angetan hat?«

»Wer ist Euer Cousin?«

»Kardinal Giordano Orsini. Er hat Euch als Dreijährige vom Palazzo Colonna in den Kerker von Santa Maria sopra Minerva entführen lassen. Erinnert Ihr Euch?«

»Wie könnte ich das vergessen? Ich habe Giordano Orsini verachtet und gehasst. Aber ich habe niemals Blutrache geschworen, um das Blut meiner Mutter, das an seinen Händen klebte, mit seinem Blut abzuwaschen!

Ein Leben für ein anderes! Eine Vendetta ist ein menschenverachtendes, grausames und sinnloses Spiel, bei dem es niemals einen Sieger gibt, sondern nur viel zu viele Verlierer. Denn es wird erst enden, wenn der letzte Orsini den letzten Colonna erschlagen hat. Dann hat jener Orsini den Sieg errungen und die Macht gewonnen. Dann ist er der unangefochtene Herrscher über ein weites Gräberfeld namens Rom. Welch ein Sieg!«, rief ich verächtlich. »Oder ist es am Ende gar kein Sieg, sondern nur eine triumphale Niederlage? Was meint Ihr, Condottiere?«

Cesare Orsini fuhr sich mit beiden Händen über das Gesicht und atmete langsam aus. Es fiel ihm schwer, sich zu beruhigen.

»Erzählt mir, was in Alexandria geschehen ist«, bat er schließlich. »Ich weiß nur, dass Napoleone Euch nach Eurem überstürzten Aufbruch Ende November von Florenz nach Pisa gefolgt ist und in letzter Minute das Schiff nach Ägypten erreichte. Wenige Tage vor Weihnachten hattet Ihr eine Audienz bei Patriarch Philotheos.«

»Woher wisst Ihr das?«

»Napoleone hatte einen Bericht an Vitelleschi geschickt, der mit dem Schiff über Neapel in Rom eintraf. Der Kardinal hat ihn mir gezeigt. Er hatte mich in den Vatikan rufen lassen, um mir mitzuteilen, dass er nach Ferrara reisen wolle. Das war Anfang Januar, wenige Tage nach Epiphanias.«

»Wie habt Ihr von Napoleones Tod erfahren?«

»Durch einen Brief des Patriarchen. Philotheos forderte Vitelleschi auf, ihm etwas zurückzugeben, das Ihr bei Eurer Flucht aus Alexandria mitgenommen hattet. Einen antiken Codex, eine Papyrusrolle, ein Pergament – was weiß denn ich! Der Kardinal hat diesen Benediktinermönch, der ihn beinahe totgeprügelt hat, als er von Marco Colonnas Tod erfuhr, diesen … wie war noch sein Name?«

»Caedmon of Canterbury«, half ich ihm. »Sein ehemaliger Sekretär.«

»Ja, so hieß er. Er hat Bruder Caedmon befohlen, danach zu suchen.«

Ich nickte. »Was wisst Ihr über Marcos Tod?«

Cesare seufzte. »Marco hatte Vitelleschi als Antichrist beschimpft. Der Kardinal hat mir befohlen, ihn festzunehmen und von Montecassino nach Rom zu bringen. Er ist in Santa Maria sopra Minerva gestorben, nachdem er gefoltert worden war. Hätte ich gewusst, dass Vitelleschi meinen Cousin hinrichten lässt, hätte ich seinen Befehl nicht befolgt. Seit jener Straßenschlacht nahe der Engelsburg, wo er so schwer verwundet wurde, dass er beinahe gestorben wäre, hat Marco versucht, sich aus dem endlosen Krieg zwischen Orsini und Colonna herauszuhalten. Ich hatte Marco sehr gern.«

»Ich auch. Erst vor wenigen Tagen habe ich erfahren, dass mein Cousin tot ist.«

Cesare nickte versonnen.

Einer seiner Gefolgsleute näherte sich. Als er uns nebeneinander im Laub liegen sah, runzelte er die Stirn.

Cesare richtete sich auf. »Was ist? Siehst du nicht, dass ich beschäftigt bin?«

»Bitte verzeiht, Euer Gnaden! Die Männer warten auf Euch. Sie sind bereit zum Aufsitzen.«

»Nicht jetzt!«

»Ich dachte, Ihr wolltet heute noch nach Siena reiten. Das sind dreißig Meilen, und es ist schon Nachmittag. Wenn wir nicht bald aufbre…«

»Was ich will und was nicht, werde ich dich zu gegebener Zeit wissen lassen«, herrschte Cesare ihn an. »Und jetzt lass uns allein.«

»Wie Ihr befehlt, Euer Gnaden.«

Der Mann verschwand hastig zwischen den Bäumen.

Cesare lauschte eine Weile auf das Rascheln der trockenen Blätter und das Knacken der Äste, das die sich entfernenden Schritte verursachten.

Ich ließ mich ins Laub zurücksinken. »Der Kommandoton eines Condottiere!«, lächelte ich anerkennend. »Du hast deine Männer gut im Griff, verehrter Cousin.«

Zuerst musterte er mich erstaunt wegen meines vertraulichen Tons, doch dann schüttelte er den Kopf und lachte, als hätte ich einen Scherz gemacht. Er legte sich neben mich.

»Worüber amüsierst du dich?«, fragte ich irritiert.

»Über deine Unverfrorenheit«, schmunzelte er. »Dein Großvater war genauso. Gegen den Willen seiner Familie hat Marcantonio Colonna eine Orsini geheiratet. Ich habe ihn sehr bewundert, als Feldherr wie als Mensch. Ich diente in seinem Heer, als er Papst Martins Condottiere war.« Er hielt sich das schmerzende Kinn und verzog die Lippen. »Hat der alte Haudegen dich gelehrt, so hart zuzuschlagen?«

»Mein Vater hätte ihm die Leviten gelesen, wenn er das getan hätte, und mein päpstlicher Cousin hätte ihm mit dem Kirchenbann gedroht. Du weißt doch, Cesare: Die römische Kirche verabscheut die Gewalt zutiefst, verurteilt das Blutvergießen, tröstet die Trauernden, preist die Sanftmütigen und Barmherzigen und hilft denen, die Gerechtigkeit fordern.«

Er verzog die Lippen. »Du bist zynisch!«

»Nach acht Jahren Gewaltherrschaft in Rom und mehr als zweihundert ermordeten und hingerichteten Verwandten ist Zynismus noch das laueste meiner Gefühle! Mein Vater ist ermordet worden, Serafino, der wie ein Bruder für mich war, und drei meiner Freunde. Auf meinen Cousin Prospero ist ein Anschlag verübt worden. Selig die Sanftmütigen, die Barmherzigen und die Friedensstifter, denn ihrer ist das Himmelreich!«

»Wie sehr musst du ihn hassen!«

»Marco hatte Recht: Er ist der Antichrist.«

Cesare schloss die Augen, räkelte sich im weichen Laub und schwieg eine Weile. Er schien, als ob er eingeschlafen sei. »Wie ist mein Bruder gestorben?«, murmelte er schließlich. »Was ist nach deiner Audienz bei Patriarch Philotheos geschehen?«

»Ich war in Alexandria, um die verschollene Bibliotheca Alexandrina zu finden. Mein Freund Tayeb und ich haben die antiken Ruinen außerhalb der Stadtmauern untersucht und sind schließlich auf jene im Sand versunkene Synagoge gestoßen. Wir wussten, dass wir verfolgt wurden, und beschlossen, die Ruine in der nächsten Nacht zu untersuchen.«

»In der Weihnachtsnacht.«

»Vor Beginn der Christmesse haben Tayeb und ich den Funduk verlassen und sind mit einem Boot zum Strand gerudert, um die Synagoge zu erforschen. Über das, was dann geschehen ist, kann ich nur Vermutungen anstellen.«

»Die würde ich gern hören.«

»Dein Bruder hat uns beobachtet, wie wir den Funduk verließen. Er ist uns gefolgt, und als wir nicht zur Christmesse gingen, sondern im Hafen ein Ruderboot bestiegen, konnte er sich denken, wohin wir wollten: zur Ruine vor den Toren der Stadt. Er vermutete, dass ich dort eine spektakuläre Entdeckung gemacht hatte. Warum sonst sollte ich ausgerechnet in der Weihnachtsnacht durch die Wüste schleichen? Wieso wartete ich nicht bis nach dem Christfest? Weshalb suchte ich den Schatz nicht bei Tageslicht? Die versunkene Ruine zwischen den Sanddünen war von den Mauern von Al-Iskanderiya doch nicht zu sehen! Nein, ich schlich in der Weihnachtsnacht hinaus. Es musste ein sensationeller Fund sein!

Dein Bruder ist zum Patriarchen geeilt, der vermutlich gerade zum orthodoxen Weihnachtsgottesdienst aufbrechen wollte. Im Namen von Giovanni Vitelleschi hat er den Patriarchen um Unterstützung bei meiner Festnahme gebeten, und Philotheos, der ihn kurz vor der Christmesse nur sehr widerwillig empfing, hat ihm drei Bewaffnete zur Verfügung gestellt. Immerhin hatte dein Bruder ein Beglaubigungsschreiben seines Amtskollegen vorzuweisen, des lateinischen Patriarchen von Alexandria.

Dann ist uns dein Bruder zur Synagoge gefolgt. Er ist in die Ruine hinabgestiegen und hat gehört, wie ich gesagt habe, wir hätten ein neues Evangelium gefunden.«

Cesare starrte mich fassungslos an. »Ein fünftes Evangelium?«

»Eine Handvoll Papyrusfragmente mit einem hebräischen Evangelientext aus dem ersten Jahrhundert«, log ich kaltblütig.

»Hebräisch?«, fragte er und hob die Augenbrauen. »Du meinst, die Juden, die Jesus Christus ans Kreuz nagelten, haben ein eigenes Evangelium verfasst?«

Ich nickte. »Doch nicht die Juden, sondern wir Römer haben Jesus gekreuzigt.«

Und, so fügte ich im Stillen hinzu, wir tun es jeden Tag aufs Neue, indem wir alles missachten, wofür er gestorben ist: Barmherzigkeit, Vergebung und Frieden.

»Und wieso sind diese alten Papyrusfetzen so wichtig, dass sich zwei Patriarchen darum streiten?«, fragte Cesare.

»Das Evangelium enthält bisher unbekannte Worte Jesu. Es kann leicht gefälscht werden. Ein alter Papyrus … ein wenig blasse Tinte … eine weiche Feder. Kein Problem.«

»Und wozu soll das gut sein?«

»Um die Machtpolitik der Kirche und den Primat des Papstes über die orthodoxen Patriarchate zu legitimieren. Um Dogmen zu rechtfertigen, über die das Unionskonzil seit über einem Jahr streitet. Oder um Papst zu werden.«

Cesare schwieg eine Weile. Dann fragte er: »Du glaubst also, dass Napoleone dieses Evangelium in seinen Besitz bringen wollte, um Vitelleschi die Macht zu geben, Papst zu werden?«

»Cesare, ich weiß nicht, was dein Bruder gedacht hat, als er mich mit seinem Schwert bedrohte. Als ich floh und er ›Haltet sie! Sie darf nicht entkommen!‹ rief. Als er sich von hinten auf mich warf und mein Gesicht in den Sand presste, um mich zu ersticken. Als er mich durch die Dünen verfolgte und auf Leben und Tod mit mir rang, um am Ende den Kampf zu verlieren. Vermutlich nahm er an, ich würde ihm das Evangelium nicht freiwillig überlassen – Tayeb hatte in der Genisa sein Schwert gezogen, und auch ich war bewaffnet.«

Ich zeigte ihm den eisernen Nagel aus dem Portal der Synagoge.

Schweigend musterte er mich.

Schließlich sprang er auf, klopfte sich das Laub von der Kleidung und streckte die Hand aus, um mir aufzuhelfen. »Komm jetzt, wir haben noch einen weiten Weg vor uns!«

»Wohin bringst du mich?«

»Nach Rom.«

Auf der alten Römerstraße Via Cassia ritten wir durch bewaldete Täler nach Süden. Die Sonne schien in einem tiefblauen, wolkenlosen Himmel, die Vögel zwitscherten, und die Frühlingsluft dieses Ostersamstags war warm und weich wie Seide. Welch eine Wohltat nach dem langen, harten Winter!

Cesare hatte mir ein eigenes Pferd gegeben, einen feurigen Hengst, der trotz des Gewaltritts nicht ermüdete. Im Gegensatz zu mir: Ich war bald erschöpft, meine Arme und Beine zitterten von der Anstrengung, und ich hatte Mühe, mich im Sattel zu halten. Seit dem Anschlag von Bruder Leonidas waren erst vier Wochen vergangen, und ich hatte mich noch nicht völlig erholt.

Nachdem wir San Casciano hinter uns gelassen hatten, durchschnitt Cesare meine Handfesseln. Er hatte bemerkt, wie ermattet ich war. Mit freien Händen würde mich der Gewaltritt nicht so anstrengen.

Während wir nun eine halbe Stunde lang in erholsamem Tempo die toskanischen Hügel durchquerten, sah ich mich immer wieder nach umherstreifenden Söldnern um, konnte jedoch keine entdecken. Cesare beruhigte mich: Niccolò Piccinino, der Condottiere von Filippo Maria Visconti, halte sich mit seinem Heer nach wie vor in der Lombardei auf.

Der Herzog von Mailand war entschlossen, Florenz anzugreifen, und sein Verbündeter Rinaldo degli Albizzi wollte aus dem Exil zurückkehren, um seinen Todfeind Cosimo de' Medici zu stürzen, der ihn vor fünf Jahren aus der Stadt vertrieben hatte. Doch entgegen Cosimos Befürchtungen war Piccinino bisher nicht vor den Toren von Florenz erschienen, um die Stadt zu belagern.

Von Cosimos Machtkampf mit dem Papst erzählte ich Cesare ebenso wenig wie von seiner Furcht vor Vitelleschi, der das Heer der Kirche kommandierte.

Nun, da Cosimo sich mit dem Papst zerstritten hatte und nach Ablauf seiner Amtszeit die Würde als Staatsoberhaupt niedergelegt hatte, dachten die Prioren der Regierung darüber nach, Rinaldo degli Albizzi und seine Gefolgsleute aus dem Exil zurückzuholen – vielleicht ließ sich so ein Angriff Niccolò Piccininos auf Florenz abwenden! Doch was, wenn Rinaldo aus dem Exil zurückkehrte und die blutigen Straßenschlachten zwischen den Medici und den Albizzi wieder aufflammten? Was, wenn Niccolò Piccinino die Republik Florenz für den Herzog von Mailand eroberte? Was, wenn Giovanni Vitelleschi ihn in der Schlacht besiegte und die Papstresidenz Florenz für den

Kirchenstaat annektierte? Was, wenn er Eugenius stürzte und selbst den Thron Petri bestieg?

Kein Wunder, dass Cosimo sich für einige Tage nach San Marco geflüchtet hatte, um sich zu besinnen, nun, da er nur noch Bankier des Papstes war – welches Pontifex auch immer, Papst Eugenius' oder seines baldigen Nachfolgers, Papst Johannes …

Erst kurz vor Mitternacht erreichten wir Siena – die Stadttore waren längst geschlossen. Cesare ritt mit mir zum Campo, während sein Adjutant noch mit den Torwächtern über die Höhe der ›Gebühren‹ für das nächtliche Öffnen der Porta Romana verhandelte. Wir trabten die stille Via Roma hinauf, bogen nach links in eine schmale Gasse und überquerten die Piazza del Campo mit dem von Fackeln erleuchteten Palazzo Pubblico, dem Rathaus von Siena, und seinem hohen Wehrturm. Ich war so müde, dass ich beinahe im Sattel eingeschlafen wäre.

»Wir sind gleich da. Es ist nicht mehr weit. Warst du schon einmal in Siena?«

»Schon oft«, nickte ich. »Wenn ich nach Rom reite, übernachte ich im Palazzo Piccolomini nahe dem Campo. Den Palio habe ich mir angesehen, nachdem ich Marco in Montecassino besucht hatte.«

»Die Pferderennen begeistern mich! Das Gedränge auf dem Campo, das ausgelassene Geschrei, der aufgewirbelte Staub, der wilde Ritt!«, rief er, und seine Augen blitzten im Schein der Fackeln am Palazzo Pubblico. »Vielleicht reite ich in diesem Jahr für eines der Stadtviertel – falls ich nicht gegen Piccinino in den Krieg ziehe. Ich liebe Siena – mehr als Rom. Mein Palazzo ist nur wenige Schritte vom Campo entfernt, und ich komme oft hierher, wenn ich nach einem Feldzug Ruhe und Besinnung suche. Im Winter, wenn ich nicht im Feldlager bei meinen Truppen bin, ist mein Haus in Siena gemütlicher als die eisig kalte Festung meiner Familie in Bracciano.«

»Cesare, ich beneide dich!«, gestand ich müde. »Du glaubst ja nicht, wie ich mich danach sehne, den Machtkämpfen unserer Familien zu entkommen, dem Kampf der Colonna gegen den Satanskardinal, den Hochverratsprozessen, Folterungen und Hinrichtungen in Rom – diesem ganzen Irrsinn!«

Cesare wurde sehr ernst, als ich Folter und Tod erwähnte.

»Seit zwanzig Jahren lebe ich nun schon in Florenz. Meinen Namen habe ich vor acht Jahren abgelegt. Und doch bin ich immer noch eine Colonna. Dieser Name ist wie ein Brandzeichen, das ich auf meiner Stirn trage. Ich kann es nicht verleugnen, ich kann es nicht verbergen, und ich kann es nicht entfernen.

Als mein Vater noch lebte, bin ich oft verschwunden, um in verstaubten Klosterbibliotheken nach verschollenen Manuskripten zu suchen. Mailand, Ferrara, Venedig, Ravenna, Assisi, Montecassino, Rom. Immer wieder Rom! Diese geliebte und gehasste, faszinierende und erschreckende Stadt! Doch nun, da mein Vater tot ist und ich die Verantwortung für das Unternehmen in Florenz trage, kann ich nicht mehr fliehen.«

Wir bogen nach links in die Via di Città ein, eine schmale Gasse, die in weitem Bogen um den Campo herumführte. Hier standen die Palazzi der Familien Petrucci, Chigi und Piccolomini.

»Wohin würdest du verschwinden, wenn du es könntest?«

»Nach Venedig«, seufzte ich. »In einen Palazzo am Canal Grande. Ein Liebesnest für ein paar unbeschwerte Wochen in der Serenissima! Verträumte Gondelfahrten auf der Lagune. Lange Spaziergänge Arm in Arm an den Canali. Das würde mich sehr glücklich machen!«

Vor einem imposanten Haus neben dem Palazzo Chigi sprang Cesare vom Pferd und half mir aus dem Sattel. Ich war so erschöpft, dass ich in seine Arme stolperte. Sein Atem streichelte mein Gesicht, als er mir in die Augen sah. »Du hast einen Geliebten, nicht wahr?«

Zart wie ein Windhauch streiften seine Lippen die meinen. Dann küsste er mich, und der leise Windhauch wurde zum Sturm der Leidenschaft.

Wenn ich Niketas nie begegnet wäre, hätte ich mich Herz über Verstand in Cesare verlieben können, in sein charmantes Lächeln und seine temperamentvolle, alles mit sich reißende Art. Ich konnte es nicht leugnen, ich fand ihn äußerst attraktiv und begehrenswert. Cesare und ich – in gewisser Weise waren wir uns sehr ähnlich.

»Willst du ihm treu bleiben?«, flüsterte er mit rauer Stimme.

Sanft strich ich ihm über das Haar und hauchte ihm einen Kuss auf die geöffneten Lippen. Dann nickte ich.

»Schade!«, murmelte er enttäuscht. »Dann muss ich heute Nacht wohl allein schlafen.«

Am nächsten Morgen, dem Ostersonntag, brachen wir schon vor Sonnenaufgang auf und verließen Siena durch die Porta Romana.

Während des stundenlangen Rittes nach Montepulciano war Cesare sehr still. In seinen Augen bemerkte ich einen rätselhaften Schatten, wenn er mich ansah – was er oft tat, sehr oft. War es ein leiser Schmerz? War er in seinem Stolz verletzt und schmollte, weil ich ihn zurückgewiesen hatte? Oder hatte er sich damit abgefunden, dass eine derartige Beziehung zwischen uns undenkbar war? Ich wusste nicht, was er dachte oder wie er empfand, denn er schwieg beharrlich, beantwortete meine Fragen nur einsilbig, gab vor, nach einer schlaflosen Nacht sehr müde zu sein, und flüchtete sich in irgendwelche Launen, die er dann sehr temperamentvoll an seinen Männern ausließ.

Warum behandelte er mich nun wieder wie eine Gefangene? Wieso wich er mir aus?

Als wir spät am Abend die Herberge in Montepulciano erreichten, hob er mich vom Pferd. »Du bist todmüde!«, stellte er besorgt fest. »Kannst du laufen?«

Während wir über den Hof gingen, legte er den Arm um meine Schultern. Doch dann hob er mich hoch und trug mich die Treppe hinauf. Er sprach kein Wort und mied meinen Blick, als ich meinen Kopf an seine Schulter lehnte. In dem Schlafgemach, wo wir beide die Nacht verbringen mussten, weil kein anderes Zimmer frei war, stellte er mich wieder auf den Boden. Dann trat er einen Schritt zurück, murmelte »Buona notte!«, verließ das Schlafgemach und schloss die Tür hinter sich, als sei es ihm unerträglich, mit mir in einem Raum zu sein. Du lieber Himmel, was war bloß in ihn gefahren?

Wo Cesare die Nacht verbrachte, wusste ich nicht. Ich fragte ihn auch nicht danach, als er mir am nächsten Morgen in den Sattel half. Wie übernächtigt er aussah! Vermutlich hatte er sich im Bett einer Hure ausgetobt. Und nicht nur einmal.

Ich ließ ihn in Ruhe und beobachtete, wie er mit jeder Meile, die wir in Richtung Rom zurücklegten, missgelaunter wurde. Zorniger. Und noch stiller.

Mir war klar, dass er um eine Entscheidung rang – doch welche? Wenn das, was ihn so quälte, nicht der Gedanke an die Blutrache war, was war es dann?

Nach unserer Ankunft in Orvieto brachte er mich zum Palazzo del Capitano del Popolo, wo ich auf einem harten Lager in einer Kerkerzelle die Nacht verbrachte. Die schweren Ketten, die an der Wand befestigt waren, ersparte er mir.

Obwohl ich von dem Gewaltritt erschöpft war, schlief ich in jener Nacht nur ein oder zwei Stunden lang. Was hatte Vitelleschi ihm befohlen, das er mit seinem Gewissen nicht vereinbaren konnte? Was erwartete mich in Rom?

Und Niketas? Wie ging es ihm? Hatte er wieder einen schweren Anfall erlitten, als Cosimo ihm mitteilte, dass er mich in Florenz nicht finden könne und nicht wisse, ob ich überhaupt noch lebte? Ich machte mir solche Sorgen.

Am nächsten Morgen brachen wir noch vor Tagesanbruch auf und ritten über die Via Cassia nach Viterbo, wo wir in einem Gasthof zu Mittag aßen. Von dort ging es weiter nach Bracciano, der Festung der Orsini.

Die Nacht verbrachte ich im Verlies der Burg. Cesare schickte mir einen Teller Linsensuppe und ein Stück Brot in meine Kerkerzelle und nahm sein Mahl allein im großen Speisesaal ein. Der Rest seiner Familie war nicht in Bracciano, sondern belagerte die Colonna-Festung Zagarolo. Das erzählte mir der Kerkermeister, als er mir Teller und Holzlöffel wieder abnahm. Dann brachte er mir »auf Befehl Seiner Gnaden!« eine Wolldecke für die Nacht.

Mitten in der Nacht erwachte ich von einem leisen Quietschen, als jemand das eiserne Gitter meiner Zelle aufschob. Ich blinzelte ins grelle Licht der Fackel, die hinter seinem Rücken brannte. Ich atmete ruhig weiter, als ob ich schlief.

Mein Herz raste.

Cesare verharrte reglos in der offenen Tür und betrachtete mich mit geballten Fäusten. Sein Gesicht lag im Schatten.

Als er sich langsam umwandte, um den Kerker zu verlassen und in sein Bett zurückzuschleichen, sah ich durch meine halb geöffneten Lider die Tränen in seinen Augen schimmern.

Die Sonne war bereits untergegangen, als wir am nächsten Tag Rom erreichten.

Die Abenddämmerung tauchte die Ewige Stadt in ein glühendes Rot. Der Himmel über dem Meer leuchtete wie geschmolzenes Gold, das im Osten im tiefen Blau der heraufziehenden Nacht versank. Die ersten Sterne funkelten am blaugoldenen Firmament, und die vom Wind zerfetzten Wolken brannten wie in einem gewaltigen Feuersturm über dem Vatikan und der Engelsburg. Dort glühte die Kuppel des Pantheons. Da war das Kapitol, das Forum Romanum und das Kolosseum. Und dort San Giovanni in Laterano und die Residenz der Päpste.

Im letzten Licht des Tages genoss ich diesen atemberaubenden Anblick Roms, diese wahrlich apokalyptische Szenerie, die so ganz meiner Stimmung entsprach. Ich war wieder zu Hause! Rom war meine

Heimat, nicht Florenz oder Venedig. Nur Rom vermochte diese leidenschaftlichen Gefühle von Liebe und Hass in mir zu entfachen.

»Willkommen in der Hölle!«, murmelte ich. »Cesare, was glaubst du – wann wird Satan mich empfangen? Oder ist der Antichrist noch nicht in Rom?«

Cesare, der neben mir auf seinem Hengst saß, blickte mich traurig an.

Einer der Bewaffneten, die uns von Bracciano nach Rom eskortiert hatten, zog sein Schwert. »Ihr wagt es, Seine Eminenz …«

»Weg mit der Waffe!«, brüllte Cesare ihn an und hob gebieterisch die Hand. »Du kennst meinen Befehl!«

»Ja, Euer Gnaden!« Er schob das Schwert zurück.

Cesare wandte sich zu mir um. »Soweit ich weiß, ist er noch nicht von Zagarolo zurückgekehrt. Sobald er kommt, will er dich sehen.«

»Wie schön!«

»Ich werde dir nun die Hände fesseln. Bitte wehre dich nicht!«

Seufzend überkreuzte ich meine Arme hinter meinem Rücken. Cesare ließ seinen Hengst einen Schritt zurückgehen, dann beugte er sich zu mir herüber und fesselte mich mit einem Lederriemen. Er bemühte sich, mir nicht wehzutun, zog die Fessel jedoch so fest, dass es mir unmöglich war, meine Hände zu befreien. »Tut mir leid«, murmelte er. »Ich will dich nicht demütigen.«

»Schon gut! Wenn du mein Gefangener wärst, würde ich mit dir dasselbe tun.« Ich atmete tief ein. »Cesare, lass es uns hinter uns bringen! Es wird für uns beide schwer genug!«

Er nickte, ergriff die Zügel meines Pferdes, trieb seinen Hengst an und galoppierte mit mir auf die Stadt zu. Seine zwanzig Bewaffneten zogen ihre Schwerter und bildeten einen undurchdringlichen Kordon um uns, um Cesare vor einem Attentat zu schützen und mich an der Flucht zu hindern.

Die Formalitäten am Stadttor waren schnell erledigt, und wir betraten Rom. Kurz vor Toresschluss herrschte auf der weiten Piazza vor der Kirche Santa Maria del Popolo ein Trubel wie im Vorhof des Tempels von Jerusalem, als Jesus die Tische der Geldwechsler und Taubenverkäufer umstieß.

Geldverleiher, die ihre Klapptische gleich neben der Porta Flaminia aufgebaut hatten, tauschten florentinische Fiorini und venezianische Zecchini in römische Ducati. Ein Händler, der Ablassbriefe und Reliquien von Heiligen verhökerte, pries lautstark seine Waren an: »Rosenkränze und Gebetbücher! Byzantinische Ikonen aus Florenz!« Am benachbarten Stand gab es Aphrodisiaka aus dem Staub ägyptischer Mumien, Liebeszauber auf Papyrus und magische Schutzamulette gegen Pest und Impotenz. Und vor den Stufen zum Portal von Santa Maria del Popolo bot ein geschäftstüchtiger Reliquienhändler die Haare der Caterina von Siena an, ein Tuch mit den Blutstropfen aus den Stigmata des heiligen Francesco d'Assisi und den Fingerknochen von der Hand Johannes des Täufers, mit der er am Jordan Jesus getauft hatte.

In Rom gab es jeden Plunder zu kaufen. Der Glaube und die Frömmigkeit wurden verhökert wie die Sündenfreiheit durch Ablassbriefe! Das christliche Bekenntnis und die Moral als käufliche Ware! Welch ein Frevel!

Cesare führte mein Pferd durch das Gedränge auf der Piazza, dann trabten wir nebeneinander die Straße entlang, die zum Forum Romanum und zur Via Papalis führte. Offenbar wollte er mich zum Palazzo Orsini auf dem Monte Giordano gegenüber dem Castel Sant'Angelo bringen. Sollte ich dort auf Vitelleschis Rückkehr warten?

Ich konnte das Kapitol mit der Kirche Santa Maria in Aracoeli schon sehen, als Cesare plötzlich sein Pferd zügelte und, statt die Piazza zu überqueren und nach Westen in Richtung Tiber abzubiegen, nach links in eine schmale Gasse hineinritt und sich sofort wieder nach rechts wendete.

Da war er, der Palazzo Colonna – ehemals Residenz von Papst Martin, wehrhafte Burg meiner Familie und Ort meiner Geburt. In der

Kirche Santi Apostoli gleich neben dem Palast war ich getauft worden. Ich starrte empor zu den großen Fenstern. Kein Lichtschein erhellte die prunkvoll ausgestatteten Räume. Der Palazzo war verlassen.

Ob Prospero noch in Rom war?, schoss es mir durch den Kopf. Ich musste meinen Cousin wissen lassen, dass ich entführt worden war! Ich musste zur Piazza Navona gelangen und dort an der ›sprechenden Statue‹ des Menelaos eine Nachricht hinterlassen! Doch wie?

Cesare ergriff die Zügel und führte mein Pferd zurück zur Gasse, durch die wir zum Palazzo Colonna gelangt waren.

Warum hatte er mich hierher geführt?

»Cesare …«, begann ich, aber er hob die Hand und gebot mir zu schweigen.

Wir hatten wieder die Straße erreicht. Doch anstatt sich nun nach links zum Palazzo Orsini zu wenden, ritt er geradeaus weiter in eine schmale Gasse, die direkt nach Westen führte.

Wohin brachte er mich? Zum Castel Sant'Angelo? Sollte ich im düsteren Kerker der Engelsburg auf Vitelleschis Rückkehr warten? Während wir dem Weg folgten, besann ich mich. Nein, wenn er mich ins Castel Sant'Angelo bringen sollte, hätten wir nicht den Tiber überqueren müssen. Wir wären westlich des Flusses zum Vatikan geritten, und von dort am Passetto entlang und durch den Borgo zur Engelsburg.

Panik stieg in mir hoch. Er brachte mich nicht in den Kerker der Engelsburg! Ich kannte diese Gasse. Sie führte zum Pantheon und zur …

Allmächtiger Gott, steh mir bei!

Mein Herz raste, und meine Hände zitterten. Ich zerrte an meinen Fesseln – doch vergeblich. Sie saßen fest!

Cesare überquerte eine Piazzetta und ritt weiter geradeaus, bis er nach rechts abbog und auf einem kleinen Platz sein Pferd zügelte. Wie gelähmt saß ich im Sattel und starrte auf die Basilika und das Dominikanerkloster.

Santa Maria sopra Minerva.

Die Hölle auf Erden.

Wie konnte Cesare mir das antun!

Er sprang ab und warf die Zügel einem herbeieilenden Schergen der Inquisition zu. Dann trat er neben mich, durchschnitt meine Fesseln und streckte beide Arme aus, um mir aus dem Sattel zu helfen. »Komm!«

Ich stieg ab, und er umarmte mich. »Es tut mir leid, Alessandra!«, flüsterte er und küsste mich.

»Hast du auch so empfunden, als du Marco mit Gewalt hierher brachtest?«, fragte ich verächtlich. »Hast du um ihn getrauert, als er unter der Folter starb?«

Er senkte den Blick. »Alessandra, was in Siena zwischen uns geschehen ist … dieser Kuss … es hätte nie geschehen dürfen …«

»Va all'inferno!«

»Da bin ich schon!«, gestand er traurig. »Ich liebe dich! Aber ich kann nicht anders. Ich muss ihm gehorchen.«

»Du hast einen Pakt mit Satan geschlossen, Cesare! Was gibt er dir für deine Seele und dein Gewissen und die Blutopfer, die du ihm bringst? Macht, Ruhm und eine Handvoll Gold? Selbstachtung wird es wohl nicht sein!«

»Nein.« Beschämt wandte er den Blick ab. »Schade, dass du mich so in Erinnerung behältst. Ich hätte mir gewünscht …«

»Ich werde versuchen, dich zu vergessen, Cesare!«, versicherte ich ihm. »Jeden Tag aufs Neue!«

Cesare wandte sich abrupt um, ging zu seinem Pferd und schwang sich in den Sattel. Dann zerrte er am Zügel, riss den scheuenden Hengst herum und galoppierte mit seinen Männern die Straße hinunter in Richtung des Palazzo Orsini.

Ich sah ihm nach und rang mit den Tränen.

Ein Dominikaner trat zu mir. Er hatte sanfte Augen, lockiges, haselnussbraunes Haar mit einer kleinen Tonsur und einen gepflegten und zurechtgestutzten Bart, was sehr ungewöhnlich für einen Dominikaner war. Sein Habit war makellos weiß. »Alessandra d'Ascoli? Wir haben Euch erwartet. Folgt mir.«

Ich blickte mich um. Hinter mir standen zwei Schergen der Inquisition mit der Hand am Schwert. Eine Flucht erschien unmöglich.

Der Frater führte mich über die Piazza della Minerva die Stufen hinauf zum Portal der Kirche mit der schlichten weißen Fassade, die ein wenig an Santa Maria Novella in Florenz gemahnte. Dann öffnete er das schwere Tor und ließ mich eintreten. Santa Maria sopra Minerva war auf den Ruinen eines antiken Minerva-Tempels errichtet worden. Im benachbarten Dominikanerkloster befand sich das Generalat des Ordens sowie das Hauptquartier der römischen Inquisition.

Mein Blick schweifte durch das Mittelschiff der Basilika zum Altar – dort hatte ich Luca zum ersten Mal gesehen.

Überwältigt von meinen Erinnerungen blieb ich stehen.

Während der Sonntagsmesse hatte meine Mutter mich fest in den Arm genommen und auf einen Dominikanermönch am Altar gezeigt. Ehrfürchtig hatte ich ihn angestarrt. Ich hatte keine Ahnung, was seine Titel bedeuteten – päpstlicher Legat, Inquisitor von Rom und Vertrauter des Papstes. Doch alle knieten vor ihm nieder und erwiesen ihm mit demütig geneigtem Haupt ihren Respekt, als wäre er und nicht Papst Martin der mächtigste Mann in Rom.

Der Dominikaner riss mich aus meinen Erinnerungen. Während wir die Basilika durchquerten, erklärte er mir, dass der Prior des Konvents, Fra Mariano da Palestrina, sich zurzeit im Vatikan aufhalte und mich später, nach meiner Einkleidung, in meiner Zelle aufsuchen würde.

Dann betraten wir das Kloster. Den Kerker des Geistes. Den Tempel der Selbstverleugnung.

Der Frater führte mich durch den Kreuzgang eine Treppe empor in den ersten Stock und öffnete mir schließlich die Tür zu einer Mönchszelle mit einem schmalen Bett, einem Schreibtisch und einem Regalbrett mit mehreren Büchern, darunter Werke des Thomas von Aquino. An der Wand oberhalb des Betstuhls hing ein hölzerner Crucifixus. Im Licht der Kerze auf dem Schreibtisch erkannte ich die Zelle wieder: Es war die meines Vaters.

Mein Herz krampfte sich schmerzhaft zusammen.

Hier hatte meine Mutter Luca offenbart, dass er eine kleine Tochter habe. Hier hatte er sich von mir abgewandt und geweint, als ich meine Hand ausstreckte, um ihn zu berühren. Niemals werde ich den gequälten Ausdruck in Lucas Augen vergessen.

Ich holte tief Atem und rang die schmerzlichen Erinnerungen nieder. »Wessen Zelle ist dies?«

»Der ehrwürdige Prior, Fra Mariano, wohnt hier.«

Auf dem Bett lag ein Büßergewand aus weißer Wolle, das einem Dominikanerhabit glich, nur ohne schwarzes Skapulier.

»Entledigt Euch Eurer weltlichen Kleidung, und zieht diesen Habit und die Sandalen an«, befahl der Frater mit einer Stimme, die keinen Widerspruch duldete. Dann nahm er eine Schere vom Tisch und hielt sie mir hin.

Ich starrte die Schere an. »Nein!«

»Wenn Ihr Euch weigert, werde ich es tun!«

Ich gab nach und nahm die Schere entgegen. »Wie viel?«

Er war erbarmungslos. »Alles.«

Verzweifelt ließ ich mich auf das Bett sinken und barg mein Gesicht in den Händen.

»Ich werde Euch in einer Viertelstunde holen«, verkündete er ungerührt. »Seid dann fertig.«

Ich rang mit den Tränen und nickte, ohne ihn anzusehen. Er schloss die Tür hinter sich und ließ mich allein.

Eine Weile saß ich reglos auf dem Bett und betrachtete das weiße Gewand. Dann trocknete ich meine Tränen, schlüpfte aus meinen Schuhen und legte das Seidenkleid ab. Danach zog ich den wollenen Habit über den Kopf und schnürte die Sandalen. Meinen Siegelring steckte ich in den Geldbeutel, der nur eine Handvoll Fiorini enthielt, und verbarg ihn unter dem weiten Gewand. Ich setzte mich auf den Hocker und ergriff die Schere. Meine Finger zitterten so sehr, dass ich sie beinahe fallen gelassen hätte. Damals hatten sie mir auch das Haar geschnitten! Dann griff ich in mein langes Haar, zog eine Strähne heraus und schnitt sie ab. Die Haare fielen zu Boden. Strähne für Strähne schnitt ich ab, bis mein Haar so kurz war wie das der Mönche.

Wenig später kehrte der Frater zurück. Er klopfte, bevor er die Zelle betrat. »Kommt mit!«

Ich erhob mich und folgte ihm hinaus in den Kreuzgang.

Zwei Fratres kamen uns entgegen. Sie blieben stehen, um uns vorbeizulassen, und tuschelten hinter meinem Rücken über mich. »… Lucas Tochter …«

»Seid Ihr durch Euren Vater mit dem Leben im Kloster vertraut?«, fragte mich der Dominikaner, der mich nun die Treppe zum Chiostro Grande hinabführte.

»Mein Bruder war Mönch in San Marco in Florenz.«

Er hob die Augenbrauen. »Ich wusste nicht, dass Ihr einen Bruder habt.«

»Fra Serafino degli Innocenti. Luca hat ihn wie einen Sohn erzogen.«

»Der Papst hält sehr viel von ihm. Fra Serafino soll in Kürze Fra Marianos Nachfolger als Prior von Santa Maria sopra Minerva werden, da der ehrwürdige Vater in Kürze andere Aufgaben übernehmen wird.«

»Er wurde ermordet«, stieß ich mit tonloser Stimme hervor. »Fra Serafino ist tot.«

Der Mönch blieb stehen und blickte mich betroffen an. »Das tut mir aufrichtig leid. So kurz nacheinander Euren Vater und Euren Bruder zu verlieren … Ich werde für sie beten. Der Allmächtige stehe ihnen bei.«

»Danke, Frater.«

»Ich bin Bruder Elia«, stellte er sich vor.

Er führte mich in den Kerker des Konvents, einen langen, weiß verputzten Gang mit düsteren Verliesen, schob eine nur angelehnte Zellentür auf und trat einen Schritt zurück, damit ich hineingehen konnte.

In der offenen Tür blieb ich stehen – ich konnte nicht weiter. Ein Schmerz durchzuckte meine Brust, und ich rang nach Atem. Ich barg mein Gesicht in den Händen. Tränen rannen über meine Wangen.

Es war dieselbe Zelle, in der ich schon als Dreijährige gefangen gehalten wurde!

Fra Elia legte mir tröstend die Hand auf den Arm und schob mich sanft in den winzigen Raum, der mir als Kind so groß erschienen war! Fünf Schritte zwischen der Tür und dem vergitterten Fenster, drei Schritte von einer nackten Steinwand zur anderen. Eine hölzerne Pritsche mit einer Wolldecke. Ein Abtritteimer.

»Ich werde nach dem Vespergottesdienst nach Euch sehen und Euch eine Kerze und eine Bibel bringen. Kann ich sonst noch etwas für Euch tun?«

»Gibt es in der Klosterbibliothek Bücher von Seneca? Ich würde gern ein wenig in *De brevitate vitae* lesen.«

»Ich werde sehen, ob ich es finden kann.«

»Danke, Frater.«

»Seid standhaft!«, mahnte er. »Ihr seid Lucas Tochter. Macht Eurem Vater Ehre!«

Ich zuckte zusammen, als die Tür ins Schloss fiel. Es wurde finster um mich, und ich konnte mich nicht länger beherrschen. Der Schmerz und die Hoffnungslosigkeit überwältigten mich. Schluchzend rutschte ich an der Tür herunter auf die Fliesen und weinte.

Was war mir in dieser düsteren Zelle angetan worden! Sie hatten mir meine Mutter fortgerissen und sie nebenan gefoltert. Diese Schreie, ihre verzweifelten, qualvollen Schreie!

Was würden sie nun mit mir tun?

Schritte – im Gang!

Der Prior?

Ich trocknete meine Tränen und erhob mich.

Der Schlüssel wurde ins Schloss gesteckt, dann öffnete Fra Elia die Tür. Unter dem Arm trug er einen zerlesenen Folianten, in der Hand hielt er eine brennende Kerze.

»Die Bibel. Ich dachte, ich bringe sie Euch noch vor dem Gottesdienst.« Er trat in die Zelle und schob das Buch auf den äußersten Rand des Bettes. Die Kerze stellte er auf den Boden zwischen uns. »Jetzt muss ich zur Vesper. Aber danach gehe ich in die Bibliothek und suche das Buch von Seneca.«

»Danke, Frater, das ist sehr freundlich von Euch.«

Er nickte mir zu und verschwand.

Ich setzte mich auf das Bett und suchte Trost in der Bibel, blätterte durch die Weisheitssprüche, bis ich schließlich den 22. Psalm las: ›Mein Gott, mein Gott, warum hast Du mich verlassen? Fern von meiner Rettung sind die Worte meiner Klage. Mein Gott, ich rufe bei Tage, und Du antwortest nicht, und bei Nacht, und finde keine Ruhe. Sei nicht fern von mir, denn die Not ist nahe, und niemand ist da, der mir hilft …‹

Zornig über mich selbst, über meine Verzweiflung und meine Ohnmacht schlug ich die Bibel zu und schleuderte sie mit aller Kraft gegen die Wand meiner Zelle, als könnte ich die Mauern des Kerkers zum Einsturz bringen.

Ich erwachte, als der Schlüssel im Schloss rasselte und die Tür geöffnet wurde.

Vor Erschöpfung, Ungewissheit und Angst hatte ich mich in einen unruhigen Schlaf geflüchtet. Noch ganz benommen blinzelte ich in den Lichtschein der Fackeln, der durch die Türöffnung in meine dunkle Zelle fiel.

Ein Dominikaner blieb in der offenen Tür stehen und blickte zu mir herüber. Sein Gesicht lag im Schatten, wie damals, als er zu mir kam …

Der Mönch bückte sich, um die Bibel aufzuheben, die noch immer neben der Tür lag. Dann richtete er sich wieder auf und presste das Buch mit beiden Händen gegen seine Brust.

Welch imposante und gebieterische Gestalt!

Großer Gott, das konnte doch nicht sein! War ich von Sinnen? Dieser Mönch war …

Ich setzte mich im Bett auf und starrte ihn ungläubig an.

»Luca!«, fragte ich. »Bist du es, Papa?«

Niketas

Kapitel 24

Mit Tränen in den Augen starrte ich ins Kaminfeuer, lauschte auf das Knacken und Knistern des Holzes und betrachtete die Flammen und die emporwirbelnden Funken. Die Ungewissheit, die Ohnmacht und das endlose Warten waren unerträglich!

Warten – worauf? Auf die furchtbare Nachricht, sie sei nach fünf Tagen endlich gefunden worden. Tot.

Wie ein greller Blitz durchzuckte der Schmerz meinen Kopf. Stöhnend fasste ich mir an die Stirn. So verharrte ich einen Augenblick, dann erhob ich mich schwankend von meinem Sessel vor dem Kamin und schlich hinüber in ihr Schlafzimmer. Auf dem Nachttisch stand die Phiole mit meiner Medizin.

Ich setzte mich auf das Bett, entkorkte das Fläschchen und trank es leer. Dann stellte ich es zurück, legte mich auf das Bett, schloss die Augen und wartete, bis die schmerzlindernde und beruhigende Wirkung des Medikaments einsetzte. Nach einer Weile drehte ich mich auf die Seite, zog ihr Kopfkissen zu mir heran und atmete tief ihren Duft ein.

Noch nie in meinem Leben hatte ich mich so einsam gefühlt. Nicht nach Lucas Ermordung, nicht nach Natanaels Tod. Sooft Alessandra und ich über meinen Tod sprachen, hatte ich mir vorgestellt, dass ich eines Tages in ihren Armen sterben würde. Es hatte mich getröstet, dass sie bis zu meinem letzten Atemzug bei mir bleiben würde. Und nun …

Sie zu verlieren war wie der Beginn eines qualvollen inneren Sterbens, bevor ich mein Leben vollendet hatte und für immer ging. Ich presste mein Gesicht ins Kissen und weinte mit zuckenden Schultern.

»Niketas!« Basilios legte mir die Hand auf die Schulter.

Ich drehte mich zu ihm um und trocknete meine Tränen. Sein Eintreten hatte ich nicht bemerkt.

Basilios setzte sich auf den Rand des Bettes. »Beruhige dich! Du weißt doch, was geschieht, wenn du dich derart aufregst.« Sein Blick fiel auf die entkorkte Phiole auf dem Nachttisch. »Hattest du wieder einen Anfall?«

»Nein, nur furchtbare Kopfschmerzen.« Ich fuhr mir über die Stirn. »Hast du mit Cosimo gesprochen?«

»Die Suche in den Straßen von Florenz ist immer noch erfolglos. Die Fischer haben den Arno mit Stangen und Netzen abgesucht, zwei Meilen flussaufwärts, zwei Meilen flussabwärts. Keine Leiche. Kein Fetzen ihres Seidenkleides, keiner ihrer Schuhe. Nichts. Cosimo hat seine Gefolgsleute ausgeschickt, um das Ufer des Arno bis nach Pisa abzusuchen. Aber bisher haben sie noch nichts gefunden.«

Ich nickte traurig.

»Cosimo wird nicht ruhen, bis er sie gefunden hat. Er will nicht daran glauben, dass sie tot ist – ebenso wenig wie Tito, der nach Rom aufgebrochen ist, um sie dort zu suchen.« Basilios schwieg eine Weile. »Sag mal, Niketas, traust du Demetrios zu, sie entführen zu lassen? Er ist gestern gegen den Willen des Kaisers abgereist. Vielleicht verschleppt er sie nach Mistra, um dich zu zwingen, Florenz zu verlassen. Vielleicht will er so die Kirchenunion verhindern.«

»Ich weiß es nicht«, murmelte ich.

»Und Ioannis? Nach ihrem erbitterten Wortgefecht mit dem Basileus … ihrem entschiedenen Nein … Ioannis hat getobt!«

Ich schüttelte den Kopf.

Basilios fuhr sich über das Gesicht. »Cosimo bat mich, dir auszurichten, dass er dir sehr gern seine Zelle in San Marco zur Verfügung stellt. Falls du dich besinnen willst.« Er hob die Hand, als ich zu einer Antwort ansetzte. »Lass mich bitte ausreden, Niketas! Cosimo ist besorgt um dich. Und ich bin es auch. Du musst dich schonen und endlich zur Ruhe kommen. Hier, wo dich alles an sie erinnert, wirst du es nicht schaffen. Du bist einsam. Du trauerst, du hoffst, du bangst um ihr Leben. Und ich fürchte um deines. Ich sehe doch, wie du leidest, auch wenn du dich redlich bemühst, es nicht zu zeigen. Niketas, ich bitte dich: Begib dich für einige Tage in Klausur nach San Marco. Sprich mit Fra Antonino. Vertrau dich ihm an. Er hat dich schon einmal ins Leben zurückgeführt.«

Ich schwieg.

»Wenn der Basileus sie entführen ließ, dann wäre dein Rückzug ins Kloster …«

»… eine Unterwerfung unter seinen Willen«, presste ich hervor. »Niemals!«

»… ein Akt der Besinnung«, fuhr er sanft fort. »Der Basileus hat Alessandra sehr nachdrücklich aufgefordert, dich der Kirche zurückzugeben! Du bist ein Mönch, ein Priester, ein Bischof! Dein Aufenthalt in San Marco wäre ein Zeichen der Versöhnung mit deinem Bruder. Niketas, ich flehe dich …«

»Es ist Verrat an ihr! Ich werde nicht ins Kloster gehen.«

»Wie du willst!« Er nahm meine Hand und drückte sie. »Ich werde immer für dich da sein, Niketas!« Tränen standen in seinen Augen. »Ich werde dich trösten. Und wenn du …« Er biss sich auf die Lippen. »… dann werde ich dich in meinen Armen halten, wie sie dich gehalten hätte. Ich werde bei dir sein, Niketas, bis zum letzten Augenblick. Du bist nicht allein!«

»Evcharistó«, dankte ich ihm gerührt. »Du bist der beste Freund, den ich mir wünschen kann.«

Es klopfte, und Leandros betrat den Raum. »Kyrie Niketas, Kyrie Basilios, bitte verzeiht mir, wenn ich …«

»Was ist denn?«, fragte Basilios.

»Seine Allheiligkeit wünscht Kyrios Niketas zu sehen.«

Ich setzte mich auf. »Wie geht es ihm?«

»Der Patriarch ist sehr krank und bittet Euch um die Ölung. Er will, dass Ihr ihm das Sakrament spendet.«

Mein Freund sah mich bestürzt an.

Lag der Patriarch im Sterben?

Basilios begleitete mich in den Palazzo Ferrantini. Der Sekretär des Patriarchen öffnete uns die Tür zu seinem Schlafzimmer und ließ uns eintreten.

Totenbleich lehnte Joseph in einem Berg von Kissen. Auf dem Nachttisch neben ihm sah ich ein Evangeliar und eine Glaskaraffe mit honigfarbenem Öl. Einem goldenen Räuchergefäß entströmte eine dichte Wolke Weihrauchduft. Alles war vorbereitet.

»Niketas, mein lieber Junge, ich freue mich, Euch zu sehen!« Josephs Stimme war kaum mehr als ein schwacher Atemhauch. »Und Ihr seid auch gekommen, Basilios. Das ist gut.«

Ich ließ mich auf den Bettrand sinken und ergriff seine Hand, um sie zu küssen. »Wie geht es Euch, Allheiligkeit?«

»Ich fühle mich sehr schwach«, flüsterte er. Er litt unter Atemnot. Selbst das Sprechen fiel ihm schwer.

»Habt Ihr wieder Schmerzen in der Brust?«

Er nickte und zeigte auf sein Herz.

»Allmächtiger Gott!«, entfuhr es Basilios, der auf der anderen Seite des Bettes stand.

Der Patriarch reichte ihm die Hand zum Kuss. »Bitte setzt Euch zu mir, Basilios, während Niketas mir die Krankenölung spendet.«

Basilios ließ sich neben ihm nieder, hielt seine Hand und sprach leise ein Gebet, während ich mich erhob, um die Kerzen neben dem Evangeliar zu entzünden, Tisch und Bett mit dem Weihrauchgefäß zu beräuchern und das Salböl zu weihen. Dann goss ich ein wenig Öl in eine Schale, setzte mich neben Joseph, salbte ihn mit einem Pinsel und betete gemeinsam mit Basilios um die Heilung des todkranken Patriarchen.

Als ich mich wieder zu ihm gesetzt hatte, ergriff Joseph meine Hand und drückte sie. »Isidor hat mir berichtet, dass gestern eine Gruppe von Mönchseremiten zur Konzilssitzung gekommen ist.«

»Das stimmt, Allheiligkeit. Die Fratres wollten den griechisch-römischen Disput über das Filioque verfolgen.«

»Und nachdem sie die Argumente beider Seiten angehört hatten, erklärten sie, wir orthodoxen Christen bewahrten den Glauben Jesu Christi. Und wieder gab es einen Aufruhr in der Kathedrale! Eugenius hat die Eremiten hinausgeworfen, in ein Kloster verbannt und ihnen zur Strafe das Schweigegelübde auferlegt.« Er seufzte. »Isidor war bestürzt über das Verhalten des Papstes. Er nannte Eugenius selbstherrlich, machtbesessen und gewissenlos und fragt sich, ob er unter diesen Umständen den Kardinalspurpur annehmen kann.«

»Isidor war gestern bei mir und hat sich mir anvertraut.«

Joseph drückte meine Hand. »Ich weiß nicht, wann Gott mich zu sich ruft. Heute Nacht oder in einigen Tagen. Ich bitte Euch, mein Sohn, überdenkt Euren Entschluss!«

Ich schüttelte den Kopf. »Nein, ehrwürdiger Vater. Ich habe mich entschieden.«

»Und wenn Alessandra tot ist?«

»Das ändert nichts an meiner Entscheidung.«

Der Patriarch presste die Hand auf sein Herz und rang nach Atem. »Ich flehe Euch an, Basilios, redet mit ihm!«, keuchte er. »Erinnert ihn an das Versprechen, das er Kaiser Manuel auf dem Sterbebett gegeben hat!«

»Das habe ich getan, Allheiligkeit«, erwiderte Basilios sanft. »Als Priester kann ich dazu nicht Ja und Amen sagen. Aber als Freund werde ich diese Entscheidung respektieren. Niketas hat sie sich nicht leicht gemacht.«

Joseph nickte resigniert. »Dann nehme auch ich Eure Entscheidung an, Niketas, wenn auch mit dem allergrößten Bedauern. Ich werde die entsprechenden Dokumente noch heute Nacht unterschreiben.«

℘ Alessandra ℘

Kapitel 25

»Luca!«, fragte ich verwirrt. »Bist du es, Papa?«

Luca hatte die Mönche vertrieben, die Zelle aufgeschlossen und war in der Tür stehen geblieben. Er hatte geweint, als er bekannte, er sei mein Vater. Dann hatte er sich ohne ein Wort des Trostes abgewandt und mich allein gelassen. Doch dieser Dominikaner kam nun einen Schritt näher. Fra Elia tauchte hinter ihm auf, nahm ihm die Bibel ab und reichte ihm ein schmales Büchlein und eine brennende Kerze.

»Ich bin nicht Luca«, erklärte der Dominikaner mit sanfter, beruhigender Stimme. »Ich bin Fra Mariano da Palestrina, der Prior dieses Konvents.«

Im Kerzenschein musterte ich sein hageres Gesicht, die eisblauen Augen, die schmalen Lippen, den weißen, ein wenig zerzausten Haarkranz rund um die Tonsur.

»Ihr wart Lucas Sekretär, als er Inquisitor von Rom war.«

»Ich habe Euren Vater sehr verehrt«, gestand er mir mit leiser Stimme. »Luca war ein Heiliger. Seine Exkommunikation durch Papst Eugenius hat mich tief getroffen. Lucas Tod ist ein großer Verlust für die heilige Kirche!«

»Ihr stammt aus Palestrina.«

Fra Mariano blickte hinaus in den Gang, schloss dann die Tür der Zelle und lehnte sich dagegen. Offenbar wollte er verhindern, dass Fra Elia unser Gespräch belauschte.

»Seid Ihr ein Freund der Colonna?«

Er nickte. Eine stumme Antwort, für die es keine Zeugen gab. Und keine Ankläger.

»Warum habt Ihr als Prior zugelassen, dass Marco Colonna zu Tode gefoltert wurde?«

»Ich war nicht in Rom, als Kardinal Vitelleschi den Befehl gab, Marco hierher zu bringen. Ich befand mich auf dem Weg nach Ferrara, wo ich an der Sitzung teilgenommen habe, in der Eugenius die Basler Konziliaristen als Schismatiker verurteilte. Als Doktor des Kanonischen Rechts war ich Konzilsberater Seiner Heiligkeit, vor allem für Fragen, die die Inquisition betreffen. Bis Anfang September, als die Pest ausbrach, bin ich in Ferrara geblieben. Als ich nach Rom zurückkehrte, habe ich von Marcos Tod erfahren. Ich war erschüttert.«

Ich nickte stumm und blickte ihm in die Augen.

War er aufrichtig?

»Wisst Ihr, warum ich hier bin?«, drehte ich die erste Frage des Inquisitors in einer Prozessbefragung sinngemäß um.

›Weißt du, warum du hier bist?‹, so lautete die Frage, mit der ein Inquisitor sein Verhör begann. Welch scheinheilige Rhetorik! Die meisten Angeklagten wussten nicht, wer sie verraten hatte und was man ihnen zur Last legte. In ihrer Furcht bezichtigten sich viele selbst der Häresie, um ein milderes Urteil zu erreichen und dem Scheiterhaufen zu entgehen.

»Nein, das weiß ich nicht«, erwiderte Fra Mariano ernst. »Vitelleschi hat befohlen, Euch in diese Zelle zu bringen.«

»Werde ich vor einem Inquisitionstribunal angeklagt?«

Er hob die Hand, wie zum Schwur. »Nach bestem Wissen und Gewissen: Nein!«

»Werde ich gefoltert?«

»Um Gottes willen: Nein!«

Ich atmete auf.

Vitelleschi hielt mich gefangen, weil er etwas haben wollte, das ich besaß. Solange er es nicht in Händen hielt, blieb ich am Leben. Was jedoch mit mir geschah, wenn ich ihm das Evangelium übergab, stand auf einem anderen Blatt. Ein Inquisitionsprozess wegen Häresie war schnell inszeniert … ein Scheiterhaufen rasch entzündet …

Fra Mariano reichte mir das schmale Bändchen, das er die ganze Zeit in der Hand gehalten hatte. »Ihr hattet Fra Elia um ein Buch gebeten. Lucas Lieblingsbuch. Euer Vater hat oft darin gelesen. Sehr oft.«

Fra Mariano schien Luca wirklich gut gekannt zu haben. Doch durfte ich ihm vertrauen?

Nachdem der Prior mich verlassen hatte, um zur Mitternachtsmesse in die Kirche zu eilen, zog ich mir die Decke über den Kopf und schlief, todmüde wie ich war, bald wieder ein. Ich erwachte erst, als die Glocken zur Laudes läuteten.

Nach dem Morgengebet brachte mir Fra Elia einen Holzteller mit Oliven, Brot und Ziegenkäse und blieb eine Weile bei mir, während ich aß. Ich fragte ihn nach Vitelleschi. Doch der Kardinal war noch nicht nach Rom zurückgekehrt.

Den Tag verbrachte ich lesend – was sollte ich sonst tun?

Bis zur Abenddämmerung hatte ich Senecas Bändchen beendet, und als Fra Mariano mich nach dem Vespergottesdienst besuchte, bat ich ihn um ein weiteres Buch. Er zögerte zuerst, doch dann gab er nach und lieh mir eines seiner Bücher – einen dicken Folianten mit Schriften von Thomas von Aquino, dem großen dominikanischen Kirchenlehrer. Die Seitenränder hatte er mit endlosen Kommentaren in winziger Handschrift versehen. Bei seinem Besuch am nächsten Morgen bat ich um Feder, Tinte und Pergament für meine eigenen Anmerkungen. Kurz darauf brachte er mir das Gewünschte.

Mit einem triumphierenden Lächeln verfasste ich eine Nachricht an Prospero und faltete das Pergament.

Dann schob ich den schweren Abtritteimer vor das hochgelegene Fenster und stieg hinauf. Mit dem ausgestreckten Arm konnte ich gerade eben die Gitterstäbe erreichen. Also schleppte ich den Eimer zurück in seine Ecke, zog die dünne Strohmatratze von der Pritsche, zerrte das Bettgestell vor das Fenster und lehnte es so schräg gegen die Wand, dass die gespannten Seile oberhalb der Lattenhölzer eine Leiter bildeten.

Ich nahm die Nachricht an Prospero und kletterte zum Fenster hinauf, um einen Blick in die Gasse unter mir zu werfen. In einiger Entfernung spielten Kinder mit einem Lederball. Doch sie waren so in ihr Spiel vertieft, dass sie mich nicht hören würden, wenn ich sie rief.

Von der anderen Seite rumpelte ein Eselskarren mit Körben voller Obst und Gemüse über das unebene Pflaster der Straße – vermutlich auf dem Weg zum Markt auf dem Campo dei Fiori.

Plötzlich rutschte das aufgerichtete Bettgestell unter mir weg und krachte mit lautem Getöse auf den Steinboden der Zelle. Im letzten Augenblick konnte ich mich an den Gitterstäben festhalten. Ich sprang hinunter, hielt den Atem an und lauschte. Alles blieb still. Kein Geräusch von Schritten, keine Flüche, kein Schlüsselgerassel. Es war die Zeit der Sext – die Fratres waren zum Stundengebet in der Kirche, die Gefängniswärter hielten Siesta.

Erneut richtete ich das Bettgestell auf, legte mir das Laken über die Schulter und kletterte hinauf, um das Linnen um Bettrahmen und Gitterstäbe zu verknoten. Dann schaute ich aus dem Fenster.

Die spielenden Kinder waren verschwunden. Bis auf zwei vorbeieilende Mönche war die Gasse menschenleer. Die beiden Dominikaner gingen nach links in Richtung Pantheon und wichen einem Krüppel von acht oder neun Jahren aus, der ihnen auf zwei Krücken gestützt entgegenhumpelte, eine kleine Holzschale aus seiner zerrissenen, dreckigen Kleidung zerrte und die Diener Gottes um ein Almosen bat. Vergeblich – einer der Mönche stieß den Jungen derart ungestüm von sich, dass er das Gleichgewicht verlor, rückwärts zu Boden fiel und hart mit dem Kopf aufschlug.

Der Junge richtete sich auf, ballte zornig die Fäuste und bedachte die beiden Bettelmönche mit einem gotteslästerlichen Fluch. Der eine wollte sich schon auf ihn stürzen, um ihn zu verprügeln, als der andere ihn am Ärmel packte und zurückriss.

Der Krüppel sah ihnen nach, bis sie vor dem Pantheon zur Santa Maria sopra Minerva abbogen. Dann steckte er seine Bettelschale ein, stand unter großen Mühen wieder auf und schob die Krücken unter seine Arme. Als er näherkam, sah ich, dass sein rechter Fuß, offenbar nach einem unbehandelten Bruch, gelähmt war.

Er war blass, dünn und völlig verwahrlost. Sein Haar war verfilzt und so schmutzig, dass ich die Farbe nur erahnen konnte. Er trug eine viel zu große, abgewetzte blaue Samtjacke, deren Silberknöpfe von den ehemaligen Besitzern entfernt worden waren, und eine zerschlissene braune Hose, die ihm bis zu den Knien reichte. Die Füße hatte er mit zerlumpten Tuchstreifen umwickelt – Schuhe besaß er nicht.

Ich rief ihn, und er sah zu mir hoch. »Wie heißt du?«

»Angelo.«

»Hast du heute schon etwas gegessen, Angelo?«

»Nö.«

»Und gestern?«

»Nur'n Kanten hartes Brot.«

»Dann hast du wohl Hunger.«

»Und wie! Die verfluchten Dominikaner haben mir nichts gegeben. Bettelmönche!«, rief er voller Verachtung und spuckte aus. »Die haben doch noch nie gehungert und die Abfälle nach Essensresten durchwühlt!«

»Warte einen Augenblick!«

Ich kletterte hinab in meine Zelle und holte den Apfel, den ich mir als Abendessen aufgespart hatte. Dann stieg ich wieder hinauf zum Fenster und warf ihn zu Angelo hinunter. Doch der Junge konnte ihn nicht auffangen. Der Apfel fiel auf die Straße und kullerte zwei oder drei Schritte weit.

Angelo humpelte hinterher, hob ihn auf und biss gierig hinein, ohne ihn zuvor an seiner Kleidung abzuwischen.

»Danke!«, rief er mit vollem Mund.

Ich holte einen Fiorino aus dem Geldbeutel und nahm den gefalteten Zettel mit der Nachricht an Prospero.

Auf seine Krücken gestützt, blickte Angelo erwartungsvoll zu mir empor.

»Siehst du, was ich hier in der Hand halte?« Ich zeigte ihm die Goldmünze.

»'n Ducato.« Er biss in den Apfel und schmatzte.

»Einen Ducato mit dem Bild von San Giovanni, dem Schutzheiligen von Florenz. Ich werde ihn dir geben, wenn du mir einen Gefallen tust.«

Seine Augen leuchteten. »Was soll ich machen?«

»Ich möchte, dass du zur Piazza Navona gehst und diesen Zettel …« Ich schob das Pergament durch die Gitterstäbe. »… an die ›sprechende Statue‹ hängst. Kennst du sie?«

»Die Figur, an der die vielen Papierschnipsel hängen? Die kennt doch jeder.«

»Kannst du lesen, Angelo?«

»Nö, kann ich nicht.«

»Macht nichts. Also, was ist? Tust du mir den Gefallen?«

»Wenn ich den Ducato bekomme.«

»Den kriegst du, wenn du zurückkommst. Versprochen!« Ich warf die Nachricht an Prospero hinab, und er bückte sich sehr mühsam und hob sie auf. »Wenn du wieder da bist, schlag mit deiner Krücke gegen die Mauer. Ich werfe dann die Goldmünze hinunter.«

»Mach ich!«

Ich beobachtete ihn, wie er quälend langsam die Straße entlang in Richtung Pantheon hinkte und an der Ecke zur Piazza Rotonda aus meinem Blickfeld verschwand. Bis zur Piazza Navona war es nicht weit.

Während ich auf die Rückkehr des Jungen wartete, verfasste ich einen Brief an Niketas. Er müsse sich keine Sorgen um mich machen –

es gehe mir gut. Und er solle mir Tito und Tayeb nach Rom schicken. Ich faltete das Pergament in ein Schreiben an Cosimo, das ich mit dem etwas verschmierten Tintenabdruck meines Siegelrings versah.

Die römische Filiale der Banca Medici war nicht weit entfernt. Nach seiner Rückkehr vom Konzil in Konstanz hatte Cosimo drei Jahre lang die Filiale in Rom geleitet, bevor er nach dem Tod seines Vaters die Bank und das Handelsunternehmen erbte. Sein Nachfolger war der Bruder des Priors Scipione Sassetti. Ich hoffte, dass er nichts von unserer Auseinandersetzung wusste. Anderenfalls musste ich damit rechnen, dass er meinen Brief an Cosimo einige Tage auf seinem Schreibtisch ›vergaß‹.

Eine Viertelstunde später gab Angelo das verabredete Zeichen, und ich kletterte hinauf zum Fenster, um ihm den Fiorino hinabzuwerfen.

Der Junge strahlte, als er die funkelnde Goldmünze aufhob.

»Hängt der Zettel an der Statue?«

»Wie Ihr es mir gesagt habt.«

»Hat dich jemand dabei gesehen?«

Er zögerte. »Da war'n Mann, der hat sich den Zettel angeguckt, sobald ich weg war.«

»Ist er dir gefolgt?«

Angelo schüttelte den Kopf. »Nö, glaub nicht.«

»Willst du dir noch mehr Ducati verdienen?«

»Na klar!«, grinste er keck.

»Dann bring diesen Brief zur Banca Medici, und gib ihn dem Leiter der Filiale, Signor Sassetti. Er soll ihn so schnell wie möglich nach Florenz schicken.«

»Mach ich.«

Ich warf das gefaltete Pergament zu ihm hinunter.

»Außerdem möchte ich, dass du jeden Tag nachsiehst, ob mein Zettel noch da ist. Und falls er abgerissen wurde, bringst du mir jeden, der an seiner Stelle dort hängt. Wirst du das tun?«

Er nickte.

»Dann komm morgen, während des Vespergottesdienstes, und hol dir den nächsten Ducato!«

Zwei Tage später meldete mir Angelo, dass meine Nachricht an Prospero verschwunden war. Aber kein neuer Zettel hing an der ›sprechenden Statue‹. Offenbar war mein Cousin nicht in Rom, und ich musste mich einige Tage gedulden, bis ich auf eine Antwort hoffen durfte.

Doch selbst wenn Prospero die Nachricht entschlüsseln konnte und wusste, wo ich war – wie sollte er mich befreien? Santa Maria sopra Minerva, das Hauptquartier der römischen Inquisition, war eine Festung, die auch mit fünfzig bewaffneten Gefolgsleuten nur sehr schwer einzunehmen war. Und wenn Prospero eines Tages Papst werden wollte – die Hoffnung, seinem Onkel, Papst Martin, nachzufolgen, hatte er trotz seiner Verbannung durch Eugenius noch nicht aufgegeben –, dann durfte er sich auf keinen Fall mit der Inquisition anlegen. Was also sollte er tun?

Am nächsten Abend warf mir Angelo ein zerknülltes Spottgedicht auf ›den göttlichen Caesar‹ in die Zelle, in dem die unstillbare Blutgier und der Größenwahn des römischen Imperators – genannt war Nero, gemeint war Vitelleschi – angeprangert wurde. Der Verfasser hatte mit SPQR unterzeichnet: Senatus Populusque Romanus – Senat und Volk von Rom. Irgendjemand hatte S und Q energisch durchgestrichen und darunter geschrieben: »Das Volk von Rom ruft: Es lebe die römische Republik!«

Und am Tag darauf las ich eine Schmähschrift gegen Vitelleschi, in der der Kardinal mit den apokalyptischen Reitern aus der Offenbarung des Johannes verglichen wurde.

Als das Lamm, gemeint war Jesus Christus, das erste der sieben Siegel zerbrach, erschien ein Reiter mit Siegeskranz – eine Anspielung auf Vitelleschis militärische Erfolge als päpstlicher Heerführer. Doch dann öffnete es das zweite Siegel: »Und der Reiter wurde ermächtigt, der Erde den Frieden zu nehmen, damit die Menschen sich gegenseitig abschlachteten. Und es wurde ihm ein großes Schwert gegeben …« Ein Schwert, das Krieg und Gewalt symbolisierte. Als das dritte Siegel geöffnet wurde, brachen Hunger, Pest und Armut herein, das vierte Siegel brachte den Tod. »Und als das Lamm das fünfte Siegel zerbrach, erschienen unter dem Altar die Seelen aller, die *im Namen Satans* hingeschlachtet worden waren wegen ihres Bekenntnisses *wider den Antichrist.* Sie riefen mit lauter Stimme: Wie lange zögerst Du noch, Herr, Gericht zu halten und unser Blut zu rächen!«

Und ein paar Zeilen weiter las ich: »Herr, unser Gott, lass nicht zu, dass Satan Deinen Tempel schändet und mit Blut beschmiert!«

Die Tage vergingen, doch Prospero antwortete nicht. Wo war er? Lebte er noch? Schließlich gab ich die Hoffnung auf, dass er mich befreien würde. Und auch von Niketas und Cosimo erhielt ich keine Nachricht. War mein Brief jemals in Florenz angekommen?

Am 15. April kehrte Vitelleschi im Triumphzug nach Rom zurück. Den prunkvollen Einzug auf der Via Papalis zwischen Vatikan und Lateran konnte ich nicht sehen, aber hören. Die Posaunen, die Trommeln, die wiehernden Pferde, die Schritte seines marschierenden Heeres, das die Festung Zagarolo eingenommen hatte, das Rumpeln der schwer beladenen Beutewagen mit dem Besitz der Colonna und das Jubelgeschrei der Menge am Straßenrand, die Vitelleschi huldigte, als wäre er der Papst.

Die Macht der Colonna in Rom war nach acht Jahren Krieg gebrochen – die letzte Festung war gefallen. Welch ein Triumph für Vitelleschi!

Was würde nun mit Lorenzo Colonna geschehen, der die Burg verteidigt hatte? Ich nahm an, dass mein Cousin noch an diesem Abend auf dem Campo dei Fiori hingerichtet werden würde – als Krönung von Vitelleschis großartigem Sieg.

Und womöglich würde der Kardinal mich in Büßerhemd und Ketten zum Campo bringen lassen, damit ich dem Spektakel von Lorenzos Enthauptung ein wenig mehr Glanz verlieh – als gefangene Colonna, die dank der Großmut und Milde Seiner Eminenz begnadigt wurde. Denn Vitelleschi konnte mich nicht töten, bevor er das Evangelium in Händen hielt!

Stundenlang wartete ich vergeblich auf Angelo, den ich zur Via Papalis geschickt hatte, damit er mir später von Vitelleschis Siegeszug berichtete. Doch er kam nicht, und ich begann mir Sorgen um ihn zu machen. Mittlerweile hatte ich den Jungen ins Herz geschlossen. Er erinnerte mich an Niketas, der wie Angelo auf der Straße gelebt hatte, bis sich Rabbi Aviram seiner erbarmte, ihm ein Heim und eine Familie gab und ihn Lesen und Schreiben lehrte. Sollte ich je nach Florenz zurückkehren, wollte ich für Angelo, der im Sommer vor zwei Jahren seine Eltern verloren hatte, dasselbe tun.

Wo blieb er nur?

Nach dem Stundengebet der Non erschien Fra Mariano mit sechs Bravi und ließ meine Zellentür aufschließen. Ein Offizier in rot-weißem Wappenrock, Helm und Harnisch trat in die Zelle. »Alessandra Colonna? Folgt uns!«

Ich erhob mich von meinem Bett. Ich hatte gelesen.

»Wohin bringt Ihr mich?«

Keine Antwort.

Panik stieg in mir auf. Meine Knie wurden schwach, und meine Hände zitterten.

»Los jetzt!«, befahl er barsch.

Einer der Bewaffneten riss mir das Buch aus der Hand und schleuderte es zu Boden. Dann trat er hinter mich und tastete mich nach verborgenen Waffen ab. Er fand nichts – meine Fiorini hatte ich Angelo gegeben, meinen Siegelring trug ich an einem Wollfaden aus dem Saum meines Habits um den Hals.

Mit einem Lederriemen wurden mir die Hände gefesselt, dann stießen sie mich grob aus der Zelle. Fra Mariano wartete mit gesenktem Blick im Gang. Er sah nicht auf, als ich an ihm vorbeigetrieben wurde.

Durch den Kreuzgang wurde ich in die Kirche Santa Maria sopra Minerva gezerrt. Dort, vor dem Altar, sah ich Fra Elia. Entsetzt blickte er mich an und bekreuzigte sich hastig. Dann eilte er mir entgegen und ergriff meine gefesselten Hände. »Seid standhaft und verzweifelt nicht! Macht Eurem Vater Ehre!«

Einer der Bewaffneten drängte ihn zur Seite.

Der Dominikaner blickte mir nach, bis wir die Basilika durch das Hauptportal verlassen hatten.

Auf der Piazzetta della Minerva warteten etliche berittene Bravi, die den rot-weißen Wappenrock mit Vitelleschis Hoheitszeichen trugen. Ein Pferd wurde für mich herangeführt. Der Capitano half mir in den Sattel, ergriff die Zügel, schwang sich auf seinen Hengst und trabte mit mir die Gasse entlang nach Süden, zur Via Papalis.

Die päpstliche Zeremonialstraße zwischen Vatikan und Lateran war für den Empfang des Patriarchen prächtig herausgeputzt worden. Ein mit Lorbeer geschmückter Triumphbogen aus Pappmaché, ähnlich dem des Kaisers Titus auf dem Forum, überragte die Via Papalis. Statt der Darstellung von Titus' Siegeszug mit der kostbaren Beute aus dem Tempel von Jerusalem erkannte ich einen siegreichen Condottiere, der die unermesslichen Schätze der Colonna in den Vatikan zurückschleppte, darunter eine Papstkrone. Nach Eugenius' Wahl zum Pontifex hatten sich die Colonna geweigert, Martins Tiara und die päpstlichen Insignien herauszugeben. Monatelang hatten sie die kostbaren Schätze in ihrem Palazzo verwahrt.

Doch nun ist die Macht der Colonna gebrochen, dachte ich verbittert, und wir werden hingerichtet oder ins Exil geschickt.

Wir trabten die mit weißen und roten Blüten, Lorbeerzweigen

und Seidenbannern geschmückte Via Papalis entlang in Richtung des Campo dei Fiori. Meine gefesselten Hände verkrampften sich. Ich hatte furchtbare Angst.

In diesem Augenblick sah ich Tito.

Hundert Schritte entfernt trabte er über die Via Papalis und bog in die Gasse ein, die zum Campo dei Fiori führte.

»Tito!«, rief ich, so laut ich konnte. »Tiiitooo!«

Doch er hörte mich nicht und verschwand aus meinem Blickfeld.

»Schweigt!«, fuhr mich der Offizier an.

Tito ist in Rom!, dachte ich aufgeregt. Wieso hat er mich nicht besucht? Ich hatte Niketas und Cosimo doch geschrieben, wo ich festgehalten wurde. War mein Brief denn nie in Florenz angekommen? Die Erkenntnis traf mich wie ein Schlag ins Gesicht. Tito suchte mich. Er hatte keine Ahnung, wo ich war und ob ich noch lebte!

Und Niketas? War auch er nach Rom gekommen?

Der Capitano von Vitelleschis Leibgarde hieb seinem Hengst die Absätze seiner Stiefel in die Flanken und galoppierte nun mit mir hinab zum Tiber. Ich warf einen Blick in die Gasse, die nach links zum Campo dei Fiori führte. Da war Tito! Er ritt zum Blumenmarkt. Doch er drehte sich nicht nach mir um.

Mein Herz setzte einen Schlag aus. Niketas … Cosimo … der Papst – sie hatten keine Ahnung, wo ich war!

Tränen der Hoffnungslosigkeit stiegen in meine Augen. Trotzig wischte ich sie mir mit den gefesselten Händen ab.

Wir bogen ab zum Ponte Sant'Angelo, überquerten den Tiber und hielten vor der Zugbrücke der Engelsburg. Der Offizier, der mein Pferd am Zügel geführt hatte, sprang ab und verlangte nach Antonio Rido. Während er auf das Erscheinen des Festungskommandanten wartete, bildeten Vitelleschis Leibwächter einen engen Kordon um mich. Zwischen den Bravi hindurch hielt ich Ausschau nach Tito oder Tayeb, konnte sie jedoch nirgends entdecken.

Wenige Minuten später wurde das Portal geöffnet und mit lautem

Kettengerassel die Zugbrücke herabgelassen. Antonio Rido sprach kurz mit dem Capitano, dann kam er zu mir herüber.

Wie sein Jugendfreund Ludovico Scarampo stammte Antonio Rido aus Padua. Der Erzbischof von Florenz hatte mir vor kurzem erzählt, dass Antonio sich mit Vitelleschi zerstritten hatte, weil der ihm wegen dessen enger Freundschaft zu Scarampo die Befehlshaberstelle der Engelsburg nehmen wollte, um sie einem seiner eigenen Offiziere zu übertragen. Während Antonios Aufenthalt in Rom vor wenigen Wochen hatte Scarampo seinem Vertrauten von unserem Komplott zum Sturz von Vitelleschi erzählt. Er war ein Verbündeter.

»Alessandra! Du lieber Himmel, Ihr seid blass! Geht es Euch gut?«, fragte er besorgt. »Ihr sollt in den Vatikan gebracht werden. Der Anführer von Vitelleschis Schlägertruppe sagte mir, in der Via Papalis hättet Ihr einen Eurer Gefolgsleute gerufen. Er befürchtet, dass noch mehr Eurer Freunde in der Stadt sind, um Euch zu befreien. Deshalb werdet Ihr nun nicht, wie geplant, durch die Gassen des Borgo Sant'Angelo, sondern durch den Passetto in den Palazzo Apostolico gebracht. ›Seine Unheiligkeit‹ erwartet Euch.«

Er ergriff die Zügel meines Pferdes und führte es in den Hof der Engelsburg, dann links am Mausoleum des Kaisers Hadrian entlang bis zum nordwestlichen Befestigungsturm, der Bastion San Marco. Dort half er mir beim Absitzen, zog seinen Dolch und durchtrennte meine Fesseln. Den energischen Protest von Vitelleschis Capitano beachtete er nicht.

»Grazie, Antonio«, raunte ich ihm zu. »Würdet Ihr unserem gemeinsamen Freund meine herzlichen Grüße ausrichten?«

»Darüber wird er sich gewiss freuen, denn er vermisst Euch sehr – das hat er mir geschrieben. Ich werde einen Boten nach Florenz schicken«, versprach er. »Ich werde tun, was in meiner Macht steht, um Euer Leben zu schützen. Gott steh Euch bei!«

Er geleitete mich in den Befestigungsturm und die Stufen hinauf zum Eingang des Passettos. Bevor die Bravi mich in den schmalen Gang schoben, fragte Antonio: »Ihr kennt den Weg, nicht wahr?«

Er wies in den finsteren Gang, den ich schon als Kind erforscht hatte, während Papst Martin meinen Vater in seinem Arbeitszimmer empfing. Verschlossene Türen und verstaubte Geheimgänge hatten mich schon immer fasziniert – die vatikanischen Paläste waren mir von Kindheit an vertraut.

Ich zwang mich zu einem Lächeln und nickte in Richtung meiner Bewacher. »Ich werde mich schon nicht verlaufen.«

Nach einer halben Meile erreichten wir die schwere Bronzetür am Ende des Passettos und betraten die Paläste der Città Leonina.

Im Laufe von Jahrhunderten hatten die Päpste den Vatikan zu einer uneinnehmbaren Festung der ›Ecclesia imperialis‹ ausgebaut. Hohe, zinnenbewehrte Verteidigungsmauern schützten die trutzigen Palazzi der Päpste neben der Kathedrale Petri, die Quartiere der Bediensteten und der Leibgardisten, die Waffenkammern, Lagerräume und Zisternen. Doch während des Exils der Päpste in Avignon und des Schismas mit zwei oder drei Gegenpäpsten, die in Pisa, Florenz oder Valencia residierten, waren die prächtigen Paläste verfallen. Papst Martin war nach diesen Jahrzehnten der geistigen Verirrung der Kirche der erste Pontifex, der im Vatikan residierte, nachdem ihm der Palazzo Colonna zu klein geworden war.

Die Bravi führten mich in den Vorraum von Vitelleschis Arbeitszimmer, das früher Martins Audienzsaal gewesen war. Der Sekretär des Patriarchen, Caedmons Nachfolger, erhob sich bei meinem Eintreten hinter seinem Schreibtisch. »Er erwartet Euch!«

Der Dominikaner öffnete die Tür und kündigte mich an: »Euer Eminenz, Alessandra Colonna ist hier.« Dann winkte er mich in den Saal und schloss hinter mir die Tür.

Vitelleschi trug eine Kardinalssoutane aus schimmerndem Atlas und ein goldenes, rubingeschmücktes Brustkreuz. Die silberne Prunkrüstung, mit der er sich in den Straßen Roms zu zeigen pflegte, hatte er abgelegt. Er reichte mir die Hand zum Kuss, ohne mich zu einem Kniefall zu zwingen.

Seine scharf geschnittenen Gesichtszüge waren ernst und ein wenig verkniffen. Trotz seines Sieges über die Colonna und trotz der Eroberung unserer letzten Festung wirkte er angespannt. »Ihr wisst, warum Ihr hier seid?«

»Ihr wollt etwas haben, das ich besitze.« Obwohl ich vor Hass und Zorn am ganzen Körper zitterte, zwang ich mich zur Ruhe. »In den letzten Wochen habt Ihr das Evangelium in Florenz suchen lassen, jedoch ohne Erfolg. Nun habt Ihr mich zu Euch gebeten, um mit mir zu verhandeln. Ihr wollt mir einen Vorschlag machen, den ich nicht ablehnen kann: mein Leben gegen das Evangelium – eine Handvoll zerfaserter Papyrusfetzen, die mir nichts einbringen werden als den Ruhm, sie entdeckt zu haben.«

Zuerst war er verblüfft, doch dann begann er herzlich zu lachen. »Habt Ihr das gehört, Cesare?«, rief er vergnügt. »Ihr Stolz ist noch nicht gebrochen!«

Ich fuhr herum.

In silbern funkelndem Harnisch lehnte Cesare Orsini mit verschränkten Armen an einem der Fenster, die auf die Basilika von San Pietro hinabblickten. Traurig musterte er mein Büßergewand und mein kurz geschnittenes Haar.

»Ich habe nichts anderes von Euch erwartet, Alessandra. Wir kennen uns nun schon so viele Jahre – seit Papst Martin mich zum Apostolischen Protonotar gemacht hat.«

»Ihm verdankt Ihr Eure humanistische Bildung und Eure Karriere als Bischof. Ohne ihn wärt Ihr heute nicht Kardinal und Patriarch! Und wie vergeltet Ihr all das, was mein Cousin für Euch getan hat?«, fragte ich verbittert. »Das Blut der Colonna tropft von Euren Händen.«

Ungerührt wies Vitelleschi auf einen der Sessel vor seinem Schreibtisch. »Setzt Euch!«

Ich spürte Cesares Blicke in meinem Rücken, als ich mich niederließ.

Vitelleschi nahm hinter seinem Schreibtisch Platz, faltete die Hände und musterte mich mit zusammengekniffenen Augen.

»Ihr habt richtig vermutet: Euer Leben gegen das hebräische Evangelium!«, eröffnete er die Verhandlungen um seinen Aufstieg zum Thron Petri.

Trotz meines Hasses konnte ich mir ein leises Lächeln nicht verkneifen: Cesare hatte ihm erzählt, dass ich ein hebräisches Evangelium gefunden hatte!

»Nein, Euer Eminenz. Mein Leben, meine Unversehrtheit und meine Freiheit sowie Euren persönlichen Schutz für mich und jeden, den ich Euch benennen werde.«

Er nickte bedächtig. »Ich gebe Euch mein Ehrenwort!«

»Was, glaubt Ihr, ist mir Euer Ehrenwort noch wert, seit Ihr Caedmon of Canterbury befohlen habt, meinen Vater zu ermorden?«, fuhr ich ihn an. »Mein Bruder Serafino und drei meiner Freunde sind tot! Und ich selbst muss seit Alexandria um mein Leben fürchten.«

»Ich habe nie befohlen, Euch zu ermorden!«, beteuerte er. »Cesare hat mir erzählt, dass Ihr glaubt, ich würde Euch nach dem Leben trachten. Aber das ist nicht wahr!« Er nahm den blutgetränkten Brief vom Tisch, entfaltete ihn und reichte ihn mir über den Schreibtisch hinweg. »Dieses Beglaubigungsschreiben mit meiner Unterschrift habt Ihr Napoleone Orsini abgenommen, nachdem Ihr ihn getötet habt. Es war kein Befehl, Euch zu ermorden.«

Ich schwieg und starrte auf das blutige Pergament, das Caedmon nach dem Mord an Luca auf dessen Schreibtisch gefunden und mitgenommen hatte.

»Nein, Alessandra, ganz im Gegenteil: Ich habe Euch das Leben gerettet. Cesare wollte Euch aus Florenz entführen, um seinen toten Bruder zu rächen. Ich habe ihm befohlen, Euch unversehrt nach

Rom zu bringen, und ihm den Kirchenbann und die Entlassung als Condottiere der Kirche angedroht, falls er sich an Euch vergreift.«

Ich blickte mich nach Cesare um, der noch immer am Fenster lehnte. Er nickte stumm.

»Den Kuss in Siena kann ich ihm verzeihen, da er ja offenbar erwidert wurde«, bemerkte Vitelleschi mit einem satanischen Lächeln. »Was wird wohl Euer Geliebter dazu sagen, Seine Eminenz, Kardinal Niketas Evangelos, Metropolit von Athen und designierter Erzbischof von Florenz? Der erste Kardinal einer vereinigten griechisch-römischen Kirche! Waren das nicht die Worte Seiner Heiligkeit, als er Niketas den Purpur überreichte?«

Ich hielt seinem Blick stand und schwieg. Woher wusste er, was in Niketas' Arbeitszimmer im Palazzo d'Ascoli geschehen war? Außer dem Sekretär des Papstes war niemand in der Nähe gewesen! Hatte er an der Tür gelauscht? War Fra Domenico ein Spitzel?

Wusste Vitelleschi von meinem vertraulichen Umgang mit dem Papst und dem geheimen Bündnis mit Scarampo, um ihn zu stürzen?

»Werden Seine Eminenz und Ihr, Alessandra, in Rom oder in Konstantinopolis residieren?«, fragte Vitelleschi. »Ich nehme doch an, dass Seine Majestät der Kaiser darauf bestehen wird, dass Niketas zum Patriarchen ernannt wird, bevor er seine Unterschrift unter das Unionsdekret setzt.«

Ich lächelte nur.

Offenbar wusste er nicht, wie Niketas sich entschieden hatte!

Und er fürchtete ihn, weil er das Vertrauen des Papstes und des Kaisers genoss. Mit all seinen Titeln und Ämtern würde Niketas mächtiger als er selbst sein. Der zweite Mann in der Hierarchie der vereinigten Kirche und ein ernst zu nehmender Rivale im nächsten Konklave.

»Ich gebe Euch mein Ehrenwort!«, wiederholte er, als ich weiterhin beharrlich schwieg. »Euer Leben, Eure Freiheit und meinen persönlichen Schutz für Euch und jeden Eurer Gefolgsleute – wenn Ihr mir als Gegenleistung das hebräische Evangelium gebt.«

Er schob ein Pergament und das silberne Tintenfass über den Schreibtisch.

Ich zögerte. Was, wenn Vitelleschi sein Wort nicht hielt, sobald er das Evangelium in Händen hielt?

Cesare setzte sich neben mich. »Alessandra, ich flehe dich an! Rette dein Leben! Gib ihm das Evangelium!«

Ich barg mein Gesicht in den Händen. Durfte ich Niketas in Gefahr bringen? Was würde Vitelleschi ihm antun, wenn er den Vatikan betrat?

Vor mir auf dem Schreibtisch breitete Cesare das Pergament aus. »Ich bitte dich: Schreib diesen Brief!«

Als ich nicht antwortete, legte er mir die Hand auf den Arm.

Ich blickte auf. Wie traurig er mich ansah, wie verzweifelt!

»Ihr könntet in Frieden leben, Alessandra! Du, Niketas und euer Kind. In Rom interessiert es niemanden, ob ein Kardinal eine Geliebte und Kinder hat.« Als ich nicht antwortete, drang er weiter in mich: »Willst du denn nicht endlich in Frieden leben?«

Cesare tauchte die Schreibfeder ins Tintenfass und hielt sie mir hin, doch ich nahm sie nicht. Da drückte er mir die Feder in die Hand und schloss meine Finger um den Kiel. »Alessandra, ich bitte dich …«

Vitelleschi lehnte sich auf seinem Sessel zurück und beobachtete uns aufmerksam.

Meine Finger verkrampften sich um den Federkiel.

Ein Tropfen Tinte fiel auf meinen Habit. Ich beobachtete, wie er sich auf dem weißen Wollstoff ausbreitete … wie mein Blut, das vor fünf Wochen mein Nachthemd getränkt hatte.

So viel Blut! Und so viele Tote!

Der Kardinal verlor die Geduld und schlug mit der Faust auf den Schreibtisch, sodass das Tintenfass schwankte. Dann griff er zur silbernen Glocke auf seinem Schreibtisch und läutete.

Sein Sekretär öffnete die Tür. »Euer Eminenz?«

»Bringt den Jungen!«

Mir stockte der Atem. »Nein!«

Einer seiner Bravi trug den verzweifelt um sich schlagenden Angelo in den Raum und ließ ihn neben meinem Sessel zu Boden fallen. Der Junge schrie vor Schmerz und wand sich auf den Marmorfliesen.

Zornig ballte ich meine Fäuste und zerknickte die Schreibfeder. »Haben sie dir wehgetan?«

Er biss die Zähne zusammen und nickte mit Tränen in den Augen.

»Lasst den Jungen in Ruhe!«, begehrte Cesare auf. »Er hat …«

»Wenn Ihr eines Tages herrschen wollt, müsst Ihr gehorchen lernen! Ich dachte, das hätte Euch Marcantonio Colonna gelehrt«, brüllte ihn Vitelleschi an. »Ein Herzog mit eigenem Herrschaftsgebiet werdet Ihr nur mit mir, aber nicht gegen mich! Habt Ihr das endlich verstanden?«

Das also war der Preis, um den Cesare seine Seele in diesem Satanspakt verkauft hatte: Sobald Vitelleschi Papst war, wollte er Cesare zum Herzog machen!

»Ja, Euer Eminenz! Aber der Junge …«

»Schweigt!« Vitelleschi hieb unbeherrscht mit der Faust auf den Tisch.

»Nein, ich werde nicht schweigen!«, erregte sich Cesare. »Jetzt nicht mehr! Wenn Ihr dem Jungen etwas antut, verlasse ich noch heute Rom. Mit meinem Heer! Wer schützt dann Euer Leben gegen die zornigen Römer, die Euch hassen und verachten und als Antichrist und Kardinal des Satans verfluchen? Die Savelli, deren Burgen Ihr erobert habt? Die Gaetani, die Ihr gedemütigt habt? Oder die Colonna?«

Angelo kroch Schutz suchend näher, umarmte schluchzend meine Beine und presste sein Gesicht gegen mein Knie. Tröstend strich ich ihm über das staubige, verfilzte Haar.

»Ihr wagt es!«, verbiss sich Vitelleschi in seine Wut. »Cesare, ich warne Euch: Legt Euch nicht schon wieder mit mir an! Meine Geduld mit Euch und Euren Launen ist erschöpft!«

»Lasst den Jungen aus dem Spiel!«

»Ihr habt ihn doch selbst ins Spiel gebracht! Ihr habt Alessandras Nachricht an Kardinal Colonna an der Statue gefunden. Ihr habt den Jungen überwachen lassen. Ihr habt den Befehl gegeben, ihn heute Morgen festzunehmen«, brüllte der Kardinal. Als Cesare zähneknirschend schwieg, nahm Vitelleschi einen Zettel vom Tisch und zeigte ihn mir. »Diese Botschaft war doch für Euren Cousin bestimmt, nicht wahr?«

Ich nickte stumm.

Wortlos warf er einen gefalteten Brief auf das noch unbeschriebene Pergament vor mir auf dem Tisch. Meine Nachricht an Cosimo und Niketas! Sie war nie nach Florenz gelangt!

Resigniert erhob ich mich, nahm eine gespitzte Feder von Vitelleschis Schreibtisch, tauchte sie ins Tintenfass und schrieb an Niketas, er möge das hebräische Evangelium nach Rom bringen. Als ich fertig war, reichte mir Vitelleschi sein Siegelwachs, das ich in einer Kerzenflamme erhitzte und auf das Pergament tropfen ließ. Widerstrebend drückte ich meinen Siegelring ins heiße Wachs und gab ihm den Brief.

Er überflog ihn und nickte zufrieden.

»Cesare, mein Lieber«, sagte er mit einem boshaften Lächeln, »wärt Ihr nun so freundlich, Alessandra und den Jungen in den Kerker des Castel Sant'Angelo zu geleiten?«

ꟿ Niketas ꟿ

Kapitel 26

»Sieh mal, Niketas, dort ist Rom!«, rief Tayeb, als er sein Pferd neben meines lenkte.

Im grellen Sonnenlicht dieses warmen Frühlingstages, es war der 23. April 1439, betrachtete ich die kleine Stadt, die sich Schutz suchend zwischen die Hügel Esquilin, Quirinal und Palatin duckte und an der trutzig aufragenden Engelsburg festklammerte. Dieses Dorf ist die Caput Mundi, die Hauptstadt der Welt?, dachte ich bestürzt.

Der Sitz des Papstes war nicht mehr die großartige Metropolis, von der aus Augustus und Tiberius, Nero und Marcus Aurelius als Amtsvorgänger meines Bruders das Imperium Romanum regiert hatten! Zugegeben, auch Byzanz lag in Trümmern, und ein Flügel des Kaiserpalastes war einsturzgefährdet, doch die Stadt Konstantins war ungleich beeindruckender.

Tayeb wies mit dem ausgestreckten Arm auf eine Brücke, die hundert Schritte vor uns über den Tiber führte. »Das ist der Ponte Milvio.«

Die Milvische Brücke, wo Kaiser Konstantin im Jahr 312 seinen Gegner Maxentius besiegte – hier war das Schlachtfeld, wo sich das Schicksal des Christentums entschied …

Meine zwanzig Leibgardisten, prächtig herausgeputzt mit ihren vergoldeten Schuppenpanzern und dem kaiserlichen Adler auf den Wappenröcken, schlossen auf und bildeten einen schützenden Ring um mich. Einige schnallten ihre Schwertgurte enger, andere lockerten die Klingen in den Scheiden, um einen Angriff abwehren zu können.

Der lange Ritt von Civita Castellana, wo wir die Nacht verbracht hatten, über die Via Flaminia nach Rom hatte meinen Sekretär Leandros ermüdet. Wie ich trug auch er einen schlichten Basilianerhabit. Neben ihm ritt Fra Leonardo d'Assisi, ein sechzigjähriger Franziskaner, der seit Jahren in Lucas Scriptorium arbeitete. Die beiden hatten sich kennengelernt, als Luca päpstlicher Sekretär bei Gregor XII. und Leonardo Schreiber in der Kanzlei des Lateranpalastes gewesen war. Nach Martins Tod vor acht Jahren und Eugenius' Wahl zum Pontifex hatte Luca seinen Freund zu sich nach Florenz geholt. Ich hatte Fra Leonardo ins Vertrauen gezogen, weil er Rom und den Lateranpalast kannte und Alessandra treu ergeben war.

Wir wandten uns nach Westen und ritten an der Tiberschleife entlang durch die blühenden Wiesen zum Vatikan, dessen gewaltige Festungsmauern bald vor uns aufragten. Die Glocke von San Pietro schlug halb vier, als wir das Stadttor passierten und den Borgo Sant'Angelo betraten, das Viertel zwischen den vatikanischen Palästen und der Engelsburg.

Fliegende Händler hasteten neben uns her, drängten sich gegenseitig ab, zerrten an unserer Kleidung und streckten uns Heiligenreliquien und Ablassbriefe entgegen. Es kümmerte sie nicht, dass Leonardo, Leandros und ich Mönchshabites trugen. Und gleich darauf kannte ich auch den Grund.

Denn nur wenige Schritte neben einem franziskanischen Bußprediger, der vor einer kleinen Gruppe frommer Pilger die verkommene Moral der Kirche verfluchte, feilschten zwei Dominikanermönche mit einer Hure um den Preis für ein kurzes Liebesspiel zu dritt. Der eine betätschelte mit beiden Händen lüstern ihre Brüste, die aus dem offenen Mieder quollen, während sie dem anderen schamlos zwischen die Schenkel fasste und mit festem Griff die Verhandlungen vorantrieb.

Noch vor der Piazza San Pietro bogen wir nach links ab und folgten dem Passetto, dem Fluchtweg der Päpste, zur Engelsburg. Als wir vor der Zugbrücke hielten, blickte ich hinauf zum Mausoleum von sieben römischen Caesaren, darunter der von mir verehrte Marcus Aurelius. Die Päpste hatten das Grabmal zur starken Festung ausgebaut.

Ich reichte Tayeb die Hand, und er drückte sie. »Sprich mit Antonio Rido. Sag ihm, dass ich in Rom bin. Und gib ihm Scarampos Nachricht.«

Der Papst und der Erzbischof von Florenz waren bestürzt gewesen, als ich ihnen Alessandras langen Brief aus dem Kerker der Engelsburg vorlas, den sie nach ihrer Unterredung mit Vitelleschi verfasst hatte, um mich vor dem Kardinal des Satans zu warnen. Bei meiner Abreise aus Florenz hatte Scarampo mir eine Nachricht für seinen Freund Antonio Rido mitgegeben.

»Vielleicht lässt er mich kurz mit Alessandra reden. Ich will sehen, ob es ihr gut geht. Dann hole ich Tito.« Tayeb klopfte auf seine Satteltasche, in der er Lucas Dominikanerhabit verstaut hatte.

»Warte, bis der Kardinal mit seinem Gefolge den Palast betreten hat, und stell fest, ob er Alessandra mitgebracht hat. Dann lass ein paar Minuten verstreichen, bevor du völlig atemlos in den Saal stürmst.«

»Wie besprochen!« Tayeb grinste verschmitzt. »Schade, dass ich deinen großen Auftritt verpasse!«

»Wenn du rechtzeitig kommst, versäumst du nur den ersten Teil. Wir sehen uns in eineinhalb Stunden.«

Wir ließen Tayeb am Castel Sant'Angelo zurück und überquerten die Engelsbrücke. Doch anstatt der Via Papalis nach Osten zu folgen, bogen wir nach links ab in die schmale Via dei Coronari. An den Läden der Rosenkranzmacher und den zur Straße offenen Werkstätten der venezianischen und byzantinischen Mosaikschneider führte uns Fra Leonardo zur Piazza Navona und weiter zum antiken Pantheon, das nun eine christliche Kirche war. Wenige Schritte weiter überragte die Fassade von Santa Maria sopra Minerva eine Piazzetta.

Fra Leonardo stieg steifbeinig vom Pferd, presste beide Hände in den Rücken, streckte sich nach dem stundenlangen Ritt und verzog von Schmerzen gequält das Gesicht. Dann reichte er die Zügel einem herbeieilenden Schergen der Inquisition und begab sich gemessenen Schrittes zum Dominikanerkloster, um den ehrwürdigen Prior, Fra Mariano da Palestrina, zu einer Audienz mit mir in den Lateranpalast zu geleiten. Er würde ihm verkünden, dass Niketas ihn zu sprechen wünschte – und keinen meiner Titel erwähnen.

Fra Mariano kannte mich aus Ferrara, wo er bis zum Ausbruch der Pest im letzten September päpstlicher Konzilsberater für Fragen zur Inquisition gewesen war. Als Vitelleschis Vertrauter kannte er gewiss die Gerüchte über meine bevorstehende Investitur als Kardinal und Erzbischof von Florenz sowie meine geplante Ernennung zum Patriarchen von Konstantinopolis durch meinen Bruder, den Kaiser. Ich ließ ihn in dem Glauben.

»Fra Leonardo!«, rief ich ihm nach. »Vergesst den Stadtplan mit den sieben Wallfahrtskirchen nicht!«

»Wie Ihr befehlt, Euer Eminenz!«, schmunzelte er und betrat die Kirche.

Ich wendete mein Pferd und trabte mit Leandros und den zwanzig Leibgardisten nach Süden, zur Via Papalis. Zehn Tage nach Vitelleschis Triumphzug war die Straße noch immer prächtig geschmückt. Die roten und weißen Blüten waren verwelkt und die Lorbeerzweige vertrocknet, doch die Triumphbögen, die seinen Sieg über die Colonna verherrlichten, waren nicht abgerissen worden.

Kardinal Vitelleschi hatte in seinem Leben wohl jede Todsünde begangen. Stolz, Hochmut und Eitelkeit schienen neben seiner Herrschsucht und seinem aufbrausenden Temperament jedoch seine hervorragendsten Charaktereigenschaften zu sein.

Mit meinen Begleitern folgte ich der päpstlichen Zeremonialstraße zum Kapitol und zum Forum Romanum, wo zwischen den Ruinen von Tempeln und Palästen und dem halb im Boden versunkenen Triumphbogen des Kaisers Titus eine Herde Kühe weidete.

An der Ruine eines antiken Säulentempels lehnte der windschiefe Bretterverschlag eines Bettlers, der mir flehend seine Hand entgegenstreckte. Und auch im einsturzgefährdeten Senatsgebäude, das zur Festung umgebaut worden war, und unter dem halb verschütteten Siegesbogen des Septimius Severus schienen Arme ihr Dasein zu fristen.

Ich war erschüttert, als ich die verfallenen Überreste imperialer Macht betrachtete. Das Kapitol, ehemals Mittelpunkt des Imperium Romanum, war eine Weide für Schafe und Ziegen, der Palatin, wo einst die Kaiser residierten, war ein Ruinenfeld und der Esquilin ein verwilderter Weinberg!

»Byzanz liegt im Sterben, aber Rom ist schon tot«, sprach Leandros aus, was ich dachte.

»Und ihre Wiedergeburt wird in Florenz stattfinden, dem Mittelpunkt der christlichen Welt«, ergänzte ich, und er nickte.

»Ich kann verstehen, dass Kyrios Basilios in Florenz bleiben will«, murmelte er, ohne seine Worte abzuwägen. »Am liebsten würde ich …« Er verstummte und sah mich beschämt an. »Bitte verzeiht mir!«

»Schon gut«, winkte ich ab. »Wenn es Euer Wunsch ist, werde ich Euch nach dem Konzil aus meinen Diensten entlassen.«

Ich lenkte mein Pferd um den versunkenen Titus-Bogen herum und den von Brennnesseln umsäumten Sandweg der Via Sacra hinauf zum Kolosseum, dessen Gänge und Arkaden nun als Wohnungen genutzt wurden. Der beißende Rauch von Küchenfeuern quoll aus etlichen Bogengängen. In einem Tümpel vor dem Triumphbogen des Kaisers Konstantin, der zu der Stadtfestung einer der großen römischen Familien neben dem Kolosseum gehörte, wuschen Frauen Wäsche. Zum Bleichen legten sie die Hemden und Hosen auf die marmornen Bodenplatten vor dem Siegesbogen Konstantins des Großen. Leandros, der wie ich aus Byzanz stammte, senkte betroffen den Blick.

Am Abhang des Esquilin bogen wir nun wieder in die Via Papalis ein, die durch Weingärten und Obstplantagen zur Basilika San Giovanni in Laterano führte, der Bischofskirche der Päpste. Es schlug vier Uhr nachmittags, als ich zu Füßen des bronzenen Reiterstandbildes von Marcus Aurelius vor dem verlassenen Lateranpalast vom Pferd sprang.

Hatte Tayeb schon mit Antonio Rido gesprochen? Hatte er Alessandra meine Nachricht übermittelt?

Leandros nahm mir die Zügel ab und reichte sie an einen der Bewaffneten weiter.

»Besetzt die Kirche und den Palast, und bewacht die Tore!«, befahl ich meinen Männern.

Mein Sekretär folgte mir die Stufen hinauf in die Vorhalle und öffnete mir das Kirchenportal.

Die Kathedrale, an der Kaiser Konstantin der Legende nach mit eigenen Händen mitgebaut hatte, war eine fünfschiffige Basilika mit marmornen Säulen, goldschimmernden Mosaiken, einem Boden mit ineinander verschlungenen Ornamenten aus weißem und rotem Marmor und einem offenen Dachstuhl. In der halbrunden Apsis hinter dem hohen Altar erhob sich die Kathedra des Papstes, vor dem Altar befand sich die Confessio mit dem Grab von Papst Martin.

Im rechten Seitenschiff war der Zugang zum Lateranpalast. Leandros zog den Schlüssel hervor, den Scarampo mir gegeben hatte, und öffnete das Portal. Während zwei meiner Leibwächter die Gläubigen aus der Basilika vertrieben, betrat ich mit den anderen den Palast, der seit Eugenius' Flucht vor fünf Jahren verlassen war.

Seit dem jahrzehntelangen Exil der Päpste in Avignon und der gewaltsamen Plünderung nach Eugenius' überstürzter Flucht nach Florenz war der Lateranpalast in einem beklagenswerten Zustand. Die herrlichen Fresken in den Wohnräumen und Audienzsälen waren beschädigt, die Kapellen ihres Goldschmucks beraubt und die Bibliothekssäle und die Kanzlei verwüstet.

Leandros folgte mir die Treppe hinauf in den ersten Stock zum Thronsaal des Papstes.

Während ich zu einem der Fenster trat, um auf die Piazza hinabzublicken, schleppten meine Bewaffneten einige Möbelstücke herein, die der Plünderung entgangen waren – einen Tisch, zwei Faltstühle und einige zerschlissene Brokatkissen für den Thron aus weißem Marmor.

Der Hauptmann meiner Leibwache kam zu mir herüber.

»Kyrie Niketas?«, sprach er mich an. »Alles ist bereit. Meine Männer haben die Basilika und den Palast besetzt. Der Thronsaal ist für die Audienz vorbereitet – mehr als den Tisch und die Stühle haben wir leider nicht gefunden. Eben habe ich einen meiner Männer ins benachbarte Benediktinerkloster geschickt, um Bettzeug, Lebensmittel und Wasser zu besorgen. Und einen Koch.«

Ich dankte ihm. »Begebt Euch nun zum Vatikan!«

»Wie Ihr befehlt, Kyrie!«

»Richtet Kardinal Vitelleschi aus, dass Niketas ihn im Lateranpalast erwartet. Und keine Titel, wie besprochen!«

Er grinste vergnügt – die Sache schien ihm einen unbändigen Spaß zu machen. »Wie Ihr es wünscht, so wird es geschehen, Kyrie.« Er verneigte sich, winkte zwei Bewaffneten, ihm zu folgen, und verschwand.

»In Kürze wird Fra Leonardo mit dem Prior hier eintreffen«, erinnerte mich Leandros. »Ihr wolltet Euch zuvor noch umziehen.«

»Wo ist mein Gepäck?«

»Im päpstlichen Schlafzimmer im zweiten Stock. Ich lasse Euch heißes Wasser hinauftragen, sobald die Mönche es herüberbringen.«

Ich verließ den Saal und stieg die Marmortreppe hinauf ins nächste Stockwerk, wo sich die Wohnräume der Päpste befanden. In aller Eile hatten meine Männer die Spuren der Verwüstung beseitigt – so gut es eben ging. Mein Gepäck stand neben einem breiten Bett, dessen Matratze an einer Seite aufgeschlitzt worden war. Und dort befand sich auch Alessandras Rosenholzkassette mit dem gefälschten hebräischen Evangelium.

Ich öffnete meine Reisetruhe, legte das von Patriarch Joseph unterzeichnete Dokument neben das Bett und zog schließlich einen gefalteten Basilianerhabit unter Alessandras Kleidern hervor. Während ich mich entkleidete, brachte Leandros eine Schüssel mit Wasser.

»Bitte entschuldigt meine Worte vorhin auf dem Forum«, begann er, als er das Gefäß abstellte. »Es war nicht recht, dass ich Euch gesagt habe, wie gern ich in Florenz bleiben würde, anstatt nach Athen zu …«

»Schon gut, Leandros!«, unterbrach ich ihn. »Ich verstehe Euch sehr gut. Wünscht Ihr, dass ich Euch von Euren Gelübden entbinde?«

»O nein!«, wehrte er betroffen ab. »Ich will Mönch bleiben. Als Dominikaner in San Marco. Ich glaube, dass der Papst Fra Antonino in den nächsten Jahren zum Erzbischof von Florenz ernennen wird.«

»Cosimo ist derselben Meinung.«

»In einem hellenisierten Florenz wird Erzbischof Antonino Pierozzi einen Sekretär benötigen, der Griechisch spricht.« Leandros grinste verschmitzt, nahm das Rosenholzkästchen und verschwand.

Nachdem ich mich frisch gemacht hatte, zog ich mir den schlichten Basilianerhabit über und begab mich wieder hinunter in den Thronsaal. Inzwischen war der Prior eingetroffen.

»Euer Eminenz!« Fra Mariano da Palestrina kniete nieder und küsste meine Hand, obwohl ich, wie er, als Mönch gekleidet war. Also kannte er die Gerüchte um meine Ernennung.

»Bitte erhebt Euch, Frater! Wisst Ihr, warum ich Euch hergebeten habe?«

Er wand sich unter meinem Blick. »Ähm … ehrlich gesagt, nein.«

»Ihr habt Alessandra d'Ascoli im Kerker Eures Klosters gefangen gehalten.«

»Das stimmt, Euer Eminenz!«, gestand er und faltete unruhig seine Hände. »Auf Befehl von Kardinal Vitelleschi.«

»Alessandra sagte mir, Ihr wärt ein Gefolgsmann der Colonna.«

Er blickte sich um, ob jemand außer Leandros unser Gespräch belauschte, dann nickte er stumm.

»Wie geht es ihr?«

»Sie ist in der Engelsburg, jedoch nicht in Ketten im Verlies. Antonio Rido behandelt sie gut.«

»Habt Ihr sie gesehen?«

»Ja, Euer Eminenz. Ich habe sie gestern besucht, um ihr die Beichte abzunehmen. Sie wartet auf Euch. Sie …« Er wich meinem Blick aus. »… sie liebt Eure Eminenz.«

»Und ich liebe sie. Wehe dem, der ihr das alles angetan hat.«

Fra Mariano erbleichte. »Es geschah auf Befehl von Kardinal Vitelleschi!«, beteuerte er hastig.

»Das weiß ich«, beruhigte ich ihn. »Ich habe den Patriarchen in den Lateranpalast gebeten, damit er sich für seine selbstherrliche Tat vor mir rechtfertigt.«

»Ihr habt ihn …« Er verstummte, sichtlich erschrocken.

»Ich wünsche, dass Ihr bei dieser Audienz zugegen seid.«

Der Prior schluckte trocken. »Wie Ihr wollt, Euer Eminenz.«

»Habt Ihr den Stadtplan von Rom mitgebracht, um den ich gebeten hatte?«

»Selbstverständlich!« Er wies auf den Tisch in der Mitte des Thronsaals, wo neben dem Kästchen mit dem Evangelium ein großes Pergament ausgebreitet lag.

»Kann ich von einem der Hügel aus das Meer sehen?«, fragte ich mit Blick auf die Karte. »Vom Palatin vielleicht?«

»Nein, Euer Eminenz.«

»Das ist schade! Von meinem Kloster in Konstantinopolis habe ich einen fantastischen Blick auf den Bosporus.« Ich seufzte. »Das Meer werde ich vermissen.«

Fra Mariano sah mich verunsichert an: Gedachte ich denn, in einem Palast auf dem Palatin zu residieren?

»Ich werde einige Tage in Rom bleiben«, eröffnete ich ihm. »Wenn es meine Zeit erlaubt, werde ich morgen das Grab des heiligen Paulus besuchen.«

»Falls Ihr einen Führer zu den Sehenswürdigkeiten wünscht, stehe ich Euch sehr gern zur Verfügung.«

»Danke, Frater, aber das ist nicht nötig. Alessandra wird mir die heiligen Stätten zeigen. Nach dem Trubel des Konzils in Florenz sehne ich mich nach ein wenig Ruhe und Besinnung.«

»Selbstverständlich!«, murmelte er. »Falls ich Eurer Eminenz während Eures Aufenthaltes in Rom auf irgendeine andere Weise behilflich sein kann …«

»Das könnt Ihr, Frater!« Ich wandte mich an meinen Sekretär. »Leandros, wärt Ihr so freundlich, mit dem Prior zu besprechen, was ich benötige?«

»Aber gewiss!« Er führte Fra Mariano einige Schritte zur Seite und trug ihm meine Wünsche vor.

Ich kehrte zum Fenster zurück und blickte hinunter auf den Platz mit dem Reiterstandbild des Marcus Aurelius. Die Piazza war verlassen – meine Männer hatten unsere Pferde in den Stall des benachbarten Benediktinerklosters geführt. Mein Blick schweifte über die Weingärten und Obstplantagen bis zur Stadtmauer und zur Kirche Santa Croce in Gerusalemme, die eine halbe Meile entfernt war.

Tito trat zu mir. Er trug Lucas Dominikanerhabit. Mit einem Seitenblick auf Fra Mariano, der beunruhigt zu uns herübersah, flüsterte er: »Tayeb wartet in der Basilika, an Papst Martins Grab. Er hat mit Alessandra gesprochen. Es geht ihr gut.«

Er wollte noch etwas hinzufügen, schwieg dann jedoch.

»Danke, Tito.«

Er wandte sich um und überblickte den großen Thronsaal. »Was soll ich tun?«

»Wird Vitelleschi Euch erkennen?«

»In den vergangenen Jahren war er einige Male in der Bibliothek des Palazzo d'Ascoli, aber Luca hat mich ihm nie vorgestellt, weil ich der Familie Colonna von Geburt an verbunden bin. Ich glaube nicht, dass der Kardinal sich an mich erinnert.«

»Dann gehört Ihr nun zu meinem Gefolge. Zieht Euch die Kapuze über den Kopf, damit er nicht bemerkt, dass Ihr keine Tonsur tragt. Stellt Euch dort drüben neben Fra Leonardo auf.«

Er grinste verschmitzt. »Ein Dominikaner, ein Franziskaner, ein Basilianer. Etliche Benediktiner, die geschäftig durch den Lateranpalast eilen, um fünf Jahre nach der Plünderung Ordnung zu schaffen. Zwanzig kaiserliche Palastwachen. Und zudem der Prior von Santa Maria sopra Minerva, der Euch ehrerbietig mit Euer Eminenz anspricht, obwohl Ihr nur einen schlichten Mönchshabit tragt. Keine Rangabzeichen, keine Titel. Das alles wird Vitelleschi zutiefst verunsichern.«

»So hatte ich es mir gedacht!«, lächelte ich.

Hufgetrappel auf der Piazza.

Ich sah aus dem Fenster.

Umgeben von einer Schar seiner Leibgardisten ritt Vitelleschi auf den Platz. Vor der Statue des Marcus Aurelius sprang er vom Pferd, strich sich die Purpursoutane glatt und blickte hinauf zu den Fenstern des Lateranpalastes.

Seinen verkniffenen Gesichtsausdruck konnte ich nicht deuten. War er zornig? Oder beunruhigt?

Der Hauptmann meiner Leibwache, der ihm meine Nachricht übermittelt hatte, wies auf das Portal der Lateranbasilika und geleitete den Kardinal und sein Gefolge in die Kathedrale des Papstes und von dort die Treppe empor in den Audienzsaal.

Ich schlenderte hinüber zum Thron und nahm Platz – wie ein päpstlicher Legat in offizieller Mission.

Vitelleschi rauschte in den Saal und blieb abrupt am offenen Portal stehen, als er mich erblickte. Der Mann im silbernen Harnisch, der ihm mit zehn Leibgardisten auf dem Fuße folgte, hätte ihn beinahe umgerannt. Von der Tür aus musterte Vitelleschi, der überrumpelte Feldherr, mit angespannten Schultern das Schlachtfeld, auf das er gelockt worden war. Sein Blick wanderte zu Fra Mariano, der an meiner Seite stand – wenngleich er sich angesichts der drohenden Konfrontation am liebsten aus dem Staub gemacht hätte.

Ich tat, als hätte ich Vitelleschis Eintreten übersehen. Er sollte Zeit haben, seine Lage abzuschätzen.

Tito trat vor den Thron und meldete mit lauter Stimme: »Seine Hochwürdigste Eminenz, Giovanni Vitelleschi, Kardinal der Sancta Romana Ecclesia, lateinischer Patriarch von Alexandria, Dritter Pater Patriae seit Romulus, Regent von Rom, Bannerträger Seiner Heiligkeit des Papstes und …«

Nun geruhte ich, ihn zu bemerken.

»Ah, Giovanni, da seid Ihr ja!« Ich erhob mich und ging ihm einige Schritte entgegen.

»Ihr habt den Lateranpalast eigenmächtig besetzt«, fauchte er. »Ihr sitzt auf dem Thron des Papstes und maßt Euch an …«

»Seid Ihr mit dem Wortlaut der Konstantinischen Schenkung vertraut, Giovanni?«, unterbrach ich ihn. »Nikolaus von Kues und Lorenzo Valla haben sie, wie Euch aus Lucas Korrespondenz bekannt sein dürfte, als kirchliche Fälschung entlarvt. Kaiser Konstantin hat den Lateranpalast niemals an die Päpste verschenkt. Aus staatsrechtlicher Sicht ist dieser Palast also immer noch ein Teil des Byzantinischen Reiches, und nicht Papst Eugenius, sondern mein Bruder, Kaiser Ioannis, regiert hier. Ihr seid mein geehrter Gast, Giovanni. Falls es Euch also beliebt, auf jenem Sessel dort drüben Platz zu nehmen …«

Mit diesen Worten ließ ich ihn stehen und ging zu dem Offizier, der nach ihm den Saal betreten hatte. Als ich ihm die Hand entgegenstreckte, fiel er auf die Knie und küsste sie. »Ich bin Cesare Orsini,

Euer Eminenz«, stellte er sich vor. »Condottiere Seiner Heiligkeit. Euch zu Diensten.«

Aus dem Augenwinkel nahm ich wahr, wie Vitelleschi uns mit geballten Fäusten beobachtete.

»Ich freue mich, Euch kennenzulernen, Cesare. Seine Heiligkeit hat mir viel von Euch erzählt. Erhebt Euch! Ihr müsst in meiner Gegenwart nicht knien. Ihr seid ein entfernter Cousin von Alessandra, nicht wahr?«

»Das stimmt, Euer Eminenz. Wir sind über ihren Großvater verwandt, den Conte Marcantonio Colonna.«

Ich nickte und wandte mich wieder an Vitelleschi. »Da fällt mir ein, Giovanni: Seine Heiligkeit wünscht, dass Ihr Euren Gefangenen Lorenzo Colonna nach Florenz schickt. Er will selbst mit ihm reden.« Leandros gab mir ein gefaltetes Pergament, das ich an den Kardinal weiterreichte. »Seine Heiligkeit beglückwünscht Euch zu Eurem Sieg in Zagarolo.«

Vitelleschi riss mir den Brief aus der Hand und starrte betroffen auf das päpstliche Siegel. Dann zerbrach er es, entfaltete den päpstlichen Befehl und überflog das Dokument, das Eugenius mir mitgegeben hatte.

»Seine Heiligkeit weiß, dass Ihr hier seid«, stellte er schließlich fest. Er wirkte verunsichert.

»Ich kann nicht kurz vor dem Ende des Konzils Florenz verlassen, ohne mit ihm darüber zu sprechen.«

»Das Ende des Konzils?«, fragte er und hob die Augenbrauen. »Habt Ihr die Gabe der Prophetie … Niketas?«

»Nein, Giovanni«, lächelte ich kalt. »Aber ich habe am 14. April die dogmatische Rede gehört, die der Metropolit von Nikaia in Santa Maria del Fiore gehalten hat. Seine Auslegung des Filioque ist für beide Seiten annehmbar, da bin ich mir mit Gabriel einig. Hat sein Sekretär Euch denn keine Mitschrift von Basilios Bessarions Vortrag zukommen lassen?«

Vitelleschis Mundwinkel zuckten, als ich Fra Domenico erwähnte. Hatte Alessandra Recht mit ihrer Annahme, dass der Sekretär des Papstes sein Spitzel war? So schien es!

Ich wandte mich an meinen Sekretär. »Bitte stellt Seiner Eminenz Eure Mitschrift von Bessarions Rede zur Verfügung.«

Leandros nahm ein Notizbüchlein vom Tisch und gab es Vitelleschi. »Seine Seligkeit hat die Rede auf Griechisch gehalten. Falls Eure Eminenz eine lateinische Übersetzung wünschen, werde ich …«

Vitelleschi hob die Hand und gebot ihm zu schweigen. »Nicht nötig!« Dann wandte er sich wieder an mich. »Das Unionsdekret wird also bald unterzeichnet?«

»In den nächsten Wochen.«

»Patriarch Joseph liegt im Sterben …«

»Sein Nachfolger wird die Kirchenunion schließen und dem Papst die Hand zum Bund reichen«, erklärte ich mit fester Stimme und ließ offen, wen ich für den nächsten Patriarchen von Konstantinopolis hielt. Wen er dafür hielt, sagten mir sein verkniffener Blick und die zusammengepressten Lippen.

»Gabriel und ich sind uns einig, dass das Boot, in dem wir alle sitzen, nur einen Kapitän haben kann. Und dass dieser sich mit seinem Ersten Offizier über den Kurs verständigen sollte, damit wir künftig mit vereinten Kräften in eine Richtung rudern.«

Vitelleschi wusste von Fra Domenico, dass der Papst mit mir ›inter Pares‹ gesprochen hatte, und doch zog er die Augenbrauen zusammen, als ich den Papst vertraulich beim Vornamen nannte.

»Und welcher Kurs ist das?«, fragte er irritiert.

»Nach Osten«, orakelte ich. »Byzanz liegt im Osten.«

Tayeb betrat wie verabredet den Saal und kam zu mir herüber. Er verneigte sich und sprach mich auf Arabisch an: »Ich war im Castel Sant'Angelo und habe mit Antonio Rido gesprochen. Alessandra geht es gut.«

»Wo ist sie jetzt?«, fragte ich ebenfalls auf Arabisch.

»Sie wurde gerade in die Sakristei der Basilika gebracht. Der Junge ist bei ihr.«

»Konntest du mit ihr sprechen?«

»Nein, sie wird streng bewacht.«

»Trägt sie Ketten?«

»Nein.«

Vitelleschi, der kein Arabisch sprach, hatte nur wenige Worte verstanden: Castel Sant'Angelo, Antonio Rido und Alessandra. Wütend starrte er hinüber zu Fra Mariano, der den Blick gesenkt hielt, und fragte sich, ob der Prior ihn verraten hatte, wie es der Kommandant der Engelsburg, ein enger Freund seines Erzfeindes Scarampo, offenbar getan hatte.

Ich legte ihm die Hand auf die Schulter. »Nachdem Alessandra nun eingetroffen ist, sollten wir mit den Verhandlungen beginnen.«

Überrascht starrte er mich an, dann nickte er schweigend.

Ich trat zum Tisch und öffnete den Deckel von Alessandras Rosenholzkassette, um ihm die Fragmente des gefälschten Evangeliums zu zeigen.

Wie gebannt starrte Vitelleschi auf die Papyrusschnipsel, deren hebräische Schrift er nicht lesen konnte. Als er die Hand nach dem ersten Fragment ausstreckte, schloss ich den Deckel wieder.

»Lasst Alessandra hierherbringen!«, forderte ich. »Sobald ich mich davon überzeugt habe, dass sie unverletzt ist, werde ich Euch das Evangelium übergeben.«

»Cesare!«, gab Vitelleschi meinen Befehl weiter. »Holt sie!«

Orsini verließ den Thronsaal, um in die Basilika zu eilen.

»Warum liegt Euch so viel an diesen wertlosen Papyrusfetzen?«, fragte ich Vitelleschi.

Er antwortete nicht.

»Die Worte Jesu unterscheiden sich kaum von den Logien in den kanonischen Evangelien – abgesehen davon, dass sie in Hebräisch niedergeschrieben wurden«, erklärte ich in einem Tonfall, als messe ich der Entdeckung eines fünften Evangeliums keine große Bedeutung bei, weder eine theologische noch eine machtpolitische. »Als Theologe habe ich sehr viel Fantasie, aber ich kann mir beim besten Willen nicht vorstellen, was Ihr Euch vom Besitz dieses Evangeliums versprecht …«

… zumal ich, wie auch der Papst, den Inhalt der Logien kenne und du sie deshalb nicht fälschen kannst!

»Ihr zweifelt an meiner Aufrichtigkeit, nicht wahr?«, fragte ich, als er nicht reagierte.

»Ja, das tue ich«, presste er hervor.

»Fra Mariano, sprecht Ihr Hebräisch?«

»Ja, Euer Eminenz.«

Ich winkte ihn zu mir, öffnete die Rosenholzkassette und legte einen Papyrusfetzen neben mir auf den Tisch. »Würdet Ihr Seiner Eminenz bitte dieses Logion übersetzen?«

Fra Mariano beugte sich tief über den Tisch – er schien sehr kurzsichtig zu sein. »›An ihrem Handeln werdet ihr sie erkennen.‹«

Vitelleschi starrte mich schweigend an.

Er hatte erwartet, dass ich mich ihm unterwarf, dass ich zu ihm in den Vatikan kam und ihm ohne das Wissen des Papstes das Evangelium übergab, um Alessandras Leben zu retten.

Es fiel ihm schwer, sich einzugestehen, dass er den Machtkampf zwischen uns beiden verloren hatte.

Das hebräische Evangelium war für ihn wertlos geworden, denn er konnte es nun nicht mehr fälschen. Und zudem fragte er sich, augenscheinlich sehr beunruhigt, ob der Papst wusste, dass er Alessandra in der Engelsburg gefangen gehalten hatte, und ob er ihn dafür zur Rechenschaft ziehen würde.

Cesare führte Alessandra und Angelo in den Saal. Sie trug ein weißes Gewand, das einem Dominikanerhabit glich, nur ohne Skapulier. Du lieber Himmel! Was war mit ihrem Haar geschehen? Der Junge war verletzt und humpelte mit schmerzverzerrtem Gesicht. War er gefoltert worden?

Vitelleschi, der offenbar meinen Zorn fürchtete, wich vor mir zurück, als ich ihr entgegeneilte, um sie zu umarmen.

»Ich dachte, ich hätte dich verloren!«, flüsterte ich.

»Ich hatte solche Angst um dich, mein Liebster!« Zärtlich strich sie mir über das Haar.

Meine Lippen fanden die ihren, und wir küssten uns mit aller Leidenschaft. Mit diesem Kuss bekannte ich mich zu unserer Liebe – zum ersten Mal vor aller Welt.

Ich nahm Alessandras Hand und führte sie zum Tisch, wo Vitelleschi auf uns wartete.

»Alessandra wurde nicht gefoltert!«, beteuerte er angesichts ihrer abgeschnittenen Haare und der Verletzung des Jungen.

»Dann muss ich meine Hände nicht mit Eurem Blut beschmutzen«, erklärte ich kaltblütig. »Giovanni, ich warne Euch: Fordert mich nie wieder heraus!« Er wollte etwas erwidern, doch ich trat so dicht an ihn heran, dass nur er mich verstehen konnte. »Ein guter Rat, den mir mein Vater, Kaiser Manuel, gegeben hat. Bewahrt Haltung, Giovanni, und verliert nun, da Ihr den Kampf verloren habt, nicht auch noch die Selbstbeherrschung! Nicht vor Euren Männern, die Euch beobachten. Und vor allem nicht vor Cesare Orsini, der, wenn ich seinen Blick richtig deute, gerade darüber nachsinnt, wem er die Treue geschworen hat – Euch oder dem Papst.«

Er blickte sich nach seinem Gefolgsmann um und holte tief Luft.

»Beweist mir nun, dass Ihr meiner Sanftmut und meiner Vergebung würdig seid!«, befahl ich ihm. »Zeigt mir Eure Loyalität!«

Er starrte mich an. »Wie?«

»Verbrennt das Evangelium!«

»Aber …«

»Vernichtet das Evangelium, das so viel Unglück gebracht hat, so viel Hass, so viel Zorn, so viel Machtgier und so viel Gewalt! Solange es existiert, wird Blut vergossen werden. Und am Ende werdet auch Ihr selbst zu den Opfern zählen!«

Er atmete vernehmlich aus und nickte gefasst.

Tito entzündete eine Kerze und stellte sie auf den Tisch. Dann trat er zurück und beobachtete Vitelleschi, der das erste Fragment zur Hand nahm.

Ich stellte mich neben ihn und wies auf die hebräische Schrift. »Wisst Ihr, welches Wort Jesu dort steht?«

»Nein.«

»›Jesus sprach: Nach deinen Worten wirst du gerichtet werden und nach deinen Taten verdammt.‹«

Der Kardinal warf Lucas Tochter einen langen Blick zu. Dann hielt er den Papyrus in die Flamme der Kerze, bis er sich daran die Finger verbrannte.

Alessandras Blick war unergründlich.

In dieser Nacht lagen wir eng umschlungen in meinem Bett, hielten einander zärtlich im Arm und liebten uns mit einer selbstvergessenen Seelenruhe, als hätten wir alle Zeit der Welt für unsere Liebe. Als würde es nie wieder einen Abschied geben. Kein Bangen, kein Hoffen, kein Sehnen.

Ich ließ mich hinaufwehen in den Himmel … in die Ewigkeit … Ein Gefühl von Glückseligkeit, das ich mit Worten nicht beschreiben kann, durchströmte mich und riss mich mit sich fort, immer höher empor ins hell strahlende Licht … zu Gott.

Einen Herzschlag lang glaubte ich, nicht mehr zu sein … eins zu werden … zu sterben … zu verlöschen und zu verwehen … in die Lichtfunken, die plötzlich vor meinen Augen tanzten …

Nicht jetzt!, schrie ich im Innersten. Nicht ausgerechnet jetzt!

Stöhnte ich vor Lust oder vor Schmerz?

Meine Glieder begannen zu beben, und meine Hände zitterten.

Doch dann wichen die furchtbaren Qualen einer Feinfühligkeit, die meine Sinnenlust bis zur Ekstase steigerte.

Gemeinsam erlebten wir die kostbarste aller Empfindungen.

Ich war am Ende meiner Kräfte, als ich mich schwer atmend in die Kissen zurücksinken ließ und für einen Moment die Augen schloss.

Sie legte sich neben mich, strich mir zart über das Gesicht und wischte eine Träne fort. »Du weinst«, flüsterte sie gerührt.

Sie hatte nichts von dem Anfall bemerkt!

»Ich bin so glücklich!«, gestand ich atemlos. »Und so traurig, weil ich weiß, dass unser Glück …«

Sie küsste mir die Worte von den Lippen, und ich verstummte.

»Ich liebe dich!«, flüsterte sie.

»Und ich liebe dich. Die Tage und Nächte der Ungewissheit waren mir unerträglich. Ich fürchtete, dich für immer verloren zu haben. Ohne dich hat mein Leben keinen Sinn.«

»Hattest du wieder einen Anfall?«

Ich schüttelte den Kopf, denn ich wollte sie nicht noch mehr beunruhigen, indem ich ihr gestand, dass ich nach ihrem Verschwinden erneut gestürzt war. Basilios war bei mir gewesen, als es geschah – außer ihm wusste niemand davon.

»Ich habe dir ein Geschenk mitgebracht.« Ich nahm das Dokument, das der Patriarch unterzeichnet hatte, und gab es ihr.

Mit zitternden Fingern entfaltete sie das Pergament. Tränen traten in ihre Augen, und ihre Lippen bebten, als sie die griechischen Zeilen überflog. Schluchzend umarmte sie mich und hielt mich fest. »Kennt der Papst deine Entscheidung?«

»Nein, er weiß nichts davon. Er glaubt, dass ich wie Basilios und Isidor als Kardinal in Florenz bleiben und ihm helfen werde, die vereinigte Kirche zu regieren.«

»Wann willst du ihm deinen Entschluss mitteilen?«

»Vor meiner Abreise, einige Tage nach der Unterzeichnung des

Unionsdekrets. Basilios und ich wollen gemeinsam zurücksegeln, er nach Konstantinopolis, ich nach Athen.«

Traurig nickte sie.

»Dann werde ich von Athen nach Hause zurückkehren.«

Erneut brach sie in Tränen aus, und ich nahm sie tröstend in den Arm. »Niketas, ich habe furchtbare Angst, dich zu verlieren.«

Wie gern hätte ich ihr gesagt: Das wirst du nicht.

Carpe diem – Lebe den Tag, und vertrau nicht darauf, dass es einen nächsten geben wird! Wir lebten dem Tod zum Trotz und genossen die Tage in Rom, als wären es die letzten glücklichen Stunden unseres Lebens. Cesare hatte uns eine bewaffnete Leibgarde gestellt, die uns vor Vitelleschis Zorn und einem Attentat beschützen sollte.

Am nächsten Morgen ritten Alessandra und ich zur Basilika San Paolo fuori le Mura und besuchten das Grab des Paulus.

»Glaube, Hoffnung, Liebe – aber die Liebe ist die größte unter ihnen«, zitierte Alessandra feierlich sein Hohelied der Liebe und hielt meine Hand. »Nur der Tod kann meine Liebe zu dir besiegen, Niketas. Ich werde dich lieben, in den Zeiten des Glücks und in den Zeiten des Leids. Ich will bei dir sein, bis der Tod uns auseinanderreißt. Vor Gott bist du mein Mann, und ich bin deine Frau.«

Von ganzem Herzen erwiderte ich ihren Schwur und besiegelte ihn mit einem Kuss.

Wir wollten heiraten, sobald ich in einigen Monaten mit Basilios aus Konstantinopolis zurückgekehrt war. Unser Freund sollte uns in San Marco trauen und uns seinen Segen geben. Endlich wollten wir uns zu unserer Liebe bekennen. Während des Konzils in Florenz war das unmöglich gewesen. Doch hier in Rom mussten wir unsere Gefühle nicht verleugnen.

Den Abend verbrachten wir mit Angelo, den ich in mein Herz geschlossen hatte. Beim gemeinsamen Abendessen im Lateranpalast erzählte er mir seine Lebensgeschichte, die mich an meine eigene

Kindheit im Armenviertel von Konstantinopolis erinnerte. Im Kerker hatte Alessandra beschlossen, den aufgeweckten Jungen nach Florenz mitzunehmen und im Palazzo d'Ascoli wohnen zu lassen – so wie Luca einst Serafino bei sich aufgenommen hatte. Sein gelähmtes Bein würde sie von einem Chirurgen richten lassen, damit er ohne Krücken gehen konnte, und in einigen Jahren wollte sie ihm ein Studium an der Universität von Florenz ermöglichen.

Am dritten Tag besuchten wir Santa Maria sopra Minerva, wo wir mit Fra Mariano speisten. Der Prior teilte meine Verehrung für Alessandras Vater, den er einen Heiligen nannte, und führte mich durch die Basilika und das Kloster, wo Fra Luca d'Ascoli als Inquisitor von Rom residiert hatte.

Wir besichtigten auch die Kirche Santi Apostoli, Basilios' künftige Titularkirche als römischer Kardinal, und den angrenzenden Palazzo Colonna. Cesare Orsini, der den Schlüssel besorgt hatte, begleitete uns und übersah äußerst taktvoll meinen Arm um Alessandras Schultern, ihre Hand in meiner, unser zärtliches Getuschel und unsere Küsse. Nach der Besichtigung lud er uns zum Abendessen in den Palazzo Orsini ein.

Ich schätzte ihn als aufrichtigen Menschen, der es bereute, sich auf einen Pakt mit Satan eingelassen zu haben, weil der ihm Macht und Ruhm und den Titel eines Herzogs im Patrimonium Petri versprochen hatte. Cesare hatte schon zu viele Opfer gebracht: sein großes Vorbild Marcantonio Colonna, seinen Cousin Marco, seinen Bruder Napoleone und beinahe auch Alessandra, für die er Gefühle hegte, die er mir nicht eingestehen konnte, weil er fürchtete, meine Eifersucht und meinen Zorn zu erregen. Wie oft beteuerte er mir an jenem Abend, sein Treueschwur als Condottiere der Kirche gelte zuerst und zuletzt Papst Eugenius – nicht Kardinal Vitelleschi!

Am Morgen des 4. Mai brachen wir nach einem zehntägigen Aufenthalt in Rom nach Florenz auf. Wir ritten nach Civitavecchia, dem befestigten Kriegshafen des Kirchenstaates, wo wir ein Schiff nach

Pisa bestiegen. Die Überfahrt auf einer venezianischen Galeere dauerte zwei Tage. In Pisa übernachteten wir im Palazzo Medici nahe dem Ponte della Fortezza am Ufer des Arno. Am 9. Mai, wenige Tage vor Christi Himmelfahrt, erreichten wir Florenz.

Das Konzil drohte endgültig zu scheitern.

Basilios' dogmatische Rede vom 14. April zur Auslegung des Filioque hatte viele Griechen und Lateiner inspiriert, die einen Silberstreif am Horizont zu sehen glaubten, der sich am Ende jedoch als Illusion herausstellte. Die Verhandlungen waren festgefahren. Die Diskussionen in der Kathedrale und, nach den Konzilssitzungen, in Alessandras Bibliothek arteten in erbitterte Wortgefechte aus, die griechischen und lateinischen Delegierten waren gereizt, enttäuscht und hoffnungslos, die Fronten waren verhärtet. Noch nie hatte ich Basilios derart niedergeschmettert gesehen. Wie ich hatte er seit der Eröffnung des Konzils vor über einem Jahr in Ferrara gehofft, dass die Wiedervereinigung der beiden Kirchen möglich war. Wir hatten Konstantinopolis vor eineinhalb Jahren verlassen. Und was hatten wir seitdem erreicht? Nichts!

Auch der Basileus hatte die Hoffnung aufgegeben, das Schisma zu beenden und einen Kreuzzug gegen Sultan Murad anzuführen, um das Byzantinische Reich zu retten. Mein Bruder war so verzweifelt, dass er Basilios, Isidor und mich zum Papst schickte, um Eugenius eine Frage vorzulegen: Was bekommen die Griechen, wenn die Union geschlossen wird?

Der Kaiser, der Stellvertreter Jesu Christi, fragte den römischen Papst, ob er die orthodoxe Kirche kaufen wollte!

Es war so beschämend, so demütigend! Denn es gemahnte an Judas' Worte zum Hohen Priester: Was wollt Ihr mir geben, damit ich Jesus Christus verrate? Ich selbst habe mich nach den monatelangen zähen Verhandlungen verraten und verkauft gefühlt.

Eugenius sandte drei Kardinäle mit seiner Antwort zum Basileus.

Er erklärte, er werde die Kosten für die Rückreise der Griechen nach Konstantinopolis übernehmen. Außerdem werde er dreihundert Söldner nach Byzanz entsenden, die im Falle eines türkischen Angriffs die Stadt verteidigen sollten, sowie zwei Kriegsgaleeren. Falls Sultan Murad Konstantinopolis belagere, werde er zwanzig weitere Galeeren aufbieten und die englischen, französischen, deutschen, spanischen und italienischen Herrscher zur Rettung von Byzanz herbeirufen. Er werde zu einem Kreuzzug zur Befreiung von Jerusalem aufrufen, der über Konstantinopolis führen und die Türken vertreiben solle.

Ich weigerte mich, unter diesen Bedingungen das Unionsdekret zu unterzeichnen, und ließ mich erneut auf einen erbitterten Streit mit dem Kaiser ein. Ioannis war zu verzweifelt, um zu erkennen, dass ein derartiger Kreuzzug, der wie jener im Jahr 1204 zur Eroberung und Plünderung von Konstantinopolis durch die Kreuzfahrer führen konnte, den endgültigen Untergang des Byzantinischen Reiches bedeutete.

Als Ende Mai etliche Metropoliten gegen den Befehl des Basileus ihre Reisetruhen packten, um verbittert in ihre Kirchenprovinzen zurückzukehren und dort für Ruhe zu sorgen, sprach schließlich Eugenius selbst zum Konzil und bat die Delegierten sehr eindringlich, »nicht mit dem Schmerz der Spaltung auseinanderzugehen«.

Am 30. Mai entschied Patriarch Joseph, dass das Filioque im Sinne von Basilios Bessarions dogmatischer Rede durch die orthodoxe Kirche anerkannt werden könne – die orthodoxe Liturgie und der griechische Ritus sollten jedoch unverändert bleiben. Am 3. Juni, dem Tag vor dem Fest des Corpus Christi, versammelten sich die griechischen Hierarchen zu einer endgültigen Entscheidung. Patriarch Joseph, der nach einem erneuten Schwächeanfall zu krank war, um eine Rede zu halten, ließ Isidor von Kiew sein Dekret verlesen. Daraufhin erklärten die Metropoliten und Erzbischöfe einer nach dem anderen vor dem Patriarchen und dem Kaiser, dass auch sie das Filioque annehmen würden – nur Markos von Ephesos, Antonios von Heraklion und zwei weitere Bischöfe lehnten eine solche Unterwerfung unter die römische Häresie ab. Nach endlosen Debatten gaben die Hierarchen schließlich nach. Nur Markos von Ephesos blieb unbeugsam.

Sowohl der Patriarch als auch der Kaiser versuchten ihn umzustimmen, doch Markos blieb standhaft. Als der Kaiser ihn aufforderte: »Zeigt uns einen Ausweg!«, erwiderte er: »Was gibt es zwischen Wahrheit und Lüge? Zwischen Ablehnung und Zustimmung? Niemals kann eine Streitfrage des Glaubens durch Unterwerfung unter die Häresie gelöst werden!«

Zwei Tage später bat mich der todkranke Patriarch erneut um die Krankenölung, und am 10. Juni 1439 verschied Joseph nach langer, schwerer Krankheit. Er starb, wie er gelebt hatte: mit Würde und einem stillen Lächeln.

Gott schenkte ihm die Gnade, die Demütigungen, die die orthodoxe Kirche in den folgenden Tagen erdulden musste, nicht mehr mitzuerleiden.

Ich war bei ihm in jener Nacht, als er für immer ging, und weinte um meinen Freund und Mentor, den ich gekannt hatte, seit ich im Alter von acht Jahren in den Kaiserpalast gekommen war. Er hatte mich in der Hagia Sophia getauft, er hatte mich zum Diakon geweiht, zum Priester und zum Bischof. Er hatte mich zum Metropoliten von Athen ernannt und hätte sich gewünscht, dass ich ihm als Patriarch nachfolgte. Doch diesen Herzenswunsch konnte ich ihm nicht erfüllen.

Joseph II. wurde in der Kirche Santa Maria Novella in einem bewegenden Trauergottesdienst beigesetzt, an dem ganz Florenz teilnahm, um ihn zu ehren – der Papst, der Kaiser, die Kardinäle und Metropoliten, Erzbischöfe, Bischöfe und Äbte beider Delegationen, die Prioren von Florenz sowie Hunderte Florentiner, die auf der überfüllten Piazza das Geschehen verfolgten.

Am nächsten Tag verlas ich vor den versammelten Hierarchen ein Pergament, das ich am Morgen nach seinem Tod neben seinem Bett gefunden hatte: »Ich, Joseph II., Patriarch von Konstantinopolis, erkenne Eugenius IV., den obersten Pontifex und Stellvertreter unseres Herrn Jesus Christus, den Papst von Rom, an. Florenz, den 9. Juni 1439.«

In der Nacht vor seinem Tod schien der sterbende Patriarch diese Zeilen mit zittriger Hand niedergeschrieben und unterzeichnet zu haben. Ich wusste, dass das Dokument eine Fälschung war, denn ich war bei ihm gewesen in jener Nacht, da er als orthodoxer Christ verschied. Und ich ahnte, wer in seiner Hoffnungslosigkeit den Befehl gegeben hatte, dieses letzte Bekenntnis neben das Bett zu legen, damit ich es fand. Ich ließ mich auf keinen neuen Streit mit ihm ein und schwieg dazu, obwohl mich dieser Verrat an Joseph schmerzte.

Der Basileus, der nach dem Tod des Patriarchen die orthodoxe Kirche regierte, unterwarf sich Rom und bekannte, »dass der römische Pontifex den Primat über die ganze Welt innehat und dass er der Nachfolger des Apostelfürsten Petrus ist, der wahre Stellvertreter Christi, das Oberhaupt der vereinigten Kirche«.

Am Sonntag, dem 5. Juli, unterschrieben der Kaiser von Byzanz und die Hierarchen der orthodoxen Kirche das Unionsdekret, das Basilios Bessarion und Ambrogio Traversari zuvor erarbeitet hatten, um das Schisma von 1054 zu beenden. Nur einer weigerte sich: Markos von Ephesos, dem man drohte, ihn entweder zur Unterschrift zu zwingen oder zu exkommunizieren. Doch bis zuletzt blieb Markos standhaft. Im Stillen bewunderte ich ihn für seinen Mut. Markos war das, was nach der Unterzeichnung des Unionsdekrets von der orthodoxen Kirche übrig geblieben war. Er war das Gewissen des orthodoxen Glaubens, das wir verraten hatten.

Als ich Papst Eugenius das unterzeichnete Unionsdekret überbrachte, fragte er mich, ob der Metropolit von Ephesos unterschrieben hatte. Als ich verneinte, murmelte er enttäuscht: »Dann hat Rom den Kampf verloren.«

Am 6. Juli 1439 beging Florenz das größte Fest seiner Geschichte. Tausende Menschen aus aller Herren Länder waren in die Stadt gekommen, um das großartige Ereignis der Wiedervereinigung der beiden Kirchen zu bestaunen.

Papst Eugenius feierte in der Kathedrale eine Messe nach lateinischem Ritus – ohne die griechische Beteiligung an der Eucharistiefeier, um die ihn der Basileus zum Zeichen der Ökumene sehr eindringlich gebeten hatte.

Dennoch umarmten sich Basilios Bessarion und Giuliano Cesarini nach dem Gottesdienst zum Friedenskuss und verlasen gemeinsam die auf Griechisch und Lateinisch verfasste Unionsbulle Laetentur Coeli – was übersetzt heißt: Die Himmel frohlocken. »Freuen sollen sich die Himmel, und es frohlocke die Erde! Denn das Schisma, das die westliche und die östliche Kirche trennte, ist beseitigt, und Friede und Eintracht kehren zurück …«

Die Zeremonien nach der Verlesung der Unionsbulle waren nicht der in der Bulle beschworene Sieg der Vernunft, sondern eine tiefe Demütigung und – da stimmte ich Markos von ganzem Herzen zu – die triumphalste Niederlage, die Byzanz je erlitten hatte. Denn der Basileus, der Stellvertreter Jesu Christi, der Nachfolger Konstantins des Großen als römischer Kaiser, kniete zum Zeichen seines Gehorsams vor dem Papst nieder, der mit dieser Geste der Unterwerfung zum Oberhaupt der vereinigten christlichen Kirche erklärt wurde.

Mir war zum Weinen zumute!

Am Tag darauf bat ich Eugenius um eine Unterredung und teilte ihm mit, dass ich in den nächsten Tagen nach Athen abreisen würde. Er war enttäuscht, denn er hatte gehofft, ich würde ihm als mächtigster Kardinal an seiner Seite helfen, die Kirche zu regieren.

Noch während meiner Audienz traf ein völlig erschöpfter Bote aus Basel ein. Die Basler Konziliaristen hatten Papst Eugenius am 25. Juni als Häretiker verurteilt und exkommuniziert.

»Das, Bruder Gabriel, ist der Grund, warum ich nach Athen zurückkehren muss«, eröffnete ich dem Papst verbittert. »Ich muss den Gläubigen erklären, warum ich meinen orthodoxen Glauben verriet und wieso ich mich einem abgesetzten und exkommunizierten Häretiker unterworfen habe.«

Wenige Tage später entließ ich Leandros, der in Florenz bleiben wollte, aus meinen Diensten. Dann packte ich meine Truhen, um mit Basilios und Alessandra nach Venedig zu reisen, und verabschiedete mich von Ioannis. Ich war traurig, weil wir wegen meiner Liebe zu Alessandra im Streit auseinandergingen, ohne Hoffnung auf Versöhnung. Ich würde meinen Bruder wohl nie mehr wiedersehen.

Der Abschied von Florenz zerriss mir das Herz: So viel ließ ich hier zurück. Cosimo, der mir wie Giuliano Cesarini in den letzten schweren Wochen ein guter Freund geworden war und mir ermutigend zur Seite stand. Und Alessandra, die Liebe meines Lebens, die ich in wenigen Tagen am Molo in Venedig verlassen musste.

Am späten Nachmittag erreichten wir, von Padua kommend, die Lagune von Venedig. Möwen schwebten in der feuchtheißen Brise über den türkisfarben glitzernden Wellen. Tief atmete ich den Duft von Seetang ein. Das Meer hatte ich in Ferrara und Florenz sehr vermisst.

Wir wurden erwartet. Der Doge hatte seinen Sohn Jacopo Foscari geschickt, der uns in Venedig willkommen heißen und in die Ca' Foscari am Canal Grande geleiten sollte. Bedienstete luden unser Gepäck in die Barken, dann ruderten sie uns über die Lagune hinüber zur Einfahrt des Canal Grande.

Während der Überfahrt, die länger als eine Stunde dauerte, saß Alessandra neben mir und hielt meine Hand ganz fest in der ihren, als habe sie Angst, mich zu verlieren, wenn sie mich auch nur einen Augenblick losließ.

Als wir durch den goldfunkelnden Canal Grande fuhren, schmiegten wir uns eng aneinander, betrachteten das schwankende Spiegelbild der schönsten Stadt der Welt auf den Wellen der Canali und die tanzenden Lichtreflexe unter den Brücken, ohne sie wirklich zu sehen. Die Musik, die aus den offenen Fenstern der Palazzi erklang, das fröhliche Gelächter aus den Gassen und den schwermütigen Gesang der Gondolieri hörten wir nicht. Jeder Ruderschlag auf dem Canalazzo schien mich Athen und Byzanz ein wenig näher zu bringen.

Alessandra, die spürte, was ich empfand, drückte tröstend meine Hand. Ihr zuliebe zwang ich mich zu einem Lächeln.

Wir ruderten an der Ca' d'Oro vorbei, fuhren unter dem hölzernen Ponte di Rialto hindurch und erreichten schließlich die Ca' Foscari. Am schwankenden Bootssteg legte die Barke an. Basilios, Alessandra und ich folgten dem Sohn des Dogen die mit schlüpfrigen Algen bedeckten Stufen empor in den Palazzo, während unser Gefolge zum Kloster auf der Insel San Giorgio Maggiore gerudert wurde.

Der Doge hatte uns drei großzügig ausgestattete Räume zur Verfügung gestellt. Basilios und ich sollten zwei nebeneinander liegende Zimmer mit Blick auf den Canalazzo beziehen. Alessandra wurde ein Schlafgemach mit einem Fenster zum Garten am Rio Nuovo zugewiesen, in dem sie schon während ihres Aufenthaltes vor zwei Jahren gewohnt hatte.

Mein Freund fand einen Grund, warum ihm sein Zimmer nicht gefiel: Das nächtliche Treiben auf dem Canalazzo sei ihm zu laut. Er brauche seine Ruhe und seinen Schlaf. Wenn Alessandra keine Einwände habe, würde er gern die Schlafzimmer tauschen …

Jacopo Foscari sah ihn verdutzt an, doch dann begriff er.

»Ich werde Alessandras Gepäck heraufbringen lassen«, erklärte er, nachdem er endlich bemerkt hatte, dass sie meine Hand hielt. Er schloss die Verbindungstür zwischen ihrem und meinem Zimmer auf. »Der Empfang im Palazzo Ducale findet um acht Uhr statt. Bis dahin ist ja noch etwas Zeit, damit Ihr Euch von der anstrengenden Reise ausruhen könnt …«

Mit einem verschwörerischen Augenzwinkern verließ er uns und schloss die Tür hinter sich.

An diesem schwülheißen Nachmittag liebten wir uns mit einer verzweifelten Leidenschaft, als wäre es das letzte Mal in unserem Leben. Eng umschlungen hielten wir uns aneinander fest und weinten und küssten uns die Tränen fort. Dieses stille Eingeständnis unserer tiefen Traurigkeit und unserer Furcht vor der Einsamkeit war einer der intimsten Momente unserer Liebe – es war viel mehr als ein »Ich liebe dich«, das mit einem Kuss besiegelt wird, oder ein »Ohne dich will ich nicht leben«.

Wir sprachen nicht, während wir uns zärtlich trösteten, streichelten und küssten und schließlich leidenschaftlich liebten. Wir weinten nur.

Am Abend ließ uns Jacopo Foscari in einer Gondel zum Palazzo Ducale rudern. Ich legte meinen Arm um Alessandra, und sie lehnte sich entspannt gegen mich. Ihre Hand lag wie selbstverständlich auf meinem Knie, ihr Kopf ruhte an meiner Schulter. Ich rieb meine Nase an ihrer Wange und küsste sie zärtlich. Sie lächelte versonnen und schmiegte sich noch enger an mich. Basilios, der uns still beobachtet hatte, wandte den Blick nach vorn zu der venezianischen Galeere, die uns nach Hause bringen sollte.

Wir steuerten zum Molo und stiegen über einen Bootssteg hinauf zur Piazzetta. Vor der Porta del Frumento, dem Hauptportal des Palazzo Ducale, hatten Schreiber ihre Tische aufgebaut und boten denen, die nicht lesen oder schreiben konnten, ihre Dienste an: Sie verfassten Briefe an die venezianischen Behörden und kannten auch die Höhe der ›Gebühren‹, die dem Antrag beigelegt werden sollten, um dem Anliegen die nötige Aufmerksamkeit zu verschaffen.

Ein griechischer Matrose hockte neben dem Tisch eines Schreibers und diktierte einen Brief. Als er Basilios und mich in unseren schwarzen Metropolitengewändern erblickte, fiel er vor uns auf die Knie, küsste uns die Hände und bat um unseren Segen. Er heiße Nikolaos, ließ er uns wissen, und stamme aus Piräus, dem Hafen von Athen. Ob wir denn schon von der Unterwerfung des Basileus unter den römischen Papst gehört hätten? Der Kaiser solle vor dem Papst gekniet haben! Was hätten sich die hohen Herren bloß dabei gedacht, als sie das Unionsdekret unterzeichneten?

»Ich bin ein frommer Mann«, bekannte er und ließ dabei meine Hand nicht los. »Ich bete zu unserem Herrn Jesus Christus, ich beichte und besuche den Gottesdienst, sooft ich kann. Der Metropolit von Athen kann doch nicht einfach seine Unterschrift unter ein Dokument setzen und verkünden: ›Das ist von nun an die Wahrheit des Glaubens! Was du vorher geglaubt hast, Nikolaos, war falsch und häretisch!‹ Niketas von Athen kann mir doch nicht meinen orthodoxen Glauben wegnehmen! Das kann er doch nicht tun, nicht wahr, Euer Seligkeit?«, fragte er mich und umklammerte meinen Arm. »Das *darf* er doch nicht!«

Basilios und ich sahen uns zutiefst beschämt an. Wir wussten nicht, wie wir uns für das, was wir getan hatten, vor ihm rechtfertigen sollten. Obwohl wir seit den Verhandlungen mit Kardinal Traversari in Konstantinopolis für die Kirchenunion gestimmt und das Unionsdekret in Florenz unterzeichnet hatten, standen wir beide kurz davor zu widerrufen. Die Demütigungen im Konzil, der Strafprozess des Papstes gegen unseren Amtskollegen und Freund Markos von Ephesos, der seine Unterschrift verweigert hatte und nun als Häretiker verdammt wurde, die Wut, die Scham, die Ohnmacht – das alles war für uns nur sehr schwer zu ertragen.

Schweigend wandten wir uns ab.

Im Torgang des Dogenpalastes legte Alessandra tröstend ihren Arm um mich und ergriff Basilios' Hand.

Wir folgten Jacopo Foscari durch den Innenhof und stiegen hinauf zur Wohnung des Dogen. Ein Sekretär öffnete uns die Tür zur Sala delle Mappe, deren Wände mit Landkarten der venezianischen Hoheitsgebiete auf dem italienischen Festland und im östlichen Mittelmeer geschmückt waren. Venedig war die Königin der Meere, und der Doge war der mächtigste Herrscher Europas!

Francesco Foscari reichte Basilios und mir die Hand und beglückwünschte uns mit feinem Zynismus zur Kirchenunion.

»Der Preis war hoch, Euer Hoheit, sehr hoch«, gab ich zu.

»Der Preis war *zu hoch,* Euer Seligkeit«, bestätigte er ernst. »Keiner der Herrscher des Westens ist in Ferrara oder Florenz zum Unionskonzil erschienen. Keiner von ihnen wird mit seinem Heer nach Konstantinopolis kommen, um es vor der türkischen Eroberung zu retten. Auch wir nicht, denn wir sind zuerst Venezianer, dann Christen.

Verehrter Niketas, verehrter Basilios, der Kreuzzug, den Papst Eugenius Euch arglistig versprochen hat, wird niemals stattfinden. Und was die zwei Kriegsgaleeren und die dreihundert Söldner betrifft, die er Euch zusagte – hat er denn Kardinal Vitelleschi schon auf Knien angefleht, sie ihm zur Verfügung zu stellen? Meine Herren, bitte verzeiht meinen Sarkasmus! Doch gebt Euch keinen Illusionen hin! Am Ende, wenn Sultan Murad seinem Heer den Sturmangriff auf Byzanz befiehlt, wird Euch niemand beistehen.«

Den Tag bis zu meiner Abreise verbrachten Alessandra und ich wie im Traum. Stundenlang gingen wir Arm in Arm spazieren und folgten einsamen Gassen, die nirgendwohin zu führen schienen. Wir saßen am Ufer der Kanäle und beobachteten still das Spiegelbild der Palazzi und Gondeln und das sich ständig verändernde Licht auf den Wellen.

Mit der Abenddämmerung kehrte unsere tiefe Traurigkeit zurück und unsere Verzweiflung, einander loslassen zu müssen – vielleicht für immer.

Die letzte Nacht verbrachten wir auf der Lagune in einer Gondel, die im Strom der Gezeiten trieb.

Von der Heckreling der Galeere blickte ich am nächsten Morgen hinüber zu Alessandra, die mir am Molo zuwinkte, während die Ruder der Galeere ins Wasser getaucht wurden und das majestätische Schiff langsam Fahrt aufnahm.

So viele Gefühle und so wenig Worte, um sie auszudrücken!

Ich liebe dich. Ich werde dich vermissen. Ich bin traurig und fühle mich, als habe man mir das Herz herausgerissen.

Während die Galeere an der Riva degli Schiavoni entlang in Richtung Arsenale gerudert wurde, folgte uns Alessandra auf dem Hafenkai. Doch als das Schiff schneller wurde und der Kapitän die Segel setzen ließ, konnte sie nicht mehr Schritt halten und blieb stehen.

Basilios legte mir die Hand auf die Schulter und schwieg, während Alessandra mit jedem Ruderschlag weiter hinter mir zurückblieb. Ich blickte zu ihr hinüber, bis das Schiff die Ostspitze der Insel umrundete und ich sie endgültig aus den Augen verlor.

Würde ich sie je wiedersehen?

Nach einer ruhigen Überfahrt erreichten wir den Hafen von Athen, wo ich nach einem herzlichen Abschied von Basilios am 6. August mit meinem Gefolge an Land ging.

Der Empfang, den mir meine Bischöfe in meiner Residenz unterhalb der Akropolis bereiteten, war eisig. Sie verfluchten mich als Häretiker und als Verräter am orthodoxen Glauben. Sie forderten mich auf zu widerrufen, und als ich mich trotz meines blutig gegeißelten Gewissens weigerte, hetzten sie die Gläubigen gegen mich auf. Nach einer Messe in meiner Metropolitankirche wurde ich auf offener Straße angegriffen und fast zu Tode geprügelt, bevor die Leibgarde des Herzogs von Athen mich rettete und in seinen Palast auf der Akropolis brachte. Noch auf dem Krankenlager erhielt ich ein Schreiben von Seiner Seligkeit, Papst Philotheos von Alexandria, dem ›dreizehnten Apostel und Richter der Ökumene‹, der nach dem Tod des Patriarchen von Konstantinopolis der höchste orthodoxe Patriarch war.

Philotheos wurde seinem Titel als Schiedsrichter der Orthodoxie gerecht, verurteilte mein Handeln auf der ›Räubersynode von Florenz‹ auf das Schärfste, beschimpfte mich als ›größten Häretiker nach den Ketzern Arius und Nestorius‹ und drohte mir mit dem Kirchenbann, wenn ich nicht widerrief.

Nachdem ich mich von meinen Verletzungen erholt hatte, reiste ich mehrere Wochen lang auf Paulus' Spuren durch mein griechisches Exarchat und besuchte Korinth, Mistra und Thessaloniki. In stillen Augenblicken schrieb ich lange Briefe an Alessandra, um ihr zu sagen, wie traurig ich war. Wie hoffnungslos. Und wie einsam. Doch die meisten dieser verzweifelten Bekenntnisse schickte ich nicht ab, weil ich sie nicht ängstigen wollte. Ob die wenigen anderen je nach Florenz gelangten, wusste ich nicht, denn ich erhielt nie eine Antwort. Beunruhigt wandte ich mich an Cosimo, der im September seinen fünfzigsten Geburtstag feierte, doch auch er antwortete mir nicht.

Ende November kehrte ich nach Athen zurück, um mit Phantinos, meinem Nachfolger als Metropolit, zu sprechen. Auch er überhäufte mich mit beschämenden Vorwürfen und weigerte sich, die Kirchenunion anzuerkennen.

Bis zum Tag meiner Abreise nach Konstantinopolis erhielt ich keine Nachricht von Alessandra.

Sobald ich von Bord gegangen war, begab ich mich in den Kaiserpalast, um mit Konstantin zu sprechen.

»Die Mönche, die Priester, das Volk – alle lehnen die Union von Florenz ab. Es droht ein Bürgerkrieg! Ioannis und du, Niketas, wie konntet ihr das Unionsdekret nur unterschreiben?«, fragte mein Bruder verbittert. »Hat man euch in Florenz in Ketten gelegt und gefangen gehalten? Hat man euer Leben bedroht, damit ihr eurem Glauben abschwört? Niketas, wie konntest du zwei Jahre deines Lebens mit diesem Irrsinn vergeuden? Glaubst du immer noch, dass man dieser demütigenden Unterwerfung unter die römische Häresie irgendeinen Sinn abgewinnen könnte? Ich kann es nicht!

Als Ioannis' Erbe werde ich meinem Bruder eines Tages auf den Purpurthron nachfolgen. Als Regent des Byzantinischen Reiches und als orthodoxer Christ werde ich ihn bei seiner Rückkehr nach Konstantinopolis auffordern, alles zu widerrufen – um zu retten, was noch zu retten ist! Als Regent und Basileus werde ich nicht zulassen, dass in der allerheiligsten Hagia Sophia lateinische Messen gefeiert werden!«

Ich flüchtete mich zur Kaiserin, die seit Monaten schwer krank war, und suchte bei ihr Trost.

Maria lag im Sterben, und die Ärzte hatten wenig Hoffnung, dass sie Ioannis' Rückkehr nach dem Christfest noch erleben würde. Stundenlang saß ich an ihrem Bett und erzählte ihr von Florenz und von Alessandra. Wie sehr ich sie liebte. Wie schwer mir die Trennung vor vier Monaten in Venedig gefallen war. Und wie unglücklich ich war, weil ich nicht wusste, warum sie meine Briefe nie beantwortet hatte.

Maria und ich hatten uns immer sehr nah gestanden, seit sie vor zwölf Jahren den Basileus geheiratet hatte. Ich war mehr als nur ihr Beichtvater oder der jüngere Bruder ihres Gemahls. Wir hatten uns anvertraut, was uns bewegte, was wir liebten, was wir fürchteten, was uns glücklich machte oder zu Tränen rührte. Maria und ich hatten uns vertraut.

In jener Nacht vor unserem Aufbruch nach Ferrara war sie verzweifelt schluchzend in mein Bett gekommen, um sich von mir trösten zu lassen, nachdem ihr die Ärzte verkündet hatten, sie habe sich die Schwangerschaft wochenlang nur eingebildet und würde dem Basileus nun doch keinen Erben gebären. Sie hatte gehofft, dass ich ihr das Kind schenken könnte, nach dem sie sich so sehnte. Doch ich war in mein Kloster geflohen und hatte sie weinend zurückgelassen.

Am 17. Dezember starb Maria Komnena mit neunundzwanzig Jahren in der Blüte ihres Lebens. Und mit der Basilissa starb ein Traum von Byzanz, das nun dem Untergang geweiht schien.

Nachdem Mitte Januar 1440 noch immer kein Patriarch gewählt war, legte ich in meinem Kloster meine Titel und Ämter nieder. Ich war nun kein Bischof mehr, kein Priester und kein Mönch, und – nachdem Patriarch Philotheos von Alexandria das ›Anáthema estó‹ über mich gesprochen hatte – nicht einmal mehr orthodoxer Christ. Ich war exkommuniziert.

Auch meine jüdische Kindheit war für mich auf immer verloren. Denn als ich auf dem Rückweg vom Basilianerkloster in den Kaiserpalast Avirams Haus im Judenviertel suchte, fand ich es nicht mehr. Es war abgerissen worden. Seine Steine verstärkten nun die Festungsmauern von Byzanz gegen einen türkischen Angriff.

Ende Januar besuchte ich Markos, der seit seiner Rückkehr aus Florenz unter Hausarrest stand. Nach der Kirchenunion war er so verbittert wie ich. Auch er war angegriffen worden, verflucht, gedemütigt, als Häretiker verdammt und mit dem Kirchenbann bedroht. Auf Befehl von Papst Eugenius sollte ihm der Prozess gemacht werden.

»Niemals habe ich eine ketzerische Lehre ersonnen, sondern nur den heiligen, orthodoxen Glauben verkündet, den Glauben Jesu Christi, an dem ich bis zum heutigen Tag festhalte. Den heiligen, orthodoxen Glauben, dem die römischen Schismatiker anhingen, bevor sie sich 1054 von uns trennten! Wie kann ich ein Häretiker sein!«, rief er verbittert aus. »Jesus Christus, unser Herr und Gott, beschütze Deine Kirche in ihrem wahren und orthodoxen Glauben und schenke den Verirrten in Rom Einsicht und die Weisheit, ihren Frevel zu erkennen! Herr, erbarme Dich ihrer!«

Nach meinem versöhnlichen Abschied von Markos bestieg ich eine venezianische Galeere, die mich über Kreta und Griechenland nach Venedig brachte.

Der Doge empfing mich am Tag meiner Ankunft. Beim Abendessen erzählte mir Francesco Foscari, vor wenigen Wochen habe das Konzil von Basel, nachdem Papst Eugenius abgesetzt und als Häretiker exkommuniziert worden war, einen Gegenpapst gewählt: Felix V., vormals Herzog Amadeus von Savoyen, nunmehr Mönchseremit in einem Kloster am Genfer See. Mir war zum Weinen zumute. In Florenz hatten wir nach monatelangen Verhandlungen endlich das Schisma beendet, nur um jetzt ohnmächtig zusehen zu müssen, wie ein neues geschaffen wurde!

Wozu hatte der Kardinal des Satans Luca ermorden lassen?, fragte ich mich verbittert. Sein Tod war so sinnlos!

Mein Gott, was musste Alessandra empfinden!

Dann waren es nur noch fünf Meilen bis Florenz.

In einer Stunde würde ich Alessandra nach einem halben Jahr endlich wieder in die Arme schließen. Ungeduldig trieb ich mein Pferd an und galoppierte nach Süden, durchquerte ein winziges Dorf mit vier oder fünf Bauernhäusern und raste den Hügel hinab.

Dann tauchte Florenz hinter einer Hügelkuppe auf.

Dort war die Kuppel von Santa Maria del Fiore!

Und dahinter Alessandras Haus.

Sie erwartete mich nicht. Sie wusste nicht, dass ich kommen würde. Denn ich hatte ihr nicht aus Venedig geschrieben, weil ich noch vor meinem Brief in Florenz sein wollte.

Noch vier Meilen!

Die Straße führte in einer weiten Kehre um einen bewaldeten Hügel herum. Von nun an ging es durch ein weites Tal bergab – vor mir lag Florenz.

Ich konnte San Marco erkennen, wo ich im letzten Jahr vor dem Konzil so viele besinnliche Wochen verbracht hatte. Und da war Santa Maria Novella. Und dort Santa Croce und nicht weit entfernt der Palazzo Peruzzi.

Mein Herz krampfte sich zusammen, als ich mich entsann, wie Ioannis und ich vor einem halben Jahr unversöhnt auseinandergegangen waren. Konstantin hatte mir bei meiner Rückkehr nach Byzanz bittere Vorwürfe gemacht. Demetrios und Thomas, die zu Marias Totenfeier aus ihrem griechischen Despotat gekommen waren, hatten kein Wort mit mir gesprochen. Meine Brüder waren für mich verloren. Nie mehr würde ich nach Byzanz zurückkehren.

Drei Meilen bis Florenz!

Dann hatte ich das Tal des Arno erreicht. In einem weiten Bogen führte die Straße auf die Stadt zu.

Kurz darauf durchquerte ich die Porta San Gallo und trabte die Via Larga hinunter zum Kloster San Marco, dann weiter zur Piazza del Duomo und zum Palazzo d'Ascoli.

Endlich war ich zu Hause!

Vor dem offenen Portal sprang ich vom Pferd und führte es in den Innenhof.

Floriano hatte mich gesehen und eilte herbei, um mir die Zügel abzunehmen. »Dio mio! Fast hätte ich Euch nicht erkannt«, rief er und fuhr sich mit beiden Händen über die Wangen. »Ihr habt Euch verändert – kein Mönchshabit, kein Priestergewand! Und Euer Bart ist so kurz!«

»Wo ist Alessandra?« Ungeduldig blickte ich hinauf zu den Fenstern der Bibliothek. Als Floriano nicht sofort antwortete, wandte ich mich zu ihm um.

»Sie ist nicht hier, Euer Seligkeit. Schon seit Monaten nicht.«

»Seit Monaten nicht?«, fragte ich fassungslos. Und enttäuscht. Wieso hatte sie meine Briefe nicht beantwortet? »Wo ist sie denn?«

»Das weiß ich nicht«, gestand er und zuckte hilflos mit den Achseln. »Eines Tages erschien Kardinal Colonna mit seinem Gefolge im Palazzo und blieb über Nacht. Am nächsten Morgen ist Alessandra zum Papst nach Santa Maria Novella geeilt und zwei Stunden später mit Seiner Eminenz fortgeritten. Das war …« Er überlegte kurz.

»… Ende November. Vor vier Monaten. Seitdem ist sie nicht zurückkehrt.«

»Hat Tayeb sie begleitet?«, fragte ich besorgt.

»Nein, Euer Seligkeit. Er ist in seinen Gemächern.«

Ich ließ Floriano stehen, stürmte die Stufen empor zum Scriptorium und zur Bibliothek, dann den Gang entlang zur Treppe in den zweiten Stock. Ich klopfte an Tayebs Tür und trat ein.

»Niketas!« Tayeb sprang auf und kam mir mit weit ausgebreiteten Armen entgegen, um mich herzlich zu umarmen. »Du lebst!«

»Wo ist Alessandra?«, fragte ich. »Floriano sagte mir eben, dass sie ihren Cousin begleitet hat, wusste aber nicht, wohin.«

»Ich glaube, sie ist in Rom.«

»Du glaubst es?«, fragte ich bestürzt.

Tayeb ergriff meinen Arm und führte mich zu einem Sessel vor dem Kamin. »Setz dich, Niketas! Und bitte beruhige dich!«

Ich ließ mich nieder und blickte ihn erwartungsvoll an.

»Niemand weiß, wo Alessandra sich verborgen hält. Ich nicht, Cosimo nicht, und selbst der Papst hat seit Wochen nichts von ihr gehört.« Er holte tief Luft. »Sie hatte dir mehrere Briefe nach Athen geschrieben, doch nie eine Antwort erhalten. Da nahm sie an … Bitte verzeih, Niketas! … Da dachte sie, du wärst gestorben. Sie hat monatelang um dich getrauert. Sie war so verzweifelt.«

»Allmächtiger Gott!«, stöhnte ich. »Ich habe ihr geschrieben, aus Athen, Thessaloniki und Korinth. Sieben lange Briefe!«

Waren meine Liebesbriefe denn nie nach Italien geschickt worden?

»Das hat mir dein Freund Basilios erzählt, als er Anfang Dezember in Florenz eintraf«, erwiderte Tayeb. »Er war hier, um Alessandra die Nachricht zu überbringen, dass du, statt ihn zu begleiten, noch einige Wochen in Byzanz bleiben wolltest, weil die Kaiserin im Sterben lag. Doch als Basilios nach Florenz kam, war Alessandra schon seit zwei Wochen fort.«

»Sie glaubt also, ich sei tot.«

Tayeb nickte traurig.

»Und was tut sie nun mit Kardinal Colonna in Rom?«

Er sagte es mir.

»O mein Gott!«, stöhnte ich entsetzt. »Ich muss sofort mit dem Papst sprechen!«

Wenig später sprang ich vor dem Portal von Santa Maria Novella vom Pferd und betrat das Kloster. Ohne auf einen Mönch zu warten, der mich zu den päpstlichen Gemächern geleiten würde, hastete ich durch den Chiostro Grande und rannte die Treppe zum Thronsaal hinauf. Die venezianischen Gardisten erkannten mich und hielten mich nicht auf.

Der päpstliche Sekretär sprang auf, als er mich sah.

»Euer Seligkeit!«, rief Fra Mariano, der den Verräter Fra Domenico als Eugenius' Sekretär abgelöst hatte. »Ihr seid in Florenz?« Stirnrunzelnd musterte er mein saphirblaues Gewand nach byzantinischer Mode und den kurz geschnittenen Bart.

»Ich muss sofort mit Seiner Heiligkeit reden!«, forderte ich, noch ganz außer Atem.

»Er ist nicht allein. Er bespricht sich mit …« Fra Mariano besann sich. »Ich sage dem Heiligen Vater, dass Ihr hier seid. Er wird sich freuen, Euch zu sehen.«

Fra Mariano öffnete die Tür des päpstlichen Arbeitszimmers. »Heiliger Vater, hochwürdigste Eminenzen – bitte verzeiht! Niketas erbittet eine Audienz! Wollt Ihr ihn …«

»Führt ihn herein!«, unterbrach ihn der Papst.

Fra Mariano winkte mich ins Arbeitszimmer.

Drei Kardinäle in Purpursoutanen erhoben sich, als ich den Raum betrat.

Isidor von Kiew reichte mir die Hand und küsste mich auf beide Wangen. »Wie schön, dass Ihr wieder hier seid!«

»Meinen herzlichen Glückwunsch zur Ernennung zum Kardinal und Bischof von Siena, Euer Eminenz!«

»Wenn Ihr mich so nennt, dann werde ich Euch als Kaiserliche Hoheit anreden!«, drohte er mir im Scherz.

»Auch diesen Titel habe ich abgelegt, Isidor, wie alle anderen! Ich bin nun kein Prinz mehr, nur noch Niketas.«

Giuliano Cesarini drängte ihn zur Seite und hüllte mich in eine warme, gefühlvolle Umarmung. »Ich freue mich, dass du den Weg zurück nach Florenz gefunden hast, Niketas! Cosimo und ich, wir haben dich sehr vermisst. Wir haben oft über dich gesprochen und waren sehr besorgt, weil du keinen von Alessandras Briefen beantwortet hast. Wir dachten, du wärst …« Er verstummte betreten. »Wie geht es dir?«

»Danke, Giuliano, es geht mir gut.«

»Dein Bart …«

»Ich habe ihn abgeschnitten, als ich Anfang Januar das Priesteramt niederlegte und aus dem Basilianerorden austrat.«

»Deine Verlobte wird sich freuen!«, lächelte Giuliano.

Dann stand Basilios vor mir, fiel mir um den Hals und küsste mich auf beide Wangen. »Erst vor wenigen Tagen habe ich von Marias Tod gehört. Mein herzliches Beileid, Niketas. Ich weiß, wie nahe ihr euch gestanden habt.«

»Danke, Basilios«, murmelte ich an seiner Schulter. »Ich bin so froh, dich zu sehen.«

Erst dann bemerkte ich Scarampo, der im funkelnden Harnisch und zum Kampf gerüstet mit verschränkten Armen am Fenster lehnte. Sein Aufbruch schien innerhalb der nächsten Stunde bevorzustehen. Wohin wollte er?

Er nickte mir zu. »Niketas.«

»Ludovico«, erwiderte ich seinen freundschaftlichen Gruß.

Sodann wandte ich mich ab, um nun endlich den Papst zu begrüßen. Eugenius hatte sich hinter seinem Schreibtisch erhoben und war mir einige Schritte entgegengekommen.

Als ich vor ihm niederknien wollte, um seinen Ring zu küssen, winkte er ab. »Verehrter Bruder Niketas, entsinnt Ihr Euch an unser Gespräch ›inter Pares‹?«, fragte er und reichte mir die Hand.

»Ich bin kein Mönch mehr.«

»Dann lasst den ›Bruder‹ weg und nennt mich Gabriel«, bot er mir an. »Ich weiß, wem ich die Kirchenunion zu verdanken habe, Niketas. Ich habe die allergrößte Hochachtung vor Euch. Kardinal Bessarion hat mir erzählt, was Euch in Athen und Byzanz widerfahren ist. Ich war bestürzt, als ich vor einigen Tagen hörte, dass Philotheos Euch exkommuniziert hat. Wollt Ihr Eure Unterschrift zurückziehen, wie es viele Eurer Amtskollegen in den letzten Monaten getan haben?«

»Nein, Gabriel, trotz allem werde ich nicht widerrufen. Auch wenn ich das Konzil als zutiefst demütigend empfand, halte ich die Wiedervereinigung des Christentums doch für notwendig. Ihr habt Kardinal Bessarion vor unserer Abreise beauftragt, die Unionsverhandlungen mit den orthodoxen Kirchen im Heiligen Land, Ägypten, Syrien und Äthiopien zu führen. Dabei will ich ihn sehr gern unterstützen.«

Der Papst drückte meine Hand. »Das freut mich aufrichtig!« Er deutete auf einen Sessel vor seinem Schreibtisch. »Wollt Ihr Euch nicht setzen?«

Ich ließ mich nieder und wartete, bis auch er Platz genommen hatte. »Gabriel, als ich vorhin in den Palazzo d'Ascoli zurückkehrte, habe ich erfahren, dass Alessandra nach Rom geritten ist, um Vitelleschi zu stürzen.«

»Ihren letzten Brief erhielt ich wenige Tage nach Weihnachten aus Bracciano, der Festung der Orsini. Ein Bote von Vitelleschis Condottiere Cesare Orsini hat ihn mir überbracht.«

»Wurde sie dort gefangen gehalten?«, fragte ich erschrocken.

»Aber nein!«, beruhigte er mich. »Alessandra und Cesare sind eng befreundet. Während Eurer Abwesenheit war er einige Male in Florenz, um sie zu trösten. Alessandra trauert um Euch, weil sie annahm, Ihr hättet einen Eurer Anfälle nicht überlebt.«

Sie glaubt, dass ich tot bin!

Mein Herz krampfte sich schmerzhaft zusammen, als ich mir vorstellte, wie Cesare sie umarmte und küsste, damit sie ihre Trauer um mich vergaß …

Gabriel bemerkte meine Bestürzung. »Niketas, es tut mir leid. Bitte verzeiht mir, wenn ich …«

»Was ist geschehen?«

»Vitelleschi hat mich verraten«, erwiderte Gabriel. »Im Oktober hatte ich ihm den Befehl gegeben, gegen Niccolò Piccinino zu kämpfen, der mit seinem Heer erneut Florenz bedrohte. Doch anstatt Florenz zu verteidigen, hat er Foligno erobert und Blutrache an der Familie Trinci genommen, die seine Familie einst aus der Stadt vertrieben hatte. Auf seinen Befehl wurden Corrado Trinci und seine beiden Söhne hingerichtet und ihre Paläste geplündert.

Dann zog er weiter nach Spoleto und ließ den Abt von Montecassino im Kerker der Burg ermorden. Ende November schickte er seine Truppen in die Winterquartiere und kehrte nach Rom zurück. Er hat sich meinem Befehl widersetzt. Das werde ich ihm nicht vergeben.« Er sah zu seinem Vertrauten hinüber. »Ludovico wird noch heute als päpstlicher Legat mit einer Eskorte nach Rom aufbrechen, um dort anstelle von Vitelleschi als Kardinal die Macht zu übernehmen.

Cosimo hat Vitelleschis Korrespondenz seit Monaten überwachen lassen. In Montepulciano wurde ein Brief abgefangen, den Vitelleschi an Piccinino geschrieben hatte. Statt Florenz gegen das Heer des Herzogs von Mailand zu verteidigen, wollte er sich mit Viscontis Condottiere gegen mich verbünden, um mich zu stürzen.

Ich habe mit Alessandra darüber gesprochen. Nach der grausamen Blutrache an den Trinci fürchtete sie einen Mordanschlag durch Vitelleschi, als Vergeltung für die Demütigung, die Ihr ihm in Rom zugefügt hattet. Ihre enge Freundschaft mit Orsini hat Vitelleschi misstrauisch gemacht. Er fürchtet sie, wie er ihren Vater gefürchtet hat. Durch ihr Einvernehmen mit mir und mit seinem Erzfeind Ludovico

Scarampo, mit Cesare Orsini und Prospero Colonna, mit Cosimo de' Medici und dem Dogen Francesco Foscari hat sie eine Machtposition inne, die für ihn gefährlich werden kann. Er weiß, sie wird niemals zulassen, dass der Mörder ihres Vaters mit der Tiara gekrönt wird, die vor ihm Papst Martin getragen hat und die er den Colonna auf so blutige Weise entrissen hat.

Daher hat Alessandra beschlossen, ihren Cousin, Kardinal Colonna, nach Rom zu begleiten. Beim Abschied erinnerte sie mich daran, dass sie an Lucas Grab geschworen habe, Vitelleschi zu vernichten. Sie werde nicht ruhen, bis sie die Welt von diesem Antichrist befreit habe.

Meinen Segen hat sie!«

ꟸ Alessandra ꟸ

Kapitel 27

Fröstelnd setzte ich mich auf die Pritsche meiner Zelle in der Engelsburg, raffte das Kleid aus schwarzem Atlas um mich, lehnte den Kopf gegen die kalten Steine und schloss die Augen.

War heute der Tag, auf den ich so lange gewartet hatte?

Nach Niketas' Tod hatte ich mich in eine Aufgabe gestürzt, die mir alles abverlangte, um die Trauer und den Schmerz nicht mehr zu spüren. Doch Niketas zu vergessen war undenkbar.

»Wie lange willst du noch um ihn trauern? Dich nach ihm sehnen und von ihm träumen?«, hatte Cesare mich an Weihnachten gefragt. Enttäuscht. Traurig. Und ein wenig verstimmt nach all seinen Bemühungen um mich. »Er ist nicht mehr da. Aber ich bin hier bei dir!« Er hatte meine Hand ergriffen und sie an seine Brust gepresst. »Du musst nur die Hand ausstrecken, um mich zu berühren. Liebe mich!«

Ein Jahr nach dem Tod meines Vaters und meinem Schwur an seinem Katafalk war ich ausgebrannt wie eine flackernd verlöschende Kerze und sehnte mich nach Seelenruhe. Nach Besinnung. Und nach Frieden.

War heute der Tag, auf den ich so lange gewartet hatte?

War dies das Ende?

Die Tür der Zelle wurde leise geöffnet, und Prospero trat ein. Er war zum Kampf gerüstet mit Harnisch und Schwert.

»Er kommt«, verkündete er.

Ich richtete mich auf. »Ist Cesare bei ihm?«

»Er reitet neben ihm.« Mein Cousin verzog die Lippen. »Ich nehme an, er erinnert Seine Selbstherrlichkeit zum ich weiß nicht wievielten Mal daran, dass er versprochen hat, ihn nach der Eroberung von Florenz zum Herzog zu ernennen.«

Ich erhob mich von der Pritsche und strich den schwarzen Atlas meines Trauerkleides glatt.

»Was hast du ihm für seinen Verrat versprochen, Sandra?«, fragte Prospero, als ich an ihm vorbei zur Tür gehen wollte. Dachte er an die Weihnachtstage, die ich mit Cesare in Bracciano verbracht hatte? »Was ist ihm wichtiger als ein Herzogtum?« Als ich nicht antwortete, murmelte er: »Er liebt dich …«

Ich nickte stumm und verließ die Zelle, in der ich gefangen gehalten worden war, bis Niketas nach Rom kam, um Vitelleschi das Evangelium zu übergeben. Wie lange war das her – beinahe ein Jahr!

Der Morgen dieses 19. März war sonnig und warm. Die Schwalben, die in den Mauern der Engelsburg nisteten, stürzten sich fröhlich zwitschernd in die laue Brise, die vom Meer herüberwehte. Was für ein schöner Tag!

Wie würde er enden? Mit meinem Sieg oder meinem Tod?

Ich lehnte mich gegen die von der Sonne erwärmte Brüstung und blickte über die starken Befestigungen der Engelsburg hinweg und den Passetto entlang in Richtung Vatikan.

Von dort näherten sich Vitelleschis Truppen unter Cesares Oberkommando. Der Vortrupp unter dem Befehl von Everso d'Anguillara, der laut dem abgefangenen Geheimabkommen in Gewaltmärschen in die Toskana vorrücken sollte, um Niccolò Piccinino bei der Eroberung von Florenz zu unterstützen, hatte bereits vor einer halben Stunde die Engelsbrücke überquert und ritt nun zur Porta Flaminia im Norden Roms.

»Da kommt der Triumphator!« Mit dem ausgestreckten Arm wies Prospero auf Vitelleschi, dessen Prunkrüstung in der Morgensonne funkelte. Seine Leibgardisten bildeten einen engen Ring um ihn und Cesare, die sich auf dem Lungotevere rasch näherten. »Die Via Papalis ist zu seinem Auszug aus Rom geschmückt, als wäre der Sieg bereits errungen und Florenz erobert. Und das Volk jubelt ihm zu wie einem antiken Caesar.«

»Panem et circenses – Brot und Spiele. Du musst zugeben, Prospero, er bietet dem Volk von Rom ein grandioses Schauspiel. Doch dieser Tag wird die triumphalste Niederlage seines Lebens, und zudem die letzte«, murmelte ich mit Blick auf die sich im Trab nähernden Söldnertruppen. »Ich werde den Tod meines Vaters rächen!«

Prospero ergriff meine Hand und drückte sie.

»Wo ist Antonio Rido?«, fragte er, während er sich weit über die Brüstung beugte und in den gepflasterten Innenhof zwischen dem runden Mausoleum und dem quadratischen, zinnenbekrönten Mauerring hinabblickte.

»Antonio wartet auf der herabgelassenen Zugbrücke vor dem Portal. Vitelleschi will ihm noch Befehle erteilen, bevor er Rom verlässt. Lass uns zum Tor gehen!«

Ich nahm eine Fackel aus ihrer Wandhalterung und stieg mit ihm die Stufen hinunter zur unbeleuchteten Spiralrampe, die schließlich in einer Halle gegenüber dem Portal der Engelsburg endete. Wir traten hinaus in den Innenhof und erklommen die Treppe zur Wehrmauer oberhalb des Portals der Engelsburg.

Zwei seiner Gefolgsleute erwarteten uns. »Euer Eminenz! Euer Gnaden!«

Einer der Männer kurbelte eine geladene Armbrust schussbereit, die ich versuchsweise anlegte, um auf die Zugbrücke zu zielen. Sobald Vitelleschi die Engelsburg betrat, würde ich …

»Da ist er!«, meldete einer der Bravi und wies hinunter. »Der Kardinal spricht mit Antonio Rido!«

Ich legte die gespannte Armbrust neben mir auf die Brüstung und blickte nach unten. Antonio hatte die Zügel von Vitelleschis scheuendem Pferd ergriffen. Der Trommelwirbel, die gebrüllten Befehle, das Waffengeklirr, der Lärm der vorbeimarschierenden Truppen, das

Hufgetrappel der Pferde, das Rumpeln der von Ochsen gezogenen Kanonen und Verpflegungswagen auf den unebenen Pflastersteinen machten es unruhig. Es tänzelte um Antonio herum, während Vitelleschi ihm seine Befehle erteilte.

Antonio zog das Pferd des Kardinals zwei, drei Schritte auf die herabgelassene Zugbrücke, als ob er in Ruhe mit ihm reden wollte. Dabei gestikulierte er heftig.

»Streitet er sich mit Vitelleschi?«, fragte Prospero gespannt. Seine Hände verkrampften sich um die steinerne Brüstung.

»Scheint so. Seine Unheiligkeit wirkt sehr zornig.«

»Antonio ist in Gefahr! Wo ist Cesare?«

»Ich kann ihn nirgendwo sehen. Er kann uns jetzt ohnehin nicht helfen«, murmelte ich, ohne den Blick von Antonio Rido und Giovanni Vitelleschi zu wenden. »Antonio muss Vitelleschis Pferd weiter auf die Zugbrücke locken. Wenn er entkommen kann, wird sein Heer die Engelsburg im Sturm nehmen. Und dann gnade uns Gott!«

Besorgt beobachtete Prospero die Auseinandersetzung zwischen Rido und Vitelleschi, die in einen hitzigen Streit ausartete. Zornig zog der Kardinal sein Schwert und bedrohte Antonio. Er hatte keine Chance, das scheuende Pferd in den Hof der Engelsburg zu drängen! Und er war in Lebensgefahr!

Ich warf einen Blick hinunter in den Innenhof.

Antonios Männer an der Hebevorrichtung der Zugbrücke waren bereit. Ein Signal des Kommandanten, und sie würden die Brücke hochziehen.

Die Gefolgsleute der Colonna, die sich zu beiden Seiten des Portals verborgen hielten, zogen ihre Schwerter und blickten erwartungsvoll zum Wehrgang empor. Sie brannten auf einen Kampf und auf die Rache an Vitelleschi. Doch Prospero winkte energisch ab: Noch nicht eingreifen! Noch kann er entkommen!

»Antonio gelingt es nicht, den Kardinal weit genug auf die Zugbrücke zu ziehen. Und wenn wir noch länger warten, wird Vitelleschi ihn erschlagen.« Entschlossen drückte ich Prospero die Armbrust in die Hand. »Falls ich sterbe, tötest du ihn!«

Prospero schnappte nach Luft. »Aber der Befehl des …«

»Es ist mir völlig gleichgültig, was der Papst befohlen hat!«, rief ich und rannte zur Treppe, die in den Innenhof hinabführte.

»Sandra, um Gottes willen! Was hast du vor?«, rief er mir erschrocken nach. »Komm sofort zurück!«

Ich hastete die Treppe hinunter in den Innenhof.

Lebte Antonio noch?

Durch das Tor sah ich, wie etliche Leibgardisten Vitelleschi umringten, um ihn gegen einen Angriff durch Antonio zu schützen. Sie hatten die Zugbrücke nicht betreten, denn Vitelleschis Pferd hätte sie in den Graben gedrängt.

Antonio hatte die Zügel nicht losgelassen.

Prosperos Gefolgsleute, die sich in den Wandnischen neben dem Portal verborgen hielten, hatten mich bemerkt. Sie wollten ihre Deckung verlassen, um mir beizustehen.

Ich winkte ab: Bleibt, wo ihr seid!

»Sandra!«, rief mich Prospero von der Mauer aus an, und ich blickte zu ihm hinauf. Er war direkt über mir. »In Gottes Namen! Verschwinde, du bist in Lebensgefahr!«

Ich wandte mich ab, zog meinen Dolch und trat durch das Portal auf die Zugbrücke, wo Antonio trotz des gezückten Schwertes, das ihn bedrohte, noch immer mit dem erzürnten Kardinal stritt.

Mein Blick schweifte über das vorbeiziehende Heer und Vitelleschis Leibwachen vor der Zugbrücke. Wo war Cesare?

Dort drüben, zwanzig Schritte entfernt, saß er angespannt auf seinem Pferd. Den Blick hatte er abgewandt. Beunruhigt und, wie mir schien, sehr verwirrt beobachtete er einen Tumult auf der Engelsbrücke. Mehrere Reiter drängten mit Gewalt von der gegenüberliegenden Tiberseite über die Brücke, um zur Engelsburg zu gelangen. Wer waren …

»Alessandra!« Vitelleschi hatte mich gesehen. Er ließ von Antonio ab und lenkte sein aufgeregt wieherndes Pferd einen Schritt weiter auf die Zugbrücke. »Ihr seid in Rom?«, fauchte er und betrachtete mein Trauerkleid. »Was wollt Ihr?«

Ich wich einen Schritt zurück. »Neun Jahre nach Papst Martins Tod will ich heute wieder einmal im Vatikan zu Abend speisen«, provozierte ich ihn. »Ohne Euch.«

Ich musste mich beherrschen, damit nicht der Hass und der Zorn nach neun Jahren Folter und Mord an meiner Familie aus mir hervorbrachen und ich mit dem Dolch auf ihn losging. Ich hätte keine Chance gehabt!

Er schien irritiert über den Aufruhr auf der Engelsbrücke und warf Cesare einen fragenden Blick zu. Dann wandte er sich wieder zu mir um.

»Ich will meinen Sieg über Euch feiern. Und die lang ersehnte Rache für den Mord an meinem Vater«, rief ich voller Verachtung.

Zornig riss er sein Pferd herum. Mit blitzender Klinge drängte er mir entgegen, während ich weiter vor ihm in Richtung des Portals zurückwich. »Ich werde Euch töten!«

»Va all'inferno, Satana!«

»Ihr wagt es!« Mit Funken des Zorns in den Augen setzte er mir nach und hob das Schwert zum Schlag.

»Jetzt!«, gab Antonio das verabredete Zeichen.

Ketten rasselten. Metall quietschte. Die Zugbrücke wurde hochgezogen.

Vitelleschis Pferd reagierte panisch auf den plötzlichen Ruck. Es stieg und hätte seinen Reiter beinahe abgeworfen. Antonio sprang vor, erhaschte die Zügel und zerrte den Hengst über die sich gefährlich neigende Holzbrücke zum Tor. Vitelleschi schlug mit dem Schwert nach ihm und traf ihn am Arm, doch Antonio duckte sich und stolperte trotz seiner blutenden Wunde weiter.

»Nehmt ihn fest!«, befahl er. »Er darf nicht entkommen!«

Prosperos schwer bewaffnete Gefolgsleute stürzten an mir vorbei und umringten Vitelleschi, der um sein Leben kämpfte. Er wurde verwundet, blutete am Knie, an der rechten Schulter, am Kopf. »Verfluchte Verräter!«

Dann machte sein Pferd, das sich auf der sich immer stärker neigenden Zugbrücke nicht mehr halten konnte, einen weiten Satz durch das Tor in den Innenhof der Burg. Mit gezückten Schwertern sprangen die Bravi hinterher.

Mit lautem Krachen fiel das eiserne Gitter hinter mir herab.

Ich wich den Kämpfenden aus und rannte über den Hof zum Mausoleum, um aus der Schusslinie von Prosperos Armbrust zu gelangen.

Ein Bewaffneter riss den Kardinal mit seiner Hellebarde aus dem Sattel. Vitelleschi stürzte auf die Pflastersteine des Hofes und verlor beim Aufprall sein Schwert. Sofort rappelte er sich wieder auf, um sich gegen die Übermacht zu wehren.

Er saß in der Falle!

Keiner seiner Gefolgsleute konnte ihn jetzt noch retten.

Mit erhobenen Waffen näherten sich Prosperos Männer, um ihn gefangen zu nehmen.

Antonio drängte sich durch ihre Reihen. »Im Namen Seiner Heiligkeit nehme ich Euch fest! Ihr seid schuldig des Hochverrats an Papst Eugenius und werdet …«

Mit einem zornigen Schrei zog Vitelleschi seinen Dolch, stieß einen der Bravi zur Seite, sprang mit einem Satz zu mir herüber und warf sich derart ungestüm gegen mich, dass er mich beinahe umgerissen hätte. Mit einem brutalen Schlag auf mein Handgelenk entwand er mir meine Klinge, zog mich schützend vor sich und presste, jeden Muskel bis zum Äußersten gespannt, seinen Dolch an meine Kehle.

Prospero, der das turbulente Handgemenge von der Mauer direkt über uns beobachtete, konnte ihn mit der Armbrust nicht töten, ohne mich zu verletzen. Ganz leise und unter den überraschten Rufen der Bravi kaum zu hören, vernahm ich seinen Fluch.

Vitelleschi taumelte und lehnte sich einen Moment gegen mich. Er war am Kopf verwundet und verlor viel Blut.

Schmerzhaft schnitt die Klinge in meinen Hals.

Mein Herz raste. Und ich rang nach Atem.

»Antonio, befehlt Euren Männern, die Waffen niederzulegen und die Zugbrücke hinunterzulassen – oder sie stirbt!«

ꟾ Niketas ꟾ

Kapitel 28

»Großer Gott, kommen wir zu spät? Vitelleschis Heer verlässt Rom, wie es Alessandra gestern durch ihren Boten angekündigt hatte!«

Bestürzt wies Ludovico Scarampo nach vorn zur Milvischen Brücke, wo die Truppen des Kardinals bereits den Tiber überquerten, um nach Norden in die Toskana zu marschieren und Florenz zu erobern. Als päpstlicher Legat, der im Namen von Papst Eugenius die Macht in Rom übernehmen sollte, trug Ludovico seine silberne Prunkrüstung.

»Ist die Festnahme durch Antonio gescheitert?«

Geblendet von der Morgensonne, beschattete ich meine Augen mit der Hand. »Ich kann weder Vitelleschi mit seinem Gefolge noch sein Banner sehen. Er ist nicht bei seinem Heer.«

Ludovico wies auf den langen Tross, der sich uns von Rom entgegenwand. »Dort ist Everso von Anguillara, der diesen Truppenteil kommandiert. Ich kenne ihn. Orsini scheint mit seiner Leibwache bei Vitelleschi geblieben zu sein, wie es Alessandra vorhergesagt hatte. Wie hat sie ihn nur dazu gebracht, den Kardinal zu verraten?« Als ich nicht antwortete, rief er: »Folgt mir!«

Er trieb sein Pferd an und galoppierte den Hügel hinab zur Milvischen Brücke. Ich lenkte meinen Hengst durch die mir entgegenkommenden Reiter, überquerte die Brücke und erreichte nach ihm das andere Ufer. In einer Wolke von aufwirbelndem Staub hielt er neben einem Offizier im Harnisch, der ihn sogleich erkannte.

»Euer Exzellenz! Ich wusste nicht, dass Ihr nach Rom komm…«

»Wo ist Vitelleschi?«, herrschte Ludovico ihn an.

Er straffte die Schultern. »Als ich den Vatikan verließ, sagte er mir, dass er vor seinem Aufbruch noch mit Antonio Rido sprechen wolle. Er befahl dem Kommandanten, ihn vor dem Tor der Engelsburg zu erwarten. Ich nehme an, dass er …«

Mit einer Geste wie ein Schwerthieb unterbrach ihn Ludovico. »Seine Heiligkeit hat mich nach Rom geschickt, um Vitelleschi festzunehmen. Ich bin der Oberbefehlshaber des päpstlichen Heeres. Ab sofort untersteht Ihr meinem Kommando. Lasst Eure Männer in ihre Quartiere in Rom zurückkehren! Ihr zieht nicht nach Florenz!«

Unwillig entriss ihm Everso d'Anguillara das Beglaubigungsschreiben des Papstes und entfaltete es. Nachdem er es überflogen hatte, gab er es Ludovico zurück. »Mein Treueschwur gilt nicht dem Papst. Sondern Kardinal Vitelleschi.«

»Ich warne Euch! Fordert mich nicht heraus!«, drohte ihm Ludovico zornig.

Mit einem spöttischen Lächeln ließ der Condottiere seinen Blick über die zwanzig Bewaffneten unserer Eskorte schweifen. »Euer Heer ist wirklich Furcht einflößend, Euer Eminenz!«, höhnte er. »Meine sechstausend Reiter werden sich vor Angst in die Hosen piss…«

Ludovico zog sein Schwert. »Ihr habt mich gehört!«, brüllte er, und die Männer, die Everso zu Hilfe kommen wollten, wichen zurück. »Befehlt Euren Männern, sofort nach Rom zurückzukehren! Keine Gewalt und keine Plünderungen! Andernfalls werde ich Euch noch vor meinem Abendessen im Vatikan auf der Piazza San Pietro hinrichten lassen! Habt Ihr mich verstanden?«

»Ja, Euer Eminenz!«, keuchte Everso mit dem Schwert an seiner Kehle und gab Ludovicos Befehl an seinen Stellvertreter weiter. »Wünscht Ihr bewaffneten Geleitschutz bis zur Engelsburg?«

Ohne ihn einer Antwort zu würdigen, riss Ludovico seinen Hengst herum, hieb ihm die Absätze seiner Stiefel in die Flanken und preschte davon. Ich folgte ihm mit unserer Eskorte. Meine Hand tastete nach Tayebs Silberamulett mit dem Evangelium in meiner Tasche. Es war noch da!

Wenig später hatten wir die Porta Flaminia erreicht, schoben uns durch die Reihen der uns entgegenkommenden Reiter, überquerten die Piazza, auf der sich die schaulustigen Römer drängten, und bogen nach rechts ab zum Lungotevere. Über die blühenden Wiesen am unbefestigten Ufer galoppierten wir in Richtung Castel Sant'Angelo.

Da war die Engelsbrücke! Noch immer zogen Vitelleschis Truppen über den Tiber, um auf der Via Papalis zur Porta Flaminia und zur Milvischen Brücke zu gelangen.

Wo war Vitelleschi?

Im dichten Gewühl vor dem Kastell konnte ich ihn nirgendwo entdecken.

Und Cesare?

Dann sah ich ihn. Nur wenige Schritte von der herabgelassenen Zugbrücke der Engelsburg entfernt, wo …

Allmächtiger Gott! Was geschah denn dort?

… wo ein Bewaffneter in Helm und Harnisch einen Reiter durch das Portal in die Festung drängen wollte!

»Ludovico!«, keuchte ich und lenkte mein Pferd neben seines. »Der Mann auf der Zugbrücke. Ist das Euer Freund?«

»Das ist Antonio«, knirschte er zornig. Vitelleschi hatte sein Schwert gezogen und bedrohte nun Antonio Rido, der die Zügel seines Pferdes nicht losgelassen hatte. »Wir müssen uns beeilen. Er ist in Lebensgefahr!«

Im Galopp stürmten wir den Lungotevere entlang zur Engelsbrücke.

Dort war kein Durchkommen!

Unter lautem Trommelwirbel trabte ein Trupp schwer bewaffneter Söldner mit dem Hoheitszeichen der Orsini auf den Jacken über die Brücke. Ihnen folgten mehrere große, von Ochsengespannen gezogene Geschütze, die über das unebene Kopfsteinpflaster rumpelten. Das Heer, das Cesare als Condottiere führte, konnte es mit Niccolò Piccininos und Francesco Sforzas Söldnertruppen aufnehmen.

Ludovico zog sein Schwert und kämpfte sich den Weg über die Brücke frei. Cesares Reiter wichen ihm aus und duckten sich tief in die Sättel, um der scharfen Klinge zu entgehen. Die Hufeisen seines Hengstes sprühten Funken auf dem glatt geschliffenen Steinpflaster, als Ludovico über die Brücke galoppierte, um seinem Freund das Leben zu retten.

Cesare hatte uns gesehen!

Er lenkte sein Pferd zur Engelsbrücke gegenüber dem Tor des Kastells, wo Vitelleschi noch immer mit Antonio stritt.

Bevor ich Cesare erreichte, sah ich sie.

Mein Herz setzte einen Schlag aus.

Mit gezücktem Dolch stand Alessandra im Portal der Engelsburg. Vitelleschi ließ von Antonio ab und wirbelte herum. Atemlos beobachtete ich, wie er sein Schwert hob und sie einen Schritt vor ihm zurückwich.

Mit lautem Kettengerassel wurde die Zugbrücke hochgezogen.

Wie gebannt starrte ich hinüber.

Bewaffnete stürmten aus der Engelsburg, umringten Vitelleschi und versuchten ihn vom Pferd zu ziehen. Er schlug wie ein Besessener um sich und verwundete mehrere Männer mit seinem Schwert.

Die Leibwächter des Kardinals waren zu weit entfernt, um ihm beizustehen. Einer glitt vom Pferd und versuchte zur Zugbrücke hinüberzuspringen, doch vergeblich.

Die Zugbrücke stieg unaufhaltsam höher.

Vitelleschis Pferd scheute und hätte seinen Reiter beinahe abgeworfen. Der Hengst rutschte über das Holz der sich nun gefährlich neigenden Zugbrücke, suchte einen Halt, glitt aus, stolperte und sprang schließlich voller Panik mit einem gewaltigen Satz in den Innenhof der Engelsburg.

Mit gezückten Waffen folgten ihm Alessandra und die Bravi in die Festung. Das eiserne Gitter fiel herab.

Vitelleschi, von Feinden umringt, wurde vom Pferd gerissen und verlor dabei sein Schwert. Bevor Antonio ihn festnehmen konnte, sprang er auf, drängte sich ungestüm zu Alessandra hinüber und packte sie.

Sein Dolch lag an ihrer Kehle!

Das war das Letzte, was ich sah, bevor die Zugbrücke mir den Blick in den Hof verwehrte.

Mit lautem Donnern wurde das Bronzetor der Engelsburg von innen geschlossen.

Meine Hand verkrampfte sich um die Zügel.

Was war mit Alessandra? Lebte sie noch?

Dann war ich bei Cesare, der mich bleich anstarrte. Er hatte gedacht, ich sei tot. Niedergeschmettert senkte er den Blick, die Lippen geöffnet, als wolle er etwas sagen. Doch er schwieg.

»Wie kann ich in die Engelsburg gelangen?«, fragte ich.

»Das könnt Ihr nicht. Die Tore sind geschlossen.« Cesares hoffnungsloser Blick irrte zu den Mauern des Castel Sant'Angelo.

»Es gibt einen Weg!«, wandte Ludovico ein. »Der Passetto.«

»Kardinal Scarampo hat Recht«, nickte Cesare, richtete sich im Sattel auf und straffte die Schultern. Meinen Blick mied er. »Der Passetto führt vom Vatikan zur Engelsburg. Es ist die einzige Möglichkeit, die Festung zu betreten, solange das Portal verriegelt ist.«

»Dann los!«, drängte ich und stürmte mit Ludovico und Cesare, der uns kurz entschlossen folgte, durch den Borgo Sant'Angelo zum Vatikan, dessen Tor neben der Basilika San Pietro noch weit offen stand.

Hoffend und bangend rannten wir Minuten später durch die Korridore des Apostolischen Palastes zum Passetto, rissen die Bronzetür auf, hasteten den schmalen Gang entlang zurück zur Engelsburg und beteten im Stillen, dass das Tor am Ende des langen Fluchtkorridors nicht verriegelt war und wir Alessandra noch retten konnten.

Ludovico, der vor mir durch den unbeleuchteten Passetto eilte, blieb so plötzlich stehen, dass ich von hinten auf ihn prallte. »Niketas, seht Ihr das Licht vor uns?«, keuchte er, als er sich zu mir umwandte. »Jemand kommt uns mit einer Fackel entgegen!«

Alessandra

Kapitel 29

»Antonio, befehlt Euren Männern, die Waffen niederzulegen und die Zugbrücke hinunterzulassen – oder sie stirbt!«, drohte Vitelleschi mit dem Dolch an meiner Kehle, während das Bronzeportal zugeschoben und verriegelt wurde. »Öffnet das Tor!«

»Nein!«, rief ich. »Lasst ihn nicht entkommen!«

Schwer atmend rannte nun Prospero in den Hof, die Armbrust im Anschlag. Vor uns blieb er stehen, hob die Waffe und zielte auf Vitelleschi, den Finger am Abzug. »Lasst sie los!«, brüllte er. »Sofort!«

»Wenn Ihr schießt, Prospero, tötet Ihr Eure Cousine!«

»Man muss Opfer bringen, wenn man Papst werden will.« Die Armbrust senkte sich keinen Fingerbreit. Prospero war zu allem entschlossen. »Ist das nicht auch Euer Leitspruch, Giovanni? Habt Ihr nicht Marcantonio Colonna und meine Cousins Lionello, Giordano, Stefano und Marco hinrichten lassen? Habt Ihr nicht Hunderte von Opfern gebracht: die Väter und Brüder, Onkel und Cousins meiner Gefolgsleute, die nichts lieber täten, als sich an Euch zu rächen?«

»Ich habe …«, begann Vitelleschi, doch weiter kam er nicht, denn Prospero schoss.

Der Bolzen zischte durch die Luft, verfehlte mich um Haaresbreite, weil ich mich trotz des Dolches an meiner Kehle zur Seite warf, durchschlug mit einem metallischen Knall die Prunkrüstung und traf Vitelleschi in die rechte Schulter.

Er schrie vor Schmerz und Überraschung auf. Keuchend ließ er mich los, taumelte einen Schritt rückwärts und tastete nach dem Bolzen. Ihn aus der stark blutenden Wunde zu ziehen war wegen des Harnischs unmöglich.

Seine Knie gaben nach. Er schwankte, drohte zu stürzen.

Prosperos Gefolgsleute überwältigten ihn, drängten ihn mit rücksichtsloser Gewalt gegen die Mauer des Mausoleums und entwanden ihm den Dolch.

Er brüllte vor ohnmächtigem Zorn. »Ihr verfluchten …«

Prospero, der sich durch die Reihen seiner Bravi gezwängt hatte, rammte ihm die Faust mit seinem Siegelring ins Gesicht. Den Ring mit dem Wappen der Colonna.

»Va all'inferno, Bastardo del Diavolo!«, übertönte er Vitelleschi, der vor Schmerzen aufschrie – Blut rann aus dem tiefen Riss an seiner Wange.

Der Befehl des Papstes war eindeutig: Kardinal Vitelleschi sollte exkommuniziert und hingerichtet werden. Prospero, der darauf hoffte, dass Eugenius seine Verbannung aufheben und ihn als Kardinal begnadigen würde, konnte und wollte ihn nicht aus Blutrache töten.

Antonio Rido trat zu Vitelleschi. »Im Namen Seiner Heiligkeit nehme ich Euch wegen Hochverrats an Papst Eugenius fest!« Er wandte sich an seine Männer und befahl: »Bringt ihn in den Kerker, und legt ihn in Ketten! Sobald er sich erholt hat, wird er nach Florenz gebracht, um dort hingerichtet zu werden.« Er rief nach einem Medicus, der die Wunden des Kardinals versorgen sollte.

Prospero umarmte mich und hielt mich fest, denn ich zitterte am ganzen Körper. »Sandra, ich hatte solche Angst um dich!«

Erschöpft legte ich meinen Kopf an seine Schulter.

»Es ist vollbracht«, flüsterte er beruhigend und hauchte mir einen Kuss auf die Wange. »Satan ist gestürzt. Der Antichrist hat seine Macht verloren.«

Doch bevor ich antworten konnte, meldete einer seiner Männer von der Brüstung der Wehrmauer: »Euer Eminenz! Kommt schnell! Vitelleschis Söldner bereiten einen Angriff vor!«

Mir blieb beinahe das Herz stehen!

Prospero ließ mich los, rannte über den Hof und stürmte, zwei Stufen auf einmal nehmend, die Treppe hinauf zum Wehrgang. Antonio und ich hetzten ihm nach. Keuchend lehnten wir uns über die Brüstung und blickten zum Lungotevere hinab. Mir stockte der Atem.

»Heilige Jungfrau!«, entfuhr es meinem Cousin.

Der endlose Tross des Heeres war zum Stehen gekommen.

Auf der Straße rotteten sich Vitelleschis Truppen zusammen, um die Engelsburg zu stürmen. Ein schwerer Rammbock wurde vor das Tor geschoben. Am Ufer des Tiber wurden Geschütze in Stellung gebracht und ausgerichtet. Befehle wurden gebrüllt, Fackeln entzündet, Pulverfässer herangerollt, Steinkugeln herbeigeschleppt und die Kanonen geladen.

Der schwefelige Geruch von Schießpulver wehte uns ins Gesicht.

»Dort unten ist Everso d'Anguillara.« Prospero wies auf Vitelleschis Condottiere. »Wieso ist er nach Rom zurückgekehrt?«

»Und wo ist Cesare?« Er war der Einzige, der mit seinen Gefolgsleuten den Sturm auf die Engelsburg verhindern konnte. Doch weder ihn noch seine Leibgarde konnte ich im Gewühl der kampfbereiten Söldner sehen.

Wie viel Zeit war verstrichen, seit die Tore der Engelsburg geschlossen worden waren? Sieben Minuten, oder acht?

Everso d'Anguillara kam zum Tor und verlangte die Herausgabe von Kardinal Vitelleschi – andernfalls würde er den Befehl geben, die Engelsburg zu stürmen. Neben mir auf der Wehrmauer entfaltete Antonio Rido ein Pergament und zeigte Everso zwischen den Zinnen hindurch das päpstliche Siegel.

»Dies ist der Befehl Seiner Heiligkeit, Vitelleschi festzunehmen und nach Florenz zu bringen, wo er wegen Hochverrats gegen den Papst exkommuniziert und hingerichtet werden soll. Everso, ich rate Euch, ihm nicht länger die Treue zu halten. Ein Angriff auf die Engelsburg ist Hochverrat! Wenn Ihr befehlt, die Geschütze abzufeuern, droht Euch und jedem, der Eurem Befehl folgt, die Todesstrafe! Ich werde …«

Ein entsetzter Schrei!

Ich fuhr herum und starrte in den Hof hinunter.

Vitelleschi hatte den Arzt, der seine Wunden versorgt hatte, niedergestochen. Er flüchtete in Richtung des Festungsturms im Nordwesten der Engelsburg.

Wohin wollte er?

Zum Passetto!

Durch den Fluchtkorridor konnte er in den Vatikan entkommen!

Niemand war nah genug, um ihn aufzuhalten, als er über den Hof stürmte. Die Männer auf den Wehrmauern hatten ihre Aufmerksamkeit auf das dramatische Geschehen vor der Engelsburg gerichtet.

Vitelleschi stolperte und stürzte auf den unebenen Pflastersteinen, sprang jedoch sofort wieder auf, taumelte die Stufen hinauf und verschwand im Wehrturm mit dem Zugang zum Passetto.

Wenn es ihm gelang, das Tor hinter sich zu verriegeln, dann …

Ein lauter Kanonendonner!

Ich wirbelte herum.

Die Männer neben mir duckten sich und rannten schreiend um ihr Leben.

Keine zwei Schritte von mir entfernt durchschlug eine Kugel mit lautem Krach die Wehrmauer und riss eine Zinne mit sich, deren Trümmer in den Hof hinabpolterten.

Steinquader zerbarsten. Gesteinssplitter flogen in alle Richtungen. Eine Wolke von Staub und Pulverdampf hüllte mich ein.

Ich riss die Arme schützend vor das Gesicht. Hustend stürzte ich unter dem Geprassel von scharfkantigem Splitt zu Boden.

❧ Niketas ☙

Kapitel 30

»Niketas, seht Ihr das Licht vor uns?«, keuchte Ludovico. »Jemand kommt uns mit einer Fackel entgegen!«

»Wie weit ist es noch?«, fragte ich.

»Eine viertel Meile, vielleicht weniger.«

Der Mann mit der Fackel kam schnell näher – er rannte. War er auf der Flucht?

Ein ohrenbetäubender Kanonendonner erschütterte das Gemäuer des Passettos! Wurde die Engelsburg angegriffen?

Ich hastete zur nächsten Schießscharte und blickte hinaus, konnte jedoch außer den Ziegeldächern des Borgo Sant'Angelo nichts erkennen.

Cesare legte mir die Hand auf die Schulter. »Das sind meine Kanonen«, presste er mit tonloser Stimme hervor. Er atmete schwer. »Sie sind stark genug …«

Ein zweiter Donner, gewaltiger als der erste!

»… die Stadtmauer von Florenz zu zertrümmern«, vollendete Cesare seinen Satz.

»Mein Gott, was ist mit Alessandra?«

Ich musste zu ihr! Schon wollte ich an Ludovico vorbeistürmen, als er mich am Arm festhielt und zurückzerrte.

»Es ist Vitelleschi! Er versucht, in den Vatikan zu entkommen!«, flüsterte er. »Was, zum Teufel, ist in der Engelsburg geschehen?«

Vitelleschi, der von mehreren Männern verfolgt wurde, lief uns geradewegs in die Arme. Es gab kein Entkommen!

Er riss den Dolch hoch, um sich auf Ludovico zu stürzen, doch der zog sein Schwert und nahm ihn fest. Cesare entwaffnete den Kardinal des Satans, der durch mehrere Wunden geschwächt war und sich kaum noch auf den Beinen halten konnte.

Ungestüm schob ich ihn zur Seite, drängte an Vitelleschi vorbei und hetzte den Passetto entlang zur Engelsburg.

Fünf, sechs, sieben Bewaffnete rannten mir entgegen, ließen mich passieren und eilten Ludovico und Cesare zu Hilfe, die Vitelleschi mit ihren Schwertern bedrohten.

Dann hatte ich den Ausgang des Passettos erreicht, stieß die Bronzetür auf, hastete die Stufen hinab und stürmte hinaus auf den Hof.

Wo war Alessandra?

Mein Blick huschte nach rechts zur Wehrmauer am Tiber. Eine Kanonenkugel hatte eine Zinne getroffen, deren Trümmer nun unten auf den Pflastersteinen verstreut lagen. Ein zweites Geschoss war nur zwei Schritte weiter eingeschlagen und hatte eine breite Bresche in die Mauer gerissen.

Befehle wurden gebrüllt. Bewaffnete eilten über den Hof. Etliche Tote und Verwundete wurden vom Wehrgang die Treppe hinunter in den Hof getragen und dort niedergelegt, damit sich ein Arzt um sie kümmerte.

Dann sah ich sie!

Wenige Schritte entfernt beugte sich Alessandra über einen Verwundeten und half ihm behutsam, sich hinzulegen.

Ihr staubiges Kleid war blutüberströmt! War sie verletzt?

Ich rannte los.

»Sandra, sie haben den Beschuss eingestellt!«, rief ein Mann in Helm und Harnisch von der Mauer.

Sie sah zu ihm hinauf. »Ziehen sie ab?«

»Scheint so! Everso hat eben den Rückzug befohlen!«, erwiderte der Mann, den ich für ihren Cousin Kardinal Colonna hielt. »Wo ist Vitelleschi?«

»Er ist …«, begann Alessandra und blickte zum Eingang des Passettos hinüber, wo Cesare in diesem Augenblick den gefesselten Vitelleschi die Stufen zum Hof hinabstieß.

Dann erkannte sie mich.

»Niketas«, flüsterte sie und starrte mich an, als traue sie ihren Augen nicht.

Mein Gott, dieser Blick!

Was ging in ihr vor?

Ich blieb stehen.

Da sprang sie auf und flog in meine Arme.

»Niketas, mein Liebster, du lebst!«, flüsterte sie mit erstickter Stimme. Sie zitterte am ganzen Körper.

»Und du! Ich hatte solche Angst um dich!«, seufzte ich, überwältigt von der Glückseligkeit, sie wiedergefunden zu haben. Ich umarmte sie und wirbelte sie ungestüm herum.

Wir küssten uns mit aller Leidenschaft und hielten uns aneinander fest, als fürchteten wir, erneut getrennt zu werden.

Dann lehnte sie den Kopf an meine Schulter und weinte mit zuckenden Schultern. »Ich bin so glücklich!«, schluchzte sie.

Cesare ballte ohnmächtig die Fäuste. Schließlich senkte er den Blick und wandte sich resigniert ab. Er hatte alles verloren: Das Herzogtum, das Vitelleschi ihm versprochen hatte. Und Alessandra, die er liebte.

»Cesare!«

Er blieb stehen und drehte sich zu mir um.

»Ich würde mich freuen, wenn du Alessandra und mich nach Florenz begleitest – als Trauzeuge und als Freund.«

Er zögerte einen Herzschlag lang. Doch dann ergriff er meine ausgestreckte Hand.

Alessandra küsste mich und flüsterte: »Ich liebe dich!«

Glaube. Hoffnung. Liebe.

Die Liebe ist die größte unter diesen drei.

Sie erträgt alles, glaubt alles, hofft alles und hält allem stand.

Und sie hört niemals auf.

Am selben Abend besuchten Alessandra und ich das angebliche Grab des Petrus in der Basilica di San Pietro, wo sie die Papyrusfragmente des gnostischen Evangeliums verbrannte, die ich in Tayebs Silberamulett nach Rom gebracht hatte.

Lange betrachtete sie die Papyri in ihrer Hand.

Alles, was sie seit ihrer Entdeckung in der versunkenen Synagoge in Alexandria erlebt hatte, das Blutvergießen, die Angst, der Hass, der Zorn und die Trauer um mich, kehrte in diesem Augenblick zurück.

Doch sie lächelte, als sie mich im Schein der mitgebrachten Kerzen anblickte und meine Hand ergriff.

»›Jesus sprach: Selig ist der Mensch, der gelitten hat. Er hat das Leben gefunden‹«, las sie, bevor die Logien in Flammen aufgingen und der duftende Rauch ihr Geheimnis in die Finsternis verwehte.

Und dann vernichtete sie auch das Fragment, das Jakobus den Gerechten zum Nachfolger seines Bruders machte, zum ersten Pontifex.

Zum vergessenen Papst.

Dramatis Personae

Die mit einem * gekennzeichneten Personen sind historisch.

Alessandra d'Ascoli
Tochter von Adriana Colonna und Luca d'Ascoli. Florentiner Buchhändlerin.

Basilios Bessarion*
(1403–1472) Metropolit von Nikaia, byzantinischer Theologe und Humanist.

Caedmon of Canterbury
Benediktinermönch aus Canterbury, Alessandras Sekretär.

Cesare Orsini
Condottiere der Kirche, Alessandras Cousin.

Cosimo de' Medici*
(1389–1464) Regent von Florenz und Bankier des Papstes.

Demetrios Palaiologos*
(1404–1470) Bruder von Kaisers Ioannis.

Eugenius IV.*
Gabriel Condulmer (1383–1447), Papst 1431–1447.

Fra Antonino*
Antonio Pierozzi (1389–1459). Prior des Klosters San Marco in Florenz (1439–1444), Generalvikar des Dominikanerordens in Toskana und Neapel (1435–1444).

Giorgios Scholarios*
(1405–1472) Sekretär des Kaisers.

Giovanni Vitelleschi*
(1390–1440) Römischer Kardinal und Condottiere der Kirche. 1435 Erzbischof von Florenz und lateinischer Patriarch von Alexandria, 1437 Kardinal und Tyrann von Rom.

Giuliano Cesarini*
(1398–1444) Römischer Kardinal (1431–1437 Vorsitzender des Konzils von Basel).

Ioannis VIII. Palaiologos*
(1392–1448) Vorletzter byzantinischer Kaiser (1425–1448). Ältester Sohn von Kaiser Manuel II., Bruder von Demetrios Palaiologos.

Isidor von Kiew*
(1385–1463) Metropolit von Kiew.

Joseph II.*
(1360–1439) Orthodoxer Patriarch von Konstantinopolis.

Leonardo Bruni*
(um 1369–1444) Florentiner Humanist und Kanzler der Republik Florenz (1427–1444).

Lorenzo Valla*
(1407–1457) Römischer Humanist und Philosoph.

Luca d'Ascoli
Alessandras Vater, ehemaliger Mönch und Inquisitor.

Ludovico Scarampo*
(1402–1465) Erzbischof von Florenz (1437–1439), Patriarch von Aquileia (1439–1465), seit 1440 Kardinal und Regent von Rom.

Markos Eugenikos*
(1391–1444) Metropolit von Ephesos.

Murad II.*
(1404–1451) Osmanischer Sultan (1421–1444 und 1446–1451).

Natanael
Arzt, Sekretär und Freund von Niketas.

Niketas
Niketas IV. Evangelos, Metropolit und Erzbischof von Athen.

Philotheos*
Orthodoxer Patriarch von Alexandria 1435–1459.

Piero de' Medici*
(1416–1469) Nach dem Tod seines Vaters Cosimo regierte Piero 1464–1469 Florenz.

Prospero Colonna*
(ca. 1409–1463) Römischer Kardinal, Alessandras Cousin.

Scipione Sassetti
Prior von Florenz und Gildemeister der Ärzte und Apotheker.

Selim
Cousin von Sultan Murad, Freund von Demetrios Palaiologos.

Tayeb
Muslimischer Gelehrter aus Agadez, Alessandras Freund.

»Die Geschichte von Jesus Christus ist ein heiliggesprochenes Märchen.«

Barbara Goldstein
DIE EVANGELISTIN
Roman
624 Seiten
ISBN 978-3-404-15794-5

Venedig 1515: Als die berühmte Humanistin Celestina ermordet werden soll, rettet sie der Rabbi Elija, der vor der spanischen Inquisition geflohen ist. Trotz aller Gefahren verlieben sie sich. Bei der gemeinsamen Übersetzung der Evangelien machen sie eine unglaubliche Entdeckung: Die Evangelisten erzählen nicht die Wahrheit über Christus. Dieser war ein gesalbter König Israels, wurde als Rebell gegen die römische Herrschaft gekreuzigt und überlebte! – Doch als Elija von der Inquisition festgenommen wird, muss Celestina sich entscheiden: für die Wahrheit – oder das Leben des Mannes, den sie liebt ...

Der Sohn des Dschingis Khan kämpft gegen die Bürde seines Erbes

Barbara Goldstein
DER HERRSCHER DES HIMMELS
Roman
784 Seiten
ISBN 978-3-404-15609-2

Der junge Temur ist ein mächtiger Schamane und erfolgreicher Feldherr seines Vaters Dschingis Khan. Als Dschingis Khan 1206 Kaiser der Mongolen wird, verlässt Temur seine große Liebe, opfert seine Freiheit und wird Khan – um des Friedens willen.

Während sein Vater die Welt erobert, verzichtet Temur jedoch auf den Königstitel, um endlich frei zu sein und zu reisen: nach Peking, Samarkand, Bagdad und Delhi.

Als Dschingis Khan stirbt, liegt das Schicksal des mongolischen Weltreiches in Temurs Händen, und er muss die schwerste Entscheidung seines Lebens treffen – für den Frieden oder für die Freiheit ...

Bastei Lübbe Taschenbuch

WWW.LESEJURY.DE
WERDEN SIE LESEJURYMITGLIED!
Lesen Sie unter www.lesejury.de die exklusiven Leseproben ausgewählter Taschenbücher
Bewerten Sie die Bücher anhand der Leseproben
Gewinnen Sie tolle Überraschungen